Wolfgang Schorlau

BLACK FOREST

Wolfgang Schorlau

BLACK FOREST

Denglers elfter Fall

Kiepenheuer & Witsch

Alle in diesem Buch auftretenden Figuren entspringen
allein der Fantasie des Autos.
Weitere Informationen zu diesem Buch:
www.schorlau.com

MIX
Papier | Fördert
gute Waldnutzung
FSC® C083411

1. Auflage 2024

Covergestaltung Barbara Thoben, Köln
Covermotiv Silas Manhood/Trevillion Images
Gesetzt aus der Dante und DCC Ash
Satz Buch-Werkstatt GmbH, Bad Aibling
Druck und Bindung CPI books GmbH, Leck
ISBN 978-3-462-05139-1

Kopf hoch, wenn der Hals auch dreckig ist

Alemannisches Sprichwort

Figurenverzeichnis

Hauptfiguren

Georg Dengler, Privatermittler
Olga, Denglers Freundin
Margret Klara Dengler, Denglers Mutter
Jakob Dengler, Denglers Sohn
Max Jost, Windrad-Projektierer
Stephan C. Crommschröder, Aufsichtsratsvorsitzender der VED
Kurt Mannheimer, ehemaliger russischer Honorarkonsul
Harry Nopper, der Mann fürs Grobe
Karola Müllerschön, Heilpraktikerin aus Freiburg
Egon Kaltenbacher, Mutters Jugendfreund
Frau Helga Willmann, Mutters Freundin
Laura, Jakobs Freundin

Nebenfiguren

Josef Dengler, Georg Denglers Vater
Erich Gerlach, sein Freund, Vater von Karola Müllerschön
Sofia Trautwein, Polizistin aus Titisee
Rolf Köhler, Schulfreund, Schlossermeister
Silke, Crommschröders Frau
Lissi (Lisbeth) Holzmüller-Stein, Europaabgeordnete
Team Brüssel, Roberto, Marielle, Michelle
Joe, das Wiesel
Jack, der Vollstrecker
Gerd Schneider, Beamter der unteren Naturschutzbehörde
Eleonore Mannheimer, Kurt Mannheimers kluge Frau
Karl, Georg Denglers Großvater mit einem Geheimnis
Amalie, Karls hartherzige Frau

Prolog: Hunger und Angst

Unsichtbar kauert sie im Schutz einer flachen, vom Sturm verdrehten Moorkiefer. Die Äste hängen rings um sie herum bis zum Boden. Seit Tagen ist dies ihr sicheres Versteck.

In der Nacht sind die Felder immer noch nass von dem sanften Regen, der am Nachmittag auf die trockene Erde gefallen war. Der Mond leuchtet in die silbernen Nester des Nachtnebels, die sich in den Wipfeln der Fichten verfangen haben. Ein leichter Wind zerrt an ihnen und lässt ihre Schatten über die kleine Lichtung huschen, deren kniehohe Heidelbeerbüsche den Boden schützen wie ein zotteliges Fell. In der Ferne läutet eine kleine Glocke, dreimal – hell und dünn.

Sie hebt den Kopf und wittert den Duft des Baumes, der sich so deutlich von allen anderen unterscheidet, vom bitteren Aroma der Eiche oder dem nichtssagenden der Buche. Ein Hauch von Menthol steigt ihr in die Nase, vermischt mit dem würzigen Aroma von Harz.

Vom See weht eine Brise den Berg hinauf und streift ihr Gesicht. Sie hebt den Kopf und genießt den Schauer, der ihr von der Kehle über die Wirbelsäule bis in den Rücken läuft. Der Wind wirbelt ein paar vertrocknete Blütenblätter in ihr Versteck. Erschöpft sinken sie auf das braune Kissen abgefallener Nadeln.

Nacht bedeutet Sicherheit. Nur im Dunkeln ist sie unterwegs – seit sechs Wochen. Tagsüber versteckt sie sich in den Wäldern, sucht Mulden und Höhlen, in denen sie sich auf den Boden drückt. Ihr Schlaf ist nie mehr als ein Dösen, leicht und flach. Sie meidet die Menschen, umgeht ihre Dörfer und Straßen, und sie hat allen Grund dazu.

Angst und Hunger sind alles, was sie fühlt.

Jetzt steht sie auf. Streckt den Kopf. Streckt die Beine. Lauscht. Wittert. Schiebt Zentimeter für Zentimeter den Kopf durch die

Äste und Zweige. Dann: Schnell und sicher läuft sie im Schutz der Schatten am bewachsenen Rand der Lichtung entlang. Neben einem Dickicht aus Latschen und noch knospenden Alpenrosen schiebt sie sich an einem jungen Ahorn vorbei und bleibt stehen. Lauscht noch einmal. Dann trabt sie weiter über den weichen, mit braunen Fichtennadeln bedeckten Boden. Hinter einer großen Esche leuchten im Mondschein die ersten Begrenzungssteine eines Feldwegs. Ihn hat sie gesucht. Nie läuft sie in der Mitte. Sie bleibt am rechten Rand des Weges, immer dicht beim Gestrüpp, die Ohren aufgestellt. Nach zehn, fünfzehn Schritten bleibt sie stehen und lauscht, die Muskeln derart gespannt, dass sie mit einem Satz ins Unterholz springen kann, wenn sie ein unbekanntes Geräusch hört, eine verdächtige Bewegung sieht oder ihre Nase einen Geruch wahrnimmt, den sie nicht kennt oder gar fürchtet.

Seit vier Tagen ist sie in diesem Wald. In den letzten beiden Nächten hat sie den Weg mehrmals kontrolliert. Kein Mensch ist ihr begegnet. Alles scheint sicher zu sein. Dennoch bleibt sie stehen und lauscht den Stimmen der Dunkelheit. Da – ein Rascheln! Eine Rötelmaus huscht durch das Buchenlaub. Mit gedrungenem Kopf und Körper schiebt sie braune Blätter aus dem Vorjahr aus dem Weg. Vor ihr, in der Ferne, bellt ein Fuchs, heiser, laut und kurz, wie das Husten eines kranken Tieres. Ein neuer Windstoß lässt die Fichtenwipfel zu ihrer Linken klagend singen. Etwas summt, etwas flattert, etwas kommt durch die Bäume auf sie zu, dreht sich und verschwindet. Ein Ast knackt. Ein Waldkauz schwebt lautlos über sie hinweg. Die Angst sagt, sie solle in ihr Versteck zurückkehren. Doch der Hunger treibt sie vorwärts.

Zwanzig Minuten später ist sie am Ziel. Sie biegt vom Weg ab, kriecht unter einem Zaun hindurch auf eine Wiese, sprintet so schnell sie kann darüber hinweg und schlüpft unter die Zweige eines ausladenden Brombeerstrauches. Sie spürt jeden einzelnen Dorn, der über ihren Rücken kratzt, sich in ihre Oberschenkel bohrt. Sie presst Hals, Kopf und Bauch fest gegen den Boden und schiebt sich vorsichtig Stück für Stück vorwärts. Dann bleibt sie reglos liegen und starrt durch das Geäst.

Dort drüben, nur fünfzehn Meter von ihr entfernt, liegt ein Hof. An der Mauer neben dem Tor flackert das einsame Licht einer Laterne. Der Wind, der vom See heraufweht, schüttelt sie für einen Augenblick und lässt Licht und Schatten wie Betrunkene über die Mauern taumeln. Die Holzlatten des Bauernzauns erwachen plötzlich zum Leben. Ihre Schatten blähen sich auf, werden groß und mächtig, klettern an den Holzschindeln empor, verdunkeln die Geranien auf dem Balkon, schwanken dann haltlos, als hätten sie plötzlich Mut und Kraft verloren. Jetzt werden sie kleiner, ziehen sich zurück, wechseln willkürlich die Richtung, bis ein neuer Windstoß die Laterne wieder dreht. Die Schatten fassen neuen Mut, nehmen Anlauf und klettern erneut die hölzerne Fassade hinauf, als wären sie artistische Einbrecher.
In dem Versteck folgen ihre Augen jede dieser Bewegungen. Ein Dorn reißt ein Stück Haut auf, als sie sich ein Stück nach vorne schiebt. Die Bewegungen von Licht und Schatten beunruhigen sie. Doch kein Mensch ist auf dem Hof zu sehen, kein menschlicher Laut ist zu hören. Nur das Gurren eines Huhns und das schlafverlorene Blöken einiger Schafe in der Ferne.
Die Angst kommt zurück. Unmerklich zunächst, dann immer deutlicher drängt sie zur Flucht und lässt die Muskelstränge ihres Rückens zittern. Sie schiebt sich rückwärts. Sofort protestiert der Magen mit wütendem Knurren. Die Gedärme stechen, als würden die Stacheln der Brombeeräste an ihnen reißen. Sie schließt die Augen, um ihrer inneren Unruhe Herr zu werden. Für einen Augenblick ringen Hunger und Angst miteinander, und sie weiß nicht, wem sie folgen soll. Dann vertreibt der Hunger jedes andere Gefühl und jeden anderen Gedanken.
Vorsichtig schiebt sie sich aus dem Gebüsch.
Auf einem Baum sitzt ein junger Hahn. Er hat sie längst bemerkt. Das dumpfe nervöse Glucken verrät es ihr. Vielleicht bedauert er in diesem Augenblick, dass er an diesem Abend nicht mit den anderen Hühnern über die hölzerne Treppe in den Stall marschiert ist. Doch er fürchtete sich vor dem großen Hahn, dem Herrscher über alle Hühner und König dieses Hofes. Diese Furcht hat einen

guten Grund. Gestern hatte er ihn zum ersten Mal herausgefordert und war auf eine junge Henne gestiegen, die abseits von den anderen und nicht in Sichtweite seines Widersachers unter dem Holunder nach Körnern pickte. Doch der große Hahn hörte sein Flügelflattern und rauschte wütend krähend heran. Dann jagte er ihn am Zaun entlang, und als er ihn an der Tränke erwischte, ging es ihm unter den Schnabelhieben des stärkeren Hahns gar nicht gut. Sicher, irgendwann wird er der Herrscher des Hofes sein, aber trotzdem schien es ihm nicht klug, die Nacht mit ihm in dem engen Stall zu verbringen.

Mit vier Sprüngen ist sie an dem Stamm und richtet sich auf. Der junge Hahn klettert auf seinem Ast ein paar Zentimeter weiter nach vorne. Doch er verliert nicht die Nerven. Irgendwann wird er den großen Hahn besiegen. Doch dazu muss er heute auf diesem Ast sitzen bleiben.

Sie trollt sich.

Der Hunger treibt sie auf den Feldweg zurück. Sie hält sich links am Waldrand. Immer sprungbereit. Immer bereit zur Flucht. Und doch: Sie ist nachlässiger mit ihrer Tarnung als beim Hinweg.

In ihrem Kopf formt sich ein neues Ziel. Vorsichtig, nach allen Seiten witternd, klettert sie über Schotter die Böschung eines Bahndamms hinauf. Mit zwei schnellen Sprüngen überquert sie ein Gleis. Dann umschließt sie wieder die Schwärze eines Dickichts. Sie ist in Sicherheit. Zweimal rennt sie über eine leere, vom Mond beleuchtete Straße. Dann senkt sich der Boden. Sie weiß: Unten ist der See. See bedeutet Enten. Enten bedeuten Futter. Enten bedeuten Ende des quälenden Hungers – wenn es ihr gelingt, eine zu fassen.

Sie streicht über eine breite Fläche abgestorbener Fichten. Wassermangel und hohe Temperaturen haben diesen Teil des Waldes in einen riesigen Friedhof verwandelt. Dürre braune Skelette ragen in die Nacht. Die Stämme einiger Bäume sind vom Baumschwamm überwuchert oder unterhalb der Mitte abgebrochen. Noch vor zwei Jahren transportierten diese Fichten in einem ununterbrochenen Strom Wasser aus dem Boden, pumpten es durch die Leitungsbahnen in ihren Stämmen zu den Ästen und Nadeln. Als der Boden austrocknete und die Wurzeln kein Wasser mehr fanden, riss der kontinuierliche Strom ab und in den Leitungen bildeten sich Luftblasen, die wie Embolien das lebenswichtige Gefäßsystem der Bäume zerstörte. Sie verdursteten und starben. Doch dort, wo nun Tageslicht auf den Boden fällt, strecken sich ihr junge Ahornpflanzen entgegen.

Sie hat keinen Sinn für das Drama von Sterben und Neubeginn. Sie bleibt stehen und lauscht. Dann steigt sie weiter hinab zum See. Auf der Hälfte des Weges sticht ihr ein Geruch in die Nase.

Metallisch. Süß.

Schwer, als habe er Gewicht.

Diesen Geruch kennt sie seit ihrer Kindheit.

Blut.

Sie bleibt stehen.

Wittert. Lauscht.

Zittert.

Vorsichtig, jeden Schritt bedenkend, wendet sie sich nach links. Sie geht nicht mehr talabwärts, sondern bleibt auf gleicher Höhe. Sie weiß: Etwas weiter vorne gibt es einen Felsvorsprung. Von dort kann sie zum See hinuntersehen.

Ihre Fußballen dämpfen jedes Trittgeräusch.

Der Untergrund wird steiniger. Geduckt schiebt sie sich auf dem Felsvorsprung nach vorne. Sie weiß, dass sie im Mondlicht gesehen werden kann. Als sie die Spitze erreicht, sieht sie hinunter.

Dort unten, links von ihr, auf einem großen Felsblock liegt ein Mensch.

Weiblich. Tot.

Der Kopf unnatürlich verdreht.

Sie steht still. Atmet. Lauscht. Wittert. Und kann den Blick nicht von dem leblosen Körper wenden.

Dann dreht sie sich um.

Sie steigt den Berg hinab zu der Toten.

1. Teil

Ankunft

Die Untoten

Wenn ich mir das Paradies vorstelle, sehe ich unser Dorf. Oben auf dem Hügel steht das Bauernhaus, in dem ich geboren wurde, das Haus, das meine Urgroßeltern gebaut haben, in dem meine Großeltern gelebt haben, Kühe, Schweine, Hühner gehalten und meine Mutter großgezogen haben. Es ist ein Schwarzwälder Bauernhaus mit Schindeln aus Fichtenholz an den Seiten und auf dem tiefgezogenen Dach, mit einem Balkon voller Geranien und der großen Scheuneneinfahrt auf der Rückseite. Ich sehe meine Mutter in ihrer Kittelschürze in der Küche am Herd stehen. Ich sehe sie auf dem Hof, winken und immer kleiner werden, bis sie ganz aus dem Rückspiegel verschwindet. Wenn ich an das Paradies denke, schmort sie mit meinen Tanten Schweinebraten und backt Kuchen. Sie putzen Salat, trinken selbst gebrannten Schnaps und fahren mir mit der Hand durchs verwuschelte Haar. Sie singen und lachen und drücken mich an ihre großen, nährenden Brüste. Wir sitzen auf der Wiese an einem langen Tisch und schauen auf unser Haus.

Wenn ich mir die Hölle vorstelle, sehe ich dasselbe Bild.

Mein alter Renault pflügt sich an einem glühend heißen Sonntagnachmittag zum Hof meiner Mutter hinauf. Hüfthohes Gras und Unkraut in der Einfahrt sind die ersten Anzeichen, dass etwas aus den Fugen geraten ist. Die Stoßstange drückt die braunen Stängel der vertrockneten wilden Möhren aus dem Vorjahr beiseite. Unter dem Bodenblech kratzt und schabt eine Armee aus Disteln, Gras, Brennnesseln, Schafgarbe. Der Außenspiegel erfasst den Stiel einer Malve und reißt ihre violette Blüte ab. Ich schalte einen Gang zurück.

Seit fünf oder sechs Jahren mäht meine Mutter nicht mehr mit der Sense. Die Wirbelsäule macht das Bücken und die Drehbewegungen nicht mehr mit. Jakob hatte damals darauf bestanden, dass sie sich einen Aufsitzmäher kaufte. Mein Sohn war es auch, der mit seinem Handy eines meiner Lieblingsbilder von ihr geschossen hat. Es steht gerahmt auf meinem Schreibtisch in Stuttgart: Mutter auf dem kleinen Traktor, eine Hand fest am Lenkrad, während die andere lachend und glücklich einen Schal über ihren Kopf schwenkt, wie ein Cowgirl das Lasso.

Doch nun mäht sie nicht einmal mehr die Auffahrt.

Ich fahre zu ihr, weil mich die Polizei alarmiert hat. Gestern saß ich in meinem Büro und starrte hinaus auf das staubige Pflaster der Wagnerstraße. Es war heiß. Ich hatte beide Fenster weit aufgerissen, und ich wäre bereit gewesen, viel Geld für einen Luftzug zu bezahlen. Doch ich bin nahezu pleite (mal wieder, ich weiß), also wischte ich mir den Schweiß mit einem nassen Geschirrtuch aus dem Gesicht und versuchte zu arbeiten. Beide Zeigefinger schwebten lasch und unentschlossen über der Tastatur des Laptops. Immer noch schreibe ich meine Berichte und E-Mails nach dem bewährten und bis zur Virtuosität gesteigerten Zwei-Finger-Suchsystem. Ich musste dringend den Abschlussbericht einer Observation fertigstellen. Kein Abschlussbericht, keine Rechnung, kein Geld – so einfach ist das. Früher hat Petra Wolff die ganze Büroarbeit erledigt, doch nun hat sie mich verlassen: musste ja unbedingt nach Köln ziehen, zu ihrer großen Liebe Reinhold.

Fünf lange Wochen war ich der Schatten einer Stuttgarter Hausfrau aus der wohlhabenden Halbhöhenlage gewesen. Meist blieb ich unsichtbar, hielt Abstand, doch manchmal war ich ihr sehr nahe. Ich meldete mich für denselben Yogakurs im Süden der Stadt an und zerrte mir bei einer Übung, der die Lehrerin einen kuriosen Namen verpasst hatte (irgendetwas mit Hund), eine Sehne. Auf dem jährlichen Weinfest humpelte ich hinter ihr her und ließ sie nicht aus den Augen. Ich wunderte mich über die astronomischen Preise dort und die bemerkenswerte Trinkfestigkeit meiner Zielperson. Vor dem Atelier eines Künstlers in Bad Cannstatt wartete ich zwei Stunden, bis sie mit einem sorgfältig eingepackten Bild wieder herauskam und zu ihrem Auto ging. Mit einem

Teleobjektiv fotografierte ich sie beim Einkaufen in der Markthalle und in einer exklusiven Boutique, wo sie sich in kostspieligen Blusen und Kleidern (jedes Einzelne kostete mehr als mein Kleideretat eines ganzen Jahres) vor dem Spiegel drehte. Ich lernte dabei etwas über den Modegeschmack reicher Leute. Das Motto war: Die Kleider mussten verstecken, dass man reich war. Gedeckte Farben, Schlabberpullover, Poloshirts, niemals Klamotten mit Logo. Für meinen laienhaften Blick sahen ihre Kleider nie so teuer aus, wie sie in Wirklichkeit waren. Es war, als schämte sie sich für ihren Reichtum.

Sie tat mir leid.

Dann verstand ich, dass dies nur die halbe Wahrheit war. Die Klamotten, für deren Auswahl sie viel Zeit verschwendete, waren aus Kaschmir oder Leinen oder anderen teuren Materialien hergestellt – und das war einer der Codes, die sie an andere Reiche sandte. Sie erkannten untereinander, an feinen, fast subtilen Symbolen, dass sie zu den Auserwählten gehörten. Gleichzeitig waren sie vor den Blicken der Barbaren (wie mir) geschützt.

Sie tat mir noch mehr leid.

Stunden verbrachte ich in dem Fahrersitz meines Autos, um den Eingang des Nagelstudios im Auge zu behalten, in dem sie sich regelmäßig die Fingernägel maniküren ließ. Ich langweilte mich angesichts ihres langweiligen Lebens, fand keine Anzeichen von ehelicher Untreue und beschloss, den Fall abzuschließen.

Doch als sie erneut zur selben Zeit wie in der Vorwoche zum Studio des Künstlers nach Cannstatt fuhr, wurde ich stutzig. Und hellwach. Sie klingelte und verschwand in dem Durchgang zum Hinterhaus.

Ich beschloss nachzusehen.

Mit einem meiner bewährten Tricks (oberste Klingel drücken, gehetzter Tonfall mit osteuropäischem Akzent: »Paket von Amazon für die Nachbarn im Erdgeschoss. Ich stelle es in den Flur!«) schaffte ich es ins Treppenhaus.

Ich kletterte aus dem Flurfenster. Von dort sprang ich auf einen Anbau, und als ich mich auf den Bauch legte, hätte ich freien Blick ins Atelier haben müssen, doch leider waren die Vorhänge (schwerer roter Stoff, vermutlich alte Theatervorhänge) zugezogen. Also rutschte ich die Regenrinne hinunter in den Hof und ruinierte dabei meine Jeans (vom Oberschenkel bis zum Knie aufgeschlitzt; nicht vergessen, sie auf die Rechnung zu setzen). Ich fluchte, hatte aber Glück. Es gab einen schmalen Spalt, wo zwei Vorhangbahnen nicht sorgfältig genug zusammengezogen worden waren. Ich sah mich um: Kein Nachbar schaute in den Hof. Vorsichtig lugte ich durch den Spalt. Zielperson und Künstler waren abgelenkt.

Volltreffer. Sie lehnte nackt an einer Staffelei, lächelte und streckte ihm ihren Hintern entgegen. Ich zog meine Kompaktkamera aus der Hosentasche.

Klick.

Er kniete hinter ihr, blaue Farbe dick auf den Zeigefinger aufgetragen, und malte ihr einen Pfeil auf den Hintern.

Klick.

Keine Ahnung, ob die Aufnahme gelungen war. Auf dem Hof schwitzte ich in der gleißenden Sonne, und drinnen im Atelier war es dunkel. Auf dem Display der Kamera sah ich nur Schatten, aber ich wusste nicht, ob dies an irgendeiner (mir unverständlichen) Kameraeinstellung lag oder ob ich von der Helligkeit im Hof geblendet war. In diesem Augenblick drehte die Zielperson den Kopf und lächelte den Mann hinter ihr an.

Klick.

Ob dieses Foto besser geworden war? Ich schob den Fotoapparat ein Stück weiter nach vorne – aus der hellen Sonne hinaus in den Schatten der Fensterlaibung – und *wumm!*, mit einem dunklen Knall schlug das Kameragehäuse gegen die Fensterscheibe. Noch im Wegdrehen sah ich, wie der Künstler aufsprang.

Mist.

Zum Ausgang konnte ich nicht fliehen, denn dann hätte der Kerl mich gesehen, wenn er aus der Türe stürmte. Fluchend flüchtete ich zur Ecke des Ateliers und versteckte mich hinter einem Vorsprung. Ich hörte, wie die Tür aufflog. Hastig stopfte ich die Kamera in die Jackentasche, denn jetzt würde ich meine Fäuste brauchen. Der Künstler würde mich für einen Spanner halten und versuchen, mich zu verprügeln. Verständlich – aus seiner Sicht. Ich nahm mir vor, mich nur zu verteidigen und ihm nicht wehzutun. Zum tausendsten Mal verfluchte ich meinen Beruf und hob die Fäuste vor die Brust. Dann hörte ich seine Stimme: »Da ist nix. Wahrscheinlich bloß ein Vogel, der gegen die Scheibe gedonnert ist.«

Nun saß ich an meinem Schreibtisch und überlegte: Welche Details sollte ich in meinem Bericht an den Ehemann erwähnen? Vielleicht sogar die Fotos beilegen? Eine innere Stimme hielt mich davon ab, auf die Tastatur einzuhacken. Stattdessen verfiel ich in meine alte Krankheit: die Grübelei. Denn es war doch so: Es ging mich nichts an, was diese Frau nachmittags trieb. Noch ein Blick auf die Fotos: Die Frau drehte den Kopf zum Künstler und lächelte. Ihr Gesicht strahlte von innen, zeigte etwas zutiefst Zufriedenes; vielleicht war sie glücklich. Meine Arbeit, diese Fotos, der Bericht werden ihr Leben dramatisch verändern.

Mein Auftraggeber, ein Mann in einem Anzug, der so hellgrau war wie seine Haare, mit einem teigigen Gesicht und Augen, die nie lachten, war jemand, der sein Ego an einem riesigen Schreibtisch aus Kirschholz aufpolierte, die Daumen in Brusthöhe in imaginäre Hosenträger geklemmt. Solche Typen nenne ich Untote. Untote zahlen lieber mein überteuertes Honorar, als dass sie es wagen, mit ihrer Frau offen über ihre Ehe zu sprechen, über sexuelle Bedürfnisse und solche Dinge – oder sie einfach zu fragen, ob sie fremdgeht. Seine größte Sorge war, dass sie ein Verhältnis mit jemandem aus seiner Firma haben könnte. Sie trifft sich ab und zu mit einem Inder, sagte er, und die Haare in seiner Nase zitterten vor Empörung. Ausgerechnet mit einem Inder, stellen Sie sich das vor!

Ich erkenne einen Idioten, wenn er vor mir sitzt. Mein untoter Kunde war einer.

Ich legte die Fotos beiseite. Warum sollte ich ein schlechtes Gewissen haben, denn schließlich war es mein Beruf, untreuen Ehepartnern auf die Schliche zu kommen. Was mich beunruhigte, war, dass mein Job darin bestand, den Untoten zu helfen. Ich löste ihre Probleme, observierte ihre Frauen, ihre Konkurrenten, ihre Angestellten. Ich nahm Geld von ihnen. Die Frage war: Wann bin ich einer von ihnen? Wenn ich Männer beim Fremdgehen fotografierte, mein Richtmikrofon auf ihr Stöhnen und ihre Liebesbeteuerungen richtete, hatte ich nicht die geringste Hemmung, die Fotos ihren Ehefrauen zu zeigen oder ihnen das Gestammel vorzuspielen. Ich beobachtete dann die unterschiedlichsten Reaktionen: Schock, Wut, Tränen, endloses Zähneknirschen. Doch nach einer Weile, manchmal schon, wenn sie die ersten Tränen mit meinem hilfsbereit gereichten Taschentuch getrocknet hatten, manchmal erst nach Wochen, glitten meine Kundinnen in das hinein, was ich die Phase des Verstehens nannte. Die Frauen (nicht alle, aber die meisten) akzeptierten die Realität (mein Mann ist ein schwacher Charakter; mein Mann ist ein Schwein; mein Mann ist ein Dummkopf). Sie hatten mit ihrer Einschätzung in der Regel recht und begannen nach einer Weile, sich ein neues Leben aufzubauen (meist ein besseres). Es gab mir ein gutes Gefühl, ihnen dabei geholfen zu haben.

Warum fühlte ich mich diesmal unwohl? Also: Noch einmal die Fotos in die Hand nehmen. Ihr Lächeln war sanft. Berührend. Kein hinkender Hund, keine kichernde Krähe, oder wie die seltsamen Übungen in der Yogagruppe hießen, hatten je ein solches Lächeln auf ihr Gesicht gezaubert, keine neue Bluse und kein überteuerter Weißwein. Ich legte das Foto auf den Schreibtisch und starrte in das Flirren der Hitze hinaus. Gibt es einen moralischen Unterschied, wenn ein Mann oder eine Frau fremdgeht? Ist weibliche Untreue ein Akt des gerechten Widerstands, mit dem ich mich solidarisch zeigen sollte, männliche dagegen Ausdruck des Patriarchats? Mein Mitgefühl galt eindeutig der Frau. Das war keine bewusste Überlegung, eher eine instinktive Wertung; ein Bauchgefühl. Aber ist das in Ordnung? Haha, auch Männer können leiden. Davon kann ich ein Lied singen. Meine Gedanken glitten auf unsicheres Terrain ab, während meine Zeigefinger immer noch über der Tastatur des Laptops schwebten. Mein Gott, ich komme immer so leicht ins Grübeln. Meine Gedanken kreisen, springen vom Hölzchen aufs Stöckchen, nehmen dankbar jede Abzweigung. Früher, als ich noch Zielfahnder beim BKA war, nannten Kollegen mich Dengler, den Grübler. Ich habe die fatale Eigenschaft, ein Problem im Kopf so oft hin und her zu wenden, bis mir schwindelig wird. Grundsätzlich finde ich es okay, wenn man die Dinge durchdenkt, sie analysiert und nicht kopflos durchs Leben rennt. Damals stellte ich mir vor schwierigen Festnahmen jeden möglichen Ablauf im Kopf vor. Ich war mir sicher: Wenn ich jede Reaktion und jede Gegenreaktion mehrmals in Gedanken durchspiele, ist die Wahrscheinlichkeit unangenehmer Überraschungen geringer.

Olga ist davon überzeugt, dass meine Grübeleien andere Ursachen haben. Ich bin ein Bauernkind, aufgewachsen in Altglashütten, einem Dorf im Schwarzwald. Sie denkt, ich hätte, als ich in die Stadt nach Freiburg zog, mein Verhalten einem städtischen Umfeld anpassen müssen und dies sei mir nur mit intensivem Beobachten und Nachdenken gelungen. Ich weiß nicht, ob sie recht hat. Ich sehe mich eher als jemand, der den Dingen auf den Grund gehen will. Oder, um ein großes Wort zu wählen: Ich bin jemand, der die Wahrheit herausfinden will. Finde die Wahrheit – das wurde mir beim BKA eingebläut. Bei der Polizei ist die Wahrheit heilig wie die Hostie in der Monstranz. Wir sind ihre Priester. Wir tragen die Monstranz vor uns her. Wir beten sie an. Wir geben nicht auf, bis wir die Wahrheit kennen. Doch: Auf deren Altar bringen wir ihr Opfer. Große Opfer. Schwerwiegende Opfer. Menschenopfer – manchmal. Wir lügen um der Wahrheit willen (bei Vernehmungen fast immer). Wir manipulieren Zeugen (mitunter). Um der Wahrheit willen brechen wir in die intimste Sphäre von Verdächtigen ein. Wir verhalten uns der Moral und des Gesetzes wegen unmoralisch und manchmal ungesetzlich. Doch stimmt das Verhältnis von Lüge zur Wahrheit nicht mehr, gerät alles aus den Fugen. Dann geschieht es, dass … Ich vertreibe diese Gedanken, so schnell ich kann. Deshalb bin ich kein Polizist mehr.

Konzentriere dich auf deinen Fall.

Diese Frau betrügt ihren Mann. Das ist die Wahrheit. Doch um diese Wahrheit herauszufinden, begehe ich Hausfriedensbruch. Ich überlege: Wäre es oft nicht besser, die Wahrheit bliebe im Verborgenen; im schummrigen Licht dieses Ateliers in Bad Cannstatt? Wieder einmal verlieren sich meine Gedanken in einem diffusen Niemandsland: in dem Unterschied zwischen weiblicher und männlicher Untreue, in der Komplexität der Wahrheit. Und in den alten Geschichten aus dem BKA.

Sumpfiges Gelände.

Einerseits.

Andererseits: Ich bin kein Philosoph, sondern Privatdetektiv.

Ich brauche Geld.

Also stürzten sich die beiden Zeigefinger auf die Tastatur. *Betreff: Überwachung Ihrer Frau.* Neue Zeile: *Sehr geehrter Herr Hofkutscher, in den vergangenen fünf Wochen observierte ich entsprechend Ihrem Auftrag Ihre Ehefrau Gabriele Hofkutscher. Die Observation war engmaschig. Im Beobachtungszeitraum gab es kein unkontrolliertes Zeitfenster; außer Ihre Ehefrau verbrachte Zeit mit Ihnen oder befand sich in der ehelichen Wohnung. Während der Observation kam es zu folgenden Beobachtungen …*

Ich sah mir noch einmal das Foto an. Ihr Lächeln. Ihr Glück. Ihre tiefe Zufriedenheit.

Dann schrieb ich weiter: *Ein Ehebruch konnte nicht festgestellt werden.* Plötzlich flogen meine Finger über das Keyboard des Laptops. Ich listete alle Plätze und Geschäfte auf, bei denen ich sie überwacht hatte, addierte die Stunden, die ich sie beobachtet hatte, multiplizierte sie mit meinem Stundensatz, druckte das Ganze aus und zog den Kassenzettel für die neue Jeans aus meinem Geldbeutel.

Ich summte die Melodie von *Miss You* von den *Stones,* dachte an Olga, nahm die Rechnung aus dem Drucker, faltete sie zweimal und steckte sie in einen Umschlag.

Ich war kein Untoter. Noch nicht.

In diesem Augenblick klingelte das Telefon. »Spreche ich mit dem Sohn von Frau Margret Klara Dengler?«, fragte eine forsche Frauenstimme. Energischer Tonfall, beunruhigender Duktus, Polizeijargon. Meine Mutter lebt seit dem Tod des Vaters allein auf dem

Hof, vermietet Zimmer an Gäste, die im Schwarzwald wandern oder im Winter auf dem Feldberg Ski fahren. Sie ist über achtzig Jahre alt und beklagt sich immer nur aus einem Grund: Ich, ihr einziger Sohn, besuche sie zu selten. Deshalb hatte ich sofort ein schlechtes Gewissen, das sich mit Sorge mischte. »Was ist mit meiner Mutter?«, fragte ich und machte mich auf schlechte Nachrichten gefasst.

Die Anruferin stellte sich als Sofia Trautwein vor, Beamtin der Polizeiinspektion Neustadt/Titisee. »Hören Sie«, sagte sie, »so kann es nicht weitergehen. Wir waren in der letzten Nacht auf dem Hof Ihrer Mutter. Zum fünften Mal in vier Wochen. Sie hat unsere Nachtschicht um drei Uhr morgens alarmiert. Auf ihrem Hof würden Gestalten auf und ab gehen. Sie habe schreckliche Angst. Wir haben einen Streifenwagen hingeschickt, aber da war nichts. Keine Schatten, keine Gestalten, keine Fußabdrücke. Nichts. Ich rate Ihnen: Kümmern Sie sich um Ihre Mutter.«

Ich bedankte mich und versprach, mich unverzüglich bei meiner Mutter zu melden.

Tags zuvor hatte mich Rolf Köhler angerufen. Rolf war ein Schulfreund, von dem ich seit vier oder fünf Jahren (vielleicht aber auch schon länger) nichts mehr gehört hatte. Früher wollte er Rockstar werden. Mit seiner *Black Forest Bluesband* war er in einigen Jugendclubs zu einer lokalen Berühmtheit geworden und hatte eine beneidenswerte Anzahl von Schülerinnen aus der Umgebung abgeschleppt; zumindest hatte er dies damals behauptet. Doch dann hatte er vor vielen Jahren die Schlosserei seines Vaters in Neustadt übernommen. »Georg, ich muss mit dir reden«, sagte er am Telefon. »Deine Mutter hat mich heute zum dritten Mal in diesem Jahr beauftragt, die Schließanlage auf eurem Hof auszutauschen. Versteh mich nicht falsch, ich freue mich über jeden Auftrag und kann ihn nach der Pandemie auch gut gebrauchen, aber das kostet deine Mutter jedes Mal 1.500 Euro. Sie sieht nachts Gestalten, hat sie mir erzählt. Nichts für ungut, Georg, aber du musst dich unbedingt mehr um deine Mutter kümmern.«

Trotz der beiden Anrufe zögerte ich, sie sofort anzurufen. Ich überlegte zunächst einmal: War mir etwas entgangen? Hatte ich Anzeichen einer Demenz bei ihr übersehen? Im Dezember hatte ich meine Mutter das letzte Mal besucht (lange her, ich weiß). Wir feierten ihren Geburtstag. Ich hatte sie, Frau Willmann, ihre beste Freundin und die Mutter meines besten Freundes Mario, und den alten Egon, ihr Nachbar und Freund seit Jugendtagen, der ihr auf dem Hof hilft, seit ich denken kann, zum Essen in das vornehme Hotel Schlehdorn eingeladen. Obwohl sie sich ihr Leben lang kannten, saßen die drei alten Leute zunächst so steif aufgerichtet am Tisch wie die Servietten neben ihren Tellern. So ein Mist, dachte ich, das falsche Lokal. Hier fühlen sie sich nicht wohl. Ich bestellte Weißburgunder vom Kaiserstuhl, und nach zwei Gläsern kamen sie in Fahrt. Meine Mutter: »Weisch no, Egon, wo du vor de Freye wegg'rennt bisch?« Freya war eine verrückte Kuh auf unserem Hof. Sie hatte nur ein Horn, vollführte auf der Weide groteske Bocksprünge und hatte die Angewohnheit, Leute umzurennen, wenn sie schlechte Laune hatte. Ich war gerührt, als Egon sich verlegen das Weinglas vor sein Gesicht hielt, um seine Röte zu verbergen. Er konterte mit der Geschichte, wie Freya sich nicht von meiner Mutter melken lassen wollte und mit einem gezielten Tritt den Milcheimer umstieß. »Wer losst sich scho gern von so kalte Händ' a'lange!«[1] Bald hallte das Gelächter der drei Alten durch die Gaststube. Der junge Wirt setzte sich zu uns und gab eine Runde Schnaps aus. Die missbilligenden Blicke eines Schweizer Ehepaares am Nebentisch störten uns nicht. Ich saß bei meinen Alten, hörte ihren Geschichten zu und fühlte mich aufgehoben. Was mir jedoch auffiel, war, dass weder meine Mutter noch Egon, auch nicht Frau Willmann meinen Vater erwähnten. Er kam in ihren Geschichten nicht vor. Ich erinnere mich, dass ich überlegte, ihnen ein paar Fragen zu ihm zu stellen. Doch es war ihr Abend. Also schwieg ich. Doch Demenz? Noch einmal rief ich mir das lachende Gesicht meiner Mutter an jenem Abend in Erinnerung. Es gab keine Anzeichen von Demenz, nicht einmal von Er-

1 a'lange = anfassen

innerungsschwäche. Im Gegenteil: Sie kramte eine alte Geschichte nach der anderen hervor. Ich bestellte noch eine Flasche.
Als ich meine Mutter anrief, betont unverfänglich: Hallo Mame, wie geht's? Alles in Ordnung auf dem Hof?, klang meine Stimme belegt und unecht. Verlogen kam ich mir vor. Doch sie schien den falschen Ton nicht bemerkt zu haben. »Geschtern han ich en schlechte Tag ka, aber hit isch besser. Du weisch ja, Unkraut vergeht it.« Ich erwähnte weder Rolfs Anruf noch den der Polizei. Ich kenne meine Mutter: Sie wird wütend, wenn andere Leute über sie reden.
Dann ich: »Und sonst? Kannst du nachts gut schlafen?« Ich kratzte mich mit der linken Hand hinter dem Ohr, weil ich mich immer noch komisch fühlte. Normalerweise rede ich nicht um den heißen Brei herum. Am liebsten hätte ich direkt gefragt: Mutter, ich mache mir Sorgen um dich. Siehst du Gespenster? Siehst du nachts Gestalten auf dem Hof herumlaufen? Ich tat es nicht, weil – wie gesagt – meine Mutter es hasst, wenn andere Leute über sie reden.
»In mim Alter isch kei Nacht wie die ander«, sagte sie. »Wenn mer jung und verliebt isch, isch des andersch. Des müsstescht du eigentlich am beschte wisse …« Sie legte eine gedankenschwere Pause ein. »Geht's euch recht, dir und der Olga?«
»Olga ist bei ihrer Mutter in Rumänien.« Das war gelogen. In Wirklichkeit hatte ich keine Ahnung, wo sie war. »Ich muss mal raus aus der Stadt. So viel Verkehr, so viel Lärm hier. Ich besuche dich. Ich fahr in einer Stunde los. Was hältst du davon?«
Sofort wurde ihre Stimme weicher. »Ich mache dir Brägele[1] zum z'Nachtesse. I han no en Topf mit Herdäpfel[2]. Oder möchsch lieber a Schäufele[3]? Ich hätt no eins in de G'friere[4]. Und a wengle Kraut dazu?«

---

1 Brägele = Bratkartoffeln; allerdings werden für Brägele gekochte Kartoffeln verwendet, die nicht in Scheiben geschnitten, sondern in Flocken geraspelt und dann in der Pfanne angebraten werden.

2 Herdäpfel = gekochte Kartoffeln

3 Schäufele = Schweineschulter. Der Name kommt von der Form des Schulterblattes, die einer kleinen Schaufel ähnelt.

4 G'friere = Gefriertruhe

Ankunft

Von den Wänden der alten Werkstatt meines Vaters ist an vielen Stellen der Putz abgefallen und liegt zerbröselt auf dem Boden. Regen und Feuchtigkeit haben sich ins Mauerwerk gefressen und zwei hässliche Löcher in den Ziegeln hinterlassen. Ich parke direkt vor der Tür, steige aus und strecke mich. Schwarzwaldluft – sie ist so viel frischer und so sanft wie nirgendwo sonst. Wahrscheinlich enthält sie mehr Sauerstoff als die Luft in der Stadt. Ich drehe mich um. Da steht unser altes Haus. Etwas verkrampft sich in meinem Bauch. Als Jugendlicher löste der Anblick dieses Hauses Fluchtreflexe in mir aus. Ich wollte weg von hier; so schnell wie möglich. Und doch: Immer wenn ich nach Altglashütten zurückkomme, spüre ich ein warmes Gefühl, wenn ich das lang gezogene Dach mit den Hunderten von Holzschindeln sehe. So viele Erinnerungen werden gleichzeitig wach, wenn ich die kleinen Butzenfenster meines früheren Kinderzimmers sehe, die Beuge[1] mit dem Brennholz auf der linken Seite und die schwere Eisentür, die in den Keller führt.

Als Kind wunderte ich mich über die Wanderer, die vor unserem Hof anhielten und die Hausfassade oder Mutters Bauerngarten fotografierten. Erst allmählich begriff ich, dass es für sie etwas Besonderes war, ein typisches Schwarzwaldhaus zu sehen. Es ist bis auf eine gemauerte Außenwand und den Keller ganz aus Fichtenholz errichtet.

Ich fand das Haus immer eng und in jeder Hinsicht kalt – schon als Kind. In einem solchen Haus aufzuwachsen, hat nichts Romantisches. Die Bergbauern, die diese Art Haus vor dreihundert oder vierhundert Jahren erstmals errichteten, führten ein karges, hartes und arbeitsreiches Dasein. So lebten auch meine Großeltern, die den Hof nach ihrer Hochzeit übernahmen. Ihr Leben konzentrierte sich in diesen Häusern auf wenige Quadratmeter:

---

1 Beuge = alemannisch für Stapel

Wohnraum, Stall, Werkstatt, das *Denn* (das Wort kommt wohl von *Tenne* – hier lagerten das Heu und ein Riesenberg von »Riswelle« = Reisigbündel, womit der Kachelofen beheizt wird). Mein Vater verunglückte tödlich im Denn, als ich noch klein war. Ich war dabei. Seither traute ich mich nicht mehr hinein. Einmal hatte ich es versucht, und ich hatte mir dazu sogar mit einer halben Flasche Cognac Mut angetrunken. Aber als ich vor dem großen, zweiflügeligen Holztor stand, den Schlüssel in der vorgestreckten Hand, als sei er eine Waffe, zitterte ich am ganzen Körper. Der Cognac rumorte im Magen und im Kopf. Ich weiß nicht mehr, wie lange ich vor dem *Denn* stand. Vielleicht zwei Minuten, vielleicht eine Stunde, vielleicht länger – es war der reinste Horror. Ich versuchte es nie wieder.

Heute ist die Scheune ein Abstellraum für Geräte und Werkzeuge. Vaters uralter Fendt-Traktor steht dort – immer noch fahrbereit. Alle zwei Jahre steigt Egon auf das alte Ding und fährt es nach Neustadt zur Zulassungsstelle, kommt zurück mit einem neuen roten Nummernschild, und dann rottet der Traktor wieder zwei Jahre dahin, bis der nächste TÜV fällig wird.

Unter der Scheune waren früher Kuhstall, Schweinestall und Werkstatt. Mensch und Tier – auf diesem Hof lebte und starb, liebte und hasste, stand und lag alles eng beieinander unter einem einzigen Dach. Es gab keinen überschüssigen Platz und schon gar kein Geld, um das Haus zu vergrößern.

Der größte Horror meiner Kindheit war das Plumpsklo im hinteren Teil des Hauses. Ich atmete immer einmal tief durch, nahm all meinen Mut zusammen, und dann rannte ich, so schnell ich konnte, durch die Waschküche zum Klo. Im Winter fror ich mir dort (im Wortsinn) den Arsch ab. Im Sommer fürchtete ich mich vor den Maden, die manchmal aus dem dunklen Loch herauskrochen. Als meine Großeltern noch lebten, lag neben dem Deckel immer ein Stapel sorgfältig auseinandergerissenes und gefaltetes Zeitungspapier; eine Arbeit, die damals Opa Karl erledigte, nachdem er nach dem Mittagessen (der Postbote kam immer erst um die Mittagszeit) die Zeitung gelesen hatte.

Unser Hof war, wie viele Schwarzwaldhäuser, in den Hang hineingebaut. Das markante, mit Holzschindeln gedeckte Krüppelwalmdach reicht auf der Wetterseite fast bis zum Boden. Es fing die großen Schneemassen ab, die früher im Winter fielen und oft monatelang liegen blieben, und schützte uns vor Unwettern.
Der Keller war ein weiterer Schrecken meiner Kindheit. Er ist massiv aus Naturstein gemauert, schützt das Haus vor Bodenfeuchtigkeit und ist mit einer schweren Eisentür gesichert. Hier ist es das ganze Jahr über kalt, aber ich kann mich nicht erinnern, dass jemals etwas gefroren wäre (nicht einmal im härtesten Winter). Vor allem war es im Keller dunkel. Wenn meine Mutter mich in den Keller schickte, um ein Glas Kirschen oder Kartoffeln zu holen, pfiff ich meist laut vor mich hin, um meine zitternden Knie stabil zu halten. Ich öffnete die Eisentür und ließ sie weit offen stehen. So konnte ich schneller fliehen. Rechts war ein schwarzer Drehschalter, der das trübe Licht einer verstaubten, nackten Glühbirne anknipste. Im Keller roch es unheimlich und muffig nach feuchter Erde, vermischt mit dem Geruch von Kartoffeln, Äpfeln und Briketts. Wenn ich Pech hatte, huschte eine Maus über meine Füße. Von der Decke hingen an zwei Ketten vier zusammengeschraubte Bretter, die *Hangi*. Darauf lagerten, für die Mäuse unerreichbar, Kartoffeln, Äpfel und gelbe Rüben (Karotten, natürlich alles aus Mutters Garten). Auch die grandiose Linzer Torte, die meine Mutter an Ostern oder an meinem Geburtstag buk, oder die Fleischtüte vom Metzger fürs Wochenende wurde auf der *Hangi* gelagert. In einem Regal standen die begehrten Gläser mit eingemachten Kirschen, Pflaumen, Mirabellen oder Stachelbeeren. Links unter einem fast blinden Fenster türmte sich ein großer Haufen mit Kohlen und Briketts und warf gestaltartige unheimliche Schatten. Sobald ich gefunden hatte, was ich suchte, hastete ich so schnell ich konnte die Treppen hinauf ins Freie.
Im Erdgeschoss befinden sich die geräumige Küche und die traditionelle Schwarzwaldstube. Ein kleiner Anbau, der frühere *Schopf*, dient als gemütlicher Aufenthaltsraum für Gäste. Gleich dahinter liegt eine Waschküche mit Waschmaschine und Trockner sowie

der ehemalige Kuh- und Schweinestall, die zu zwei selten genutzten Einliegerwohnungen für Touristen umgebaut wurden.
An der Stirnseite des Hofes, gegenüber dem Hauptgebäude, hatte mein Vater die frühere Wohnung meiner Großeltern zu seiner Werkstatt umgebaut. Davor steht der große steinerne Trog, in den Wasser von der Quelle oben am Berg fließt. Früher standen im Trog die großen schweren Milchkannen, um die frische Milch zu kühlen.
Ich sehe mich um. Der Zaun um Mutters Bauerngarten braucht dringend einen neuen Anstrich. Drei Holzlatten haben sich von den Schrauben gelöst und hängen lose am Querbalken. Auch die Holzfassade meines Geburtshauses hat schon bessere Tage gesehen. Neben dem Küchenfenster entdecke ich auf einigen Schindeln Moos und weißliche Flecken: Schimmel.
Als ich die Türklinke drücke, flüchten drei Asseln unter einen Stein. In der geschützten Ecke haben unzählige Weberknechte ihr Sommerquartier bezogen. Ich gehe in den Flur und lasse die Tür einen Spalt offen, um frische Luft hereinzulassen. Es dauert einige Sekunden, bis meine Augen sich an die Dunkelheit gewöhnen. Es riecht nach Heu und Kuhstall, obwohl auf dem Dengler-Hof seit dem Tod meines Vaters kein Heu mehr gestapelt und keine Kuh mehr gemolken wird, doch dieser Geruch ist aus dem alten Gebälk wohl nie mehr rauszukriegen. Rechts führt die Treppe hinauf in den ersten Stock. Dort liegen mein früheres Kinderzimmer, jetzt ein Gästezimmer für Wanderer und Wintertouristen, und das Schlaf- und Badezimmer meiner Mutter. Die Küchentür am Ende des Flurs quietscht und schließt nicht mehr richtig, seit ich denken kann.
Die Mutter steht im Rahmen und knetet ihre Hände. Sie trägt einen neuen Kittel, straff, ohne Falten, noch ein wenig steif, und für einen Moment weht der vertraute Geruch von Bügelstärke herüber. Ihre grauen Haare sind frisch gelegt. Offenbar war sie zur Feier meines Besuchs im Dorf und hat sich die Haare waschen, föhnen und legen lassen – hat sich den neuesten Dorfklatsch angehört und sich sicher nicht daran beteiligt. Meine Mutter mag

den Dorfklatsch nicht. Und liebt ihn zugleich. Sie weiß immer Bescheid, wer gestorben ist oder wer bald stirbt. Aber sie hasst es, wenn die Leute über sie selbst reden.
»Guet, dass du endlich da bisch. Ich hoff, du fährsch it gli widder.«
Ach, Mutter – sie kann nicht anders. Sie muss in ihre Freude immer einen kleinen Vorwurf einbauen. Heute macht es mir nichts mehr aus, ihn zu überhören, doch als Jugendlicher konnte ich ihre versteckten Vorwürfe nicht ertragen. Sie führten immer wieder zu heftigem Streit. Wütend habe ich damals die Türen zugeknallt und bin mit dem Moped zu Rolf nach Neustadt gefahren oder gleich zu Freunden nach Freiburg, blieb eine Nacht im *Roten Punkt,* später im *Crash*. Aber jetzt umarme ich sie. Als meine Hände über ihren Rücken streichen, spüre ich, wie dünn sie geworden ist. Meine Finger ertasten ihre Schulterblätter, die Wirbelsäule, Knochen, aber kaum einen Muskel, kein Fleisch. Ich hebe sie hoch und küsse sie auf die Wange. »Ich bleibe so lange, bis du mich rausschmeißt.«
»Do kasch lang warte«, sagt sie. »Und jetzt loss mi wieder nab. Ich muss in d'Kuchi[1].«
Sie windet sich aus meiner Umarmung. Kraft ist noch da. Ich kann mir nicht vorstellen, dass diese Frau, die mich unter schwierigen Umständen mit eisernem Willen großgezogen hat, ihren Verstand verloren hat und nun Gespenster sieht.
Sie lacht, als ich sie vorsichtig auf den Boden absetze. »Isch lang her, dass mich en Kerle so packt hät.« Ihre Augenbrauen sind weiß geworden, weiß und struppig. Sie erinnern mich an die Borsten der Bürste, die neben der Spüle liegt und mit der sie die Erde von den Kartoffeln und Möhren schrubbt, die sie im Garten aus dem Gemüsebeet zieht.
Da fällt mir ihr Blick auf. Ihre Pupillen suchen mich und wandern sofort ein Stück nach rechts. Irgendwie ist sie anders als sonst, aber mir fehlen die Worte, um diesen neuen Zustand zu benennen. Unsicher vielleicht. Aber meine Mutter war noch nie unsicher.

1 Kuchi = alemannisch für Küche

»Auf zu Gott un zum Herdäpfelschäle«, sagt Mutter und beendet damit meine Überlegung. Sie dreht sich um. »Du häsch doch sicher Hunger! Sitz in d'Stuwwe so lang, bis die Brägele fertig sin.«

Küche

Die *gute Stube,* wenn meine Mutter hochdeutsch spricht (mit Touristen; es hört sich dann immer ein wenig wie auswendig gelernt an), oder wie sie sonst sagt: *die Stuwwe,* liegt im Erdgeschoss auf der linken Seite. Rechts steht die Tür zur Küche offen. Ich werfe einen Blick hinein, und sofort ist es wieder da, das warme Gefühl der Vertrautheit, das sich in Brust und Bauch ausweitet. Auch in meinem Kopf verändert sich etwas. Ich sehe nicht nur einen Raum mit all den bekannten Dingen darin. Diese Dinge geben eine Wolke von Erinnerungen frei, die mich auf eine merkwürdige Art verändern, vermutlich weicher machen.

Ich bin daheim.

Die Küche ist groß, und mit all den Geräten, die hier stehen, hängen oder liegen, wurde schon in meiner Kindheit gemessen, gewogen, geschnitten oder gekocht, gebraten oder geschmort. Alles in diesem Raum ist alt, stabil, robust, als wäre es für die Ewigkeit hergestellt worden: die schwarze gusseiserne Pfanne, die am selben Nagel an der Wand hängt wie früher, daneben ein Set von großen Löffeln aus hartem Kirschholz, das Egon für meine Mutter geschnitzt hat, das Brotmesser mit dem verwitterten Holzgriff, der Brotkasten mit den beiden Stellen aus aufgeplatztem, weißem Emaille, die großen blauen Töpfe und das Radio auf der Fensterbank. Die schweren Holzdielen auf dem Boden sind glatt und schief gelaufen, aber sauber geschrubbt wie immer. Auf der Anrichte steht eine blaue Porzellanschüssel, gefüllt mit in der Schale gekochten Kartoffeln. Auch der Küchenschrank sieht aus wie früher. Der buttergelbe Lack ist an den Türen abgeblättert, aber das war er, seit ich denken kann. Vor dem Fenster steht ein Bügelbrett, daneben ein geflochtener Korb mit hellen Blusen, hautfarbener

Unterwäsche und ein Knäuel von Handtüchern. Auf der Bank liegt neue, gelb gestreifte Bettwäsche, verpackt in rutschige Plastikfolie. Auch die Lampe mit dem gehäkelten Schirm, die ich früher unerträglich kitschig fand, ist auf beruhigende Weise dieselbe wie früher. Die Kuckucksuhr an der Wand pocht und tickt wie eh und je. Allerdings arbeitet der Kuckuck schon seit Jahren nicht mehr zuverlässig, sondern stößt zu ziemlich willkürlichen Uhrzeiten sein Häuschen auf und ruft eine nicht vorhersehbare Zahl von Kuckucks aus, bevor er für ebenso wenig berechenbare Zeit wieder in seinem Gehäuse verschwindet. In dieser Küche hat alles seinen Platz. Alles hat seine Ordnung. Sie ist ein Spiegel des Lebens meiner Mutter, und viele Jahre war sie auch der Mittelpunkt meines Lebens. Je mehr ich mich umschaue, je mehr ich den Geruch von Holz und Heu in mich aufnehme, desto mehr spüre ich – ja, ich bin daheim.

Abendessen

Es sind fünf klitzekleine Löcher, perfekt gebohrt wie mit einem Präzisionswerkzeug. Sie sind so klein, dass ich sie nur sehe, weil ich mich ganz nah über den Tisch beuge. Vorsichtig fahre ich mit dem Zeigefinger über die Öffnung, spüre weder Kanten noch Krater. Diese winzigen Löcher waren schon da, als ich als Junge an diesem Tisch saß und über meinen Schulaufgaben brütete. Fleißige Holzwürmer haben sie in die Tischplatte gebohrt, bevor meine Mutter ihnen mit irgendwelchen Chemikalien das Lebenslicht ausgeblasen hat. Wenn ich eine Rechenaufgabe nicht lösen konnte und meine Gedanken irgendwo abschweiften, studierte ich die perfekte Arbeit der Würmer. Gesehen habe ich sie nie. Wenn ich mit einer Rechenaufgabe nicht weiterkam, riss ich mir manchmal ein Haar aus und stocherte damit in diesen Löchern herum, aber es gelang mir nie, die Holzwürmer so zu ärgern, dass sie herauskrochen.

Die Welt außerhalb der *Stuwwe* mag sich immer schneller drehen und im Wahnsinn versinken: Hier, innerhalb der Wände unseres Bauernhauses, scheint die Zeit nichts verändern zu können, nicht einmal die Löcher der Holzwürmer. Ich stehe auf und stoße mir den Hinterkopf an einem der schwarzen Querbalken, die aus der Decke ragen. Auch das ist wie früher. Selbst der Schmerz fühlt sich noch genauso an.

»Decksch mir de Tisch, Georg!«, ruft es aus der Küche. Auf ihren Wunsch hin nehme ich *das gute Geschirr,* nicht das dickwandige weiße, das sie für die Ski- und Wandergäste hinstellt. Stattdessen lege ich Geschirr auf, das von der Familie meines Vaters (die ich nie kennengelernt habe) stammt: cremefarbene Teller mit Goldrand, schwere silberne Messer und Gabeln, ehemals weiße, jetzt leicht gräuliche Stoffservietten in hölzernen Ringen mit gravierten Mustern; auch von Egon geschnitzt. Alles ist alt, alles ist kaum benutzt, alles scheint für die Ewigkeit gemacht, zumindest für die nächsten 25 Generationen.

Zwei dunkle, fast schwarze Holztische stehen L-förmig nebeneinander. Jeder Tisch besteht aus vier Brettern. Drei davon zeigen fast genau in der Mitte die unregelmäßigen Kreise eines Astlochs. Auf jedem Tisch liegt ein gehäkeltes Deckchen, darauf eine Vase mit Sonnenblumen, langen Grashalmen und dem gebogenen Stängel einer Dahlie. Vier Stühle aus dunkel lackiertem Fichtenholz stehen da, die Beine mit sichtbaren Nägeln an die Sitzfläche genagelt. Die gleichen groben Bretter sind an zwei Seiten als Rückenlehnen der umlaufenden Sitzbank an die Wand geschraubt. In der hinteren Fensterecke ist ein kleiner Altar eingelassen, auf dem der Gekreuzigte auf schwarzes Holz genagelt ist. Sein gequälter Blick hat mir als Kind oft genug das Sonntagsessen verdorben. Die Mutter hat ihm drei Glockenblumen zu Füßen gelegt, aber sie können weder seine Schmerzen lindern noch seine Laune heben. Neben ihm steht eine kleine, fingerhohe Figur aus Holz. Es ist eine unvollendete Schnitzerei meines Vaters – ein Familienheiligtum gewissermaßen. Meine Mutter fand sie an dem Tag, als er starb. Sie lag neben ihm und ist ihm aus der Hosentasche gerutscht. Nun steht sie auf dem Hausaltar als Erinnerung an ihn. Meine größte Sorge

war, dass die Holzwürmer Löcher in diese Figur bohren. Doch das haben sie nie gewagt. Als Kind nahm ich die Figur oft in die Hand und studierte jedes Detail dieser Arbeit. Ich kenne jeden Schnitt des Messers. Seine Klinge muss eine kleine Kerbe gehabt haben, denn die Schnittflächen sind nicht vollständig glatt, sondern zeigen kaum wahrnehmbare Spuren: kleine, fühlbare Linien.
Gegenüber den Fenstern ragt das Prachtstück des Zimmers in den Raum, der Kachelofen mit den glänzenden flaschengrünen Keramikplatten und der umlaufenden niederen Sitzbank. Ich kenne das Geheimnis dieses Ofens immer noch nicht, er muss besonders gemauert sein, denn seine Kacheln können, selbst wenn er erloschen ist, die Wärme über 24 Stunden speichern und an die Stube abgeben. Als Kind saß ich gern (besonders in den eiskalten Wintern) auf der Sitzbank und drückte meinen Rücken an die warme (manchmal aber auch sehr heiße) Keramik. Allerdings wurde die Stube selten geheizt. Nur an besonderen Feiertagen, an Weihnachten oder Ostern schickte meine Mutter mich mit dem Korb hinters Haus, wo die Holzscheite an der trockenen Seite gestapelt wurden. Früher hackte mein Vater die Scheite. Es gibt in meinem Kopf ein diffuses Erinnerungsbild: Er steht mit nacktem, verschwitztem Oberkörper vor einem hüfthohen Holzblock, in der rechten Hand ein großes Beil. Die dunklen Hosenträger hängen rechts und links an ihm herunter. Er lacht mir zu. Dann legt er ein Holzstück auf den Block, mit beiden Händen hebt er das Beil über seinen Kopf. Ich rieche frisch geschlagenes Holz und seinen Schweiß.
Lange her.
Manchmal, wenn die Schwestern der Mutter zu Besuch kamen, heizte sie den Kachelofen gewissermaßen außer der Reihe an. Ich war immer gern dabei, saß dann auf dem Bänkchen am Ofen, drückte den Rücken an die Wärme, hörte ihrem Lachen und Singen zu, das nach zwei, drei Gläsern selbst gebranntem Birnenschnaps durch das ganze Haus klang.
Aus der Küche strömt mittlerweile ein vertrauter, unwiderstehlicher Duft durch die offene Tür herein. Ich lege das Besteck beiseite und folge dem Geruch in die Küche. Mutter hat die gekochten

Kartoffeln auf einer Reibe geraspelt, drei Zwiebeln geschnitten (gerade tupft sie sich die Tränen aus den Augen), und nun brät sie beides goldbraun. Das Aroma von in Butter gewendeten Zwiebeln und Kartoffeln wabert durch die Küche. Ich kann nicht anders. Aus der Schublade nehme ich eine Gabel und probiere die Kartoffeln. Meine Mutter dreht gerade die Pfeffermühle über der Pfanne. Sie droht mir mit dem Zeigefinger, doch sie strahlt übers ganze Gesicht. »Kasch immer no it warte, bis es fertig isch? Scho als Kind häsch du mir die Brägele us de Pfanne g'stohle.«

Draußen beendet die Sonne in einer Orgie von Rot, Blau und Rosa den Tag. Ein Wind ist aufgekommen und zwingt die Bäume zu leichten Verbeugungen. Mutter kommt mit der Pfanne voller Brägele in die Stube und füllt die Kartoffeln mit einem großen Holzlöffel auf meinen Teller; dazu ein Glas Milch. Es ist (fast) so wie früher, als mein Vater noch lebte und noch Kühe im Stall standen. Heute trinke ich mit Ausnahme des Schlucks in meinem frühmorgendlichen Espresso doppio schon lange keine Milch mehr. Nun mache ich der Mutter zuliebe eine Ausnahme. Die Brägele, die dunkle *Stuwwe,* der Hof, der Geruch der Milch: Alles vermischt sich mit Kindheitserinnerungen. Es schmeckt wie früher (also fantastisch). Die Kartoffeln haben eine feste Kruste und krachen, wenn ich hineinbeiße. Innen sind sie goldbraun und weich; der Rand dunkler als die Innenfläche. Erdiger milder Geschmack verbindet sich mit dem süßen Aroma der gebratenen Zwiebeln und der Butter, der Schärfe des Pfeffers. Ich bewege die Zunge hin und her, und mir scheint, Mutter hat noch etwas Paprikapulver über die Brägele gegeben. Ich stoße die Gabel hinein. Ja, es schmeckt wie früher.

Meine Mutter faltet die Hände, schließt die Augen und murmelt leise ein Gebet. *Komm Herr Jesus, sei unser Gast und segne, was du uns bescheret hast.* Ich fächele mit der flachen Hand den Duft in die Nase. Doch: Ich bin nicht zum Vergnügen hier. Ich muss herausfinden, ob meine Mutter dement ist – oder gerade dabei ist, ihren Verstand zu verlieren. Bevor ich in den Schwarzwald aufbrach, habe ich auf der Seite der AOK gelesen: *Eine Demenz beginnt schleichend:*

Erste Anzeichen können Kraftlosigkeit, leichte Ermüdbarkeit, Reizbarkeit, depressive Verstimmungen oder Schlafstörungen sein. Betroffenen fällt es bei allen Demenzformen zunehmend schwer, Neues zu behalten oder sich in ungewohnter Umgebung zu orientieren. Ihr Urteilsvermögen lässt nach. An Demenz Erkrankte werden launisch und ziehen sich zurück.
Ein an Demenz erkrankter Mensch verliert nach und nach seine kognitiven Fähigkeiten wie Erinnern, Denken, Lernen oder Beurteilen. Auch Orientierung, emotionale Fähigkeiten und Sprachvermögen sind beeinträchtigt. Typische erste Demenz-Symptome sind unter anderem Wortfindungsstörungen, Orientierungsstörungen oder ein schwindendes Kurzzeitgedächtnis.
Körperliche Bewegung und gesundes, gemüsebasiertes Essen seien wichtig für die Verhinderung von Demenz. Nun, Brägele bestehen nur aus Kartoffeln, Zwiebeln, Kräutern; alles rein gemüseorientiert, also supergesund.
Wir sitzen uns gegenüber, kauen und schweigen. Wie, zur Hölle, findet man heraus, ob die eigene Mutter noch richtig im Kopf ist? Als Bulle habe ich Verdächtige und Zeugen vernommen. In meinem Bücherregal steht das Standardwerk »Erfolgreich vernehmen«. Das BKA ordnete mich zu mehreren Spezialseminaren über Vernehmungstechnik ab. Doch wie vernimmt man die eigene Mutter? Soll ich einfach gerade und offen von den Anrufen der Polizistin und Rolf erzählen? Ich wende diesen Gedanken hin und her und verwerfe ihn. Wenn meine Mutter hört, dass andere über sie reden, wird sie wütend – und wenn meine Mutter wütend ist: Dann gute Nacht!
Ich nehme den nächsten Bissen, suche nach einer Frage und schaue zu ihr hinüber. Ich blicke in erwartungsvolle Augen unter buschigen Brauen. »Äh«, sage ich, »die Brägele … wirklich klasse.«
Sie nickt. »Dann bin ich aber froh. Und ich han scho denkt, du sagsch ja gar nint!«
Ich stehe auf und gebe ihr einen Kuss auf die Wange.
»Hoho, was isch au mit dir los? Häsch ebbis a'gstellt?«, brummelt sie, als wäre ihr so viel Nähe zu viel, doch ihre Augen leuchten.
Ein einfacher Vernehmungstrick besteht darin, dem Zeugen Fra-

gen zu stellen, auf die man die Antwort bereits kennt. Wo standen Sie, als die Tat geschah, fragt der Ermittler, wenn er die Überwachungsvideos kennt. Die Frage ist in diesem Zusammenhang ein reiner Glaubwürdigkeitstest. Ich beschließe, Mutter etwas zu fragen, worauf ich die Antwort schon kenne. So kann ich feststellen, wie gut ihr Gedächtnis (noch) funktioniert.

Ich setze mich wieder hin und stoße mit der Gabel in die Brägele.

»Du Mame«, sage ich, »neulich hab ich überlegt, was war das für Fest auf dem du den Papa kennengelernt hast. Ich bin nicht mehr draufgekommen.«

Eine geniale Frage: Als Kind habe ich sie unzählige Male gefragt, wie die beiden sich kennengelernt haben. Oft saßen wir auf der Holzbank vor dem Kamin, und sie nahm mich in den Arm. Sie war mir nahe, ich spürte ihre Körperwärme, alles war sicher und vertraut. Solche Momente körperlicher Nähe sind selten auf einem Bauernhof, wo die Mutter rund um die Uhr hart arbeitet. Umso wertvoller sind diese Erinnerungen für mich, und ich bin mir nicht sicher, ob es richtig ist, sie jetzt kühl und überlegt zu nutzen, wie ich es als Ermittler tun würde.

Ihre Gesichtszüge glätten sich für einen Moment der Erinnerung. Sie schließt kurz die Augen, und ich kann sehen, wie sie in die Vergangenheit eintaucht. Ich liebe es. Schon als Kind mochte ich diese plötzliche Verjüngung. Staunend beobachtete ich, wie ihre Wangen glatter wurden, die Stirn straffer, der Mund weicher.

»Ha«, sagt sie, »des war halt so e Burefescht[1], in Gutach unten. Da sin der Egon und ich na.«

Unsere Geschichte hat ein Ritual. Ich muss nun eine bestimmte Frage stellen. So war es früher, und so mache ich es jetzt. »Wie seid ihr dahin gekommen? Gutach ist doch weit weg von Altglashütten.«

Ihr kurzes Lächeln zeigt mir, dass sie unser Ritual nicht vergessen hat. »De Egon hät a Motorrad ka. Aber ob er seinerzeit scho en Führerschein ka hät, säll[2] weiß i nimmi.«

---

1 Burefescht = alemannisch für »Bauernfest«

2 säll = alemannisch für »das« oder »dieses«

Ah, das ist etwas Neues in ihrer Erzählung. Dass Egon damals noch keinen Führerschein besaß, hatte sie mir als Kind verschwiegen. Aber nun war ich wieder an der Reihe. Ich schließe die Augen.
»Und die Musik? Was für eine Musik haben sie gespielt?«
Ihre Stimme klingt wie früher, weich und verträumt. »Des war a Bloskapelle. Mit Posaune, die klinge wie en Männerchor, so kräftig. Zwei junge Mäidli hen Klarinette g'spielt, wie so Schmetterling dazwische, ganz zart und wie so'n Flüschtern. Wie gern hätt ich Klarinett' g'lehrt! Und d'Flöte erscht! Die hen klunge wie de Wind, wenn er vom Titisee rufbläst. Einmalig. En dicke Kerle hät Tuba g'spielt, dass si Lederhos' vibriert hät. Wumms, wumms, ganz getrage und mit'm ernschte G'sicht. Die Musik hät pulsiert wie zwei Herze mitnand. Was Schöner's gibt's it. Da hat mi Seele g'lebt, des kann ich dir sage.«
Ich horche auf: Früher hatte sie doch immer gesagt: Da hat *die* Seele gebebt. Aber ich bin mir nicht sicher.
Meine nächste Frage wartet sie nicht ab. »Des ware die Gutacher Stubemusikante«, erzählt meine Mutter, und ich höre in ihrer Stimme ein leichtes Schmunzeln. »Junge Lit[1] aus'm Dorf, die die Liebe zur Blasmusik teilt hen. Sie ware so begeischtert, dass man ihre Freude förmlich hät höre könne. Des hät sich dann uff alle übertrage. Des war so!«
Ich beschließe, die Geschichte abzukürzen und die entscheidende Frage zu stellen. »Und wann kam der Papa?« Auch diese Frage gehört zu unserem Ritual.
»Auf eimal isch er halt do g'stande; wie us heiterem Himmel. Ich han grad zum zweite Mal mit dem Egon tanzt. Der wollt mir was sage, aber ich konnt gar it zuhöre. Des war Mitte im Walzer … ich weiß au it … plötzlich hat der scheene Mann mich im Arm ka.«
Sie schweigt.
»Natürlich han ich ihn scho vorher g'sehe, wie er mit so einer Schwarzhaarige tanzt hät. Er war so …« Ihre Stimme bekommt einen verträumten Klang, als sie sagt: »… so galant.«

---

1 Lit = alemannisch für »Leute«

Ich öffne meine Augen und sehe, dass sie ihre geschlossen hat.
»Er war so ganz andersch als alle andere. Groß. Schmal. Scheeni bruni[1] Auge. Und mit dene hat er mich uff e Art a'guckt, da isch mir's ganz andersch worre. Und schick war er mit so einer helle, ganz wite[2] Stoffhose. Bruni Lederschuh dazu, wie neu. Die hen so schee glänzt. Frisch putzt. Dann hat er mich immer feschter an sich nadruckt. Säll weiß i au no.«
Ich kannte den nächsten Satz genau: Und dabei hat er gar nicht tanzen können!
»Und dabei hät er gar it tanze könne!« Ein Lächeln verschönert ihr gcliebtes altes Gesicht. Auch den nächsten Satz kenne ich: En richtig scheene Kerle!
»En richtig scheene Kerle!«, sagt sie mit weicher Stimme.
Früher konnte ich mir ihre erste Begegnung so gut vorstellen, als wäre ich dabei gewesen. Ich sah mich als kleiner Bub, der abseitssteht und zu der Tanzfläche hinaufstarrt, auf der sich seine Eltern zum ersten Mal im Kreise drehen. Und auch jetzt sehe ich der jungen Frau zu, die dem fremden Kerl in die Augen schaut und in diesem Moment erkennt, dass sie den Mann ihres Lebens getroffen hat. Früher, als ich meinen Kopf mit den kurz geschnittenen Haaren an ihre Achseln schmiegte, konnte ich sogar die Musik hören, von der sie erzählte: Posaunen wie ein Sturm, jauchzende Klarinetten, das Sanfte und Weiche der Flöte und die entschlossene Tuba, die jeden Einspruch zur Seite stieß.
Ich räuspere mich und setze mich aufrecht an den Tisch. Ich bin nicht hier, um Kindheitserinnerungen aufzufrischen. Eines ist sicher: Die Langzeiterinnerung meiner Mutter funktioniert bestens. Sie hat die alte Geschichte Wort für Wort wiederholt, genauso wie ich sie von früher kenne.
»Iss dini Brägele, sonsch were sie kalt«, sagt sie, und ihre Stimme klingt weicher als zuvor. Ich tue es und schmecke die Kruste der gebratenen Kartoffeln, die Süße der geschmelzten Zwiebeln. Ich

1 bruni = alemannisch für »braune«

2 wite = alemannisch für »weite«

muss nun herausfinden, wie es mit ihrer Erinnerung bei Ereignissen aussieht, die noch nicht so lange zurückliegen.
Ich schaue ihr in die Augen. »Ich habe gerade an deinen letzten Geburtstag gedacht. Erinnerst du dich noch daran?«
Eine Stubenfliege surrt um meinen Kopf. Sie setzt sich auf den Rand des Milchglases und krabbelt die Innenseite hinab. Mit einer Handbewegung verscheuche ich sie.
Mutter schüttelt unwillig den Kopf. »Du häsch uns ins Hotel Schlehdorn ig'lade. D'Helga war dabei und der Egon. Ich han Herdäpfelbrei mit Rindsroulade g'esse. Und du häsch zwei Flasche Weißburgunder b'stellt.« Die Fliege landet auf ihrem Teller und untersucht mit ihrem Rüssel und zwei Vorderbeinen eine Kartoffel. Mutter legt die Gabel beiseite, öffnet die Handfläche etwa einen halben Meter hinter der ahnungslosen Fliege. Sie ist eine geniale Fliegenjägerin. Früher hingen in Küche und Stube Fliegenfänger, lange ekelige Papierstreifen, an denen die Insekten kleben blieben. Als Jakob neun Jahre alt war, beschuldigte er sie der Tierquälerei. Er versuchte, die Fliegen zu befreien. Das Klebeband verhedderte sich erst an seinen Fingern und dann in seinen Haaren. Ich musste einen Teil mit der Schere abschneiden. Da nahm meine Mutter die Dinger ab und versprach, nie wieder welche aufzuhängen. Gemeinsam verbrannten sie die restlichen Fliegenfallen hinter dem Haus und waren wieder beste Freunde. Seitdem fängt Mutter Mücken und Fliegen mit der Hand. Sie hat dafür eine besondere Technik entwickelt. Ich beobachte, wie ihre geöffnete Hand nach vorne schießt und sich über der Fliege zur Faust schließt. Fliegen können nicht anders: Wenn sie fliehen, müssen sie zuerst zwei, drei Zentimeter senkrecht nach oben. Dann können sie in jede beliebige Richtung davonfliegen, aber zuerst geht es geradeaus nach oben – in diesem Fall direkt in die Hand meiner Mutter, die sich direkt über dem Insekt schließt.
»Sags it dem Jakob«, sagt sie und wischt sich die Hand an der Schürze ab.
»Deine Reflexe funktionieren noch«, sage ich. »Jetzt hast du auch schon ein stolzes Alter erreicht. Wie alt bist du noch mal?«
Sie schiebt die Brägele auf die Gabel, hält inne und sieht auf. »Bub,

du musch zum Doktor. Jetzt bisch no so jung und häsch scho so a schlechts Gedächtnis! Muss mir ja Sorge mache! Und es wird jedes Mal schlechter, wenn du mich b'suchsch. Jetzt weisch du schon nimmer, wie alt ich bin?« Sie schüttelt den Kopf. »Ich ruf d'Frau Doktor an. Die soll dich mal gründlich untersuche.«
»Sag es mir, Mame.« Ich zerkleinere ein Stück Brägele und komme mir albern vor. »Wie alt wurdest du?«
»Wahrscheinlich kommt das daher, dass du jeden Tag Fleisch isst. Und z'viel trinksch. In der Stadt lebe die Leut it so gesund«, sagt sie. »Du bisch doch no so jung.« Sie blinzelt ein wenig hinter ihren Brillengläsern. »Jedenfalls im Vergleich zu mir.«
»Wie alt bist du, Mame?«
Eine neue Fliege schwirrt um ihren Kopf herum. Sie bemerkt sie nicht. »Johanniskrauttee hilft auch«, brummt sie. »Das bringt die grauen Zellen in Schwung.« Sie tippt sich mit dem Zeigefinger an die Schläfe.
»Wie alt bist du, Mame?«
»Dass du des nimmer weisch, isch it normal. Mein Bub, du machsch mir Sorge.« Sie legt die Gabel zur Seite.
»Schläfst du nachts gut?«, frage ich, ohne aufzusehen. Obwohl ich nicht hinschaue, merke ich, wie sie irritiert den Kopf hebt. Mitten in der Bewegung hält sie die Gabel an. »Geht's dir gut, Georg? Was stellsch du für Frage! Du bisch ja ganz durcheinander.« Sie schüttelt den Kopf, die Gabel wandert zum Mund.
Ich: »Bewegst du dich genug? Ich habe neulich gelesen, dass das im Alter wichtig ist.«
Sie legt die Gabel neben den Teller, neigt den Kopf ein wenig. »Ha, natürlich. Ich geh' seit Neuschtem zum Ballettunterricht.«
Ich lache. »Hast du dir ein schönes Ballettröckchen gekauft?«
Sie blinzelt mich an. »Noch it. Morge fahre mir zwei nach Neustadt und kaufe eins.« Sie nimmt die Gabel und sticht kräftig in die Brägele. »Also wirklich, die Fragerei kommt mir spanisch vor.« Sie schüttelt verärgert den Kopf.
Ich beuge mich vor. »Weißt du noch, als wir in Stuttgart im Ballett waren?«

Ihre Gabel bleibt auf halbem Weg zum Mund in der Luft hängen. Ein Lächeln huscht über ihr Gesicht und macht es schön. »Allerdings! Lauter scheene Kerle auf de Bühne!«
Wir lachen beide. Sie schaut mich über den Brillenrand an. Dann sagt sie in strengem Ton: »Jetzt han ich mal a Frag: Weisch du noch, wie des Ballett g'heiße hät?«
»Äh, nicht genau.«
Mit einer Hand verscheucht sie eine Fliege, verfolgt sie jedoch mit ihrem Blick und schaut, wo sie landet. »Romeo und Julia«, verkündet sie stolz. »Sag bloß, du weisch des nimme, die Gaukler und der schöne Romeo, in dere enge Hos. Und wie ich am Ende g'weint hab, weil er dann tot war.«
Jetzt erinnere ich mich auch: Sie weinte um den schönen Romeo. Das Schicksal von Julia nahm sie gelassener hin.
Ihre Hand schießt nach der Fliege. Doch sie kommt eine Zehntelsekunde zu spät. Das Insekt flüchtet in die Ecke des Altarfensters und setzt sich auf die Dornenkrone der Jesusfigur. »Weisch du noch, wie die Primaballerina g'heiße hat, Georg? Des war so a ganz magere.«
Mürrisch stochere ich in meinem Brägele herum. »Mame, so was merk ich mir nicht.«
»Haydee – so hät sie g'heiße!«, sagt sie triumphierend. Sie schüttelt den Kopf. »Dass du dir so was it merke kannsch. Des begreif ich it.« Sie häuft einen kleinen Berg Brägele auf ihre Gabel. Dabei wirft sie mir einen schelmischen Blick zu. »Und – häsch no mer Frage?«
Allerdings, wie sieht es mit ihrem Kurzzeitgedächtnis aus? »Ja, eine Frage habe ich noch. Wo hast du die leckeren Herdäpfel aufbewahrt, bevor du sie in die Pfanne geworfen hast? Früher hast du die Herdäpfel immer in der blauen Schüssel aufbewahrt. Das weiß ich noch. Machst du das immer noch?«
Sie zieht den Kopf ein wenig zurück und blinzelt mich wieder an. Ich lese ihren Gesichtsausdruck so: Sie fragt sich, ob ich den Verstand verloren habe. Ich kann es ihr nicht verdenken. »Georg, sag mal, fehlt dir a Schräuble im Oberstüble? Grad häsch du's doch noch g'sehe. Irgendwas stimmt einfach it mit dir.«

Ich gebe auf. »Stimmt, Mame, keine Sorge, bei mir ist alles okay.« Meine Mutter ist kerngesund. Ihr Geist ist wach und ihr Gedächtnis so gut wie meines, wahrscheinlich sogar besser. Ich bin erleichtert.

Doch *sie* ist es nicht. »Georg«, sagt sie streng, »das isch it normal, dass du so viel vergischt. Weisch was, jetzt nimmsch mal a paar Ginkgo-Tablette. Die solle ja helfen ...« Sie dreht den Zeigefinger an der Stirn im Kreis: »Da wird dein Geischt wieder ordentlich durchblutet.« Sie stützt sich beim Aufstehen mit der Hand ab.

Ich springe erschrocken auf. »Nein, das ist nicht nö ...« Doch sie ist schon zur Tür hinaus. Nach ein paar Minuten kommt sie mit einer zerdrückten Tablettenschachtel zurück. Ich habe keine Wahl. Als ich die Dinger geschluckt habe, hebe ich das Glas. »Sag mal, müssen wir wirklich Milch trinken?«

Sie lacht und wechselt ins Hochdeutsch, was sich bei ihr immer ein wenig seltsam, fast gestelzt anhört. »Nach dem Essen gibt's einen Rotwein, einen guten. Steht scho in der Kuchi, dass der it so kalt isch. Kannsch die Flasch glei ufmache. Ich trink gern Milch – schon über 80 Jahr.« Sie hebt ihr Glas.

Nach einer Weile frage ich scheinbar beiläufig: »Und, wie geht's dir gesundheitlich? Schaffst du noch alles?« Meine Gabel beschreibt einen Kreis, der den ganzen Hof umfasst.

Sie trinkt einen Schluck Milch und fährt sich mit der Zunge über die Oberlippe. »Ha, gut, aber es isch halt nimmi so wie früher.«

Ich spieße mit der Gabel ein paar Brägele auf. »Wo tut's denn weh?«

Ein Schatten huscht über ihr Gesicht. »Die Leut im Dorf, die mache sich immer über mich luschtig. Ob's it besser wär, wenn ich ins Altersheim ging. Des sage it die Junge, des sage die Alte zu mir. Ob ich mir des scho überlegt han.«

Ich lächle. »Die Leute werden komisch, wenn sie alt werden.«

Abrupt legt sie die Gabel auf den Tisch. »Das sagen die Leute auch zu mir.«

Ich lache und greife über den Tisch zu ihrer Hand. »Du nicht, Mame.«

Misstrauisch blickt sie mir ins Gesicht. Dann befreit sie sich energisch von meiner Berührung. »Du glaubsch doch it, dass ich ein …« – sie tippt sich mit dem Zeigefinger an die Stirn – »… plemplem bin?«

»Auf keinen Fall. Wer solche Brägele zaubern kann …«

Sie unterbricht mich schroff. »Da geh i auf keinen Fall hin.« Sie beugt sich über den Tisch zu mir hin. Im Verschwörerton sagt sie: »Die Irma isch ins Altersheim gange. Aber kaum war sie da, isch sie g'storbe.« Ihre Augen sind jetzt weit aufgerissen. Der Mund steht offen. Mit der flachen Hand schlägt sie auf den Tisch. »Und was isch dann mit dem Hof?«

Sie nimmt die Gabel wieder in die Hand und stochert im letzten Rest Kartoffeln herum. »Du hasch ihn nie wolle, den Hof.« Die Gabel beschreibt einen Halbkreis. »Isch vielleicht au besser so. Du wärsch kein guter Bauer.«

»Ach, Mame, fang jetzt nicht wieder damit an. Du weißt doch, wenn ich die Sense in die Hand nehme, dann rasier ich mir die Beine ab.«

»Dein Papa hat's doch au g'lernt.

»Mein Papa war Bauer. Aber ich …«

»Der Papa, ein Bauer? Da täuschst du dich, Georg. Er hat halt alles lehre müsse.«

Ich grinse. »Deshalb hast du ja auch seine Werkstatt behalten. Nichts hat sich verändert. Seit Jahren liegen jeder Hammer, jede Schraube, jeder Nagel am selben Platz.«

Für einen Moment trübt sich ihr Blick. Sie schaut auf den Teller. Ihr Mund steht offen. Sie scheint weit weg zu sein. So reagiert sie immer, wenn wir über meinen Vater sprechen. Aber das währt nur wenige Sekunden. Sofort ist ihr Blick wieder klar.

Ich stehe auf und räume die leeren Teller weg. »Heute bleibst du einfach sitzen«, sage ich zu ihr und küsse mein geliebtes Mütterchen auf den grauen Schopf. »Ich mache den Abwasch.«

»So weit kommt's noch«, sagt sie. Energisch stützt sie sich mit einer Hand auf der Tischplatte ab und steht auf. »Nix da! Du weisch ja gar nimmer, wo die Sache in der Kuchi hing'höre. Und ich muss sie dann wieder suche.«

Rommé

Nach dem Abwasch – Mutter spült, und ich trockne ab, so wie wir es früher zusammen gemacht haben – räume ich die *guten Teller* und das *gute Besteck* in den Schrank. Dann beginnt das allabendliche Ritual, das Mama *den gemütlichen Teil* nennt. Sie holt eine Flasche *vom guten Rotwein* aus der Küche, stellt sie auf den Tisch und legt den Flaschenöffner daneben. Ich ziehe mit einem *Plopp* den Korken heraus, fülle zwei Gläser. Inzwischen hat sie eine Tüte Salzstangen geöffnet und füllt sie in ein altes Tongefäß, das noch von ihrer Mutter stammt.

Wir spielen Rommé.

Bei diesem Spiel geht es darum, Karten in einer bestimmten Reihenfolge auf dem Tisch abzulegen. Wer zuerst keine Karten mehr auf der Hand hat, ruft »Rommé« – und hat gewonnen. Erschwert wird das Spiel dadurch, dass jeder Spieler eine zusätzliche Karte aufnehmen muss, wenn er nicht ablegen kann. Schafft es jemand, alle Karten auf einmal auf dem Tisch auszubreiten, muss er rufen: »Rommé Hand!«. Die Punkte der Mitspieler werden dann doppelt gezählt. Wer am Ende die wenigsten Punkte hat, ist König oder Königin des Abends. Rommé ist Mutters Lieblingsspiel. Wenn ich sie besuche, spielen wir es fast jeden Abend. Sie verliert (fast) immer. Aber ich habe noch nie erlebt, dass das ihre Begeisterung für das Spiel getrübt hätte.

Sie sitzt mir gegenüber, ihre krummen Finger mit den knotigen Gelenken halten das Blatt. Sie runzelt übertrieben besorgt die Stirn, als sie ihre Karten betrachtet – Mutters Art, ein Pokerface zu zeigen. Mit schnellen Bewegungen schiebt sie einige Karten hin und her. Als sie an der Reihe ist, legt sie sofort ab: drei Zehner und drei Könige.

Ich bin eher der Rommé-Hand-Typ. Ich sammle Karten, solange ich kann, und lege sie dann mit einem großen Wurf alle auf einmal ab. So habe ich als Kind gespielt, und so spiele ich heute noch. Ich beobachte sie. Sie macht keine Fehler. Wenn sie verliert, beißt sie sich auf die Unterlippe, aber sie zählt ihre Punkte richtig. Wenn sie Karten gibt, ist die Zahl richtig: 13.

Ich beschließe, ihr Kurzzeitgedächtnis mit einer letzten Frage zu testen. »Die Brägele waren super. Sag mal, wie viele Zwiebeln kommen eigentlich darein?«

»Drei«, sagt sie, ohne aufzusehen, und sortiert ihre Karten. »Wie immer. An de Ziebele darfsch nie spare. Merk dir des!«

Sie hat gut gemischt. Mir hat sie ein beschissenes Blatt gegeben: zwei Kreuz Sieben und zwei gleiche Herzbuben. Sonst nichts, was irgendwie zusammenpasst, alles übles Kraut und Rüben. Bei meiner Mutter scheint es besser zu laufen. Sie steckt die Karten zusammen, und vor ihr liegen schon drei kleine Stapel mit vermutlich passenden Karten. Eines wird mir in diesem Moment jedenfalls klar: Meine Mutter hat keine Demenz. Ihr Langzeitgedächtnis funktioniert. Und ihr Kurzzeitgedächtnis auch. Ich kann also, um im Bild zu bleiben, mit offenen Karten spielen. Also sage ich möglichst beiläufig (ohne aufzuschauen, meine Karten weiter ordnend, obwohl es nichts zu ordnen gibt): »Du, eine Frau Trautwein von der Polizei in Neustadt hat mich angerufen. Sie hat gesagt, da sind nachts Leute und Gestalten auf dem Hof.«

Sie hört nicht auf, ihre Karten zu sortieren. Sie schaut nicht einmal auf. »In der Werkstatt vom Papa laufe nachts Leute rum. Und im Haus waren sie auch schon.« Sie nimmt zwei Karten vom Tisch, schaut sie prüfend an und legt sie vor sich hin.

Ich bin so verblüfft, dass ich für einen Moment die Kontrolle über mich verliere. Ich starre sie an. Wahrscheinlich steht mein Mund weit offen.

Mit einer Kopfbewegung zeigt sie auf mich. »Du bisch dran! Wenn du it lege kannsch, musch eine Karte nehme.« Mit einer schnellen Bewegung fahre ich mir über die Stirn. »Mame, wen interessiert schon Papas alter Kram?« Um mich abzulenken, nehme ich schnell eine Karte vom Stapel.

Sie zuckt mit den Schultern. »Des wüsst ich au gern.« Dann legt sie drei Asse auf den Tisch.

Ich schaue nicht hin. Es ist die absolute Katastrophe. Alles ist

schlimmer als gedacht. Mame hat keine Demenz, sondern einen ausgewachsenen Verfolgungswahn.
»Komm«, sagt sie, »du bisch dran.«
Ich lege meine Karten auf den Tisch. »Mame, das ist schrecklich.«
Wieder zuckt sie mit den Schultern. »D'Polizei macht nix. Die glaube mir des it. Komm, leg a Kart!«
Der fettige, süßliche Geruch der Brägele liegt noch in der Luft. Im Mund spüre ich den Geschmack der gebratenen Zwiebeln. »Ich lege nicht ab«, sage ich. »Ich will erst wissen, was los ist. Wann hast du Leute auf dem Hof gesehen? Von deinem Zimmer aus? Durchs Küchenfenster?« Ich nehme einen Schluck Rotwein, um den Zwiebelgeschmack loszuwerden.
Jetzt legt auch sie die Karten auf den Tisch. »Ha nei, von dei'm Zimmer aus. Wenn ich manchmal it schlafe kann, steh ich auf und geh in dein Zimmer. Dann kann ich auf den Friedhof gucke, aufs Grab vom Papa.« Sie schaut mir in die Augen. Ihr Gesicht ist plötzlich ganz weich, und es liegt eine unglaubliche Traurigkeit darin.
Ich lege meine Hand auf ihre. Ich streichle sie. »Was hast du gesehen, Mame?« Mein Ton ist ruhig, meine Stimme tief. Vergeblich versuche ich, diesen einen Gedanken zu unterdrücken: Mutter ist verrückt geworden.
Ihr Blick hat sich nicht verändert. Sie starrt mich immer noch an, aber ich bin mir nicht sicher, ob sie mich sieht. »Schatte«, sagt sie. »In der Werkstatt geischtert immer en Schatte rum. Man kann ihn durch d'Fenster in dei'm Zimmer sehe.«
Ich streichle sie weiter. Ihr Handrücken ist weich. Die Haut ist faltig. Ich führe meinen Zeigefinger zum Daumenballen. Auf der Innenseite ist die Haut straff und hart – ein Zeichen ihres Lebens voll harter Arbeit. »Vielleicht kommt der Schatten vom Licht der Laterne«, sage ich und versuche, meine Stimme so ruhig und gelassen wie möglich zu halten. »Wenn der Wind weht, wirft das Licht manchmal Schatten.«
Sie schüttelt entschieden den Kopf. »Ich bin it dumm, Georg. Da fehle au Sache.«

Ich unterdrücke ein Kopfschütteln. »Von Papas altem Werkzeug? Wer interessiert sich schon für den alten Kram?«
Ihr Blick sucht meine Augen. »Zwei Stechbeitel fehle«, sagt sie leise. Sie zieht ihre Hand zurück. Jetzt trommeln ihre Finger in einem unregelmäßigen Rhythmus auf den Tisch. Poch, poch – poch, poch.
Stille.
»Stechbeitel?«
»Zwei Stück.«
Eine dicke Stubenfliege summt um meinen Kopf und lässt sich neben meinem Weinglas nieder. Mutter beachtet sie nicht. Sie hebt beschwörend die Hand und flüstert: »Sache sin verschwunde. Die Schraubzwinge isch weg, die mit dem Holzgriff. D'Schublad, wo sie dring'lege isch, war en Spalt offe.« Mit beiden Händen hält sie sich das Gesicht zu. Dann streckt sie mir den Arm entgegen. Mit Daumen und Zeigefinger zeigt sie mir eine zwei Zentimeter große Lücke. »So weit war sie offe. Des bild' ich mir it ein.« Ihre Stimme zittert.
»Mame«, wiederhole ich leise. »Wer soll denn …«
Dann wieder: Poch, poch – poch, poch.
Die Stubenfliege schreckt auf und fliegt zum Kachelofen.
Sie schüttelt den Kopf. Dann schiebt sie die Karten zur Seite und leert mit einem Schluck ihr Glas. Plötzlich strafft sie sich, ihr Oberkörper richtet sich auf, spannt sich, als zöge ein Seil an ihrer Wirbelsäule, und in dieser starren Haltung beugt sie sich nach vorne. Ich sehe, wie ihre Augen erst langsam, dann schneller flackern und ihr Gesichtsausdruck starr wird. Sie scheint durch mich hindurchzusehen, als würde sie hinter mir etwas anderes, etwas Wichtigeres sehen. Ist es das, was ich befürchte – reiner Wahnsinn? Oder ist es nur die Erinnerung an meinen Vater? Die Fältchen auf ihrer Stirn und um ihren Mund erscheinen plötzlich wie Schluchten in diesem schönen, weichen Gesicht. Ihre Augenbrauen ziehen sich zusammen. Ihre Lippen werden schmal und spitz, sie scheint auf ihrer Unterlippe zu kauen. Sie öffnet den Mund und saugt mit einem rasselnden Geräusch tief Luft in die Lungen. Ihr

Gesicht zuckt dabei und zeigt einen Ausdruck von Verletzlichkeit, von Leid und Kampf. Wieder nehme ich ihre Hand und drücke sie.
»Mame?«, sage ich leise. »Was hast du?«
Sie stützt sich mit der rechten Hand auf die Tischplatte und steht auf. »Komm«, sagt sie und schlurft zur Tür. Ich folge ihr.
Wenig später stehen wir in der Küche vor dem Herd. Der Geruch von Kartoffeln und Zwiebeln liegt hier stärker in der Luft als im Wohnzimmer.
»Guck mal«, sagt sie.
Ich schaue auf den Herd. Auf der hinteren Platte steht eine Pfanne. Ein paar unscheinbare Reste von geschmorten Zwiebeln hängen am Rand. Der Boden ist ölverschmiert, mit Schlieren und Flecken von den Kräutern. Über dem Griff des Herdes hängen zwei Geschirrtücher zum Trocknen. Sonst sehe ich nichts. »Was meinst du?«
Sie ballt die rechte Hand zur Faust. »Merksch du denn gar nix?« Als sie mein Kopfschütteln sieht, deutet sie auf das glänzende Firmenschild an der Frontseite des Herds. »Da!«
»Gaggenau«, lese ich vor. »Was ist denn damit?«
»Siehsch du des it?« Jetzt hat ihre Stimme einen verzweifelten Unterton.
»Nein, Mame, was denn?«
»Georg«, flüstert sie, »siehsch du it, wie das Schild glänzt und funkelt?«
Ich muss lachen. »Doch, das sehe ich, du hast es perfekt poliert.«
Sie greift mit beiden Händen nach meinem Unterarm und drückt mit erstaunlicher Kraft zu. Verzweifelt schaut sie mich an. »Des war ich it, Georg. Ich han des it g'schrubbt. Des war jemand andersch.«
Ihr Blick schockt mich. Sie sieht in meine Richtung, doch sie schaut durch mich hindurch, als würde sie hinter mir irgendjemand oder irgendetwas sehen. Es ist schlimmer, als ich dachte.
Viel schlimmer.

Schritt für Schritt

Ein vorsichtiger Schritt.
Dann bleibt sie stehen. Sie hebt den Kopf und lauscht. Der Wind treibt ihr die Geräusche des Waldes entgegen. Sie filtert aus dem Heulen des Windes, dem Knacken der Äste, dem Rascheln der Blätter und dem Bellen eines Rehbocks ein krachendes Geräusch heraus. Sie kennt es gut: das Brechen von Knochen.
Hunger. Er zerrt an ihren Eingeweiden. Er sticht in ihrem Magen. Der Gedanke an Nahrung kontrolliert ihren Verstand, sodass in ihrem Kopf kein Platz für irgendeine andere Überlegung ist.
Noch ein vorsichtiger Schritt
Die Angst kehrt zurück.
Sie bleibt stehen.
Hunger.
Sie lauscht.
Sie wittert.
Sie starrt in die Dunkelheit.
Noch einmal hebt sie den Kopf.
Etwas Süßes, etwas Metallisches liegt in der Luft.
Sie kennt diesen Geruch.
Blut.
Auf dem Felsblock liegt die tote Frau. Vom Mond ausgeleuchtet. Lange Schatten. Alles ist klar und deutlich zu sehen.
Aus schwarzem Jeansstoff ragen steil zwei gebrochene Knochen ins Freie. Der grüne Anorak ist bis zum Hals verrutscht. Der Kopf ist zur Seite weggekippt, als sei die Verbindung zu Hals und Rumpf zertrennt. Der Hinterkopf ist offen und blutet.
Plötzlich – ein Huschen, eine Bewegung an der Leiche.
Das Maul einer Füchsin taucht auf.
Blutverschmiert.
Die Füchsin beißt und reißt am Schienbeinknochen.

Krachende Knochen. Schmatzgeräusche.
Ihrer Kehle entfährt ein tiefes Grollen.
Die Füchsin blickt erschrocken auf.
Mit einem quiekenden Ton flüchtet sie mit steil gerecktem Schwanz den Abhang hinauf.
Schritt.
Pause.
Nächster Schritt.
Angst.
Hunger.

Werkstatt

Als ich von Altglashütten nach Freiburg zog, hat Egon mein Kinderbett zerhackt und verbrannt. Heute Nacht werde ich in einem eichenen Doppelbett mit hohem Fußteil und steifer Bettwäsche liegen und an die Decke starren. Es ist seltsam, in diesem Zimmer zu sein. Es ist anders, aber irgendwie ist es immer noch mein altes Zimmer. Wie früher steht das Bett an der linken Wand und hat noch immer einen rot karierten Bezug. Gegenüber das Waschbecken, darüber ein Spiegel, daneben derselbe Handtuchhalter, an dem meine Mutter früher zweimal im Monat die Handtücher gewechselt hat. Die beiden Handtücher über der Stange haben ein Blümchenmuster. Mutter kauft diese Dinge in großen Mengen bei einer Firma, die früher Waschmittel in diese Handtücher gepackt und so ausgeliefert hat. Vor dem Fenster steht ein alter Tisch (den Egon gebeizt und neu lackiert hat) und ein Stuhl, wie sie auch im Wohnzimmer stehen. Durch das Fenster sieht man auf den Hof und auf Vaters alte Werkstatt. Und man hat einen sehr guten Blick hinunter auf das Dorf, die Kirche und den Friedhof. Mutter sitzt oft an diesem Fenster. »Von da aus kann ich den Papa sehen«, sagt sie dann.

Er fehlt uns beiden.

Ich setze mich ans Fenster und lasse den Abend noch einmal vor meinem inneren Auge ablaufen. Habe ich die Anzeichen ihrer Krankheit jahrelang übersehen? Ich lasse die Erinnerungen der letzten Besuche Revue passieren. Jedes Mal ist sie mit mir in Papas alte Werkstatt gegangen. Ich denke nach, grüble, aber ich kann mich nicht erinnern, dass sie jemals behauptet hätte, eines seiner verratzten Werkzeuge würde fehlen. Nein, der Wahn ist neu.

Ich bin nicht darauf vorbereitet, dass meine Mutter an einer schweren, vielleicht unheilbaren Krankheit leidet. Um ehrlich zu sein, habe ich nie wirklich darüber nachgedacht. Mir ist natürlich klar, dass Eltern alt werden und irgendwann sterben. Aber meine Mutter? Kein Gedanke. Vielleicht bin ich ignorant? Vielleicht. Aber jetzt, nach diesem Abend, bin ich es nicht mehr.

Als ich mir den Pullover über den Kopf ziehe, das Hemd aufknöpfe und mich umschaue, wird mir klar, dass in diesem Zimmer schon lange kein Tourist mehr übernachtet hat. Meine Mutter hatte sich vor einigen Jahren auf ein seltsames Geschäftsmodell eingelassen. Noch vor einigen Monaten (als der alte Bürgermeister noch im Amt war) hatte meine Mutter jedem Übernachtungsgast die sogenannte Hochschwarzwaldkarte ausgehändigt. Sie war im Übernachtungspreis enthalten und wurde vom Tourismusverein geliefert. Damit konnten die Gäste die Berglifte kostenlos benutzen, und eine Zeit lang war sogar der Eintritt in das große Spaßbad in Titisee inbegriffen. Mutter vermietet das Doppelzimmer für 30 Euro inklusive Frühstück. Dafür bekamen die Gäste zwei der Schwarzwaldkarten gratis. Der Durchschnittspreis für eine Lift-Tageskarte lag allerdings deutlich über den 30 Euro, die meine Mutter für eine Übernachtung verlangte. Das führte dazu, dass Naherholungsgäste aus Freiburg und Umgebung bei meiner Mutter Zimmer buchten, die Karte mitnahmen, aber nie dort übernachteten, sondern abends wieder in ihre Wohnungen nach Freiburg, Emmendingen oder Offenburg zurückkehrten. Sie nutzten die Bergbahnen oder das Erlebnisbad wesentlich günstiger, als wenn sie die Tageskarte extra gekauft oder den Lift bei jeder Fahrt einzeln bezahlt hätten.

Für Mutter war das ein gutes Modell. Sie sparte das Frühstück, brauchte die Bettwäsche nicht zu wechseln – und die Zimmer nicht zu modernisieren. Stattdessen zahlte sie einen kleinen Obolus an den Tourismusverein, freute sich über die tolle Idee der Hochschwarzwaldkarte, und wir staunten, dass dieses seltsame Konzept funktionierte.

Es funktionierte natürlich nicht.

Die Betreibergesellschaft fuhr Jahr für Jahr dramatische Defizite ein, die aus den ohnehin klammen Kassen der Feldberggemeinden ausgeglichen werden mussten. Als in Altglashütten ein neuer

Bürgermeister sein Amt antrat, rechnete er nach – und stieg aus der Hochwaldkarte aus. Mutter bietet immer noch Zimmer an, aber die Gäste bleiben aus.
Über ihr Einkommen und ihre finanzielle Situation spricht meine Mutter nicht (zumindest nicht mit mir). Sie bekommt eine Rente, doch ich weiß nicht, wie hoch sie ist. Wenn sie jetzt ernsthaft krank wird, muss ich mich wahrscheinlich auch um ihre Finanzen kümmern. Vor allem muss ich herausfinden, bei welchem Arzt Mutter in Behandlung ist. Vielleicht muss ich sie zu einer allgemeinen Untersuchung in die Freiburger Uniklinik schleppen. Doch der absolute Ernstfall wird sein: Wenn ihre Wahnvorstellungen schlimmer werden, kann sie nicht auf dem Hof bleiben. Aber wo soll sie hin? Hier wurde sie geboren. Hier hat sie ihr ganzes Leben verbracht. Sie wird den Hof nicht verlassen wollen. Es wird Streit geben. Was wird aus dem Dengler-Hof? Werde ich ihn verkaufen? Das Gebäude muss sowieso an einigen Stellen repariert werden. Holzschindeln müssen erneuert werden. Der Gartenzaun ist kaputt. Es gibt viel zu tun. In meinem Kopf entsteht eine immer länger werdende To-do-Liste, die ich allein nicht abarbeiten kann. Ich beschließe, Jakob anzurufen. Morgen früh. Denn eines ist klar: Ich brauche Hilfe.
Ich vermisse Olga. Ab und zu verschwindet sie. Manchmal für zwei Wochen. Manchmal für zwei Monate. Sie sagt mir nie, wohin sie geht oder was sie tut. Ich habe dies akzeptiert; schon vor langer Zeit; schon als wir uns kennenlernten. Sie ist *no man's wife*, keines Mannes Frau, sondern sie gehört nur sich selbst, wie es in einem Song von Leonard Cohen heißt. Es ist keine Eifersucht, die mich quält, wenn sie geht. Es ist etwas diffuses anderes. Etwas, das ich nicht genau verstehe. Etwas, das ich mit meiner Grübelei umkreise, aber zu dessen Kern ich trotz allem Nachdenken nicht vorstoße. Wenn sie geht, lese ich, jogge, mache irgendetwas, aber spätestens nach einer Woche ohne sie verliere ich den Halt. Ich fühle ihre Abwesenheit, als wäre mir ein wichtiges Organ entnommen oder ein Arm amputiert worden. Ich verlaufe mich in meinen Gedanken und finde den Weg zurück nicht mehr. Wenn Olga ver-

schwunden ist, bin ich mit der Welt nicht verbunden. Sie ist für mich der Zugang, die Brücke zu allem anderen. Ich rede mit niemandem über dieses Gefühl der Unverbundenheit – nicht einmal mit Olga. Ich bin allein in einer Welt, in der ich fremd bin. Ist Olga bei mir, löst sich die Beklemmung der Seele auf.

Ich öffne die Gürtelschnalle, schlüpfe gleichzeitig aus den Schuhen und schaue zur Werkstatt hinüber. Die Laterne wiegt sich unmerklich im Wind und wirft behäbige Schatten an die Fassade. Die hohen Fenster sind dunkel. Sind es diese Schatten, die meine Mutter zu ihren Wahnvorstellungen gebracht haben? Wann hat sie angefangen zu glauben, dass es echte Gestalten sind, Menschen, die nachts über den Hof schleichen und Vaters alte, wertlose Stechbeitel stehlen? Es ist schrecklich. Ich empfinde tiefes Mitgefühl mit meiner Mutter. Wie es wohl ist, verrückt zu werden? Merkt sie es? Ist sie sich dessen bewusst? Ich habe keine Ahnung und muss mich unbedingt mehr mit ihrer Krankheit beschäftigen.

Ich ziehe gedankenverloren die Hose herunter und – erstarre mitten in der Bewegung.

Da ist eine Bewegung hinter der hohen Fensterscheibe.

Eine Gestalt. Dunkler als die Dunkelheit der Werkstatt.

Sie bewegt sich.

Werde ich jetzt auch verrückt? Ich kneife die Augen zusammen, um besser sehen zu können. Aber da ist nichts.

Oder doch?

Meine Hand greift zum Schalter an der Wand. Ich lösche das Licht. Draußen flackern die langen Schatten, die die Laterne wirft. Ich schaue zur Werkstatt hinüber.

Doch hinter den Fenstern regt sich nichts.

Oder doch?

Einen Moment zögere ich. Dann ziehe ich mit einem Ruck die Hose hoch, ziehe den Gürtel fest. Schlüpfe in die Schuhe. Öffne die Tür und stehe im dunklen Flur. Ich mache kein Licht; will die Mutter nicht wecken. Mit einer Hand taste ich mich an der Wand entlang zur Treppe. Meine Füße suchen die Stufen. Die rechte Hand findet das Geländer. Erster Schritt auf der Treppe. Zweiter Schritt.

Es knarrt. Ich bleibe stehen. Stelle den rechten Fuß auf die dritte Stufe. Warte. Nächste Stufe. Noch eine. Endlich: Der linke Fuß stochert im Dunkeln. Findet keine Stufe mehr. Mit beiden Händen taste ich mich an der Wand entlang Richtung Küche. Mit der rechten Hand streiche ich die Wand auf und ab. Irgendwo muss das verdammte Schlüsselbrett sein. Noch ein Schritt in Richtung Küche. Endlich finden meine Finger Holz. Tasten einen metallischen Haken. Die Schlüssel. Drei verschiedene Schlüsselbunde. Ich nehme sie alle. Drehe mich um. Lausche. Jetzt gehe ich schnell an der Wand entlang zur Haustür. Drücke sie auf. Langsam. Stehe im Hof. Schaue hinüber zur Werkstatt. Keine Bewegung. Mit drei schnellen Schritten stehe ich bei meinem Renault, direkt neben der Tür. Probiere alle Schlüssel. Keiner passt. Probiere alle ein zweites Mal. Keiner passt. Ein drittes Mal. Keiner passt. Fluche unhörbar. Geh um den Wagen herum zum großen Fenster. Lege beide Hände an die Scheibe und starre durch sie hindurch in die Dunkelheit.

Aber da ist nichts.

Die Spannung fällt von mir ab wie ein nasser Sack.

Ich drehe mich um und gehe über den Hof zurück in den Flur. Wenig später liege ich im Bett, den Kopf auf die verschränkten Arme gelegt. Lass dich nicht auch noch verrückt machen, denke ich. Dann: Es wäre gut, wenn Olga hier wäre. Ich greife nach dem Handy auf dem Nachttisch und öffne die Signal-App. Keine Nachricht von ihr.

Ich vermisse sie, und es tut weh.

Ich schreibe ihr: *Liebste, bin bei Mutter in Altglashütten. Ich fürchte, sie hat einen Verfolgungswahn. Sie sieht überall Gespenster. Nachts seien Männer auf dem Hof. Ich versuche herauszufinden, wie schlimm es um sie steht. Ansonsten: Ich vermisse Dich. Sehr. Georg.*

Ich schicke die Nachricht ab. Dann weiß ich nicht mehr, wie lange ich wach liege.

Nacht

In der Nacht arbeite ich in einem großen Sägewerk. Ein hölzernes Mühlrad, groß wie ein Haus und angetrieben vom Wasser des Haslachbachs, dreht sich unwillig langsam, schwerfällig und träge. Es treibt einen Transmissionsriemen an, der wiederum ein mannshohes Sägeblatt rotieren lässt, das erstaunlicherweise weder kreischt noch knattert. Stattdessen höre ich von ihm nur ein tödlich leises katzenartiges Schnurren und Schleifen. Mein eigener süßlicher Schweiß sticht mir in die Nase. Um mich herum fliegen und schweben Späne und Sägemehl durch einen Raum voller Maschinen. Ich öffne den Mund und versuche genügend Sauerstoff einzuatmen. Mit beiden Händen ziehe ich einen langen Buchenstamm hinter mir her, stemme den vorderen Teil mit beiden Händen hoch und schiebe ihn auf eine Vorrichtung, eine kleine Plattform aus Metall – direkt vor das rotierende Sägeblatt. Nun hebe ich den hinteren Teil des Stammes an und drücke ihn langsam an die rotierende Scheibe. Plötzlich werden die Sägezähne größer und größer und schneller und bewegen sich direkt auf mich zu. Sie entwickeln einen eigenen Willen. Sie wollen mich töten. Ich weiß, ich muss fliehen, aber ich kann nicht. Stattdessen stehe ich starr und kann mich nicht bewegen. Mit aller Kraft versuche ich, einen Fuß zu heben, doch er ist zu schwer. Panisch drehe ich mich um: Riesige Stahlzähne gieren nach meinem Blut, silbern und tödlich, drehen sich immer schneller. Sie sind nur wenige Zentimeter vor meinem Gesicht. Nur noch Sekunden trennen mich von Zerfleischung und Tod. Ich konzentriere alle Kraft auf mein rechtes Bein. Meine Muskeln spannen sich, werden hart. Krampf im Oberschenkel. Krampf im Unterschenkel. Egal – ich muss fliehen. Doch der Fuß ist so unlösbar mit dem Boden verbunden, als wäre er einbetoniert. Das schleifende Geräusch des rotierenden Sägeblattes ist nah, ganz nah, direkt vor meinem Kopf, und schon wirbelt ein kalter Luftzug um mein Genick. Plötzlich weiß ich: Ich bin verloren. Ich werde sterben. Grauen umgibt mich und Angst. Ich reiße den Mund auf, Luft strömt in meine Lungen. Dann schreie ich, schreie wie ein sterbendes Tier … und wache auf.

Noch in der Zwischenwelt von Traum und Wachen bewegt mein Instinkt alles gleichzeitig: Arme, Beine, Körper, Kopf – nur weg von hier. Es knallt. Ich stürze. Mein Kopf kracht auf den Holzboden. Endlich begreife ich: Ich bin in Sicherheit. Ich bin in Altglashütten. Ich bin in meinem alten Kinderzimmer. Ich besuche meine Mutter. Ich bin nicht im Sägewerk. Es gibt kein Sägeblatt. Nichts dreht sich. Niemand will mich töten.

Doch während ich mich noch schwer atmend orientiere, kehrt die Angst mit einem Schlag zurück. Da ist es wieder – das schleifende Geräusch. Ein Fluchtreflex peitscht meinen Oberkörper nach oben. Die Hände werden hochgerissen und ballen sich zu Fäusten. Ich lausche. Nichts.

Ein neues Geräusch! Diesmal eher ein dumpfes Klopfen als etwas Schleifendes. Es kommt aus dem Flur, vielleicht aus dem Schlafzimmer meiner Mutter. Ich springe aus dem Bett, schnappe mir meine Jeans vom Stuhl, schlüpfe hinein, ziehe das T-Shirt über und gehe barfuß in den Flur. Es ist stockdunkel, nur unter der Tür zu Mutters Zimmer dringt ein schwacher Lichtschein nach draußen. Noch schläfrig taste ich mich zu ihrer Tür, bleibe davor stehen und lausche. Wieder höre ich ein schleifendes Geräusch, diesmal viel leiser. Dann stöhnt die Mutter.

Ich klopfe zweimal vorsichtig an die Tür. »Mame?«

Dreimal.

Keine Antwort.

Ich lege mein Ohr an die Tür. Klopfe noch einmal. »Mame?«

Wieder höre ich ein leises Wimmern.

Ich drücke die Klinke herunter, öffne die Tür vorsichtig einen Spalt. Meine Mutter steht im Nachthemd vor ihrem großen Ehebett mit dem dunklen Baldachin und zupft am Matratzenbezug. Auf dem Boden liegen ein Laken und die Bettdecke.

»Mame, um Himmels willen, was machst du hier mitten in der Nacht?«

Sie dreht sich um. Tränen laufen ihr über die Wangen. Wütend zerrt sie an der Auflage, aber zwei Gummibänder halten sie an der Matratze fest. Ich gehe zum Bett und mache sie los. Die Mutter zieht die Auflage vom Bett und schmeißt sie auf den Boden. Erschöpft wischt sie sich ein paar Schweißperlen von der Stirn.

»Mame, was machst du?«

Sie sieht mich nicht an, sondern geht zu dem Stuhl, der neben dem Bett steht, und lässt sich darauf fallen. Ihre Hände krallen sich in die Armlehnen. Ihr Brustkorb hebt und senkt sich. Die Augen sind feucht. Ihre Stimme klingt müde und ist sehr leise. »Georg, lass mich. Gang in di Bett. Du musch schlafe.«

Ein Geruch steigt mir in die Nase, süßlich und beißend zugleich. Ich kenne ihn, aber in meinem Kopf ist gerade kein Platz dafür. Ich betrachte das Chaos vor mir. Für einen Moment vermute ich, dass meine Mutter völlig durchgedreht ist. Offenbar ist ihr Zustand noch ernster als gedacht. Mit einem Schritt bin ich bei ihr und hocke mich vor sie. Unsere Augen sind jetzt auf der gleichen Höhe. Ich sage: »Ich gehe erst, wenn du mir erklärt hast, was du hier machst.«

Ich ernte einen Blick von unermesslicher Traurigkeit.

Ich lege meine Hand auf ihren Unterarm. Die Haut ist warm und trocken. Ich streichle sie. Ohne sie anzusehen, frage ich: »Was hast du, Mame?«

Sie macht eine hilflose Geste und zeigt auf das Bett. »Ich will s' Bett neu beziehe.«

»Mitten in der Nacht? Kannst du das nicht morgen früh machen?«

Die Antwort sind weitere Tränen.

Plötzlich nehme ich den Geruch wieder wahr. Es ist Urin. Mein Gott, meine Mutter hat ins Bett gepinkelt.

Sie nimmt meine Hand und drückt sie. »Ach Georg, es isch ganz schlimm.« Sie schluckt. »Ich schäm mich so.«

Ich beuge mich über meine Mutter und nehme sie in den Arm. Der Uringeruch wird beißender. Ich senke meine Stimme und versuche, ihr einen völlig normalen Ton zu geben. »Mame, das ist uns allen schon mal passiert. Das kommt vor. Ich bin sogar erleichtert. Ich dachte schon, du hättest den Verstand verloren. Wer wechselt schon mitten in der Nacht die Bettwäsche?«

Sie lächelt, unsicher, verletzlich. Dann schiebt sie mit beiden Händen meinen Oberkörper weg, löst sich aus meiner Umarmung. Mit der rechten Hand greift sie zum Nachttisch, zieht ein Papiertaschentuch aus der Verpackung und schnäuzt sich die Nase. Dann steht sie auf.

Sie geht auf das Bett zu, bleibt stehen, als würde sie über etwas nachdenken. Dann dreht sie sich abrupt um. Ihre Augen glänzen. Ihre Stimme ist klar und hart. »Es isch it nur einmal, Georg. Es isch jetzt immer. Ich kann s' Wasser nimmer halte. Es läuft eifach so aus mir raus.« Ihr rechter Arm rutscht von der Hüfte ins Leere. »Ich kann nix dagege mache.«

Sie sieht mir direkt in die Augen. »Isch des it furchtbar? Wenn ich am Morge ufstand, läuft's wie von selber. Auf de Bode. Auf de Deppich.«

Instinktiv senke ich den Kopf. Noch nie hat meine Mutter mit mir über intime Dinge gesprochen. Schon gar nicht über ihre Körperfunktionen. Jetzt redet sie darüber, als wäre es das Selbstverständlichste der Welt. Was es vielleicht auch ist. Aber nicht für meine streng katholische Mutter und mich. Ich schaue auf den Boden. Dann greife ich nach der Decke, an der meine Mutter gescheitert ist. Sie ist aus einem dünnen, gummiartigen Material. »Ich helfe dir«, sage ich und ziehe sie vom Bett. »Vielleicht solltest du an Windeln für die Nacht denken.«

»Windle? Georg, ich will doch bloß ein Mensch si. Nur en ganz normale Mensch«, sagt sie, steht auf und rafft wütend das Bettzeug zusammen.

Den Rest dieser Nacht wälze ich mich von einer Seite auf die andere und schlafe kaum.

Wo Olga wohl gerade ist? Ob sie meine Nachricht bekommen hat? Ob sie sie gelesen hat?

Die To-do-Liste in meinem Kopf wird lang und immer länger.

Als ich es nicht mehr aushalte, stehe ich auf und gehe zum Fenster. Es ist kalt, und an meinen Armen bildet sich eine Gänsehaut. Im Hof wirft die Laterne immer noch ihr trübes Licht. Doch der Wind hat sich gelegt, und nun huschen keine Schatten mehr über die Fassade von Vaters Werkstatt. Ich kneife die Augen zusammen und fokussiere mich auf die großen Fenster. Nichts bewegt sich. Sie bleiben dunkel und glänzen matt.
So viele Jahre ist er tot. Ich bin kein Kind mehr. Ich habe selbst einen Sohn. Eine Ehe habe ich ruiniert. Doch in dieser Nacht zerreißt mich fast die Sehnsucht nach dem kaum bekannten Vater. Wenn ich wüsste, wer er war, könnte ich vielleicht besser verstehen, wer ich bin.
Ich stehe hier, nackt und frierend, schaue zu seiner Werkstatt, in der alles noch so unberührt daliegt, als sei er nur kurz weggegangen.
Was habe ich vorhin gesehen, als ich vor den Fenstern stand? Hirngespinste? Einbildung? Ist der Verfolgungswahn meiner Mutter erblich? Bin ich bereits genauso verrückt wie sie?
Oder ist dort jemand?
Sucht dort noch jemand nach dem Geheimnis meines Vaters?

Kindheit

Eine Kindheit auf dem Bauernhof ist kein Sommerurlaub auf dem Ponyhof. Manchmal ist es hart, aber ich habe einige nützliche Dinge gelernt, die ich nie wieder vergessen habe. Anpacken, die Arbeit machen und zu Ende bringen. Die Kühe müssen früh gemolken werden, sonst schreien sie vor Schmerz. Das Gras muss gemäht werden, denn die Kühe brauchen Heu. Das Holz muss gespalten werden, sonst frieren wir im Winter. Die Kirschen müssen, wenn sie reif sind, gepflückt, eingekocht und in den Keller gebracht werden (das war meistens meine Aufgabe als Kind). Dasselbe gilt für Himbeeren, Pflaumen, Brombeeren; eingelagert werden Kartoffeln, Rotkohl, Kohlrabi, Äpfel, Gurken, Kürbisse, Bohnen, Erbsen, Blumenkohl, Zwiebeln und Mutters geliebter selbst gezogener Knoblauch. Alles muss zu dem Zeitpunkt geerntet werden, den die Natur vorgibt. Meistens war Frau Willmann dabei, aber auch meine Tanten halfen oft mit. Dann wird entkernt, geschnippelt, geschnitten, geschält, gespült, gekocht, püriert, gezuckert und gestampft. Einmachgläser werden ausgespült, heiß gewaschen und sterilisiert, vorgewärmt, mit Trichtern befüllt, in einen großen Topf gestellt, und die Wassertemperatur wird mit dem Zeigefinger und dem Küchenthermometer überprüft. Es wird gelacht, gesungen, bis eine der Frauen sagt: »Komm, trinke mer no a Schnäpsli«, und eine Flasche selbst gebrannten Schnaps, Likör oder Weißwein öffnet.

Ich kam gar nicht auf die Idee, mich über die Arbeit zu beschweren, denn dass sie getan werden musste, war so klar und selbstverständlich wie ein Naturgesetz. Außerdem umgab die Frauengemeinschaft eine besondere Aura, in die ich als Kind floh wie in einen Schutzmantel. Meine Mutter, Frau Willmann und die Tanten schufen eine besondere Atmosphäre, die ich schwer beschreiben kann und die Männern nicht gelingt. Es hat etwas mit Wärme zu tun, mit Verspieltheit und Sorglosigkeit, Aufgehobensein, vielleicht auch mit dem Fehlen von Konkurrenz untereinander. Und ganz sicher mochte ich es, dass alle mich mochten. Als Kind fühlte ich mich wohl in der Gesellschaft der großen Frauen, und – ich glaube, ich darf dieses große Wort verwenden – ich war glücklich. Doch wenn die Symbiose zu weit getrieben wird, führt sie unweigerlich zu einer Vertreibung – oder einer Flucht. Mit fünfzehn zog ich mit Rolf und Mario durch die Jugendzentren, später schlugen wir uns die Nächte in den Freiburger Clubs, im *P7*, in der *Tangente*, dem *Roten Punkt* und dann im *Crash* um die Ohren. Ich verlor das Paradies meiner Kindheit. Die Übermacht des Mütterlichen, des Warmen, des Geborgenen war plötzlich unerträglich. Vielleicht rebellierte ich auch gegen die Disziplin und den Rhythmus, den uns die Natur mit ihren immer wiederkehrenden Arbeits- und Erntezeiten auferlegte. Und sicher, ich wollte andere Frauen kennenlernen, mich frei machen vom Bild der Mutter und der Tanten mit ihren nährenden großen Brüsten.

Mit siebzehn zog ich aus. Die wilden Jahre folgten.

Trotzdem: Meine bäuerlichen Züge konnte ich nie ganz verleugnen. In meiner Zeit bei der Polizei und später als Zielfahnder beim BKA kamen mir diese Eigenschaften zugute. Ich war einer, der nie aufgegeben hat. Ich war derjenige, der Überstunden gemacht hat. Ich habe Zielpersonen beobachtet, bis mir die Augen zugefallen sind. Und mein Grübeln war die ideale Ergänzung zu meiner Fähigkeit anzupacken.

Und noch etwas lernt man auf einem Bauernhof im Schwarzwald: mit extremer Kälte zu leben. Die Küche war warm, mein Kinderzimmer dagegen ungeheizt. Das Schlafzimmer meiner Eltern ebenfalls. Wenn meine Mutter mich im Winter abends ins Bett brachte, kauerte ich erst einmal eine Viertelstunde auf allen vieren unter der Bettdecke, bis meine Körperwärme wenigstens die Umgebung etwas erwärmt hatte. Manchmal, wenn es *wirklich kalt* war, kochte Mutter Wasser und füllte es in eine kupferne Bettflasche. Mein Kinderbett wurde damit vorgewärmt. Wenn ich ins Bett musste, trug meine Mutter die Bettflasche hinüber ins elterliche Schlafzimmer und schob sie unter ihre Bettdecke. Es gab auch zwei Bierflaschen, die ausgewaschen und dann mit heißem Wasser befüllt wurden.

Ich erinnere mich, wie ich als Kind vor dem Fenster saß und mit dem Zeigefinger die Eisblumen an der Scheibe nachmalte. Eine Ölheizung gab es erst, als meine Mutter den Hof für die Touristen umbauen ließ. Ich weiß nicht, ob Kinder heute noch Eisblumen kennen. Die Fenster sind heute meist mehrfach verglast, und die Minusgrade, die sie entstehen lassen, sind auch im Schwarzwald selten geworden.

Wenn ich ernsthaft krank war, wurde die Stube geheizt und auf den Holzbänken richtete mir Mutter ein Bett. Weniger schön fand ich die Umschläge mit heißen Zwiebeln auf der Brust, mit denen meine Mutter Bronchitis heilte. Bei Halsschmerzen gab es Quarkwickel. Außerdem musste ich mit Schnaps gurgeln. Ich habe es gehasst, weil es im Hals brannte wie Feuer. Die Hand auf der Stirn ersetzte das Fieberthermometer. »Du häsch kei Fieber, ab mit dir in d'Schul!«

Früh aufstehen lernt man ebenfalls. Futter mischen, Kühe füttern, Schweine, Ziegen, Hühner, Katzen füttern, Ställe ausmisten, frühstücken, zur Schule gehen, so begann viele Jahre mein Tag. Das frühe Aufstehen ist mir geblieben. Leider habe ich es mir bis heute nicht abgewöhnt. Olga schläft am Wochenende oft bis elf Uhr. Jakob konnte samstags und sonntags bis weit in die Mittagsstunden schlafen. Beneidenswert.

Diese Fähigkeit war mir nie gegeben.

Deshalb bin ich auch nach der ersten Nacht zu Hause morgens um sechs Uhr wach. Mit Schwung werfe ich die Bettdecke zur Seite, stehe auf und strecke mich. Ich ziehe meine Boxershorts an und gehe ins Badezimmer. Im Flur kommt mir meine Mutter im Nachthemd entgegen. Ich nehme sie in den Arm und gebe ihr einen Kuss. »Pass uf, dass du it alles verwackelsch«, sagt sie. Dabei streckt sie ihren Arm von mir weg nach vorne.

In der rechten Hand hält sie einen durchsichtigen Plastikbecher. Darin schwappt eine durchsichtige gelbliche Brühe.

Hat meine Mutter eine neue Stufe des Wahnsinns erreicht? »Was ist das?«, frage ich und deute auf den Becher.

Sie blinzelt mich an und sagt unwirsch: »Wonach sieht des wohl us? Nach ei'm Gläsle Riesling?«

Eine Urinprobe. Anscheinend hat Mutter einen Arzttermin. Das ist beruhigend.

Wenig später sitzen wir in der Küche und frühstücken. Mutter hat selbst gebackenes Sauerteigbrot aufgetaut. Es duftet, wie nur frisches Brot duften kann, und schmeckt nach Kümmel und den anderen Kräutern, die ich nicht kenne. Ich streiche dick Butter darauf und dann eine dünne Schicht Honig von Eugens Bienen.

»Wann genau musst du zum Arzt?«, frage ich sie.

Sie schaut mich an. Ihre Augenbrauen sind so hochgezogen, als wollten sie mit ihrer Frisur verschmelzen. »Jetzt schwätzt du schon wieder so komisch daher«, sagt sie und greift nach der Kaffeetasse. »Wenn einer dringend zum Doktor muss, dann bisch du's!«

»*Du* hast deinen Arzttermin vergessen«, sage ich. Ich fürchte, es klingt ein wenig triumphierend, als müsse sie jetzt zugeben, dass ihre Hirnwindungen völlig im Eimer sind.

Aber sie trinkt seelenruhig einen Schluck Kaffee und stellt die Tasse ab. »Ich hab keinen Arzttermin«, sagt sie und greift nach einer Scheibe Brot.

»Aber Mame«, sage ich nachsichtig, »erinnerst du dich nicht? Heute Morgen bist du mit einer Urinprobe aus dem Bad gekommen. Dein Arzt wartet schon sehnsüchtig darauf.«

Sie streicht Butter aufs Brot, deutlich dünner als ich. Dann greift sie nach dem Glas mit ihrer selbst gemachten Brombeermarmelade und sagt: »Die hab ich trunke.«

Das Brot fällt mir aus der Hand. Es dreht sich im Fallen und knallt mit der Honigseite auf die Dielen. Ich springe auf, renne in die Küche, hole einen Lappen, wische den Honig vom Boden, renne zurück in die Küche, wringe den Lappen in kaltem Wasser aus und werfe das verunglückte Brot in den Mülleimer. »Bitte? Was hast du gemacht?«, frage ich.

»Trunke han ich's halt«, sagt sie, »des mach ich jeden Morge.« Sie beugt sich etwas vor. »Guck mich it so a. Des isch g'sund. Eigenurintherapie heißt des.« Sie zuckt mit den Schultern. »Hasch du wahrscheinlich noch nie ebbis davon g'hört.«

»Mame, machst du Witze?«

»Georg, so manchmal bisch du wirklich a weng z'rückbliebe. Seit ich des mach, han ich kei Erkältung mehr ka. Des solltesch du auch mal probiere.«

»Ich soll deinen Urin trinken?«

»Nein, nicht meinen – deinen. Das hilft wirklich gege …«, sie schließt kurz die Augen und überlegt, »… ganz viel. Ich hoff' nur, dass ich dem …« Sie ballt die Hände in einer Verlegenheitsgeste zu Fäusten und öffnet sie wieder. »Dass ich einfach 's Wasser wieder halte kann. Aber des isch it eifach.«

»Es ist nicht einfach«, wiederhole ich, immer noch verblüfft.

»Nei, du musch dich konzentriere. Du musch genau den Mittelstrahl treffen«, sagt sie ernst und schaut mir direkt in die Augen.

Ich kann nicht anders. Ich pruste los. Nach kurzem Zögern lacht sie mit.

»Mein Gott, Mame, wer hat dich auf *diese* Idee gebracht?«

»D'Frau Müllerschön. Bei dere bin ich in Behandlung. Die kennsch du doch au. D'Karola Müllerschön. Zu dere könntsch mich nochher nafahre. Aber erscht kommt noch der Mann, der's Ödland aufm Feldberg miete will. Dann kannsch mich nach Freiburg fahre.«

Ich reibe mir mit der Serviette die Augen trocken. Ich lache immer noch. »Den Mittelstrahl …«

Doch dann halte ich inne. Ohne dass ich weiß, woher es kommt, spüre ich plötzlich eine Enge im Brustkorb, ein Alarmgefühl: Karola?

Jakob

Die Frau beugt sich weit über den Lenker ihres Fahrrads. Sie kämpft gegen die Sturmböen an, die vom Savignyplatz die Kantstraße hinunterpeitschen und den Regen fast waagerecht vor sich hertreiben. Obwohl sie die Knie hochzieht, um mit genügend Kraft in die Pedale zu treten, kommt sie kaum voran. Wütend schlagen ihr die harten Tropfen ins Gesicht, als wären es winzige Kiesel. Bösartig fährt ihr der Wind unter den langen, dunklen Umhang und bläst ihn auf dem Rücken zu einem grotesken Segel auf. Jakob beobachtet sie. Er glaubt nicht, dass der dünne Kunststoff sie vor den Wassermassen schützt, die sich an diesem Morgen über Berlin austoben. Schließlich gibt die Frau auf, fährt an den Straßenrand, steigt ab und schiebt das Fahrrad in die überdachte Einfahrt einer Eisenwarenhandlung. Im Trockenen zieht sie die Kapuze ihres Umhangs zurück und schüttelt mit schnellen Kopfbewegungen das durchnässte Haar zurecht.

Im »Schwarzen Café« ist es warm und trocken. Im hinteren Teil des Lokals brummt zufrieden eine Espressomaschine. Jakob sitzt an einem kleinen Tisch neben der Eingangstür mit freiem Blick auf die Straße. Vor ihm, auf der anderen Seite des Fensters, kämpft sich ein Mann in schickem blauen Mantel und rosa Krawatte durch das Unwetter. Gerade hat der Wind seinen Regenschirm umgeschlagen. Für einen Moment sieht es so aus, als wolle er davonfliegen und den Mann im blauen Mantel mit sich in die Luft ziehen wie Mary Poppins. Doch der Mann dreht sich in Windrichtung, hält den Griff energisch fest und zieht mit der anderen Hand den Schirmstoff mit Schienen und Scharnieren zurück. Ein vorbeifahrendes Auto rast durch eine Pfütze, schmutziges Wasser spritzt gegen die Hosenbeine des Mannes und durchnässt sie bis zu den Oberschenkeln. Er flucht, dreht sich schimpfend um, lässt den Schirm los. Der fliegt davon und verschwindet aus Jakobs Sicht.

Die Regenschleier lassen die Schaufenster auf der anderen Straßenseite verschwimmen, die Neonreklamen und die großen Busse. Selbst die Umrisse von Gebäuden und Bäumen verlieren ihre scharfen Konturen, alles verschwimmt vor seinen Augen im nebligen Nass.

Das Wetter passt zu Jakobs mieser Laune. Er kommt gerade von der Uni und hat eine Hausarbeit abgegeben, an der er drei Monate gearbeitet hat. Der Professor hat sie überflogen, genickt und zur Seite gelegt. Er wird sicher eine Note bekommen, die in Ordnung ist. Aber darum geht es ihm nicht. Es sind die Ergebnisse seiner Arbeit, die ihn deprimieren. Er hat den Anteil der Treibhausgase in der Atmosphäre von den Dreißigerjahren bis heute untersucht und die Resultate mit dem Schrumpfen unberührter Natur im gleichen Zeitraum verglichen. 1937, als seine Oma noch ein Kind war, betrug der Anteil der Wildnis an der Erdoberfläche noch 66 Prozent. Die Atmosphäre enthielt nicht mehr als 305 Milligramm Treibhausgase pro Kilogramm Luft. Nach dem Krieg, genauer gesagt 1954, betrug der Anteil der Wildnis immer noch 64 Prozent, und der Anteil der Treibhausgase stieg auf 315 Milligramm, also nur wenig mehr. Doch dann geschah etwas Grundlegendes: Der Anteil unberührter Natur schrumpfte in atemberaubendem Tempo. 1960 waren es 62 Prozent, 1978 nur noch 55 Prozent Wildnis, 1997 sank der Anteil auf 46 Prozent, 2020 sind es 35 Prozent, und heute wird nur noch ein Drittel der Erdoberfläche nicht vom Menschen bearbeitet oder genutzt. Ein großer Teil davon sind die unwirtlichen Eisflächen an Nord- und Südpol. Gleichzeitig stieg der Anteil der Treibhausgase dramatisch an. 1978 waren es 335 Milligramm, 2020 bereits 420 Milligramm Treibhausgase pro Kilogramm Luft.

Jakob seufzt und rührt selbstvergessen die Hafermilch in seinen Kaffee. In seiner Arbeit beschreibt er eine dramatische Veränderung zum Schlechteren. Beim Schreiben ist ihm klar geworden, dass die entscheidende Wende zu Lebzeiten seiner Eltern stattgefunden hat. Seiner Mutter sind die Zusammenhänge klar. Zumindest klarer als seinem Vater. Sie marschiert manchmal bei den Klimastreiks der »Parents for Future« mit. Doch sein Vater – er hat null Ahnung, was gerade vorgeht. Sein Vater hat keinerlei Vorstellung von den fundamentalen Veränderungen, die sich um ihn herum abspielen. Er müsste es sehen, doch er ist blind. Komplett ahnungslos.

Die Tür geht auf, er hört Lauras fröhliches Lachen, bevor er sie sieht. Sofort vergisst er die Treibhausgase, seinen Vater, den Regen, und seine schlechte Laune löst sich in nichts auf. Stattdessen strahlt er, als sie ihn zärtlich auf die Wange küsst. Mit einem eleganten Schwung stellt sie den Schirm in den Ständer und hängt ihre grüne Regenjacke an die Garderobe. Lässig lässt sie sich ihm gegenüber auf den Stuhl fallen. In der engen dunkelgrünen Cargohose, die ihm so gut gefällt, ist sie bis zu den Knien durchnässt. Über einem bauchfreien Top trägt sie eine Schlabberjacke aus Wolle. »Was für ein geiles Wetter«, sagt sie und strahlt ihn an.

Jakob bestellt einen Cappuccino mit Hafermilch und zweimal das Frühstück Green Velvet. »Oh, ich freue mich so, dich zu sehen. Aber die Nachrichten sind wirklich traurig«, sagt sie. Sie kneift die Augen zusammen, um besser sehen zu können. »Ach, ich muss dich einfach knutschen.« Sie rutscht von ihrem Stuhl auf seinen Schoß und haucht ihm einen zärtlichen Kuss auf den Mund. Jakob spürt ihre vollen Lippen und ihre Zunge, die ihn an reife, dunkle Kirschen erinnert. Von Laura geküsst zu werden – das ist das Größte!

»Na, ihr zwei Turteltäub-innen.« Eine junge Frau stellt zwei Avocados, frischen Obstsalat, Tofu-Bohnenpaste, Hummus, Vollkornbrot und zwei knusprige Mehrkornbrötchen auf den Tisch. »Lasst euch von mir auf keinen Fall stören.«

»Erst kommt das Essen, dann die Moral«, sagt Laura lachend und rutscht von seinem Schoß. Sie setzt sich auf ihren Stuhl, greift nach der Gabel und sticht in den Hummus. »Mein Gott, ich habe Kohldampf.« Sie streicht die Bohnenpaste aufs Brot. »Und? Was hat der Professor zu deiner Arbeit gesagt?« Sie hebt die Scheibe Brot auf Augenhöhe, betrachtet sie genüsslich und beißt dann hinein.

»Nix.«

»Nix? Was meinst du damit?«, fragt sie kauend.

»Er hat sie durchgeblättert und auf einen Stapel gelegt. Wahrscheinlich mit den Arbeiten anderer Kommiliton-innen.«
»Krass. Konntest du ihm wenigstens etwas sagen, ihm irgendwie erklären, dass du wie ein Verrückter daran gearbeitet hast?«
Auch Jakob streicht sich die Bohnenpaste aufs Brot. Nachdenklich sagt er: »Ich habe ihm gesagt, dass die Menschheit im Moment einen blinden Angriff auf alle Lebensgrundlagen auf diesem Planeten führt. Wir zerstören alles, wir töten alles Wilde und lassen nur das Zahme am Leben. Aber das hat ihn nicht beeindruckt.«
Jakob halbiert seine Avocado. Mit einem Löffel schiebt er das grüne Fruchtfleisch aufs Brot, gibt Salz und Pfeffer dazu und beißt hinein. »Weißt du, seit es unseren Planeten gibt, gab es fünf Giga-Katastrophen, die nahezu das ganze bis dahin bestehende Leben ausgerottet haben.«
Laura beugt sich vor. »Lass mich mal abbeißen.«
Jakob streckt den Arm aus und sieht lächelnd zu, wie Laura die Lippen öffnet, die Brotscheibe so weit wie möglich zwischen die Zähne schiebt und, als er glaubt, dass ihr Mund bis zum Schlund gefüllt ist, seine Hand nimmt, damit drückt – das Brot rutscht tatsächlich noch ein Stück weiter –, und dann erst beißt sie zu.
»Die Dinos«, sagt sie mit vollem Mund, »supergeil, ich erinnere mich noch an deine riesige Sammlung von Tyrannosaurus Rex und Flugsauriern. Deine Mutter hat sie alle aufgehoben. Wie viel hattest du? Hundertsiebenunddreißig?«
»Fünfundzwanzig«, sagt Jakob verlegen und schaut auf den Rest seines Brotes. »Die meisten hat mir mein Vater geschenkt. Er hat mit mir *Jurassic Park* geschaut, als ich gerade neun Jahre alt war. Dinosaurier haben meine Kindheit begleitet.« Er lacht und beißt ein Stück von dem ab, was Laura von seiner Brotscheibe übrig gelassen hat. »Vielleicht weiß ich deshalb so gut über die letzte planetare Superkatastrophe Bescheid, die sie alle getötet hat. Aber was mich wirklich fertigmacht, ist, dass wir gerade ein neues Massensterben erleben, das sechste. Wir sind mitten in einer neuen planetarischen Katastrophe – und wir erleben sie in Echtzeit. Und diesmal geschieht es schneller als jede der fünf vorherigen Katast-

rophen.« Er schiebt sich den Rest in den Mund und wischt sich die Finger an der Serviette ab.
»Wirklich«, sagt Laura, halb sprechend, halb kauend. »Schneller als die Dinosaurier? Waren die nicht auf einen Schlag weg? Asteroid trifft Erde. Bumm. Alle mausetot?«
Jakob schüttelt den Kopf. Er greift nach einer neuen Scheibe Brot und streicht Hummus darauf. »Da, wo der Asteroid eingeschlagen ist, in der Gegend des heutigen Mexiko, da hat keine Maus überlebt …«
»Wenn es damals schon Mäuse gab«, sagt Laura mit vollem Mund und greift nach Jakobs Brot.
Er weicht mit einer eleganten Handbewegung aus und beißt selbst hinein. »Genau. Der Einschlag schleuderte Erde und Staub kilometerhoch in die Atmosphäre. Zusammen mit unzähligen Vulkanausbrüchen verdunkelte sich der Himmel. Kohlendioxid wurde in großen Mengen freigesetzt. Die bestehende Pflanzenwelt starb. Den Dinosauriern wurde die Lebensgrundlage entzogen. Es war der Klimawandel, der sie tötete. Aber sie starben nicht schlagartig aus. Es dauerte lange – etwa 1000 Jahre.«
Laura nimmt ihre Gabel und macht sich über den Obstsalat her.
Jakob legt das Brötchen auf den Teller zurück. Er hat keinen Appetit mehr. »Die Menschheit schafft das in 200 Jahren.«
Laura nimmt ihre Gabel und führt genüsslich ein Stück Ananas zum Mund. »Iss trotzdem«, sagt sie. »Wir werden noch gebraucht. Wenn wir etwas bewegen wollen, müssen wir bei Kräften sein.« Sie sticht mit der Gabel in ein Stück rosa Melone und führt es Jakob zum Mund. Lustlos beißt er hinein. »Die Menschen machen inzwischen ein Drittel des Gewichts aller Säugetiere auf der Erde aus. Kannst du dir das vorstellen? Weitere 60 Prozent wiegen die Tiere, die wir schlachten und essen. Der Rest, von der Maus bis zum Wal, macht nur noch vier Prozent aus. Der Rückgang der Wildnis ist ein Aussterbeprozess, der schneller abläuft als das Aussterben der Dinosaurier. Weißt du, was das bedeutet?
Laura legt das Besteck sorgfältig neben ihren Teller, streckt den Rücken durch und schaut Jakob direkt in die Augen. Ihr Lächeln ist

verschwunden. Leise und ernst sagt sie: »Ich weiß es ganz genau, Jakob. Die Menschheit führt gerade einen sehr effektiven, einen wütenden, aber irgendwie auch unbewussten Angriffskrieg gegen die Lebensgrundlagen auf dieser Erde.«
Sie presst die Lippen zusammen, als wolle sie einen aufkommenden Weinkrampf unterdrücken. »Wir haben nicht mehr viel Zeit, das zu ändern.«
Jakob senkt den Blick. »Dazu müssten die Leute erst mal wissen, was los ist. Mein Vater zum Beispiel …«
Laura streckt die Hand aus und legt sie auf Jakobs Arm. »Dein Papa ist ein Ignorant. Das wissen wir. Vielleicht ist er der falsche Maßstab.«
Jakob tastet nach ihrer Hand und drückt sie. »Er ist okay. Immerhin hat er uns beiden einmal das Leben gerettet.[1] Einerseits. Andererseits hat er keine Ahnung, was um ihn herum gerade geschieht. Und dann diese Geschichte in Heilbronn. Ich empfinde das wie einen Dammbruch.«
Das Amtsgericht Heilbronn hatte vor wenigen Tagen zwei junge Männer und eine Frau zu mehrmonatigen Haftstrafen ohne Bewährung verurteilt, weil sie sich an einer viel befahrenen Straße festgeklebt hatten. Einer der Männer sagte in der Tagesschau, es sei ihnen um den Schutz der Lebensgrundlagen auf der Erde gegangen.
Laura zieht die Hand zurück. Ihr Gesicht ist jetzt ruhig und ernst. Zum ersten Mal sieht Jakob zwei kleine Fältchen um ihre Mundwinkel. »Was Heilbronn bedeutet? Das kann ich dir genau sagen. Heilbronn lehrt uns, dass das Schweinesystem funktioniert. Wer die Welt retten will, kommt ins Gefängnis. Das lehrt uns Heilbronn.«
Jakob lehnt sich in seinem Stuhl zurück. Er zieht die Tasse zu sich heran und trinkt einen Schluck Kaffee. »Ich weiß nicht, ob man von diesem einen Urteil auf das ganze System schließen kann. Gefängnisstrafen für Angehörige der ›Letzten Generation‹ sind nicht

---

1 Siehe dazu: Am zwölften Tag – Denglers siebter Fall

die Regel. Vom Einzelnen auf das Allgemeine zu schließen – das finde ich schwierig.«
Lauras Finger tippen auf die Tischplatte. »Ach«, sagt sie. »Welche Schlussfolgerung ziehst du denn?«
»Na ja«, sagt Jakob vorsichtig. »Klar. Das ist ein reaktionäres Urteil einer hinterwäldlerischen Amtsrichterin. Aber daraus kann man kein Urteil über andere Richterinnen und Richter ableiten. Oder gar über die gesamte Justiz.«
»Ach was«, fährt Laura ihn an. »Und was ist mit Audi?«
Fast zeitgleich mit dem Heilbronner Urteil kam Rupert Stadler, der ehemalige Vorstandsvorsitzende von Audi, mit einer Bewährungsstrafe und einer Geldbuße von 1,1 Millionen Euro davon. Er hatte zugegeben, »billigend in Kauf genommen« zu haben, dass die Motoren von Audi-Fahrzeugen mehr Dreck in die Luft bliesen als erlaubt, darunter giftige Stickoxide.
Lauras Stimme ist klar und kalt. »Der Typ ist für eine galaktische Umweltvergiftung verantwortlich! Er hat seine Kunden belogen und betrogen. Und die deutschen Behörden haben zugesehen. Das Kraftfahrt-Bundesamt hat dem Autokonzern jahrelang alle Türen und Thermofenster für einen unglaublichen Betrug geöffnet.« Sie lehnt sich über den Tisch in seine Richtung. »Und unsere Freund-innen in Heilbronn? Was haben sie zu verantworten? Einen Stau. Überleg doch mal, das ist so abgefahren. Einen Stau – mehr nicht. Dafür gehen die in den Knast, und der Stadler läuft frei rum. Du sagst, das hat kein System? Vergiss nicht: Es waren die Amerikaner, die den Skandal aufgedeckt haben. Nicht deine hinterwäldlerische Amtsrichterin aus Heilbronn. Und noch etwas: Glaubst du, den Stadler jucken die 1,1 Millionen, die er als Strafe zahlen muss?«
Jakob blickt auf Lauras leicht gerötetes Gesicht. »Einer meiner Professoren hat gesagt, dass er das nicht selbst bezahlen wird. Das läuft über seine Versicherung.«
»Kein System.« Laura lacht bitter. »Die beiden Urteile passen doch perfekt zusammen. Wie kannst du sagen, da stecke kein System dahinter?«

Jakob spürt, wie das Gespräch aus dem Ruder läuft. Es ist unversöhnlicher geworden, als ihm lieb ist. Es ist an der Zeit, die Schärfe herauszunehmen. »Ich wollte nur sagen, dass man rein logisch aus dem Heilbronner Urteil nicht schließen kann …«

»Rein logisch«, schnaubt Laura. Sie lehnt sich in ihrem Stuhl zurück und schaut ihn an, als sähe sie ihn zum ersten Mal.

Dann sagt sie kühl: »Du redest wie dein Vater.«

Diese Bemerkung trifft ihn wie ein Geschoss. Hat er sich vielleicht verhört? Doch ein Blick auf Laura belehrt ihn eines Besseren. Kühl und wach sitzt sie ihm gegenüber und schaut ihn interessiert an, als wolle sie die Wirkung ihres Satzes prüfen. Jakob steht auf, greift in seine Hosentasche und zieht einen Geldschein heraus. Irgendeinen, er sieht nicht einmal hin.

Als ihm auf der Kantstraße der Wind ins Gesicht schneidet, klingelt sein Handy. Jakob schaut aufs Display. Ist es Laura? OMG, sein Vater. Der hat ihm gerade noch gefehlt. Durchs Fenster sieht er Laura, die ihn anstarrt. Mit der rechten Hand wischt sie sich eine Träne aus dem Auge. Trotzdem nimmt er das Gespräch an.

»Jakob«, sagt die Stimme seines Vaters, »deine Oma braucht dich. Sie braucht uns. Ihr geht es nicht gut. Sie sieht Menschen, die nicht da sind. Auf dem Hof muss einiges erneuert werden. Allein schaffe ich das nicht, ich brauche deine Hilfe. Kannst du nach Altglashütten kommen? Am besten sofort.«

Max Jost

Er sitzt zusammengekauert an der Ecke der ehemaligen Werkstatt meines Vaters. Wahrscheinlich hat er die ganze Nacht hier gesessen, Angst gehabt, nicht geschlafen, sondern in die Nacht gestarrt, die Schatten verfolgt, die die Laterne auf den Hof geworfen hat. Sein Kopf ist so tief gesenkt, dass ich zweimal hinschauen muss. Ein Bild des Jammers, der Einsamkeit, der Angst, die so tief zu sitzen scheint, dass er uns zunächst nicht sieht, obwohl wir mit großen Schritten auf ihn zugehen. Als meine Mutter und ich fast vor ihm stehen, hebt er den Kopf. Mutter streckt die Hand aus und redet beruhigend auf ihn ein. Aber er springt auf und läuft davon.

»Schnell! Versperr ihm de Weg!«, ruft meine Mutter.

Ich breite die Arme aus und renne zur Böschung, um ihn daran zu hindern, auf dem Weg hinter unserem Haus zu entkommen. Und tatsächlich, er stößt einen hellen, grollenden Laut aus, macht kehrt und rennt in Panik zurück. Seine Beine bewegen sich so schnell, dass ich sie nur als rasenden Kreis sehe, wie in einem Zeichentrickfilm. Mutter hat inzwischen die eingezäunte Wiese zum Hühnerstall geöffnet. Wir treiben den jungen Hahn zur Tür, aber er will offensichtlich nicht zu den anderen Hühnern zurück. Wir rennen hin und her, er sucht eine Lücke, wir schneiden ihm den Weg ab, er gackert aufgeregt, schließlich gibt er auf und flattert über die Schwelle zurück auf die Hühnerwiese.

Es sind 26 Hühner und zwei Hähne, die hier zu Hause sind. Otto ist seit vielen Jahren der Chef. Carlos, der junge Hahn, ist neu. Es sind die letzten Nutztiere auf dem Dengler-Hof, aber richtige Nutztiere sind es nicht mehr. Früher, als meine Ehe mit Hildegard noch funktionierte (mehr oder weniger), hat Mutter immer ein Huhn geschlachtet, wenn wir zu Besuch kamen, und das war ein großes Ereignis. Jakob sah zu, wie Mutter eines fing (manchmal half er ihr dabei und trieb es ihr in die Arme), es mit einer Hand unter den Flügel packte und zu dem großen Hackklotz trug, der hinter dem Haus stand und auf dem mein Vater früher das Holz für den Winter gespaltet hat. Mutter redete auf das hyperventilierende und laut gackernde Tier ein, hielt es mit der linken Hand über das Holz und schlug ihm mit einem Hieb den Kopf ab – und ließ es los. Mein Sohn sah mit offenem Mund zu, wie das (im Wortsinn) kopflose Tier noch zehn, fünfzehn Meter weiterlief und dann zusammenbrach. Als er älter wurde und in seine vegetarische Phase eintrat, weigerte er sich, eines von Mutters Hühnern zu essen. Wir redeten auf ihn ein, hielten ihm eine Gabel mit dem duftenden Fleisch unter die Nase, aber Jakob verschränkte die Arme vor der Brust, drehte den Kopf angewidert zur Seite und weigerte sich, auch nur einen Bissen zu sich zu nehmen.

Ich erinnere mich noch gut, wie beleidigt und tief verletzt meine Mutter darüber war, schließlich hatte sie dem Huhn die Federn ausgerupft (eine harte Arbeit für eine alte Frau), zwei Stunden in der Küche am Herd gestanden, gebraten, Gemüse geschnitten und Kartoffeln gekocht. Sie versuchte, ihm Hühnerbraten mit Sahnesoßen schmackhaft zu machen, mit Kräutern, einmal sogar mit einem französischen Coq au Vin, für den sie das Fleisch am Vorabend in eine Weinmarinade eingelegt hatte, einem hausgemachten Sud aus Rotwein mit Knoblauch, Schalotten, Petersilie, Thymian, Rosmarin und Lorbeerblättern. Vergeblich. Jakob aß nie wieder eines ihrer Hühner. Die Situation verschlimmerte sich, als Jakob in seine vegane Phase eintrat, die bis heute anhält. Er verweigerte das Frühstücksei. Meine Mutter war verzweifelt. Jakob argumentierte völlig logisch (ich war stolz auf ihn, obwohl ich weiterhin mit Begeisterung die absolut frischen Eier aus Mutters Hühnerstall aß): Die Hühner durften nur leben, weil sie Eier legten. Wenn die Legezeit vorbei sei, würden sie geschlachtet – und das könne er mit seinem Gewissen nicht verantworten. Meine Mutter argumentierte, dass am Ende des Lebens eines jeden Nutztieres ein Schlachtkörper stehe (eine Leiche, sagte Jakob). Sonst (Jakob, überleg mal, sagte sie) würde kein Nutztier leben. Meine damalige Frau sekundierte, auch der menschliche Körper sei am Ende seiner Tage nichts anderes als ein Schlachtkörper, wenn auch nur für die Würmer. So sei der Lauf der Welt. Jakob verzog angewidert den Mund, die Arme hielt er vor dem Oberkörper verschränkt. Meine Mutter gab nicht auf. Sie verhandelte zwei aufreibende Tage lang mit ihrem Enkel, und am Ende schlossen sie eine Art Deal: Er aß ihre Eier, aber sie versprach, keine Hühner mehr zu schlachten, wenn ihre Legezeit vorbei war. Sie besiegelten die Abmachung mit einem Handschlag und gingen gemeinsam nach draußen, um die Hühner anlässlich ihrer Lebensrettung mit einer Extraportion Weizenkörner zu füttern.

Als meine Mutter mit einem Sack voll Futter den Hühnerstall (eigentlich eher: ihr Hühnersanatorium) betritt, gurren und gackern die Hühner voller Vorfreude.

Von der ganzen Herde legen mittlerweile nur noch drei Hühner Eier. Alle anderen fristen bei meiner Mutter den Rest eines erfüllten Hühnerlebens und sehen gelassen einem Tod durch Altersschwäche entgegen. Damit sie ein bisschen mehr Spaß haben, spendierte Mutter ihnen Carlos, den jungen Hahn, doch mit ihm klappt es noch nicht so gut, wie Mutter sich das vorgestellt hat.

Hinter unserem Rücken surrt es. Ein dunkelblauer Tesla fährt im Schritttempo die Auffahrt hinauf und parkt neben meinem Renault. Ein Mann in dunkelblauem Anzug steigt aus. Er trägt ein weißes Hemd mit offenem Kragen, keine Krawatte. Ich schätze ihn auf Mitte vierzig. Seine braunen, kurz geschnittenen Haare sind oberhalb der Stirn schon deutlich zurückgegangen. Er ist nicht groß, wahrscheinlich nicht mehr als 1,72 Meter. Sein rundliches Gesicht lächelt freundlich. Die Fältchen um die Augen unterstreichen diesen ersten Eindruck. Mit einem Zischen schließt er den Wagen, schaut sich um, strahlt meine Mutter an, breitet die Arme aus und kommt auf sie zu. »Guten Morgen, Frau Dengler, was für ein schöner Tag! Ich hoffe, Sie erinnern sich noch an unsere Verabredung.«

Ich kann nichts dagegen tun: Mein Fahnderblick taxiert den Mann. Blauer, perfekt sitzender Anzug (vielleicht Maßanfertigung), glänzend polierte braune Lederschuhe (wahrscheinlich Maßanfertigung), glatt rasiertes Kinn: konservative Grundhaltung, Geld ist vorhanden; offenes, weißes, teures Hemd, keine Krawatte, Tesla: trotzdem offen für moderne Einflüsse; beweglicher Körper, nur kleiner Bauchansatz: in Grenzen sportlich, vermutlich Fitnessstudio, körperlich nicht besonders stark, im Ernstfall kein Gegner; wenn er lacht, verzieht er nicht nur den Mund, sondern lacht auch mit den Augen: freut sich tatsächlich, meine Mutter zu sehen; sympathisch.

Mutter stellt den Futtersack auf den Boden und geht auf ihn zu. Sie schütteln sich die Hände. »Ich hab Sie it vergesse. Oder halte Sie mich für a alte, vergessliche Frau, so wie mi eigene Sohn?«, sagt sie und deutet auf mich.

Wir reichen uns die Hände. »Ich bin Max Jost«, wendet er sich mir zu. »Ich halte Ihre Mutter keineswegs für vergesslich, sondern für eine knallharte Geschäftsfrau.«

»Ach«, antworte ich, »da kennen Sie sie besser als ich.«

Wenig später sitzen wir in der guten Stube. Mutter hat ihren Lucky-Luke-Kaffee gekocht, einen Filterkaffee von der Sorte »Wenn das Hufeisen untergeht, ist der Kaffee zu schwach«. Max Jost trinkt einen Schluck, stellt die Tasse ab und gießt Milch nach. Mit dem Löffel rührt er in der Tasse. »So, Frau Dengler, machen wir da weiter, wo wir das letzte Mal aufgehört haben. Sie wollten den alten Vertrag suchen, den ihr verstorbener Mann über das Grundstück auf dem Feldberg abgeschlossen hat. Ich hoffe, Sie haben ihn gefunden.«

»Nei, er isch weg«, sagt meine Mutter und schaut auf den Tisch. »Ich han ihn it g'funde, bim beschde Wille it.«

Max Josts Löffel dreht sich schneller. Seine blauen Augen ziehen sich für einen kurzen Moment zusammen. Irgendwoher kommt er mir bekannt vor. Kenne ich ihn von früher? Vielleicht mit einem schmaleren Gesicht? Vollerem Haar? Aber ich kann mich nicht erinnern, wo ich diesen Mann schon einmal gesehen habe.

Er trinkt einen Schluck und betrachtet die Tasse. »Schade. Sehr schade. Kann ich Ihnen irgendwie bei der Suche helfen? Es wäre sehr wichtig, dass wir diesen Vertrag finden.«

Ich bin überrascht, wie energisch meine Mutter den Kopf schüttelt. »Usg'schlosse, da kann man nix mache, der isch weg«, sagt sie.

»Frau Dengler«, sagt er. Seine Stimme klingt tief, angenehm, in dem vornehm klingenden Freiburger Alemannisch, das unten im Tal gepflegt wird. »Ohne diesen Vertrag kann ich Ihr Land nicht pachten.«

Mutter nickt. »Ich verpacht's au gar it. Ich han's mir nämlich andersch überlegt.« Entschlossen verschränkt sie die Arme.

»Aber Frau Dengler!« Jost breitet die Arme aus, und unter seinem Hemdsärmel blitzt eine Uhr hervor. An seiner rechten Hand glitzert ein schlichter goldener Ehering. Seine Stimme klingt jetzt etwas gepresst. »Mit einem Windrad auf Ihrem Grundstück könnten wir die ganze Feldbergregion mit günstigem Strom versorgen.«

Ich mische mich ein. »Mame – worum geht es?«

Sie dreht sich zu mir um. »Du weisch doch, obe uf'em Feldberg han ich von mine Eltre a Stückli Brachland g'erbt. Früher sin da die NATO-Ohre gstande, so große Abhörstatione. Aber sälli sin ja scho lang weg. Nur d'Fundament stehn noch.«

Ich nicke. Meine Großeltern hatten das wertlose Land in eine Weidegenossenschaft eingebracht. Von Frühjahr bis Herbst grasen hier die Kühe der anderen Bauern. Meine Mutter, die seit dem Tod meines Vaters kein Vieh mehr hält, bekommt für die Nutzung des Landes ein paar Euro Entschädigung.

»De Herr Joschd däd des gern pachte.«

Ich beuge mich etwas vor und schaue Herrn Jost an. Ich habe ihn schon einmal getroffen, wahrscheinlich als Jugendlicher, vielleicht in einem der Freiburger Clubs. Aber wenn ich ihn jetzt ansehe, kann ich ihn mir nicht auf einer Tanzfläche vorstellen. Ich sage zu ihm: »Das können wir nicht machen, das Land an Dritte verpachten. Der Vertrag mit den anderen Bauern besagt, dass wir nur untereinander verpachten oder verkaufen dürfen, damit das Land

nicht zerstückelt wird.« Ich zucke mit den Schultern. »Meine Mutter darf es nicht verpachten.«
Mutter legt mir eine Hand auf den Arm. »So ganz stimmt des it. Wo d'NATO die Abhöranlagen bi uns obe baut hät, hät's Milidär s'Land pachtet. Und de Babba hät en neue Vertrag unterschriebe. Da stoht drin, wenn d'Soldade s'Land nimmi bruche, könne mir's us wichtigem Grund us de Weidegenossenschaft rusnehme.«
Jost seufzt. Er fährt sich mit der Hand über die Stirn. »Ich brauche diesen Vertrag. Dringend. Sonst …«
»Er isch aber nimmi da. Ob Sie's glaube oder it!«, sagt meine Mutter. »Ußerdem, Herr Joschd, ich sag's Ihne ganz ehrlich. Ich will da uff mim Grundstück kei Windrad ha.« Sie hebt den Kopf, legt ihn etwas zur Seite und wechselt in ein merkwürdig klingendes Hochdeutsch. »Ich habe mich beraten lassen.« Sie beugt sich zu Jost vor. Ihre Augen blitzen. »So e Windrad isch ganz schlecht für de Auerhahn und de Rote Milan. De Milan isch doch vom Ussterbe bedroht! Un die Räder mache au Strahle, wisse Sie des it? Un des isch schlecht für d'Gesundheit.« Sie schüttelt den Kopf. »Ußerdem isch der Vertrag … ich weiß it, wo der isch. Ich han ihn g'sucht, in jede Schublad han ich guckt, aber er isch weg. Mein Mann«, sie räuspert sich und spricht langsam auf Hochdeutsch weiter, »mein verstorbener Mann …, ich weiß nicht, wo er den Vertrag hingelegt haben könnte. Es isch mir ein Rätsel.«
Max Jost zuckt mit dem Oberkörper zurück, als hätte er eine Kreuzotter gesehen. »Frau Dengler, ich versichere Ihnen, an diesen Vorwürfen ist nichts dran. Wirklich – nichts!« Er neigt den Kopf zur Seite. Seine Finger tippen auf die Tischplatte. »Ich mache Ihnen einen Vorschlag. Ich lasse ein Gutachten erstellen, das ausrechnet, wie hoch die Pacht wäre. Das hängt davon ab, wie windig es da oben auf dem Berg ist. Und wie …« Er macht eine Pause und wischt sich noch einmal über die Stirn. »Ich würde Sie gern noch einmal besuchen, wenn das Gutachten fertig ist. Sind Sie einverstanden?«
Meine Mutter legt den Kopf zur Seite und blinzelt ihn an. »Und des koscht mich nix?«

Jost lächelt. »Keinen Cent.«
Mutter steht auf. »Wenn des so isch, mache Sie halt a Gutachte.« Dann murmelt sie: »Wie wenn des was ändere tät!«
Auch Max Jost steht auf. Mit einer Hand stützt er sich auf dem Tisch ab. Ich sehe, wie er sich auf die Unterlippe beißt. »Sind wir uns schon mal begegnet?«, frage ich ihn. »Sie kommen mir bekannt vor.«
Er blickt irritiert auf. Dann schüttelt er den Kopf und starrt mich an. »Ich habe Sie noch nie gesehen«, sagt er und reicht mir zum Abschied die Hand.
Ich sehe durchs Fenster, wie Josts Tesla vom Hof rollt. Durch die offene Tür rufe ich Mutter zu, die gerade die Kaffeetassen spült: »Von wem hast du dich beraten lassen?«
»Von de Frau Müllerschön«, antwortet sie. »Zu dere gehn mir jetzt.«

Karola

Als ich mit meiner Mutter die Tür zum Hof öffne, zieht ein Mäusebussard seine Kreise am blauen Himmel. Aus dem Wald fliegen zwei schwarze Punkte auf ihn zu. Als sie näher kommen, höre ich heiseres Krächzen: zwei Krähen. Die erste steigt etwas höher als der Bussard und stürzt sich auf ihn herab. Mit ihrem Schnabel versucht sie, die Schwanzfeder des Greifvogels zu packen. Mit einem schnellen Flügelschlag weicht der Bussard aus. Doch die zweite Krähe ist nun über ihm und versucht, einige Federn vom Rücken des Bussards zu packen. Wieder muss der große Vogel ein hektisches Flugmanöver einleiten, um dem Angriff zu entkommen. Er schraubt sich höher in die Luft, doch die beiden mutigen Krähen folgen ihm verbissen, laut und wütend. Von unten, von der Seite und von hinten attackieren sie den überlegenen Greifvogel.
Schließlich gibt der Bussard auf und fliegt in Richtung Bärental davon. Die beiden Krähen krächzen noch einmal siegestrunken und fliegen dann zurück in die Krone der großen Eiche, in deren Wipfel sie ihre Nester gebaut haben, die sie soeben mutig verteidigt haben.
Ich mag Krähen. Man sagt, es seien kluge Tiere. Aber vor allem bewundere ich ihren Mut. Wenn sie das Richtige erkannt haben, dann tun sie es, ohne eine Sekunde zu zögern. Sie greifen den Stärkeren an. Und sie gewinnen.
Ich helfe meiner Mutter, den Sicherheitsgurt auf dem Beifahrersitz zu schließen. Da fällt ihr ein, dass sie ihr Handtuch auf dem Küchentisch vergessen hat. Ich laufe zurück in die Küche, hole ihr großes Badetuch, lege es auf den Rücksitz und setze mich ans Steuer. Hinter der Kirche biege ich auf die Bundesstraße ab, fahre Richtung Bärental, biege rechts ab. Links schimmert der Titisee durch die Bäume. Mutter kurbelt das Fenster runter und genießt die frische Luft.

Ich mag die Abfahrt durch den Schlund des Höllentals, die schwindelerregenden Kurven, die fast 360 Grad beschreiben, den Blick hinunter zur Höllentalbrücke, den Hirschsprung. Ich mag es, wenn die Straße bei Himmelreich in die Ebene ausläuft und wir durch das Dreisamtal nach Freiburg hineinfahren – und dann im Stau stehen.
In der Stadt ist es mindestens fünf Grad wärmer als bei uns oben am Feldberg. Mutter ist es zu warm. Sie zieht ihren leichten, hellen Regenmantel aus und hängt ihn über den Arm. In der Kaiser-Joseph-Straße steht die Luft. Es riecht nach Schweiß. Wir haben noch etwas Zeit, und ich lade Mutter ins Kolben Kaffee ein. Wir haben Glück: Gerade wird ein Fensterplatz frei. Ich stelle mich in die Schlange vor der Kasse. Sie möchte einen normalen Kaffee und eine Butterbrezel, ich bestelle einen doppelten Espresso. Der Kaffee ist schwarz, stark und gut, und meine Stimmung steigt. Mutter schaut aus dem Fenster auf das Gewimmel der Touristen und schüttelt den Kopf. In der Stadt könnte sie nicht leben, sagt sie, als wir das Café verlassen. Sie hakt sich bei mir ein, und ich führe sie durch das Gedränge am Bertoldsbrunnen vorbei und über den Markt am Münster. Gemächlich schlendern wir die Karlstraße entlang. Dann stehen wir vor einem alten Bürgerhaus mit vornehm verwildertem Vorgarten, der Rasen ist gelb und vertrocknet. Fünf Fahrräder lehnen an der Mauer, es gibt einen Sandkasten und eine wackelige Hüpfburg aus Plastik, die die Hälfte der Luft verloren hat.
Auf einem weißen Schild steht in schwarzer Schrift: *Karola Müllerschön, Heilpraktikerin. Termine nach Vereinbarung.* Darunter eine E-Mail-Adresse und eine Telefonnummer.
Mutter öffnet das quietschende Gartentor und geht mit Trippelschritten über einen schmalen, mit Pflanzen überwucherten Plattenweg zur Haustür. Ich bleibe dicht bei ihr und behalte sie im Auge. Sie klingelt, jemand meldet sich, sie sagt ihren Namen, es summt, und ich drücke die Tür auf. Sie geht in den Flur, dreht sich noch einmal zu mir um. »Georg, du hast säll Handtuch vergesse.«
Ich laufe zurück, hole ihr Handtuch. Die Haustür ist angelehnt.

Ich gehe in den ersten Stock. Mutter hat vor einer braunen Holztür auf mich gewartet. Nun drücke ich sie auf, und wir gehen in ein Wartezimmer.
Links ist ein kleiner Empfangstresen aus hellem Eichenholz. Darauf ein Strauß frischer Wiesenblumen, der kaum in die schlichte grüne Keramikvase passt. Die Wände sind in einem lindgrünen Ton gestrichen. Neben dem Tresen ein Holzregal mit Informationsmaterial über die angebotenen Heilmethoden, Workshops und Veranstaltungen. »Eigenurintherapie« finde ich nicht.
Rechts vor dem Fenster zwei schwere Ohrensessel. Sie sind mit einem hellen Stoff bezogen, wahrscheinlich Leinen. Ihnen gegenüber ein weiterer Sessel. Um einen kleinen Tisch gruppieren sich einige Stühle, auf denen weiche, helle Kissen liegen. Weiter hinten eine gemütliche Leseecke, auf den kleinen Regalen Bücher über alternative Heilmethoden, gesunde Lebensführung und Entspannungstechniken.
An den Wänden darben zwei Olivenbäume in Tontöpfen. Auf dem Fensterbrett sehe ich einige Basilikumbüsche, die einen Hauch von Natur und Frische in den Raum bringen. Ein Wasserspender aus weißem Porzellan mit frischem Zitronenwasser steht auf einer hellblauen Anrichte, daneben einige Gläser. An der Wand hängen drei Bilder, alle in einem hellen Blau. Darauf sind gelbe Objekte zu sehen; Sterne, vermute ich.
Was ich zunächst für Vogelgezwitscher aus dem Garten halte, kommt aus einer versteckten Zwitscherbox. Die Spatzen, Amseln und Rotkehlchen werden hin und wieder vom Geräusch fließenden Wassers unterbrochen.
Erstaunlicherweise liegt ein Hauch von Zimt in der Luft. Er mischt sich auf eigenartige Weise mit dem Duft des Basilikums. Nach ein paar Sekunden entdecke ich die Quelle: In einer goldenen Metallkugel brennen die Reste von zwei Räucherstäbchen. Daneben steht eine silberne Klangschale.
Meine Mutter geht direkt zu einem der beiden Sessel und setzt sich. Ich bleibe stehen. Der Raum ist offensichtlich mit dem Ziel eingerichtet, dass die Wartenden sich wohlfühlen. Aber für mei-

nen Geschmack ist die Absicht zu offensichtlich. Zu viele Pastellfarben, zu viele Räucherstäbchen, zu viel plätscherndes Wasser.
Hinter mir öffnet und schließt sich eine Tür.
Langsam drehe ich mich um.
Und da steht sie.

Rückblende: Crommschröder in der Oper

Rotgold schimmert der Brokat des Vorhangs im Scheinwerferlicht. Er fällt von der Decke bis zum Boden, gerade und glatt, ohne eine einzige Falte. Fünf lange Streifen sind darauf zu sehen, die durch doppelte Linien voneinander getrennt sind. Sie erinnern Crommschröder an die Säulenpaare an der Außenfassade der Oper. Den Abschluss jeder Fläche bildet ein Lorbeerkranz, in der griechischen Mythologie, das weiß er noch aus seiner Schulzeit, ein Symbol für moralische Läuterung und Sühne. Crommschröder verzieht die Mundwinkel.

Stimmengewirr und freundliche Begrüßungen unter der Kuppel. Husten, Räuspern, das Rascheln von Bonbonpapier, Programmheften und Kleidern, das Knarren der Stühle, wenn die Sitzenden aufstehen, damit die Nachzügler sich an ihnen vorbei zu ihren Plätzen schieben können, das gedämpfte Schließen der Türen – all diese Geräusche verschmelzen zu einem unverwechselbaren Klang der Erwartung und der Freude, zu den Auserwählten zu gehören, die diesen besonderen Abend erleben dürfen.

Stephan C. Crommschröder sitzt mit seiner Frau in der Mitte der siebten Reihe. Man hat ihnen die besten Plätze im Stuttgarter Opernhaus organisiert. Silke studiert das Programmheft. Ihr Zeigefinger fährt prüfend über die Besetzungsliste. Dann dreht sie den Kopf zu ihrem Mann. Ihre Augen leuchten. »Moritz Kalenberg singt den Evangelisten«, flüstert sie ihm zu. Seit Wochen hat sie sich auf diesen Abend gefreut. Crommschröder nickt automatisch. Das Leiden Jesu ist nicht das, was ihn gerade beschäftigt. Er hat seine eigenen Sorgen. Er nimmt ihr das Heft aus der Hand, sucht die Stelle, an der die Dauer der Aufführung notiert ist, und gibt es ihr zurück. Zwei Stunden – das ist machbar. Ohne Pause. Gut. Er muss nicht viel tun. Still sitzen, seinen Gedanken nachhängen und am Ende applaudieren. Zwei

Stunden. Kürzer und weit weniger brisant als die Aufsichtsratssitzung, die vor ihm liegt.
Langsam erlischt das Licht. Die Gespräche verstummen. Dunkelheit. Dann plötzlich: in die stille Erwartung hinein der Klang einer einzelnen Geige. Der Konzertmeister gibt im Orchestergraben den Ton vor. Einmal. Zweimal. Andere Streichinstrumente, Geigen, Viola, Violoncello und Violone setzen kurz ein und verstummen gleich wieder. Das Einstimmen des Orchesters ist vorbei. Erneute Stille. Dann hustet jemand. Es ist ein Husten von der Art, der wie Protest klingt. Als wolle der Husten sagen: Ich bin auch jemand, und jetzt muss ich zwei Stunden schweigen. Aber ich bin da. Hört mich. Das bin ich. Eine Frau in der zweiten Reihe antwortet mit einem Echohusten, als wolle sie dem ersten Hustenden die Scham nehmen, gestört zu haben. Vielleicht, überlegt Crommschröder, ist es nur ein schwäbischer Anpassungshusten, aus Angst, in wenigen Minuten die Vorstellung zu stören.
Jetzt ist es dunkel im Saal. Der Vorhang ist unbeleuchtet, schwarz wie eine undurchdringliche Wand. Applaus brandet auf. Der Dirigent erscheint. Die Musiker stehen zu seiner Begrüßung auf. Der Dirigent deutet gegenüber dem Publikum eine Verbeugung an, dann reicht er dem Konzertmeister die Hand. Mit einer Handbewegung fordert er die Musiker zum Setzen auf.
Crommschröder ist ein großer Mann. Der Opernsessel ist zu klein für ihn. Sein Oberkörper überragt die anderen weit. Der Mann in der Reihe hinter ihm neigt den Kopf mal nach rechts, mal nach links, um an ihm vorbei den besten Blick auf die Bühne zu haben. Crommschröders graues Haar, gekräuselt und gut geschnitten, erinnert zusammen mit dem schmalen Gesicht und den wachen blauen Augen an Cäsar, kurz bevor er von Brutus gemeuchelt wird. Die meisten seiner Mitarbeiter haben ihn noch nie anders gesehen als in einem feinen taubenblauen Anzug aus italienischem Tuch, dazu ein für sein Alter etwas zu enges weißes Hemd mit offenem Kragen. Krawatte trägt er nur bei offiziellen Anlässen. Den Kopf hat er auf die rechte Hand gestützt. Silkes Vorschlag hat er gerne angenommen, und sein Büro hat zwei Premierenkarten für die

Aufführung von Johann Sebastian Bachs Johannespassion in seiner Heimatstadt reserviert. Er überlegt, wie lange er schon nicht mehr in Stuttgart war. Aber er ist froh, wenigstens für einen Abend dem Berliner Druck zu entfliehen. Seit fünf Jahren ist er Aufsichtsratsvorsitzender des Strom- und Energieriesen VED, nachdem er den Konzern viele Jahre als Vorstand der Wassersparte und später als CEO geführt hat. In seiner Karriere gab es einige heftige Turbulenzen[1], aber seit einem Jahrzehnt hat er Ruhe in das Unternehmen gebracht. Der Konzern schnurrte wie ein frisch gefüttertes Kätzchen und bescherte den Aktionären glänzende Bilanzen und einen *Return on Investment,* von dem andere Branchen nicht einmal zu träumen wagen. Der Krieg in der Ukraine schnitt die VED von einem Tag auf den anderen vom billigen russischen Gas ab. Selbst das hat er gemanagt. Doch nun zieht ein Unwetter auf, für das er noch keine zufriedenstellende Antwort gefunden hat: die sogenannte Energiewende.

Sie ist schlimmer als der Verlust des billigen russischen Gases. Sie ist die Pest.

Ihn stört nicht so sehr die öffentliche Meinung über die Vereinigten Elektrizitätswerke Deutschlands VED. Sicher, es ist ein Kommunikationsdesaster biblischen Ausmaßes. Neulich sollte ein ohnehin weitgehend verlassenes Dorf für den Braunkohleabbau geräumt werden und wurde plötzlich zum Treffpunkt durchgeknallter Mittelstands-Kids, die sich den Baggern entgegenstellten, als hätten sie den Verstand verloren. Die Landesregierung von Nordrhein-Westfalen und die Polizei haben die Lage in ein paar Tagen bereinigt, aber es gab ein paar unschöne Bilder, und die Tagesschau zeigte ein paar Transparente, auf denen die VED nicht gut wegkam.

Gut, die Öffentlichkeit ist das eine. Unangenehm. Ärgerlich. Aber – fuck off!

Doch das Auswuchern der sogenannten erneuerbaren Energien macht den Bilanzen der VED zunehmend zu schaffen. Kurz gesagt, besteht sein Problem darin, dass mit Wind und Sonne Strom

---

1 Siehe dazu: Fremde Wasser, Denglers dritter Fall

ohne große, kapitalintensive Anlagen produziert werden kann. Es müssen nicht mehr ganze Landschaften umgepflügt werden, um Braunkohle zu fördern. Es müssen nicht mehr riesige millionenschwere Fabriken betrieben werden, um Kohle zu verbrennen. Es braucht keine Atommeiler mehr. Jeder Depp kann sich eine Solaranlage aufs Dach setzen. Wenn er durch die Dörfer fährt, sieht er auf fast jedem zweiten Dach Solarmodule. Wenn auch die Städte anfangen, auf Dächern und Balkonen Strom zu produzieren, wird es eng. Jede Kilowattstunde, die auf einem Scheunendach erzeugt wird oder mit einem Windrad, das ein ahnungsloser Bürgermeister in Hintertupfingen aufstellen lässt, fehlt ihm in der Bilanz. Irgendein Start-up ist gerade dabei, Solarpaneele zu entwickeln, mit denen ein Mehrfamilienhaus übers ganze Jahr mit Strom versorgt werden kann – ohne die VED: der reinste Horror.

Silke stupst ihn mit dem Ellbogen an und zeigt nach vorne. Sie lächelt. Ihre Lippen formen ein lautloses: Jetzt geht's los.

Er streicht ihr über die Hand.

Dass über Windräder und Solartechnik jeder Popel selbst Strom produzieren kann – das bringt ihn in Rage. Jeder erbärmliche Studienrat kann sich heute mit anderen Bartträgern zusammentun. Sie legen ihre jämmerlichen Ersparnisse zusammen oder nehmen einen Kredit auf, gründen eine Genossenschaft und stellen irgendwo ein Windrad auf. Oder ein paar pfiffige Bürgermeister machen das zu ihrer Sache, richten in ihrer Gemeinde selbst Windparks ein und versorgen ihre Bürger mit günstigem Strom – und das alles ohne die VED oder einen der anderen großen Stromkonzerne.

Von allen Seiten wird an seinem Geschäft gesägt.

Selbstverständlich ist Crommschröder nicht grundsätzlich gegen Windräder. Im Gegenteil: Die VED baut in der Nordsee zwei große Off-Shore-Windparks. So sollte es laufen: Große kapitalintensive Windparks im Meer, die nur mit großen Konzernen gebaut werden können. Es sind die kleinen, lokal gebauten Windräder, die sein Geschäft ruinieren.

Das setzt ihn unter Druck. Er braucht eine Gegenstrategie. Dringend.

Ein Paukenschlag ertönt in der Dunkelheit.
Bumm.
Dann noch einmal: Bumm. Dann: Bumm. Bumm.
Der Vorhang hebt sich. Bumm. Bumm. Bumm. Die Pauke dröhnt nun wie ein Herzschlag. Licht und Nebel dringen durch den schmalen Spalt am unteren Bühnenrand, den der Vorhang nun freigibt.
Bumm. Bumm. Bumm.
Schuhe sind zu sehen. Normale Straßenschuhe. Dann Beine.
Rechts und links tauchen graue Wände auf.
Es scheinen Hosen zu sein, die man heutzutage trägt. Jesus in Bundfalten womöglich. Ein modernes Stück erwartet ihn also.
Die Pauke schlägt schneller. Bummbummbumm.
Schimmernd und schwebend kommt nun ein sanft angeschlagenes Becken dazu. Es erzeugt einen lang anhaltenden Klang, einen Zischlaut, in den sich immer wieder der Paukenschlag mischt.
Crommschröder richtet sich auf. Mehrere Gestalten bewegen sich undeutlich im Bühnennebel im Kreis. Alle tragen schwarze Anzüge und Kleider. Die Pauke schlägt nun eindringlicher, lauter: bumm-bumm-bumm-bumm. Die Figuren bewegen sich alle im gleichen seltsamen, von der Pauke vorgegebenen Gang: Halbschritt. Pause. Halbschritt. Pause. Männer und Frauen, ein Dutzend Gestalten, deren unaufhörliches Schreiten von der Pauke synchronisiert wird.
Dann setzt das Orchester mit einer Wucht ein, die für einen Moment alle anderen Gedanken verjagt. Geigen und Violinen jubilieren in einem leidenschaftlichen Ausbruch, als hätten sie viel zu lange auf diesen Moment warten müssen. Präzise gesetzte Paukenschläge geben der Musik eine feierliche und zugleich monumentale Note. Dann setzt mit umwerfender Wucht der Chor ein. Laut. Eindringlich. Immer weiter schreiten die Sängerinnen und Sänger auf der grauen, tristen Bühne im Kreis. Nebel umwabert sie. Crommschröder blickt zu Silke. Sie sitzt zurückgelehnt in ihrem Theatersessel, beide Arme liegen entspannt auf der Lehne. Der Mund ist leicht geöffnet, die Augen weit aufgerissen. Sie ist bereits gefangen von Musik und Gesang und wird der Reise durch Leid und Erlösung willig folgen.

Crommschröder fährt sich mit der Hand übers Gesicht. Er würde gerne genauso andächtig dasitzen, genauso überwältigt sein wie seine Frau. Er wäre gerne ernsthaft und wahrhaftig gefangen von der Musik und dem Geschehen auf der Bühne. Doch er ist es nicht. Es ist lange her, dass er bei einem Konzert abschalten konnte. Er kneift die Augen zusammen, reckt den Kopf etwas vor. Er hört die Musik, aber will sich nicht auf die Worte konzentrieren, die auf der Bühne gesungen werden. Das ist es, was er an der Oper hasst. Die Konzentration, die es erfordert, dem Geschehen zu folgen. Er will seinen eigenen Gedanken nachhängen.

Im Laufe der Jahre hat er gelernt, den Kopf zu heben, manchmal die Augen zu schließen und so zu tun, als würde er aufmerksam und sachkundig zuhören, während er in Wirklichkeit die Probleme der VED durchdenkt und manchmal auch löst – zumindest im Kopf.

Silke stößt ihn leicht mit dem Ellbogen an. Sie deutet auf den kleinen Bildschirm über der Bühne, auf dem er den Text in Deutsch und Englisch lesen kann. Crommschröder wirft einen Blick darauf. Immerhin wird er so leicht verstehen, was auf der Bühne vor sich geht. Immerhin das. Silke wendet den Kopf nach vorne und versinkt wieder in der Musik.

Ist seine Frau nicht großartig? Er überfliegt den Text auf dem *Screen*. Der Hohepriester hat seine Schergen geschickt, um Jesus Christus zu verhaften. Der Tenor, der den Text des Johannes-Evangeliums wiedergibt, singt davon, wie Petrus Jesus retten will und mit seinem Schwert dem Knecht Malchus ein Ohr abschlägt. Doch Jesus, gesungen von einem Bass, freut sich nicht über die Rettung, sondern weist Petrus zurecht. *»Stecke dein Schwert in die Scheide! Soll ich den Kelch nicht trinken, den mir mein Vater gegeben hat?«*

Crommschröder lächelt. Jesus – der Pazifist. Er hätte es schwer gehabt in unserer Zeit. Vielleicht hätte er sich auch vor der VED-Zentrale auf die Straße geklebt, wie es neulich fünf junge Idioten getan haben. Crommschröders Magen krampft sich vor Wut zusammen. Hoffentlich bekommt er nicht wieder Sodbrennen.

Von seinem Büro im obersten Stock der Konzernzentrale konnte er die Idioten gut beobachten. Und die Polizei auch. Die Berliner Polizei – diese dämliche, durch unzählige Deeskalationsseminare weichgespülte Berliner Polizei: Statt sie einfach von der Straße zu reißen, sodass ihre Haut auf dem Teer kleben blieb, lösten sie routiniert mit ein paar Feuerwehrmännern den Kleber, redeten beruhigend auf die Kids ein, trugen sie weg, nahmen ihre Personalien auf, verabschiedeten sich fast freundschaftlich von ihnen und lösten dann den Stau wieder auf. Nach einer halben Stunde war der Spuk vorbei. Der Ärger blieb. Die Kids von heute sind medien- und instagramgeschult. Medienprofis sind das! Sie informierten die Presse, das Fernsehen war da, und sie selbst hatten mehr Leute dabei, die die Aktion in den sozialen Medien verbreiteten, als auf der Straße klebten. Kein Wunder, dass die Polizisten vorsichtig und rücksichtsvoll waren.

Aber wieder einmal: schlechte Bilder, schlechte Presse. Wieder stand die VED da wie ein Dinosaurier, der nicht mehr in die Zeit passt. Wieder musste er lächelnd in die Mikrofone sagen: Wir sind die falsche Adresse für den Protest. Die VED hat die Zeichen der Zeit längst erkannt. Dekarbonisierung und Nachhaltigkeit sind zentral in unserer Unternehmensstrategie verankert. Denn unser Ziel ist klar: Klimaneutralität bis 2040.

Auf der Bühne verkündet Jesus, dass Petrus ihn dreimal verraten wird.

Alles, was der Konzern braucht, ist – Zeit.

Und Ideen.

Die erneuerbaren Energien liefern inzwischen so billig Strom, dass die Braunkohleverbrennung der VED nicht mithalten kann. Sein Konzern ist im Grunde nicht mehr konkurrenzfähig. Und noch etwas kommt hinzu: Die Produktionsmittel für den verhassten Ökostrom werden leistungsfähiger und immer billiger. Sein neuester Horror sind Balkonkraftwerke – jede Lebensmittelkette verkauft inzwischen Balkonkraftwerke. Wenn dann die künftigen neuen Hochleistungspaneele Marktreife erlangen … Gute Nacht, VED.

Er hasst es.

Ihm und seinen Kollegen der anderen vier großen Energieunternehmen ist es völlig klar: Sie werden nur überleben, wenn die Energieversorgung wieder auf große, kapitalintensive Produktionsanlagen konzentriert wird, am besten Kohlekraftwerke oder Atomkraftwerke. Wenn der Strom aus Wind und Sonne kommt, braucht man seinen Konzern nicht mehr. Man braucht *ihn* nicht mehr.

Stephan C. Crommschröder ist ein Feind der Energiewende.

Und er ist ein gefährlicher Feind. Ein unversöhnlicher Feind. Ein mächtiger Feind.

Gibt es nicht diesen Satz von Archimedes? »Gebt mir einen festen Punkt, und ich werde die Welt aus den Angeln heben.«

Nichts beschäftigt ihn mehr als die Suche nach diesem Punkt.

Von der Bühne senkt sich eine beleuchtete rote Fläche, die ihn an ein Gemälde des Malers Mark Rothko erinnert. Jesus wird zum römischen Statthalter Pontius Pilatus geführt.

Wo ist dieser eine entscheidende Punkt? Es macht ihn verrückt, dass er ihn noch nicht gefunden hat.

Stephan C. Crommschröder drückt seinen Rücken fest gegen den Sitz. Der Mann hinter ihm wendet den Kopf und schaut nun rechts statt links an ihm vorbei auf die Bühne.

Er wird ihn finden – den Punkt des Archimedes.

Karola

Schon in dem Augenblick, als ich sie noch nicht erkenne, sondern nur die Gestalt wahrnehme, die an mir vorbei auf meine Mutter zugeht, schlägt mein Gehirn Alarm.

Unter einem schlichten, hellen Kleid mit Blumenmuster, das fließend an der Taille anliegt und ihre schlanke Figur betont, zeichnet sich ihr langer Rücken ab. Die Haare am Hinterkopf sind wie damals zu einem Zopf zusammengebunden, den sie über die rechte Schulter nach vorne gelegt hat. Sie trägt keine Strümpfe, und ich sehe zwei leicht gebräunte, gerade Beine – ihre Haut, von der ich weiß, dass sie sich wie Seide anfühlt. Ihre Füße stecken in flachen schwarzen Schuhen, Ballerinas wahrscheinlich. Sie umarmt meine Mutter. Sie spricht ein paar Worte mit ihr, die ich nicht verstehe.

Dann dreht sie sich um.

Ich erkenne sie an den Augen. Sie haben sich nicht verändert. Tiefes, undurchdringliches Braun, das mir schon damals so erschien, als sei es in eine Flüssigkeit eingelegt. Vor mir steht das Mädchen, das mir zum ersten Mal das Herz gebrochen hat. Das ist die Frau, die mir zum ersten Mal einen Schmerz zugefügt hat, dessen Ausmaß ich mir nicht vorstellen konnte, bevor ich ihn ertragen musste. *The First Cut Is The Deepest* – singt Rod Stewart, ein Song von unergründlicher Weisheit.

Ich habe lange gebraucht, um mich von ihr zu erholen.

Lange her. Die Wunde ist verheilt. Das einzige Gefühl, das ich spüre, ist Überraschung. Müllerschön heißt sie jetzt also.

Sie dreht sich zu mir um. Ihre Mundwinkel heben sich. Etwas verändert ihre Augen. Die Tiefe verschwindet. »Na, wen haben wir denn da?« Na klar, spöttisch, wie früher schon. Dann wendet sie sich meiner Mutter zu. »War der Blutsauger heute Morgen bei dir? Ich hoffe, du hast ihn gleich wieder weggeschickt.« Sie reicht Mutter die Hand und hilft ihr aufzustehen. Sanft umfasst sie mit ihrer rechten Hand den Unterarm meiner Mutter. Sie wendet sich um und winkt mir mit der linken Hand hinter ihrem Rücken zu. Es ist ein Kommando, so selbstverständlich und unverschämt, wie sie mir früher Kommandos gab: Warte hier! Sie öffnet eine Tür und verschwindet mit meiner Mutter im Behandlungszimmer.

Ich warte.

Die Tür öffnet sich, und Karola kommt zurück. Leise schließt sie die Tür hinter sich, neigt den Kopf zur Seite und schaut mich an.

»Du siehst gut aus«, sagt sie.

»Danke.« Ich bin vorsichtig. Misstrauisch. »Du auch«, sage ich. Es ist keine Lüge. Ihr Gesicht ist feiner geworden. Es kommt mir ein wenig länger und schmaler vor, wodurch ihre ausgeprägten Wangenknochen noch mehr zur Geltung kommen.

»Deine Augen sehen traurig aus«, sagt sie. Dann: »Bist du noch bei der Polizei?«

Ich schüttle den Kopf. »Nein, bin ich nicht.« Ich bleibe wachsam. Aber irgendetwas muss ich schließlich sagen. »Wieso heißt du Müllerschön? Ist das ein Künstlername?«

Sie lächelt. Sie sieht dabei auf den Boden. »Heirat«, sagt sie. »Das ist der Name meines Mannes. Ich war froh, dass ich nicht mehr Gerlach heißen musste. Nach allem …«

Ich nicke und räuspere mich. »Gratulation«, sage ich.

Sie betrachtet mich nachdenklich. »Danke, doch zu spät. Bin schon wieder geschieden.«

Ich nicke und mustere die Tapeten.

Sie geht einen Schritt auf mich zu. Sie lächelt. Noch einen Schritt.

»Georg?«

»Mmh.«

Sie greift nach meinem Unterarm. »Ich hoffe«, sagt sie ernst, »du beschützt deine Mutter und passt gut auf sie auf.«

Ich ziehe meine Hand weg.

»Du musst verhindern, dass sie das Grundstück auf dem Feldberg abgibt.« Sie will erneut nach mir greifen. Ich mache einen Schritt rückwärts. »Unbedingt, Georg.« Sie sieht mir mit einer Intensität in die Augen, als wären wir gute Freunde. »Versprich es mir, Georg.«

»Ich warte draußen im Auto auf meine Mutter«, sage ich.

»Bis bald.«

Ich drehe mich um. »Lieber nicht. Ging schon das letzte Mal schief.«

*

Kurz danach sitze ich hinter dem Steuer des Renault und atme tief durch.

Als diese Frau ein Mädchen war, bildeten sie und ich ein unzertrennliches Paar. Wir waren als Kinder wegen unserer Väter verwundet wie angeschossene Rehe. Mein Vater war tot, verunglückt, und ich hatte dabei zugesehen. Ihr Vater war plötzlich verschwunden, ohne Vorwarnung, ohne Gruß, ohne Abschiedsbrief – und ohne erkennbaren Grund. Wir verloren beide die Orientierung und gaben uns gegenseitig Halt. Unsere Mütter verloren sich in ihrer eigenen Trauer und versanken in einem Strudel von Sorgen, die wir nicht verstanden.

Karola war mir immer voraus. Sie war die Anführerin. Ich war derjenige, der ihr bereitwillig folgte. Als in ihrem Körper die Hormone anfingen, für Unruhe zu sorgen, zog sie mich unter dem Fliederbusch aus und untersuchte, was sie interessierte. Ich war in der körperlichen und geistigen Entwicklung ein oder zwei Jahre hinter ihr zurück und fand es komisch, was sie mit mir anstellte. Aber da sie die Anführerin war und ich ihr in allem blind folgte …

Ihr Vater hatte den Bauernhof Falkau in eine der ersten »Ferien auf dem Bauernhof«-Anlagen umgebaut. Nach seinem Verschwinden führte Karolas Mutter mit Heidi und Inge, ihren beiden Schwestern, den Hof weiter. Kinder aus der Stadt, aus Freiburg, Offenburg und Lörrach, aus Karlsruhe, Emmendingen und sogar aus Mannheim lernten reiten, striegelten die beiden Shetlandponys und die brave Haflingerstute, fütterten die Schweine, die Gänse, gaben den Kälbern Milch und freundeten sich mit Zeus und Diana an, den beiden Hofhunden der Gerlachs.

Nun, und dann kam dieser Tag.
Ich rannte nach der Schule nach Hause, verschlang hastig das Mittagessen, das Frau Willmann für mich gerichtet hatte, steckte den Kopf ins elterliche Schlafzimmer, warf meiner Mutter, die damals das Bett nur selten verließ, einen Gruß zu – dann ab ins Dorf, den Weg zum Bahnhof, weiter nach Falkau, zur Mäusemühle, zu Karola.
An diesem Tag stand sie auf der Wiese hinter dem Hof und neben ihr eines der Kinder aus der Stadt, ein Junge aus Freiburg. Er war größer als sie, hatte lange Stoffhosen an und blanke Lederschuhe. Die beiden hatten gerötete Gesichter, und Karola zwirbelte ihren Zopf.
Ich sitze in meinem Renault und sehe alles noch genauso vor mir wie damals: Wie sie den Zopf zwirbelte, wie der fremde Junge neben ihr stand und sie zu mir sagte: »Hau ab. Du störst. Du brauchst dich hier nicht mehr blicken zu lassen.« Der Junge mit den langen Stoffhosen steht daneben und klopft sich verlegen den Staub von seiner teuren Hose.
Ich merke, dass ich noch das Handtuch meiner Mutter in meinen Händen drehe. Verärgert werfe ich es auf den Rücksitz.

Rückblende: Crommschröder in der Oper

Die Bühne ist kahl und für Crommschröders Geschmack deprimierend grau. Künstlicher Nebel wabert um die Beine von Pontius Pilatus, Jesus und dem Evangelisten. Im Hintergrund formiert sich der Opernchor als bedrohliche Masse des jüdischen Volks. Bislang hat Crommschröder den Leidensweg Jesu auf der Bühne nicht wirklich verfolgt. Sein Gehirn sucht noch immer nach dem Punkt des Archimedes, mit dem er den Umsatzverlust der VED abwenden kann. Er blickt zu seiner Frau. Doch Silke hat in bewundernswerter Ruhe und Hingabe an die Musik die Augen geschlossen und folgt dem Gesang, ohne sich von der düsteren Bühnenkulisse ablenken zu lassen. Jetzt singt der Evangelist. Immer dramatischer schraubt sich seine Stimme in die Höhe. Crommschröder liest den Text auf der Anzeigetafel mit. *»Und sie führten Jesus von Kaiphas vor das Richthaus. Und sie gingen nicht in das Richthaus, auf dass sie nicht unrein würden, sondern wollten das Passah essen. Da ging Pilatus zu ihnen hinaus und redete mit ihnen.«*

Jetzt singt Pilatus, und Crommschröder liest: *»Was bringt ihr für Klage wider diesen Menschen?«*

Und der Chor, der das jüdische Volk vertritt, antwortet düster aus dem Hintergrund: *»Wäre dieser nicht ein Übeltäter, wir hätten ihn dir nicht überantwortet.«*

Crommschröder hebt den Kopf. Das ist doch eine interessante Konstellation. Pilatus ist der Vertreter der Römer, der fremden Besatzungsmacht, die den Tempel der Juden zerstören und ausplündern will. Jesus ist der Typ, der auf der Seite des Volkes steht und bereit ist, für die Erlösung seiner Landsleute einen ziemlich harten Tod zu sterben. Wie werden sich die Menschen verhalten? Partei ergreifen für Jesus? Für den, der auf ihrer Seite steht?

Pilatus hat kein Interesse an einem Prozess: *»So nehmt ihn hin und richtet ihn nach eurem Gesetz.«*

Aber das Volk weigert sich. Denn, so singt nun der Chor in finsterem Ton: »*Wir dürfen niemanden töten.*«
Natürlich nicht: Nur die Besatzungsmacht darf Todesurteile aussprechen und Verurteilte kreuzigen. Crommschröder hebt seinen Kopf einen Zentimeter. Warum will das Volk den Tod Jesu, wo er doch auf ihrer Seite ist?
Diese Frage interessiert ihn.
»*Bist du der Juden König?*«, fragt Pilatus.
Und Jesus antwortet ihm: »*Du sagst es, ich bin ein König. Ich bin geboren und in die Welt gekommen, um für die Wahrheit Zeugnis abzulegen. Wer aus der Wahrheit ist, der wird meine Stimme hören.*«
Die Wahrheit! Crommschröder schnaubt. Offenbar so laut, dass Silke die Augen aufreißt und ihn fragend ansieht. Er schüttelt den Kopf, lächelt, und sie versinkt wieder in der Musik.
Die Wahrheit! Die beschwören alle Fanatiker. Auch die Klimakleber vor der Konzernzentrale halten Transparente mit der Wahrheit hoch. *Es gibt keinen Planet B!* – bunt und handgeschrieben auf braunem Karton. *System Change Not Climate Change* – vielleicht schon ein Fall für die Sicherheitsbehörden. Oder sein Lieblingsspruch: *Fickt euch lieber gegenseitig statt unseren Planeten.* Dieser, auf ein weißes Leintuch gesprüht, sorgte für das meiste Getuschel und Gekicher hinter den großen Fensterscheiben der VED.
Die Wahrheit – als ob es darum ginge …
Auf der Bühne wendet sich Pilatus an Jesus und fragt ihn: »*Was ist Wahrheit?*«
Gute Frage.
Crommschröder kennt die Wahrheit. Er kennt sie besser als die jungen Leute, die sich vor seiner Konzernzentrale festgeklebt haben. In seinem Safe liegt eine Originalfassung des Charny-Reports, des ersten wissenschaftlichen Berichts, der von der US-Regierung in Auftrag gegeben wurde, um die Folgen des Anstiegs von Kohlendioxid in der Atmosphäre zu untersuchen. *Carbon Dioxide and Climate: A Scientific Assessment* – so lautete der Titel des Dokuments. *Kohlenstoffdioxid und Klima: Eine wissenschaftliche Bewertung.* Das Vorwort schrieb Verner Suomi, der berühmte Begründer der

Satellitenmeteorologie. Einige seiner mahnenden Formulierungen kennt Crommschröder fast auswendig: *So beruhigend die Ergebnisse dieser kurzen, aber intensiven Untersuchung für Wissenschaftler sind (weil sie frühere Studien bestätigen), so beunruhigend sind sie für Entscheidungsträger. Sollte Kohlendioxid weiterhin ansteigen, so gibt es laut den Ergebnissen dieses Ausschusses keinen Grund zu zweifeln, dass Veränderungen des Klimas stattfinden werden, und keinen Grund anzunehmen, dass diese vernachlässigbar sein werden … Eine Abwartehaltung könnte bedeuten, abwarten, bis es zu spät ist.*

Der Charny-Bericht erschien 1979, und seitdem haben die Regierungen genau das getan, wovor die Wissenschaftler gewarnt hatten. Sie warteten ab.

Sie taten – nichts.

40 Jahre lang.

Gott sei Dank, denkt Crommschröder.

Neben dem Charny-Bericht liegt ein zweites Dokument in Crommschröders Safe, auf dessen Besitz er stolz ist wie andere auf ein Gemälde von Picasso. Eine Analyse von Wissenschaftlern des Exxon-Konzerns von 1977 sagte damals ziemlich genau voraus, wie die Erderwärmung verlaufen würde. Sie bestimmten exakt den Termin, wann die globale Erwärmung zum ersten Mal in den Messdaten festgestellt würde. Sie berechneten sogar präzise das »Kohlenstoffbudget«, das nicht überschritten werden dürfe, wenn die Erderwärmung auf zwei Grad begrenzt werden sollte.

Doch in der Politik des Unternehmens spielte diese Studie nie eine Rolle. Stattdessen gab man Millionen Dollar aus, den Klimawandel zu leugnen, die bestehenden Unsicherheiten in der Klimaforschung aufzublähen, das Märchen von der globalen Abkühlung zu verbreiten. Sie förderten dubiose Außenseiter, um dann den Eindruck entstehen zulassen, die Wissenschaft sei sich nicht einig.

Gut gemacht, denkt Crommschröder.

Doch jetzt regen sich alle auf. Jahrzehntelang haben die Regierungen die Wissenschaftler reden lassen und dafür gesorgt, dass sie sich in ihren eigenen kleinen Zirkeln bewegen. Niemand hat sich um sie gekümmert, Politik nicht, die Presse zum Glück auch nicht. Aber diese Jugendlichen, die Pappkartons mit Parolen bemalen, selbst kaum geschlechtsreif, machen so viel Wirbel, dass jeder glaubt, man dürfe nichts mehr verbrennen. Keine Kohle, kein Öl, kein Gas. Innerhalb kürzester Zeit haben sie die öffentliche Meinung komplett gedreht.

Ein Albtraum.

Sein Konzern lebt davon, dass alle diese Dinge verbrannt werden.

Die Tickets für diese Premiere wurden davon bezahlt.

So soll es bleiben.

Ihm muss etwas einfallen.

Silke berührt seinen Arm. Sie lächelt ihm zu. Nun merkt er selbst, dass er völlig in sich versunken mit gesenktem Kopf in seinem Konzertstuhl gesessen ist. Für einen Moment hat er das Drama auf der Bühne vergessen. Er lächelt ihr kurz zu und richtet seinen Oberkörper auf.

Pilatus wendet sich auf der Bühne an die Massen: *»Ich finde keine Schuld an ihm. Ihr habt aber eine Gewohnheit, dass ich euch einen freigebe, wollt ihr nun, dass ich euch den Jesus freigebe?«*

Aber die Menge will nicht Jesu Entlassung. Sie verlangen, dass stattdessen Barabbas freikommt – ein Mörder.

Pilatus, der immer noch unsicher ist, wie er vorgehen soll, lässt Jesus auspeitschen, um der Menge entgegenzukommen. Doch die Masse ist nicht zufrieden. Der Chor zischt von der Bühne ins Publikum: *»Kreuzigt ihn, kreuzigt ihn.«*

Damit sie endlich Ruhe geben, flechten ihm Soldaten eine Krone aus Dornen und drücken sie Jesus auf den Kopf.

Das hat er nun davon, die Wahrheit zu verkünden.

Der Chor schwillt an: *»Kreuzigt ihn, kreuzigt ihn!«*

In diesem Moment erfüllt Crommschröder ein Gefühl ungeahnter Klarheit. Der Wahrheitsverkünder wird ans Kreuz genagelt, und das Volk jubelt. *Kreuzigt ihn,* schreit und zischt es von der Bühne. Das Volk will den Tod seines eigenen Erlösers.

Crommschröder faltet die Hände und stützt seinen Kopf auf die Fingerspitzen. Nachdenklich sieht er auf die Bühne. Er weiß, er ist der Lösung seines Problems ganz nahe.

Pilatus gibt auf. Der Tenor singt, und Crommschröder verfolgt aufmerksam den Text auf dem Bildschirm: *»Da überantwortete er ihn, dass er gekreuzigt würde. Sie nahmen aber Jesus und führten ihn hin. Und er trug sein Kreuz und ging hinaus zur Stätte, die da heißet Schädelstätt, welche heißet auf Hebräisch: Golgatha.«*
Das Volk jubelt, als sein Retter hingerichtet wird.
Und genau das ist die Lösung.
Die Öffentlichkeit und die Mehrheit der Bevölkerung werden ebenso jubeln, wenn eine harte Linie gegen die verfluchten Klimaaktivisten gefahren wird. Harte Linie gegen alle, die sich über Klimawandel aufregen. Ans Kreuz mit den Aktivisten. Raus aus dem Bundestag mit allen, die sich dem Klimaaktivismus verschrieben haben. Schluss mit der Bewunderung für die ach so mutigen Mittelstands-Kids auf der Straße. Sie müssen ins Gefängnis. Das Volk wird jubeln.
Er hört noch einmal den Chor: *»Kreuzigt ihn, kreuzigt ihn!«*
Er hat den Punkt des Archimedes gefunden.

Der Sprinter

Die Adern auf dem Handrücken werden groß, schwellen an wie Gartenschläuche, durch die plötzlich Wasser schießt, und färben sich blauviolett. Die Haut spannt, die Altersflecken dehnen sich. Aus dem Hahn der armhohen Flasche, den die Hand umklammert, quillt träge eine dunkelrote Flüssigkeit. Darunter bewegt sich eine Wurst, halb so lang wie mein Unterarm. Langsam fließt der Ketchup-Strahl vom Anfang der Wurst bis zu ihrem Ende und füllt träge die Mitte des Brötchens.
Mutter hat darauf bestanden, dass wir auf dem Rückweg auf dem Münsterplatz eine heiße Lange Rote essen. Auch so ein Freiburg-Ritual. Wir stehen hinter dem Wurststand, dicht am roten Sandstein des Münsters mit einem Dutzend anderer Leute, und mümmeln schweigend jeder eine riesige Wurst. Ein Dutzend Tauben läuft gurrend und pickend um unsere Füße. Ich verscheuche mit einem Tritt einen aufgeplusterten Täuberich, der einer desinteressierten Täubin und mir auf die Nerven geht. Der Geruch von verbranntem Fleisch und Fett wabert durch die Luft. Mutter und ich haben beide keinen Hunger, aber Ritual ist Ritual. Ich sehe an ihrem gequälten Blick und den tiefen Stirnfalten, dass sie sich zwingen muss, noch ein Stück abzubeißen. Ich verstehe: Sie bringt den Erinnerungen an meine Kindheit ein Opfer. Damals war für mich die Wurst auf dem Münsterplatz das Highlight des Besuchs in der Stadt. Sobald wir am Bahnhof aus dem Zug gestiegen waren, zog ich sie an der Hand die Eisenbahnstraße hinauf auf den Münsterplatz (zu dem immer selben Wurststand). Ich liebte es, und, ich glaubte, sie auch. Doch jetzt fällt es ihr schwer, das trockene Brötchen zu schlucken und den Rest der Wurst abzubeißen.
Ich nehme es ihr vorsichtig aus der Hand und ernte dafür einen dankbaren Blick.
Wir gehen.

In der Stadt tue ich so, als müsste ich mich auf den Verkehr und die endlosen Staus konzentrieren. In Wirklichkeit versuche ich, das immer gleiche Bild aus meinem Kopf zu verbannen: Karola steht auf der Wiese hinter dem Stall ihres elterlichen Hofes. Mit der rechten Hand zwirbelt sie ihren Zopf. Sie schaut mir direkt in die Augen, interessiert, als seziere sie mit einem Küchenmesser einen Frosch (was sie früher manchmal getan hat), und sagt: »Hau ab. Du störst. Du brauchst dich hier nicht mehr blicken zu lassen.« Der Junge aus Freiburg steht daneben und klopft sich verlegen den Staub von seiner teuren Stoffhose.

Lange her.

Idiotisch, dass ich jetzt wieder an diese Szene denken muss, ich weiß.

Ich erinnere mich noch genau an meine erste Reaktion. Ich konnte nicht glauben, was ich hörte.

Sie wiederholte es.

Ruhig und genüsslich.

Etwas zerbrach damals in tausend Stücke. Das weit entfernte Echo dieses Schmerzes spüre ich, als ich den Renault in den Tunnel der B31 lenke. Ich habe damals lange gebraucht, um die Scherben wieder zusammenzufügen. Wahrscheinlich fand ich nicht jedes Stück wieder. Einiges fehlt, anderes ist an der falschen Stelle, und das Zusammengeklebte sieht anders aus als zuvor.

Es ist dunkel im Tunnel. Hinter mir drängelt ein blauer Mercedes und fährt zu dicht auf. Dahinter schaltet ein weißer Kastenwagen die Scheinwerfer ein, ein schneller Sprinter, mit dem Firmen wichtige Teile *just in time* anliefern. Aus irgendeinem Grund muss ich an den Pariser Tunnel denken, in dem die englische Prinzessin starb. Doch ich bin nicht der ägyptische Milliardär Dodi Al-Fayed, und Mutter ist alles andere als Prinzessin Diana. Ich verdränge den albernen Gedanken. Es wird heller. Der Tunnel mündet in eine autobahnähnliche Straße. Ich gebe Gas, der blaue Mercedes überholt mich, ein anderes Auto setzt sich vor den Sprinter.

Offenbar war Karola genauso verblüfft von unserer Begegnung wie ich. Anders lässt sich nicht erklären, warum sie mit dem seltsamsten Thema anfing, das für diese Begegnung geeignet war: das wertlose Grundstück auf dem Feldberg. Irgendwie gefällt mir die Vorstellung, dass Karola nicht wusste, was sie sagen sollte.

Nach der Ortschaft Himmelreich gilt Tempo 30, jeder kennt die vielen Blitzer. Und so schiebt sich die Kolonne im Schritttempo talaufwärts. Vor mir setzt der Mercedes mit aufheulendem Motor zu einem waghalsigen Überholmanöver an, und sofort blitzt es.

»Des g'schieht ihm grad recht«, sagt meine Mutter.

Die Straße steigt jetzt an. Mutter beugt sich nach vorne: Sie will den steinernen Hirsch sehen, der gleich auftauchen wird.

»Heute sind nur Idioten unterwegs«, sage ich leise und sehe, dass der Sprinter hinter mir gerade noch einem entgegenkommenden Auto ausweichen kann. Jetzt ist er direkt hinter mir.

»Dort isch de Hirsch«, sagt Mutter, die Nase wenige Zentimeter von der Windschutzscheibe entfernt, und deutet nach oben. »Guck doch emol.«

Ich schüttele unwillig den Kopf, denn im Rückspiegel sehe ich, wie der weiße Sprinter hinter mir auf die Gegenfahrbahn schießt und Gas gibt. Ein Irrsinn, denn ein Lastwagen kommt uns entgegen. Noch hundert Meter, dann beginnt auf meiner Seite eine kleine Standspur. Ich lenke den Renault so weit wie möglich nach rechts. Vor uns heult die Hupe des Lastwagens.

Ich höre den Motor des Sprinters. Er schiebt sich neben mich.

Noch sechzig Meter bis zur Standspur.

»Schee isch er, der Hirsch«, sagt meine Mutter.

Dann: Der Sprinter drückt scharf nach rechts. Seine Breitseite donnert gegen das Seitenblech meines Renault. Es kracht. Es knirscht. Metall auf Metall. Mit der rechten Hand greife ich nach Mutters Schulter und halte sie fest. Mit der anderen Hand versuche ich, den Renault zu stabilisieren. Trotzdem: Wir werden zur Seite gedrückt und schleifen die Leitplanke entlang.

Die Reifen des entgegenkommenden Lastwagens blockieren. Sie stehen bizarr schräg. Trotzdem rutscht er weiter. Sein Nebelhorn jault. Ich sehe, wie der Sprinter einen Meter nach links ausweicht. Doch in der gleichen Sekunde wird mir klar, dass er erneut Anlauf nimmt.

Noch dreißig Meter bis zum Standstreifen.

Mutter wird zur Seite geschleudert. Mit der rechten Hand verhindere ich, dass ihr Kopf gegen die Scheibe schlägt. Der Sprinter bleibt direkt neben mir – und stößt mit einem Ruck ein zweites Mal gegen den Renault. Er schiebt uns gegen das Geländer. Gott, dahinter geht's runter zum Höllenbach. Funken sprühen. Wir rasen nebeneinanderher. Der Sprinter drückt gegen den Renault. Ich halte dagegen. Mama schreit: »Georg, wie fährsch au du?! Isch's dir it gut?«

Es ist eine Frage der Pferdestärken. Der Sprinter hat mehr davon. Er drückt den Renault nach rechts. Ich habe keine Chance.

Ich halte meine Mutter fester und drehe das Lenkrad nach rechts, schlittere an dem Geländer entlang. Dann reiße ich den Lenker herum und ramme den Sprinter.

Damit hat er nicht gerechnet. Auf dem Beifahrersitz reißt ein Typ mit schwarzer Pudelmütze erstaunt das Maul auf. Der Sprinter macht einen Satz nach links. Für einige Sekunden habe ich Zeit gewonnen. Um uns herum hupt und tönt es. Ich höre es kaum.

Noch zehn Meter bis zum Standstreifen.

Der Kerl mit der Pudelmütze schreit. Der Sprinter drückt wieder nach rechts. Ich steige auf die Bremsen. Der Renault schaukelt, bricht aus und prallt gegen das Geländer. Der Airbag auf Mutters Seite explodiert. Ich sehe, wie ihr Kopf nach hinten geschleudert wird und im Kissen verschwindet. Der Wagen schlingert. Ich gewinne die Kontrolle zurück. Wir sind auf dem Standstreifen – gerettet. Das Auto steht. Aus den Augenwinkeln sehe ich den Sprinter beschleunigen und hinter der Kurve verschwinden. Der entgegenkommende Lastwagen fährt hupend an uns vorbei.

Meine Tür klemmt. Ich werfe mich mit der Schulter dagegen. Aus dem Airbag stöhnt es. Ich ziehe die Knie an und trete mit den Füßen gegen die Tür. Knirschend bewegt sie sich. Jemand zieht sie von außen auf. Ich springe hinaus, renne um die Kotflügel zur Beifahrertür, reiße sie auf und befreie meine Mutter aus dem Kissen des Airbags und helfe ihr aussteigen. Sie sagt: »Was mer it alles erlebt, bis mer im Loch liegt!«

Hirschsprung

Der Hirsch steht auf dem Felsvorsprung. Stolz hebt er sein zwölfzackiges Geweih, als bewache er ein Rudel besonders hübscher Hirschkühe. Er schaut nicht auf das Chaos unten auf der Straße. Der blau blinkende Krankenwagen, der zwölf Minuten später kommt, interessiert ihn nicht. Ein Arzt untersucht meine Mutter. Sie ist blass, aber ruhig. Der Airbag hat ihr das Brillengestell ins Gesicht gedrückt und deutliche Ringe um die Augen hinterlassen. Sie sitzt auf dem Beifahrersitz, ihre Beine hängen seitlich aus dem Auto. Sie kramt in ihrer Handtasche, holt einen Schminkspiegel heraus und betrachtet ihr Gesicht. Ich sehe, dass ihre Hände zittern. »Wie seh au ich us? En Waschbär isch en Dreck dagege«, sagt sie und klappt den Spiegel zu. Sie ist nicht verletzt, aber der Arzt will sie sicherheitshalber zur Beobachtung ins Krankenhaus nach Neustadt bringen. Ich drücke ihre Hand und muss sie überreden, sich auf die Trage heben und anschnallen zu lassen. Zwei Sanitäter schieben sie zum Krankenwagen. Sie lächelt mir noch einmal zu, dann schließen die beiden Männer die Tür. Einer steigt zu ihr, der andere auf den Beifahrersitz. Der Krankenwagen verschwindet um die Ecke des Hirschsprungs.

Zwei Polizeiwagen halten, und ich lerne Polizeioberrätin Trautwein kennen. Sie springt aus dem mit Blaulicht kreisenden Transporter und streckt sich. Sie sieht aus wie eine jüngere Version der Schauspielerin Frances McDormand: lange, gerade Nase, ausgeprägte Wangenknochen und eine klare Stirn, dunkelblonde, schulterlange Locken; ein besonderes Gesicht jenseits herkömmlicher Schönheitsideale. Blaue, fast eisige Augen, umrahmt von ein paar freundlichen Lachfältchen, schauen sich um und prüfen die Lage. Mit einer schnellen Bewegung rückt sie den Gürtel mit den Handschellen und der Pistole zurecht und kommt auf mich zu. Ich schätze sie auf 1,65 Meter, schlanke Figur, durchtrainierte

Schultern, aufrechte, selbstbewusste Haltung. Außerdem ist sie schwanger. Ein kleines, aber erkennbares Bäuchlein rundet sich über ihrem Gürtel.
Sie streckt die Hand aus. »Trautwein, Polizeirevier Neustadt.« Ich nehme ihre Hand. Sie ist warm und trocken. »Dengler. Georg Dengler«, sage ich und sehe, wie sich ihre Augenbraue hebt. Sie lächelt. »Sie sind also meiner Bitte gefolgt. Sie kümmern sich um Ihre Mutter.«
Zwei ihrer Kollegen sichern die Unfallstelle ab. Ich schildere ihr den Vorfall. Sie schreibt in ihr schwarzes Notizbuch. »Fahrerflucht«, notiert sie. »Konnten Sie das Kennzeichen erkennen?«
Ich schüttle den Kopf. »Ich musste meine Mutter mit einer Hand stabilisieren, außerdem die Straße im Auge behalten.«
Sie nickt und schreibt. Dann sieht sie mich mit ihrem offenen und zugleich neugierigen Blick an. »Sie wurden zweimal gerammt. Irgendwelche Erklärungen dafür? Sie sind Privatdetektiv. Hat jemand alte Rechnungen mit Ihnen zu begleichen?«
Ich sehe meinen letzten Auftraggeber vor mir. Er sitzt mit seinem teigigen Gesicht hinter dem großen Kirschholzschreibtisch, die Daumen in nicht existierende Hosenträger geklemmt. Ich sehe seine nackte Frau, wie sie dem Maler ihren Po entgegenstreckt, ihr glückliches Gesicht. »Nicht dass ich wüsste«, sage ich gedehnt. »Wahrscheinlich hat es nichts mit meiner Arbeit zu tun.« Ich sehe es ihrem Gesicht an: Sie glaubt mir nicht. Ich glaube es selbst nicht. Das erste Rammen war Dummheit oder Rücksichtslosigkeit. Aber das zweite Mal kann nur Absicht gewesen sein.
»Ich höre«, sagt Trautwein und mustert mich.
»Der Sprinter war schon in Freiburg hinter mir. Er fiel mir schon vorher durch ein gewagtes Überholen auf. Wahrscheinlich hatte er eine eilige Fracht. Sie wissen es selbst: Die Autobahn ist voll von rasenden Sprintern. Dann wollte er mich überholen. Ein Lkw kam uns entgegen. Die Straße am Hirschsprung ist eng, nur zwei Spuren. Für drei Autos ist da kaum Platz. Er konnte das Überholmanöver nicht mehr abbrechen. Also wich er dem Lkw aus und rammte mich.«

Sie nickt, ohne den Blick von mir zu nehmen, als gäbe es in meinem Gesicht irgendetwas Interessantes zu sehen. »Und warum gleich zwei Mal?«
Ich halte ihrem Blick stand, zucke mit der Schulter, deute auf die beiden Sterne auf ihren Schulterklappen und sage: »Wieso eilt eine Polizeioberrätin, Besoldungsgruppe A14, zu einem normalen Unfall, statt weiterhin im Büro zu sitzen und die Berichte der Kollegen von der Streife abzulegen?«
Ein Lächeln verändert ihre Mundwinkel. Den Blick lässt sie auf meinem Gesicht. »Eine Frau alarmiert uns mehrmals, weil sie Gestalten auf ihrem Hof gesehen hat. Dann wird der Wagen gerammt, in dem sie sitzt. Ihr Sohn, der Fahrer, ist ein bekannter ehemaliger Kollege.« Sie klappt ihr Buch zu. »Das sind mir ein paar Zufälle zu viel.«
Ich zucke noch einmal mit der Schulter. »Wahrscheinlich ist passiert, was wahrscheinlich ist.« Ich zitiere einen bei Ermittlern beliebten Kalauer.
Ihr Lächeln wird breiter. Sie steht auf und reicht mir die Hand. »Vielleicht«, sagt sie. Kurz darauf kommt ein Abschleppwagen. Er zieht meinen verbeulten Renault auf die Ladefläche. Der Fahrer bietet mir an, mich nach Neustadt mitzunehmen und am Krankenhaus abzusetzen. Ich setze mich in den Polizeitransporter und höre, dass sich ein Zeuge gemeldet hat, der den Unfall beobachtet und sich das Kennzeichen des Sprinters gemerkt hat. Ich unterschreibe meine Aussage. Die Beamten geben die Straße wieder frei

Krankenhaus

Der Abschleppwagen rumpelt im zweiten Gang zum Eingang des Krankenhauses. Mit einem Handschlag verabschiede ich mich vom Fahrer, steige aus, werfe einen letzten Blick auf den demolierten Renault und gehe zum Empfang. Meine Mutter, so erfahre ich auf der Station, ist noch bei der Blutabnahme. Ich frage nach dem zuständigen Arzt. Kurz darauf steht eine junge Frau aus Indien im weißen Kittel mit Mutters Krankenakte vor mir. »Ihre Mutter hat kein Schädel-Hirn-Trauma. Keine äußeren Verletzungen außer dem Brillenabdruck im Gesicht. Aber zur Sicherheit untersuchen wir sie von Kopf bis Fuß.«

»Es gibt da etwas«, sage ich, »das Sie wissen sollten. Meine Mutter sieht manchmal Dinge und Menschen, die gar nicht da sind.«

Die Ärztin blickt überrascht auf und macht sich Notizen.

»Nun«, sage ich. »Ich mache mir Sorgen. Alzheimer. Demenz. Sie wissen schon …«

Sie nickt, schreibt etwas auf. »Wir sorgen für Ihre Mutter. Dem bisherigen Befund zufolge kann sie wahrscheinlich morgen wieder nach Hause.«

Rotmeer

Am Bahnhof steige ich in den Zug nach Titisee und dort in die eingleisige Dreiseenbahn nach Seebrugg. Am restaurierten Bahnhof Falkau-Altglashütten steige ich aus, gehe durch den kleinen Tunnel unter dem Bahndamm hindurch, auf einem ansteigenden, von Bäumen gesäumten Fußweg am Schwarzenbach entlang ins Dorf und von dort weiter bergauf zu unserem Hof. In meinem Zimmer ziehe ich meine Sporthose aus dem Koffer und schnüre meine Laufschuhe zu. Von der neuen Grundschule jogge ich an der Haslach entlang, wo seit einigen Jahren eine Biberfamilie einen Damm baut. Von der Straße biege ich auf einen Wanderweg ab, der durch das *Rotmeer* in Richtung Bärental führt.

Ich beschleunige mein Tempo.

Das *Rotmeer* ist ein Hochmoor, ein ehemaliger Arm des Bärentalgletschers, der bis in unser Dorf reichte. Das »Rot« im Namen kommt wohl vom roten Boden und von einer Moosart, die das Wasser der Haslach auf eigentümliche und etwas unheimliche Weise rötlich färbt, als wäre es rostig. Rechts und links des Weges wuchern blaue Lupinenteppiche. Summen und Brummen liegt in der Luft.

In Gedanken fahre ich noch einmal am Hirschsprung vorbei. Noch einmal sehe ich, wie der Sprinter ausschert, mit hoher Geschwindigkeit neben mir herfährt und dann in den Renault kracht. Noch einmal höre ich meine Mutter schreien, sehe den sich aufblasenden Airbag, den rettenden Standstreifen, den Mann auf dem Beifahrersitz des Sprinters. Noch einmal sehe ich mich um das Auto rennen, sehe, wie ich meine Mutter vom Beifahrersitz ziehe. Noch einmal sitze ich der Polizistin gegenüber. Warum haben mich diese Deppen zweimal gerammt? Ich blättere in Gedanken in den Akten meiner alten Fälle, finde aber kein Motiv, das einen solchen Anschlag erklären würde. Sicher, ich habe mir bei einigen Fällen jede Menge Feinde gemacht. Aber es gibt keinen aktuellen Fall, bei dem ein Anschlag auf mich Sinn machen würde. Vielleicht hat der Fahrer des weißen Sprinters tatsächlich nur in Zeitnot ein rücksichtsloses Überholmanöver gestartet. Vielleicht hatte er gekokst? Zu viel Alkohol?

Shit happens. Es ärgert mich, dass meine Mutter die Leidtragende ist. Aber wenigstens wird sie jetzt im Krankenhaus gründlich untersucht und nicht mehr von …

Karola.

Müllerschön heißt sie jetzt mit Nachnamen.

Früher hieß sie Gerlach.

Karola Gerlach.

Ich spüre förmlich, wie sich mein Kreislauf beschleunigt, wenn ich an sie denke. Ich weiß nicht, ob es Wut ist, die meinen Puls hochtreibt. Hoffentlich, denke ich, hoffentlich ist es Wut.

Karolas Eltern gehörte der Mäusehof am Ortsausgang von Falkau. Unsere Eltern waren befreundet. Oft kam ihre Familie sonntags nach der Kirche zum Mittagessen zu uns. Gerlachs waren eine große Familie. Karolas Mutter war wesentlich älter als ihr Vater. Als Kind fand ich das sehr ungewöhnlich und konnte beim Mittagessen nicht aufhören, das seltsame Paar anzustarren. Sie hatte noch einen älteren Bruder, Wilhelm, der später den Mäusehof übernehmen sollte. Inge und Heidi waren die beiden älteren Schwestern. Karola war eine Nachzüglerin, auf sich gestellt wie ich als Einzelkind. Sie war eineinhalb Jahre älter als ich, und wie alle Kinder der Umgebung gingen wir in die Schule im heutigen Rathaus von Altglashütten.

Schule ist vielleicht ein zu großes Wort für die Einrichtung, die wir damals besuchten. Sie bestand aus einem einzigen Raum, in dem vormittags die Klassen 5 bis 8 und nachmittags die Kleinen der Klassen 1 bis 4 unterrichtet wurden; heute ist unser damaliges Klassenzimmer das Büro des Bürgermeisters. Im Winter musste der Lehrer morgens immer eine halbe Stunde vor uns in der Klasse sein, um den Ofen anzuheizen. Das Holz und die Briketts brachten die Kinder mit in die Schule. Der Lehrer wohnte nicht in Altglashütten. Er kam morgens mit dem Fahrrad zur Schule. Er schnappte sich dann zwei Schüler – nie Mädchen –, die sein Fahrrad die Treppe hinauf in die Schule tragen mussten.

Karola war vor mir eingeschult worden, und wir waren drei Jahre zusammen in einer Klasse. Sie saß in der dritten Bank direkt an der Wand. Ich saß in der letzten Bank direkt am Fenster. So konnte ich die ganze Zeit sehen, was sie machte. Und wenn ich mich recht erinnere, war das auch meine Lieblingsbeschäftigung in der Schule: Karola zuzusehen.

Am schönsten war es, wenn sie wütend wurde. Dann griff sie mit der rechten Hand nach ihrem Zopf, zog ihn vors Gesicht und wirbelte ihn wie einen Propeller durch die Luft. Dabei sprühten ihre braunen Augen Funken. Karola konnte schnell wütend werden. Meistens brachte ihre Banknachbarin, die kuhäugige Cordula, sie in Rage. Es genügte, wenn Cordula ihr nicht schnell genug aus dem Weg ging oder ihr Mäppchen oder ein Heft zu weit nach rechts auf Karolas Bankseite schob, und schon konnte sie ausrasten – und der Zopf wirbelte. Ich fand es großartig.

Manchmal schrieb sie kleine Zettel und reichte sie nach hinten weiter, bis sie bei ihrer Freundin Manuela ankamen. Manuela verdeckte das Papier, kritzelte etwas darauf, faltete es wieder zusammen, und die Stafette ging zurück, nachdem sie dem Mädchen vor ihr auf die Schulter geklopft hatte. Meistens kicherten die Mädchen, wenn sie die Zettel lasen. Manchmal zeigte mir Karola so einen Zettel am Nachmittag, wenn wir in ihrer Höhle lagen. Meistens machte sie sich über einen Jungen aus unserer Klasse lustig oder über den Lehrer Sommer.

Ich konnte nichts dagegen tun: Karola zog mich an wie ein Magnet die Eisenspäne. Wie der Mond das Meer. Oder wie der Mist die Fliege.

Später, nach dem Tod meines Vaters, lief ich jeden Tag nach dem Mittagessen zum Mäusehof. Meine Mutter trauerte und weinte und hatte kaum einen Blick für mich. Ich rannte hinunter ins Dorf, Richtung Bahnhof, unter dem Bahndamm hindurch, den Feldweg hinunter nach Falkau, nahm die Abzweigung am Dorfende, und

nach zwanzig Minuten stand ich unter den beiden Linden, die die Einfahrt zum Mäusehof markierten.
Der Hof von Karolas Eltern bestand aus einem Wohnhaus, an das sich ein Stallgebäude anschloss. Das Wohnhaus war weiß verputzt. Beim Stall hatte man sich diese Mühe gespart. Er war aus roten Backsteinen und weißem Mörtel gemauert. Rechts und links von Haus und Stall führte je ein Weg zu einer großen Wiese. Beide Wege wurden von zwei Kettenhunden bewacht, Diana und Zeus. Ich freundete mich mit den beiden an und wurde nach einiger Zeit von ihnen als Mitglied der Familie Gerlach adoptiert.
Die ersten zwei Tage gab mir Frau Gerlach Zitronenlimonade zu trinken. Ich saß in ihrer Küche und sah ihr bei der Hausarbeit zu. Soweit ich mich erinnere, habe ich kein Wort gesprochen. Sie streichelte mir über den Kopf, sagte mir, was für ein guter Mann mein Vater gewesen sei, und schenkte mir Limonade nach. Irgendwann kümmerte sich Karola um mich. Ich wurde ihr Begleiter auf ihren Streifzügen durch den Hof und die Umgebung. Vor dem Haus war der Bach durch ein hölzernes Wehr gestaut. Dahinter, im Keller des Hauses, floss er über ein großes, leider stillgelegtes hölzernes Mühlrad. Die Eltern von Frau Gerlach hatten früher eine Mühle betrieben, diese aber irgendwann aufgegeben. Jetzt standen dreizehn Kühe und einige Kälber im Stall. Es gab Schweine mit Ferkeln, die sich draußen vor dem Zeus-Eingang in einer großen Mulde im Schlamm suhlten.
Karola zeigte mir, wie man mit wenigen Handgriffen die Sicherung des Mühlrades entfernt. Dann sahen wir zu, wie sich das Rad widerwillig ächzend in Bewegung setzte. Es war gefährlich und streng verboten. Karola zeigte mir, wie man Aladin, den Schimmel, auf dem Herr Gerlach manchmal ritt, bürstete. Sie nahm mich mit in ihr Versteck am Fluss, eine kleine Höhle, unsichtbar und ganz von Fliederbüschen umgeben, und verlangte, dass ich sie küsste.
Dieser Wunsch kam mir seltsam vor. Aber da ich so glücklich war, Zeit mit ihr in der Mühle verbringen zu können, tat ich, was sie verlangte. Sie schien nicht zufrieden zu sein.

»Und jetzt küsse ich dich«, sagte sie und drückte ihr Gesicht an meins.
Ich wunderte mich, dass ihr das Küssen so wichtig war. Aber ich wollte ihr gefallen und spitzte die Lippen.
»Nicht so«, sagte sie.
»Du musst die Augen schließen«, sagte sie.
Also schloss ich die Augen.
Ich zuckte zusammen, als sie unerwartet ihre Zunge zwischen meine Lippen schob.
»Nicht gut?«, fragte sie und zog den Kopf zurück.
Ich stammelte etwas.
»Dann machen wir es noch mal«, befahl sie und zog meinen Kopf wieder nach vorne. »Mach die Augen zu.«
Ich schloss die Augen und wartete. Ich wollte nichts falsch machen, und so beschloss ich, egal, was jetzt passierte, den Kopf nicht mehr wegzuziehen.
Ich wartete und kniff die Augen fest zusammen.
Dann spürte ich ihre warmen Lippen auf meinem Mund.
Es war überwältigend.
Das hatte ich nicht erwartet.
Ich öffnete die Augen. Mit einer sanften Bewegung schloss sie sie wieder. Dann berührten mich ihre Lippen wieder. Diesmal strich ihre Zunge sanft über meine Oberlippe.
Und wieder zurück.
Es war wunderschön.
Sie zog den Kopf zurück. »Öffne deine Augen.«
Ich tat es und starrte sie an.
»Besser?«, fragte sie.
Ich erinnere mich noch genau an ihren Blick; ihre Stirn gerunzelt, die Augen zusammengekniffen. Sie sah mich interessiert an wie eine Wissenschaftlerin, die ein interessantes Experiment beobachtet.
Ich weiß noch, was ich ihr damals antwortete. »Noch einmal«, sagte ich.

Die Balz

Unter der Unterführung der Bahnlinie werde ich langsamer. Die Lunge sticht. Der rechte Oberschenkel beginnt zu zwicken. Also bleibe ich stehen und schüttele die Beine aus. Dann gehe ich in gemächlichem Tempo weiter. Ich muss Karola aus meinem Kopf bekommen. Also denke ich wieder an die beiden Idioten, die in dem Sprinter saßen. Ich denke an meine Mutter im Krankenhaus und dann an Jakob, der am Abend in Altglashütten ankommen wird. Am Telefon klang er einsilbig, fast mürrisch. Aber er schien sich zu freuen, dass er auf dem Hof seiner Großmutter gebraucht wird. Es gibt viel zu tun. Am besten, wir fangen mit dem Garten an. Im Garten hinter Karolas Haus haben wir zum ersten Mal …

Verdammt – ich will nicht mehr an sie denken.

Ich hole mein Handy aus der Jogginghose und rufe im Krankenhaus an. Ich werde mit der Station verbunden. Eine Schwester sagt, dass meine Mutter ein Beruhigungsmittel bekommen hat und schläft. »Soll ich sie wecken?«, fragt sie. Ich verneine und schüttle den Kopf, obwohl es sinnlos ist, da sie mich nicht sehen kann. Inzwischen biegt der Wanderweg auf die Bundesstraße ein. Rechts von mir ein neuer Lebensmittelmarkt, gegenüber ein Hofladen mit großen Schaufenstern. Und wieder bin ich bei ihr: Ich weiß noch genau, wie Karola mitten in der Nacht an meine Fensterscheibe klopfte. Es war Frühling. Der Schnee schmolz bereits. Der Haslachbach führte viel Wasser, und an seinen Ufern blühten die ersten Sumpfdotterblumen. Ich wartete auf Karola und war schon angezogen. Ich öffnete das Fenster. Sie hatte die Leiter genommen, die hinter dem Haus mit ein paar Schlaufen an der Wand befestigt war. Sie lehnte sie an mein Fenster, kletterte hinauf und klopfte. Ich kletterte hinter ihr die Leiter hinunter. Ich ließ das Fenster offen.

Das Ganze war ihre Idee.

Ihr Vater war ein Naturfreak. Hier, schaut her, das ist der Bärwurz. Guckt mal hier, die Alpenmutterwurz, die gibt es in den Alpen und sonst in Deutschland nur auf dem Feldberg. Durch ihn entdeckten Karola und ich das Sumpfblutauge. Wir erkannten an den großen Blättern den Gelben Enzian, noch bevor er blühte. Früher stachen wir seine Wurzeln aus, was schon immer verboten war, aber damals hatte es noch keinen gestört, und steckten sie in einen großen Leinensack. Aus 100 Kilo Wurzeln brannte ihr Vater gerade mal zwei Liter reinen Alkohol. Eine Riesenschinderei für so wenig Schnaps.

Er zeigte uns, wie die Holzwespe mit ihrem Legestachel (»Ihr glaubt es nicht: Er ist dünner als ein Pferdehaar!«) ihre Eier in das Holz einer Fichte legte. Wir lernten die Schlupfwespe kennen, die wiederum mit einem ähnlichen Stachel ihre Eier in die Larven der Holzwespe legte. Diese Larven dienten den jungen Schlupfwespen dann als Futter. An einigen Stämmen sahen wir Ausgangslöcher, die mit einem halben Zentimeter Durchmesser sehr leicht zu finden waren. Hier hatten die Wespen nach einem dreijährigen Leben im Holz den Ausgang in die Freiheit gefunden. An den Spechtlöchern war jedoch zu erkennen, dass nicht allen Wespen die Flucht aus dem Baum gelang.

Karolas Vater erklärte uns die Wettervorhersage der Natur. Wenn die Gänseblümchen am helllichten Tag ihre Blüte schließen, regnet es bald. Wenn die Waldameisen eilig die Eingangslöcher an ihrem Bau versperren, zieht ein Gewitter auf.

Als einmal ein Gamsbock direkt vor uns über den Weg sprang, fluchte er. Er mochte die Gämsen am Feldberg nicht. Sie gehörten nicht in den Schwarzwald, erklärte er uns, der Obernazi Göring habe sie hier ausgesetzt, damit er schöne Jagdtrophäen schießen könne. Seither gibt es Gämsen am Feldberg. Auf der Südseite jagen vermehrt private Jäger in ihren Revieren. Diese schonen aus dem gleichen Grund die Gamsbestände. Doch Gämsen fressen gerne die Triebe junger Bäume, nur Buchen verschmähen sie. Daher findet man auf der Südseite des Feldbergs nahezu eine neue Monokultur von Buchenwäldern. Auf der Ost- und Nordseite des

Feldbergs reduzieren staatliche Förster die Gämsen, dort wächst ein gesunder Mischwald heran.
Karolas Vater erkannte die Vögel an ihrem Gesang. Da, da fliegt ein Raufußkautz. Den gibt es fast nur am Feldberg. Doch das Größte war für ihn die Balz der Auerhähne im Frühjahr. Er entdeckte einen Balzplatz auf dem Feldberg. Er lag in der Nähe des Felsenwegs, genau dort, wo der Berg steil und senkrecht zum Feldsee abfällt. Vor drei Nächten war er mit Wilhelm, seinem ältesten Sohn, dorthin gegangen, und Karola war sauer, weil sie nicht mitdurfte. Deshalb hatte sie geplant, mich in der Nacht abzuholen, auf den Feldberg zu gehen und den Auerhähnen bei der Balz zuzusehen. Ehrlich gesagt interessierte mich das Federvieh nicht besonders. Aber ich hatte mich bereits in Karola verliebt, sodass ich nicht Nein sagen wollte. Es würde bestimmt Spaß machen, mit ihr im Dunkeln auf den Feldberg zu wandern. Ich war noch nie im Dunkeln im Wald gewesen. Das würde ein Abenteuer werden. Karola hatte an alles gedacht. Aus der Werkzeugkiste ihres Vaters hatte sie eine Taschenlampe mitgenommen, dazu drei Schmalzbrote und eine Blechkanne mit Zitronenlimonade. Sie ging voran, die Taschenlampe in der Hand. Ich trug den Proviant.
Wir hatten unterschätzt, wie lang der Weg auf den Feldberg war. Nach dreieinhalb Stunden Aufstieg erreichten wir endlich den Felsenweg. Die Zitronenlimonade war leer, die Schmalzbrote hatten wir auf halbem Weg gegessen.
»Wir sind Gretel und Hänsel«, flüsterte sie mir zu, als wir den schmalen Pfad entlanggingen. Sie hatte die Taschenlampe ausgeschaltet und meine Hand genommen. Nur ab und zu, wenn wir absolut nichts mehr sehen konnten, leuchtete sie für ein paar Sekunden auf den Weg. Irgendwann verließen wir den Weg, und sie zog mich einen Hang hinunter. Die Taschenlampe erhellte einen lichten Wald mit tief hängenden Fichtenzweigen. Wir stapften durch kniehohe Heidelbeersträucher. Mir war unheimlich, aber ich wollte vor Karola, die energisch voranging, nicht als Angsthase dastehen. Als wir die steil abfallenden Felsen erreicht hatten, leuchtete sie auf einige junge Buchen, die in einem Halbkreis di-

rekt am Abgrund gewachsen waren. Das Laub des letzten Winters lag noch in ihrer Mitte und bildete eine Art Kanzel über den Felsen. »Das ist der richtige Platz«, flüsterte sie und zog mich zu diesem Platz. Wir legten uns ins Laub und warteten. Wenn ich mich recht erinnere, schlief ich ein. Ich erwachte durch einen heftigen Schlag in die Rippen. Dämmerlicht fiel durch die Nadelbäume auf den Waldboden. Vor mir hob Karola den Zeigefinger vor den Mund. »Pst, es geht los.«

Ich hob den Kopf, aber sie drückte ihn sofort wieder nach unten. Dann hörte ich es. Von einem Baum vor uns kamen seltsame Geräusche. Es war ein: Klack, klack. Dann Stille. Dann von einem anderen Baum ein: Klock, klock. Plötzlich war ein gewaltiger Lärm in der Luft, ein Flattern, wie ich es noch nie gehört hatte. Vor uns fiel ein dunkler Schatten von einer Fichte auf den Boden – ein Auerhahn, der seinen Schlafbaum verlassen hatte. Vorsichtig hob ich den Kopf. Von unserem Versteck aus konnte ich das Tier gut erkennen. So einen großen Vogel hatte ich noch nie gesehen. Er schien aufgeregt zu sein, denn er rannte hin und her, lief dann im Kreis und gab seltsame Laute von sich. Nach einer Weile erkannte ich eine Art Melodie. Vier Töne, die ineinander übergingen: ein erst zögerndes, dann sich steigerndes, klackerndes Geräusch, das klang, als käme es tief aus seiner Kehle. So einen Ton hatte ich noch nie gehört. Es folgte eine Art Triller, dann ein helles Blub, und am Ende der Strophe zischte der Vogel. Es klang, als würde ein Messer auf einem Wetzstein geschärft.

Erneutes Aufflattern. Mächtige Vögel fielen aus den Fichten. Einige schienen sich nicht zu mögen. Sie sprangen hoch und gegeneinander. Karola hatte den Kopf gehoben und schaute über den Rand unseres Verstecks. Ihre Augen waren weit aufgerissen. »Sie kämpfen um den besten Platz«, flüsterte sie.

Ich weiß nicht mehr, wie lange das Spektakel dauerte, aber nach einer Weile schienen alle Auerhähne einen Platz auf der Lichtung gefunden zu haben. Vor uns, in der Mitte des Platzes, lief der größte von ihnen im Kreis und klackte und klockte. Ein kleinerer Vogel näherte sich ihm, aber ein einziger Schlag mit dem gekreuzten

Schnabel schlug ihn in die Flucht. Jetzt waren es zehn Hähne, die mit diesem eigentümlichen Brunftgesang über die Lichtung liefen. Karola stupste mich an. »Schau mal an den Rand«, flüsterte sie mir ins Ohr, »da stehen die jungen Hähne und schauen zu. Die müssen das noch lernen.« Sie machte eine kleine Pause. »So wie du.«
Ich sagte nichts.
Eigentlich fand ich es übertrieben, stundenlang im Dunkeln den Berg hinaufzusteigen und nun in der Kälte im Laub zu liegen und diese seltsamen Vögel zu beobachten. Doch: Karola war fasziniert. Und wenn sie es war, war ich es auch. Ihre Augen waren weit aufgerissen. Mit einer Hand zwirbelte sie ihren Zopf, sodass die Spitze im Kreis wirbelte wie ein Propeller. Sie war so anders als ich. Sie grübelte nicht. Sie wusste immer, was zu tun war. Sie zögerte nie. Sie kümmerte sich nie darum, was andere dachten. Sie sagte, was sie dachte, schnell und schonungslos. Sie hatte keine Angst. Nicht vor der Schwärze der Nacht, nicht vor dem Lehrer. Sie war die Anführerin. Und ich folgte ihr.
Karola beobachtete die Auerhähne und flüsterte mir zu: »Guck mal, wie verrückt sie sind. Sie warten auf die Weibchen und können es gar nicht abwarten. Die sind jetzt so … so aufgeregt, die kriegen gar nichts mehr mit. Wir könnten hingehen und sie mit der Hand einfangen.«
»Bitte nicht.«
»Völlig außer Rand und Band«, sagte sie.
Dann segelten drei Hennen durch die Fichten und landeten am Rand des Balzplatzes. Die Hähne drehten durch.
Sie rannten mit erhobenen Köpfen im Kreis um ihr erkämpftes Revier. Um uns herum klackte und klockte es. Die Hennen sahen bescheiden aus im Vergleich zu den aufgeplusterten Hähnen, mit den aufgestellten Schwanzfedern, dem roten Kamm und dem gefährlich gekreuzten Schnabel. Die weiblichen Auerhühner waren deutlich kleiner, dezent hellbraun mit einigen hellen Sprenkeln, aber die Hähne benahmen sich, als wäre ihnen Brigitte Bardot erschienen.
Die Hennen pickten beiläufig auf den Waldboden und taten so, als

wären sie zufällig hier gelandet und als würden sie das ganze Spektakel um sie herum nicht bemerken. Der Hahn, auf dessen Platz sie gelandet waren, drehte vollkommen durch und marschierte mit erhobenem Kopf im Kreis um sie herum und sang den Auerhahnblues. Drei Auerhähne, die ihre Reviere daneben hatten, versuchten durch Flattersprünge die Hennen auf sich aufmerksam zu machen. Doch die begehrten Weibchen taten so, als ginge sie dies alles nichts an, pickten hier, pickten dort und trippelten dann in Richtung des Zentrums des Balzplatzes. Der Hahn versuchte durch rasches Umlaufen und immer engeres Umkreisen ihnen den Weg zu den Nachbarhähnen abzuschneiden. Als sie die Grenze zum Revier des nächsten Hahns erreichten, schlugen die beiden Widersacher mit ihren Flügeln aufeinander, als seien sie Muhammad Ali und George Foreman beim *Rumble in the Jungle*.

Karola und ich duckten uns tief in unser Versteck. Ich bewegte mich nicht, selbst als mein rechtes Bein einschlief und taub wurde. Nur den Kopf hielt ich oben. Vorsichtig, um die Balz nicht zu stören, spähten wir über den Rand der Kanzel. Mehr noch als die kämpfenden Auerhähne faszinierte mich Karola. Ihre Augen waren immer noch weit aufgerissen und folgten gebannt den Hennen, die so taten, als seien sie komplett desinteressiert. Sie schlenderten gemächlich ins nächste Revier, und der Hahn dort drehte durch. Sie schlenderten weiter, betrachteten die Bäume, hörten dem Blues des Hahns zu – und zogen weiter. Der nächste Hahn umkreiste sie. »Die Männchen kämpfen um die Weibchen. So funktioniert das«, flüsterte mir Karola zu, heiser und ohne den Blick von dem Geschehen zu wenden. »Dabei dürfen sie die Mädchen nicht zu stark bedrängen, sonst fliegen sie weg oder gehen ins nächste Revier.«

Die Hennen schlenderten über die Lichtung. Doch es sah nur so aus, als seien sie ziellos. In Wirklichkeit zog es sie in die Mitte der Lichtung, ins Revier des größten und stärksten Auerhahns.

Und dort änderte sich ihr Verhalten.

Ich schüttle die Erinnerung an die Nacht mit Karola auf dem Feldberg ab und sprinte zum Supermarkt an der Kreuzung. Ich

überlege, ob ich auf der anderen Seite der Bundesstraße zurücklaufen soll. Aber ich entscheide mich dagegen. Ich will das Meer aus blauen Lupinen noch einmal sehen. Ich drehe mich um und laufe in leichtem Trab den Weg zurück. Über die Schulter werfe ich einen Blick auf den Feldberg, der wie ein monolithischer Block in den wolkenlosen Himmel ragt. Eigentlich müsste man die steil abfallenden Felsen sehen, auf denen wir damals die Balz der Auerhühner beobachtet haben. Ich bleibe stehen, doch die Sicht ist durch die vorgelagerten Hänge versperrt.
Ich lege einen Zwischenspurt ein. Als ich auf den Wanderweg einbiege, klingelt mein Handy. Ich hole es aus meiner Jogginghose und bleibe stehen. Polizeioberrätin Sofia Trautwein meldet sich.
»Es gibt Neuigkeiten«, sagt sie, »und ich hoffe, Sie können mir dazu etwas … Was ist denn los? Warum sind Sie so außer Atem?«
Ich lache und versuche, meinen Atem zu beruhigen. »Bin gerade beim Joggen. Altglashütten, Bärental und zurück.«
»Gut. Ein Zeuge hat sich das Kennzeichen des weißen Sprinters gemerkt.«
»Ja, das habe ich mitbekommen«, keuche ich. »Haben Sie den Halter ermittelt?«
»Na ja …« Sie zögert. Das Zögern klingt, als überlege sie, wie sie mir die nächste Information am besten beibringen kann. »Das Kennzeichen war gestohlen«, sagt sie dann.
»Wow, das überrascht mich!«
»Wirklich?«, fragt sie kühl. »Haben Sie mir dazu nichts zu sagen?«
Ich gehe weiter und schüttle den Kopf. »Nein, ich wüsste nicht, was … Bin noch einmal alle aktuellen Fälle durchgegangen – und da gibt es keinen …«
Sie unterbricht mich. »Vielleicht gibt es bei Ihren älteren Fällen ein paar Leichen im Keller? Ein paar Leute, die Grund haben, auf Privatdetektiv Dengler sauer zu sein?«
Jetzt muss ich lachen. »Es gibt tatsächlich ein paar.« Ich werde wieder ernst. »Aber entweder sind diese Fälle längst abgeschlossen, oder der Ärger, den ich verursacht habe, ist nicht so groß, dass jemand versucht, mich auf offener Straße umzubringen.«

Schweigen.
Tatsächlich gibt es jemanden. Mein gefährlicher Gegenspieler in einigen meiner schwierigsten Fälle. Harry Nopper. Und seine Leute. Doch warum sollte er mich ausgerechnet im Schwarzwald angreifen? Und gerade jetzt?
Dann sagt Sofia Trautwein: »Trotzdem – jemand hat es getan. Und es muss einen Grund geben.«
»Ich vermute: Der Sprinter hatte eine eilige Lieferung. Termindruck. Deshalb das waghalsige Überholmanöver, das schiefgegangen ist. Das ist doch eine plausible Erklärung.«
»Ja, wäre es, wenn das Kennzeichen nicht gestohlen wäre.«
»Vielleicht ein Drogenkurier«, schlage ich vor. »Der Typ auf dem Beifahrersitz könnte in die Szene passen. Zwischen dreißig und vierzig. Schwarze Wollmütze auf dem Kopf.«
»Ein Drogenkurier mit falschem Kennzeichen würde sehr vorsichtig fahren. Sehr, sehr vorsichtig. Er würde um jeden Preis einen Unfall vermeiden wollen. Und der Zusammenstoß mit Ihnen war vermeidbar.«
Ich schwieg. Was sollte ich auch sagen? Ihre Argumentation war logisch und nachvollziehbar.
Sie beendete mein Schweigen. »Haben Sie mir wirklich nichts zu sagen? Wir können Sie beschützen, wenn Sie in etwas Schlimmes verwickelt …«
Ich werde laut, obwohl ich es nicht will. »Ich bin in gar nichts verwickelt. Ich habe mit diesen Typen im Sprinter nichts zu tun. Es war ein Unfall.«
»Die Geschichte gefällt mir nicht.« Ihre Stimme klingt streng. »Es ist eine friedliche Gegend hier. Und glauben Sie mir, ich werde dafür sorgen, dass das so bleibt. Was nicht dazu passt: eine alte Frau, die nachts Gestalten auf ihrem Hof sieht. Der Sohn, der Privatdetektiv ist und auf den möglicherweise ein Anschlag verübt wurde.«
»›Möglicherweise‹ ist das Zauberwort, Frau Trautwein«, sage ich jetzt entschieden, aber etwas ruhiger. »Es gibt kein Motiv in meiner Person.«

Ich renne los. Und rede mir ein: Sofia Trautwein liegt falsch. Diese Frau ist völlig auf dem Holzweg. Ich werde schneller, um mich zu beruhigen. Denke an den trägen Typ, dessen Frau ich in den letzten Wochen beobachtet habe: Selbst wenn er inzwischen gemerkt hat, dass seine Frau ihn doch betrügt und mein Bericht an ihn falsch war, würde er zwei Killer auf mich ansetzen?
Nicht dieser Mensch. Völlig absurd, diese Vorstellung!
Der Schwarzwald. Ich blicke mich um. Mitten in all die Gedanken, Eindrücke und Erinnerungen, die durch meinen Kopf wirbeln, seitdem ich hier bin, mischt sich jetzt immer wieder die leise Stimme dieser Polizeioberrätin.
Ich laufe noch schneller.
Plötzlich ist das Bild wieder da. Karola, die meine Hand drückt. Die aufgeregt die Hennen beobachtet, die jetzt das Revier des größten Auerhahns erreicht haben.
»Guck mal, was die machen.«
Auch er, der mächtigste und stärkste Hahn, lief im Kreis, umkreiste die Hennen. Den Kopf hoch erhoben, stieß er am lautesten diese klackenden und zischenden Geräusche aus. Doch die Hennen hatten jedes gelangweilte Gehabe abgelegt, das sie in den Revieren der anderen Hähne gezeigt hatten. Stattdessen drückten sie sich mit ausgebreiteten Flügeln flach auf den Boden und streckten dem Hahn ihr Hinterteil entgegen.
»Sieh mal, was sie machen«, flüsterte mir Karola zu und drückte meine Hand noch etwas fester. Es war mir immer noch unverständlich, was sie an dem Verhalten des Federviehs so aufregend fand, aber dass sie meine Hand hielt, war großartig und den langen Aufstieg allemal wert. Meine Mutter hielt Hühner, Karolas Eltern hatten ebenfalls einen Hühnerstall. Wir sahen täglich, wie ein Hahn auf ein Huhn stieg. Sie machten dabei nicht so viel Spektakel wie die Auerhühner, aber für uns Bauernkinder war es ein alltägliches Bild. Nicht der Rede wert.
Der Hahn lief auf die Hennen zu, die ihm ihren Pürzel entgegenstreckten. Er war aufgeregt und klackte, als sei er vom Leibhaftigen besessen. Doch dann – lief er an ihnen vorbei. Er war so aufge-

regt, dass er offenbar vergessen hatte, um was es hier ging. Karola war überrascht. »Was macht der?«, flüsterte sie mir zu.
»Keine Ahnung«, antwortete ich wahrheitsgemäß.
Die Auerhühner schienen ebenfalls überrascht zu sein. Sie hoben den Kopf, als der Hahn an ihnen vorbeigelaufen war, sahen sich um, schüttelten das Gefieder und erhoben sich. Sie sahen sich um, als müssten sie sich orientieren. Da der Hahn immer im Kreis um sein Territorium lief, stellten sie sich ihm erneut in den Weg, ihm das Hinterteil bereitwillig entgegenstreckend.
Wieder lief der Hahn an ihnen vorbei.
»Diese Flasche«, zischte Karola.
Als sich die drei Hennen dem Auerhahn zum fünften Mal in den Weg legten, sprang er endlich der ersten auf den Rücken, packte mit dem Schnabel ihr Nackengefieder, stützte sich mit ausgebreiteten Flügeln am Boden ab und vollzog mit wenigen kurzen Stößen die Begattung. Nach wenigen Sekunden lösten sich die Tiere wieder. Die Henne schüttelte ihr Gefieder. Der Hahn lief wieder im Kreis und sang voller Inbrunst seine Balzstrophen. In der nächsten Runde stellten sich ihm nur noch zwei Hennen in den Weg.
»Wegen dem bisschen machen die so ein Spektakel«, flüsterte Karola mir enttäuscht ins Ohr. »Das waren ja nur drei Sekunden.«
Ich zuckte mit der Schulter. Mir war kalt geworden. Heute schäme ich mich ein wenig für meine Dummheit. Für Karola war diese Nacht lebendiger Aufklärungsunterricht, doch ich begriff – nichts.
Es war bereits hell geworden, als wir uns auf den Rückweg machten. Bergab ging es schneller, aber ich weiß nicht mehr genau, wie lange wir brauchten. Ich war müde, doch Karola redete ununterbrochen: »Hast du gesehen, wie die Hähne um die Weibchen gekämpft haben? Hast du gesehen, die Weibchen gehen immer zu den Stärksten? Hast du gesehen, dass die Männer manchmal gar nicht können, obwohl sie so einen Lärm machen? Hast du gesehen, wie … aber, dass die nur so kurz …«
Als ich auf unserem Hof ankam, stand Mutter vor der Tür. Sie hatte die Hände in die Hüften gestemmt und sah wütend aus. Ich kassierte zwei Ohrfeigen; die einzigen meiner Kindheit. Außer-

dem, schlimmer, verhängte meine Mutter zwei Wochen Stubenarrest, den sie mir allerdings erließ, nachdem ich drei Tage (nach der Schule) auf meinem Zimmer geblieben war und das Essen, das sie mir mittags und abends vor die Türe stellte, nicht angerührt hatte.

Aber das war harmlos im Vergleich zu dem, was auf dem Mäusehof geschah. Karola erzählte es mir, als wir in ihrem Versteck unter den Fliederbüschen lagen. Sie lag auf dem Rücken, beide Hände unter dem Kopf, und starrte die Blätter an. Sie trug ein grünes Kleid, gestreifte Kniestrümpfe und braune Schuhe, die sie ausgezogen hatte. Ich lag auf der Seite, ihr zugewandt, und bewunderte ihr schönes Gesicht. Sie zog die Stirn zusammen, sodass es aussah, als hätte sie nur eine einzige Augenbraue. »Sie haben mich nicht vermisst.«

»Sie haben dich nicht vermisst?«, wiederholte ich und kam mir vor wie der Idiot, der ich tatsächlich war.

Sie schüttelte den Kopf. »In derselben Nacht ist auch Wilhelm abgehauen.«

»Dein Bruder ist abgehauen?« Ich rückte etwas näher zu ihr.

Sie pflückte einen Grashalm und steckte den unteren Teil in den Mund. »Er hat einen Zettel geschrieben. Ich habe ihn gelesen. Darauf stand, dass er den Hof nicht übernehmen will. Er will kein Bauer sein. Er will zur See fahren. Er ist auf einem Schiff.« Sie saugte an dem Halm.

»Er ist auf einem Schiff?« Jetzt kam ich mir blöd vor, weil ich sie ständig wiederholte. Deshalb fügte ich hinzu: »Der kann doch gar nicht schwimmen.«

»Auf einem Schiff muss man nicht schwimmen können. Die haben doch Rettungsboote, du Dummkopf. Papa saß im Küchenstuhl und bewegte sich nicht, als wäre er ausgestopft, wie seine Hirschköpfe an der Wand. Mutter rannte vor dem Herd auf und ab und heulte. Dann stritten sie sich. Sie sagte, er sei schuld, dass Wilhelm abgehauen sei. Mich hat niemand beachtet. Für die war ich gar nicht da.« Sie kaute auf dem Halm herum, bis er schlapp aus ihrem Mund hing. Sie spuckte ihn aus.

Was wir damals noch nicht wussten: Das Verschwinden ihres Bruders war nur der Auftakt zu einer noch viel größeren Katastrophe. Ich küsste sie auf die Wange, und sie wehrte es nicht ab. Ich erinnere mich, dass eine Glückswoge mich durchfuhr. Danke, lieber Wilhelm, dachte ich damals. Alles Gute auf hoher See!

*

Der Weg den Berg hinauf zu unserem Hof ist steil, und ich beginne zu schwitzen. Die letzten hundert Meter gehe ich im Schritttempo. Ich schließe die Tür zum Haus auf und stehe im dunklen Flur. Nur aus der Küche dringt etwas Licht. Mein Blick fällt auf das Schlüsselbrett. Der Werkstattschlüssel fehlt; alle anderen sind aufgereiht: die Schlüssel für jedes einzelne Fremdenzimmer, der Haustürschlüssel, der Kellerschlüssel und der Schlüssel, auf dessen Anhänger in der Handschrift meiner Mutter steht: *Scheune*.

Ich stehe still und rühre mich nicht.

Seit dem Tag, an dem mein Vater starb, bin ich nicht mehr dort oben gewesen.

Ohne es zu wollen, ohne es zu beabsichtigen, beobachte ich, wie sich meine rechte Hand langsam wie in Zeitlupe hebt und den Schlüssel berührt. Er fühlt sich kalt an. Und hart.

Mein Zeigefinger fährt sanft den Schaft hinauf bis zum Bart.

Mein Gott, wie viel Zeit ist seit damals vergangen.

Damals war ich ein Kind.

Ich keuche, und ich Idiot denke, es kommt vom Joggen. Ich streiche mir ein paar Haare aus der Stirn und starre auf den Schlüssel.

Die Dämonen der Vergangenheit – ist es nicht an der Zeit, sich ihnen endlich zu stellen?

Mein Gehirn schaltet sich wieder ein. Es sagt mir, dass es lächerlich ist, sich vor einer Scheune zu fürchten, vor verstaubten Pflügen, Eggen, dem alten Traktor und dergleichen. Was dort geschehen ist, ist vor langer, langer Zeit geschehen.

Ich schüttle mich. Mein Gefühl der Einsamkeit in der Welt, meine Unverbundenheit mit allem – ich weiß, dass der Ursprung hier liegt, in diesem Haus. Ich werde diese Geschichte nirgendwo

anders beenden können als hier. Nur hier. Auf unserem Hof. Nur in dieser verdammten Scheune. Warum nicht jetzt, sagt mein Gehirn. Warum nicht an dem Tag, an dem mir Karola, mein anderes Trauma, leibhaftig begegnet ist.
Meine Hand hebt den Schlüssel vom Brett.
Ich hole tief Luft, drehe mich um und gehe steif den Flur zurück.
Öffne die Tür.
Stehe im Hof.
Jetzt muss ich ums Haus herumgehen. Okay, sagt mein Verstand, los geht's.
Warum sind meine Beine so schwer? Du bist fast eine Stunde gejoggt, sagt der Verstand. Das ergibt Sinn. Das erklärt, warum ich das Gefühl habe, dass meine Oberschenkel immer dicker werden, mit jedem Schritt ein bisschen dicker.
Und schwerer.
Aber das ist normal, wenn die Beine dicker werden, werden sie auch schwerer. Ist doch logisch.
Die Luft, eben noch sommerlich mild, wird dünner. Ich atme durch den Mund. Die Luft … Sie enthält weniger Sauerstoff. Seltsam.
Noch ein Schritt.
Noch einen.
Ich bleibe stehen, keuche.
Der Schlüssel in meiner Hand glüht. Ich nehme ihn in die andere Hand.
Mache zwei Schritte.
Der Verstand meldet sich: Es ergibt keinen Sinn, dass du der Konfrontation mit der Vergangenheit ausweichst. Mach dich nicht lächerlich.
Geh in die Scheune.
Sieh dich darin um.
Dann gehst du wieder hinaus.
Und alles ist vorbei.
Alles ist vorbei.
Wenn ich nur mehr Luft bekäme.

Noch ein Schritt.
Und noch einen.
Ich höre, wie mein Atem rasselt, bleibe stehen, reiße den Mund weit auf und sauge den verdammten Sauerstoff ein.
Es wäre lächerlich, wenn ich nicht den Mut hätte …
Sei nicht albern!
Es ist nur die alte, baufällige Scheune. Du regst dich auf, nur weil …
Nur weil vor ein paar Jahrzehnten dein Vater hier gestorben ist.
Du warst dabei und hast alles gesehen.
Ein Unglück. Mehr nicht. Nur ein Unglück.
Mach dich nicht lächerlich.
Ich stehe vor der schmalen Auffahrt zum Eingang.
Ich strecke den rechten Arm vor, als wäre der Schlüssel eine Pistole.
Der Schlüssel zittert.
Ich lege die linke Hand um die rechte.
Let's go, sagt der Verstand, das Zittern lässt nach. Gehen wir.
Es sind nur noch wenige Meter. Ich strecke die Knie, atme tief durch und schmecke den Schweiß, der mir in den Mund rinnt. Ist er süß? Schmeckt er bitter? Ich weiß es nicht. Noch ein Schritt.
Schau, jetzt siehst du das Schlüsselloch.
Oben rund. Unten lang. Schwarz. Tief.
Unheimlich.
Plötzlich muss ich gar nichts mehr tun. Ich sehe zu, wie sich meine Hand streckt und der Schlüssel ohne mein Zutun auf das dunkle Loch zusteuert.
Aber warum zittert er so?
Noch ein Zentimeter.
Noch ein halber Zentimeter.
Und da rieche ich das Heu. Es kitzelt in der Nase.
Es ist hoch aufgeschichtet.
Ich bahne mir einen geheimen Weg durch die duftenden Halme.
Ich klatsche in die Hände. Ich lache.
Vater ist auch da.
In einem weißen Unterhemd.

Links und rechts hängen die Hosenträger herunter.
Schweiß rinnt ihm übers Gesicht.
Er lacht mich an.
In der Hand hält er die große Mistgabel.
Die Mistgabel mit den spitzen Zinken.
Er spießt das Heu auf, hebt es mit einem Ruck hoch und wirft es durch die offene Luke in den Stall.
Er lacht.
Er winkt mir zu.
Er spießt das Heu auf.
Wischt sich den Schweiß von der Stirn.
Geht einen Schritt.
Spießt das Heu auf.
Ganz nah an die offene Luke.
Plötzlich ist ein Schatten hinter ihm.
Ich schüttele den Kopf. Einen Schatten sah ich in all meinen Albträumen noch nie hinter ihm.
Ich kneife die Augen zusammen. Doch der Schatten ist weg.
Und dann dieser animalische Schrei. Ich höre ihn – laut und grell.
Ich werde ihn immer hören. Bis ans Ende meiner Tage.
Der Schlüssel.
Er schwingt in meiner Hand wie ein Pendel.
Alles dreht sich.
Ich stürze. Alles wird schwarz

2. Teil

Sommer, August 1943: Peenemünde

Die Nacht ist lau und mild. Erich liegt mit Helene auf einer Decke am Strand und denkt an nichts anderes als an ihr Strumpfband. Er hat sie aus ihrem Zimmer im Wohnheim Wendenburg abgeholt. »Ich muss nur noch schnell meine Schuhe anziehen, dann können wir los«, hatte sie gesagt und ein Paar knöchelhohe braune Schuhe aus dem Schrank geholt. Sie schlüpfte hinein, und als sie den Fuß auf die Sitzfläche eines Stuhls stellte, um den Schuh besser binden zu können, öffnete sich der Schlitz an der Seite ihres Kleides so weit, dass er für einen wunderbaren, langen Moment das Strumpfband an ihrem Oberschenkel sehen konnte. Dann setzte sie den Fuß wieder auf den Boden.

Den zweiten Schuh band sie zu, ohne den Fuß auf den Stuhl zu setzen. Für einen Moment überlegte er, ob sie ihm diesen Blick absichtlich gewährt hatte, aber dann verwarf er den Gedanken. So war Helene nicht.

Doch seit dieser Sekunde konnte er an nichts anderes mehr denken. Sein Plan für heute Abend war klar: Sie würden mit dem Fahrrad an den Strand fahren, sich auf seine Decke legen und in die Sterne schauen; wahrscheinlich würden sie sich küssen. Dann würde er all seinen Mut zusammennehmen und sie fragen, ob sie ihn heiraten wolle. Er war aufgeregt, fühlte sich unsicher, denn wenn sie ablehnte … Er konnte sich ein Leben ohne Helene nicht mehr vorstellen. Wenn sie ablehnte … Dann wäre sein Leben ruiniert. Er war sich so sicher, dass Helene die Frau war, auf die er sein ganzes Leben gewartet hatte. Obwohl er noch nie auf eine Frau gewartet hatte. Er war erst achtzehn; Helene ein paar Jahre älter, aber das war ihm egal. Er würde sie heiraten. Sie war alles für ihn. Aber jetzt ging ihm dieses Strumpfband nicht mehr aus dem Kopf. So gerne würde er es noch einmal sehen.

Sie liegt auf seiner Decke unterhalb der Düne, und in seinem Kopf verwirren und verknoten sich die Worte, die er sich für diesen Moment zurechtgelegt hat – verdammtes Strumpfband. Sie liegt ausgestreckt auf dem Rücken, und trotz der Dunkelheit sieht er, bäuchlings neben ihr liegend, ihre leuchtenden Augen.

Er schluckt. »Also, was ich sagen will, ich meine, ich will dich fragen …«

Sie schlingt die Arme um ihn. »Meine Waden sind so kalt«, flüstert sie ihm ins Ohr.

Seine rechte Hand greift nach ihrem Fuß, gleitet nach oben, umfasst ihre Waden. Seine Finger spüren jeden Muskel. »Sie sind nicht kalt.«

»Doooch«, flüstert sie. Abrupt hebt sie den Kopf. »Hörst du das? Den Motor? Da ist ein Flugzeug.«

»Die fliegen nach Berlin«, beruhigt er sie. »Wie immer.« In den letzten Nächten hatten immer wieder die Sirenen geheult. Aber immer flogen die Flugzeuge an Usedom vorbei.

Sie legt den Kopf zurück auf die Decke. Vorsichtig schiebt er seine Hand etwas höher und spürt ihr Knie zwischen seinen Fingern. Er schaut in ihr Gesicht, um zu sehen, ob sie protestiert. Doch sie hält die Augen geschlossen. Er schiebt seine Hand noch einen Zentimeter weiter. Sie öffnet den Mund, nicht viel, nur einen kleinen Spalt, und atemlos sieht er, wie ihre Zungenspitze erscheint und sanft über die Unterlippe fährt. Er kann nicht anders. Seine Hand wandert die Innenseite ihres Oberschenkels hinauf. Wie zart, wie weich, wie seidig fühlt sich ihre Haut an. Sie gibt einen Laut von sich, leise und zustimmend. Und da – da spürt er die Spitzen des Strumpfbandes an seinem Zeigefinger. Ein Glücksgefühl durchströmt ihn. Er schiebt seinen Mittelfinger unter das Gummiband. Helene seufzt. Er will es sehen. Er will das verdammte Strumpfband sehen. Er muss das Kleid hochschieben. Aber auf keinen Fall wird er seine Hand von dieser Stelle nehmen. Er hebt den Oberkörper leicht an, damit er den linken Arm darunterschieben kann. Jetzt muss er nach rechts oben in den Nachthimmel schauen.

Dort, direkt über ihnen, als wären sie persönlich gemeint, steht ein Weihnachtsbaum aus grünen Leuchtkugeln.

Er hört, was nicht zu überhören ist, das anschwellende Dröhnen der anfliegenden Maschinen und zuckt zusammen.

Helene schmollt. Ihr Mund verzieht sich. Sie blinzelt ihn an. »Was ist mit dir?«, fragt sie. Ihr Ton ist unwillig.
»Sie kommen«, schreit er. »Helene, sie kommen.« Er greift nach ihrer Hand, will das geliebte Wesen mit sich nach oben reißen. »Lauf«, schreit er. »Wir müssen laufen.«
»Lass los«, schreit sie. Dann sieht sie den Weihnachtsbaum – und springt auf.
Sie rennen die Düne hinauf. Die Decke haben sie liegen lassen. Das Brummen ist jetzt unerträglich laut. Er sieht sich um. Gott sei Dank, Helene ist dicht hinter ihm. Er hört ihr Keuchen. Dann kracht es. Die Detonation ist so laut, wie er es noch nie gehört hat. Er dreht sich zu ihr um, hält inne. »Willst du mich heiraten?«, schreit er sie an. Jetzt steht auch sie da, schwer atmend. Links von ihnen blitzt und kracht die zweite Detonation. Sie sehen sich in die Augen. »Ja«, schreit sie durch den Höllenlärm zurück.
Erich dreht sich um. Mit wenigen Sätzen hat er die Dünenkuppe erreicht. Dann knickt sein Fuß um. Er fällt. Dreht sich. Er rollt die Düne hinunter. Von unten sieht er Helene, die auf dem Rand der Düne steht. Hinter ihr leuchtet eine Wand von Blitzen. Sie winkt ihm zu. Dann wird sie hochgehoben. In einem Chaos aus Licht und Donner fliegt sie hoch, als wolle sie zum Himmel aufsteigen. Während sie durch die Luft wirbelt, dreht sie sich. Ihr Kopf ist jetzt unten. Ihre Beine ragen wie ein V in den erleuchteten Himmel. Der Druck der Explosion hat ihr das Kleid vom Leib gerissen. Doch das Strumpfband an ihrem rechten Oberschenkel schmiegt sich wie unberührt um ihr weißes Fleisch. Dann fliegen ihre Beine in verschiedene Richtungen davon.
Die Druckwelle schleift ihn in einem Höllentempo über den Strand. Das Hemd rutscht hoch. Er schreit ihren Namen. Der Sand scheuert seine Haut an Bauch und Rücken auf. Er schlägt mit dem Kopf gegen ein Betonrohr und bleibt liegen. Er spürt, wie Hände nach ihm greifen. Sie packen seine Handgelenke und ziehen ihn in die Schutzröhre. Er weiß, dass er lebt. Und er weiß, dass sein Leben zu Ende ist.

Crommschröders Strategie

Der Himmel ist blau, getupft mit weißen Kumuluswolken. Es scheint warm zu sein. Im Hintergrund erheben sich riesige kahle Berge, die steil in ein Tal abfallen, an dessen Ende sich ein großes quadratisches Becken befindet. Drei Stufen führen hinab ins Wasser. Von der linken Seite führen mehrere Wege zu dem Becken. Auf ihnen schleppen sich alte, gebückte und verschrumpelte Frauen zum Wasser, andere humpeln herbei, einige gehen mit krummem Rücken am Stock, wieder andere werden auf Leiterwagen herangeschleppt, und auf zwei Schubkarren kauern hochbetagte Greisinnen. Sie helfen sich gegenseitig beim Ausziehen und steigen nackt ins Becken. Die ersten Schritte fallen ihnen noch schwer, doch je weiter sie in die Mitte des Beckens gelangen, desto leichter wird es. Ihre Haut, die am Anfang noch faltig, fahl und grau war, verändert sich und wird glatt, zart und rosig. In der Mitte des Beckens planschen sie bereits fröhlich, rechts steigen sie als junge Mädchen aus dem Wasser und werden von einem jungen Mann in Empfang genommen und in prächtige Gewänder gehüllt.

Crommschröder klappt den Bildband der Berliner Gemäldegalerie zu und stellt das Buch zurück ins Regal. Er hat schon oft vor dem Werk von Lucas Cranach dem Älteren gestanden und es bewundert, aber erst jetzt, so kommt es ihm vor, versteht er das Bild vom Jungbrunnen. Sein Jungbrunnen war die Stuttgarter Oper. Seit er den Leidensweg Jesu auf der Bühne verfolgt hat, fühlt er sich frisch und frei. Aktiv. Wieder hört er den Chor: *Kreuzigt ihn! Kreuzigt ihn!*

Er hat den archimedischen Punkt gefunden.

Jetzt gilt es, den Hebel anzusetzen.

Die Welt aus den Angeln zu heben.

Die *Klimahysterie* zu beenden.

Den Konzern in eine profitable Zukunft zu führen.
Seine Macht auszubauen.
Seine Strategie beruht auf zwei Säulen: Erstens sollte die Stromerzeugung wieder ausschließlich in kapitalintensiven Großkraftwerken erfolgen. Unter allen Umständen muss Schluss damit sein, dass jedes Kaff mit einem lokalen Windpark seine eigene Stromversorgung betreiben kann. Das heißt im Klartext: Rückkehr der Atomkraftwerke und Fortsetzung der Kohleverstromung. Hier darf es keine Kompromisse geben.
Zweitens: Die Öl- und Gasindustrie, die Energiekonzerne dürfen nicht länger als Problem gesehen werden, sondern als Teil der Lösung. Fortschritt und Wohlstand beruhen weltweit seit über zweihundert Jahren auf der Verbrennung von Kohle, Öl und Gas. Ohne die Verbrennung fossiler Rohstoffe würde die Menschheit noch im Mittelalter leben.
Darin ist sich Crommschröder mit Sultan Al Jaber, dem Chef der Abu Dhabi National Oil Company, einig: Öl, Gas und Kohle sollen weiterhin im großen Stil gefördert, neue Öl- und Gasfelder erschlossen, die Emissionen aus der Verbrennung aber drastisch reduziert werden. Dazu will Al Jaber eine Zukunftstechnologie vorantreiben, die CO_2 isoliert, abscheidet und unterirdisch lagert.
Der Ausbau der Kernenergie und die Ausweitung der Förderung von Kohle, Gas und Öl bei gleichzeitiger Reduzierung der Emissionen – das ist das neue strategische Ziel der VED.
Der Weg dorthin ist steinig, da macht sich Crommschröder keine Illusionen. Seinen früheren Freund Ofterdinger, damals noch EU-Energiekommissar, hatte er ermuntert, den Bau eines neuen Atomkraftwerks in England, Hinkley Point C, zu unterstützen.
Ein grundsätzliches Problem der Kernenergie ist Crommschröder allerdings bewusst: Strom aus Kernenergie ist deutlich teurer und damit unter normalen marktwirtschaftlichen Umständen nicht konkurrenzfähig gegenüber Strom aus erneuerbaren Energien.
Aus diesem Grund werden neue Kernkraftwerke heute nahezu nur noch in Staaten gebaut, deren Energiekonzerne in Staatsbesitz sind; Frankreich, Russland und China. Die Verluste dieser Energie-

konzerne werden über den Staatshaushalt beglichen, also von den Steuerzahlern.
Deshalb hat die britische Regierung dem Projekt Hinkley Point C für 35 Jahre ab Inbetriebnahme einen Preis von 92,5 Pfund pro Megawattstunde plus einen jährlichen Inflationsausgleich garantiert. Würde das Kernkraftwerk heute schon laufen, läge dieser garantierte Preis bereits bei rund 145 Euro pro Megawattstunde. Dieser garantierte Abnahmepreis liegt deutlich über dem Marktpreis für Strom. Außerdem, und das freut Crommschröder besonders, hatte die britische Regierung dem Konsortium aus der französischen EDF und zwei chinesischen Unternehmen zugesichert: Sollten die Atomreaktoren aus politischen Gründen abgeschaltet werden, müssen die Betreiber für die entgangenen Gewinne von der Regierung entschädigt werden. Ein EU-Kommissar bezeichnete diesen Deal damals als »sowjetisch«. Dennoch, Ofterdinger schob mächtig hinter den Kulissen, und so bestätigte die EU-Kommission, dass die britischen Fördermaßnahmen für Hinkley Point C mit EU-Recht vereinbar sind. Ofterdinger hatte kapiert: Wenn er mit einer pragmatischen Anpassung das EU-Beihilferecht sensibel umgehen kann, werden die Finanzierungsprobleme für neue AKW in Europa abgeräumt. Guter Mann, der Ofterdinger. Schade, dass er nicht mehr EU-Kommissar ist. Ein wahrer Freund der fossil-atomaren Industrie.
Crommschröder bekam einen Wutanfall, als der britische Rechnungshof National Audit Office (NAO) im Juli 2016 erklärte, es sei billiger, erneuerbare Energien zu nutzen, als Hinkley Point C zu bauen.
Inzwischen sind die Chinesen aus dem Projekt ausgestiegen. Sie erklärten Hinkley Point C für unrentabel. Den französischen Energiekonzern hat das AKW an den Rand des Ruins gebracht.
Und dennoch: Die britische Regierung hat angekündigt, an den bestehenden Plänen festzuhalten und darüber hinaus weitere Atomkraftwerke zu bauen und deren Strom mit erheblichen Mitteln zu subventionieren.
Und genau diese Politik will Crommschröder auch für Deutschland.

- Und dafür braucht er eine Regierung, die den Ausbau der Atomenergie unterstützt.
- Die Stromtrassen vom Norden Deutschlands zur stromintensiven Industrie im Süden dürfen auf keinen Fall gebaut werden. Die überirdischen Stromleitungen konnten verhindert werden. Und er ist stolz auf seinen Anteil an der Entscheidung, die Merkel, der damalige Wirtschaftsminister Gabriel und der bayerische Ministerpräsident Söder getroffen haben. Sie beschlossen, das Projekt zu beerdigen und stattdessen Erdkabel zu verlegen. Wieder waren zehn Jahre gewonnen. Wäre dieser Coup nicht gelungen, würde jetzt bereits Strom von Norden in den Süden fließen. Jetzt geht es darum, die Erdverkabelung zu verhindern.
- Keine Windräder in Süddeutschland. In Bayern und Baden-Württemberg plant er fünf neue Atomkraftwerke.
- Die Klimaschützer raus aus der Regierung. Die Aktivisten ins Gefängnis. Sie müssen öffentlich geächtet werden.

Kreuzigt sie!

Während Crommschröder seine Ideen fein säuberlich von einem Blatt Papier in PowerPoint überträgt, klingelt sein Handy. Es ist Kurt Mannheimer, sein alter Freund. Er kennt Kurt aus der gemeinsamen Zeit im Ostausschuss und im Wirtschaftsrat der CDU. Kurt war viele Jahre Honorarkonsul der Russischen Föderation, bevor er im März 2022 schweren Herzens zurücktrat, als die russische Armee in die Ukraine einmarschierte. Crommschröder erinnert sich an einige Reisen mit ihm nach Moskau, an durchgesoffene Nächte und, nun ja, auch an ein paar andere nette Sachen. Einmal machte Kurt ihn sogar mit Wladimir Putin bekannt. Es dauerte lange, bis die Presseabteilung die Fotos von diesem Treffen aus dem Netz bekam. Kurt hat ein schönes Anwesen in Südbaden und, wie es sich für einen konservativen Strippenzieher gehört, eine Jagdhütte, in der die wirklich wichtigen Dinge besprochen und entschieden werden. Als ehemaliger russischer Honorarkonsul war er immer daran interessiert, russisches Gas zu verkaufen.

Die Provisionen haben ihn reich gemacht. Kurt Mannheimer ist also, wenn man so will, ein natürlicher Gegner von Windkraftanlagen.

»Hallo, Kurt«, sagt Crommschröder. »Wie geht es dir im südbadischen Exil?«

»Schlecht«, knurrt Mannheimer in den Hörer. »Und dazu habe ich auch noch eine schlechte Nachricht. Ein Freiburger Projektierer will mitten auf dem Feldberg ein Windrad bauen.«

Crommschröder fällt das Handy aus der Hand. Es versinkt irgendwo im Teppich. Crommschröder bückt sich und kriecht unter den Schreibtisch.

»Kurt?«, fragt er, als er es wiedergefunden hat. »Bist du da?« Als er Mannheimers Schnauben hört, steht er auf und geht zum Fenster. »Kurt, das müssen wir verhindern. Unbedingt. Ein Windrad auf diesem Berg, das wird ein ikonisches Bild. Es wäre das Bild unserer Niederlage. Es wäre der Sieg der Klimafanatiker.« Er machte eine Pause. »Niemals darf an dieser Stelle ein Windrad stehen. Hörst du: Niemals!«

»Mich brauchst du nicht zu überzeugen. Aber dieser Projektierer hat schon viele Anlagen gebaut. Der ist clever.«

Crommschröder geht zwei Schritte zurück und wieder zwei Schritte vor. Die Sonne geht unter. In einer halben Stunde wird Berlin im Glanz von Millionen Lichtern strahlen. Er mag das. »Kannst du es verhindern? Kriegst du das hin?«

»Klar«, sagt Mannheimer. »Ich arbeite bereits daran.«

Crommschröder nimmt für einen Moment den zu entschiedenen, zu überzeugten Ton in Mannheimers Stimme wahr. »Ich rufe dich zurück.«

Crommschröder schaut aus dem Fenster hinunter auf die Friedrichstraße. Die Frische, die er eben noch gespürt hat, ist verflogen. Eine Gruppe Passanten starrt nach oben. Eine der kleinen Figuren dort unten hebt den Arm und zeigt mit dem Finger auf ihn. Crommschröder ist, als würden sie ihm zurufen: Kreuzigt ihn! Kreuzigt ihn!

Auf dem Feldberg wird niemals ein verdammtes Windrad stehen.

Niemals – und auf Mannheimer allein wird er sich nicht verlassen. Er setzt sich an seinen Schreibtisch und greift zum Telefon, drückt eine Kurzwahltaste. Nach dem dritten Läuten meldet sich eine tiefe, männliche Stimme: »Ja, bitte?«

Crommschröder richtet sich auf. Er schildert die Lage. Windkraft im Schwarzwald. »Das muss auf jeden Fall verhindert werden. Es gibt da einen Investor, der so ein Scheißding auf dem Feldberg aufstellen will. Mannheimer ist dran, aber ich hab meine Zweifel, ob er es schafft, das zu stoppen.«

Kurzes Schweigen am anderen Ende, dann hört Crommschröder ein Räuspern. »Wir kümmern uns um die Sache. Wenn Mannheimer es nicht schafft, sind wir da.« Wieder eine kleine Pause. »Das Codewort lautet: Black Forest.«

»Perfekt!« Crommschröder lächelt und legt auf. Auf seinen Mann fürs Grobe ist Verlass: Harry Nopper ist immer da, wenn er ihn braucht.

Jakob

Mir ist kalt.
Von den Fersen steigt die Kälte die Waden hinauf. Meine linke Wange brennt. Ich denke nach, versuche mich zu erinnern, ziehe die Stirn kraus, doch vergeblich: Ich weiß nicht mehr, wo ich bin. Benommen hebe ich den Oberkörper. Ich sitze im Staub, schaue mich um und verstehe nichts. Mit einer Hand fahre ich mir durchs Gesicht und betrachte die kleine Blutspur an meinen Fingern: eine Schürfwunde. Nichts Ernstes. Der Scheunenschlüssel liegt einen halben Meter von mir entfernt hinter einem Stein. Ich strecke die Hand aus und stecke ihn in die Hosentasche. Die Erinnerung kommt zurück. Der Schlüssel, die Scheune. Mein Versuch, hineinzukommen. Plötzlich zittert meine Hand. Ein Schauer läuft über Brust und Rücken. Ich liege im Schatten. Es dämmert schon. Ich stütze mich mit beiden Händen am Boden ab und stehe auf. Die Beine zittern.
Ich checke die Zeit auf meinem Handy. In einer halben Stunde kommt Jakobs Zug am Bahnhof an. Mit beiden Händen klopfe ich mir den Staub von Hose und Pullover. Die Dämonen der Vergangenheit müssen warten. Zittrig gehe ich zurück ins Haus, hänge den Schlüssel an das Brett vor der Küche, lasse Wasser über mein Gesicht laufen und mache mich auf den Weg zum Bahnhof.
Am Friedhof bleibe ich stehen und hole tief Luft. Warum bin ich ohnmächtig geworden? In dieser Scheune ist vor vielen Jahren mein Vater gestorben. Ich war dabei. Aber ich war noch ein Kind. Warum reagiere ich immer noch so stark auf diesen Ort? Ich schüttle den Kopf und verbiete mir, weiter darüber nachzudenken. Der Hof muss in Ordnung gebracht werden, das ist jetzt das Wichtigste. Langsam bekomme ich mich wieder in den Griff.
Ich rufe Egon an. Er kennt sich auf dem Hof besser aus als ich.

Egon weiß, wo die Maschine steht, mit der die Schindeln gehobelt werden. Ich ziehe das Handy aus der Tasche, Egon meldet sich sofort. Er hört mir aufmerksam zu, als ich ihm von dem Unfall erzähle. »Margret ist jetzt im Krankenhaus?«, fragt er.
Um ihn zu beruhigen, sage ich ihm, dass sie nur zur Beobachtung dort ist und dass Jakob und ich sie morgen abholen werden.
»Ich komme«, sagt er.
Ich frage ihn, ob seine Kur schon vorbei sei.
Er lacht. »Ich habe heute zwei Stunden auf einem Stuhl gesessen. Mit fünfzehn Leuten im Kreis. Alle haben mich angestarrt. Ich sollte über meine Gefühle reden. Vor fünfzehn wildfremden Menschen! Zwei Männer und sechs Frauen! Alle blutjung, um die sechzig, manche noch jünger.« Er schnauft empört.
»Wegen Mutter musst du die Kur nicht abbrechen«, sage ich. »Jakob und ich kümmern uns um sie.« Ich gehe über die Brücke, bleibe stehen und starre auf die Bahngleise hinunter. »Ich wollte nur wissen, wo die Schindelmaschine steht.«
»Im *Denn* steht sie. Da gehst du nicht gern rein, in das *Denn*. Lass sie da stehen. Morgen bin ich da.«

*

Als Jakob ankommt, habe ich meinen Breakdown vor der Scheune schon fast verdrängt. Ich freue mich, als er mit einem großen Schritt aus dem vorderen Waggon tritt. Er wirft sich die schwarze Umhängetasche über die Schulter, die ich ihm vor zwei Jahren zum Geburtstag geschenkt habe. Dann schaut er sich um, entdeckt mich am Ende des Bahnsteigs, winkt mir zu und lacht. Wir umarmen uns. Auf dem Weg ins Dorf erkläre ich ihm, was auf dem Hof zu tun ist: Neue Schindeln müssen gehobelt und angebracht werden, die Latten des Gartenzauns müssen neu verschraubt und der ganze Zaun neu gestrichen werden. Eine Grundreinigung im Haus wäre sicher auch hilfreich. »Zwei, drei Tage haben wir zu tun.«
Er nickt.
»Was ist los?«, frage ich ihn. »Du siehst so ernst aus.«

Er rudert mit einem Arm. »Ist alles in Ordnung«, sagt er gepresst, und ich weiß sofort, dass das nicht wahr ist. Ich greife nach der schwarzen Tasche und werfe sie mir über die Schulter. Dann stapfen wir zum Hof.

*

Grinsend zieht Jakob eine kleine Espressomaschine aus der schwarzen Tasche und schwenkt sie triumphierend durch die Luft. Mit der anderen Hand hebt er eine Dose Espressopulver hoch. Wunderbar! Ich habe bei seiner Erziehung wohl doch nicht alles falsch gemacht. Wir sitzen in der Küche und rühren mit Mutters Silberlöffeln eine kleine Prise Zucker in unsere Tassen. In ruhigem Ton, um keine Panik auszulösen, erzähle ich ihm von dem Unfall am Hirschsprung. Die Vermutung der Polizistin Trautwein, dass es sich um einen Anschlag handeln könnte, lasse ich weg.

»Fahrerflucht?«, fragt er noch einmal.

Ich nicke. »Aber das ist noch nicht das Ende der Geschichte.«

Seine Stirn legt sich in Falten.

»Ich fürchte, deine Großmutter ist sehr krank. Sie sieht nachts Gespenster.«

»Gespenster-*kleine Pause*-innen?« Jakob stellt seine Tasse ab und sieht mir fragend in die Augen.

Ich nicke und fahre mir durchs Haar. »Ich bin hier, weil die Polizei angerufen hat. Deine Oma hat mehrmals die Polizei verständigt, weil sie nachts Gestalten in der Werkstatt meines Vaters gesehen hat.«

»Und«, fragt mein Sohn, »haben die Polizist-*kleine Pause*-innen jemanden verhaftet?«

Ich schaue ihn irritiert an. »Natürlich nicht«, sage ich, »weil es keine Gespenster gibt. Die Polizei hat niemanden gefunden. Auch keine verdächtigen Fußspuren oder Ähnliches.«

Jakob steht auf, nimmt die Espressomaschine und schenkt uns nach. Langsam geht er zum Herd, stellt die Kanne ab, kommt zurück und setzt sich bedächtig wieder auf den Stuhl. »Aber es könnte doch sein, dass sie jemand gesehen hat. Gibt es irgendeinen

Hinweis, dass jemand in Opas Werkstatt war? Oder einen Beweis dafür, dass keiner da war?«

Sofort ärgere ich mich über seine Besserwisserei. »Natürlich nicht. Man kann nicht beweisen, dass es etwas nicht gibt.«

Jakob rührt vorsichtig in seiner Tasse herum. »Reg dich nicht gleich auf. Ich will doch nur herausfinden, ob Oma sich das nur eingebildet hat oder ob wirklich jemand in der Werkstatt war. Alle Möglichkeiten ausschließen.«

Obwohl ich weiß, dass es ihn ärgert, sage ich: »Alle Möglichkeiten ausschließen – du denkst wie ein Polizist.«

Jakob steht auf und geht mit seiner Tasse zum Fenster. »Ich denke, wie Wissenschaftler *kleine Pause*-innen denken. Ich sehe alle Möglichkeiten und schließe eine nach der anderen aus. Die Möglichkeit, die übrig bleibt, ist dann die beste Hypothese.« Er dreht sich zu mir um. »Wurde etwas gestohlen?«

Ich trinke meinen letzten Schluck Kaffee. »Mutter sagt, dass zwei der alten Stechbeitel verschwunden sind. Und die Schublade, in der sie lagen, stand ein paar Zentimeter offen.«

Jakob setzt sich wieder. Er stellt die leere Tasse ab. Sein Blick ist wach und interessiert. »Diebstahl also.« Er reibt sich an der Nase.

»Jakob, denk doch mal einen Moment logisch. Wer interessiert sich schon für das alte Zeug? Für ein paar Euro kannst du dir besseres Werkzeug kaufen. Das liegt doch nur da, weil Mutter sich nicht von Papas Sachen trennen kann. Das ergibt doch keinen Sinn.«

Mein Sohn beugt sich vor. »Ich denke logisch, Papa. Logischer als du. Nur weil wir nicht wissen, wer das alte Zeug gebrauchen kann, heißt das nicht, dass es da draußen …« – seine rechte Hand kreist in der Luft, als wolle er den ganzen Erdball umfassen – »… niemanden gibt, der sich dafür interessiert. Wir kennen ihn – oder sie – noch nicht, aber es gibt ihn. Vielleicht.«

Ich seufze. »Ich nehme das zurück, dass du wie ein Polizist denkst. Toten Spuren geht man nicht nach.«

»Wer kommt in die Werkstatt?«

»Na, die Mutter natürlich. Der Egon bestimmt genauso. Frau Will-

mann wahrscheinlich auch.« Ich verstumme abrupt. Es gibt noch eine Möglichkeit. Aber die behalte ich für mich.
Jakob steht auf. »Dann lass uns mal nachsehen.«
»Das geht nicht. Der Schlüssel ist weg.«
Vorsichtig setzt sich mein Sohn wieder auf den Stuhl. Er schaut mich an. Seine Augen sind schmal und zusammengekniffen. »Der Schlüssel ist weg?«
Ich nicke. »Wenigstens hängt er nicht am Schlüsselbrett. Wir müssen morgen deine Oma fragen, ob sie ihn woanders hingelegt hat. Oder wo der Ersatzschlüssel ist.« Dann zeige ich auf das Firmenschild am Herd. »Siehst du das Logo?«
Jakob dreht sich um. »Es ist kaum zu übersehen, wie es glänzt.«
Ich hebe die Hände wie ein Prediger. »Deine Oma sagt, sie hat es nicht geschrubbt. Es ist plötzlich so glänzend geworden. Ganz von selbst.«
»Oh«, sagt Jakob. »Das kann nicht sein. Rein wissenschaftlich gesehen.«
Er geht zum Kühlschrank. »Willst du auch ein Bier?«

*

Draußen schreit ein Käuzchen. Noch zwei Stunden bis Mitternacht. Ich sitze in meinem Zimmer und schaue in den Hof. Es ist windstill, die Laterne bewegt sich nicht. Kein Schatten huscht über die Wände. Jakob ist früh zu Bett gegangen. Die Reise hat ihn erschöpft. Er müsse noch einmal telefonieren; privat, sagte er und grinste verlegen.
Das Handy liegt vor mir. Da ist noch jemand, der Zugang zur Werkstatt meines Vaters hatte. Nach kurzem Überlegen suche ich die Telefonnummer heraus und wähle Rolfs Nummer. Nach dem dritten Klingeln hebt er ab und meldet sich. Im Hintergrund höre ich Stimmengewirr, Gläserklirren, eine Frau lacht. »Da meldet sich ein Unbekannter«, sagt er, und an seiner wackeligen Stimme höre ich, dass er nicht vor seinem ersten Bier sitzt.
»Rolf«, sage ich, »du hast bei uns auf dem Hof mehrmals die Schließanlage ausgewechselt. Meine Mutter ist irgendwie nervös,

weil in der alten Werkstatt meines Vaters zwei Stechbeitel fehlen. Versteh mich nicht falsch, ich will nicht sagen, dass du …«

Rolf schreit in den Hörer. Im Hintergrund läuft laute Musik. »Hier ist Karaoke, Georg. Ich bin gleich dran. Bist du in Altglashütten?« Seine Stimme klingt plötzlich ernst. Und nüchtern. »Komm vorbei. Ich muss dir dazu etwas sagen. Ich bin im Geisenhof.«

Ich stehe auf. Leise, um Jakob nicht zu wecken, verlasse ich das Haus.

Operation Hydra

Die erste Bombe fiel nachts um 1:17 Uhr.

Die Detonation war so gewaltig, dass die Wände bebten als wollten sie flüchten. Alles in seinem Schlafzimmer, der Schrank, das Bett, der Stuhl, der Tisch, schien sich gleichzeitig in alle Richtungen zu bewegen, nach rechts und nach links, nach oben und nach unten, hoch und tief, rauf und runter. Das Bett sprang in die Luft, schlug hart auf dem Boden auf, sprang noch einmal hoch, warf einen Stuhl um und stand plötzlich mitten im Zimmer. Der Tisch tanzte. Seine Beine schlugen im Sekundentakt auf den Boden. Dann brach eines ab, und der Tisch wurde über ihn hinweg gegen die hintere Wand geschleudert.

Glassplitter schossen auf das Bettlaken rechts und links von ihm, rissen Löcher in die Baumwolle und schlitzten die Matratze auf. Kein Fenster blieb heil. Ein Splitter traf seinen Oberschenkel, ein anderer bohrte sich in seinen rechten Fuß. Doch er spürte keinen Schmerz. Die Bettdecke war weggerissen. Die Vorhänge flogen wie Gespenster durch das Zimmer und klebten sich an die zitternden Wände.

Der Lärm war überwältigend, der Knall und das darauf folgende Grollen, das für Josef wie ein einziger Schrei der Verzweiflung und Wut klang. Die Druckwelle schüttelte ihn und schleuderte ihn aus dem Bett in ein Meer von Trümmern. Nach einem seltsamen Gefühl unwirklicher Schwerelosigkeit bohrten sich die Splitter in seinen Rücken. Noch immer spürte er – nichts.

Dann kehrte Stille ein. Eine vollkommene, leere, gespenstische Stille.

Durch das Fenster, dessen Rahmen schief in der Laibung hing, sah er, wie Ziegel um Ziegel vom Dach des Nachbarhauses fielen. Er sah, wie sie auf der Straße aufschlugen, zersprangen, zerbarsten, aber er hörte nichts. In seinem Kopf herrschte noch immer diese vollkommene, leere, gespenstische Stille.

Er musste raus. Mit einem Griff packte er das Heft, sein Tagebuch, und stopfte es unter das Oberteil des Schlafanzugs. Ohne auf die Scherben auf dem Boden zu achten, rannte er barfuß zur Tür. Er riss an der Klinke, aber sie gab nicht nach. In Todesangst stemmte er den blutenden linken Fuß gegen die Wand, beide Hände an der Klinke, zog und riss mit all seiner panischen Angst. Die Tür blieb seltsam schief stehen und bewegte sich nicht. Er nahm Anlauf und stieß mit der Schulter dagegen. Nichts. Er riss und zerrte, zog und schob, schlug und drückte … und endlich gab sie nach und flog ihm entgegen. Josef stürzte. Er rappelte sich auf, lief durch die Tür, rannte durch den Flur, sprang über die am Boden liegende Haustür auf die Straße.

Noch immer hörte er keinen Laut.

Ein Dachziegel schlug neben ihm auf den Bürgersteig und zersprang in kleine und kleinste Scherben. Er hörte nichts, und da begriff er, dass er sein Gehör verloren hatte.

Oben am Himmel standen die grünen Leuchtkugeln. Es war noch nicht vorbei. Und plötzlich packte ihn die Angst. Entsetzliche, allumfassende, tödliche Angst und die Gewissheit, dass er sterben würde.

Eine alte Frau lief ihm entgegen. Sie bewegte den Mund, aber er hörte keinen Laut. Da warf ihn die Druckwelle einer weiteren Detonation zu Boden und schleuderte ihn einige Meter über den Bürgersteig. Er klammerte sich an einen Baum. Wo war die Frau? Er sah sie nicht mehr. Dann ein leises Knallen. Schreie.

Sein Gehör kehrte zurück.

Um ihn herum heulte und zischte, keuchte und brüllte es. Menschen schrien. Es war dunkel. Die Luft kochte. Dann, eine Straße weiter, loderten Flammen am Himmel.

Wo ist Erich?

Josef zog sich am Baum hoch.

Seine Füße brannten und bluteten.

Er stolperte vorwärts.

Wo war Erich? Wo war sein Freund?

Ein Mann und eine Frau taumelten ihm entgegen. Der Mann hatte sie an der Schulter gepackt und zog sie vorwärts. Sie stemmte sich gegen ihn und schrie hysterisch wie ein Tier. Der Mann schlug ihr zweimal hart ins Gesicht. Sie torkelte. Fiel hin und wimmerte. Josef hastete und humpelte an ihnen vorbei. Er bog in eine Straße ein, deren Name ihm nicht mehr einfiel. Das zweistöckige Holzhaus am Ende brannte. Die Flammen schlugen aus dem Dachstuhl, so hoch wie das Haus selbst. Die Hitze war unerträglich. Noch zwei Schritte, dann versengte sie seine Haare auf den Armen und auf dem Handrücken. Er hob einen Arm vor das Gesicht. Noch ein Schritt.

Weiter konnte er nicht gehen.

Da legte sich ein Arm um seine Schulter. Noch bevor er sich umgedreht hatte, wusste er, dass es Erich war.

Er war gerettet.

Mitten im Inferno standen sie und hielten sich fest.

»Helene ist tot«, sagte Erich. Sein Gesicht war nass von Tränen. »Warum nicht ich?«

Geisenhof

Der Geisenhof war für mich viele Jahre eine Art Wohnzimmer. Noch heute mache ich jedes Mal, wenn ich meine Mutter besuche, einen Abstecher zu Verena Casanova, der Wirtin. Eine Zeit lang dachte ich, Casanova sei ihr Künstlername. Aber sie heißt tatsächlich so.
Der Geisenhof ist eine der ungewöhnlichsten und zugleich gemütlichsten Kneipen, die ich kenne. Es ist ein zweigeteilter flacher Bau. Der hintere Teil ist ein Ziegenstall, der vordere der Gastraum und die Küche. Beide Teile sind durch eine große Glasscheibe getrennt, durch die man vom Lokal aus die Ziegen beobachten kann.
Ziegen und Restaurant gehören einem Verein. Im Frühling, Sommer und Herbst sind die Ziegen tagsüber im Freien, fressen Gras und Grünzeug und verhindern so, dass die große Wiese hinter dem Dorf verbuscht und verwaldet. Es ist eine Ehre, Mitglied in diesem Verein zu sein. Jeder hilft mit, beim Füttern, Ausmisten, Striegeln. Wenn der Frühling kommt, jedes Jahr am Vatertag, werden die Ziegen aus dem Stall ins Freie gelassen, und dieses Ereignis wird mit einem großen Fest gefeiert. Es beginnt mit einem Gottesdienst in unserer Dorfkirche. Danach ziehen alle in einer Prozession zum Geisenhof, um zu sehen, wie die Ziegen zum ersten Mal in diesem Jahr auf die Weide dürfen. Danach wird gefeiert.
Die Kneipe ist nicht groß. In der Mitte steht ein runder Stammtisch, um den sich an den Fenstern vier rechteckige Tische gruppieren. Darüber hängen kupferne Lampenschirme der Brauerei Rothaus. In einem gemauerten Kamin prasselt im Winter ein gemütliches Feuer. Gegenüber der Eingangstür ist die Durchreiche zur Küche, durch die man Verena bei der Arbeit beobachten kann. Sie kocht alles selbst, lässt niemanden in ihre Küche (nicht einmal ihren Mann) und ist stolz darauf, jedes Gericht selbst zuzubereiten. Alles, was ihre Küche verlässt, ist frisch. Jede Kartoffel hat Verena

selbst geschält und geschnitten. Ihre Rösti sind legendär. Ich bin mir sicher: Verena serviert nichts, was sie nicht selbst essen würde. Der Verein hat 25 Ziegen, die man durch große Fenster beobachten kann: wie sie fressen, meckern, über Stämme und Hölzer klettern und durch die Scheibe in unsere Richtung starren, um zu sehen, wer heute wieder zu viel getrunken hat. Es gibt Ziegenbabys, deren Name mit demselben Buchstaben beginnt wie der der Mutter. So tummeln sich hinter der Glasscheibe Babette, Eva, Elvira, Ludmilla, Lissi, Leopold, Lioba und Emily …

Heute stehen alle Ziegen an der Scheibe und starren in den Gastraum. Auch für sie scheint es eine Attraktion zu sein: Karaoke im Geisenhof. Als ich die Tür öffne, steht Rolf mit einem Mikrofon in der Hand mitten im Raum und singt. *Yes, I want you to come on, come on down Sweet Virginia.*

Es klingt schrecklich.

Ein Mick Jagger war er nie. Ob er damals, als er mit seiner Black Forest Bluesband über die Dörfer zog, besser geklungen hat?

Come on, come on down, Sweet Virginia

Mein Gott, Rolf!

Ich setze mich auf einen freien Platz am Kamin.

Rolf singt weiter. Mit der freien Hand winkt er mir zu.

Nach ein paar Minuten stellt Verena ein frisch gezapftes Pils vor mich hin.

»Wie immer«, sagt sie. Und setzt sich. Sie legt mir die Hand auf den Arm. »Du kümmerst dich um deine Mutter.« Sie nickt. »Das ist gut«, sagt sie und steht wieder auf.

Rolf beendet den Song. Erleichtert nehme ich den ersten Schluck Bier. »Wir haben heute einen seltenen Gast unter uns«, ruft Rolf laut und reißt beide Arme in die Höhe. »Er war früher ein guter Blues-Mundharmonika-Spieler. Georg – komm nach vorne.« Er bückt sich, kramt in einer Kiste und holt eine Lee Oskar Blues-Harp hervor.

Ich hebe abwehrend beide Hände. Rolf schwenkt mit der einen Hand die Mundharmonika, mit der anderen greift er nach einem am Boden stehenden Bierglas und nimmt einen kräftigen Schluck.

Ich drehe den Kopf weg, starre auf mein Bierglas und hoffe, dass Rolf endlich die Klappe hält. Stattdessen: »Georg, Georg, Georg!« Rolf ist peinlich. Aber noch unangenehmer wird es, als sich erst einzelne, dann mehrere Gäste seinem Ruf anschließen und bald ein Chor durch das Lokal hallt: Georg, Georg, Georg! So laut, dass ich vermute, sogar die Ziegen auf der anderen Seite der Glasscheibe würden mitschreien.
Verärgert und etwas unbeholfen stehe ich auf.
Rolf drückt mir die BluesHarp in die Hand. Ich reibe die Spielfläche auf meinem Arm sauber, zumindest versuche ich es, und hoffe, dass Rolf keine ansteckenden Krankheiten hat. Rolf drückt währenddessen auf der Karaoke-Maschine herum. Triumphierend hebt er die Hand. Howlin' Wolf: *»Smokestack Lightning«*.
Ausgerechnet.
Das wird nichts.
Die Gitarre setzt ein, und ich spiele das Intro des Songs. Zweimal. Dann singt Rolf. Ich zucke zusammen.
Howlin' Wolf war ein zwei Zentner schwerer Mann. Er hatte eine Figur wie ein Bär. Und auch so eine Stimme. Rau, richtig hart. Kraftvoll. Erotisch. Und Rolf? Nun ja, er hat nichts davon.
Er singt: *Whoa, smokestack lightning, shinin', just like gold.*
Seine Begeisterung für den Schornsteinblitz nimmt man ihm nicht ab.
Ich versuche den Rhythmus zu spielen. Mache einen Fehler. Statt das vierte Loch zu treffen, erwische ich das fünfte.
Es klingt schrecklich.
Mein Blick fällt auf die Tür. Jakob steht im Rahmen und schaut mir stirnrunzelnd zu.
Ich deute auf den leeren Platz neben meinem Bierglas. Er nickt und setzt sich.
Irgendwie bringen Rolf und ich den Song zu Ende. Ich gehe zu meinem Platz und setze mich neben Jakob.
»Ich wusste nicht, dass du hier noch eine geheime Verabredung hast«, sagt er.
»Ich ermittle«, antworte ich und nehme einen Schluck.

Verena kommt. Sie bleibt vor uns stehen und sieht uns an. »Du siehst aus wie ein Filmstar«, sagt sie.
»Wirklich?«, sage ich und fahre mir mit beiden Händen durch die Haare.
»Sie meint mich«, sagt Jakob. Er dreht sich zu Verena um. »Bringen Sie mir bitte auch ein Pils.« Dann zu mir: »An welchem dringenden Fall arbeitest du hier? Wie man besser singen lernt?«
Rolf zieht einen Stuhl an unseren Tisch und setzt sich. Seine Alkoholfahne ist beträchtlich. Jakob zuckt zurück.
»Na, Georg«, sagt er. »Lange nicht gesehen.« Seine Augen sind glasig. Sein Blick flackert. Noch ein Bier, dann kippt er unter den Tisch. Ich packe ihn an der Schulter und schüttle ihn. »Du wolltest mir doch etwas erzählen«, erinnere ich ihn. »Die Werkstatt meines Vaters. Zwei Stechbeitel sind verschwunden.«
Er dreht sich abrupt zu mir um. »Georg, das ist mir jetzt total peinlich.« Er hebt die Hand, um ein weiteres Bier zu bestellen. Ich drücke sie wieder herunter.
Er schnauft. »Ich habe einen Gesellen. So einen jungen Kerl. Guter Mitarbeiter. Macht saubere Arbeit. Der hat so einen Tick. Sammelt alte Werkzeuge. Als wir bei deiner Mutter die Schlösser gewechselt haben, war er ganz begeistert von dem alten Kram deines Vaters.«
Ich lehne mich in meinem Stuhl zurück. »Und da hat er einfach mal zugegriffen.«
Rolf wippt mit dem Oberkörper hin und her. Trotz seines Zustands ist ihm das Gespräch unangenehm. »Na ja, er hat mich gefragt …«
Ich beuge mich vor. »Er hat dich gefragt. Und du hast gesagt: Bedien dich ruhig …?«
Rolf windet sich. Sein ganzer Oberkörper scheint aus einer einzigen Knetmasse zu bestehen. Er tut mir fast leid.
Er wendet sich hin und her. »Ich dachte, wenn bei dem ganzen alten Kram was fehlt, tut das keinem mehr weh.« Er wischt sich die Handflächen am Oberschenkel ab. »Es tut mir wirklich leid, Georg.«

Jakob starrt ihn an: »Du hast gedacht, die alte Frau, also meine Oma, merkt sowieso nicht, dass da was fehlt?«
Rolf starrt auf den Tisch. »So in etwa.«
Ich tippe ihm auf die Schulter. »Bring die Sachen zurück. Gib sie meiner Mutter und sag, du hast sie aus Versehen mitgenommen. Es ist wichtig für sie.«
Rolf nickt und setzt sich wieder gerade hin. Er deutet auf unsere Gläser. »Das Bier geht auf mich«, sagt er und steht auf.

*

Jakob und ich gehen schweigend zurück zum Hof.
»Oma ist also nicht durchgeknallt«, sagt Jakob nach einer Weile. Er hält seine Hände hinter dem Rücken zusammen und läuft neben mir wie ein rüstiger Philosoph. Solche gab es im Schwarzwald schon öfter mal.
»Nein«, sage ich, »offenbar nicht.«
Jakob bleibt stehen. »Wer schleicht nachts auf dem Hof herum? Und warum?«
Ich gehe einige Schritte weiter. »Rein wissenschaftlich gesehen, bedeutet die Tatsache, dass jemand die verdammten Stechbeitel mitgenommen hat, noch nicht, dass meine Mutter die Gestalten nicht doch fantasiert hat.«
Es ist Nacht. Die Luft ist mild. Jakob gähnt. »Aber polizeimäßig betrachtet, steigt die Wahrscheinlichkeit, dass Oma die Gestalten auf dem Hof wirklich gesehen hat.«
Ich lege einen Arm um die Schulter meines Sohnes. »Polizeimäßig gesehen, sollten wir davon ausgehen, dass in der Werkstatt meines Vaters jemand etwas sucht.«
»Und was machen wir?«
»Wissenschaftlich oder polizeimäßig?«
»Polizeimäßig.«
Ich nehme den Arm wieder herunter. »Polizeimäßig werden wir beide morgen eine professionelle Hausdurchsuchung durchführen. Wir werden finden, was diese Gestalten suchen.«
»Au fein«, sagt Jakob und geht los.

Nach ein paar Schritten hole ich ihn ein. Ich fühle mich etwas unbeholfen, als ich sage: »Was macht Laura? Hat sie nicht Lust, zu uns nach Altglashütten zu kommen?«
Jakobs Gesicht verdüstert sich. »Ich glaube nicht, dass sie kommt. Es läuft gerade nicht so gut zwischen uns.«
»Magst du darüber reden?«
Jakob schüttelt den Kopf. Dann fragt er: »Und Olga? Wo ist sie?«
»Ich weiß es nicht.«
Schweigend gehen wir weiter. Nach einer Weile lege ich wieder meinen Arm um seine Schultern.

Tagebucheintrag Sommer 1943

Ich kann Erich nicht trösten. Wir sitzen in der Baracke und sollten rechnen. Erich sitzt nur da, stiert vor sich hin. Ich nehme ihm einen Teil seiner Arbeit ab. Rechne für uns beide. Die Maschine des Doktors funktioniert besser, aber macht immer noch viele Fehler.
Der Bombenangriff steckt uns in den Knochen. Der Beckerplatz wurde zerstört. Ich gehe mit Erich zum Strand. Ich weiß auch nicht, was er sucht. Da sind nur Krater neben Krater. Er läuft zwischendurch und wühlt mit beiden Händen im Sand. Ich muss ihn an der Schulter packen und mit Gewalt zurückbringen.
Man hört immer wieder Neues vom Angriff. Das Lager Trassenheide, wo die polnischen Sträflinge waren, wurde schwer getroffen. Viele Tote soll es gegeben haben. Das Werk Ost wurde schwer getroffen. Man redet davon, dass die ganze Produktion verlagert werden soll.
Wenn ich Erich nur helfen könnte. …
Erich sagt, sein Leben sei jetzt nur noch ein Absitzen der Zeit, bis er stirbt. Er kam ähnlich nach Peenemünde wie ich. Allerdings kommt er aus Königsberg und nicht aus Dresden wie ich. Er war der beste Matheschüler der Schule, und bei ihm war es der Mathelehrer, der ihn hierherbrachte. Bei mir war es Rektor Dressel. Wir sind beide sehr froh, dass wir hier sind. Es ist eine Chance für unser ganzes Leben. Wenn wir nicht hier wären, dann müssten wir an die Front. Jetzt rechnen wir den ganzen Tag in einem warmen Büro. Das ist manchmal auch anstrengend, aber meistens interessant und nicht so schlimm, wie in Russland zu sein.
Heute war ich mit dem Doktor zum ersten Mal bei einem Raketenstart der Vergeltungswaffe 2 dabei. Von Ferne habe ich sogar den Professor von Braun gesehen mit seinem Stab. Es war ein ohrenbetäubender Lärm, als die V2 startete. Aber sie kam nicht weit. Es gab einen weißen Knall am Himmel. In weißen Fontänen regneten die Überreste herunter in die Ostsee. Selbstzerleger – so nennt das der Doktor. Hoffentlich liegt es nicht daran, dass ich falsch gerechnet habe.

Sonst komme ich bestimmt gleich an die Front. ...
Erich und ich haben einen neuen Freund in unserer Mitte. Er heißt Fritz und kommt aus Hannover. Er ist schon 19. Fritz hilft in der Produktionsplanung.
Er hat uns auch erzählt, dass in einem Büro Russen als technische Zeichner arbeiten. Ich weiß nicht, ob ich ihm das glauben kann. Sie dürften nur einzelne Teile konstruieren, weil keiner von ihnen verstehen soll, um was es hier eigentlich geht.
Fritz hat uns heute auch erzählt, dass ganz viele Sträflinge die Rakete bauen sollen; aber nicht mehr in Peenemünde, sondern unterirdisch. Ich hab das nicht geglaubt.
Aber Erich hat gelächelt, als er das gehört hat. Zum ersten Mal wieder. ...
Der Doktor sagt, dass es zu viele Selbstzerleger gibt. Aber dass es nicht unsere Schuld sei.

Wochen zuvor: Kurt Mannheimer

Eine Feder, weich und flockig, kaum fingergroß, hob sanft vom Boden ab. Hellbraun war sie, in der Mitte mit kleinen weißen Punkten gesprenkelt. Sie schwebte und schaukelte an derselben Stelle in der Luft, als sei sie schwerelos, bis eine Brise sie nach oben trug. Sie stieß gegen den Draht eines Maschendrahtzaunes und blieb dort hängen.

Kurt Mannheimer zog die Feder vom Zaun seiner Voliere, hielt sie hoch und betrachtete sie.

War er wieder im Geschäft?

Das Gespräch mit Crommschröder – es hatte ihm Mut gemacht, Zuversicht gegeben, Hoffnung. Mannheimer hatte einen Absturz von biblischem Ausmaß hinter sich. Bei seinen alten Geschäftsfreunden war er zum Aussätzigen geworden. Keine Einladungen, keine Anrufe; wenn er anrief, war es allen peinlich, niemand besuchte ihn auf seinem Hof südlich von Freiburg. Jeder vermied, mit ihm fotografiert zu werden. Alle, die mit ihm die Nächte in seiner Jagdhütte durchgesoffen hatten, alle, die sich auf seinen Festen durchgefressen hatten, alle, die mit ihm auf die Jagd gegangen waren, alle, denen er ein Gamsgehörn als Trophäe und Gastgeschenk überreicht hatte, alle mieden ihn wie einen Aussätzigen.

Mannheimer hatte im Vorstand von Mercedes und im Ostausschuss der Industriellenvereinigung gesessen. Er war ein angesehenes Mitglied im Wirtschaftsrat der CDU gewesen. Vorbei. Zu seinen besten Zeiten saß er in fünfzehn Aufsichtsräten, darunter in fünf von Dax-notierten Unternehmen.

Alles vorbei.

Seine Verdienste sind im Grunde unsterblich. Eigentlich ein Fall für die Geschichtsbücher. Unzählige Deals hatte er mit Gazprom eingefädelt. Billiges russisches Gas – Doping für die deutsche

Wirtschaft. Fette Provisionen. Was für ein Irrsinn, dass das alles jetzt vorbei war.
Er hatte die Verträge für die Pipeline durch die Ostsee eingefädelt. Mister Russland hatten ihn manche genannt. Er hatte das gemocht. Er war eine große Nummer im Ostgeschäft gewesen. Er hatte direkten Zugang zum Kreml gehabt. Mehrmals hatte er Putin getroffen. Die Krönung seines Lebenswerkes war die Ernennung zum Honorarkonsul der Russischen Föderation.
Alles vorbei.
Der Angriff der russischen Truppen auf die Ukraine hatte alles zerstört.
Es war eine Schmach, dass er als Konsul zurücktreten musste. Eine Menschenmenge belagerte sein Büro, schwenkte ukrainische Fahnen und beschimpfte ihn mit Sprechchören. Parteifreunde riefen an, setzten ihn unter Druck.
Es war nichts mehr zu machen. Er sprach mit dem russischen Botschafter. Immerhin zeigte dieser Verständnis.
Der Rücktritt komme zu spät, schrieb die Presse.
Seitdem saß er als Paria auf seinem Gut.
Ging allein auf die Jagd.
Trank zu viel.
Nahm kleine gelbe Pillen.
Ging seiner Frau auf die Nerven.
Suchte einen Weg zurück ins Geschäft.
Natürlich hasste er Windräder. Russland wollte Gas verkaufen. Mit Gas und Öl hatte er sein Geld gemacht, viel Geld. Jedes einzelne Windrad war eine Geschäftsschädigung. In seinen besten Zeiten konnte er den Verlust von Euro und Cent berechnen. Aber dass bis heute nur wenige Windräder im Schwarzwald stehen, war auch sein Verdienst. Er hatte viele verhindert. Darauf war er stolz. Aber das war nie sein Hauptgeschäft. Eher ein Nebenerwerb.
Jetzt war es das einzige Geschäft, das ihm geblieben war.
Crommschröder ist ein wichtiger Mann in der Energiewirtschaft. Er war der erste Aufsichtsratsvorsitzende, der wieder mit ihm sprach. Doch in diesem Gespräch ging es nicht um die Lieferung

von Gas und Öl. Es ging nicht um einen Millionenauftrag. Crommschröder wollte kein Windrad auf dem Feldberg.
Gut, er wird dafür sorgen, dass dort keines gebaut wird.
Kurt Mannheimer ist wieder im Geschäft.
Ein kleines Geschäft, aber immerhin.
Ein Geschäft, in dem er sich auskennt.
Hauptsache, er hat wieder einen Fuß in der Tür.
Zumindest einen Zeh.
In den nächsten Tagen telefonierte er, sammelte Informationen, sprach mit Leuten, die andere Leute kennen. Danach weiß er: Max Jost will auf dem Feldberg ein Windrad bauen.
Der Feldberg ist ein Naturschutzgebiet. Naturschutzgebiet – na ja. Da steht ein Monster-Parkhaus. Ein hässliches Hotel. Im Winter ist es überfüllt von Skifahrern, ein Paradies für die blutigen Anfänger, die den Hügel zum Hotel hinunterrutschen.
Dem Jost hat er schon öfter ein Geschäft ruiniert.
Er wird es wieder tun.
Sein Handy klingelte.
Unbekannter Anrufer zeigte das Display
»Spreche ich mit Kurt Mannheimer?« Ruhige, befehlsgewohnte Stimme. »Mein Name ist Harry Nopper.« Und nach einer kleinen Pause: »Organisation Fuhrmann.«
Mannheimer zog seine Hand vom Zaun der Voliere, als wäre sie elektrisch geladen. Die Feder sank zu Boden. Er ist ein großer Mann, 1,93 Meter groß, massige, etwas unförmige Gestalt, Schmiss in der linken Wange. Er war nicht leicht zu beeindrucken, aber jetzt stand er kerzengerade in seinem Hof.
Es gibt sie also, die geheimnisumwitterte Organisation. In Davos hatte er davon gehört, eher als Gerücht. Wenn du mal jemanden für richtig dreckige Arbeit brauchst, hatte ihm ein CEO eines großen Konzerns verraten – die machen alles.
»Stephan C. Crommschröder hat mit Ihnen gesprochen.« Das war mehr eine Feststellung als eine Frage.
»Ja«, sagte Mannheimer.
»Wir helfen Ihnen bei der Operation.«

»Äh, das wird nicht nötig sein …«
»Morgen kommen zwei meiner Leute. Sie stellen einen als Jagdhelfer ein, den anderen als Gärtner. Die Kosten trägt Crommschröder. Sie haben eine zweite Wohnung in Ihrem Haus …«
»Wenn die Kinder …«
»Diese Wohnung geben Sie den beiden Männern.«
»Ich wusste nicht, dass noch jemand dabei …«
»Sie kommunizieren mit mir nur über diese Männer.«
»Diese Wohnung … meine Frau …«
»Das Codewort, mit dem sie sich Ihnen gegenüber ausweisen werden, lautet: Black Forest.«
»Ich wusste nicht …«
»Wiederholen Sie das Codewort.«
»Äh, Black Forest.«
»Gut.«
Ende des Gesprächs.

*

Sie fuhren mit einem Porsche Cayenne vor, schwarz, mit verdunkelten Fenstern, Münchner Nummer. Der Mann, der hinter dem Steuer saß, war so groß wie er, hatte allerdings im Unterschied zu Mannheimer kein Gramm Fett zu viel. Breite Schultern unter einem dünnen schwarzen Shirt, schwarze Jeans von Armani dehnten sich um kräftige Oberschenkel, Knöchelstiefel, großflächige Ray-Ban-Sonnenbrille. Er stieg aus, reckte sich und sah sich um. Vom Beifahrersitz quälte sich ein kleinerer Kerl mit vorstehenden, schiefen Vorder- und Schneidezähnen und einem Schnurrbart, der Mannheimer an ein Nagetier erinnerte, ein Wiesel vielleicht.
Mannheimer sah ihnen vom Wohnzimmer aus zu, wie sie die Heckklappe öffneten und vier große schwarze Tragetaschen auf den Boden stellten.
Seine Frau stellte sich neben ihn. Sie hielt einen Becher mit einem ihrer Kräutertees mit beiden Händen. »Das ist also der neue Jagdgehilfe?«

Mannheimer nickte »Der Kleine ist der Gärtner.«
»Den lasse ich auf keinen Fall meine Rosen schneiden.«
Rudy, Mannheimers Jagdhund, stellte sich zwischen sie. Er winselte leise.
Mannheimer sah dem Dampf zu, der in sich auflösenden Kringeln aus ihrem Becher stieg. »Sie sind nicht lange bei uns.«
»Rudy mag die beiden auch nicht.«
Mannheimer streckte dem Hund die Hand hin, und Rudy leckte sie ab. Das Winseln hörte auf.
Sie sahen zu, wie die beiden Männer zwei schwarze Kisten aus dem Auto hoben.
»Wahrscheinlich sind da ihre Gartenscheren drin«, sagte seine Frau.
Mannheimer sagte nichts. Der wieselartige Mann warf eine längliche Tasche über seinen Rücken.
»Schau mal«, sagte seine Frau. »Golf spielen die auch.«
Mannheimer seufzte. Ihren Sarkasmus überhörte er. Er hatte eine kluge Frau geheiratet. Eleonore las Romane. In Stuttgart, wo sie ein Haus auf der Halbhöhe hatten, lud sie manchmal sogar ein paar Freundinnen zu einem Literaturkreis ein.
Mannheimer seufzte noch einmal. »Vielleicht wäre es besser, du wärst nach Stuttgart gefahren – für ein paar Tage.« Er wusste, sie war nicht gern in Stuttgart. Das Anwesen dort war okay, aber sie hatten einen verrückten Nachbarn, einen Anwalt, der sie mit endlosen Prozessen quälte. Seine letzte Klage vor dem Stuttgarter Amtsgericht lautete, dass das Plätschern ihres Brunnens zu laut sei. Er könne deshalb nachts nicht schlafen. Das Urteil würde in einigen Tagen gefällt, und seine Frau vermutete, es würde nicht gut für sie ausfallen. Er würde auf jeden Fall in Berufung gehen. Man durfte sich nichts gefallen lassen.
»Kurt?«
»Ja.«
»Leben wir gerade gefährlich?«
Er legte einen Arm um ihre Schulter. »Ich glaube, das Schlimmste haben wir hinter uns.«

*

Mit ausholenden Schritten ging Mannheimer auf die beiden Männer zu. Er straffte sich. Normalerweise war er es gewohnt, allein durch seine Körpergröße Eindruck zu schinden. Er nannte es den Helmut-Kohl-Effekt. Doch bei diesen beiden Männern schien es nicht zu funktionieren. Sie blieben stehen und betrachteten ihn. Im Gesicht des Großen – keine Reaktion. Das Wiesel hatte den Kopf zur Seite gelegt und blinzelte ihn an. Er hatte einen Zahnstocher im Mund, der ihm aus dem linken Mundwinkel hing.

Mannheimer blieb vor ihnen stehen. Er reichte ihnen nicht die Hand. In dem Ton, den er für das Personal reserviert hatte, sagte er zu ihnen. »Ihre Wohnung ist dort drüben. Ich zeige sie Ihnen.«

Die beiden rührten sich nicht. Die Spitze von Wiesels Zahnstocher vibrierte leicht.

»Die Verträge, ich meine … Ihre Arbeitsverträge können wir morgen besprechen.« Ihre Regungslosigkeit irritierte ihn. »Dann …«, sagte er und drehte sich um, »folgen Sie mir am besten.« Mannheimer drehte sich um und ging voran. Nach ein paar Schritten merkte er, dass die beiden ihm nicht folgten. Er blieb stehen. »Was ist? Los! Kommen Sie!« Er machte eine herrische Armbewegung nach dem Motto: Mir nach, auf in die Schlacht. Die beiden rührten sich nicht.

Mannheimer schnaufte; war unschlüssig. »Ihr Gepäck müssen Sie schon selbst tragen.« So weit käme es noch, dass er die Koffer seines Gärtners schleppt.

Die beiden standen weiterhin da, als wären sie Salzsäulen. Sie taten nur eines, ihn anstarren. Mannheimer spürte einen Juckreiz am Oberschenkel und kratzte sich. Er sah zum Wohnzimmerfenster, doch seine Frau war nicht mehr dort.

Er ging zu ihnen zurück, breitete die Arme aus – und dann fiel es ihm ein.

»Black Forest«, sagte er zu den beiden Männern. »Black Forest.«

Sofort fiel die Regungslosigkeit von den beiden ab. Sie bückten sich, nahmen die schwarzen Taschen auf. Der Große nahm die längliche Tasche auf den Rücken. Dann folgten sie ihm in die Zweitwohnung.

*

Die beiden knallten die Taschen in den Flur. Dann durchsuchten sie die Räume. Sie fuhren mit flachen Händen über Bilderrahmen und Türkanten, schoben Bücher zur Seite und befummelten Lampen, hoben Teppiche hoch, öffneten Schränke und Kommoden, mit einem kleinen blinkenden Gerät suchte das Wiesel die Wände ab. Mannheimer stand daneben, schaute ihnen zu und kam sich überflüssig vor.

Als sie fertig waren, räusperte sich Mannheimer: »Ich kann Ihnen eine kurze Einweisung in die Lage geben.«

Das Wiesel schob den Kopf zur Seite und sagte zu dem Muskelkerl: »Hast du das gehört? Er will uns eine Einweisung geben.«

Der Hüne lächelte nachsichtig hinter seiner riesigen Sonnenbrille und schüttelte den Kopf. Dann verließ er mit erstaunlich federnden Schritten die Wohnung.

»Ich heiße Kurt Mannheimer. Willkommen in meiner bescheidenen Hütte. Wir werden ja wohl ein paar Tage zusammen auf meinem Anwesen verbringen.«

Er streckte dem Wiesel die Hand entgegen.

Das Wiesel ignorierte sie und blinzelte ihn an. Sein Zahnstocher wanderte von der rechten in den linken Mundwinkel.

Mannheimer sah ihm dabei zu. Ein Zahnarzt hätte ein Vermögen mit dieser Hackfresse machen können. Er zog seine Hand zurück. »Äh, wie heißen Sie?«

Der Zahnstocher in Wiesels Fresse unterbrach abrupt die Reise zurück zum rechten Mundwinkel. Ausdruckslos starrte er Mannheimer an. Es dauerte einen Augenblick, bis er antwortete, als müsse er warten, bis ihm sein eigener Namen einfällt. »Ich bin Joe«, sagte er. Er deutete auf den Muskelmann, der gerade die restlichen Taschen und Kisten in die Wohnung schleppte. »Das ist Jack.«

Wie gerne würde Mannheimer mit beiden Händen den dünnen Hals des Wiesels packen, die Daumen in die Kehle drücken und

zusehen, wie sein Gesicht blau anlief, er noch ein wenig zappelte und dann – abrupt bewegungslos in seinen beiden Händen lag. Ihn erwürgen – oder ihm das Genick brechen –, das wäre ein gutes Gefühl. Hoffentlich bleiben die beiden Affen nicht zu lange.
Der Muskeltyp baute ein Gestell aus schwarzen Rohren zusammen. Er schraubte es an den Rahmen der Tür zum Flur. Mit einer Hand zog er daran. Dann machte er einen Klimmzug an dem Gestell.
»Das ist ein altes Haus«, sagte Mannheimer, »Der Rahmen ist …«
»Geschenkt«, zischte das Wiesel. »Jack muss in Form bleiben.«
Mannheimer ballte beide Fäuste. Er würde Crommschröder anrufen. Diese beiden Hampelmänner mussten verschwinden. Doch sofort wurde ihm klar, dass dies nicht möglich war. Er konnte sich Crommschröder gegenüber nicht den Anschein von Schwäche erlauben. Er wollte auf keinen Fall den Eindruck erwecken, er habe die Dinge nicht im Griff.
»Wir brauchen was zum Essen«, sagte das Wiesel. Es nahm den Zahnstocher dabei nicht aus dem Mund. »Bestell uns zwei Pizzas. Mit viel Salami. Und für Jack eine Extraportion Kapern. Hast du Whisky im Haus?«
Mannheimer schnellte einen Schritt zurück. Wie redete der mit ihm? Wie mit einem Angestellten. Einem Angestellten! Eine Welle heißen Hasses schwappte vom Solarplexus aufwärts. Er schluckte.
Dann drehte er sich um, ging in seine Wohnung, um den Pizzaservice anzurufen.

*

Als er zurückkam, sah er, wie der Muskeltyp die Schublade der Kommode aufgezogen hatte und in der Unterwäsche seiner Tochter wühlte. Grinsend hielt er einen schwarzen halterlosen Strumpf hoch.
Mannheimer rastete aus.
Er brüllte den Kerl an, er solle das sofort zurücklegen. In drei Schritten war er bei ihm, griff nach seiner Hand, wollte ihm den Stoff aus der Hand reißen. Er sah es nicht kommen: Die Hand des

Typen war an seinem Kopf, packte sein Ohr und zog es hoch, als wolle er es abreißen.
Der Schmerz raubte Mannheimer für eine Sekunde das Bewusstsein. Er schrie.
Das Wiesel lachte keckernd, in der Art, wie es wahrscheinlich nur ein Wiesel kann. »Leg dich niemals mit dem Vollstrecker an.« Es schlug sich auf den Schenkel. »Lass ihn los.«
Mannheimer rieb sich das Ohr. Seit er von zu Hause ausgezogen war, war er nie wieder geschlagen worden, und noch nie wurde er am Ohr gezogen, wie ein minderbemittelter Schüler.
Das Wiesel winkte ihn zu sich. Mannheimer taumelte herum.
Der Kleine schwenkte eine Karte, breitete sie auf dem Tisch aus und fuhr mit dem Handrücken darüber, bis sie flach vor ihm lag. »Guck mal«, sagte er zu Mannheimer, der mit seinem Blick dem Finger des Wiesels folgte. »Da ist das Dorf. Hier ist der verfickte Bauernhof. Das ist der, der der alten Frau gehört. Richtig?«
Mannheimer nickte und rieb sich das Ohr. Woher wussten die beiden Burschen das? Er schaute sich die Karte an. Es war eine Generalstabskarte, wie er sie von der Bundeswehr kannte; Maßstab von 1 : 100.000.
»Gut«, zischte das Wiesel. »Wir werden ihr eine Warnung schicken.« Jetzt fiel Mannheimer auf, dass es einen Sprachfehler hatte und bei bestimmten Konsonanten Zischlaute von sich gab.
»Also«, sagte Mannheimer, »ihr müsst da gar nichts machen. Ich habe meine Methoden, und die haben bisher immer funktioniert. Ich kenne …«
»Hör mal gut zu, Opa. Wir sind hier und haben einen Auftrag. Du hältst einfach deine Füße still und lässt uns machen.« Das Wiesel grinste ihn an. »Sonst kriegst du noch einmal Ärger mit Jack. Und Jack kann Leuten sehr, sehr wehtun.«

*

Als er zwei Tage später gegen Mittag von der Jagd zurückkehrte, leinte er Rudy an, bevor er seinen Hof betrat. Überrascht sah er, dass ein weißer Sprinter im Hof stand. Joe und Jack hatten den

Lieferwagen unter die Platane neben den Cayenne bei den beiden Volieren geparkt. An dieser Stelle standen die beiden Fahrzeuge im Wind- und Sichtschatten der Hofeinfahrt und waren von der Straße aus ebenso wenig zu sehen wie die beiden zahmen Auerhennen in den beiden hohen Volieren.

Mannheimer kotzte es an, seinen Hund auf dem eigenen Grundstück an die Leine zu legen. Rudy mochte Joe nicht. Er knurrte, wenn er ihn sah, hörte oder witterte. Mannheimer befürchtete, dass der Hund das Wiesel verbellte oder es gar biss und Jack seinen Hund dann erschlug, erwürgte, erstach oder zu was immer dieses Monster in der Lage war.

Der frühe Ausflug in den Schwarzwald hatte seinen Kopf geklärt. Er war von Obermünstertal in Richtung Wiedener Eck gelaufen, erst ein Stück auf einem Wanderweg, dann querfeldein. Die frische Luft lüftete sein Gehirn, und es wurde ihm klar, dass er die beiden Typen loswerden musste. Er wurde sie aber nur los, wenn er den Plan von Jost so schnell wie möglich durchkreuzte. Er würde es auf seine Art machen. Es würde funktionieren.

So wie es immer funktioniert hatte.

Er saß in seinem Revier und sah dem aus den Wiesen aufsteigenden Nebel zu, der in einer Stunde verschwunden sein würde. Die kommende Hitze des Tages quetschte die letzten Tropfen Feuchtigkeit aus dem Boden. Er hatte einen Plan; einen erprobten Plan. Erstaunlicherweise dachte er dann an seine Frau, die nun in ihrem Stuttgarter Haus schlief. Sentimental. Nun, Sentimentalität konnte er sich nicht mehr leisten.

Er hatte viele Feinde. Joe und Jack waren der Anfang. Er war gerüstet für den kommenden Krieg. Er nickte grimmig und fuhr Rudy gedankenverloren über den Kopf.

Durchsuchung

Als wir am nächsten Morgen die Tür zum Krankenzimmer öffnen, sitzt meine Mutter schon angezogen auf dem Bett.

»Kopf hoch, wenn der Hals au dreckig isch«, ruft sie uns zu, einer ihrer Lieblingssprüche.

Als sie Jakob sieht, breitet sie beide Arme aus.

*

Die Werkstatt meines Vaters sieht noch genauso aus wie an dem Tag, als er von der Scheune durch die Luke in den Stall fiel und von der Heugabel aufgespießt wurde. Ursprünglich wohnten meine Großeltern, die Eltern meiner Mutter, in dem kleinen Haus. Sie zogen an dem Tag ein, an dem sie den Hof meinen Eltern überschrieben hatten, und sie blieben dort wohnen, bis sie starben. Danach wurde es Vaters Werkstatt.

Meine Großeltern waren zwei sehr unterschiedliche Menschen. Vor meiner Großmutter hatte ich immer Angst. Sie war eine strenge Frau. Ich kann mich nicht erinnern, sie jemals lachen gesehen zu haben. Im Schlafzimmer meiner Mutter hängt ein Foto von ihr. Es zeigt eine große, knochige Frau in einem schwarzen Kleid aus grobem, schwarzem Stoff mit einem Männergürtel um die Hüften. Sie blickt mit einer seltsamen Mischung aus Stolz und Unsicherheit in die Kamera. Ihre Körperhaltung ist leicht gebeugt, als wolle sie sich gleich nach der Aufnahme bücken, um Kartoffeln auszubuddeln oder irgendeine Gartenarbeit zu verrichten. Ihr Gesicht ist grob, mit einem breiten Mund, dünnen Lippen und einer großen, fleischigen Nase. Sie hat die Augen zu Schlitzen zusammengekniffen, was ihr etwas Unansehnliches, vielleicht sogar Gefährliches verleiht. Ich habe eine Erinnerung an sie, die ich viele Jahre lang verdrängt habe. Sie stand mit meinem Vater im Hof und schrie ihn an. Seltsamerweise erinnere

ich mich noch an ihre Worte, obwohl ich damals kaum älter als drei oder vier Jahre gewesen sein kann. Vielleicht erinnere ich mich deshalb so gut, weil ihr Gesicht so hässlich verzerrt war und ich mich gefürchtet habe, als sie meinem Vater entgegenschleuderte: »Hätten wir den Krieg gewonnen, säßen wir jetzt alle auf einem großen Gut im Osten.«
Ich habe den Sinn dieser Worte damals nicht verstanden. Aber ich habe sie nicht vergessen. Es ist die erste Erinnerung an meine Großmutter, vielleicht sogar die erste Erinnerung meines Lebens.
Im Ort gibt es einen Mann, der die Geschichte unseres Dorfes archiviert. Er hat sogar einen Bildband mit alten Dorfansichten im Selbstverlag herausgegeben. Darin ist auch ein Bild von einem Umzug während der Nazizeit abgedruckt. Die NSDAP war anscheinend so gut organisiert, dass sie sogar in unserem Dorf ihre Leute und Funktionäre hatte. Auf dem Foto sind einige junge Frauen oder Mädchen in Tracht zu sehen. Eine von ihnen ist meine Großmutter. Ich habe mich einmal mit einer Lupe über dieses Foto gebeugt. Nie habe ich diese Frau so strahlend, so glücklich, so hoffnungsvoll gesehen wie auf diesem Bild. Ich habe mich zutiefst dafür geschämt und nicht einmal Olga dieses Bild gezeigt.
Meine Mutter erzählte mir, dass Großmutter sich oft heftig mit meinem Vater gestritten habe. Sie habe bis an ihr Lebensende geglaubt, dass Hitler den Krieg gewonnen hätte, wenn er seine »Geheimwaffe« rechtzeitig fertiggestellt hätte. Vater habe immer widersprochen, und am Ende hätten sie sich angeschrien.
Wie auf Schwarzwälder Bauernhöfen üblich, hatten meine Eltern mit den Großeltern einen Vertrag abgeschlossen, der die Versorgung der Alten bis ins kleinste Detail regelte. So hatten es meine Großeltern auch mit ihren Eltern gehalten, die den Hof gebaut haben, nachdem sie aus Furtwangen hochzogen waren. Doch manchmal – aus welchen Gründen auch immer – konnten meine Eltern das Vereinbarte nicht liefern. Dann stampfte Großmutter wütend über den Hof, stand als dunkle (und für mich als Kind: Furcht einflößende) Gestalt im Eingang, die Fäuste in die Hüften

gestemmt, und schrie: »E halbes Pfund Butter un zehn Eier un a Liter Milch und en Ster[1]. So steht es geschribbe.«

Meine Oma – Angst und Schrecken.

Mein Großvater war ein anderer Typ. Er war ein sanfter, vielleicht sogar zärtlicher Mensch. Ab und zu steckte er mir einen Groschen zu, sonntags manchmal ein silbern glänzendes 50-Pfennig-Stück. Ich erinnere mich an ihn nur mit einer olivgrünen Mütze auf dem Kopf. Diese Mütze hatte einen kleinen Schirm, der die Augen vor der Sonne schützte. Im Winter konnte er einen Ohrenschutz ausklappen. Diese Mütze faszinierte mich. Sie gehörte zu ihm, als wäre sie auf seinem Kopf gewachsen. Aber schon als Kind wusste ich, dass diese Art von Kopfbedeckung altmodisch war. Bekannt wurde sie erst viele Jahre später durch die norddeutsche Fernsehserie »Neues aus Büttenwarder«. Jan Fedder spielt darin den Bauern Brakelmann, der genau die gleiche Mütze trägt wie mein Großvater damals. Durch die Serie wurde diese Kopfbedeckung zum Kultobjekt. Ich habe immer bedauert, dass mein Großvater diese wunderbare kulturelle Entwicklung nicht mehr erlebt hat.

Der Vertrag zwischen meinen Eltern und den Großeltern sah auch vor, dass Opa den Schuppen, den er sich in der Scheune ausgebaut hatte, weiter nutzen durfte. Aus groben Brettern hatte er sich einen zwei mal drei Meter großen Raum eingezäunt, sozusagen ein privates Zimmer mit einer immer verschlossenen Tür, die mit zwei starken Schlössern gesichert war. Zusätzlich trennte er dieses Refugium durch einige Gipsplatten von der Scheune ab, sodass niemand vom *Denn* aus zu seiner Stube kommen konnte. Es gab nur den Zugang aus dem ersten Stock über eine Leiter hinauf in sein Heiligtum.

Manchmal, wenn jemand Opa auf dem Hof suchte, rief meine Mutter oder Oma: »Der Karl is im *Denn* obe.« Ich hatte keine Ahnung, was er in seiner Kammer machte, aber es war in der Familie bekannt, dass er von Zeit zu Zeit dorthin verschwand. Als er starb, blieb die Tür verschlossen. Sogar als wir auch Oma begraben hatten, weigerte sich meine Mutter, Opas Zimmer zu

---

1 1 Ster = 1 Kubikmeter Holz

öffnen. Sie wartete, bis ich siebzehn geworden war. Einen Tag nach meinem Geburtstag seufzte sie und sagte: »Jetzt wehre[1] mir dem Opas si Zimmer im *Denn* obbe uf; s'wird högschde Zit.« Da wir nicht wussten, wo Opa den Schlüssel zu seinem Kämmerchen aufbewahrt hatte, nahm ich ein Brecheisen und brach die Tür auf. Meine Mutter stand seltsam ungeduldig daneben und wechselte einen großen blauen Müllsack von der rechten in die linke Hand und wieder zurück. Kaum war die Tür aufgebrochen, stürmte sie an mir vorbei ins Zimmer, schnappte sich von einem Tischchen den nächstbesten Gegenstand und stopfte ihn in den Sack. Dabei murmelte sie halblaut das Vaterunser: »… heilige Mutter Gottes, bitte für uns Sünder …«

Überrascht blieb ich im Türrahmen stehen. Ein mannshoher Spiegel, der rechts neben dem Fenster das Sonnenlicht zurückwarf, blendete mich. Über seiner rechten Kante baumelten Halsketten. Ich kniff die Augen zusammen, sah noch einmal hin, da hingen tatsächlich – Halsketten. Nicht nur zwei oder drei, sondern zwanzig, dreißig, vielleicht noch mehr. Bunte Steine, silberne und goldene Bänder blitzten mir entgegen. Daneben hingen Armbänder an einem Zimmermannsnagel, goldene, silberne, geflochtene, manche mit Perlen bestickt, andere schlicht einfarbig. Gegenüber stand ein Schminktisch. Hölle und Verdammnis, ein richtiger Schminktisch stand da, die Platte mit einer dicken Staubschicht überzogen, aber es war alles da, was einen Schminktisch ausmacht: ein Spiegel, davor zwei Haarbürsten, aus denen noch Opas dünne Haare ragten, daneben Tuben und Döschen mit Cremes, Salben und weiß der Himmel was noch alles. Es gab Abschminktücher, und auf einem Regal stand eine Batterie mit Nagellacken in den verschiedensten Farben. Ich zog meine Mutter an der Schulter zurück, die wie eine Furie alles in den Müllsack werfen wollte.

Ich musste mir die Hand vor den Mund halten, um nicht laut zu lachen. »Der Opa …«, platzte es aus mir heraus. »Mein Gott, der Opa …«

---

1 ufwehre = aufräumen

Ich öffnete einen Schrank und zog ein langes tailliertes Kleid hervor, dunkelblau, geschmeidiger Stoff, sehr chic. Daneben hing ein Minirock. In den Regalen lagen Slips, BHs in unterschiedlichen Formen und Farben. Opa hatte drei Paar hochhackige Schuhe in Rot und ein Paar in Grün.

Ich hielt mir den Minirock vor den Bauch. »Steht mir auch ziemlich gut.«

Meine Mutter gab ein undefinierbares Geräusch von sich, das nach Empörung klang. »Jetzt fang du nicht auch noch damit an.« Mit einer schnellen Bewegung riss sie mir den Rock aus der Hand. »Gib des her, des alt Zieg[1]. Da sin bestimmt scho d'Motte drin. Fort damit!« Hektisch stopfte sie das Kleidungsstück in die Mülltüte.

Ich musste immer noch einen Lachanfall unterdrücken. »Hast du das gewusst?«, fragte ich sie.

Ihr Körper wand sich, als würde sie Schlangenbewegungen nachahmen. Ich hielt sie fest.

»Mame«, drängte ich sie, »sag ehrlich, hast du das gewusst?«

»Das war halt dem Papa si Hobby«, knirschte Mutter. »Des hät er halt brucht.«

»Und ihr habt das alle gewusst?«

»Des hen alle g'wissst. Nur du it, dir falle so Sache sowieso it uf. Des isch au nix Schlimm's. Des tut ja kei'm weh.«

Nachdem meine Großeltern gestorben waren, baute mein Vater das Häuschen zu seiner Werkstatt um. Er riss die Zwischenwände heraus, verlegte mit seinem Freund Erich einen neuen Holzboden, besorgte Regale und Werktische mit großen Schubladen und sortierte sein Werkzeug ein.

Jetzt stehe ich davor und will diese Werkstatt durchsuchen. Ich weiß nicht, wonach ich suche, aber ich weiß, dass es hier ein Geheimnis gibt, vielleicht ein schreckliches.

Jakob steht neben mir. Meine Mutter sitzt im Hof und blinzelt in die Sonne.

Ich reiche Jakob ein Paar Latexhandschuhe, die ich am Morgen im

1 Zieg = Zeug

Lebensmittelgeschäft in Bärental gekauft habe. Mein Sohn sieht mich mit hochgezogenen Augenbrauen an.

»Gewohnheit«, sage ich. »Außerdem: Wer weiß, vielleicht müssen wir Fingerabdrücke nehmen.«

Jakob streift sich die Handschuhe über.

Meine Mutter hat uns einen Ersatzschlüssel für die Werkstatt gegeben. Ich schließe auf und öffne die Tür. Sie klemmt ein wenig. Erst mit einem Ruck geht sie auf. Vor uns liegt ein wohlgeordnetes Chaos, das kaum zu überblicken ist. Mein Vater hat jeden Zentimeter der Werkstatt genutzt – Boden und Wände. Links steht eine uralte Werkbank aus massivem Holz, die Arbeitsfläche ist mindestens zwei Handbreit hoch und roh, darauf stapeln sich vergilbte, ölverschmierte Kartons. Darin liegen kreuz und quer Rohre, Dichtungen, handgroße, quadratische Metallteile, deren Sinn sich mir nicht erschließt, Schellen zum Befestigen von Kabeln und Rohren, Federringe in verschiedenen Größen und eine große Schraubzwinge. Daneben steht eine elektrische Schleifmaschine. Ihr Stromkabel liegt zusammengewickelt daneben. Ein Heer von Zangen, Seitenschneidern, Scheren, Spitz- und Kombizangen hängt nebeneinander an Nägeln und Halterungen an der Wand, vier kleine Metallsägen, mehrere Holzsägen, kreisförmig aufgewickelte Drahtseile, die mit einer Schnur zusammengebunden sind. Neben dem großen Fenster hängen an ledernen Schlaufen und Schnüren dicht nebeneinander Holz- und Metallfeilen in verschiedenen Größen, antik aussehende Hämmer, uralte Handhobel, Zwingen und Stechbeitel in verschiedenen Größen, eine endlose Zahl von Schraubenziehern.

Gegenüber der Eingangstür gibt es ein zweites Fenster aus Glasbausteinen. Auf der Fensterbank hat Papa fein säuberlich nebeneinander Sprühdosen für Rostentferner, Insektenschutzmittel und Unkrautvernichter (heute wohl verboten) aufgereiht. Dazwischen Farb- und Lackdosen, alle völlig ausgetrocknet. Unter dem Fenster ist ein Regal aufgebaut, in dem in fünf Reihen kleine rote und grüne Dosen stehen, randvoll mit Schrauben, Muttern und Bohrern unterschiedlichster Längen und Durchmesser.

Darunter ein alter, zusammenklappbarer Stuhl und eine Werkbank aus grünem Blech. Sie hat vier Schubladen. Die oberste ist drei oder vier Zentimeter geöffnet. Ich beuge mich vor und schaue hinein. Da liegen tatsächlich Stechbeitel, mindestens zehn. Es ist mir ein Rätsel, wie Mutter in diesem Chaos bemerken konnte, dass zwei fehlten. In der zweiten Schublade liegen säuberlich nebeneinander aufgereiht mehrere Schnitzmesser mit unterschiedlich langen Klingen, ein paar Aushöhlmesser und Löffelschnitzmesser in unterschiedlichen Größen. Ich wusste nicht, dass mein Vater eine komplette Schnitzausrüstung besaß. Habe ich ihn je schnitzen gesehen? Nur Egon habe ich vor Augen, mit all seinen Werkzeugen, der mir als Kind immer wieder versucht hat, das Schnitzen beizubringen. Ohne Erfolg.
Rechts von der Werkbank hängen zusammengerollte Verlängerungskabel an der Wand, vier an der Zahl, alle mindestens dreißig Meter lang. Auf dem Boden stehen mehrere kniehohe Metalleimer. Sie sind randvoll mit Metallteilen, Gummischläuchen, Kupplungen.
In der Ecke stehen Metallstangen und -leisten. Einige reichen bis zur Decke, andere sind nur einen Meter hoch, und wieder andere reichen mir bis zur Brust.
Auf der rechten Seite stehen zwei Metallspinde, daneben eine Bank mit gelben Plastikschachteln, die wiederum mit kleinen Metallteilen aller Art gefüllt sind. Davor ein alter Rasenmäher. Zwei Sensen hängen an der Wand. Eine Dose mit Wetzsteinen steht davor.
Ich höre, wie Jakob neben mir mit einem zischenden Geräusch ausatmet. »Wie sollen wir das alles durchsuchen?«
Ich drehe mich zu ihm um: »Wir nehmen jedes einzelne Stück in die Hand. Dann tragen wir es nach außen, legen es ab und untersuchen den Platz, auf dem es gelegen oder gehangen hat. Wenn die Werkstatt leer ist und wir jeden Zentimeter untersucht haben, tragen wir alles wieder auf seinen alten Platz.«
»Da könne ihr glei no abstaube, des goht ja in eins«, ruft Mutter uns fröhlich von der Bank aus zu.
Jakob wirft ihr eine Kusshand zu. »Geile Idee, Oma.«

Ich höre meine Mutter murmeln: »... für des Wort hätsch früher eine g'langt kriegt!«

Wir machen uns an die Arbeit. Jakob beginnt an der Kopfseite. Zuerst trägt er die Sprüh- und Farbdosen nach draußen und untersucht dann das Fensterbrett. Ich sehe ihm zu, wie er aufmerksam mit einer Hand über die raue Fläche fährt, gegen das Mauerwerk klopft, um mögliche Hohlräume zu entdecken.

Ich räume auf der linken Seite die verölten Kartons aus. Zwischen meinem Sohn und mir entwickelt sich eine spontane Arbeitsteilung. Jakob sortiert, legt seine Teile auf die rechte Seite im Hof, ich nehme die linke. Unsere Durchsuchung entwickelt sich zu einer endlosen und anstrengenden Arbeit. Ich nehme jedes Teil in die Hand, betrachte es und trage es nach draußen. Die Kartons sind bereits so feucht, labberig und instabil, dass ich sie mit bloßen Händen nicht fassen kann. Ich schiebe sie auf einen Untersatz und stelle sie vorsichtig draußen im Hof ab.

Nach zwei Stunden sind wir noch nicht besonders weit gekommen. Ich schätze, dass wir für die Untersuchung der gesamten Werkstatt zwei Tage brauchen werden. Mutter kommt mit einer Kanne Kaffee und einer ihrer selbst gebackenen Linzertorten in den Hof. Jakob geht in die Küche und holt Tassen und Servietten. Er setzt sich zu seiner Oma auf die Bank. Ich habe mir den Stuhl aus der Werkstatt genommen.

Als meine Mutter unsere Tassen einsammelt, um sie zurück in die Küche zu tragen, fährt ein VW Polo die Auffahrt hoch. Ich halte eine Hand über die Augen, um besser sehen zu können. Die Sonnenblende ist heruntergeklappt, sodass der Kopf der Fahrerin verdeckt ist. Doch den langen Zopf kenne ich.

Grauer Morgen

Als der Morgen graut, liegt sie wieder in ihrem Versteck.
Sie ist satt.
Hinter den bis zum Boden herabhängenden Ästen und Zweigen der Moorkiefer fühlt sie sich sicher. Wie schön es ist, zu spüren, wie die Angst sich auflöst. Ein anderes Gefühl steigt auf. Sie möchte einen Gefährten haben. Nicht mehr allein durch die Wildnis streichen. Zusammen hätten sie weniger Angst. Zusammen würden sie schneller Nahrung finden.
Sie gähnt. Müdigkeit überrollt sie. Es ist ein wohliges Gefühl. Bis zur Nacht wird sie in diesem Versteck bleiben. Sie wird nicht tief schlafen; niemals. Mehr als ein Dösen wird es nie werden. Doch: Sie wird sich einen Gefährten suchen.
Auf ihrem Rückweg war sie an einer Lichtung vorbeigekommen, auf der ein gitterartiges Holzgestell aufgestellt war, das die Menschen im Winter zur Fütterung der Rehe und der Gämsen benutzen. Sie hat keine Ahnung, was eine Fotofalle ist. Als sie das Gestell untersuchte, blitzte ein Rotlicht für einen Bruchteil einer Sekunde auf. Sie erschrak, flüchtete in langen Sätzen ins Unterholz und nahm sich vor, diese Lichtung nie wieder zu betreten.
Sie schließt die Augen. Sie ist müde. Das blitzende Rotlicht hat sie bereits vergessen.
Sie ahnt nicht, dass im gleichen Moment ein Förster und zwei Feldberg-Ranger vor einem Computer stehen und ihr Bild betrachten.

Durchsuchung

Karola steigt aus, schließt den Polo ab und umarmt meine Mutter. Sie hält sich die Hand vor die Augen und fragt sie: »Was machen denn deine Buben in der Werkstatt?«

Ich lasse mich nicht gern Bub nennen, schon gar nicht von Karola. Wieder ein geblümtes Kleid, diesmal mehr in Blautönen. Es ist tailliert und betont ihre Figur. Der Zopf fällt ihr fast bis auf den Po. Sie – was soll ich sagen? – sieht hinreißend aus.

Sie setzt sich zu meiner Mutter auf die Bank und sieht zu, wie Jakob und ich die Werkzeuge meines Vaters aus der Werkstatt tragen und sorgfältig im Hof ablegen. Und wieder in der Werkstatt verschwinden.

Ich höre, wie sie zu Mutter sagt: »Hast du dir das mit dem Leserbrief überlegt?« Mutter verzieht das Gesicht und antwortet etwas, das ich nicht verstehe, weil ich mich schon wieder abgewandt habe und gleich darauf den alten Rasenmäher in den Hof schiebe. Auf dem Rückweg höre ich Karola: »Ich kann den Leserbrief auch für dich schreiben und abschicken. Das musst du nicht selbst machen. Soll ich das machen?«

Als ich das nächste Mal mit einem Arm voller Kabel aus der Werkstatt komme, steht sie in der Tür und wartet auf mich. »Warum räumt ihr eigentlich die Werkstatt aus?« Mama kräht von hinten dazwischen: »Endlich glaube sie mir jetzt, dass z'Nacht Männer in de Werkstatt rumgeischtern. Sie wolle jetzt finde, nach was die Männer immer suche.«

Jakob trägt eine Reihe unterschiedlich langer Metallfeilen aus der Tür.

»Und warum tragt ihr Handschuhe?« Karola steht neben mir, und ich kann ihr Parfüm riechen. Wiesenblumenduft. Ich kann nicht anders: Ich muss an den Fliederbusch hinter dem Mäusehof denken.

Jakob, der gerade die Feilen auf dem Boden nach Größe sortiert, steht auf. »Wir wollen keine Fingerabdrücke hinterlassen. Wenn wir in der Werkstatt Fingerabdrücke nehmen müssen, wollen wir sie nicht zerstören.«
Karola schaut mir in die Augen, und da ist es wieder, dieses Gefühl – die Zeit bleibt stehen. »Ich helfe euch«, sagt sie entschlossen.
»Handschuhe liegen neben der Bank«, ruft Jakob ihr zu.
»Handschuhe!« Karola schüttelt den Kopf. Ihr Zopf fliegt hin und her. »Da komme ich mir vor wie eine Hausfrau beim Abwasch.« Entschlossen geht sie in die Werkstatt.

*

Die Sonne geht schon unter, als wir alles aufgeräumt haben. Bis auf die Werkbank unter dem Glasbausteinfenster und die Holzwerkbank ist die Werkstatt leer. Jakob fegt den Boden.
Meine Mutter kommt aus dem Haus. Sie schaut auf die Werkzeuge auf dem Boden vor der Werkstatt und stemmt die Fäuste in die Hüften. »Ihr habt nix g'funde, oder?« Sie sieht mich an. »Was hen ihr eigentlich g'sucht?«
Jakob kommt, den Besen geschultert. »Vielleicht kommen wir zu spät. Der Unbekannte hat bereits gefunden, was er gesucht hat.«
Meine Mutter schüttelt energisch den Kopf. »Ich han jedes Mal d'Polizei a'grufe. Han Licht im Hus g'macht. So gründlich wie ihr hen die nie g'sucht.«
»Vielleicht ist einfach nichts da«, sagt Jakob.
Ich nehme einen Hammer und gehe zurück in die Werkstatt. Vor der Tür bleibe ich stehen. Der leere Raum wirkt größer als vorher. Systematisch klopfe ich auf die Bodenplatten. Zwei Schläge auf jede Platte, ich höre auf den Klang. Suche nach Hohlräumen. Jakob kommt, ebenfalls mit einem Hammer bewaffnet. Wir klopfen auf den Boden, aber da ist nichts. Kein Geräusch, keine lose Platte, nichts. Karola steht in der Tür und schaut uns zu. Ich stehe auf und strecke mich. »Jetzt die Wände«, sage ich zu meinem Sohn. Wir klopfen alles ab und finden – nichts.
Ich gehe zurück zur Werkbank. Jakob hat die Schubladen heraus-

gezogen und nach draußen getragen, wo er sie ausgeräumt und jedes Teil sorgfältig auf den Boden gelegt hat. Ich bücke mich und schaue unter die Tischplatte.
Nichts.
Ich greife in die untere Schubladenöffnung.
Nichts.
Ich greife in die mittlere Schubladenöffnung.
Nichts.
Entmutigt greife ich in die obere Schubladenöffnung und fahre mit der Handfläche auf der Unterseite der Arbeitsplatte hin und her.
Nichts.
Dann stößt mein Mittelfinger an ein Hindernis.
»Jakob! Komm mal her!«
Mein Sohn greift hinein. Er holt sein Handy aus der Tasche, schaltet die Taschenlampe an und leuchtet in die Öffnung. Doch das Hindernis ist zu weit weg. Nichts ist zu sehen.
Karola muss gemerkt haben, dass wir etwas gefunden haben. Sie stellt sich hinter Jakob und beobachtet uns.
Ich gehe nach draußen und hole aus Vaters unerschöpflichem Werkzeugfundus einen Schraubenzieher, komme zurück und drehe an den verklebten und verkeilten Schrauben, die die Beine und den Schubkasten der Werkbank halten. Als ich sie gelöst und herausgezogen habe, hält Jakob die Arbeitsplatte auf der einen Seite, ich auf der anderen. Wir schauen uns an und heben sie langsam an. Dann drehen wir sie um und legen sie mit der Rückseite nach oben auf den Boden.
Ein Umschlag klebt daran, schmutzig und ölig.
Hinter mir ruft Karola: »Der Vertrag! Margret, sie haben den Vertrag für das Grundstück auf dem Feldberg gefunden.«
Jakob will seinen Zeigefinger unter das Papier schieben, aber es gelingt ihm nicht. Der Umschlag klebt auf dem Tisch. Ich hole eines von Papas Schnitzmessern. Langsam führe ich die Klinge hinter die Lasche und öffne den Umschlag. Inzwischen ist auch Mutter in die Werkstatt gekommen und steht neben Karola. Jakob kniet neben mir. Er reicht mir neue Gummihandschuhe. Ich ziehe sie an

und greife vorsichtig in den Umschlag. Meine Finger fühlen Papier, DIN-A4-Blätter. Vorsichtig ziehe ich sie heraus. Es ist ein dicker Stapel. Die Blätter fühlen sich brüchig an, pergamentartig. Stark vergilbt. Vorsichtig nehme ich sie in beide Hände und trage sie nach draußen. Jakob hält mir die Haustür auf, und wie in einer kleinen Prozession gehen wir gemeinsam in die Küche. Ich lege den Stapel auf den Küchentisch, und wir betrachten das erste Blatt.

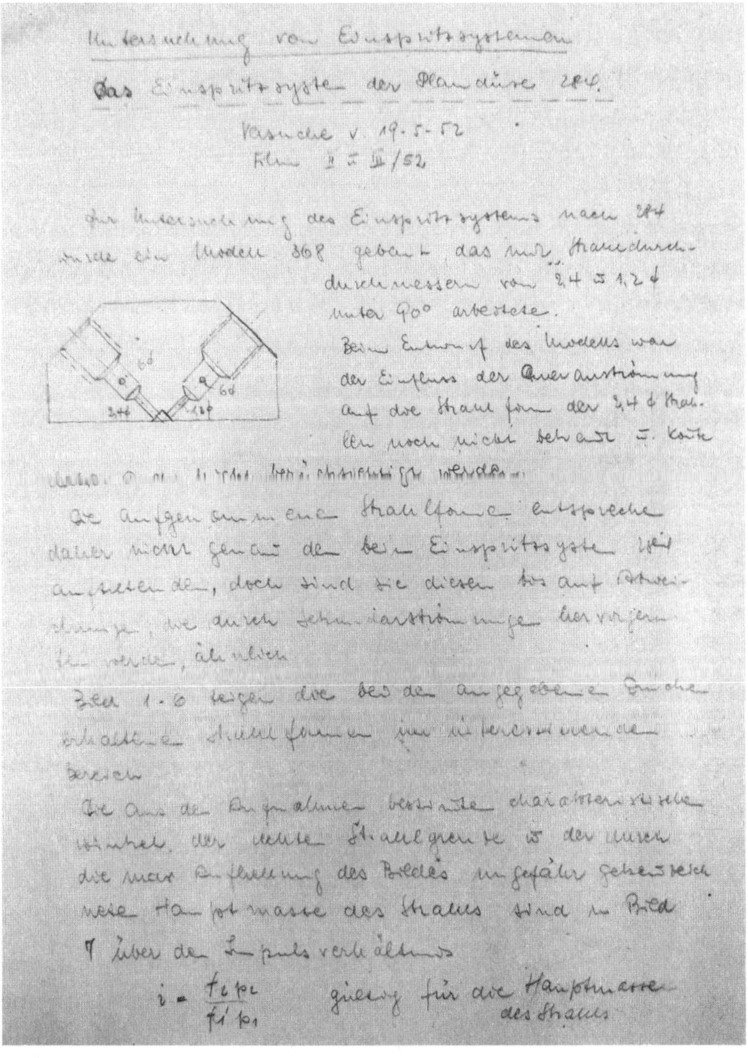
Untersuchung von Einspritzsystemen

Das Einspritzsystem der Plandüse 284.

Versuche v. 19.5.52

Zur Untersuchung des Einspritzsystems nach 284 wurde ein Modell 368 gebaut das mit Strahldurchmessern von 2,4 – 1,2 ∅ unter 90° arbeitete.

Beim Entwurf des Modells war der Einfluss der Queranströmung auf die Strahlform der 2,4 ∅ Strahlen noch nicht bekannt

»Einfluss versetzter Bohrungen«, liest Jakob vor. »Hä? Was soll das bedeuten?« Er wendet sich zu mir. »Totaler Technikkram. Eine aufsteigende Kurve. Keine Ahnung, was das ist.«
Ich beuge mich vor und lese einen Satz unter der Zeichnung: »Das Bild ist entweder durch den Einfluss verschiedener Ausflussstrahlen der Düsen, verschiedenen Anfangsströmungen oder drehenden Strahl gestört oder auch dadurch, dass die Bohrungen nicht in einer Ebene liegen, also windschief sind.« Ich richte mich wieder auf. »Mame, komm bitte mal: Ist das Papas Handschrift?«
Meine Mutter beugt sich über das Papier und schüttelt den Kopf. »Das is nicht den Papa seine Schrift. Der hat deutlicher geschrieben.«
Plötzlich drängt sich Karola vor. »Das ist die Handschrift von meinem Papa. Das hat mein Papa geschrieben.« Sie greift mit beiden Händen nach dem Papier. Bevor sie es schnappen kann, greife ich ihre Handgelenke und ziehe sie zurück. Sie tritt mir gegen das Schienbein. »Lass mich sofort los! Das gehört mir. Das ist von meinem Papa. Nicht von deinem.« Sie faucht mehr, als dass sie spricht.
»Das ist sehr altes Papier, Karola. Wenn du es anfasst, zerbröselt es. Dann hast du Ameisenfutter. Mehr nicht.« Sie zieht mit ihren Händen, aber ich lasse sie nicht los. »Hast du mich verstanden?«
Sie nickt, und ich lasse sie los.
Jakob nimmt das Papier und legt es auf die Seite. Auf dem nächsten Blatt ist eine Tabelle. Die Überschriften und die Bezeichnungen der einzelnen Spalten sind nicht mehr leserlich.
Karola schlägt die Hand vor den Mund. Leise sagt sie: »Das ist auch von meinem Papa.«
Die nächsten Blätter zeigen ebenfalls Tabellen und Berechnungen. Die eingetragenen Werte und Überschriften der Diagramme sind teilweise nicht mehr lesbar.
Eine Seite hat die Überschrift: *Einfluss versetzter Bohrungen*. Ich verstehe nicht, was damit gemeint ist.

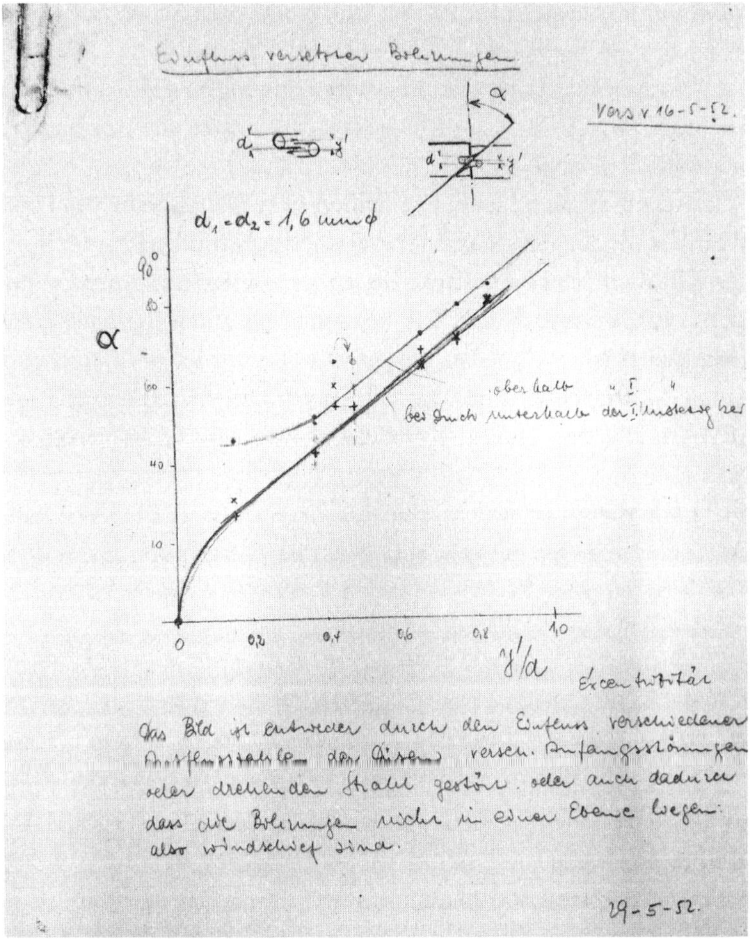

Dann das nächste Blatt. Es ist eine Art Aufsatz. Jakob kneift die Augen zusammen und versucht, es zu entziffern. »Untersuchung von Einspritzsystemen«, liest er vor. »Das Einspritzsystem der Plandüse 284.« Er schaut mich an. Ich zucke mit den Schultern.

»Das ist auch die Handschrift meines Vaters«, sagt Karola leise.

Auf den nächsten Blättern sehen wir mathematische Formeln und langwierige Berechnungen.

»Du warst im Mathe-Leistungskurs«, sage ich zu Jakob, der das Blatt schon studiert.

»Das ist die Schrift vom Papa«, sagt meine Mutter. »Das hat der Papa geschrieben.«
Jakob runzelt die Stirn. »Das ist die Berechnung einer Funktion mit mehreren Variablen. Da steht ein Datum drauf: Die Blätter sind von 1952.«
Alle Augen sind auf meine Mutter gerichtet. »Da habe ich Papa noch nicht gekannt.« Sie wird blass und starrt auf den Zettel.
Ich will das nächste Blatt abheben. Aber es klebt fest. Auch die anderen Blätter kleben fest. Ich versuche, mit der Messerspitze dazwischenzufahren, aber es geht nicht. Die restlichen Blätter sind ein verklebter Haufen. »Damit müssen wir zu einem Profi gehen.«
Ich sehe das Leuchten in Karolas Augen. Sie schüttelt den Kopf. »Ich nehme die Sachen von meinem Papa mit. Da lasse ich mich nicht von dir aufhalten.«
»Karola«, fange ich an, »wir sollten uns erst mal darüber klar werden, was das alles …«
»Nein«, brüllt sie. »Das gehört mir.«
Mit einem Ruck hebe ich die Hand, und sie verstummt.
»Jakob«, sage ich, »fotografiere bitte die Unterlagen. Schick Karola eine Kopie. Den Rest bringe ich morgen in eine Papierwerkstatt oder zu einem Restaurator. Wenn wir diese Blätter lesen können, gebe ich dir sofort Bescheid.« Ich machte eine Pause. »Einverstanden?«
Karola nickt.
Ich verstehe sie. Unser gemeinsames Trauma war das Verschwinden unserer Väter. Mein Vater war gestorben. Ich war dabei gewesen. Es war kein schönes Erlebnis, aber es brachte wenigstens Klarheit. Vater war tot. Er lag unten auf dem Friedhof. Man konnte sein Grab besuchen. Ich konnte es sogar vom Fenster meines Kinderzimmers aus sehen.
Karolas Vater war plötzlich verschwunden. Kein Abschiedsbrief. Keine Erklärung. Nichts. Für sie, die schon als Kind mit allen Mitteln um seine Aufmerksamkeit und Liebe gekämpft hatte, war sein Verschwinden eine Katastrophe. Die Mutter wurde depressiv, die Geschwister liefen von zu Hause weg. Wir beiden vaterlosen Kinder haben uns damals zusammengeschlossen. Wir haben uns

gegenseitig Kraft gegeben. Wir brauchten niemanden. Nachts flohen wir heimlich in den Wald. Wir lagen unter dem Fliederbusch, und die Hormone tobten.

Bis Karola mich abservierte.

Ich verdränge die alten Gefühle. Während Jakob mit seinem Smartphone die vergilbten Papiere fotografiert, frage ich Mutter: »Hast du diese Zeichnungen und Tabellen schon mal gesehen?«

Sie schüttelt den Kopf.

»Weißt du, was sie bedeuten könnten? Was hat Papa gemacht, bevor ihr euch kennengelernt habt?«

Sie geht zur Bank. Ich setze mich zu ihr. »Diese Papiere müssen sehr wichtig für ihn gewesen sein. Er hätte sie sonst sicher nicht so gut versteckt.«

Sie senkt den Kopf. Ihr Mund steht offen, ihr Blick geht irgendwohin – zum Feldberg. Dann schüttelt sie den Kopf. »Ich bin immer davo usgange, dass er mit mir über alles schwätzt. Aber … ich han denkt … Wenn er mir ebbis it sage will, dann frog ich au it witer.«

Ich lege ihr den Arm um die Schulter. Sie fröstelt, obwohl es warm ist. »Alles, was ich weiß, han ich dir g'sagt.« Ich nicke. Die Familiengeschichte meines Vaters: in Dresden geboren, Abitur mit Auszeichnung. Musste nicht in den Krieg, weil er bei jemandem arbeitete, der es gut mit ihm meinte. Wurde vom Wehrdienst befreit. War nie Soldat. Hat mir immer gefallen. Seine Familie starb bei dem verheerenden Bombenangriff auf Dresden im Frühjahr 1945. Papa ging nach Süddeutschland. Karolas Vater war sein Freund. Er hat meine Mutter auf einem Bauernfest kennengelernt. Sein Freund lernte Karolas Mutter kennen. Die Papiere, die wir gefunden haben, waren wahrscheinlich Erinnerungen an die gemeinsame Zeit. Aber warum hat er sie so gut versteckt, nahezu perfekt?

Mutter hebt den Kopf. Ihre traurigen Augen streifen mich. »Ich habe heute keine Lust auf Abendessen.«

Karola setzt sich zu ihr und legt ihren rechten Arm um sie. »Margret, erzähl mir noch einmal, was passiert ist; warum musstest du ins Krankenhaus?«

»Da isch einer hinter uns herg'fahre, so en Verrückte, halt einer mit'm Dachschade. Uff jeden Fall hätt's ihm pressiert. Der hät uns überholt, und dann isch von vorne en Lkw kumme. Und dann isch's ziemlich eng worde. Und der fährt extra in uns ni, stell dir vor! De Georg hätt s'Lenkrad rumg'risse un isch ihm usg'wiche, in de letschte Sekund. Wenn er it so schnell reagiert hätt, also, des hätt könne ganz bös usgehe. Des war am Hirschsprung. Du kennsch ja die Stell'; da isch alles furchtbar eng. Und mich hätt's dann mit dem Kopf in des Kisse ni ... Wie heißt des Kisse noch mal, Georg?«

»Airbag«, sage ich.

Meine Mutter setzt die Brille ab und putzt mit dem Zipfel ihrer Bluse. »Also, mi Kopf isch dann in des ... des Kisse ... ich han ja mi Brille ufg'habt, die hätt's dann uff mi G'sicht druckt. Aber viel isch mir eigentlich it passiert. Ich han Glück g'habt.«

»Oje«, sagt Karola und drückt meine Mutter. »Vielleicht hat das zu tun mit den Männern, die du nachts auf dem Hof gesehen hast. Vielleicht wollten die dir ...«

»Säll glaub ich it«, unterbricht sie meine Mutter, »des war eifach en Verrückte, einer, der it ganz recht im Kopf isch. Aber den werde sie scho schnappe, ich hoff's mal.«

Dann strahlt sie uns an. »Und jetzt han ich ja zwei starke Kerle im Hus. Da han ich kei Angscht mehr.«

»Mmh.« Karola scheint nicht überzeugt zu sein. »Ich würde trotzdem vorsichtig sein. Mir gefällt das nicht, dass da Fremde auf dem Hof rumlaufen.« Sie steht auf und schaut mir in die Augen. »Mach's gut, Georg. Sag mir Bescheid, wenn du weißt, was in den anderen Papieren steht.« Sie wendet sich wieder an meine Mutter. »Vielleicht ist der Vertrag über das Grundstück auf dem Feldberg dabei.« Sie geht, und ich schaue ihr hinterher, denke an alte Zeiten.

*

An diesem Abend essen wir nur ein paar belegte Brote und trinken Bier. Meine Mutter verabschiedet sich früh ins Bett, Jakob verschwindet kurz danach. Er schwenkt einen Kriminalroman von Harlan Coben und erklärt, den müsse er jetzt unbedingt auslesen, aber ich glaube, er will in dieser Nacht mit Laura telefonieren.

Egon

Am nächsten Morgen tragen Jakob und ich die Werkzeuge meines Vaters zurück in die Werkstatt. Nur ein paar vereinzelte Wolken hängen am Himmel. Es wird wieder ein sonniger Tag. Zuerst tragen wir die schweren Geräte hinein, die Schleifmaschine, den Rasenmäher. Doch schon nach einer halben Stunde merken wir, dass wir nicht mehr genau wissen, wo die Schrauben, Zwingen, Seile, Meißel, Kabel lagen, standen oder hingen. Wir verständigen uns mit einem Blick und legen die Sachen an neue Plätze, räumen alles zusammen, so gut es geht. Als ich Vaters Schnitzmesser in die Hand nehme, rufe ich zu Jakob: »Mit einem dieser Messer hat dein Großvater die unfertige Figur geschnitzt, die auf dem Hausaltar steht.«

Mein Sohn schaut mich irritiert an. Er weiß nicht, in welche Stimmung mich diese Messer versetzt haben. »Ah, das Familienheiligtum! Mit dieser Figur habe ich als kleiner Junge stundenlang gespielt. Eines dieser Messer muss einen kleinen Fehler haben«, sagt er.

Auch ihm sind die schmalen, erhabenen Linien im Holz aufgefallen, die die Klinge dort hinterlassen hat. Ich kenne jede einzelne davon. Jakob nimmt eines der Messer, fährt mit dem Daumen über die Klinge. »Das hier ist in Ordnung.« Er prüft ein anderes Messer. »Das auch.«

Ich hebe ein paar Kartons vom Boden auf. Jakob fährt mit dem Daumen über die anderen drei Klingen und zuckt mit den Schultern.

Nach einer Stunde kommt meine Mutter aus dem Haus, schaut uns eine Weile zu, seufzt und verschwindet wieder. Wir machen weiter.

Wir machen gerade eine Pause, als Egon mit seinem alten Lada die Einfahrt hochfährt. Er winkt uns zu und steigt aus.

Ich freue mich, ihn zu sehen. Ich kenne Egon, seit ich denken kann. Seit Vaters Tod ist er Teil dieses Hofes, repariert, organisiert, hilft meiner Mutter bei allen praktischen Dingen, fährt den alten Traktor meines Vaters zum TÜV. Er gehört, wie Jakob sagt, zusammen mit Frau Willmann zu Mutters Senioren-WG.
Egon ist nicht groß. Er reicht mir gerade bis zur Schulter, aber er ist ein stämmiger Kerl, kräftig, breite Schultern, Glatze mit Haarkranz, offenes Gesicht mit blitzenden Augen und einer Knollennase, die meist rötlich angelaufen ist – ein Zeichen dafür, dass Egon gern zum Glas greift, nicht übermäßig, aber doch regelmäßig. Vielleicht liegt es an seinem Beruf. Er ist Schreiner, und seine Spezialität ist der Bau von Theken für Gaststätten und Kneipen. In meinem Beruf, sagte er einmal zu mir, musst du immer die verschiedensten Kneipen besuchen, hier ein Bier trinken, dort einen Schnaps, hier mit dem Wirt plaudern, dort mit den Gästen Skat spielen. Wenn der Wirt eine neue Theke braucht, muss er sich an mich erinnern. Das ist mein Geschäftsgeheimnis.
Als er aus dem Auto steigt, sehe ich, dass er älter geworden ist. Die Falten um die Mundwinkel sind ausgeprägter, die Wangen hängen etwas tiefer, die Stirn ist zerfurchter, als ich sie in Erinnerung habe. Trotzdem: Er strahlt über das ganze Gesicht, als er Jakob und mich sieht. Wir umarmen uns. Als ich meinen Arm um seine Schultern lege, habe ich das Gefühl, dass er dünner geworden ist.
Jakob kommt zu uns. Er hat Egon lange nicht gesehen. Er lächelt und streckt Egon die Hand entgegen.
Egon holt drei geschnitzte Löffel vom Beifahrersitz. Sie sind fantastisch gearbeitet. Die Rundungen sind perfekt, glatt geschmirgelt, poliert, und in den Stiel hat er kleine quadratische und rechteckige Ornamente eingearbeitet. Egon ist ein begabter Freihandschnitzer, der sich auf Löffel und kleine Figuren spezialisiert hat. Etwas von seiner Kunst hat er meinem Vater beigebracht.
Er hebt die Löffel hoch. »Das ist das einzig Nützliche, was ich aus meiner Kur mitgenommen habe.« Dann verschwindet das Lachen aus seinem Gesicht. »Wie geht es Margret?«
»Gut. Sie war nur einen Tag im Krankenhaus; nur zur Beobach-

tung. Du brauchst die Kur nicht zu unterbrechen. Jakob und ich – wir passen auf sie auf.«

Egon klopft mir auf die Schulter. »Ich bin froh, dass ich nicht mehr vor Fremden über meine Gefühle reden muss. Aber immerhin: Deine Mame bekommt jetzt ein paar neue Löffel.« Er schaut sich um. »Ein paar Schindeln müssen ausgetauscht werden. Jakob, hast du Lust zu schindeln?«

»Na klar.«

Egon nickt, schnappt sich seine geschnitzten Löffel und geht ins Haus.

*

Als wir die letzten Kabel an die Wand gehängt und die ausgetrockneten Farbdosen in große Müllsäcke gepackt haben, gehen wir in die Küche. Die beiden Alten sitzen am Küchentisch, lachen und trinken Sekt. Mutter wischt sich mit dem Schürzenzipfel ein Auge trocken. »So lustig ist das in der Reha«, sagt sie. »Da geh ich trotzdem nicht hin.«

Egon steht auf. »Fertig zum Schindeln?«, fragt er Jakob.

Mein Sohn nickt.

Während die beiden hinter dem Haus zum *Denn* hochgehen, bleibe ich vorsichtshalber im Hof. Ich schleppe den schweren Schindelbock in die Mitte des Hofes und warte auf Egon und Jakob, die mit einem kleinen Wagen den Schindelstuhl bringen. Das Gerät ist fast zwei Meter lang. Es hat ein grobes Fußpedal, mit dem man einen schweren Holzklotz so biegen kann, dass er die Oberfläche des Stuhls berührt. Damit kann man die Schindel festhalten und einspannen. Egon öffnet die Heckklappe seines Ladas und holt einen etwa vierzig Zentimeter langen Holzstamm heraus. Jakob hebt ihn hoch, trägt ihn zu mir und legt ihn auf den Schindelblock. Egon hat inzwischen Schindeleisen, einen riesigen Holzhammer und zwei Spaltäxte vom Rücksitz geholt. Zu dritt stehen wir um den massiven Holzbock, auf dem nun der Baumstamm liegt.

»Bestes Lärchenholz«, sagt Egon. »Sehr schön trocken.« Er holt einen Bleistift aus der Tasche und teilt die Oberfläche des Stammes wie bei einer Torte in sechs Abschnitte. Er nimmt eine Spaltaxt und schlägt sie so fest auf eine der Linien, dass sie stecken bleibt. Mit einer Hand hält er den Stiel der Axt, mit der anderen schlägt er mit dem Holzhammer auf die Rückseite des Beils. Nach drei Schlägen splittert das Holz. Ein Spalt öffnet sich. Egon holt aus. Mit kräftigen Schlägen treibt er die Axt weiter in den Stamm. Es riecht nach Holz und Harz, würzig und frisch. Nach wenigen Schlägen ist der Stamm in zwei Hälften gespalten. Egon reicht meinem Sohn Axt und Hammer. Jakob setzt die Axt an. Sein Blick ist konzentriert, die Vorderzähne beißen auf die Zunge. Mit dem schweren Holzhammer schlägt er auf das Spaltgerät.

Nichts.

Noch einmal.

Nichts.

Ich merke, wie Jakobs Blick fragend zu Egon wandert. Der nickt aufmunternd. Nach dem vierten Schlag spaltet sich das Holz, und nach einer halben Stunde ist der Stamm in sechs große Teile zerlegt. »Bravo«, sagt Egon.

Jakob lächelt und wischt sich den Schweiß von der Stirn.

Egon schneidet die Rinde und den äußeren Rand der sechs Teile ab und entfernt auch den inneren Kern. »Die Jahresringe liegen hier zu dicht beieinander für eine Schindel«, erklärt er.

Das Schindelmesser ist eine gebogene Klinge, fast einen halben Meter lang, mit einem Holzgriff. Egon macht es einmal vor. Er setzt das Eisen an und spaltet eine Dachschindel ab. Das Stück, das er jetzt abtrennt, ist dünn, höchstens einen Zentimeter dick. Nach dem ersten Schlag platzt das Holz auf, als hätte es nur darauf gewartet. Nach wenigen Minuten hat Egon aus dem ersten Stück zehn Schindeln gespalten. Er reicht Jakob das Werkzeug.

Die erste Schindel, die mein Sohn spaltet, ist zu dick. Egon zeigt ihm, wie er das Schindelmesser genauer ansetzen muss. Mit der zweiten Schindel sind beide zufrieden. Ich murmele etwas Lobendes.

Egon ist in Altglashütten geboren und im Schwarzwald aufgewachsen. Schon als Kind war er mit seinen Eltern oft im Wald.

Sein Vater war Schreiner, und für ihn war immer klar, dass für ihn nur ein Beruf infrage kommt, der mit Holz zu tun hat. Also wurde auch er Schreiner. Das Schindelmachen hat er von seinem Vater gelernt. Er hat es mir als Jugendlicher auch einmal gezeigt, aber ich war viel weniger begabt als Jakob, der jetzt Schindel für Schindel vom Holz trennt.
Wichtig ist, dass das Holz gespalten und nicht gesägt wird. Die Fasern sind kleine Röhren, durch die der Baum das Wasser von den Wurzeln zu den Ästen, Zweigen und Blättern transportiert hat. Wenn das Holz gesägt wird, werden diese Röhren zerstört. Regen könnte durch die Schindeln dringen. Das Dach wäre undicht. Beim Spalten dagegen platzt das Holz entlang dieser Struktur, die Röhren bleiben intakt, das Dach bleibt dicht.
Zwanzig Schindeln hat Jakob jetzt gespalten. Mein Sohn arbeitet zügig und konzentriert. Ich bin stolz auf ihn. Er schlägt mit dem Holzhammer auf das Schindeleisen, wieder fällt ein Stück Holz ab. Egon gibt ihm ein Zeichen, dass es genug ist. Er nimmt eine von Jakobs Schindeln und geht zum Schindelstuhl. Er setzt sich, tritt mit dem rechten Fuß auf das Pedal, und schon neigt sich der große Holzkopf nach vorne und berührt die Oberfläche. Egon schiebt eine Schindel dazwischen, die nun eingespannt und festgehalten wird, dann nimmt er mit beiden Händen das Schindeleisen und fährt mit der Klinge über das Holz. Nach wenigen Strichen ist es glatt und sauber abgezogen. Mit wenigen Handgriffen wird das überschüssige Material entfernt. Jetzt ist die Schindel geglättet – und fertig. Jakob hat genau zugesehen. Egon steht auf. Jakob setzt sich und nimmt die nächste Schindel.
Ich schaue auf die Uhr. In einer Viertelstunde fährt der nächste Zug über Titisee nach Freiburg. Ich wickle Vaters Papiere in Zeitungspapier, packe sie in eine große Umhängetasche, verabschiede mich mit einem Kuss von Mutter und mache mich auf den Weg zum Bahnhof. Egon geht ein paar Schritte mit. Aber er sagt kein Wort, er starrt nur auf den Boden. Um das Schweigen zu brechen, bleibe ich stehen. »Hast du die Kur wirklich abgebrochen?«
Egon nickt und starrt weiter auf den Boden, als gäbe es dort etwas

Aufregendes zu sehen. Um die Stimmung aufzulockern, sage ich: »Mame hat sich bestimmt gefreut, dich zu sehen.«
Egon legt mir eine Hand auf die Schulter, schaut mir in die Augen und sagt in einem Ton, rau und klar, wie ich ihn noch nie von ihm gehört habe: »Georg, du bist ein Ahnungsloser. Du hast wirklich keine Ahnung, was auf diesem Hof vor sich geht.«
Dann dreht er sich um und geht zurück zu Jakob und den Schindeln.

*

Der Zug rattert. Ich lehne den Kopf an die Scheibe und denke an Egons Worte. Ich drehe sie hin, und ich dreh sie zurück. Sie machen keinen Sinn. Abgesehen von Vaters merkwürdigen Papieren sind sie Quatsch. Ich bin auf dem Hof aufgewachsen. Ich habe Kindheit und ein Teil meiner Jugend dort verbracht. Ich beschließe, dass Egon Altersunsinn geredet hat.
Aber sicher bin ich mir nicht.

*

Mein Smartphone zeigt mir, dass in der Fischerau ein Papierladen ist, der Kurse zum Papierschöpfen anbietet. Als ich die Tür öffne, ertönt ein leichtes Klingeln und eine etwa fünfzigjährige Frau erscheint im Türrahmen des Hinterzimmers. Sie hat eine braune Lederschürze umgebunden, und sie verströmt einen Geruch von Leim. Sie stemmt die Hände in die Hüfte und sieht mich an.
Vorsichtig packe ich Vaters zusammengeklebte Papiere aus. »Vielleicht können Sie mir helfen«, sage ich und hebe den Stapel hoch. Sie kann helfen. In drei Tagen soll ich wieder vorbeikommen.

Jakob erklärt die Welt

Meine Mutter läuft in der Küche auf und ab. Sie erträgt es nicht, wenn andere in *ihrer* Küche mit *ihren* Töpfen und Pfannen hantieren, *ihre* Zuckerdose nicht an den richtigen Platz im Küchenschrank zurückstellen, *ihre* Messer nicht gleich nach der Benutzung abwaschen. Die Einzige, die das ganz selbstverständlich darf, ist Frau Willmann, und selbst Egon hütet sich, in dieser Küche einen Löffel oder den Salzstreuer an den falschen Platz zu räumen. Doch heute Abend kocht Jakob. Er hat aus Berlin drei Packungen Spaghetti mitgebracht (von einer italienischen Marke, die er für die beste hält). Aus Mutters Garten pflückt er eine Handvoll reifer Tomaten. Er zieht eine Knoblauchknolle aus der Erde und schneidet eine Handvoll Petersilie.

Meine Mutter umkreist ihn wie ein Tiger. »Jetzt gib mir doch die Tomätle, die kann ich au wäsche. Un de Knoblauch und d'Peterle[1] hack' ich au gern, des goht jo fascht nebeher.« Jakob lacht, küsst sie und lehnt ab. Stattdessen gibt er ihr den Ratschlag zu entspannen – *chillen* sagt er. Ich bin mir nicht sicher, ob meine Mutter versteht, was er meint.

Eine Viertelstunde später stellt Jakob eine Schüssel *Spaghetti Aglio e Olio* und einen Tomatensalat auf den Tisch und füllt Mutters Teller. Bevor sie zur Gabel greift, faltet sie die Hände vor dem Bauch und senkt den Kopf. Jakob und ich sitzen still und warten, bis sie gebetet hat und ihre Hände wieder öffnet, endlich nach Löffel und Gabel greift.

Ich sehe es ihr an. Die Papiere von gestern beschäftigen meine Mutter. Ich habe es nicht ausgesprochen, aber es steht wie ein Elefant im Raum: Es gibt nur einen Menschen, vor dem mein Vater diese Unterlagen versteckt hat: vor meiner Mutter. Die Runzeln

---

1 Peterle = Petersilie

auf ihrer Stirn sind tiefer als heute Morgen. Sie presst die Lippen zusammen. Die Augen zusammengekniffen. Sie brütet schlecht gelaunt vor sich hin.
Wir warten, doch sie betet nicht. Stattdessen öffnet sie die Augen, und ihr Blick wandert von mir zu Jakob; immer noch: Stirn gerunzelt, Augen zusammengekniffen. Sie sucht ein Ventil für ihre schlechte Stimmung. Sie beschließt, diese an Jakob auszulassen. »So a klei weng bete tät dir au it schade.«
Mein Sohn verdreht überrascht die Augen. »Ich bete nicht.«
»Aber dann kannsch du mit unserem Herrgott ins G'spräch komme. Des tät ihm g'falle.«
Jakob lächelt. »Dem lieben Gott bin ich in Berlin begegnet. Er stand neulich vor mir im Späti an der Kasse.« Er schiebt die Schüssel über den Tisch zu mir.
Mutter ist empört. »So schwätzt mer it! Des hört er au alles, dass du's nu weisch!«
Ich nehme mir eine Portion Spaghetti auf den Teller, schöpfe einen Löffel Soße aus der Schüssel und schiebe sie zu Jakob zurück. Während er sich bedient, sagt er: »Da ich die Gelegenheit hatte – ich habe ihm eine ganz, ganz wichtige Frage gestellt.«
Mutter will das Thema wechseln und die Harmonie am Tisch wiederherstellen. »Vor alle Dinge freut er sich, dass mir wieder emol alle binand sin.«
Wieder faltet sie die Hände. Ihre Mundwinkel zucken. Ihr Blick wandert hin und her. Sie versucht, die Neugier zu unterdrücken, aber es gelingt ihr nicht. »Du willsch mi ja nu uff de Arm nehme. Mei, mei, Jakobli!!« Sie schüttelt drohend ihren Zeigefinger. Ihre Augen lachen.
Jakob wendet ein paar Nudeln mit seiner Gabel. »Nein, Oma, ohne Scherz, ich habe ihn wirklich gefragt: Warum hast du den Teufel nicht getötet?«
Mutters Augen werden größer. Sie findet die Frage komisch.
Jakob: »Warum hat er es nicht getan? Was glaubst du?«
Mutter legt die Papierserviette in ihren Schoß. Sie lächelt nachsichtig. »Also, du häsch Idee.« Auf Hochdeutsch sagt sie: »Unser Herr-

gott tötet nicht.« Dann fällt sie wieder in ihren Dialekt: »Sunsch wär er jo it unser lieber Gott. Des weiß jedes Kind.« Sie schaut Jakob direkt an: »Das 6. Gebot. Du sollsch nicht töten. Des hätt dir din Vater scho längscht beibringe könne. Er war lang g'nueg Minischtrant unte in de Kirch.«

Mein Sohn lächelt sie an. »Oma, erinnerst du dich? Mose zog aus Ägypten aus. Die Ägypter schickten ihm ein Heer nach; viele, viele Soldaten. Gott ließ sie alle im Roten Meer ertrinken. Erinnerst du dich an diese Geschichte? Steht im Alten Testament. Es müssen Zehntausende gewesen sein. Und wie er alle Einwohner von Sodom und Gomorrha verbrannt hat. Lots Frau wurde zur Salzsäule, nur weil sie sich umdrehte. Vielleicht hörte sie die Schmerzensschreie ihrer Familie? Und dann der eigene Sohn! Kreuzigung. Dornenkrone. Geißelung. Das volle Programm. All die vielen Morde hätte er sich ersparen können, er hätte seinen Sohn nicht quälen und töten müssen, wenn er nur eine Figur gekillt hätte, den Teufel. Und wir Menschen hätten ein viel besseres Leben gehabt. Keine Kriege. Keine Gewalt. Keine Armut. Logisch, dass ich den lieben Gott im Späti fragte: »Warum hast du den Teufel nicht getötet, hattest du nicht die Macht dazu?«

Meine Mutter rutscht auf dem Stuhl hin und her.

Jakob: »Da hat er sich aufgeregt. Natürlich habe ich die Macht dazu. Ich habe schließlich alles erschaffen.«

Die Augen meiner Mutter gehen nach innen, sie sucht nach einer passenden Antwort – und findet keine. Das erlebt man bei meiner Mutter nicht oft.

Ich frage Jakob: »Was hat dir der liebe Gott im Späti geantwortet?«

Jakob lacht und greift nach dem Besteck: »Er hat gesagt: Verpiss dich. Fahr zur Hölle.«

Mutter hebt den Kopf. »An dem Tisch wird it g'fluecht. Un jetzt isch a Ruh, jetzt wird betet!«

Sie faltet die Hände, senkt den Kopf und murmelt: »Komm, Herr Jesus, sei unser Gast und segne, was du uns bescheret hast. Amen.«

Jakob und ich legen Löffel und Gabel beiseite. Und warten. Mir kommt es vor, als murmele sie ihr Gebet schneller als sonst.

Sie hebt den Kopf und strahlt uns an: »Wa bin ich froh, dass ihr zwei bi mir sin. Un dass de Jakob so guet kocht hät. Hitzutag koche sogar die junge Männer. Des war früher no it so üblich. En Guete mitenand!«

*

Nach dem Abwasch öffne ich eine Flasche Rotwein. Mutter holt die Karten, mischt sie und teilt sie aus. Sie gibt mir ein schlechtes Blatt, nur zwei Asse und zwei Könige. Das ist alles. Der Rest ist Mist.

Mutter legt sofort ab – drei Achter und drei Fünfer. Jakob versteckt sich hinter seinem Blatt und runzelt die Stirn. Er hat sein iPad mitgebracht und tippt nebenbei darauf herum.

»Des war wahnsinnig heiß im Krankehus« sagt Mutter. »Un obwohl ich d'Fenschder ufg'macht han, glaubsch, 's hätt' abkühlt? 's war fascht it zum Ushalte.«

Ich frage mich, ob ihre Blase im Krankenhaus dicht gehalten hat.

Jakob zieht eine Karte. »Nicht schlecht«, sagt er und legt sie weg. Ein Blick in meine Richtung. »Du bist dran.«

Ich ziehe eine Karte vom Stapel. Herz König. Ich könnte ablegen, aber ich beschließe, es mit Rommé Hand zu versuchen.

»Do hät aber einer a guet Kärtle zoge«, sagt meine Mutter. Sie lächelt wie eine weise alte Frau in einem Hollywood-Schinken.

Jakob blickt von seinem iPad auf: »Das Internet kennt keine Düse 284.« Er sagt es in einem Ton, als bedeutete dies, dass diese Düse nicht existiert. In der Welt meines Sohns sind Dinge, die im Internet nicht existieren, nicht vorgesehen.

Ich zucke mit den Schultern. »Du hast die Konstruktionszeichnung gesehen. Vielleicht gibt es sie – halt nicht im Internet.«

Jakob schaut wieder auf sein iPad und wischt darauf herum.

»Jetzt wird Rommé g'spielt un it in den Kaschde guckt!« Die Stimme meiner Mutter klingt streng.

Jakob greift wieder zu seinen Karten. »Oma, hast du schon mal überlegt, warum das im Krankenhaus so heiß war? Letztes Jahr war das wärmste Jahr seit Beginn der Wetteraufzeichnungen. Und dieses Jahr übertrifft es wahrscheinlich noch.« Er studiert die Karten, als hätte er sie noch nie gesehen.

Ich sehe ihn streng an. »Keine Belehrungen beim Kartenspielen. Deine Oma war gestern noch im Krankenhaus.« Ich kenne ihre Streitereien über Tiere, Klima und diese Dinge. Jakob hat Mücken und Hühner auf diesem Hof gerettet. Sie haben sich gestritten, aber der Streit hat sie nie auseinandergebracht, sondern innerlich zusammengeschweißt. Manchmal habe ich das Gefühl, dass meine Mutter ihrem Enkel mehr zuhört als mir. Ich lehne mich zurück.

Mutter nimmt eine Karte und zeigt sie uns. Es ist eine Kreuz-Acht. »Glück ka«, sagt sie. Sie legt sie neben die Reihe mit den anderen drei Achten. »Lass'n ruhig schwätze«, sagt sie zu Jakob. »Ich frog mich sowieso, worum 's Wetter in de letschde Johr so vorruckt spielt. 's git jo kei rechte Winter me. Ohne sälli Schneekanone däd faschd kei Mensch me Ski fahre.«

»Das nennt man Klimakatastrophe«, brummt Jakob und nimmt eine Karte.

»Kenntsch du mir des emol erkläre, des mit'm Klimawandel? 's stoht jeden Dag ebbis in de Zitung drüber, aber ich vostand's it recht. Wie schlimm isch des wirklich mit'm Wedder und dem Klima? Des tät ich gern besser verstehe.«

»Es ist eine Katastrophe«, sagt Jakob. »Kein Wandel.«

»Bitte nicht«, sage ich.

In einer Mischung aus Alemannisch und Hochdeutsch wendet sich meine Mutter an Jakob. »Kenntsch du des deine alte Oma emol genauer erläutern. Ich hör immer nu vom Treibhauseffekt. Wieso verändert der des Wedder so? Des will nimmi in mi Kopf. Aber viellicht bisch du do besser informiert, Jakob?«

Mein Sohn schaut mich an. Sein Gesicht arbeitet. Er sieht zu meiner Mutter. Dann wieder zu mir. Schließlich legt er die Karten beiseite. »Oma«, sagt er, »das ist gar nicht so schwer zu verstehen. Aber du hast recht: Aus der Zeitung allein erfährt man nicht, wie schlimm es ist. Und wie das mit dem Treibhauseffekt funktioniert.« Er schaut noch einmal auf sein iPad: »Das muss man sich so vorstellen: Die Sonne schickt ihre Strahlen zur Erde. Ein

Teil davon wird von der Erde wieder ins Weltall zurückgestrahlt. Besonders die großen weißen Eisflächen am Nord- und Südpol reflektieren sehr viele Sonnenstrahlen.« Er fährt sich mit beiden Händen durchs Gesicht, streicht sich ein paar Haare aus der Stirn. »Zum Glück bleibt ein Teil der reflektierten Sonnenstrahlen in der Atmosphäre hängen und verschwindet nicht wieder im Weltall. Sie treffen auf die Treibhausgase und reiben sich an ihnen. So wird es warm. Und das ist gut so. Ohne diesen Effekt wäre es bei uns durchschnittlich 32 Grad Celsius kälter. Dass das nicht so ist, verdanken wir den Treibhausgasen, die die Sonnenstrahlen abfangen.«

Meine Mutter legt die Karten auf den Tisch. »Wenn's 32 Grad kälter wär, dät sich uff dere Welt keiner me rege.« Sie neigt den Kopf zur Seite. Ihre Hände liegen auf dem Tisch. Mir hat sie noch nie so aufmerksam zugehört.

Jakob nickt. »Um unsere Erdkugel herum liegt eine dünne Schicht aus Treibhausgasen. Sie machen weniger als 0,1 Prozent der Luft aus, aber sie können etwas, was andere Gase nicht können. Es sind im Wesentlichen drei. Sie heißen Kohlendioxid, das berühmte CO_2, dann gibt es noch Methan und Lachgas.«

Mutter beugt sich vor. »Lachgas! Säll kenn i no vom Zahnarzt früher, do han i jedes Mol Albträum ka, wenn i wieder ofwachet bin. Jesses Gott!«

Jakob lacht. »In der Atmosphäre sorgt es dafür, dass das zurückgestrahlte Sonnenlicht nicht wieder im Weltall verschwindet, sondern die Erdoberfläche erwärmt. – Zusammen mit Kohlendioxid und Methangas.«

Jakob beugt sich vor. »Der Treibhauseffekt in der Atmosphäre funktioniert anders. Je mehr Treibhausgase in der Atmosphäre sind, desto mehr Sonnenstrahlen fangen sie ein, desto wärmer wird es auf der Erde.« Er schaut meine Mutter prüfend an, ob sie ihm noch folgt. Sie hat sich ihm ganz zugewandt und schaut ihn aufmerksam an.

Jakob fasst noch einmal zusammen. »Die Treibhausgase wandeln die zurückgestrahlte Sonnenenergie in Wärme um. Ohne sie gäbe es kein Leben auf der Erde. Je mehr Treibhausgase in der Atmosphäre sind, desto wärmer wird es auf der Erde. Das ist reine Physik. Seit 200 Jahren bekannt. Keine einzige wissenschaftliche Arbeit bestreitet diesen physikalischen Effekt.«

Meine Mutter nickt. »Jakob, du gäbsch en guete Lehrer na.«

Jakob fährt fort. »Die Wissenschaft zählt, wie viele Treibhausgase in der Luft sind. Sie misst, wie viele Teilchen der Treibhausgase auf eine Million Teilchen Luft kommen. Das nennt sie ppm. Das ist englisch und bedeutet ›parts per million‹, also ›Teilchen pro einer Million Teilchen Luft‹.«

Mutter: »Dann muss mer ja froh si, dass es überhaupt des Treibhausgas gibt in de Luft. Nur ’s Lachgas darf it überhandnemme, han ich des recht verstande?«

Jakob: »Da fängt das Problem an: Seitdem die Menschen Kohle verbrennen, später dann Öl und Gas, steigen die Treibhausgase in der Luft.« Jakob fährt sich mit der Hand über die Stirn. Er nimmt einen Schluck Rotwein.

»Trink doch den guete Wein it so gierig!«, sagt Mutter.

»Mame«, sage ich, »als deine Schwestern hier waren, habt ihr gebechert, da käm der Jakob gar nicht mit.«

Meine Mutter lacht. »Do häsch au wieder recht!« Sie hebt das Glas. »Proscht! Und jetzt erklärsch mir emol, warum wege de Kohle, wegem Öl und dem Gas mehr von dene Dinger in de Luft sin.«

Jakob stellt das Glas ab. »Also, Oma, nicht alle Sonnenstrahlen werden wieder ins All zurückgeworfen. Ein Teil wird von Pflanzen aufgenommen. Sie nutzen die Energie der Sonnenstrahlen zum Wachsen, Blühen und so weiter. Sie verwandeln das Kohlendioxid in Stoffe, aus denen sie aufgebaut sind: Kohlehydrate, Zucker, Cellulose, Holz usw. Es ist kein Zufall, dass das Wort Kohle in Kohlenhydraten und Kohlendioxid steckt: Kohle, Erdöl und Erdgas sind nichts anderes als tote Biomasse. All die toten Pflanzen, die toten Dinosaurier, die seit Jahrmillionen zusammengepresst unter der Erde liegen, haben Kohlendioxid gespeichert. Sie sind nichts anderes als kohlenstoffhaltige Biomasse. Wenn sie verbrannt werden, gelangt das Kohlendioxid in die Atmosphäre. Beim Heizen, beim

Autofahren mit dem Verbrennungsmotor, in der Industrie – überall, wo Öl verbrannt wird oder Kohle oder Gas, werden Treibhausgase in die Atmosphäre freigesetzt.«

»Un wege dem wird's immer wärmer? Des kan ich fascht it glaube.«

Jakob tippt auf seinem iPad: »Hier habe ich es: Seit der Industrialisierung ist der Anteil der Treibhausgase in der Atmosphäre um 50 Prozent gestiegen.«

Diese Zahl überrascht mich. »Das ist verdammt viel«, sage ich.

Mein Sohn sieht mich mit einem Blick an, den ich nicht genau einordnen kann. »Na ja, dann schau dir mal die riesigen Löcher der Braunkohle-Tagebaue an: Der ganze Kohlestoff, der da rausgeholt wurde, hängt jetzt als Kohlendioxid in der Luft. Das Benzin, das in die Autos getankt wurde, ist ja auch nicht weg. Es wird zu Kohlendioxid verbrannt und reichert sich in der Luft an. In deiner Lebenszeit sind die Treibhausgase extrem gestiegen«, sagt er. Wieder tippt und wischt er auf seinem iPad herum. »Ich habe gerade eine Arbeit darüber an der Uni abgegeben. Im Jahr 2000 waren 370 ppm in der Atmosphäre, 2020 waren es schon 413 ppm und 2018 sind es 496 ppm. Der Weltklimarat hat errechnet, dass die Menschheit die Grenze von 450 ppm nicht überschreiten darf, wenn wir die Erderwärmung dauerhaft auf zwei Grad Celsius begrenzen wollen. Wenn wir so weitermachen wie bisher, schießen wir weit über dieses Ziel hinaus. Die Folgen werden dramatisch sein.«

Unter seinem Blick fühle ich mich nicht wohl. »Du schaust mich an, als wäre ich persönlich dafür verantwortlich.«

Jakob senkt den Blick. »Du … deine Generation – ihr habt gar nicht mitbekommen, was um euch herum passiert.«

Ich ärgere mich. So klug mein Sohn ist, diesen Hang zur Besserwisserei hat er von seiner Mutter. »Tja«, sage ich, »die Wissenschaftler, die das alles jetzt herausfinden, sind eher wohl nicht deine Generation.«

Sofort schaltet sich meine Mutter ein. »Jetz höre doch emol uff mit Stritte, des bringt doch nint! Jakob, was passiert, wenn die zwei Grad Erderwärmung, von dene alle schwätze, it ighalte werre? Goht do d'Welt unter oder was?«

»Die Wissenschaft sagt: Wenn wir so weiterleben und vor allem so weiterwirtschaften wie bisher, wird die Temperatur bis zum Ende des Jahrhunderts wahrscheinlich um vier Grad Celsius steigen. Das wird weltweit zu Dürren, Überschwemmungen und Hungersnöten führen. Die Gletscher werden schmelzen. Auch das Eis am Nord- und Südpol. Das hat zwei Folgen: Erstens steigt der Meeresspiegel. Zweitens reflektieren Schnee und Eis die meisten Sonnenstrahlen zurück ins All. Verschwinden die weißen Flächen, verstärkt sich die Erwärmung. In Deutschland können wir einen Anstieg um ein bis 1,5 Prozent verkraften, auch wenn sich Dürresommer und Ernteausfälle häufen. Außerdem müssen die Deiche deutlich höher gebaut werden, denn auch bei uns wird es extreme Sturmfluten geben, und vor allem werden sie häufiger kommen als bisher. Du erinnerst dich an die Ahrtal-, Erft-, Donau-, Neckar-Fluten.«

»Eine Zwischenfrage«, sage ich, »der Anteil der Treibhausgase in der Atmosphäre steigt, und die Erde erwärmt sich. Beide Trends sind nachgewiesen. Aber bist du auch sicher, dass es einen Zusammenhang zwischen diesen beiden Trends gibt? Wenn in einem Jahr mehr Kinder geboren werden und es gleichzeitig mehr Störche gibt – das wären auch zwei Trends und trotzdem – es gäbe keinen Zusammenhang.«

Jakob sieht mich nachdenklich an und kratzt sich am Kopf. Er überlegt kurz und sagt dann: »C14.«

Meine Mutter dreht sich zu ihm um. »Un du meinsch, des verstoht einer? Ich glaub, du musch scho a weng deutlicher werre, sonsch kapiert des kein Mensch.«

Jakobs Stirn legt sich in Falten: »Tut mir leid, ich muss nur kurz nachdenken, wie ich es erklären soll.« Sein Blick wechselt zu meiner Mutter. »Es ist so: C14 ist ein spezielles Kohlenstoffisotop, das in Moleküle, also chemische Bausteine, wie zum Beispiel Kohlenhydrate, Proteine, Fette eingebaut wird. Es entsteht in der Atmosphäre durch kosmische Strahlung und landet früher oder später in jedem Lebewesen. Das Besondere an C14: Es ist radioaktiv.«

»Radioaktiv?«, fragt meine Mutter. »Also g'fährlich?«

Jakob schüttelt den Kopf. »Man kann es messen, aber es ist so schwach, dass es für Menschen, Tiere und Pflanzen ungefährlich ist. Pflanzen nehmen C14 zusammen mit Kohlendioxid aus der Luft auf und bauen es beim Wachsen in ihre Blätter, Blüten und Stängel ein. Menschen und Tiere essen diese Pflanzen.« Er hüstelt und grinst: »Manchmal fressen sie sich auch gegenseitig. Man kann also sagen, dass alle Lebewesen auf der Erde winzige Anteile von diesen C14-Dingern haben. Solange wir lebendig sind, gibt es ein Gleichgewicht zwischen dem normalen Kohlenstoff, also C12 und dem C14. Erst wenn wir sterben, kommt kein neues C14 dazu, aber das in den Körper eingebaute C14 zerfällt. Nach 5730 Jahren ist die Hälfte weg, nach weiteren 5730 Jahren ist nur noch ein Viertel da, nach weiten 5730 Jahren ein Achtel und so weiter.«

»Donnerwetter«, sage ich. »Das hält länger als unsere Knochen.«

Meine Mutter rückt ihre Brille zurecht. »Dann wär des C14 vom Babba also no do.«

Jakob nickt. »Das würde man nicht sehen, wenn man den Sarg von Opa öffnen würde. Aber man könnte es messen.«

Meine Mutter schüttelt sich. »A grusige Vorstellung, dass 's Letscht, was vom Babba no übrig isch, so kleine radioaktive Dinger sin.« Sie hält inne und denkt nach. Also ich kann mir it vorstelle, dass unser Herrgott sich so ebbis usdenkt hät.«

Jakob hebt die Hand. »Ich habe doch vorhin schon gesagt, dass Erdöl, Kohle und Erdgas tote Pflanzen und tote Tiere sind, tote Biomasse, die schon ziemlich lange unter der Erde liegt und da zusammengepresst ist. Das liegt schon weit über 11.000 Jahre da, das heißt: Erdöl und Kohle haben kein C14 mehr. Das ist längst weg, abgebaut. Deswegen wird bei der Verbrennung von Kohle, Öl und Gas nur CO_2 ohne C14 in die Atmosphäre freigesetzt.«

»Aha«, sage ich. »Aber ein echter Beweis, dass beides zusammenhängt, ist das noch nicht.«

Jakob nickt. »Der kommt jetzt. Die Wissenschaft hat nachgewiesen, dass der Anteil von C14 in der Atmosphäre seit der Industrialisierung abgenommen hat. Mit anderen Worten: Es ist chemisch erwiesen, dass das zusätzliche CO_2 aus den Schornsteinen der Fabriken und aus den Auspuffen kommt. Das ist auch der endgültige Beweis dafür, dass der so gefährliche Anstieg der Treibhausgase menschengemacht ist und deshalb auch vom Menschen wieder rückgängig gemacht werden kann.« Er greift zu seinen Karten. »Können wir jetzt weiterspielen? Ich hab ein supergutes Blatt.«

Doch Jakob hat irgendetwas bei meiner Mutter in Gang gebracht. Sie sortiert ihre Karten neu, legt welche vor sich auf den Tisch und nimmt sie wieder auf, sortiert alles neu. »Was kann mer denn da mache gege die Klimaerwärmung, was schlägsch du vor? Des isch doch it möglich, dass es mit de Menschheit einfach rum isch. Des will it in min Kopf. Und des stoht au nirgends g'schriebe.«

Jakob hält sein Blatt in der Hand, studiert es und sortiert zwei Karten neu ein. »Es geht um die eine entscheidende Frage: Wann hört die Menschheit auf, Öl, Gas und Kohle zu verbrennen? Wann begreift sie, dass das gewaltige Aggregat am Himmel …« Er deutet mit einer vagen Bewegung an die Decke. »… mehr Energie für alle liefert, als wir verbrauchen können. Frei Haus und kostenlos. Davon hängt alles ab.« Er sieht zu mir, dann zu meiner Mutter und legt schließlich die Karten vor sich auf den Tisch. »Wie groß ist das Dach deines Hofs? Wie viele Quadratmeter?«, fragt er meine Mutter.

Meine Mutter schaut ihn verblüfft an. Jetzt legt auch sie ihre Karten ab, schließt die Augen, denkt nach. »So uff de Zentimeter genau kann ich dir's it sage.«

Jakob lehnt sich im Stuhl zurück. »Sagen wir mal, es wären hundert Quadratmeter. Die Sonne schickt dir jeden Tag Energie auf dein Dach. Wie viel – das kann man ausrechnen. Man kann es auch in andere Energieformen ausrechnen.« Er hebt die Augen zur Decke und scheint etwas auszurechnen. »Bei hundert Quadratmetern liefert die Sonne ungefähr den Gegenwert von 25.000 Litern Öl. Wie viel Liter verbrauchst du mit deiner Ölheizung im Jahr?«

Mutters Antwort kommt prompt. »Säll weiß ich ganz genau. 2000 Liter hät er im Herbst nachg'füllt.« Sie senkt den Blick. »Des hät mich ja fascht 3500 Euro koscht. Säll isch en rechte Batze'.« Jakob nimmt seine Karten wieder auf. »Dann überleg mal: Die Sonne liefert dir kostenlos 25.000 Liter. Und du bezahlst viel Geld für wenig Energie.«

Doch meine Mutter schaut in Richtung Fenster in die Dunkelheit. »Dann wär's doch eigentlich 's Bescht, wenn mer die Windräder uffstellt, oder it? Wa git's do no viel zum Überlege?«

»Auf jeden Fall«, sagt Jakob. »Dad, du bist dran.«

Ich sehe, wie die Backenmuskeln meiner Mutter mahlen. »Du hast deine Oma ins Nachdenken gebracht. Ihr gehört ein Grundstück auf dem Feldberg, auf dem jemand eine Windanlage bauen will.«

»Echt jetzt?«, sagt mein Sohn. »Krass.« Und an meine Mutter gewandt: »Das musst du machen, Oma. Gute Sache.«

Sie schüttelt den Kopf. »Kummt it infrog! Säll han ich abg'säit. Ich han's de Karola in d'Hand ni verspreche müsse, dass ich's it mach.«

»Warum?«, fragt mein Sohn. Er beugt sich vor. »Das ist doch super.«

Der Blick meiner Mutter wandert von mir zu Jakob und wieder zurück. Sie knetet ihre Hände. »D'Karola hat zu mir gsäit, dass die Windräder Strahle schicke, die höchschd ung'sund sin, also g'fährlich, in mine Auge. Un do kennt sich d'Karola genau us, mit so Strahle. Die mache nämlich en Schall, den hörsch un siehsch du it, aber der goht ins Gehirn uff em direkte Weg. Und des macht ein' ganz krank.«

»Infraschall?«, fragt Jakob.

Meine Mutter sieht erleichtert auf. »Genau so heißt des! So hät's d'Karola au gsäit. Siehsch, sie kennt sich halt doch us.«

Jakob verdreht die Augen. »Oma, das ist Unsinn. Aber: ein Windrad auf dem Feldberg – das ist doch klasse.«

Mutter schüttelt energisch den Kopf. »Sunsch no en alte Axt zum Schliefe![1] Willsch du, dass alles vostrahlt wird? Nei, säll mach ich it, uff kei Fall. Jakob, uff kei Fall. Ußerdem weiß ich it, wo de Babba sini Verträg vosteckt hät. Die däte mer nämlich scho bruche.«

1 Sunsch no en alte Axt zum Schliefe = Sonst noch eine alte Axt zum Schleifen; alter Schwarzwälder Ausdruck für »Sonst noch was?«

Plötzlich schüttelt sich ihr Körper, als hätte sie einen Fieberkrampf. »Aber wie ich hit erfahre han, hät de Babba no viel meh vor mir vosteckt.«
Sie weint.
Jakob springt auf und nimmt sie in den Arm.
Sie schaut zu ihm mit verweinten Augen auf. »Uf'm Feldberg wird's nie a Windrad gäi. Säll isch so sicher wie's Amen in de Kirch.«

Leserbrief

Meine Mutter und ich räumen gerade unser Frühstücksgeschirr weg, als Jakob verstrubbelt und in Boxershorts in der Tür steht. Unter dem Arm hat er sein iPad geklemmt. »Oma, ich habe gerade gesehen, dass du einen Leserbrief geschrieben hast. In der *Badischen Zeitung*. Vor drei Minuten ist er online gegangen. Wie hast du das gemacht?« Jakob sieht meine Mutter interessiert an. »Gestern haben wir doch die Werkstatt vom Opa aufgeräumt, dann hab ich gekocht, und du hast aufgepasst, dass ich nichts kaputt mache. Und am Abend haben wir Karten gespielt.«
»Wa han ich?« Sie überlegt kurz. »Ach so, säll meinsch du, säll war d'Karola. Jo, ich han de Karola en G'falle due.« Sie wechselt in ihr fremd klingendes Hochdeutsch. »Sie hat mich höflich gefragt.«
Jakob liest vor und runzelt die Stirn. »Oma, du schimpfst über die Windräder im Schwarzwald, weil sie die Vögel töten. Das Auerhuhn, den Rotmilan und viele andere … Bist du sicher, dass das stimmt?«
Meine Mutter: »Jakob, willsch it z'erscht en Kaffee trinke? Un zieh dir emol ebbis Rechts a. 's isch lang her, sit an nackete Ma bi mir in de Kuchi war.«
Jakob grinst. Er legt das iPad auf den Küchentisch. Dann nimmt er seinen Espressokocher, schraubt ihn auf und füllt Kaffeepulver hinzu, schraubt ihn wieder zu und stellt die Bialetti auf die Herdplatte. Er fährt sich mit beiden Händen durch die Haare.
»Un du meinsch, des duet's für heut? Bisch subber gnueg?«, fragt meine Mutter.
Als der Espressokocher gurgelt, dreht sich mein Sohn um und fragt meine Mutter: »Hast du alles geprüft, was in dem Leserbrief drinsteht?«
Sie schüttelt unwillig den Kopf und sieht Jakob an, der sie unverwandt anstarrt. »Hä, d'Karola wird scho alles prüft ha. Sie isch jo in

dere Bürgerinitiativ. Die welle it no meh Windräder im Schwarzwald. Des kasch jo it mit agucke, Jakob, wie die alles veschandle!«
»Oma, hier steht, dass du empört bist über die vielen Vögel, die von den Windrädern geschreddert werden. Du schreibst: 100.000 Vögel sterben jedes Jahr durch Windräder.« Stirnrunzelnd liest er weiter. »Deshalb fordern alle vernünftigen Menschen: Stoppt den Massenmord an Vögeln! Kein Ausbau der Windenergie im Schwarzwald.«
Meine Mutter: »Wer hät des jetz g'schriebe?«
Mein Sohn: »Du.« Er kratzt sich am Kopf. »So endet dein Leserbrief. Margret Dengler, Altglashütten, 82 Jahre alt.«
Meine Mutter krümmt sich auf dem Stuhl. Ich versuche zu vermitteln. »Deine Oma hat Karola quasi eine Vollmacht in ihrem Namen erteilt …«
Jakob sieht mich finster an. »Das hast du gewusst? Hätte ich mir denken können.«
Die Bialetti brodelt. Jakob nimmt sich eine Tasse aus dem Schrank und füllt sie mit dem heißen Kaffee. Er setzt sich an den Küchentisch und klappt das iPad auf. Er tippt auf seinem Gerät herum. »Oma, Papa, jetzt kommt die Wahrheit.« Er liest auf seinem Computer. »Oma, jedes Jahr sterben in Deutschland etwa 2,8 Millionen Vögel an Hochspannungsleitungen.« Er schaut meine Mutter an. »Warum schreibst du nicht einen Leserbrief dagegen?«
»Hä, Jakob, des isch jo normal, des kasch it ändere, dass de ei oder ander Vogel … sälli Leidunge brucht mer jo.«
Mein Sohn schaut sie unverwandt an. »Hauskatzen fressen bis zu 60 Millionen Vögel. Oma, 60 Millionen! Autos und Züge töten 70 Millionen. An den Fensterscheiben der Häuser zerschellen jedes Jahr 115 Millionen Vögel. 115 Millionen! Jedes Jahr. Du könntest Leserbriefe schreiben, dass die Leute ihren Katzen Glöckchen umbinden oder die Schattenrisse von Greifvögeln an ihre Fensterscheiben kleben sollen. Warum regst du dich über die – relativ gesehen – geringe Zahl von Vögeln auf, die durch die Windräder sterben?«
»D'Karola hät mich halt gfroget. Un weil ich sie gern han, han ich jo gsäit.«

»Hast du dir nicht vorher angeschaut, was sie schreibt? Ob das stimmt?«
Meine Mutter: »Jetz trinksch di Kaffee, sonsch wird er kalt.«
Jakob schaut auf sein iPad. »Jetzt melden sich noch andere.« Er liest laut vor: »›Die alte Frau hat recht. Der Mord an Tausenden von Vögeln muss verhindert werden. Weg mit den Windrädern.‹ Dein Leserbrief wurde auch schon auf Facebook gepostet. Dort schreibt jemand: ›Grüner Killerstrom: Windräder töten jährlich über 100.000 Vögel.‹ Dein Leserbrief macht Furore, Oma.«
Meine Mutter runzelt die Stirn und nimmt die Brille ab. Doch Jakob liest unerbittlich weiter: »Hier schreibt jemand: ›Grüne, Greenpeace, Naturschutzverbände gehen sonst für jeden Lurch auf die Straße – aber beim Vogelmassenmord schweigen sie.‹ Oma, glaubst du wirklich, jemandem, der so etwas schreibt, geht es um die Vögel?«
Meine Mutter schüttelt den Kopf. »Jakob, do kasch no lang schwätze! Mit mir wird's so a Windrad uf'm Feldberg nicht geben. Punkt, aus! Kasch dich astelle wie du willsch. Ob Vögel sterbe oder it.« Sie stemmt die Hände in die Hüften. »Un jetzt ziehsch a paar Strümpf a. Ich hör dich scho jamere …« Meine Mutter wechselt ins Hochdeutsche und imitiert Jakobs Tonfall: »Oma, meine Füße sind eiskalt!«
Jakobs Stimme wird leiser. »Alles wegen der Strahlung. Dem Infraschall!«
Meine Mutter: »Ja, du häsch's erfasst. Genau wege dem.«
Jakob wischt auf dem Computer herum. »Heute ist in der Nähe von Freiburg, auf dem Roßkopf, eine Aktion der Windkraftgegner. Dort stehen vier Windräder, und sie messen öffentlich den Infraschall. Wir sollten dort hinfahren. Dann kannst du selbst …«
Meine Mutter fällt ihm ins Wort: »Dann wird's höchschte Zit, dass du ebbis aziehsch. Aber do kasch von mir us au in de Unterhose na.«

*

Die beiden rühren mich. Mein kluger (manchmal neunmalkluger Sohn) und meine Mutter, die nichts mehr verabscheut, als die Kontrolle zu verlieren, wie sie sich aneinanderreiben mit ihren diametral verschiedenen Ansichten. Und es rührt mich, wie sie sich gegenseitig zuhören, aufmerksam und wach und vor allem liebevoll. Am liebsten hätte ich sie beide umarmt. Und dann ihren erstaunten Kommentaren gelauscht.

Auf dem Weg zum Windrad

»Sie hatten Glück: Chassis und Achsen sind okay, sogar die Spur stimmt noch. Sonst hätte sich eine Reparatur auch nicht mehr gelohnt. Wir haben den Airbag und den linken Scheinwerfer inklusive Blinker ersetzt. Das Fahrzeug ist jetzt zwar fahrtüchtig, aber … ich würde damit keine Rennen mehr fahren.« Der Mechaniker führt mich zum Parkplatz hinter der Werkstatt. »Jetzt kämen die Lackarbeiten dran … Wie Sie sehen, ist da einiges zu tun. Das müssen Sie entscheiden. Wir würden Ihnen dazu zunächst einen Kostenvoranschlag machen.«

Der Renault sieht schlimm aus.

Wie der Wagen eines Stuntmans. Die Dellen an Fahrer- und Beifahrerseite wurden zwar provisorisch ausgebeult, aber sämtliche Bleche sind in langen Linien zerkratzt. Die Stellen, wo der Lack großflächig abgeplatzt ist, hat man mit einer weißgrauen Rostschutz-Farbschicht überstrichen.

Aber immerhin habe ich mein Auto wieder und kann heute Mittag mit meiner Mutter und Jakob zu den Windrädern auf dem Roßkopf fahren, um das Spektakel der öffentlichen Infraschallmessung mitzuerleben. Wenn der Untote meine Rechnung bezahlt, kann ich vielleicht den Wagen neu lackieren lassen.

Ich stehe am Tresen der Werkstatt. Eine Mitarbeiterin tippt mit einem Stift auf jeden einzelnen Arbeitsschritt, der auf der Rechnung steht.

»Herr Dengler?« Ein Mann in grauem Kittel, mit grauen Haaren und drei verschiedenfarbigen Kugelschreibern in der Brusttasche steht neben mir. »Da ist noch was … Muss Ihnen etwas zeigen. Haben meine Leute an Ihrem Fahrzeug entdeckt …« Mit einer zeigenden Geste bittet er mich, ihm in sein Büro zu folgen, dort lässt er sich auf den Stuhl hinter seinem Schreibtisch fallen. Mit der Hand deutet er auf einen kleinen schwarzen Gegenstand, der vor ihm auf der dunkelgrünen Schreibtischunterlage liegt.

»Nehmen Sie! Ist nicht von uns …« Er schaut mich prüfend an. »Das Teil ist magnetisch und haftete am Bodenblech unter der Fahrertür. Ich nehme an, Sie wissen, was das ist?«

Ich nehme das kaum daumengroße Ding in die Hand und hebe es hoch. Es ist ein Tracker, ein Peilsender, ein kleines elektronisches Bauteil, das die Bewegungsdaten meines Autos an jemanden übermittelt, den ich nicht kenne.

*

Auf der Fahrt rede ich nicht viel. Das übernimmt Jakob. Er sitzt neben mir, und ich höre kaum zu, wie er meiner Mutter auf dem Rücksitz die neuesten Ergebnisse der Klimaforschung erzählt. Meine Mutter stellt Zwischenfragen, ab und zu lachen sie.

Ich gehe die Fälle des vergangenen Jahres durch. Mir fällt niemand ein, der sich für meine Überwachung interessieren könnte. Und doch: Irgendjemand ist interessiert. Sehr interessiert. Der Peilsender ist echt. Da draußen ist jemand, der wissen will, was ich mache, der wissen will, wie ich mich bewege. Und ich verstehe nicht, warum und vor allem: wer.

Das ist kein gutes Gefühl.

Jakob hat sich zu meiner Mutter umgedreht und macht das, was er am besten kann: Er erklärt die Welt. In meiner Mutter hat er eine geduldige Zuhörerin gefunden. Gerade setzt er ihr auseinander, dass jedes Geräusch nichts anderes ist als Druckwellen. Ich höre nicht zu. Mich beschäftigt dieser verdammte Peilsender.

Von Bärental fahre ich hinunter zum Titisee. Links schimmert die Wasseroberfläche silbern durch die Fichten. Bevor wir losfahren, fragt mich Jakob, wie wir meine Mutter auf den Roßkopf bekommen. Der Freiburger Hausberg ist nicht besonders hoch (vor allem im Vergleich zum Feldberg und den Bergen um Altglashütten), aber die Wege hinauf (vor allem das letzte Stück) sind steil. Bis St. Ottilien könnte ich mit dem Renault fahren. Aber dann? Schließlich ist der Roßkopf über 700 Meter hoch. Das ist ein Ziel

für Mountainbiker und nicht für Frauen in Mutters Alter. Jakob hat eine Idee, die gefällt mir. Ich bin gespannt, ob es klappt.
Als ich auf die Bundesstraße einbiege, herrscht dichter Verkehr. Ich muss an die Polizistin Trautwein denken. Auf keinen Fall will ich meine Mutter und Jakob in einen alten Fall von mir hineinziehen. Ich will sie nicht gefährden. Das letzte Mal, als man mich angreifen wollte, war während der Pandemie 2020. Ich hatte gegen einen berüchtigten Berliner Immobilienhai ermittelt. Aber das ist mehr als vier Jahre her. Ich saß abends in meinem Büro und übte auf der Mundharmonika das Intro zu Junior Wells Song *Hoodoo Man Blues*. Ein schwieriges Stück. Ich probierte und probierte, aber immer war ein Ton schief, und alles, was ich spielte, klang schrecklich. Am liebsten hätte ich die Mundharmonika aus dem Fenster geworfen. Frustriert hörte ich, wie unten auf der Straße mit einem satten Plopp eine Autotür zuging. Das war irritierend, denn die Wagnerstraße ist für den Verkehr gesperrt. Ich ging zum Fenster und sah zwei Männer vor einem schwarzen Geländewagen stehen und auf meine Haustür starren. Einer der beiden griff sich mit beiden Händen an die linke Brustseite und schob mit einer schnellen Bewegung sein verborgenes Schulterhalfter zurecht. Das waren keine Polizisten, so viel war sicher. Deren Einsatzkommando wäre nicht mit weniger als zwanzig Mann gekommen. Ich holte meine Smith & Wesson aus dem Tresor, lud sie durch und ging die Treppe hinunter. Vor der Haustür blieb ich stehen und atmete dreimal tief durch, um das Adrenalin abzubauen. Dann stieß ich die Haustür mit dem Fuß auf. Ich stand da, die Waffe in beiden Händen, und starrte zwei schwarz gekleidete, durchtrainierte Männer an. Sie starrten zurück, dann drehten sie sich um, stiegen in ihr Auto und fuhren davon.
Mit einem Peilsender hätten die sich nicht aufgehalten.
Seitdem ist Ruhe. Unwahrscheinlich, dass die beiden (oder ihr Auftraggeber) nach vier Jahren …
Aber wer weiß.
Hinter Hinterzarten geht es wieder kurvenreich bergab. Ich konzentriere mich aufs Fahren und lausche nebenbei Jakobs unermüdlicher Stimme: »Weißt du, Oma, wir Menschen können nicht alle

Geräusche hören, die in der Natur vorkommen. Hunde zum Beispiel haben ein viel besseres Gehör. Hundeohren sind empfindlicher für Schallwellen als unsere Ohren …«
Erstaunlich, dass der Tracker nicht vom hohen Unkraut abgerissen wurde, als ich das erste Mal die Auffahrt zu unserem Hof hinauffuhr. Ich erinnere mich noch gut an das kratzende Geräusch auf dem Bodenblech. Das Gras hätte den Sender weggedrückt. Mit anderen Worten: Ich hatte das Ding erst zwei Tage unter dem Auto. Vor dem Unfall.
Jakob: »Wir Menschen können Geräusche mit einer Frequenz von etwa 20 bis 20.000 Hertz wahrnehmen. In Hertz misst man die Schwingungen des Schalls pro Sekunde.«
Die Gestalten, die ich in der Nacht auf dem Hof gesehen habe, waren also keine Einbildung? Es hatte nichts mit einem alten Fall zu tun. Aber womit dann?
Ich habe keine Ahnung.
»Es gibt also Töne, die wir nicht hören können. Die Grenze liegt bei etwa zwanzig Schwingungen pro Sekunde, also bei zwanzig Hertz. Darunter wird es für uns Menschen schwierig. Tiefe Töne unter zwanzig Hertz, die wir nicht mehr hören, nennt man Infraschall. Hohe Töne über zwanzigtausend Hertz hören wir auch nicht mehr. Die nennt man Ultraschall.«
Meine Mutter fragt Jakob etwas, das ich nicht verstehe. Für meinen Sohn ein weiteres Stichwort für seine Erklärungen. »Infraschall gibt es überall. Das ist Schall, den wir nicht hören können. Wir hören nicht das ganze Geräusch, das der Wind macht – das ist Infraschall. Wasserfälle machen Infraschall. Das Meer erzeugt Infraschall. Autos, Flugzeuge, Maschinen, Klimaanlagen, Diskotheken – alle machen Infraschall. Also auch Windräder. Es ist ein alltäglicher Teil unserer Umwelt.«
Ich denke weiter: Wenn jemand unbedingt wissen will, wie ich mich bewege, dann wird er den Tracker erneuern, wenn ich ihn verliere, zum Beispiel durch hohes Gras oder eine Bordsteinkante. Das wäre meine Chance.

*

In Freiburg fahre ich ins Parkhaus am Schlossberg. Ich suche mir einen Platz am Rand der zweiten Parkebene, wo diese durch einen Bordstein begrenzt wird. Beim Aussteigen werfe ich den Peilsender neben den Bordstein auf den Boden.
Vom Parkhaus sind es nur wenige Minuten zu einem großen Fahrradhändler. Jakob hat telefonisch schon alles vorbereitet. Der Verkäufer, ein junger Mann mit bunten Tattoos auf dem muskulösen Oberarm, führt uns vor das Geschäft zu einem grünen E-Bike und einem Lastenrad. Er erklärt uns, dass dieses Bike über die größte dieser speziellen Lastenboxen verfügt. Hier passen drei Kinder rein, sagt er, aber man kann auch eine kleine erwachsene Person transportieren. Er mustert meine Mutter.
Mutter reagiert sofort: »Sie bruche gar it so gucke. Mich bringe da keine zehn Ross ni. Säll isch eins, was sicher isch.«
»Doch«, sagt Jakob.
Sie runzelt die Stirn. »Wenn mir aber no beizeite uff dem Roßkopf so möchte, müsse mer dann it langsam zufahre?«
Ich ziehe den Mann am Ärmel von den beiden weg. Wir gehen in den Laden, und ich bezahle die Leihgebühr für die beiden Räder. Als ich zurückkomme, höre ich, wie meine Mutter Jakob anschreit: »Jakob! Wie soll des funktioniere? Im Lebe nie pass ich in die Kischte. Ihr mit eure komische Idee!«
Jakob sagt: »Oma, es gibt keine andere Möglichkeit, als dich so auf den Roßkopf zu bringen.«
Meine Mutter schüttelt den Kopf und sagt: »Des hen ihr euch wieder schee usdenkt. Mit'm alte Weib kann mer ja alles mache.« Sie schaut auf das Lastenfahrrad: »Aber ich krieg doch mini Füß it weit gnug nuff. Ich bin doch it d'Marcia Haydée!«
Ich umarme sie und hebe sie hoch. Mama strampelt mit den Beinen und schreit: »Du Lump, lass mi los! Lass die alt' Mutter los. Georg, hörsch du schlecht? Dunderwettermi! Jetzt isch aber langsam Heu unte.«
Vorsichtig setze ich sie in den Lastenkorb des Fahrrades.
Jakob steht daneben. »Dad, das war jetzt ein bisschen übertrieben. Krass übergriffig.«

Meine Mutter findet sich sofort zurecht. Sie wackelt ein wenig mit dem Po, bis sie die richtige Sitzposition gefunden hat. »Also, bequem isch's it grad. Aber ich hab mir's noch schlimmer vorg'stellt. Was tut mer it alles, wenn de Tag lang isch.«
Ich ziehe ihr den Sicherheitsgurt über die Brust und schließe das Gurtschloss. Zu Jakob sage ich: »Nur ein bisschen.«

*

Bei strahlendem Sonnenschein radeln wir die Karthäuserstraße entlang. Nur ab und zu kommt uns ein Auto entgegen. Vorne schaut Mutter neugierig aus dem Kasten des Lastenfahrrads. Lässig tritt Jakob in die Pedale. Der Motor ist stark genug, dass er mühelos vorankommt. Ich fahre hinter den beiden her, etwas versetzt, damit ich meine Mutter immer im Blick habe. Einige Radfahrer überholen uns, andere kommen uns entgegen. Eine alte Frau in einem Lastenrad sieht man nicht jeden Tag. Alle lachen, manche winken. Eine junge Frau ruft: »Das mache ich das nächste Mal auch mit meiner Oma.«
Es gefällt ihr. Gerade dreht sie sich zu Jakob um. »Sag mal, goht's it a weng schneller? Mir schlafe ja d'Füß ein.« Jakob lacht und tritt kräftiger in die Pedale. Meine Mutter quietscht vor Vergnügen. Eine Mutter mit zwei Mädchen bleibt auf dem Bürgersteig stehen. Die Kinder winken Mutter zu. Sie lächelt huldvoll und winkt mit einer Geste zurück, die die Königin von England neidisch gemacht hätte. Jakob gibt noch mehr Gas, und meine Mutter lacht und jubelt. Mit beiden Händen hält sie sich an den Seiten der Box fest, den Oberkörper nach vorne gebeugt, und lacht und lacht – und sieht dabei so jung aus, wie ich sie schon lange nicht mehr gesehen habe.
Ich bewundere meinen Sohn für diese Idee. Ich wäre nie auf so einen Einfall gekommen. Ich will damit sagen, dass ich meiner Mutter offenbar nicht so nahestehe wie Jakob. Wäre schön, wenn ...

*

Zum Ausflugsort St. Otilien geht es nun auf einer schmaleren Straße steil bergauf. Ich biete Jakob an, das Lastenrad zu übernehmen, aber mein Sohn schüttelt den Kopf. Der Elektromotor macht es ihm leichter, aber ich sehe, wie er vom Treten schwitzt.

Der Parkplatz des Ausflugslokals ist überfüllt, einige Besucher haben ihre Autos am Straßenrand geparkt. Verschwitzte Mountainbiker sitzen auf Holzstühlen unter blauen Sonnenschirmen und trinken Apfelschorle oder Weizenbier. Kinder springen herum. Alle Köpfe drehen sich zu meiner Mutter, als Jakob mit dem Lastenrad vor dem Zaun des Gartenrestaurants hält. Sie lächelt und winkt. »D'Leut in de Stadt sin eigentlich ganz nett. Mer sollt it immer uff des G'schwätz im Dorf höre, wo gern s'Gegeteil behauptet wird«, ruft sie mir laut zu. Einige Gäste applaudieren.

Jakob reicht meiner Mutter die Hand und hilft ihr aus der Box. Wir haben Glück und finden einen freien Tisch. Jakob bestellt einen veganen Crêpe, den er sich mit meiner Mutter teilt, ich nehme einen mit Birne und Käse.

Kurz darauf brechen wir wieder auf. Jetzt geht es auf einem Waldweg bergauf. Jakob muss sich sichtlich anstrengen. Zweimal halten wir an, weil von rechts Mountainbiker den Berg hinuntersausen und unseren Weg kreuzen. »Tour de France isch en Dreck dagege«, kommentiert Mutter. Das letzte Stück ist so steil, dass wir laufen müssen. Jakob und ich haken Mutter rechts und links ein, und so klettern wir langsam den Berg hinauf. Später holt Jakob die Fahrräder.

Eine kleine Schutzhütte schmiegt sich an eine Fichtengruppe, eine Feuerstelle ist zu sehen, vor allem aber das Wahrzeichen der Gegend, der weithin sichtbare Roßkopf- oder Friedrichsturm mit seiner Aussichtsplattform auf 35 Metern Höhe. Die hellgrün gestrichene Stahlkonstruktion trägt drei Plattformen auf unterschiedlichen Höhen, die über Treppen erreicht werden können. Radfahrer und Wanderer nutzen den Turm gerne, um den Panoramablick über Freiburg und die Oberrheinebene zu genießen. Doch heute hat niemand einen Blick dafür.

Hinter dem Turm drehen sich die vier großen Rotoren der Windkraftanlagen.
Um den Turm gruppieren sich drei ganz unterschiedliche Gruppen von Menschen. Die größte Gruppe sind die Neutralen und Neugierigen. Sie bilden einen großen Kreis auf dem Gipfel. Da sind junge Familien mit Kindern, Mountainbikes stehen herum, mit beiden Händen festgehalten von jungen Männern in auffallend bunter Kleidung. Vier uniformierte Polizisten stehen am Rand der Hütte und schauen gelangweilt zu.
In einer Frauengruppe entdecke ich die Polizistin Trautwein und winke ihr kurz zu. Sie löst sich aus der Gruppe, kommt auf uns zu und reicht meiner Mutter die Hand. Freundlich fragt sie, wie es ihr geht. Mutter erzählt vom Krankenhaus.
»Und keine Gestalten mehr nachts auf dem Hof?«, fragt Frau Trautwein.
Mutter zeigt auf Jakob und mich. »Jetzt han ich zwei starke Kerle im Hus, da hen die Schatte d'Hose voll. Die traue sich gar nix mehr.« Sie schaut auf Trautweins Bauch. »Des wird a Mäidli«, sagt sie. Die Polizistin lacht. »Ich wollte mich überraschen lassen. Verraten Sie mir das Geheimnis.« Sie neigt den Kopf zu meiner Mutter. »Warum ein Mädchen?«
Meine Mutter: »Wenn de Bauch spitzig isch, wird's en Bue. Isch er rund, gibt's a Mäidli. Des sieht natürlich it jeder. So was lehrt dich 's Lebe. Beim Georg« – sie schaut mich kritisch an – »war mi Bauch ganz spitzig.«
Die Polizeioberrätin trägt Zivil. Ihr Bauch ist wirklich rund. Sie verabschiedet sich von meiner Mutter und dreht sich zu mir um. »Hab mir schon gedacht, dass ich Sie hier treffe.«
Ich sage ihr, dass auch ich mich freue, und frage, ob es Neuigkeiten wegen des Sprinters gibt. Und damit das Gespräch in Gang kommt, schalte ich in den Plauderton. »Ich nehme an, Sie sind nicht dienstlich hier, Frau Trautwein. Interessieren Sie sich für Windräder?«
Ihr Kopf hebt sich zu meinem Ohr. Leise, damit es sonst niemand hört, sagt sie: »Kein bisschen, Herr Kollege. Ex-Kollege. Ihretwegen bin ich hier. Sie ziehen das Unheil an, Dengler. Deshalb bin ich

hier.« Seelenruhig schlendert sie zu der Frauengruppe zurück. Sie hört einer von ihnen zu, wirft dann den Kopf in den Nacken und lacht schallend.

*

Auf dem Platz stehen neben den Zuschauern zwei deutlich voneinander getrennte Gruppen. Die Windkraftgegner gruppieren sich um einen älteren Mann mit rotem Gesicht, Backenbart und Lodenjacke. Er reicht zwei Frauen Flugblätter aus seiner Aktentasche. Seine ganze Körperhaltung strahlt Siegesgewissheit aus. Die Frau neben ihm, deutlich über sechzig, in grünem Leinenkostüm, blickt auf die Gruppe der Windkraftbefürworter und verzieht den Mund mit den dünnen Lippen zu einem gewisslichen Lächeln. Neben ihr steht ein Mann in den Sechzigern, schütteres graues Haar, in einem etwas zu engen grauen Anzug, zu dem die Gummistiefel, die er trägt, nicht recht passen wollen. Er steht etwas abseits und spricht mit niemandem. Drei Männer, zwei ältere und ein schmaler Typ mit Brille, und ein junges Pärchen stehen um ihn herum, und es sieht fast so aus, als würden sie sich an ihn drängen. Zur Gruppe gehören auch zwei Frauen, die mit starrem Blick die Anwesenden mustern, sowie ein gut gekleideter Gastwirt aus der Umgebung. Wenn jemand nicht in diese Gruppe passt, dann meine Mutter – und ich.

Die Windkraftbefürworter sind jung und sehen urban aus, Jeans, lange Kleider, junge Frauen mit langen, meist blonden Haaren, junge Männer mit meist dunklen Bärten, offene Gesichter. Sie verteilen kleine Aufkleber »Windkraft? Ja bitte!« Jakob klebt sich gerade einen auf sein T-Shirt. Irgendwo hängt eine Fahne der Grünen Jugend schlaff von einer Stange. Max Jost steht mittendrin und erklärt einem hageren jungen Mann etwas.

Zwischen den drei Gruppen pendeln zwei junge Frauen mit aufgeschlagenen Notizblöcken, Journalistinnen der *Badischen Zeitung*, vermute ich. Am Rand stehen zwei Männer und eine dunkelblonde Frau, die sich gerade eine große Kamera mit dem Logo des SWR über die Schulter geschwungen hat. Ich habe Angst, dass sie in die Knie geht, aber ihre Bewegungen sind so routiniert, dass ich vermute, dass sie das nicht zum ersten Mal macht. Sie bleibt stehen und folgt einem ihrer Kollegen, der mit dem Mikrofon vor dem Bauch auf die Gruppe der Unentschlossenen zugeht, bereit, die ersten Fragen zu stellen.

Auf dem Turm, genauer gesagt auf der zweiten Plattform, sind zwei Geräte zu sehen, an die jeweils ein Mikrofon angeschlossen ist. Die Mikrofone sind auf die Windräder gerichtet. Die Kabel der Geräte sind mit zwei Laptops verbunden, die auf einer Art Pult neben einem Messgerät auf dem Boden vor dem Turm stehen. Die Rotoren drehen sich derweil in stoischer Ruhe.

Der Mann mit dem Backenbart sieht uns, erkennt in meiner Mutter offenbar die Leserbriefschreiberin. Er hebt die Arme wie ein Prediger und ruft etwas, das ich nicht verstehe. Die Umstehenden drehen sich zu uns um, einige applaudieren Mutter. Max Jost hebt den Kopf und schaut uns irritiert an. Meine Mutter strahlt und geht zielstrebig auf die Gruppe der Windkraftgegner zu.

Keiner aus der Pro- und keiner aus der Kontra-Gruppe spricht mit jemand von den anderen. Plötzlich habe ich das Gefühl, hier auf dem Roßkopf ein Spiegelbild unserer Gesellschaft zu sehen: grundlose Selbstsicherheit, laute Sprachlosigkeit, Entschlossenheit, die Dinge durchzuziehen, koste es, was es wolle. Jakob ist auf der einen Seite, meine Mutter neigt zur anderen. Und ich?

Ich weiß es nicht.

Ein kleiner Sieg

Nach einer halben Stunde herrscht auf dem Hügel eine Art Wildweststimmung nach dem Motto: Duell auf der *Main Street.* Ich schätze, es sind etwa hundert Leute gekommen, die am Rand stehen und den Duellanten mit ihren zwei Mikrofonen, Messgeräten und Laptops zuschauen. Aus dem Augenwinkel sehe ich, wie meine Mutter dem SWR ein Interview gibt. Die Kamerafrau lächelt, als sie Mutter filmt.

Was sie sagt, möchte ich lieber nicht hören.

Der Typ mit der Lodenjacke steht neben ihr und drängt sich nickend ins Bild.

Jakob sehe ich nirgends.

Ich gehe zu Max Jost. Er steht mit drei Helfern am Pult mit einem der Messgeräte und dem Laptop. Wieder habe ich das seltsame Gefühl, ihn von irgendwoher zu kennen. Schnell gehe ich in Gedanken die Clubs durch, in denen ich früher war, aber ein Max Jost mit einem jüngeren Gesicht fällt mir nicht ein. Ich muss ihn in einem anderen Zusammenhang getroffen haben. Jetzt bückt er sich und überprüft noch einmal den Sitz der Kabelverbindungen von den Mikrofonen zu dem Messgerät mit dem Differenzdrucksensor. Von unten schaut er zu mir hoch: »Schade, dass Ihre Mutter nicht mit mir arbeiten will. Ein Windrad auf dem Feldberg könnte die ganze Region mit Strom versorgen, sauber und billig.«

Ich zucke mit den Schultern. »Meine Mutter hat Angst vor der Strahlung, dem Infraschall …«

Jost schüttelt den Kopf. »So ein Quatsch. So ein blöder Quatsch, aber irgendwie nicht aus der Welt zu schaffen.« Er steht auf und klopft sich mit beiden Händen die Hosenbeine ab.

Da erkenne ich ihn wieder.

Es ist genau diese Geste, die ihn verrät: Der Junge mit der langen

Stoffhose, der neben Karola steht und sich verlegen den Staub von der Hose klopft, während sie sagt: »Hau ab. Du störst.«
Ich lehne mich an das Messgerät, und ein Mitarbeiter von Jost schaut mich besorgt an. Ich kann nichts dafür: Wut steigt in mir auf. Gott sei Dank habe ich mich unter Kontrolle. Ich sage zu ihm: »Jetzt weiß ich, woher ich Sie kenne. Sie waren einmal in den Ferien auf dem Bauernhof. Als Kind. In Falkau. Auf dem Mäusehof.«
Ich spüre, wie mein Atem schwerer wird.
Er presst Augen und Lippen aufeinander. Ich sehe, wie er versucht, sich zu erinnern. Sein Gesicht lebt auf. »Das stimmt. Aber ich war nur drei Tage dort. Es war schrecklich. Am ersten Tag habe ich meinen Eltern geschrieben, sie sollen mich abholen, sonst haue ich ab.« Entschuldigend zuckt er mit den Schultern. »Ich bin ein Stadtkind. Schon immer.« Er unterbricht sich selbst. »Waren Sie auch dort?«
Ich nicke. »Erinnern Sie sich an das Mädchen auf dem Hof? Karola?«
Josts Blick geht nach innen. »Karola?« Er schüttelt den Kopf. »Nein, wirklich nicht.« Er lacht. »Ich weiß nur noch, dass ich so schnell wie möglich wegwollte.«
Der Mann im Lodenmantel geht mit bedeutungsvollen langen Schritten zum zweiten Laptop. Er bleibt stehen, schaut sich um und hebt die Hände wie ein Prediger. »Meine Damen und Herren, liebe Freunde der Vernunft, liebe Gegner des Windkraftwahns, Sie alle sind heute Zeugen. Sie alle erleben heute einen historischen Tag. Sie alle werden Zeuge, wie wir beweisen …« – er macht eine kleine Pause und setzt neu an – »… beweisen, dass dieses Ding …« – er dreht sich um und zeigt mit einer Miene der Abscheu auf die Windräder – »… dass diese Dinger gefährlich sind – gefährlich durch Infraschall.« Er wendet sich wieder dem Publikum zu. »Infraschall tötet. Er macht das Vieh der Bauern krank, die Sie …« – mit einer dramatischen Geste zeigt er auf die Zuhörer – »… und Sie und Sie und Sie alle später essen und dann selbst krank werden.« Er hebt die Hände. »Damit dieser Beweis endgültig ist, wird nach unserer Messung auch dieser Mensch hier …« – er deutet mit

einer verächtlichen Geste auf Jost – »… auch eine Messung durchführen. Wenn er nicht manipuliert, wird er zu den gleichen Ergebnissen kommen wie wir.«
Mit einer rudernden Armbewegung wendet er sich an einen seiner Mitstreiter, der vor dem Messgerät sitzt. »Möge die Wahrheit siegen – endlich. Ich bitte um absolute Ruhe.«
Auf der Wiese wird es andächtig still wie in einer Kirche. Nur die Kamera summt leise. Ich schaue mich nach meiner Mutter um. Sie steht in der Gruppe der Gegner. Jakob kann ich immer noch nicht sehen.
»Messung beendet«, verkündet der Mann am Messgerät nach einer Weile. Er kneift die Augen zusammen, um die Anzeige auf dem Display besser lesen zu können. »Infraschall ist vorhanden. Der höchste Terzpegel liegt hier bei 58 Dezibel.« Zufrieden lächelnd blickt er zum Lodenträger.
Neben mir höre ich Jost fluchen. »Scheiße, Scheiße«, zischt er. Sein Kopf ist leuchtend rot. Plötzlich steht Jakob neben mir. »Das ist ein sehr hoher Wert«, sagt er leise. »Damit hätte ich nicht gerechnet. Der Typ da drüben freut sich.« Er deutet mit dem Kinn auf den Backenbart-Lodenjacken-Typ.
Der hebt die Hände wie ein Wanderprediger. »Das beweist, was wir immer gesagt haben.« Er dreht sich um und zeigt auf die Windräder, die sich im Wind drehen. »Es ist gefährlich für Mensch und Tier. Es strahlt. Es macht uns alle krank. Es führt zu …«
Jost springt auf. »Wir machen die nächste Messung. Jetzt!«, brüllt er. Er hebt die Hände, und wieder ist es still. »Messung läuft«, sagt einer von Josts Assistenten. Auf einem Monitor sehe ich Kurven auf und ab schwirren. Der Assistent drückt auf einen Knopf, die sinusförmigen Schwingungen stoppen. »Bei uns ist der höchste Terzpegel 59 Dezibel«, sagt er leise und schaut Jost an. Jakob keucht neben mir. Die Kamera summt. Sie filmt Josts Gesicht. Er ist fassungslos.
Auf der anderen Seite brandet Applaus auf. »Es ist bewiesen«, ruft der Lodenmann. »Die da«, er deutet mit einer verächtlichen Handbewegung in unsere Richtung, »haben sogar einen noch höheren

Wert gemessen. Ab heute kann niemand mehr behaupten, es gäbe keinen Infraschall. Niemand kann mehr behaupten, dass diese Dinger ungefährlich sind.« Er deutet auf die Windräder. »Die müssen weg. Zu unser aller Schutz.«

Applaus brandet in den Zuschauerreihen auf. »Genau«, ruft jemand. »Weg damit.« »Abreißen, sofort«, brüllt ein anderer.

Jakob kaut auf der Unterlippe. Meine Mutter kommt aus der Gruppe der Gegner auf uns zu. »Jakob, jetzt guck it so traurig, des isch ja kei Weltuntergang. Un alles wisse kann mer it, obwohl du ja wirklich viel weisch.«

Auch für mich hat sie einen Spruch parat: »D'Karola hät's jo schon immer g'säit. Sie isch eifach schlau.«

Ich schaue meinen Sohn an und denke nach. »Wissenschaftlich hat man hier nur gemessen, dass es Störche gibt. Damit ist noch nicht bewiesen, dass sie für die vielen Geburten verantwortlich sind.« In den Augen meines Sohnes blitzt etwas auf. »Jakob, wir wissen nur, dass es hier Infraschall gibt. Das ist alles. Mehr ist nicht bewiesen. Wir wissen nicht, woher er kommt.«

Jost sitzt im Gras, den Kopf in die Hände gestützt. Ich frage ihn: »Können Sie die Windräder abschalten?«

Er schaut mich mit glasigen Augen an und nickt.

Ich laufe in die Mitte der Wiese und rufe so laut ich kann: »Achtung, Achtung, bitte noch nicht nach Hause gehen. Es gibt noch eine zweite Messung! Die Windräder werden jetzt angehalten – und dann wird noch einmal der Infraschall gemessen. Erst dann kann man sagen, dass der Schall, der …«

Meine Worte gehen in einem Pfeifkonzert unter.

Aber ich sehe, wie Jost telefoniert und mir ein Daumen-hoch-Zeichen gibt.

Die Gegner verteilen Flugblätter und Broschüren an die Zuschauer. Plötzlich drehen sich die mächtigen Flügel der Windmühlen langsamer. Die Zuschauer halten inne und schauen gebannt, wie bei einem Naturwunder. Dann stehen die Rotoren still.

Josts Assistent kniet schon hinter dem schwarzen Kasten. »Messung läuft«, sagt er. Dann lauter: »Bitte Ruhe.«

Ich höre es von der anderen Seite. »Messung läuft.«
Es ist mucksmäuschenstill auf dem Platz. Einige Zuschauer, die schon zu ihren Autos gehen wollten, bleiben stehen. Eine Spannung liegt in der Luft, wie ich sie unter freiem Himmel noch nie erlebt habe. Jeder, der hier ist, weiß, was auf dem Spiel steht: die Glaubwürdigkeit der einen oder der anderen Seite. Auch ich bin nervös, vielleicht weil jetzt ans Licht kommt, wofür ich bei der Polizei gekämpft habe: die Wahrheit, die heilige Monstranz.
Der Lodenmann wippt auf den Fußballen. Jost wischt sich den Schweiß von der Stirn.
Die Menschen auf der Wiese verharren, als seien sie plötzlich erstarrt. Nur die erstaunlich kräftige Kamerafrau bewegt sich mit der Kamera durch die Reihen und filmt die angespannten Gesichter.
Auf der anderen Seite sehe ich den Lodenmann, über sein Messgerät gebeugt. Er redet auf seinen Adjutanten ein, aber der schüttelt den Kopf. Der Lodenmann schüttelt seine Schulter, aber der Junge tritt einen Schritt zurück. Die Kamerafrau hält die Kamera auf sein Gesicht. Der junge Mann ist blass, aber er verkündet das Ergebnis: »Die Messung hat einen maximalen Terzpegel von 58 Dezibel ergeben.«
Es ist der gleiche Wert wie bei der ersten Messung.
Jost blickt vom Computer auf. »Wir haben hier gerade 60 Dezibel gemessen.«
Der Wert ist etwas höher als bei der ersten Messung, aber im Wesentlichen gleich. Schall unterhalb der menschlichen Wahrnehmungsgrenze gibt es an dieser Stelle – egal, ob die Windkraftanlagen laufen oder nicht. Es spielt keine Rolle.
Es gibt Infraschall – aber die Windkraftanlagen haben keinen Einfluss darauf.
Es dauert einen Moment, bis die Anwesenden begreifen, was dieses Ergebnis bedeutet. Applaus brandet auf. Max Jost lacht und schüttelt wildfremden Menschen die Hand. Mein Sohn kommt auf mich zu und umarmt mich. »Gut gemacht, alter weißer Mann«, sagt er. Ich drücke ihn an mich.

Und schaue mich nach meiner Mutter um.
Sie ist schon zum Lastenrad zurückgegangen. Sie steht neben der Transportbox und nagt nachdenklich an ihrer Unterlippe.

*

Auf der Rückfahrt sitzt sie schweigend auf dem Rücksitz. Nur ab und zu stellt sie eine Frage. Jakob antwortet geduldig wie ein buddhistischer Mönch. »Ja, Infraschall liegt jenseits unserer Hörgrenze.« »Ja, Oma, das sind Töne, die wir nicht hören.« Jakob singt die Strophe eines Liedes von Herbert Grönemeyer. Es geht um eine gehörlose Frau, die Musik nur hört, wenn sie laut ist und der Boden unter ihren Füßen bebt.
Ich wundere mich, dass mein Sohn Songs von Grönemeyer kennt; eigentlich nicht seine Generation. In meinem Kopf rotieren zwei Fragen wie Windmühlenflügel. Erstens: Wie kann es sein, dass ich jahrelang daran gelitten habe wie ein Tier, dass Karola mich wegen eines Jungen aus der Stadt abserviert hat – und dieser Junge erinnert sich nicht einmal daran?
Er erinnert sich nicht einmal an Karola.
»Es ist so, Oma: Verglichen mit dem Infraschall, den Autos oder Flugzeuge erzeugen, ist der Infraschall von Windkraftanlagen gering.«
Zweitens: Wer hat diesen Peilsender an meinem Auto angebracht? Zwei Rätsel.
»Dad, kurbel doch mal kurz das Fenster runter.«
Ich gehorche und tue wie verlangt. Im Rückspiegel sehe ich, wie meine Mutter das Gesicht verzieht. Jakob, den Oberkörper immer noch meiner Mutter zugewandt, das unvermeidliche iPad auf dem Schoß, ruft ihr zu. »Der Infraschall bei offenem Fenster, das hört sich scheiße an – nicht? Das ist eine Million Mal mehr als der Infraschall in der Nähe eines Windrades.«
Ich finde, das ist jetzt Beweis genug, und kurbele das Fenster wieder hoch.

Mannheimer

Langsam rinnt ein roter Tropfen nach unten. Nach fünf Zentimetern hält er inne, als bräuchte er Zeit zum Nachdenken, dann läuft er weiter über das braune Glas, hält wieder inne, als müsse er Kraft schöpfen, läuft weiter über das Etikett und hinterlässt im »o« des Amarone eine Spur, die aussieht wie Blut.

Mannheimer sitzt allein an einem Tisch bei einem vornehmen Italiener in Freiburg-Herdern und starrt auf den Tropfen Rotwein, der nun die Tischdecke erreicht hat und sich dort ausbreitet wie ein Blutfleck.

Er muss die beiden Verrückten loswerden, die sich in seinem Haus eingenistet haben. Joe und Jack – wenn er diese Namen schon hört! Seine Frau schickt ihm per SMS aus Stuttgart ein Filmchen vom Springbrunnen im Garten. Er lächelt und freut sich, dass das Wasser so munter sprudelt. Soll doch sein Nachbar ausrasten und wieder klagen. Das ist ihm egal. Er hat andere Sorgen.

Kurt Mannheimer ist verabredet, ein wichtiger Termin. Er wartet auf Gerd Schneider, Referatsleiter bei der Unteren Naturschutzbehörde. Normalerweise trifft er ihn nicht in der Öffentlichkeit, sondern auf dem Feldberg, in Mannheimers Jagdhütte. Für Schneider könnte es heikel sein, mit Mannheimer gesehen zu werden, denn dieser überreicht ihm bei diesen seltenen Gelegenheiten meist einen gepolsterten Umschlag. Mannheimer wiederum empfindet körperliches Unbehagen, wenn er sich mit Menschen zum Essen trifft, die in der sozialen Hierarchie so weit unter ihm stehen wie Schneider. Essen die mit Messer und Gabel? Gegenüber Jagdgehilfen, Gärtnern und so weiter hat er sich einen gewissen jovialen Ton angewöhnt, der die enormen Einkommens- und Machtunterschiede für einen Moment vergessen machen soll. Aber zusammen essen? In einem Restaurant? In einem Restaurant der gehobenen Preisklasse? Auf offener Bühne sozusagen? Das

führt bei ihm zu einer Art sozialem Unbehagen, zu dem unangenehmen Gefühl, dass etwas nicht stimmt. Es ist, als würde er mit schmutzigen Hosen in diesem Restaurant sitzen und hoffen, dass es niemand merkt.
Mit einer Flasche Amarone lässt sich sein Unbehagen leichter ertragen.
Der Kerl lässt ihn warten! Eine Ungeheuerlichkeit! Seit zehn Minuten überfällig.
Wenn es nach ihm gegangen wäre, dann hätte er Gerd Schneider in seiner Jagdhütte getroffen, wie immer. Aber der kleine Beamte hatte auf diesem Lokal bestanden. Und für Mannheimer ist diese Begegnung absolut notwendig. Er muss die beiden Irren in seinem Haus loswerden. So schnell wie möglich. Und das geht nur, wenn er Josts Plan, auf dem Feldberg ein Windrad zu bauen, so schnell wie möglich durchkreuzt.
Und dafür braucht er Gerd Schneider.
Endlich geht die Tür auf. Schneider huscht herein. Mannheimer hebt kurz die Hand. Typisch, der kleine Sack ist erst mal verwirrt, als der Kellner ihm den billigen Mantel abnehmen will, damit er ihn nicht selbst an die Garderobe hängen muss. Das ist er natürlich nicht gewohnt.
Schneider kommt auf ihn zu; unsicherer Gang, unsicherer Blick, unsicherer Typ. Mannheimers Unbehagen wächst. Aber darauf kann er jetzt keine Rücksicht nehmen. Er legt sein professionelles Lächeln und seine zugewandte Haltung an wie einen Panzer. Mannheimer steht auf, geht um den Tisch herum, reicht Schneider die Hand, fasst ihn vertraut mit der linken Hand am Ellbogen, sagt, er hoffe, es gefalle ihm hier, führt ihn zu seinem Stuhl und setzt sich Schneider gegenüber.
Schneider wirkt aufgelöst. Er erzählt von der Infraschallmessung und schüttelt den Kopf. Es sei ein Fehler gewesen, diese öffentliche Messung durchzuführen. Mannheimer lässt ihn reden. Hin und wieder brummt er zustimmend. Ab und zu blickt er auf. Aber eigentlich ist es ihm egal, was Schneider von sich gibt. Erst beim Hauptgang (Pulpo mit Imperialkaviar) kommt er zur Sache: »Ich brauche

Ihre Unterstützung. Sie müssen oben am Feldberg ein Schutzgebiet für das Auerwild einrichten. Und zwar noch diese Woche.«

Schneider steckt sich ein Stück vegetarisches Irgendwas in den Mund, schaut überrascht auf, schüttelt den Kopf, kaut zu Ende, schluckt, legt in aller Ruhe das Besteck ab, und Mannheimer widersteht nur mit Mühe dem Drang, dem Kerl mit beiden Händen an die Kehle zu gehen und ihm die Luft abzudrücken. Stattdessen lächelt er freundlich.

Schneider wischt sich den Mund mit der Serviette ab und sagt: »Auf dem Feldberg? Wo genau?«

Mannheimer zeigt mit der Gabel auf ihn. »Auf dem Seebuck, der zweiten Feldbergspitze. Wo früher die Nato-Abhörstationen standen.«

Schneider zieht die Augenbrauen hoch. »Das ist doch weit oberhalb der Baumgrenze! Das gibt es keine Auerhühner. Das ist Unsinn.«

Mannheimer lächelt immer noch. Er stellt sich vor, wie Schneiders Genick in seinen Händen bricht. Das wäre bestimmt ein schönes Geräusch. »Wir müssen es trotzdem machen. Es ist wichtig.«

Schneider greift nach seinem Glas und nimmt einen kräftigen Schluck von dem teuren Amarone. Einen Moment lang befürchtet Mannheimer, er müsse gleich rülpsen. Vorsichtig stellt Schneider das Glas ab und hebt den Kopf. »So weit oben auf dem Feldberg gibt es kein Auerwild. Ein Schutzgebiet dort oben macht keinen Sinn. Das Auerwild braucht lichte, offene Dickichte. Wir organisieren gerade ein Wochenende mit zwanzig Freiwilligen, die einen Balzplatz anlegen. Ich wollte Sie sowieso um eine Spende dafür bitten ...«

Unwillkürlich verengen sich Mannheimers Augen zu Schlitzen. »Schneider, ich will nicht lange um den heißen Brei herumreden. Ich brauche ein Naturschutzgebiet oben auf dem Feldberg. Der Jost will dort ein Windrad bauen.«

Schneider zuckt mit den Schultern. Er schaut auf seinen fast leeren Teller. Dann nimmt er einen Schluck Rotwein. Man merkt ihm an, dass ihm Mannheimers Ton nicht gefällt. Er ist es auch nicht gewohnt, dass man ihn mit »Schneider« anspricht und das »Herr« davor weglässt. Er stellt das Glas ab. »Mannheimer«, sagt er und lehnt sich in seinem Stuhl zurück, »ich bin verantwortlich für den Schutz eines der interessantesten, wunderbarsten Wildvögel der Welt. Seit Jahren kämpfe ich dafür, dass das Auerhuhn im Schwarzwald nicht ausstirbt. Wo immer es möglich war, habe ich Schutzgebiete eingerichtet, um diesen faszinierenden Vögeln einen Lebensraum zu geben. Aber es ist unmöglich, ein Schutzgebiet dort einzurichten, wo ein Auerhuhn nicht einmal von Weitem hinfliegen würde. Verstehen Sie, Mannheimer, das ist unmöglich.« Er leert sein Glas. Dann dreht er sich um und gibt dem Kellner ein Zeichen. »Die Rechnung, bitte.«

Auch Mannheimer blickt zum Kellner und schüttelt abwehrend die Hand. Der Kellner zieht sich sofort zurück. Mannheimer schenkt Schneider Rotwein nach und ignoriert dessen abwehrende Handbewegung. »Ich bitte Sie um einen Gefallen.« Er hebt sein Glas, Schneider lässt seines stehen. Mannheimer trinkt einen Schluck und schließt genüsslich die Augen. »Im Rahmen unserer langjährigen Zusammenarbeit bitte ich Sie um einen kleinen Gefallen. Sie werden morgen auf dem Feldberg den Kot von Auerhuhnern finden. Dann tun Sie das, was Sie immer tun: Sie erklären dieses Gebiet zum absoluten Auerhuhn-Wildschutzgebiet.«

Schneider macht es ihm nach, hebt das Glas, nimmt einen Schluck, schließt mit Kennermiene die Augen und lässt den Wein einen Moment im Mund ziehen, bevor er ihn hinunterschluckt. »Es gibt nicht viele Weine, die so schmecken. Zarte Fruchtnoten kombiniert mit diesem kräftigen Tannin – ich kenne nur wenige Weine, die so zart und gleichzeitig bitter schmecken; eine gute Wahl, Herr Mannheimer.«

Mannheimers Mundwinkel zucken. »Was ist? Kann ich auf Sie zählen?«

Schneider stellt das Glas ab und hebt beide Hände auf Brusthöhe. »In diesem Fall, sorry, kann ich nichts für Sie tun. Da oben gibt es keine Auerhühner. Tut mir leid.« Er sieht sich nach dem Kellner um.

Mannheimer beugt sich über den Tisch und sagt so leise, dass auch Schneider sich vorbeugen muss: »Wissen Sie, wie viel Geld Sie im Laufe unserer Zusammenarbeit von mir bekommen haben?«
Schneider nickt. »Jeder Euro davon ist in den Schutz dieser fantastischen Tiere geflossen. Ich habe keinen Cent für mich persönlich genommen.«
Das stimmt. Schneider gilt in Fachkreisen als Mister Auerhahn. Dabei ist es noch nicht so lange her, dass er den Vogel zu seinem Lebensprojekt gemacht hat. Wann war das noch mal? Schneider überlegt. Vor fünfzehn Jahren? Achtzehn? Begonnen hat seine Karriere als junger begeisterter Beamter im Referat für Naturschutz beim Landratsamt in Konstanz. Er sollte sich um die Fische im Bodensee kümmern, um die Barsche, die Seeforellen, den Hecht, den Saibling, den Aal und vor allem den Brotfisch des Bodensees, die drei Arten der Felchen; Blaufelchen, Gangfisch und Sandfelchen. Nach ein paar Jahren merkte er, dass er nichts erreicht. Fische sehen die Leute nicht, deshalb interessierte sich für seine Arbeit außer den Berufsfischern niemand, auch nicht der Landrat. Als die Stelle in Freiburg frei wurde, bewarb er sich und wurde genommen. Seither tat er alles für das Auerhuhn. Er rettete diesen Vogel, und dieser Vogel wurde seine Rettung. Man hörte ihm zu, die Leute meldeten sich massenhaft zu seiner Exkursion »Auf den Spuren des Auerhahns im Schwarzwald« an. Er legte sich mit allen und jedem an, der seinem Schützling schaden konnte.
Trotzdem: Es gab nur noch wenige Exemplare im Schwarzwald. Wenn er in drei Jahren in Rente ging, könnte der Auerhahn aussterben. Alles hing an ihm. Er wurde wütend, weil in ein paar Jahren jüngere Kollegen sein Referat übernehmen werden, die viel lascher waren als er. »Pragmatischer« sei er, sagte sein Stellvertreter. Er sah alles schwinden, was er in vielen Jahren aufgebaut hatte. Da war ihm die Zusammenarbeit mit Mannheimer gerade recht gekommen. Mannheimer hatte in den windreichsten Gegenden den Kot von Auerwild auslegen lassen. Er hatte diese dann umgehend als Schutzgebiete für den bedrohten Vogel ausgewiesen. So hatte er erreicht, dass sich auf der Landkarte die Schutzflächen mit den

windreichsten Flächen weitgehend deckten. Ihre Zusammenarbeit war einer der Gründe, warum es so wenig Windräder im Schwarzwald gab.
Aber auf dem Feldberg ein Schutzgebiet ausweisen? Dort, wo noch nie ein Auerhahn gesehen wurde? Schneider schüttelt den Kopf. »Das geht nicht«, sagt er. »Das krieg ich nie durch.«
Mannheimer lächelt und lehnt sich zurück. »Was würden Sie wohl sagen, Schneider, wenn die Öffentlichkeit plötzlich erführe, dass Sie jahrelang russisches Geld für Ihre Projekte angenommen haben? In dick gepolsterten Umschlägen. Bei konspirativen Treffen im Wald. Von einigen unserer Geschäfte habe ich Fotos gemacht, zur Erinnerung sozusagen. Wollen Sie die in der Zeitung sehen? Wollen Sie, dass ein Staatsanwalt prüft, ob wirklich jede Zahlung bei Ihren Projekten angekommen ist? Legen Sie diese unangenehmen Aussichten auf die eine Seite der Waage und auf die andere Seite den kleinen Gefallen, um den ich Sie bitte. Es wird nicht zu Ihrem Schaden sein. Sie werden einen besonders dicken Umschlag bekommen. Wägen Sie ab. Und dann handeln Sie.«
Mannheimer sieht, wie Schneider den Blick gesenkt hat. Und wie blass sein Gesicht geworden ist. Der Mann ist reif für den Todesstoß. »Sie werden morgen Nachmittag, meinetwegen auch abends, oben auf dem Feldberg spazieren gehen. Nehmen Sie ruhig Ihre Frau mit. Dort werden Sie den Kot einer Auerhenne finden. Und zwei Tage später will ich in der Zeitung lesen, wie Sie heldenhaft ein neues Schutzgebiet für die bedrohten Tiere ausgewiesen haben.«
Er winkt dem Kellner. »Die Rechnung, bitte. Alles zusammen.«

*

Auf der Rückfahrt trommelt Mannheimer vergnügt aufs gepolsterte Leder des Lenkrads. Das Gespräch hätte schlimmer verlaufen können. Ein bisschen Druck war notwendig gewesen; nicht einmal viel. In ein paar Tagen gibt es auf dem Feldberg ein neues Schutzgebiet. Windrad ade. Joe und Jack ade. Und dann bin ich zurück im Geschäft. Er sagt: Hey, Siri, und diktiert eine SMS an

Stephan C. Crommschröder. *Lieber Stephan, frohe Kunde aus Südbaden. In zwei Tagen ist das Thema Windkraft auf dem Feldberg erledigt. Prompte Arbeit, oder? Dein Kurt.*

Er überlegt, ob »*Prompte Arbeit, oder?*« nicht zu liebesdienerisch wirkt. Vielleicht schon, andererseits soll Crommschröder sehen, dass er sich auf einen Mannheimer verlassen kann. Ist wichtig, findet Mannheimer.

Wenn er zu Hause ist, wird er zur Feier des Tages eine gute Flasche Roten aufmachen. Er freut sich schon darauf. »Hey, Siri, ruf meine Frau an.« Er spricht ein paar Sätze mit ihr. In Stuttgart ist es ruhig. Der dämliche Nachbar regt sich nicht. Prima. Schlaf gut, Schatz. Dann ruft er seine Geliebte an.

Frau Willmann

Als ich die Auffahrt zum Hof hinauffahre (immer noch nicht gemäht), ist es schon später Nachmittag. Uns kommt eine alte Frau entgegen. Es dauert einige Sekunden, bis ich sie erkenne: Es ist Frau Willmann, Mutters Stütze, Hilfe im Haus und ihre beste Freundin, die Mutter meines Jugendfreundes Mario.
»Halt, halt!«, ruft Mutter vom Rücksitz aus. »Ahalte! Jetzt halt doch des Auto a!« Ich trete auf die Bremse. Noch bevor der Wagen hält, hat sie bereits die hintere Wagentür aufgedrückt.

*

Kurz darauf sitzen wir bei Mutters Filterkaffee (wirksamer als ein Defibrillator) am Küchentisch. Egon hat unser Auto den Berg hochfahren sehen und ist auch gekommen. Nun gibt er zwei Löffel Zucker in seine Tasse. Frau Willmann erzählt vom Besuch bei ihrer Tochter in Hamburg, von den Schwierigkeiten, das Enkelkind pünktlich in den Kindergarten zu bringen, wenn Mutter oder Vater krank werden. »Bei denen funktioniert die Familie wie eine Fabrik. Da passt jeder Handgriff«, sagt sie. »Nichts ist überflüssig. Wenn da nicht eine Hand in die andere greift, funktioniert bei denen gar nichts. Margret, das ist anders, als es bei uns war.«
Meine Mutter strahlt. Sie freut sich, dass ihre Freundin wieder da ist. Jakob und ich hören ihnen zu. Als aus dem Radio »Mein kleiner grüner Kaktus« ertönt, zieht Frau Willmann meine Mutter vom Tisch hoch. Jakob und ich sehen zu, wie sie sich zum Lied der Comedian Harmonists im Kreis drehen. Egon klatscht im Takt.
»Jetzt musst du auch mal mit allen Tänzer-*kleine Pause*-innen tanzen; auch mit dem Egon«, ruft mein Sohn.
So wie früher, als du meinen Vater kennengelernt hast, denke ich. Aber Mutter bleibt erschöpft stehen. »So viel tanze isch nint für mich. Des alt' Herz macht nimmi mit.« Sie klopft Egon auf die

Schulter und setzt sich schwer atmend hin. Frau Willmann zieht einen Stuhl heran, taxiert meinen Sohn mit einem misstrauischen Blick und wendet sich dann meiner Mutter zu. »Warum redet der Jakob neuerdings so komisch?«

Jakob zieht die Augenbrauen hoch. »Ich rede komisch?«

Frau Willmann äfft meinen Sohn nach: »Tänzer-*kleine Pause*-innen. Wenn das nicht komisch ist, weiß ich es auch nicht.«

Jakob holt Luft. »Ich will, dass durch meine Sprache alle angesprochen werden. Bei Tänzer denkt man zunächst nur an Männer. Beim Gendern sind immer auch Frauen mitgemeint und alle weiteren Geschlechtsidentitäten. Es geht darum …«

Frau Willmann unterbricht ihn und dreht sich zu meiner Mutter: »Margret, Tänzer-*kleine Pause*-innen, fühlst du dich da angesprochen?«

Meine Mutter legt den Kopf zur Seite und denkt kurz nach. »Ich find, so ganz verkehrt isch des eigentlich it, du musch dich halt a weng dra g'wöhne. Aber der Gedanke dahinter isch it verkehrt. Du musch denke, Helga, de Jakob isch ein Studierte, und die schwätze andersch wie mir. Des war scho immer so.«

Jakob beugt sich zu ihr. »Oma! Es geht doch darum, dass alle Menschen sich angesprochen fühlen. Ob studiert oder nicht. Niemand soll ausgeschlossen werden.« Er schüttelt den Kopf und holt tief Luft, um zu einem seiner gefürchteten Vorträge anzuheben. Doch bevor er loslegen kann, gehe ich dazwischen. »Frau Willmann, schauen Sie mal, wie das Firmenschild am Herd glänzt. Das sieht aus wie neu.«

Frau Willmann dreht den Kopf, lacht und klatscht in die Hände. »Ha! Das habe ich auch wer weiß wie lange gewienert und poliert! Schön, dass das endlich mal jemand zu schätzen weiß.« Ironisch strafender Blick zu meiner Mutter.

Mutter zieht den Kopf zurück. Sie nimmt die Brille ab und putzt die Gläser. »Du warsch des, Helga? Ich han mich scho g'wundert. Ich han scho a'gfange, an G'spenster z'glaube.«

Ich stehe auf und strecke mich.

Zeit, die Einfahrt zu mähen.

Jost

Vor ihm liegt ein Umschlag, hellgrün, DIN A4. Darauf hat er gewartet. Lange. Bestätigt dieser Brief, was er befürchtet – dass er mit seinem Verdacht falschlag? Er hebt den Umschlag mit zwei Fingern hoch, wiegt ihn in der Hand.
Er tastet das Kuvert ab, drückt mit den Fingern darauf. Der Brief ist dünn. Es werden nicht mehr als zwei, drei Seiten sein. Er findet es albern, doch er spürt, wie sein Herzschlag sich beschleunigt.
Er grinst und greift zum Brieföffner. Mit einem Ruck durchtrennt das silberne Metall den Verschluss des Umschlags. Max Jost zögert noch einen Moment, dann greift er hinein und zieht drei Seiten eines Briefes heraus.
Absender ist das Institut für Forensische Genetik in Zürich. Er überfliegt die Zeilen.
Volltreffer.
Die Kotproben, die Jost mitgeschickt hat, stammen alle von ein und demselben Vogel, einem Weibchen. Einer Auerhenne.
Jost hebt den Kopf und schreit so laut er kann.
Frau Beissel, seine Sekretärin, stürzt ins Zimmer. Erschrocken hält sie sich die Hand vor den Mund.
Jost lacht und wedelt mit dem Brief. Er steht auf, umarmt Frau Beissel und dreht sie zu imaginärer Musik im Kreis.
»Sind Sie wieder Vater geworden?«, fragt sie, als er sie wieder loslässt.
»Fast, fast«, schnauft Jost. »Sie erinnern sich, bei einigen der wichtigsten Projekte tauchte plötzlich immer dort Auerhahnkot auf, wo wir ein Windrad geplant hatten.«
Frau Beissel nickt. »Sie mussten sich erst beschweren, damit Ihnen die Behörde eine Probe davon abgab, nicht?«
»Genau. Diese Proben habe ich analysieren lassen – und hier ist das

Ergebnis!« Wieder schwenkt Jost die Papiere triumphierend über seinem Kopf.
»Und? Ist es so, wie Sie vermutet haben … immer derselbe Auerhahn?«
Jost presst die Lippen zusammen. »Dieselbe! Eine Henne! Kot von ein und derselben Henne! Immer dasselbe Huhn. An den verschiedensten Stellen im Schwarzwald. Und immer dort, wo ein Windrad gebaut werden soll. Kein normales Auerhuhn hat einen so großen Aktionsradius wie dieses magische Huhn. Ich hab so einen Hals! Diese Schweine …«
»Herr Jost, jetzt können Sie doch beweisen, was Sie schon immer …«
Er nickt grimmig, die Stirn in Falten gelegt. »Jemand hat einen zahmen Vogel und setzt dessen Kot aus.« Nachdenklich blickt er auf die Seiten. »Damit ist jetzt endgültig Schluss.«
Jost setzt sich wieder an seinen Schreibtisch. »Frau Beissel, verbinden Sie mich doch bitte mit diesem Menschen vom Fernsehen.«

Olga

Die Spitze des Hammers schlägt auf das dünne Eisen. Rost und Erdkrumen springen ab. Und fliehen erschrocken. Der nächste Schlag trifft genau auf die Schneidefläche. Noch ein Schlag. Und noch einer. Die Schläge prasseln nun härter, genauer, schneller.
Es dauert ein zwei, drei Minuten, bis ich es wieder draufhabe. Ein Bauernkind vergisst nichts. Mit gezielten Schlägen auf das Blatt der Sense verdünne und verdichte ich das Metall und schärfe so die Schneide.
Da Mutters Aufsitzrasenmäher im *Denn* steht (mich beklemmt allein der Gedanke, ihn von dort zu holen) und die Rasenmäher in Vaters Werkstatt für das hohe Gras ungeeignet sind, nehme ich die Sense. Sie wurde jahrzehntelang nicht benutzt, also muss ich sie zuerst dengeln.
Von dieser Tätigkeit kommt mein Nachname. Dengeln. Dengler. Die Klinge schärfen. Das macht mir Spaß. Noch drei Schläge, dann prüfe ich mit dem Daumen die Schärfe der Klinge. Ich bin zufrieden. Es kann losgehen.
Es ist lange her, dass ich mit der Sense gemäht habe. Es dauert ein paar Minuten, bis sich das Muskelgedächtnis erinnert. Meine Bewegungen werden fließender, weicher, selbstverständlicher. Ich kann Kraft sparen. Mein Körper erinnert sich: Mähen ist kein Kraftakt, es hat mehr mit Meditation zu tun. Mein Rücken ist gerade, Oberkörper und Hüften drehen sich wie von selbst mit. Bei den ersten beiden Versuchen bleibt die Klinge zweimal im Boden stecken, aber jetzt schneidet die Sense mühelos durch das Gras und bleibt auch in der Rückwärtsbewegung flach über der Oberfläche. Nach einigen Minuten nehme ich ein Grasbüschel vom Boden auf und wische die Schnittfläche sauber. Fast bin ich enttäuscht, dass ich nach zehn Minuten schon die ganze die Auffahrt gemäht habe. Ich wasche die Sense mit dem Wasser vom Brunnen ab und hänge

sie wieder an die Wand in Vaters Werkstatt. Aus irgendeinem Grund habe ich keine Lust, zu den anderen in die Küche zurückzukehren. Wie ich meine Mutter und Frau Willmann kenne, steht dort schon eine Flasche mit einem Likör oder einer stärkeren Flüssigkeit, vielleicht etwas Selbstgebranntes von einem der Nachbarhöfe.

Ich kann es mir nicht erklären, aber es ist ein Gefühl, als werde ich von einer Schnur gezogen. Mit langsamen, langen Schritten gehe ich um den Hof herum und stehe plötzlich vor der Einfahrt zum Denn. Ich sehe das große Scheunentor und erinnere mich, wie wir früher das Heu mit einem großen Wagen hineingefahren haben. Die Sonne blendet mich, und das Tor wird plötzlich undeutlich vor meinen Augen. Stattdessen sehe ich das Heu vor mir. Ich kann es riechen. Ich kann es anfassen. Es ist um mich herum. Es kratzt an meinen nackten Beinen. Sonnenstrahlen fallen durch das staubige Fenster, und in ihrem Licht flirren und tanzen Staubkörner auf und ab. Die Heugabel sticht ins trockene Gras. Sie hebt sich und wirft das Heu durch die Luke. Auf und ab. Die Bewegungen meines Vaters mit der Heugabel. Auf und ab. Rhythmisch und schön. Er lacht. Er sagt etwas zu mir. Und plötzlich sehe ich den Schatten. Direkt hinter meinem Vater. Ich habe diese Szene schon so oft gesehen, aber noch nie war der Schatten so deutlich. Das Gesicht? Hat der Schatten ein Gesicht? Ich sehe nur Dunkelheit, wo ein Gesicht sein sollte. Ich weiß, was jetzt kommen wird. Der Schrei wird kommen. Ich muss mich wappnen. Ich muss stark sein, wenn ich den Schrei höre. Meine Knie zittern. Ich höre ein Geräusch. Ein gleichmäßiges Klackern. Es dauert einen Moment, bis ich begreife, dass es meine Zähne sind. Mir wird schwindelig. Ich spüre, wie ich zusammensinke. Dann spüre ich zwei warme Arme, die mich festhalten. Und dann …?

Dann sehe ich Olgas Gesicht. Sie lächelt mich an, und jetzt weiß ich, dass ich träume. Einen schönen Traum. Sie streicht mir mit der Hand über die Stirn. Sie beugt sich über mich und lächelt mich an. Ich sehe, wie sich ihr Mund öffnet und sich zu mir senkt. Ich schließe die Augen, mehr muss ich nicht tun, und gleich, gleich wird sie mich küssen. Alles wird gut. Wenn sie mich küsst, werde ich alles andere vergessen. Küss mich, Olga. Ich kenne diese Lippen. Jeden Quadratmillimeter habe ich mit meinem Mund erforscht. Mit verbundenen Augen würde ich unter tausend Küssen die Lippen dieser Frau wiedererkennen. Diese Fülle. Diese Wärme. Diesen Kirschgeschmack.

Ich wappne mich. Mit einem Ruck schlage ich die Augen auf.

Sie ist noch da. Mein Kopf liegt in ihrem Schoß. Träume ich noch?

Ich schließe die Augen. Ich spüre, wie sie meinen Kopf streichelt.

Ich öffne die Augen und sage: »Endlich bist du da.«

*

Die Runde in der Küche klatscht, als Olga hereinkommt. Meine Mutter umarmt sie, drückt sie an sich. »Wenn jetzt no d'Laura käm, wäre mer vollzählig.« Jakob schüttelt den Kopf. Ich bin mir nicht sicher, aber ich meine, eine Träne in seinem rechten Auge gesehen zu haben.

Natürlich fragt meine Mutter als Erstes, was es zum Abendessen gibt. Brägele, sagt Jakob.

Olga lacht. »Georg und ich sind nicht zum Essen da, ich habe uns hier im Hotel angemeldet.«

Meine Mutter klatscht in die Hände. »Des jung Pärle will bestimmt allei si in de erschte Nacht. Un des verstand ich gut.«

*

Olga öffnet die Badezimmertür. Sie hat das Badetuch um sich geschlungen. Ohne mich aus den Augen zu lassen, geht sie langsam zum Fußende des Bettes und setzt sich auf die Bettkante.

Sie beugt sich über mich. Olgas Küsse sind zum Sterben schön. Als ihr Mund meine Lippen berührt, spüre ich sofort die vertraute Fülle ihrer spektakulären Unterlippe. Wir sind vorsichtig. Langsam. Zärtlich. Sie streichelt mein Gesicht. Sie murmelt etwas, das ich nicht verstehe, aber es klingt verdammt gut. Meine Hand fasst ihren Hinterkopf. Wir sind immer noch zärtlich, aber Vorsicht gibt es keine mehr. Ich merke, wie ich alles vergesse. Alles ist unwichtig, bedeutungslos, alles verschwindet. Nur dieser eine, nicht enden dürfende Kuss ist wichtig. Ohne den Kuss zu unterbrechen, setzt sie sich auf die Bettdecke, unter der ich liege. Sie atmet heftiger, und das ist erregend. Es ist, als wären unsere Lippen miteinander verschmolzen und nur mit übermenschlicher Willensanstrengung wieder voneinander zu trennen. Meine Arme greifen nach ihr. Ich ziehe sie zu mir aufs Bett. Meine Hände spüren ihre weiche, vertraute Haut. Das Handtuch fällt von ihr und gleitet zu Boden. Mit einem entschiedenen Ruck zieht sie die Decke weg. Meine beiden Hände beginnen eine Entdeckungsreise. Alles, was sie tun, entzieht sich meiner Kontrolle. Sie führen ein vertrautes Eigenleben. Sie wollen nur eines: diesen vertrauten Körper erkunden, erforschen, neu entdecken. Die Handflächen senden eine geheimnisvolle Substanz an mein Gehirn, das mich in jenen rätselhaften Zustand versetzt, den ich nur mit Olga erlebe, Nähe und Intimität. Die Welt um uns herum geht unter, verschwindet, das Universum schrumpft auf die Größe unseres Lakens. Ich bin ganz bei mir und ganz bei ihr. Alles verschwindet. Es gibt nur noch sie und mich.

Doch dann: Etwas stimmt nicht. Mit mir. Ich merke es erst langsam. Kann es nicht glauben und will es auch nicht. Olga versucht es. Sie kann es sehr gut. Trotzdem: Es klappt nicht. Ich probiere es selbst. Es hilft nicht.

»Ich weiß nicht, warum … Ich wünsche es mir so sehr.«

Sie atmet schwer, lächelt: »Macht nichts.« Sie küsst mich. »Wirklich nicht.« Sie kriecht in meine Arme und schmiegt sich an mich. »Wir sind schließlich keine Maschinen.«

Ich schäme mich. »Ich verstehe nicht. Olga, es tut mir leid, ich verstehe es wirklich nicht. Ich will dich, wirklich, ganz und …« Ich lasse meine Hand nach unten gleiten, vergeblich.

Sie hebt den Kopf. Unsere Augen sind jetzt so nahe, dass ich die kleinen hellen Punkte in ihrer Iris erkennen kann. »Du bist betäubt, Georgio, du musst aufwachen. Es liegt an diesem Hof. Diese alten Geschichten müssen endlich zu Ende gebracht werden.« Sie streicht mir ein Haar aus der Stirn. »Morgen gehen wir beide zusammen in diese verdammte Scheune.« Sie gähnt und kuschelt sich in meine Arme. »Du musst aufwachen«, sagt sie wieder – und schläft ein.

*

Nach dem Frühstück wandern Olga und ich am Biberbau vorbei durch das Rotmeer nach Bärental und wieder zurück. Ich erzähle ihr von dem Anruf der Polizei, dass Mutter nachts Männer auf dem Hof gesehen hat, von dem Unfall, dem seltsamen Fund mit den merkwürdigen Berechnungen und dem Peilsender unter meinem Renault. Ich erzähle ihr von Max Jost, der auf Mutters Brachland ein Windrad bauen will, aber Mutter findet den Vertrag nicht mehr. Und dann: »Meine Träume sind hier anders geworden«, sage ich ihr. »Wenn ich früher vom Tod meines Vaters träumte, hörte ich vor allem seinen schrecklichen Schrei, dann löste sich das Bild auf, ein Schwarm Fledermäuse flog um mich herum, und ich wachte auf. Jetzt sehe ich ihn vor mir. Ich sehe, wie er Heu aufspießt und in meine Richtung lacht, und dann sehe ich einen Schatten hinter ihm, als wäre noch jemand da gewesen.«

Mit dem Fuß schiebt sie einen Stein aus dem Weg. »Jemand, der ihn umgebracht hat?«

Ich halte inne. »Was hätte das für einen Sinn gehabt? Mein Vater war ein guter Mann. Auf unserem Hof hat er die Liebe seines Lebens gefunden. Meiner Mutter zuliebe ist er Bauer geworden. Vielleicht war er der erste Aussteiger, so etwas in der Art.«

Nachdenklich gehen wir weiter.

Sie legt mir den Arm um die Schulter. »Übrigens habe ich unseren Aufenthalt im Hotel um eine Nacht verlängert.« Sie lächelt mich an. »Aber vorher gehen wir zusammen in diese Scheune.«

*

Als wir auf dem Dengler-Hof ankommen, sitzen meine Mutter und Jakob in der Küche und diskutieren. Alles andere hätte mich auch gewundert. Die Espressomaschine meines Sohnes blubbert auf dem Herd, und ich sehe erstaunt eine kleine Espressotasse vor meiner Mutter stehen. Olga und ich setzen uns dazu.

»100.000 Vögel sin aber au it grad wenig«, sagt meine Mutter gerade zu Jakob.
Mein Sohn fragt, ob wir auch einen Kaffee möchten, und als Olga und ich nicken, steht er auf und schenkt uns zwei Tassen ein. Dann wendet er sich wieder seiner Oma zu. »In Deutschland gibt es ungefähr 30.000 Windräder. Die töten jedes Jahr 100.000 Vögel. Oma, das heißt: Du bist für drei, höchstens vier tote Vögel im Jahr verantwortlich, wenn du das Windrad oben auf dem Feldberg zulässt. Jede Katze hier im Dorf frisst mehr Vögel.« Er kratzt sich am Kopf. »Ich bin wirklich der Letzte, der will, dass Vögel sterben. Aber ich glaube, es ist so: Jedes Lebewesen auf diesem Planeten greift in das Leben der anderen ein. Der Fuchs frisst die Maus. Die Maus frisst einen Käfer. Der Käfer vielleicht eine Blattlaus. Der Mensch greift am meisten in diesen Kreislauf der Natur ein.«
Meine Mutter nickt. »Viel z'viel«, sagt sie.
Mein Sohn nickt. »Deshalb müssen wir abwägen. Alles hat immer zwei Seiten. Wenn das Windrad auf dem Feldberg gebaut wird, sterben drei oder vier Vögel. Wenn es nicht gebaut wird, wird mehr Kohle und Öl verbrannt. Die Konzentration der Treibhausgase in der Atmosphäre steigt, und das gefährdet im Grunde das Leben aller Lebewesen auf diesem Planeten, also auch von uns Menschen.« Er beugt sich zu meiner Mutter hinüber. »Ich glaube, in diesem Fall fällt die Abwägung nicht schwer. Aber du hast recht: Bei allem, was wir tun, gibt es immer zwei Seiten. Es gibt immer eine Seite, die Nachteile mit sich bringt. Auch das Gute hat oft eine schlechte Seite, in deinem Fall vier tote Vögel. Die Frage ist, wie wir die Vor- und Nachteile gewichten und wie wir uns dann entscheiden.«
Meine Mutter rührt viel zu schnell mit dem Löffel in ihrem Kaffee. »Ich kann mich eifach it entscheide«, sagt sie. »De Papa hät mir alles verschwiege. Alles hät er vor mir versteckt.« Sie weint, und es bricht mir das Herz. Sie schluchzt, und ich weiß nicht, wie ich ihr helfen soll. Die einzige Möglichkeit ist, das Geheimnis meines Vaters zu lüften. Aber das … Der Gedanke macht mir Angst.
Dazu muss ich in den Denn.

Die Scheune

Olga nimmt mich an der Hand und führt mich um den Hof herum. Sie plaudert und sagt etwas, das ich nicht höre, denn der Druck auf meinen Ohren wird bei jedem Schritt größer. Plötzlich spüre ich meinen Puls. Mein Mund ist trocken. Die Kehle ist rau. Mir versagen die Beine.
Ich schüttle den Kopf.
Es hat keinen Sinn.
Ich schaffe es nicht.
Flash.
Ich rieche das Heu.
Wie aus weiter Ferne sehe ich, dass Olga den Schlüssel ins Schloss steckt. So groß ist alles – der Schlüssel, das Schloss. Die beiden mächtigen Torflügel drehen sich, dann gehen sie auf: der Eingang in meine Unterwelt.
Noch ein Schritt – dann stehe ich auf der Schwelle. Ich stehe an dem Ort, an dem mein Vater starb.
Der Geruch.
Das Heu.
Da vorne ist die Luke. Daneben steht mein Vater. Er winkt mir zu. Jetzt ist Olga da. Sie hält mich fest. »Sieh dir den Film bis zum Ende an«, sagt sie.
Links stehen die Geräte, alle alt, alle verstaubt. Der Fendt, der Leiterwagen, die Egge, der Wendepflug, alles da. Der Vater lacht. An der Wand hängen zwei Ochsenkummete, drei Gabeln, ein Haferrechen, ein Stichel, eine verrostete Axt. Ich sinke auf die Knie. Hände im Staub. Knie im Staub. Ich will zu ihm kriechen, doch ich kann mich nicht bewegen. Ich versuche es mit aller Kraft. Ich komme nicht voran. Er sticht mit der Gabel ins Heu. Ich will schreien. Doch die Kehle ist verstopft. Ich würge. Kein Laut. Ich krabble. Jetzt höre ich etwas, Laute, die ich noch nie von mir gehört habe.

Der Vater wirft Heu durch die Luke. Er schwitzt. Die Hosenträger hängen seitlich herunter. Ich krabble wie ein Baby. Er lacht mir zu. Sticht ins Heu. Ich schreie »Nein!«. Er lacht.
Und dann sehe ich den Schatten.
Dunkel.
Plötzlich ist er da.
Leise.
Schnell.
Gefährlich.
Er kommt aus Richtung der Rigipswände, hinter denen mein Großvater seine Frauenkleider aufbewahrt hat.
Ich spüre, wie meine Augen größer und größer werden
Mit katzenhaften Bewegungen ist der Schatten da. Er steht hinter meinem Vater.
Ich schreie.
Ich winke.
Eine schnelle Bewegung.
Mein Vater fällt.
Aber diesmal höre ich ihn nicht schreien.
Ich atme tief ein und aus.
Auf allen vieren krabbele ich zur Luke und schaue hinunter. Er schreit. Er blutet. Die Zacken der Gabel tief in seiner Brust. Ich schreie.
Ich greife nach Olgas Hand und stehe auf.
Ich klopfe mir den Staub von Hose und Ärmeln.
Mit festen Schritten gehe ich zum Ende der Scheune.
Ich stehe vor der Gipswand.
Ich habe keine Angst mehr.
Ich hebe den rechten Fuß. Trete gegen die Wand.
Noch einmal.
Ich nehme Anlauf und ramme meine Schulter dagegen.
Ich trete ein drittes Mal.
Der erste feine Riss.
Noch ein Tritt.
Der Riss wird breiter.

Ich ramme die Schulter dagegen.
Ein Loch. Nicht groß.
Noch ein Tritt und noch einer. Und noch einer. Wie verrückt trete ich gegen die Rigipsplatten. Ich erinnere mich an die Axt. Ich reiße sie vom Bügel und schlage mit ihr gegen die Wand einmal, zweimal – bis die Öffnung groß genug ist.
Ich schlüpfe in das Zimmer, in dem Opa für ein paar Stunden zur Frau wurde – und glücklich war, nehme ich an.
Staub, überall Staub. Knöcheltief. Abgestandene Luft.
Zwei Schritte zum Frisiertisch.
Mit einem Ruck reiße ich die oberste Schublade heraus und werfe sie auf den Boden. Mit der linken Hand greife ich in die Öffnung. Taste die Unterseite der Tischplatte ab. Meine Finger packen einen Umschlag.

*

Wenn ich meinen Beruf nicht mehr ertragen kann, steige ich manchmal für ein oder zwei Stunden auf den Crosstrainer im Fitnessstudio. Danach bin ich nicht nur müde, platt und kaputt, ich kann mich nur mit Mühe über die Heusteigstraße ins Bohnenviertel schleppen, und wenn ich die Treppe zu meiner Wohnung hinaufgehe, muss ich mich am Geländer hochziehen. Manchmal falle ich sogar ungeduscht ins Bett.
So fühle ich mich jetzt.
Egon ist gekommen. Mutter, Jakob und er sprechen miteinander … ich verstehe nichts. Vorsichtig lege ich den alten, gelb und brüchig gewordenen Umschlag auf den Tisch und schaue in drei erstaunte Augenpaare.
»Hier ist der Vertrag für das Grundstück auf dem Feldberg«, sage ich zu meiner Mutter. »Jetzt kannst du entscheiden, was du damit machen willst.« Meine Augen sind schwer. »Da sind noch andere Dokumente von Papa drin, Geburtsurkunde, Einberufungsbescheid, Arbeitslosenkarte, eine *Autorisation de résidence* von der französischen Besatzungsbehörde, die besagt, dass er in Riegel wohnen darf, ein Fragebogen von derselben Behörde, in dem Papa

erklärt, nie Mitglied der NSDAP oder einer ihrer Gliederungen gewesen zu sein.« Mir fallen die Augen zu.
Meine Mutter starrt mich an wie ein Gespenst (so fühle ich mich auch). Dann weint sie. »Warum hat Papa mir das alles verschwiegen?«
Ich sage mit letzter Kraft: »Er hat alles versteckt.« Ich lege ihr den Arm auf die Schulter. »Aber nicht vor dir.«
Ich habe auch etwas versteckt. Vor ihr.

*

Vor mir lagen zwei Hefte mit den Tagebuchaufzeichnungen meines Vaters. Ich wollte sie lesen, bevor ich sie meiner Mutter gebe. Immerhin hatte mein Vater diese Hefte an einer Stelle versteckt, an der sie meine Mutter niemals finden würde – in der Kammer meines Großvaters. Ich blätterte nur mit dem Daumen durch die Seiten durch, sah Einträge mit Bleistift, andere mit verblasster Tinte. Manche Seiten waren unlösbar aneinandergeklebt. Auf einigen Seiten hatte Wasser die Tinte aufgelöst und alles in einen blaubraunen Klecks verwandelt. An vielen Stellen war das Grafit des Bleistifts verschwunden, die Blätter sahen aus wie unbeschrieben. Einige Einträge waren dagegen gut lesbar. Nur, ich wollte nicht lesen. Noch nicht. Doch ich konnte nicht anders. Ich legte das erste Heft auf meinen Schoß. Ich las – und lernte den jungen Mann kennen, der mein Vater werden sollte. Ich las, bis mir die Augen zufielen. Ich lag in meinem Hotelzimmer auf dem Bett und schlief einen langen traumlosen Schlaf. Als ich aufwachte, suchten sich die letzten Sonnenstrahlen des Tages ihren Weg durch das Fenster und die zugezogenen Gardinen.
Ich fühle mich ausgeschlafen. Und frei.
Olga sitzt auf dem Balkon, die Füße auf einem Stuhl, eine Tasse Tee neben sich, und liest den neuen Roman von Virginie Despentes. Sie sieht, dass ich mich im Bett rege, knickt ein Eselsohr in die Buchseite und steht auf. Sie steht im Türrahmen: »Geheilt?« Ich nicke und winke mit dem Heft meines Vaters.

Peenemünde, Karlshorst Juni 1943

Heute sind Häftlinge aus Buchenwald gekommen. Sie sollen in den Fertigungshallen arbeiten. Erich und ich stehen am Rand des Zauns und sehen eine graue Masse von müden Männern. Schritt und Schritt und Schritt – die Köpfe gesenkt wogen sie auf der Straße entlang. SS und hechelnde Schäferhunde daneben. Wir haben dagestanden und zugeguckt. Ich hatte Angst. Fritz sagt, die müssen erst mal neue Baracken bauen. So lange schlafen sie auf dem Boden. Ich habe gesehen, wie … An dieser Stelle verschwindet die Schrift.

Der Doktor ist nicht zufrieden. Dem Zielsuchgerät hat er den Namen Radieschen gegeben. Die Rechenmaschine liefert immer noch zu viele falsche Ergebnisse. Erich und ich rechnen den ganzen Tag, bis unsere Köpfe rauchen. Angst haben wir vor …

Als ich heute den Doktor besucht habe, sah ich, dass die Häftlinge in den Hallen auf dem Boden schlafen. Ich könnte in diesem Zustand nicht so schwere Arbeit erledigen. Jetzt gibt es auch überall die Leute von der SS. Früher hat man nicht so viele von ihnen gesehen, außerdem …

»Wie alt war dein Vater, als er das schrieb?«

Ich rechne kurz nach. »Siebzehn. Oder gerade achtzehn geworden.«

»Lies weiter.«

»Das meiste kann man nicht mehr lesen. Die Schrift ist verwischt oder verschwunden.« Ich blättere weiter.

Am Montag fliegt der Professor mit seiner Fieseler Storch nach Nordhagen. Der Doktor, Erich und ich werden einen Tag früher … Dann wird es wieder unleserlich.

Ich blattere weiter.

Es sind zwei Stollen, die in einem Berg namens Kohnstein umgebaut werden. Früher war es ein Treibstofflager. Jetzt sollen unsere Raketen in den Stollen gebaut werden.

Alles wird hier von Häftlingen gebaut. Sie sind überall. Sie hacken mit dem Pickel Kammern zwischen die beiden Stollen. Mit den Händen füllen sie das Geröll in die Eimer. Ich habe gesehen, dass sie in den Zwischenstollen auf dem Boden liegen und schlafen. Erich und ich – wir gucken uns nicht an. Aber von Braun marschiert da durch. Nur einmal hat er kurz

gestutzt. Da trugen sie drei Tote zu einem Haufen, auf dem schon andere lagen. Ich hab zu dem Doktor geschaut, der holt auch manchmal tief Luft.
Wieder wird es unleserlich.

… das nennt sich KZ Dora. Ich hab Angst, dass wir hierher versetzt werden, wenn wir mit dem Rechnen in Peenemünde fertig sind.

… die müssen die Stollen eben machen und betonieren. Verbindungsstraßen anlegen, Gleise verlegen. Unvorstellbar viel Arbeit. Der Professor geht herum und zeigt auf die Plätze, wo die großen Produktionsmaschinen hinmüssen …

… einer ist an mir vorbei und hat gezischt: Brot? Brot? Ich hatte kein Brot dabei. Aber selbst wenn: Ich hätte viel zu viel Angst gehabt, es ihm …

In den Zwischenstollen stehen doppelstöckige Betten. Daneben halbierte Benzinfässer als Latrineneimer. Es stinkt unvorstellbar. Jemand schickt mich weg, weil … Gefahr durch Ungeziefer … sie leben unter der Erde … ständig wird gesprengt und gebohrt …

Die Häftlinge sehen aus wie Tote, so blass … Erich und ich wollen hier weg …

… sagte: die sterben wie die Fliegen, und das soll …

Der Professor läuft hier durch, als wäre das Leben in dieser Hölle normal. Ich verstehe nicht …

Jemand beschwert sich, dass die Häftlinge zu wenig arbeiten. Geplant sei ein deutscher Meister für zehn Häftlinge; in Wirklichkeit sei das Verhältnis 1 zu 3. Das sei doch nicht …

… 11.000 sollen es sein, sagt der Doktor. Viel zu viele Russen, hat er geschimpft …«

Erich und ich sind wieder zum Strand zurück. Häftlinge räumen die nicht explodierten Bomben weg. Da sind immer noch die Krater. Erich weint und hört nicht mehr auf. Hier ist es …

Erich sagt, dass wir Glückskinder sind. Wir haben so eine einmalige Chance für unser Leben. Wir könnten das machen, was wir lieben und was wir können: Mathe, Rechnen. Wir bauen Raketen. Und ganz leise sagt er: Und wir müssen nicht an die Front. Wir reden nicht darüber, was wir im KZ Dora, in den Stollen gesehen haben. Aber eigentlich drehen sich unsere Gespräche darum. Die Chance, die man uns mit 17 gibt. Und der Preis, der …

Ich klappe das Heft zu.

*

Spät in der Nacht liegen wir beide in diesem Bett. Mein Brustkorb hebt und senkt sich. Auch Olga atmet schwer. Ich bestaune ihr Gesicht. Wie jung sie aussieht, wenn wir uns geliebt haben! Wie glatt ihre Haut ist. Wie perfekt geschwungen der Mund. Wie ihre Augen glänzen. Sternenhimmel, fällt mir ein. Die Nase, deren Flügel noch leicht beben. Ihre Hände, die nach meinem Gesicht greifen. Die Süße des Kusses, der folgt. Die Unterlippe, prall wie eine reife Kirsche. Meine Hand gleitet über ihren Rücken.
Dann schrillt es – laut und hässlich.
»Lass es klingeln«, murmelt Olga. Ihre rechte Hand fährt über meinen Bauch.
»Ich mache es leise«, sage ich.
Ein Blick aufs Display: Jakob.
Ich nehme ab. »Dad«, flüstert er, »da sind Männer auf dem Hof.«

Crommschröder und die Philosophie des Geldes

Crommschröder hatte einen vollen Terminkalender.
Abends tagte der Politische Ausschuss des Industrieverbandes. Die Zigarren dampften, der Whisky schmeckte vorzüglich. Ein bisschen viel Klischee, dachte Crommschröder, aber wie das so ist, in jedem Klischee steckt meist auch etwas Wahres. Die beiden Chefs der PR-Agentur Political Analysis and Transformation, die mit der Kampagne beauftragt waren, stellten sich vor. Nicht billig, diese Leute. Aber effizient. Man saß am Kamin. Die Chefs und Mehrheitseigentümer einiger der größten Konzerne. Die Herren waren zufrieden. Man war unter sich. Kein Journalist weit und breit. Man konnte offen reden.
Das Ziel wurde bekräftigt: Deutschland braucht eine Mitte-rechts-Regierung – mit klarer Betonung auf rechts. Die nächste Regierung muss die Klimagesetzgebung im großen Stil beenden, rückgängig machen und endlich wieder Kohle, Gas und nicht zuletzt Benzin wieder Vorfahrt geben. Dazu müssen die Grünen so diskreditiert und gestutzt werden, dass sie sich auf unabsehbare Zeit nicht mehr in eine Regierung verirren. Die Herren wünschen sich eine Koalition aus Konservativen und Liberalen, aber da Letztere an der Fünf-Prozent-Hürde scheitern könnten, muss die AfD ins Spiel gebracht werden. Diese würde den nötigen Druck auf die CDU ausüben, damit endlich keine halben Sachen mehr beschlossen werden, kein laues Lüftchen wie in der Ära Merkel, sondern klare Kante.
Endlich klare Kante.
Dieser Prozess sei auf einem guten Weg. Crommschröder kratzte sich am Kinn: Schön würde es nicht werden. Mithilfe der FDP habe man dafür gesorgt, dass im nächsten Haushalt auch den Bauern einige Subventionen gestrichen würden. Kurioserweise gegen den Willen des grünen Landwirtschaftsministers. Nun zogen die Bau-

ern in riesigen Demonstrationszügen mit gewaltigen Traktoren durchs Land, blockierten Parlamente, Zufahrtsstraßen, Veranstaltungen. Sie sorgten für Staus, von denen die Klimakleber nicht einmal zu träumen wagten. Einige Bauern haben die Grünen zu ihrem Hauptfeind erklärt. Das war fantastisch. Es gab ikonische Ereignisse mit enormer Breitenwirkung, die Crommschröder amüsierten: Bauern blockierten eine Fähre, auf der der grüne Wirtschaftsminister Habeck an Land gehen wollte. In Biberach verhinderten sie sogar den politischen Aschermittwoch der Grünen. Sicher, die Männer, die da randalierten, waren keine angenehmen Zeitgenossen, und Crommschröder würde sich nie mit ihnen zeigen – aber sie waren nützlich. In Biberach waren es sturzbetrunkene junge Männer, die in der Nacht schon mehrfach Alarm bei der Feuerwehr ausgelöst hatten – nein, nicht schön, wirklich nicht, aber notwendig. In Schorndorf bildeten am selben Tag fünfzig Männer vor einem soziokulturellen Zentrum ein Spalier und warteten, bis die Grünen-Vorsitzende Ricarda Lang eine Veranstaltung verließ. Der Agenturchef zeigt Videoschnipsel mit Originaltonen. Die Menge rief der Frau schwer erträgliche Beleidigungen zu. Personenschützer bahnten ihr den Weg durch die Pöbler, die – das war offensichtlich – die Frau verprügelt hätten, wenn die Polizisten sie nicht mit zwei Trupps geschützt hätten, einer vor ihr, einer hinter ihr.

Crommschröder studierte die roten Gesichter der Menge. Ihn überfiel ein Anflug von Scham. Primitiv und ungehobelt waren diese Dummköpfe – der Frau in keiner Weise gewachsen. Sie kannten sie nicht und beleidigten sie dennoch auf das Schändlichste. Crommschröder war ihr das eine oder andere Mal bei parlamentarischen Abenden oder anderen Gelegenheiten begegnet. Sie hatte einen messerscharfen Verstand, war eine gute, klare, brillante Rednerin, sie war auffallend dick, wirkte beneidenswert selbstbewusst, angeblich bisexuell, offen, interessiert – ein rotes Tuch für die Schreihälse aus dem pietistischen Schorndorf, die sich nicht schämten, in Überzahl eine Frau anzugreifen.

Er verdrängte das Schamgefühl. Wo gehobelt wird … Nun, das musste er aushalten.

Der Chef der Agentur sprach gerade über Hoffnungslosigkeit. »Im Moment ist Hoffnungslosigkeit das vorherrschende Gefühl in der Gesellschaft. Wir fördern und vertiefen dieses Gefühl, indem wir die verschiedenen Aspekte einer großen Dauerkrise so lange wiederholen, bis die Menschen nicht mehr wissen, wo die eine Krise angefangen hat und wo die andere vielleicht aufhört. Sie sollen den Überblick verlieren über ein multiples, endloses und unüberschaubares Krisen- und Chaosgeschehen. Ukraine-Krieg, Nahost-Krieg, Künstliche Intelligenz, Wirtschaftskrise, Mietpreise, Trump, Energiepreise, russischer Angriff auf Europa, Inflation, Fluchtbewegungen, chinesische Bedrohung, Klimakatastrophe – es soll ein allumfassendes Gefühl einer unkontrollierbaren, nicht enden wollenden, hochgefährlichen Krise mit unkalkulierbaren Risiken für das unmittelbare Leben der Menschen, ihrer Familien, Kinder und Arbeitsplätze entstehen. Entscheidend ist, dass diese Endzeitstimmung so umfassend ist, dass die Menschen nicht auf die Idee kommen, selbst etwas ändern zu können.«
Der Mann richtet seinen Krawattenknoten. »Wer die Hoffnung verloren hat, der zieht sich zurück – ins Private, in die Familie, in die Beziehung, auf die eigene Scholle sozusagen, die richtet er sich ein. Er geht nicht mehr hinaus. Er engagiert sich nicht mehr. Er sitzt zu Hause und wird mit schlechten Nachrichten bombardiert. Wir wollen, dass er sich ohnmächtig fühlt, dass er das Gefühl hat, allein im Sturm auf hoher See zu sein, ohne Orientierung.«
Für Crommschröders Geschmack war der Mann etwas zu theatralisch, aber er war klug. Also konzentrierte er sich, hörte zu, neigte den Kopf zur Seite: »Bleiben wir kurz bei diesem Bild. Wenn man allein auf dem Meer treibt, weiß man, dass man sich nicht selbst retten kann. Man muss gerettet werden. Von außen. Von jemand anderem. Man sucht den Horizont nach einem Segel ab. Man sucht den Retter.«
Der Mann strich seine Krawatte glatt. »Die Stimmung ist heute eine andere als zu Beginn der Pandemie. Damals war klar: Wir haben eine schwere Zeit vor uns, und irgendwann werden wir wieder in die Zeit vor der Krise zurückkehren. Das war die Hoffnung.

Diese Hoffnung gibt es nicht mehr. Es gibt keinen Punkt mehr, an den die Gesellschaft zurückkehren könnte. Es gibt nur noch Krise und Krieg, ohne Anfang und ohne Aussicht auf ein Ende.«

Alle hören aufmerksam zu. Sie sehen, wie der Redner die Hände hebt: »Dann kommt die Hoffnung. Eine neue Regierung. Ein starker Mann. Durchgreifen. Schluss mit der Unsicherheit. Wieder die Kontrolle gewinnen. Noch ist es nicht so weit. Aber wir arbeiten daran. Und am Ende, meine Herren, werden die Menschen die Regierung wählen, die Sie brauchen.«

Schon zwei Wochen später war Crommschröder klar, dass es nicht so einfach werden würde, wie es sich der Agenturchef vorgestellt hatte.

Scheinbar aus dem Nichts demonstrierten plötzlich Millionen gegen die AfD.

Ein sogenanntes Medienkollektiv namens Correctiv berichtete im Januar über eine Veranstaltung, bei der sich Geldgeber mit AfD-Politikern und Rechtsextremen trafen, um über Massenabschiebungen zu diskutieren. Crommschröder kannte solche Veranstaltungen. Er hatte sich selbst zweimal bei ähnlichen Treffen zuschalten lassen. Es handelte sich um eine Art politische Auktion, bei der die Rechtsextremisten ihre Projekte vorstellten und die Sponsoren Geld gaben, wenn sie mit der Präsentation zufrieden waren. Crommschröder nahm an dieser Aktion nicht teil. Der Schaden für den Konzern wäre unabsehbar gewesen.

Aber ihm war klar, dass diese Demonstrationen die Strategie der Hoffnungslosigkeit durchkreuzten – oder doch zumindest erschwerten.

In Hamburg musste eine Kundgebung abgebrochen werden, weil zu viele Demonstranten erschienen. 100.000 waren es am gleichen Tag in Köln. Aber das, was Crommschröder zur Verzweiflung brachte, waren nicht die Aktionen in den großen Städten, nicht so sehr die Demonstrationen in Berlin, München, Köln, Frankfurt und Stuttgart. Es waren die Initiativen in den kleineren Städten, die ihn davon überzeugten, etwas noch nie Dagewesenes zu erleben: Borken, Radolfzell, Detmold, Emmendingen, Eschwege. In über 350 Städten und Orten drückten die Leute ihre Abscheu gegen die AfD aus; sogar im Osten, wo die Menschen dabei ein gewisses Risiko eingingen.

Crommschröder war klar, dass die Teilnehmer millionenfach gegen die AfD protestierten, dass sie sich aber auch gleichzeitig aus der Stimmung der politischen Hoffnungslosigkeit befreiten.

Kurz danach rief ihn der Chef der Agentur an. »Herr Crommschröder, wir haben eine gute Nachricht.«

»Die kann ich gebrauchen. *What's up?*«

»Die CDU hat soeben den Entwurf für ihr neues Grundsatzprogramm veröffentlicht.«

»Mein Gott, reden Sie schon.«

»Es wird Sie freuen: Die Kernenergie ist drin.«

»Das ist wirklich eine gute Nachricht.«

»Der Satz lautet genau: Wir können zurzeit nicht auf die Option Kernkraft verzichten.«

Crommschröder fuhr sich mit der Hand über die Stirn. »Gute Arbeit. Wirklich – Kompliment.« Er legte auf.

Wenn es denn wirklich dazu käme, dass eine konservative Regierung neue Atomkraftwerke bauen würde, dann müsste sie auch bereit sein, die erhöhten Stromkosten gegenüber den Stromkunden durchzusetzen. Crommschröder rieb sich die Hände: Es würde teuer werden – nicht für seinen Konzern. Der wäre gerettet.

Verfolgung

Ich werfe die Bettdecke zurück und springe aus dem Bett. »Wo bist du?«

Jakob sagt: »Ich stehe am Fenster in der Küche. Da kniet einer neben deinem Renault.«

»Sprich leiser. Geh vom Fenster zurück. Ich will nicht, dass sie dich sehen.«

»Ich könnte Licht anmachen, mit den Töpfen Krach machen. So was in der Art. Ich könnte sie vertreiben.«

Mit einer Hand telefoniere ich, mit der anderen ziehe ich die Jeans hoch. »Auf keinen Fall. Ich bin gleich da.« Aus den Augenwinkeln sehe ich, wie Olga den Reißverschluss ihrer Hose zuzieht und nach der Bluse auf der Stuhllehne greift. Ich stecke die kleinen weißen Hörer des Handys in die Ohren.

»Bist du in Sicherheit?«, frage ich und knöpfe das Hemd zu.

»Ja, ja, ich habe keine Angst. Ich könnte wirklich Lärm machen und sie …«

»Jakob, auf keinen Fall. Ich bin schon unterwegs. Kannst du sie noch sehen?«

»Von hier aus nicht gut.«

»Wie viele sind es?«

»Zwei.«

Ich öffne die Tür. Olga und ich huschen den Hotelflur entlang zum Nebenausgang.

»Tragen sie Waffen?«

»Dad, echt jetzt, Waffen! Das sind Einbrecher-*kleine Pause*-innen …«

»Ist eine Frau dabei?«

»Hä? Eine Frau? Nein. Wie kommst du auf …?«

»Du hast eben Einbrecher*innen* gesagt.«

»Oh mein Gott, nein, das war doch nur, um … «

»Tragen sie Waffen?«

»Kann ich nicht sehen.«
Olga und ich hasten den Berg zum Dengler-Hof hinauf. »Wie sehen sie aus?«
»Ein großer und ein kleiner. Der Große ziemlich groß.«
»Wie sind sie gekleidet?«
»Schwarz. Beide tragen Sturmhauben.«
»Haben sie ein Fahrzeug dabei?«
»Im Hof steht keines. Vielleicht auf der Straße.«
Olga deutet nach oben. Dort, wo die Auffahrt zu unserem Hof beginnt, steht ein größerer dunkler Wagen im Schatten einiger Bäume, ziemlich sicher ein SUV.
»Leuchtet die Laterne im Hof?«
»Nein. Alles ist dunkel.«
»Jakob, hör mir genau zu: Sobald Schüsse fallen, rufst du die Polizei. Wenn jemand schreit, rufst du die Polizei. Weißt du die Nummer?«
»110. Aber ich hab's nicht so mit den Cops.«
»Es geht nicht nur um dich.«
»Okay.«
»Gut. Falls du die Polizei rufen musst, kümmere dich um deine Oma. Wir sind gleich da. Ab jetzt reden wir nicht mehr. Halt dein Handy so, dass du mich hörst, falls ich deine Hilfe brauche. Falls bei dir etwas passiert – ich höre dich.«
Ich halte das Telefon in der rechten Hand und lösche das Display. Olga deutet auf den dunklen Wagen. »Vielleicht sitzen da noch welche drin.«
Ich nicke grimmig. »Wir umgehen sie. Wenn wir uns durch das Gestrüpp rechts schlagen, kommen wir am Hühnerstall raus und können von dort auf den Hof.«
Wir rennen in gebückter Haltung los. Ginsterbüsche und anderes Gestrüpp schlagen gegen unsere Hüften. Vor uns springt ein Rehbock auf und flieht. Wir heben die Hände hoch, um den Zweigen so wenig Widerstand wie möglich zu bieten.
Nach ein paar Minuten erreichen wir keuchend das untere Ende des Hühnerstalls.

Wir bleiben stehen, bis sich unsere Atmung normalisiert hat. Ich sehe Olga an. Sie nickt. In drei Sätzen stehen wir an der Rückwand von Vaters Werkstatt. Vorsichtig, den Rücken gegen die Wand drückend, schleichen wir vorwärts. An dem Fenster mit den Glasbausteinen versuche ich, in das Innere der Werkstatt zu spähen. Keine Chance. Immerhin: Drin ist kein Licht zu sehen, keine Taschenlampe, kein Handylicht, nichts. Lautlos ziehen wir weiter bis zur Kante.

Ich spähe vorsichtig um die Ecke.

Vor uns liegt der Hof. Verlassen.

Ich beuge mich einige Zentimeter vor.

Alles scheint ruhig.

Kein Laut.

Die Laterne ist aus.

Trotzdem: Das Haus wirft Schatten im dünnen Mondlicht.

Schatten sind Schutz.

In ein paar Sätzen stehen wir vor der Kellertür.

Drüben steht der Renault.

Wir hören: Ein Motor wird angelassen. Ein tiefer, satter Ton.

Jakobs Stimme in meinem Ohr: »Ich sehe euch.«

Olga und ich überqueren den Hof.

Ich bücke mich.

Meine Hände fahren unter den Wagen, streifen das Bodenblech entlang. Olga überprüft die andere Seite.

»Rechts oder links, wo kniete der Mann neben dem Renault?«, frage ich.

»Auf der Beifahrerseite«, sagt mein Sohn.

»Ich habe es«, sagt Olga leise.

Sie steht auf und zeigt mir einen winzigen Peilsender. Sie sieht sich um und drückt ihn ans Fallrohr von Vaters Werkstatt.

Ich öffne den Wagen, gleite hinters Steuer. Schließe leise die Tür. Olga setzt sich neben mich. Vorsichtig zieht sie die Beifahrertür zu. Ich stelle den Lichtschalter auf »Aus«.

Plötzlich: ein hoher Schatten steht neben der Fahrertür.

Instinktiv reiße ich die Fahrertür auf, ramme sie gegen den Schatten und springe hinaus.

Jemand schreit.

Es ist Jakob.

»Bist du verrückt?«, keucht er. »Ich bin's.«

»Sorry. Ich hab nur einen Schatten gesehen. War ein Reflex.«

Mein Sohn öffnet die hintere Tür und lässt sich auf die Rückbank fallen.

Ich drehe mich zu ihm um. »Jakob, steig aus. Schnell«, sage ich zu ihm und lasse den Motor an. »Schnell. Sonst verliere ich sie.«

»Ich denke nicht daran.«

Ich lege den Rückwärtsgang ein. »Steig aus, es könnte gefährlich werden.«

Er verschränkt die Arme vor der Brust.

Ich muss mich entscheiden, für Diskussionen ist keine Zeit. Ich muss an den beiden Typen dranbleiben, sonst verliere ich sie. Gespräche mit Jakob waren schon nicht kurz, als er noch ein Kind war.

Also fahre ich los.

Gut, dass ich die Auffahrt gemäht habe. Leise und ohne Licht lasse ich den Renault den Weg hinunterrollen. Zwei-, dreihundert Meter vor uns geht ein Rücklicht an. Wir fahren den Berg hinunter, halten an der Landstraße und biegen links ab Richtung Bärental. Die Straße ist leer. Ich lasse die Scheinwerfer aus. Kein Auto auf der Bundesstraße. Die beiden Zielpersonen werden uns nicht bemerken. Auf Höhe der Feldberghalle kommt uns ein Auto entgegen. Der Fahrer blendet mich mehrmals mit der Lichthupe.

An der Kreuzung in Bärental biegt das dunkle Auto nach links ab. Es fährt den Feldberg hinauf. Ich lasse ihm etwas Vorsprung, schalte das Licht ein und folge ihm. Kein Fahrzeug kommt uns entgegen. Oben auf dem Feldberg setze ich den Blinker, als ob ich zum Hotel fahren wollte, schalte das Licht wieder aus, vergrößere den Abstand und schalte das Licht wieder ein. Wenn die Männer im Rückspiegel geprüft haben, ob sie verfolgt werden, müssen sie davon ausgehen, dass die Luft rein ist.

Sie fahren den Feldberg auf der anderen Seite wieder hinunter nach Todtnau. In der Ortsmitte biegt der Wagen nach rechts ab, und nun geht die Fahrt durch den Wald hinauf zum Schauinsland. Am Notschrei wiederhole ich das Manöver: rechts blinken, Scheinwerfer aus, dem Auto folgen, nach einer Kurve (wenn der Sichtkontakt unterbrochen ist) Scheinwerfer wieder an. Jetzt geht es wieder bergab ins Rheintal, durchs Münstertal Richtung Staufen.

»Das ist ein Porsche«, sagt Olga neben mir.

»Ein Cayenne«, präzisiert Jakob, der von hinten durch die beiden Vordersitze späht.

Am Ortseingang von Staufen biegt der Porsche in eine Seitenstraße ab. Ich folge ihm. Die Gegend wird einsamer. Ich schalte das Licht wieder aus. Es fällt mir nicht schwer, dem Wagen zu folgen, helle Rücklichter weisen mir den Weg. Links begrenzt eine alte, etwas verfallene Mauer ein parkähnliches Gelände. Plötzlich leuchten vor mir die Bremslichter auf. Ich halte den Renault ganz rechts am Straßenrand, in der Hoffnung, dass die beiden uns nicht sehen. Der SUV hält, ein großer Mann springt vom Beifahrersitz. Pudelmütze auf dem Kopf. Ich erkenne ihn. Es ist derselbe, der auf dem Beifahrersitz des Sprinters saß. Er öffnet ein großes Tor und winkt dem Porschefahrer zu. Der Wagen verschwindet in der Einfahrt.

Olga checkt die Koordinaten auf ihrem Smartphone.

Ich sehe sie an.

Sie nickt.

»Wir sind gleich wieder da«, sage ich zu Jakob. Ich rufe sein Handy an. »Wenn …«

Er hebt ab und spricht in den Hörer: »Ich weiß, ruf die Polizei, wenn Schüsse fallen.«

Olga und ich steigen aus und gehen auf die Mauer zu. Ich stecke mein Handy in die Hosentasche.

Ich verschränke die Hände vor meinem Bauch. Olga hält sich mit beiden Händen an meiner Schulter fest und stellt ihren rechten Fuß auf meine Handflächen. Dann drückt sie sich ab, greift mit beiden Händen nach der Oberkante der Mauer und zieht sich hoch. Sie setzt sich rittlings auf die Mauer und reicht mir ihre rechte Hand. Kurz darauf stehen wir in der Anlage. Wir sind umgeben von einigen großen und offensichtlich sehr alten Kastanienbäumen. Die Blätter sind braun, gekräuselt, krank und zum großen Teil schon abgefallen. Der Boden ist voll davon. Wir werden Geräusche machen, wenn wir uns in diesem Park bewegen. Vielleicht nicht genug für ein menschliches Ohr, aber ein Hund wird uns hören. Olga zeigt nach rechts: ein schwach beleuchteter Kiesweg. Er führt zu einem großen, schlossähnlichen Haus, zweistöckig, mit einem Giebeldach, einer (beleuchteten) Eingangstreppe und einer Einliegerwohnung im Souterrain, deren Zimmer sichtbar beleuchtet sind. In einem Zimmer im Obergeschoss schimmert an den Rändern der vorgezogenen Vorhänge ein schwaches Licht nach draußen, vielleicht Kerzenlicht.

Wir warten einen Moment, ob ein Hund bellt oder (was unangenehmer wäre) ohne zu bellen angerannt kommt.

Nichts.

Vorsichtig gehen wir weiter.

Wir achten darauf, möglichst nicht auf die trockenen Kastanienblätter zu treten. Wir nutzen den Schutz der mächtigen Stämme und arbeiten uns von Baum zu Baum auf das Haus zu.

Der schwarze Porsche steht neben drei fast mannshohen, mit Maschendraht gesicherten Gebilden, die an Käfige erinnern.

Jeden Schritt überdenkend, um kein Geräusch auf dem Kies zu verursachen, gehe ich zum Ende des Hofes, wo der Boden zur Souterrainwohnung hin abfällt. Olga gibt mir ein Zeichen. Sie zieht sich in den Schutz der Bäume zurück und geht auf die andere Seite des Hauses. Sie zeigt auf das schwach beleuchtete Zimmer. Ich nicke ihr zu. Kurz darauf verliere ich sie aus den Augen.

Zu beiden Seiten der Jalousien sehe ich schmale Ausschnitte der Wohnung. Ich hocke mich hin, um besser sehen zu können. Das linke Fenster gehört zur Küche. Ich erkenne einen Kühlschrank. Im rechten Fenster sehe ich ein Stück von einem Sofa, wahrscheinlich das Wohnzimmer.

Ich warte.

Auf der anderen Seite sehe ich Olga, die sich am Regenrohr in den ersten Stock hochzieht. Sie ist kaum auszumachen. Ich muss die Augen zusammenkneifen, um den dunklen Schatten zu erkennen, der sich langsam zum Fenster bewegt.

Plötzlich Hundegebell.

Es kommt aus der Wohnung im ersten Stock. Der Köter ist eingesperrt. Gott sei Dank. Die Stimme des Hundes ist hoch. Eher ein Jagd- als ein Wachhund. Trotzdem ist es Zeit, sich zurückzuziehen.

Vorsichtig stehe ich auf.

In der Küche bewegt sich ein Schatten. Ein großer Schatten. Eine Wollmütze auf dem Kopf. Damit ist klar, wo sich die beiden Zielpersonen aufhalten. Vorsichtig trete ich zurück.

Als ich wieder unter den Kastanienbäumen stehe, schaue ich mich nach Olga um. Ich sehe sie nicht.

Mein Herz schlägt schneller.

Langsam gehe ich durch den Park auf die andere Seite des Hauses.

Der Köter bellt immer noch. Wir müssen hier schnell weg.

Dann taucht Olga aus der Dunkelheit auf. Wir umarmen uns kurz.

Rückzug.

Kurz darauf klettern wir über die Mauer zurück zu meinem verbeulten Renault.

Erleichtert küsse ich sie.

Alles ist gut gegangen.

Dann bleibe ich wie erstarrt stehen.

Jakob ist weg.

Crommschröder und die Philosophie des Bösen

Über eines ist sich Crommschröder vollkommen im Klaren: Wenn er sich durchsetzen wird, wird es große Veränderungen auf dem Erdball geben. Die Studien, die ihm vorgelegt wurden, klangen beunruhigend. Selbst wenn es gelänge, die Erderwärmung auf zwei Grad zu begrenzen (wovon in seinen Kreisen niemand ausgeht), würde das Festeis zu einem beachtlichen Teil abschmelzen und der Meeresspiegel – so hatte es Crommschröder in einem Podcast der LMU München gehört – um vierzig Meter ansteigen. Es wären gigantische Deichbefestigungen nötig – Projekte, die in ihrem Ausmaß an den Bau der Pyramiden erinnern und so enorme Mittel binden würden, dass kein Geld da wäre für Bildung, Forschung, Kultur und andere, heute selbstverständliche Staatsaufgaben.

Ein Großteil der heutigen Tier- und Pflanzenwelt würde aussterben.

Vor allem: Es würde ungemütlich warm werden auf diesem Planeten.

Manchmal redet er sich die Dinge schön. Der Eisbär zum Beispiel. Er ist aus der Wildnis Kanadas ausgewandert und hat sich am Nordpolarkreis eingebürgert. Über Generationen hinweg passte er sich dem Schnee und dem Eis an. Sein Fell wechselte die Farbe – von Braun zu Weiß. Er passte auch seine Nahrung an und fraß jetzt nicht mehr Hirsche, Bisons oder Elche, sondern Robben. Alles prima. In ein paar Jahren würde er gezwungen sein, in die kanadischen Wälder zurückzukehren. Er wird sich erneut umstellen müssen. Keine Robben mehr, sondern wieder Hirsche, Bisons und Elche. Das Fell würde in ein paar Generationen wieder braun sein.

Wo zur Hölle war das Problem?

Die Erderwärmung war unaufhaltsam.

Für ihn war es nicht schwer, in die Zukunft zu schauen. Er musste nur beobachten, in welche Richtung das Geld marschierte, dann sah er die Zukunft. So hatte er die heutige Gegenwart bereits erkannt, als sie noch Zukunft war. Das Geld bahnt sich seinen Weg. Und wenn er eines gelernt hatte, dann das: Niemand hält das Geld auf.

Es sind gewaltige Summen, die täglich um die Welt fließen. Allein mit Öl und Gas werden drei Milliarden Dollar Gewinn gemacht – pro Tag. Das allein ist die relevante Zahl.

Drei Milliarden Dollar.

Pro Tag.

Gewinn, nicht Umsatz.

Im Ernst, wer will diesen Tsunami aufhalten? Die Kinder mit ihren handgeschriebenen Transparenten? Oder die mit dem Alleskleber? Sie wollen Druck auf die Regierungen ausüben?

Doch was sind die Tatsachen? Tatsache ist, dass die Regierungen der Welt 2022 direkt den Betrag von 1,3 Billionen Dollar Subventionen für fossile Brennstoffe weitergereicht haben.

1,3 Billionen.

In einem Jahr.

Wenn man die indirekten Subventionen mitrechnet, also die Schäden, die durch Verbrennungsprozesse entstehen, und die von der Allgemeinheit getragen werden, rechnet der Internationale Währungsfonds mit Subventionen von 5,7 Billionen in die fossile Industrie.

5,7 Billionen Dollar.

In einem Jahr.

Ist er böse, weil er diesem Geld folgt?

Über diese Frage hat er auf langen Strandspaziergängen auf Sylt nachgedacht. Bei Sokrates las er, dass man etwas Falsches deshalb tut, weil man das Richtige nicht kennt. Kant meint, das radikal Böse entstehe, wenn man das Gute nicht zu seiner Maxime macht. Diese Gedanken treffen auf ihn nicht zu.

Die Moralphilosophie nennt Handlungen, bei denen wir einen wirklichen oder vermeintlichen Vorteil mit unredlichen oder verbrecherischen Mitteln zu erlangen suchen, schlecht.

Diese Folgerung machte es ihm leichter ums Herz.

Schlecht ist nicht böse.
Schlecht ist das Nachgeben gegenüber den natürlichen Trieben oder Bedürfnissen (dem »unteren Begehrungsvermögen« nach Kant), dem Aggressionstrieb (nach Sigmund Freud).
Doch böse zu sein ist etwas ganz anderes. Die böse Handlung ist monströs, weil sie keinen irgendwie nachvollziehbaren Zweck verfolgt. Sie ist grundsätzlich zweck- und damit auch grundlos. Das Böse unterscheidet sich von bloßer Schlechtigkeit, die immer einen Grund und meist auch einen – wenn auch verwerflichen – Zweck hat.
Wenn man die Dinge so sieht, ist er nicht böse. Denn alles, was er tut, hat einen Zweck. Einen klaren, vernünftigen und nachvollziehbaren Zweck. Er vermehrt Geld. Das ist der Zweck seines Handelns. Es stimmt, er schädigt das Klima und die Zukunftsaussichten der Menschheit. Das kann man, nun ja, als schlecht bezeichnen. Das schon. Aber böse?
Nein, böse ist er nicht. Diese Erkenntnis gibt ihm ein gutes Gefühl.

Rückfahrt

Ich habe bei der Polizei gelernt, wie der Körper auf Panik reagiert. Adrenalin wird ausgeschüttet. Mehr Blut wird durch die Adern gepumpt. Es entweicht aus dem Gesicht, und deshalb werden die meisten Menschen während einer Panikattacke blass. Der Herzschlag und der Puls beschleunigen sich in weniger als einer Sekunde dramatisch. Dies wiederum führt dazu, dass Druck in der Brust aufgebaut wird, ein beklemmendes Gefühl, das zu Angst und Atemnot führt.

All das weiß ich. Und trotzdem: Als ich sehe, dass Jakob verschwunden ist, werden für einen Augenblick meine Knie weich, meine Brust pocht und schmerzt und sticht, mein Mund steht offen und saugt Atem in die Lunge, und ich kann nichts dagegen tun. Immerhin sorgt das Training bei der Polizei dafür, dass dieser hilflose Zustand kaum mehr als eine oder vielleicht zwei Sekunden dauert. Mit einer schnellen Bewegung ziehe ich das Handy aus der Hosentasche, brülle den Namen meines Sohnes in das Gerät.

Olga hat bereits die hintere Tür geöffnet und untersucht die Rückbank nach möglichen Kampfspuren. Es sind keine zu sehen. Ich knie mich auf den Boden, immer noch das Handy am Ohr. Doch die Erde ist viel zu trocken, als dass Fußspuren zu sehen sind. Ich springe wieder auf und sehe mich um.

Da schlappt Jakob grinsend aus dem Gebüsch. »Keine Panik. Ich musste dringend pinkeln.«

Ich bin so froh, und vor Erleichterung umarme ich meinen überraschten Sohn.

*

An der Einfahrt zu dem Anwesen halten wir noch einmal. Ich steige aus. Es gibt eine Klingel, aber kein Namensschild. Wir fahren weiter.

Olga berichtet, sie habe einen Blick in das obere Zimmer werfen können. »Da lag ein großer, hässlicher alter Mann mit einer jüngeren Frau im Bett. Es sah ziemlich eklig aus.« Sie schüttelt sich.

»Wie sah die Frau aus?«, frage ich schnell.

Sie schüttelt den Kopf. »Ich konnte nur durch einen Spalt in der Gardine ins Zimmer spähen. Von der Frau habe ich nur Beine und Po gesehen.« Sie gähnt. »Wir haben unseren Schlaf verdient.« Sie sieht zu mir herüber. »Wir werden diese Herrschaften noch einmal besuchen, nicht wahr?«

Ich nicke. »Aber mit einer besseren Ausrüstung.«

»Au fein«, sagt Jakob auf dem Rücksitz.

Tagebuch

Als ich am frühen Morgen am Freiburger Hauptbahnhof in den ICE steige, kämpfe ich mit dem Schlaf. Ich habe Vaters Tagebuch dabei und lese weiter, soweit die Seiten noch entzifferbar sind.

Peenemünde am 10. September 1944

Heute habe ich zum ersten Mal in meinem Leben Champagner getrunken. Erich und Fritz auch. Der Doktor hat uns eingeladen. Er hat uns erzählt, dass unsere Raketen vor zwei Tagen bis nach London geflogen sind. Er hat in die Hände geklatscht, den Korken knallen lassen und hat gerufen: Es funktioniert, es funktioniert! Erich und ich waren sehr betrunken.

Ich blättere weiter durch das Heft. Es folgen Berechnungen, mathematische Formeln, Dinge, von denen ich nichts verstehe. Zum großen Teil ist die Schrift verwischt, unleserlich oder hat sich vollständig aufgelöst.

Januar 1945

... wir müssen aus Peenemünde weg. Alles wird auf Lkw geladen. Der Doktor sagt uns, wir würden in den Harz verlegt. Die Russen sind sehr nah. Ich habe Angst. Der Doktor hat zum ersten Mal zu uns gesagt, dass der Krieg für uns verloren sei. Ich kann mir das nicht so richtig vorstellen, aber hier geht im Augenblick alles drunter und drüber und sogar ...

... der Doktor sagt, man müsse jetzt genau überlegen, in welche Hände man das wissenschaftliche Erbe legen solle. Wir hätten hier einen großen Schatz, der ... Anordnung, dass wir alle Dokumente in Kisten verpacken ...

Seine Aufzeichnungen halten mich wach. In Karlsruhe erwische ich den Anschlusszug nach Stuttgart.

17. Februar

Wir sitzen da wie versteinert. Meine Eltern und mein Bruder und meine Lieblingstante Marie wohnen in Dresden. Als ich gehört habe, dass ... meine ganze Familie ... noch Hoffnung ... das Feuer ...

Alle tot ...

Ich kann nicht weiterlesen. Der Zug hält gerade in Pforzheim. Doch dann tue ich es doch.

Erich sagt, das sei die Rache für die Raketen auf London und England gewesen … ich bin nicht …

Es folgen mehrere unleserliche Seiten. Dann:

… der Doktor, Erich und ich sind jetzt in Bremen. Das nennt sich Internierungslager und gehört zu den britischen Truppen. Der Doktor hat versucht, das wissenschaftliche Erbe einem englischen Vernehmungsoffizier schmackhaft zu machen, aber das hat nicht geklappt, wie …

Wir bekommen hier gutes Essen. Der Doktor sagt, wir sollen uns keine Sorgen machen … er würde für uns schon sorgen.

Ich habe einen Brief von den Nachbarn bekommen, in unserem Haus hat niemand …

Der Führer ist tot.

Ein englischer Offizier, der ein Kapitän ist, hat mir Fotos von der Zerstörung in London und Coventry gezeigt. Er spricht gutes Deutsch, es klingt aber komisch und sehr weich. Während der Vernehmung musste ich heulen wegen meiner Eltern. Das war der Zeitpunkt, wo er die Bilder aus London aus der Schublade zog. Ohne das da, sagte er, würden meine Eltern noch leben …

Die nächste Aufzeichnung ist mit Kugelschreiber geschrieben und perfekt zu lesen.

Ich sitze seit drei Stunden in einem verschlossenen Lastwagen der französischen Armee. Die Planen sind tief heruntergezogen, und wir dürfen keinen Lärm machen. Mitten in der Nacht ist ein Trupp von fünf französischen Soldaten in unser Lager eingedrungen. Sie haben den Zaun aufgeschnitten und sind in unsere Baracke gekommen. Sie wollten den Doktor mitnehmen. Doch der Doktor hat darauf bestanden, dass Erich und ich auch mitkommen. Geduckt sind wir aus der Baracke über die Wiese gelaufen und durch das Loch im Zaun geschlüpft. Wir wurden in den Lkw geworfen. Jetzt sagt man uns, wir würden in die französische Besatzungszone gebracht. Der Doktor sagt, alles würde gut werden … aber ich bin mir nicht sicher …

Wir sind jetzt in einer großen Wohnung in Riegel am Kaiserstuhl, nördlich von Freiburg im Breisgau. So weit südlich war ich noch nie. Die Woh-

nung ist groß. Die Franzosen haben sie beschlagnahmt. Es sind noch ein paar andere Ingenieure da, die ich von Peenemünde kenne … Erich und ich sind die Jüngsten. Wir teilen uns ein großes Zimmer.
Der Doktor arbeitet wie verrückt. Es geht darum, das Steuerungssystem der Rakete V2 aufzuschreiben. Die Franzosen haben uns Papier und Schreibgeräte gebracht. Erich und ich müssen die Aufzeichnung des Doktors in Schönschrift schreiben. Gestern haben wir den 18. Geburtstag von Erich gefeiert. Die Franzosen geben uns seltsame Sachen zu essen, aber sie schmecken gut.
Auf den nachfolgenden Seiten ergeht sich mein Vater erneut in Berechnungen, schreibt über Einstellungen von Düsen, Steuerungssystemen und all den schrecklichen Sachen, mit denen er sich bereits für die Nazis in Peenemünde beschäftigt hat.
Dann gibt es tatsächlich etwas Neues: *Wir sind jetzt alle in Vernon. Das ist in der Normandie. Es ist ein kleines Dorf, in dem lauter deutsche Ingenieure mit ihren Familien wohnen. Wir nennen das Dorf unter uns: das Buschdorf. Wir bauen jetzt Raketen für die Franzosen. Wir sind auch keine Gefangenen mehr. Ich bekomme so im Monat auf …*
Die Franzosen sind sehr unhöflich zu uns. Nicht die im Buschdorf, aber sobald man das Buschdorf verlässt und deutsch spricht, muss man aufpassen, sonst spucken sie einen an. Man kann es verstehen.
Es gibt hier ein paar ehemalige Partisanen, die gut Deutsch sprechen. Mit denen unterhalten sich Erich und ich oft. Der Doktor sieht es nicht gerne. Ich lerne Französisch.
Ich sehe aus dem Fenster. Der Zug hat gerade den Bahnhof von Zuffenhausen passiert und fährt nun deutlich langsamer. In ein paar Minuten bin ich in Stuttgart. Ich blättere zu den letzten Seiten. Jetzt ist mein Vater etwa im heutigen Alter von Jakob. Er schreibt nun anders, erwachsener, reflektierter.
Wenn ich es mir recht überlege, war mein ganzes Leben von Politik bestimmt, obwohl ich mich nie für Politik interessiert habe. Je mehr ich darüber nachdenke, desto klarer wird es mir. Es gab einen großen Plan der herrschenden Eliten in Deutschland. In diesem Plan war ich als siebzehnjähriger Schüler nur ein winziges, kaum wahrnehmbares Rädchen. Ich konnte gut rechnen, und diese Fähigkeit wurde für den Plan gebraucht.

Von dem großen Plan selbst hatte ich keine Ahnung. Heute weiß ich mehr. Ich weiß, dass der Plan verrückt war, dass er nicht funktionieren konnte. Trotzdem verfolgten die Schuldigen ihn bis zum bitteren Ende. Sie wollten die Kolonien zurück und alles, was sie im Ersten Weltkrieg verloren hatten. Sie wollten einen antisowjetischen Raubzug im Osten durchführen. Und sie wollten das ursprüngliche Ziel des Ersten Weltkrieges wieder erreichen: ein mitteleuropäisches Großreich unter deutscher Führung. Ich erinnere mich noch an die Umsetzung dieser Ziele in damaligen Schlagworten: Liquidierung der Schmach von Versailles, Großdeutschland, koloniales Großreich. Heute weiß ich, dass diese Pläne nichts anderes waren als die Übertragung wirtschaftlicher Ziele in politische Programme. Der europäische Großraum war die Chiffre für das angestrebte Monopol der IG Farben, der Kohle-, der Elektrokonzerne. Die Deutsche Bank brauchte die Eroberungen im Osten, um das geplante eurasische Ölmonopol zu verwirklichen. Dass das Krieg bedeutete, war den Verantwortlichen klar. Einem siebzehnjährigen Schüler nicht. Ich habe von der »Weißen Rose« gehört. Die waren in meinem Alter. Diese Jugendlichen wussten Bescheid. Ich nicht. Ich glaubte, mit meinen Rechenkünsten einer großen Sache zu dienen. Ich dachte, ich wäre privilegiert. Ich wurde in einen großen Strudel hineingezogen und hatte keine Ahnung – von nichts. Heute weiß ich, dass der Terror im Innern gegen Parteien und Gewerkschaften, die Plünderung und Ermordung jüdischer Nachbarn, die Verhaftungen, Verfolgungen, Deportationen und Ermordungen dazu dienten, jede noch so kleine Abweichung im Verhalten und Denken zu unterbinden. Die Politik Hitlers und der Nazis war nichts anderes als die Umsetzung dieser Ziele in die Realität. Das Verrückte daran ist, dass die Deutschen – und auch ich – dies begeistert mitgetragen haben, obwohl es so vielen Menschen Gesundheit und Leben gekostet hat. Wegen dieser Ziele – letztlich Macht und Geld – wurde aufgerüstet. Deshalb wollte man die neuesten Waffen haben und einsetzen, deshalb baute man die Heeresversuchsanstalt in Peenemünde. Deshalb bin ich dorthin gegangen. Stolz und dumm.

Ich weiß auch nicht genau, warum – doch diese Zeilen bringen ihn mir nahe. Er ringt darum, zu verstehen, was um ihn herum geschieht. Im Grunde: wie Jakob.

Erich und ich wollen nicht im Buschdorf bleiben. Hier in Vernon sind wir isoliert. Die französischen Mädchen spucken vor uns aus. Die Deutschen sind alle unverbesserliche Nazis. Doch wir haben nichts gelernt. Wir haben nichts studiert. Wir verstehen mittlerweile ziemlich viel von Raketensteuerung. Aber mehr wissen wir nicht.

Es folgen Seiten, die verwischt oder verblichen sind. Der nächste lesbare Eintrag muss viele Jahre später geschrieben sein. *Der Doktor bearbeitet uns, mit ihm in die Wüste nach Ägypten zu gehen. Präsident Nasser von Ägypten entwickelt dort ein eigenes Raketenprogramm. Er wirbt alle Peenemünder ab, die er bekommen kann … Erich ist dafür. Er redet von einem Neuanfang. Aber ich weiß, dass er hauptsächlich weg will von den Erinnerungen an Helene. Er redet im Schlaf immer noch von ihr. Er tut mir …*

Ich weiß nicht, wie ich mich entscheiden soll.

Der Zug fährt auf Gleis 15 in den Stuttgarter Bahnhof ein. Ich schlage die vorletzte Seite auf.

Auf den Doktor wurde geschossen. Auf dem Weg zu seinem Haus in Lörrach verübte der israelische Geheimdienst Mossad ein Pistolenattentat auf ihn. Er schoss zurück und überlebte. Am Abend haben Erich und ich lange gesprochen, was aus uns werden soll. Wir haben nichts. Wir können nichts. Aber wir werden die Finger von den Raketen lassen. Es ist zu gefährlich. Wir haben einen langen Spaziergang am Rhein gemacht …

… hatte Erich die Idee: Wir suchen uns im Schwarzwald zwei reiche Bauerstöchter und heiraten sie. Erst haben wir über die Idee gelacht. Dann haben wir ernsthaft darüber geredet. Was sollen wir mit unserem Leben anfangen? …

Gestern hat Erich eine Anzeige mitgebracht. In Gutach gibt es ein Bauernfest. Da gehen wir hin.

Ich schlage das Heft zu.

Den Rest kenne ich.

»Nie wieder Stuttgart mit der Bahn«, schimpft ein Geschäftsmann neben mir, als wir aussteigen. Die endlosen Fußwege inmitten der ewigen Baustelle für das Desasterprojekt Stuttgart 21 nerven. Mit der Stadtbahn fahre ich zum Charlottenplatz, von dort sind es nur drei Minuten bis zu meinem Büro und meiner Wohnung. Ich bin müde. Ich widerstehe dem Drang, mich für eine Stunde ins Bett

zu legen. Stattdessen nehme ich den Koffer mit meinen Überwachungsgeräten. Vor meinem Tresor bleibe ich stehen.
Brauche ich eine Waffe?
Ich weiß es nicht.
Ich gebe die Geheimzahl ein und öffne den Safe. Vorsichtig nehme ich meine alte Smith & Wesson aus der Schatulle und stecke sie in den Hosenbund. Eine Schachtel mit Munition verstaue ich im Koffer.
Zurück zum Bahnhof.
Auf der Rückfahrt lese ich den Eintrag auf der letzten Seite. Er ist nur kurz. *Ich habe meine Bäuerin gefunden. Sie ist nicht reich. Doch sie ist wunderschön. Ich bin angekommen – im Schwarzwald und in der Welt.*
Der Mann, der mir gegenübersitzt, sieht mich merkwürdig an. Schnell wische ich mir mit dem Handrücken eine Träne aus den Augen.
Um 13:00 Uhr bin ich wieder in Freiburg.

*

Der durchdringende Leimgeruch irritiert. Die Frau im Papierladen hat wieder ihre braune Lederschürze umgebunden, und bei jeder ihrer Bewegungen rieche ich Klebstoff, Lösungsmittel, Holzleim. Sie legt einen mit zwei dicken Pappkartons gesicherten Stapel vor mir auf die Ladentheke und lächelt mich an. Sie hebt den ersten Karton hoch. »Das ist sehr altes Papier. Papier aus Frankreich. Der Holzanteil ist nicht sehr hoch.«
Sie seufzt. »Es ist so: Während des Krieges kam die französische Papierproduktion fast völlig zum Erliegen. Die Papierfabriken in den von den Deutschen besetzten Gebieten mussten deutsche Banknoten recyceln und durften kein eigenes Papier herstellen. Bis in die Fünfzigerjahre wurden in Frankreich viele Briefumschläge doppelt verwendet. Das heißt, die Vorderseite für die Adresse des einen Briefes und die Rückseite für den anderen. Nach dem Krieg forstete die Regierung Wälder auf, um den Mangel an Rohstoffen für die Papierherstellung auszugleichen. Bis dahin war das Papier

von schlechter Qualität. Wie die Blätter, die Sie mir brachten.« Sie zeigt auf den Karton, der zwischen uns auf dem Tisch liegt. »Das ist eindeutig französisches Nachkriegspapier.«

Sie hebt den Karton hoch. Darunter liegen einige vergilbte Blätter. Ich betrachte das erste Blatt. Darauf stehen Berechnungen, Formeln, mathematische Dinge, von denen ich keine Ahnung habe. Ich lege es beiseite. Das zweite Blatt ist ähnlich. Das nächste auch. Dann kommt die Überraschung.

Es ist der Ausschnitt einer Zeitungsseite. Ich beuge mich tiefer über das Papier. Es ist stark vergilbt, aber: Der Artikel ist noch gut lesbar.

Mord durch Geistesgegenwart vereitelt

Ein Lörracher Kraftfahrer auf dem Nachhauseweg angeschossen

jg. Lörrach. Nur seiner Kaltblütigkeit verdankt ein Kraftfahrer aus dem Ortsteil Tüllingen in Lörrach noch sein Leben. Der Fahrer war in der Nacht zum Donnerstag auf dem Nachhauseweg mit seinem Wagen von einem Fremden, der um eine Auskunft bitten wollte, gestoppt worden. Während noch der Kraftfahrer das Seitenfenster herunterdrehte, fiel ein Schuß, der die Scheiben zertrümmerte. Der Kraftfahrer wurde jedoch nicht verletzt. Geistesgegenwärtig griff der Kraftfahrer in die erneut auf ihn gerichtete Waffe und konnte so ein Versagen der Pistole herbeiführen.

Wenige Sekunden nach dem mißglückten Überfall floh der Schütze und mit ihm noch zwei andere Männer, die sich in der Nähe aufgehalten [illegible] Entfernung abgestellten Wagen und fuhren in Richtung Lörrach davon. Einen in unmittelbarer Nähe des Tatortes abgestellten Wagen ließen sie zurück. Dieses Fahrzeug und ein zweiter Wagen im Stadtgebiet von Lörrach, der nach Ansicht der Kriminalpolizei mit Sicherheit zu den Tätern gehörte, wurden von der Polizei sichergestellt. Beide Wagen, ein „Mercedes“ und ein „Ford Taunus“, waren in Stuttgart von verschiedenen Firmen entliehen worden. Wie Kriminaloberrat Zizmann aus Freiburg auf einer Pressekonferenz sagte, hätten die ersten Ermittlungen ergeben, daß die vier Täter vermutlich die Absicht hatten, den Kraftfahrer zu ermorden. Das Motiv sei noch schleierhaft.

Der Pistolenschütze wurde als etwa vierzig Jahre alter Mann von untersetzter Gestalt, als dunkler Typ, 1,75 Meter groß und südländischer Herkunft beschrieben; er sprach gut Deutsch mit hartem Akzent. Ein zweiter der vier Täter soll nach der Beschreibung des Kraftfahrers ebenfalls etwa vierzig Jahre alt, mittelgroß und wiederum südländischer Typ sein. Auch der dritte

Lautnarr Dichtel schrei

„Grippaler Kugelblitz schlug ins I

–e Stockach. Auf die fernschriftliche und telephonische Absage des Innenministers, dem „hohen grobgünstigen Narrengericht zu Stocken“ am Schmutzigen Donnerstag in Stockach einen Besuch abzustatten, folgte jetzt ein Brief des [illegible]

Mord durch Geistesgegenwart vereitelt – ich runzele die Stirn und schaue die Frau an. Sie zuckt mit den Schultern, und wieder weht Leimgeruch durch den Raum.

»Ich packe Ihnen alles ein«, sagt sie.

*

Als ich auf unserem Hof ankomme, sitzen Jakob und Egon auf der Bank vor unserem Haus. Jakob schnitzt mit einem von Egons alten Schnitzmessern. Egon zeigt ihm, wie man es richtig hält, und gibt ihm ab und zu einen Tipp.

Meine Mutter bereitet einen Teig vor. Auf dem Tisch stehen Eier, Mehl und Zucker. Frau Willmann spült das Geschirr. Ich werde allen erzählen, dass es Neuigkeiten gibt, aber erst am Nachmittag, jetzt bin ich zu müde. Ich gehe in mein Zimmer, lege die Waffe in den Koffer mit den Überwachungsgeräten, schließe ihn sorgfältig ab und verstaue ihn oben auf dem Schrank. Ich lege mich aufs Bett, strecke mich – und schlafe sofort ein.

*

Erst am frühen Abend wache ich wieder auf. Der Apfelkuchen, den meine Mutter und Frau Willmann gebacken haben, ist schon aufgegessen. Aber für mich ist noch ein Stück übrig geblieben. Es steht auf einem kleinen Teller in der Küche. Im Stehen schiebe ich mir das Kuchenstück in den Mund. Jakob zeigt mir, was er am Nachmittag mit Egons Messer geschnitzt hat. Etwas ratlos nehme ich das Holzstück in die Hand. Er erklärt mir, dass es eine weibliche Figur werden soll (ich vermute, es soll Laura darstellen). »Sehr gut«, sage ich. »Man erkennt den zukünftigen Meister. Vielleicht ist es ein bisschen zu abstrakt geworden.« Jakob lacht. Ich nehme ihn in den Arm und drücke ihn fest an mich. Ich spüre, wie er steif wird. »Ich habe mir solche Sorgen um dich gemacht, als du nicht mehr im Renault gesessen hast.«

Er antwortet, indem er seine Steifheit verliert und mich an sich drückt.

*

Zum Abendessen gibt es Brägele. Meine Mutter und Frau Willmann scheuchen Jakob aus der Küche. Er wollte unbedingt mitkochen. »Jetzt reicht's«, knurrte Frau Willmann. Sie reißt die Küchentür auf und macht mit der rechten Hand eine unmissverständliche Geste: Raus!

Wenigstens räumen Jakob und ich nach dem Essen Teller und Besteck in die Küche. Wir setzen uns alle an die beiden großen Tische in der Stube, Mutter an die Stirnseite, neben ihr mit dem Rücken zum Kamin Frau Willmann. Egon, Jakob und Olga setzen sich auf die Bank, und ich nehme an der anderen Stirnseite Platz, meiner Mutter gegenüber.

»Ich habe euch auch etwas zu sagen.« Es wird still am Tisch. Erwartungsvolle Blicke sind auf mich gerichtet. »Seit vielen Jahren habe ich immer wieder denselben Traum. Ich sehe meinen Vater, ich sehe, wie er fällt, und dann höre ich ihn schreien. Und aus der Luke kommt ein Schwarm Fledermäuse. Seit Jahren habe ich diesen Traum. Als ich gestern mit Olgas Hilfe in die Scheune ging, sah ich wieder alles, was ich als Kind gesehen hatte. Aber diesmal habe ich genauer hingesehen. Hinter meinem Vater war ein Schatten – ein menschlicher Schatten.« Ich schaue meine Mutter an, dann alle anderen. »Und ich muss und ich werde herausfinden, wer dieser Schatten war.«

Als wir zum *gemütlichen Teil* übergehen, klopft sie mit einem Löffel an ihr Rotweinglas. »Heut bisch du, lieber Georg, zum erschte Mal in d'Scheune gange. Nach so viele Johr. Ich han en innere Stolz uff dich, en ganz große. Mir zwei hen's it immer eifach g'habt mitenand, des kann mer ruhig sage. Aber heut han ich zum erschte Mal des G'fühl, dass d'Vergangeheit au wirklich Vergangeheit isch. Und d'Olga hät dir so viel g'holfe. Deshalb will ich au dir, liebe Olga, von Herze Vergeltsgott sage! Und als Zeiche dafür, dass sich heut wirklich was verändert, möcht ich, dass du des jetzt nimmsch, Georg.«

Meine Mutter steht auf, dreht sich um und nimmt die unfertig geschnitzte Figur vom Altar. »Des isch nebe deinem Vater g'lege, wo ich ihn damals g'funde han. Ich han vierzig Johr lang uff die Figur guckt, an jedem Tag. Und des isch lang g'nug. Jetzt soll die Figur dir g'höre.«

Dann kommt meine Mutter zu mir und drückt mir das poröse Holz in die Hand. Ich umarme sie. Alle klatschen und erheben ihre Gläser. Mutter geht zu ihrem Stuhl zurück. »Ich hoff, ich muss nie mehr in mi'm Lebe so a lange Rede halte. Eher lass ich mich vom Jakob noch mal de Roßkopf nuff fahre«, sagt sie, lacht und hebt ihr Glas.

Noch in derselben Nacht sitzen Olga, Jakob und ich in meinem kleinen Zimmer. Jakob hat gegoogelt: Mord in Lörrach. Erstaunlich viele Ergebnisse: Die neunzehnjährige Melanie wurde von Jörg W. umgebracht. Ein 34-Jähriger tötet seine sechzigjährige Mutter. Ein Polizist wird vorsätzlich überfahren. Ein Mordversuch mit einem Messer.

»Wir müssen früher suchen, ab 1950«, sagt Olga. Sie klappt ihren Laptop auf.

Was soll ich sagen: Wir kramen eine Stunde oder länger im Internet – und finden nichts.

Und dann passiert Folgendes:

Olga und ich gehen gegen Mitternacht ins Bett. Im Halbschlaf merke ich irgendwann, dass sie aufsteht. Ich denke, sie geht auf die Toilette, und schlafe weiter. Tatsächlich packt sie ihren Laptop und setzt sich in die Küche. Erst gegen Morgen kriecht sie wieder zu mir unter die Decke und flüstert mir ins Ohr. »Ich habe es gefunden.«

Dann schläft sie ein.

*

Als ich am nächsten Morgen zum Frühstück runterkomme, sitzen schon alle um den Küchentisch. Auch Frau Willmann ist da. Nur Egon fehlt. »So, isch d'Nacht bei dir auch rum? Dass du so lang schlafe kannsch!«, begrüßt mich meine Mutter. »Jetzt kann d'Olga endlich erzähle, was sie in de Nacht entdeckt hät.«

Jakob schenkt mir heißen schwarzen Kaffee aus seiner Espressomaschine ein. Genau den brauche ich jetzt. Ich nicke Olga zu. »Leg los.«

Sie streicht sich ein paar Haare aus der Stirn. »Warte. Ich habe ein Buch gefunden, in dem der Mordversuch in Lörrach ziemlich genau beschrieben ist.« Sie schaut sich um. »Das war ein Mossad-Attentat.«

Jakob stellt die Tasse ruckartig auf den Unterteller zurück. »Ups, geht das nicht eine Nummer kleiner?«

Olga schüttelt den Kopf. »Das Buch stammt von zwei israelischen Publizisten, Michael Bar-Zohar und Nissim Mischal. Sie haben es schlicht ›Mossad, Missionen des israelischen Geheimdienstes‹ genannt.«

Ich schaue meine Mutter an. Sie sitzt auf ihrem Küchenstuhl und hat die Augen geschlossen. Ihr Rücken ruht an der Lehne. Beide Hände liegen nebeneinander ausgestreckt auf dem Tisch. Sie sind zu Fäusten geballt. Sie wappnet sich.

Olga klappt den Computer auf. »Ich habe das Buch heute Nacht heruntergeladen und die entscheidenden Passagen gelesen. Das Datum des Attentats ist der Abend des 20. Februar 1963. Der deutsche Wissenschaftler Dr. Hans Kleinwächter ist abends auf dem Weg von seinem Labor zu seiner Wohnung. Aus einer Seitenstraße kommt ein Auto und schneidet ihm den Weg ab. Ein Mann steigt aus. Er geht auf Kleinwächter zu, fragt nach dem Weg. Gleichzeitig zieht er einen Revolver mit Schalldämpfer. Aber er zielt schlecht. Die Kugel bleibt im Wollschal des Wissenschaftlers stecken. Kleinwächter zieht eine Pistole aus dem Handschuhfach und erwidert das Feuer. Der Attentäter flieht.« Olga klappt den Laptop zu. »Das war's.«

Mutter sitzt regungslos auf ihrem Stuhl, die Augen immer noch geschlossen.

Die Küchentür geht auf. Egon stolziert herein. »So spät noch beim Frühstück. Jakob, ich hab dir …« Er schaut sich um. »Dicke Luft bei euch? Habt ihr euch gestritten?«

»Setz dich«, sagt meine Mutter, immer noch mit geschlossenen Augen.

Jakob flüstert ihm Olgas Rechercheergebnisse ins Ohr. Egon kratzt sich am Kopf, zieht einen Stuhl heran und setzt sich.

Olga hebt den Kopf. Wieder streicht sie sich ein paar Haare aus der Stirn. »Dr. Kleinwächter war Raketeningenieur. Raketeningenieur, spezialisiert auf die Entwicklung von Steuerungs- und Leitsystemen für Raketen.«

Die Lippen meiner Mutter zittern.

»Als ich den Namen hatte, war alles ganz einfach: Dr. Kleinwächter hat einen Wikipedia-Eintrag. Er war während des Krieges an der Entwicklung von Hitlers V2-Rakete beteiligt. In Peenemünde entwickelte er das Steuerungssystem für die Rakete.«

»Differenzialgleichungen«, murmelt Jakob leise vor sich hin. »Viele Differenzialgleichungen.«
»Nach dem Krieg entwickelte er Raketensteuerungen für die Franzosen, dann für die Ägypter. Das schien dem Mossad nicht zu gefallen.« Olga legt ihre Hand auf die linke Faust meiner Mutter. »Margret, hast du schon mal den Namen Kleinwächter gehört?«
Ohne die Augen zu öffnen, antwortet sie: »Noch nie.«
Wir schweigen.
Ich räuspere mich. »Dass Papa diesen Artikel aufgehoben hat, beweist nicht, dass er etwas damit zu tun hatte.« Niemand nimmt meine Bemerkung zur Kenntnis.
Jakob murmelt: »Die Plandüse 284. Jetzt wissen wir, was sie gemacht hat. Eine Rakete gesteuert.«
Egon steht auf, geht zur Spüle, dreht den Wasserhahn auf und füllt ein Glas mit Wasser. Er bringt es meiner Mutter. Er legt seine Hand auf ihre Schulter.
»Stopp«, rufe ich. »Es gibt keinen Hinweis darauf, dass Vater etwas mit den Machenschaften von Dr. Kleinwächter zu tun hat. Das müssen wir untersuchen. Bis jetzt …«
»Bisch du still!« Meine Mutter sieht mich mit funkelnden Augen an. »Ich han immer g'betet, dass ich nie mehr in mi'm Lebe so en schlimme Tag erlebe muss wie …« Tränen laufen ihr übers Gesicht. Frau Willmann springt auf. Jakob ist sofort bei ihr. Mit energischen Handbewegungen wehrt sie alle ab. »Wie an dem Tag, wo ich de Papa wie e Tier han müsse sterbe sehe. Ich will it, dass dadrin rumg'fuhrwerkt wird. Da gibt's nix zum Untersuche, auch nicht für euch! Wenn de Papa mir it alles über sin Lebe verzählt hät, dann wird er seine Gründ' g'habt habe. Die kenn ich nicht, aber ich reschpektier sie. Und wenn er's mir seinerzeit it verzählt hat, dann will ich's heut au it wisse. Ich will it wisse, was der Papa im Krieg g'macht hät. Er war noch so jung. Jünger wie de Jakob heut. Er hät's mir it sage wolle, also will ich's au it wisse. Punkt aus.« Sie stützt beide Fäuste auf den Tisch und richtet sich auf. »Und dass ihr's nur wisst: Da wird it dran rumg'macht. So lang, bis ich den Papa womöglich gar nimmer kenn. Ich will au it, dass uf'm Feld-

berg a Windrad rumstoht. Und dass sich dann alle nimme möge un nur noch g'stritte wird. Es soll bliebe, wie's isch. Jeder von uns soll so bliebe, wie er isch. So will ich's. Jeder an dem Tisch soll zu meiner Familie g'höre.« Sie sieht jeden von uns einzeln an. »Hen ihr des verstande? Des isch alles, was ich no han im Lebe. Mehr han ich nimmi.«
Dann geht sie, müde und schwer.

*

Jakob und ich streichen den Gartenzaun. Wir sitzen beide in der Hocke. Jakob streicht von der linken Seite des Zauns zur Mitte. Ich arbeite mich von der rechten Seite vor. Dabei sehe ich, wie der Pinsel meines Sohnes in einer lockeren Bewegung immer wieder über die gleiche Holzleiste auf und ab fährt. Jakobs Blick geht in die Ferne. Ich weiß nicht, woran er denkt, aber ich bin mir sicher, dass es nicht der Zaun direkt vor seiner Nase ist. Ich stütze mich am Boden ab, stehe auf und bin beunruhigt, wie sehr ich dabei stohnen muss. Ich gehe zu ihm. »Hat Laura keine Lust, uns hier zu besuchen?«
Jakob schüttelt den Kopf. Er taucht den Pinsel in die Farbdose und streicht energisch die nächste Leiste. »Laura und ich – wir sind manchmal so verschieden.«
»Das muss kein Nachteil sein.«
Sein Pinsel wird noch schneller. Dann hält seine Hand inne. Er dreht den Kopf zu mir und grinst. »Stimmt, du und Olga, ihr seid auch verschieden.« Eine kurze Pause. »Sie sieht gut aus.« Sein Pinsel fährt wieder auf und ab über die Latte, die schon ausreichend bemalt ist.
Auch ich grinse und hocke mich neben ihn. »Erzähl.« Dann: »Nimm lieber die nächste Latte.«
Jakob nickt und taucht den Pinsel in die Farbe. Mit einer langen, ruhigen Bewegung setzt er die ersten zwei Striche. Dann wird er wieder hektisch. »Ich überprüfe einfach jede Aussage. Auch die von unserer Seite. Das macht sie verrückt. Das hält sie nicht aus.«
Ich warte.

Der Pinsel hat schon keine Farbe mehr, aber Jakob lässt ihn an der Latte auf und ab gleiten. »Ich zum Beispiel finde es scheiße, sich auf die Straße zu kleben. Das bringt doch nichts, außer dass ein paar Autofahrer sauer werden. Eigentlich müsste man sie überzeugen, verstehst du? Aber man erreicht nur, dass sie sauer werden und zu spät zur Arbeit kommen oder so.«
Ich nicke. Und warte.
Jakob legt den Pinsel mit einer behutsamen Geste auf den Rand der Farbdose. »Wenn ich diese Aktion kritisiere, versteht Laura das so, dass ich die ganze Bewegung und unsere Ziele infrage stelle. Ich weiß nicht …« Er sieht mich so traurig an, dass es mir das Herz bricht. »Sie behandelt mich wie einen Verräter oder so.« Mit einer energischen Bewegung greift er nach dem Pinsel, taucht die Spitze in die Farbe und streicht mit einer hektischen Bewegung den nächsten Balken. »Aber das ist doch Quatsch.«
»Protestantische Ethik«, sage ich.
Jakob schaut mich fragend an.
»Hier stehe ich und kann nicht anders«, zitiere ich Luther. »Das heißt: Ich muss handeln, wie ich handle, egal, ob es klug ist, egal, ob es der Sache dient. Ich tue, was mir mein Gewissen sagt.«
»So bin ich nicht«, sagt Jakob.
»Gut«, sage ich. »Soll ich mal mit Laura reden?«
»Dad, das ist die schlechteste Idee von allen.«
»Wie wär's, wenn wir deine Espressomaschine anwerfen?«
Jakob nickt. Er wischt den Pinsel am Dosenrand ab und steht auf. Ich bin traurig, als wir nebeneinander über den Hof in die Küche gehen. Es ist deprimierend zu sehen, wie jede Generation immer wieder die gleichen Schmerzen ertragen muss. Ich möchte meinen Sohn beschützen. Ich will ihn von seinem Leid befreien. Es ist kein schöner Gedanke, dass ich es nicht kann.
Meine Mutter sitzt am Küchentisch, die Zeitung vor sich ausgebreitet. Sie sieht müde aus. Sie zeigt auf einen Artikel. »So, jetzt gibt's nint mehr z'stritte wege dem Windrad auf'm Feldberg. Die hen a Schutzgebiet für de Auerhan eing'richtet. Da muss ich mir scho kein Kopf mehr mache. 's isch alles scho entschiede. Wie immer.«

»Oma, willst du auch einen Espresso?«, ruft mein Sohn vom Herd herüber.
»Au ja, bei dei'm Kaffee geht mir 's Herz uf.«
Ich beuge mich über die Zeitung. Ein Beamter einer Naturschutzbehörde war mit seiner Frau am Feldberg spazieren gegangen und hatte den Kot eines Auerhuhns gefunden. Daraufhin hatte seine Behörde den gesamten Feldberggipfel zum Auerhuhn-Schutzgebiet erklärt. Der Traum vom billigen Feldberg-Strom sei damit ausgeträumt, schrieb die Zeitung.
»Mame«, sage ich, »das ist doch Unsinn. Wir wissen doch alle, dass das Auerhuhn Bäume und Lichtungen braucht. Dort oben, wo außer Gras und Moos nichts wächst, hat noch nie jemand so ein Tier gesehen.«
Sie nickt. »Aber wenn's in de Zeitung steht, muss es doch stimme.«
Da lacht Jakob laut.
Meine Mutter fährt ihn an. »Was gibt's da z'lache? An was soll ich denn glaube, wenn ich selbscht de Zeitung nimmi glaube kann?«
Sie holt eine Visitenkarte aus ihrer Handtasche und schiebt sie mir zu: Karola Müllerschön, Heilpraktikerin. »Könntsch du sie mal anrufe? Sie muss au wisse, was du über de Papa rausg'funde häsch. Ihr Papa isch ja au weg.«
Ich nicke, hole mein Handy aus der Gesäßtasche und gehe raus auf den Hof.

Der Rest des Tages

Bis zum Einbruch der Dunkelheit an diesem Tag liegt eine Schwere über dem Hof, wie ich sie nur aus der Zeit nach dem Tod meines Vaters kenne. Damals bin ich geflohen. Gleich nach der Schule lief ich nach Falkau zu Karola. Nun streichen Jakob und ich schweigend den Gartenzaun. Meine Mutter ist im Haus geblieben und lässt sich draußen nicht blicken. Egon und Frau Willmann meiden den Hof. Olga sitzt in meinem Zimmer und bereitet unsere Aktion für heute Abend vor.

Ich habe Karola angerufen. Sie klang seltsam aufgekratzt. Ich erzähle ihr in ruhigem Ton, dass ich weitere mathematische Unterlagen und einen Zeitungsausschnitt von 1960 gefunden habe. Sie versprach, auf dem Hof vorbeizuschauen, aber ich hatte den Eindruck, dass sie der Fund nicht mehr wirklich interessierte.

Am Nachmittag fährt ein VW-Kombi mit der Aufschrift »Schlosserei Köhler – Ihr Schlüsseldienst im Schwarzwald« auf den Hof. Rolf und einer seiner Mitarbeiter, ein verlegen wirkender junger Mann im blauen Monteuranzug, steigen aus. Der Mitarbeiter hat zwei Stechbeitel in der rechten Hand. Ich begleite sie in die Küche, wo Mutter gerade den Edelstahl der Spüle poliert. Der junge Mann setzt zu einer Entschuldigung an, er habe die beiden Werkzeuge aus Versehen mitgenommen, jetzt sei ihm aufgefallen, dass sie ihm nicht gehörten, und er wolle sie zurückgeben. Meine Mutter schaut ihn nur müde an und sagt, wenn er wolle, könne er sie behalten.

Als es dunkel wird, fahren Olga und ich vom Hof. Auf dem Rücksitz des Renault liegt der Koffer mit den Überwachungsgeräten. Meine Waffe steckt im Hosenbund.

Jakob und Oma

Die Klinge gleitet ab und schneidet ins Fleisch.
Er betrachtet den Schnitt. Zu seiner Überraschung blutet die Wunde nicht. Er spürt auch keinen Schmerz. Nur Verwunderung. Und Zorn. Wo er einen Rücken schnitzen will, sanft geschwungen und weich wie Lauras Rücken, ist jetzt eine Kerbe. Der Span hängt noch lose im Holz. Die winzige Unebenheit in der Klinge hat kleine Erhebungen auf dem hellen Holz hinterlassen, Spuren, die er später, wie Egon vorgeschlagen hat, mit Schmirgelpapier glätten will.
Und jetzt? Soll er wieder von vorn anfangen? Vorsichtig schabt er mit dem Schnitzmesser über die Unfallstelle. Jetzt beginnt die Wunde zu bluten. Ein Tropfen fällt auf das Holz, und gleichzeitig spürt er den Schmerz – stechend, heftig, böse.
Jakob legt Messer und Figur auf die Bank und geht ins Haus. In der Küche dreht er den Wasserhahn auf und hält den blutenden Finger unter fließendes, kaltes Wasser. Der Schmerz lässt etwas nach.
»Häsch dich in' Finger g'haue?«, fragt seine Oma. Jakob dreht sich um. Er hat nicht bemerkt, dass sie am Küchentisch sitzt. Sie hat den Kopf in die Hände gestützt und sieht alt und gebrechlich aus. Mühsam steht sie auf. »Ich weiß au it, warum de Egon jedem beibringe will, wie mer richti schnitzt.« Sie schüttelt genervt den Kopf. »Komm her, ich mach dir a Pflaschter druf.« Sie zieht eine Schublade aus dem Küchenschrank auf, entnimmt aus einer kleinen Tasche mit einem rotem Kreuz ein Pflaster, löst die Schutzfolien und klebt es auf die Wunde.
Dann setzen sie sich an den Tisch.
Sie schweigen.
»Oma«, sagt er leise. Seine Hand schiebt sich langsam vor und legt sich auf ihre.
Ihr Augenlider heben sich. »Du siehsch us, wie wenn du mir gern ebbis sage möchtsch.«

»Oma«, wiederholt Jakob. »Ich kann mir vorstellen, wie schwer das alles gerade für dich ist. Opa hat sein früheres Leben irgendwie vor dir versteckt.«

Sie nickt. Tränen stehen in ihren Augen. »Er hätt des ja it mache müsse, des hät keiner verlangt.« Sie fährt auf Hochdeutsch fort: »Ich hab den Papa sehr geliebt.« Und fällt wieder in ihren Dialekt: »Des isch eins, was sicher isch. Und wenn er de gröscht Verbrecher g'wese wär, ich hätt immer zu ihm g'halte. Bei uns war ja au it immer nur Fried und Freud.« Sie wischt sich die Tränen mit dem Handrücken ab. »Aber die meiste Zeit scho. Mir hen ja eifach g'lebt, g'schaffet vom Morge bis zum Owwe. Und mir ware glücklich.« Sie blickt zur Seite. »Jedenfalls han ich des bis heut denkt.«

Jakob streicht ihr über die Hand. Wie weich sie ist! Und wie warm sie sich anfühlt. Er betrachtet die braunen Flecken und die blauen Adern, die hervortreten. Schön, findet er. Seine Oma hat eine schöne Hand. Er schluckt. Er muss aufpassen, dass er jetzt nicht anfängt zu heulen. »Oma«, sagt er vorsichtig. »Ich verstehe, dass du nicht willst, dass sich etwas ändert. Du willst, dass Opa so in deiner Erinnerung bleibt, wie du ihn in Erinnerung hast.«

Sie blickt auf. Jakob hat das Gefühl, dass da ein Hauch von Misstrauen mitschwingt. »Und was isch da so schlimm dra?«

Jakob runzelt die Stirn. Es ist heikel, was er jetzt sagen will. Er beißt sich auf die Lippen. »Oma, es ist einfach so: Die Zeiten ändern sich. Ob wir wollen oder nicht. Die Erderwärmung wird zunehmen, weil die großen Konzerne weiter Öl, Gas und Kohle verbrennen. Vielleicht halten wir sie auf. Vielleicht auch nicht. Ich weiß es nicht.« Er schaut ihr direkt in die Augen. »Aber wir müssen es zumindest versuchen. Sonst wird es eng für die Menschheit.« Dann fügt er hinzu: »Und für die meisten anderen Lebewesen auch.«

Sie nickt. »Ich weiß, es sind keine scheene Zeite, so gar it. Weisch, Jakob, manchmal bin ich froh, dass ich des alles nimmi erlebe muss, was uff d'Menschheit zukunnt. Da bin ich in mei'm Alter viellicht sogar im Vorteil. Kei Generation blibt verschont. Und mit dem, was jetzt kunnt, müsst ihr fertigwerde.«

»Aber Oma, du kannst doch was tun! Dad hat den Vertrag gefunden! Du könntest dafür sorgen, dass auf dem Feldberg mit Windkraft Strom erzeugt wird. Du könntest dafür sorgen, dass ein paar Tausend Tonnen Öl und Kohle nicht verbrannt werden. Das ist doch toll!«

Margret Dengler zieht ihre Hand zurück. »Des verstehsch du it, Jakob. Ich han die Energie nimmi wie früher und bin müd, ziemlich sogar. Mini Knoche tun mir weh, ich han die Kraft eifach nimmi. Und ußerdem: Ich han de Karola versproche, dass da obe kei Windrad nakunnt.«

Jakob springt auf. »Warum? Oma, warum hast du das versprochen? Das ergibt doch keinen Sinn.«

Jetzt legt sie ihre Hand auf Jakobs. »D'Karola hät ihren Papa verlore. Genauso wie di Papa. Sie hät's id eifach g'habt in ihrem Lebe, ohne de Papa. Des wär a große Enttäuschung für sie, wenn ich mi Verspreche jetzt it halte tät.« Sie steht auf. »Ußerdem isch des it gut für d'Vögel, für de Rotmilan und d'Auerhühner. Da gibt's für uns nint mehr zu stritte. Ich han's de Karola versproche. Un die Ufregung isch mir sowieso z'viel. Ich bin alt, und des geht mir alles uf's Herz, Jakob. Ich halt des nimmi us, wenn uff einmal alles anders isch. Des will ich einfach it.«

Mit müden Schritten geht sie zur Tür.

Jakob spürt wieder den Schmerz in der Schnittwunde.

Einbruch

Wir parken den Renault auf einem Feldweg und gehen zu Fuß zur Rückseite des Anwesens. Die Mauer liegt im Dunkeln.
Ein kurzer Blickwechsel.
Wir sind bereit.
Olga löst das Seil mit dem Dreifachhaken von ihrer Hüfte, schwingt es zweimal, dann landet der Haken oben auf der Mauerkrone. Dreimal zieht sie kräftig am Seil. Dann ist sie oben. Ich folge ihr.
Hundegebell.
Hell.
Durch das Laub der Kastanienbäume springt kläffend ein Jagdhund auf uns zu. Olga und ich sitzen oben auf der Mauer. Der Hund steht auf den Hinterbeinen, die Vorderpfoten auf den Mauersteinen direkt unter uns. Ich ziehe eine Dose aus der Seitentasche, schraube den Deckel ab, nehme ein Wienerle heraus und breche es in zwei Hälften. Ich werfe ihm die erste Hälfte zu. Der Hund springt hoch, schnappt, beißt und schlingt. Als er die Wurst gefressen hat, bellt er wieder. Sofort werfe ich ihm die zweite Hälfte zu. Nach der zweiten Wurst sind wir Freunde.
Olga und ich lassen uns von der Mauer herab und schleichen zum Haus, begleitet von einem schwanzwedelnden Jagdhund. Olga streichelt ihm sanft über den Kopf, aber er bleibt dicht bei mir, die Augen fest auf die Dose in meiner Hose gerichtet.
Schon von Weitem sehen wir, dass der Vorplatz des Hauses hell erleuchtet ist. Wir hören eine Stimme, können sie aber nicht zuordnen. Vorsichtig, begleitet vom Jagdhund, der um uns herumtänzelt, nähern wir uns der letzten Reihe der mächtigen Baumstämme.
Vor uns folgendes Bild: Der schwarze Cayenne steht mit offener Heckklappe vor dem Haus. Der Große und der Kleine (ich beschließe, sie Dick und Doof zu nennen) schleppen Koffer und

Taschen aus dem Keller des Hauses zum Auto und verstauen sie im Kofferraum. Sie werden von einem Mann beobachtet, der schätzungsweise 1,90 Meter groß ist; rechteckiges Gesicht, schütteres Haar, dicker Bauch, flache Brust, dunkles, vermutlich dunkelblaues Jackett mit Goldknöpfen, Einstecktuch, offenes Hemd, grimmiger Blick. Er scheint die Abreise von Dick und Doof zu beobachten. Es sieht nicht so aus, als würde er sie vermissen.

»Bevor sie verschwinden, schnappen wir uns einen von ihnen«, flüstere ich Olga zu. »Wenn möglich den Kleinen. Ich will wissen, wer sie geschickt hat.«

»Wir sollten sofort ins Haus gehen«, flüstert sie. »Jetzt scheint niemand drin zu sein.«

»Halt den Hund fest.«

Olga greift nach dem Halsband und hält ihn fest.

Ich hole ein Wienerle aus der Dose und halte es dem Hund vor die Nase.

Er winselt.

Olga hält ihm die Schnauze zu.

Ich gehe, dem Hund mit dem Wienerle auf den ersten Schritten zuwinkend, im Dunkeln nach rechts, in die Nähe der Treppe ins Untergeschoss.

Ich warte.

Das Handy des Einstecktuchtypen klingelt. Er nimmt ab und sagt: »Hallo, Schatz.«

Dick und Doof verschwinden im Untergeschoss.

»Nein, nein«, sagt Einstecktuch. »Du kannst wiederkommen. Es gibt keinen neuen Gärtner und keinen Jagdgehilfen mehr.« Er dreht sich zur Seite. Senkt den Kopf.

Ich werfe die Wurst.

Olga lässt den Hund los.

Wie ein dunkler Strich schießt er aus der Dunkelheit, am Einstecktuch vorbei, die Treppe hinunter zur Souterrainwohnung.

Das Einstecktuch hinterher.

Da steht Olga neben mir. Der Weg ist frei. Wir rennen die Treppe hinauf in die Wohnung.

Großes Treppenhaus. Schwerer Teppich. Alter Bauernschrank. Ölgemälde, Blumensträuße in schweren Vasen. Olga deutet auf den oberen Stock. Zwei Stufen auf einmal nehmend, rennt sie die Treppe hinauf. Ich nehme die untere Etage. Ich entdecke die Küche und klebe ein Mikrofon unter den Küchentisch. Es gibt ein Wohnzimmer. Ein weiteres Mikrofon kommt an die Kante eines hässlichen Plüschsofas. Hinter einer Flügeltür befindet sich ein Arbeitszimmer mit Bibliothek, Billardtisch und Besprechungstisch. Mikrofon unter den Schreibtisch. Ein Zigarrenzimmer. Mikrofon unter den Schrank.
Zurück ins Treppenhaus.
Olga winkt mir von oben zu.
Ich haste die Treppe hinauf.
Wir eilen in ein Schlafzimmer. Olga deutet auf ein angelehntes Fenster. Wir schauen hinunter. Dick und Doof schließen gerade den Kofferraum des Cayenne. Das Einstecktuch versucht, seinen winselnden Hund zu beruhigen. Olga deutet auf die Regenrinne. Ich nicke. Sie steigt zuerst ab. Lässt sich das Rohr hinunter. Ich folge ihr. Unten drücken wir uns an ein Gestrüpp an der Wand.
Verdammt, das sind Rosen.
Dann rennen wir.
Nach zehn Metern sind wir bei den Kastanienbäumen. Neben uns hechelt etwas. Unser Freund, der Jagdhund.
Bevor wir über die Mauer klettern, bekommt er die letzte Wurst.
Noch im Laufen wickelt Olga das Seil mit dem Dreierhaken auf.
Wir müssen vor dem Tor sein, bevor Dick und Doof weg sind.
Wir schaffen es.

*

Der Cayenne biegt links ab. Dick sitzt am Steuer, Doof auf dem Beifahrersitz.
Plötzlich steht eine Frau im Scheinwerferlicht und winkt. Groß, schwarz gekleidet, lange rote Haare.
Dick drückt zweimal auf die Lichthupe.
»Hübsches Biest«, sagt Doof.

Sein Kumpel kurbelt das Fenster runter und brüllt: »Hau ab!«
Die Frau schüttelt den Kopf. Rote Haare fliegen im Scheinwerferlicht. Mit einer Geste winkt sie: Komm her.
»Ich räume das mal weg«, sagt Dick und öffnet die Fahrertür.
Die Frau tritt drei Schritte zurück.
Der Große rückt seine schwarze Baumwollmütze zurecht, seufzt und steigt aus. Er ruft noch einmal: »Verschwinde!«
Die Frau schüttelt den Kopf, geht noch drei Schritte zurück und steht nun am Rand des Scheinwerferkegels.
Dick rennt los.
Ich warte einige Sekunden, dann reiße ich die Beifahrertür auf und lasse Doof in die Mündung der Smith & Wesson sehen. Mit der Linken packe ich ihn am Ohrläppchen und ziehe ihn mit einem Ruck aus dem Auto. Ein kurzer Schlag mit dem Knauf der Waffe an die Schläfe, und ich habe Zeit, seine Hände mit Kabelbindern auf dem Rücken zu fesseln.
Er stöhnt.
Ich halte ihm den Mund zu und ziehe ihn ins Gebüsch.
Während ich ihn vorwärtsschiebe, greife ich nach seiner rechten Hand. Mein Daumen sucht seinen Schmerzpunkt am Daumenballen. Ich taste, drücke. Nichts.
Ich korrigiere die Position meines Daumens um einen Zentimeter. Noch einmal drücken.
Der Kerl bäumt sich auf, als hätte ihn ein Stromschlag getroffen. Was irgendwie auch stimmt.
»Hör zu, Arschloch«, sage ich zu ihm. »Du hältst die Klappe. Dann passiert dir nichts.« Wieder drücke ich zu. Diesmal etwas fester.
Er beißt sich auf die Lippen.
»Vielleicht kennst du die Filmszene: Auf einer Schmerzskala von eins bis zehn war das die zwei. Willst du mal die drei probieren?«
Er schüttelt den Kopf. Ich ziehe ihn weiter ins Unterholz.

*

Als Dick den Rand des Scheinwerferkegels erreicht, ist die Frau verschwunden.

Vor ihm ein paar Meter Zwielicht, dann Finsternis.
Er zuckt mit den Schultern und geht zurück zum Auto.
Die Beifahrertür steht sperrangelweit offen. Von seinem Kumpel ist nichts zu sehen.

*

Ich höre, wie Dick wie ein Büffel durchs Unterholz stapft.
Ich gebe Doof kurz eine 2,5 und sage ihm, was er zu tun hat.

*

Nach zwei Schritten hört Dick die Stimme seines Kumpels. »Ich muss kacken. Bleib beim Auto. Es stinkt ziemlich.«
»Was? Du warst doch gerade erst!«
Dick macht noch einen Schritt.
Hinter ihm taucht Olga auf. Das Seil mit dem Dreifachhaken in der Hand.
Doof improvisiert: »Das war die Kalbsleber! Hol mal ein paar Taschentücher aus der kleinen schwarzen Tasche im Kofferraum.«
Dick flucht und dreht sich um.
Olga verschwindet in der Dunkelheit.
Ich sage zu Dick: »Wir haben jetzt eine Minute Zeit. Mein Angebot: Du erzählst. Schnell und alles. Dann erfährt niemand, dass du geplaudert hast. Wenn ich nicht zufrieden bin, gibt es eine 10. Ungefähr so.« Ich drücke mit aller Kraft. Er zappelt, windet sich, verliert für ein, zwei Sekunden das Bewusstsein – dann redet er.

Rückfahrt

Ein Reh steht im Scheinwerferlicht und glotzt uns an. Ich trete auf die Bremse. Das Vieh glotzt weiter und denkt nicht daran, die Straße zu verlassen. Der Renault schlingert. Ich hupe mehrmals, und endlich springt es mit einem Satz davon.

Als wir den Schauinsland erreichen, sage ich: »Mein Denkfehler war, dass ich vermutet habe, der Sprinter hätte mich gerammt wegen einer alten Sache oder so. In Wirklichkeit war es meine Mutter. Sie wollten meine Mutter warnen, damit sie nicht auf die Idee kommt …«

»… ein Windrad auf den Feldberg zu stellen«, fügt Olga hinzu.

Ich nicke. »Der Auftraggeber von Dick und Doof ist unser alter Bekannter Harry Nopper.«

»Das personifizierte Böse.«

»Kann man so sagen. Wahrscheinlich wusste er nicht, dass er ausgerechnet meine Mutter bedroht.«

Ich kenne Harry Nopper aus meiner Zeit als Zielfahnder beim BKA. Seinetwegen bin ich es nicht mehr. Nopper arbeitete damals beim hessischen Verfassungsschutz, ich hatte meinen ersten großen Fall: ein Bombenanschlag auf einen der deutschen Großbanker in Frankfurt. Nopper präsentierte uns einen Täter, der es nicht sein konnte. Ein Geisteskranker aus Wiesbaden. Nopper setzte sich durch, und mein Bild vom edlen und guten Polizisten bekam erste Risse. Jahre später, nach dem Beitritt der DDR zur BRD, wurde Nopper stellvertretender Chef des Thüringer Verfassungsschutzes. In seine Amtszeit fiel der Aufstieg der rechtsextremen Szene, aufgebaut mit mehreren Millionen V-Mann-Geldern, bezahlt von Harry Nopper. Ich habe ihn danach noch einmal gesehen, auf einer Querdenker-Demo in Stuttgart.

Ein gefährlicher Mann. Das Böse in Person, wie Olga sagt.

Nachdenklich starrt sie aus dem Seitenfenster auf die nächtliche

Straße. Mit einem Ruck dreht sie den Kopf zu mir. »Nopper hat sicher nicht allein gehandelt.«
Ich nicke. »Ich habe Doof gefragt, von wem Nopper beauftragt wurde. Er hat es nicht gewusst. Und glaube mir, wenn er es gewusst hätte, er hätte es mir gesagt.«
Olga lächelt. »Du hast ihm wehgetan.«
»Schmerzpunkt Daumenballen.«
»Und warum wollten sie heute zurückfahren?«
Ich lache trocken. »Wegen der Auerhühner. Der Feldberg ist jetzt Vogelschutzgebiet.« Ich zucke mit den Schultern. »Ihr Auftrag ist erledigt. Sie wurden abgezogen.«
»Was machen wir mit den Mikrofonen in der Wohnung?«
Wieder zucke ich mit den Schultern. »Die sollten wir in den nächsten Tagen abbauen.« Ich nehme ihre Hand. »Meine Mutter ist nicht dement.« Ich lächele sie an. »Und dank dir habe ich mein Scheunentrauma überwunden.« Ich zögere kurz. »Meine Mission hier ist jedenfalls erfüllt.«
Olga küsst mich von der Seite auf die Wange. »Schwindel mich nicht an. Du willst zuerst noch herausfinden, wer der Schatten hinter deinem Vater war.«
Ich lache grimmig. »Allerdings – ich will wissen, ob es nur meine Einbildung ist – oder nicht.«
Olga lehnt sich in ihrem Sitz zurück. »Du willst dich mit dem Mossad anlegen? Viel Vergnügen.«

Crommschröder

Manchmal befürchtet Crommschröder, dass er den Kampf verlieren wird. Manchmal denkt er sogar, dass es für die Menschheit besser sei, wenn es so käme. Daran, dass die Erderwärmung menschengemacht ist, hat er keinen Zweifel. Dies ist durch unzählige Studien und insbesondere durch die Berichte des Weltklimarats hinreichend bewiesen.

Doch er will, dass Öl, Gas und Kohle trotzdem verbrannt werden und Uran genutzt wird, bis die Vorkommen erschöpft sind – und das wird erst nach seiner Lebenszeit sein.

Seine Aufgabe ist es, das Kapital zu verzinsen, das in seinem Konzern investiert ist. Und dafür wird er sorgen.

Crommschröder sitzt an seinem Schreibtisch. Es ist spät. Silke schläft schon. Vor ihm liegen einige neue Studien, Strategiepapiere und so weiter, die er lesen muss, bevor er sich an seine Frau schmiegen kann. Crommschröder beugt sich vor und nimmt das erste Papier zur Hand.

Die Zahlen sind eindeutig, und sie gefallen ihm nicht. Das Bewusstsein, dass die Menschheit vom Klimawandel bedroht ist, ist in der Bevölkerung über alle Einkommensschichten hinweg in den letzten Jahren sprunghaft angestiegen. 75 Prozent bejahen die Frage, ob der Klimawandel sie beunruhige. Das ist ein neuer Rekord. Früher war dies eine Sache der Mittelschicht. Jahre davor eine der Spinner. Das hat sich geändert. Das Umweltbewusstsein scheint durch die sozialen Schichten bis ganz nach unten durchgesickert zu sein. 20 Prozent der Befragten halten den Klimawandel für ein wichtiges, über 70 Prozent für ein *sehr* wichtiges politisches Thema. Damit sind die Folgen des Klimawandels – mit deutlichem Abstand – das politische Thema, dem die Menschen die größte Bedeutung beimessen. Es gibt nur noch wenige, die sich keine Sorgen um die Umwelt machen.

So weit, so schlecht. Ihn interessieren andere Zahlen, andere Zusammenhänge.
Je nach Einkommen gibt es einen drastischen Unterschied hinsichtlich des sogenannten *ökologischen Fußabdrucks*. In Europa setzen die unteren 50 Prozent pro Kopf etwa fünf Tonnen CO_2 im Jahr in die Atmosphäre frei. Die oberen zehn Prozent der Bevölkerung dagegen jährlich 27 Tonnen.
Um die Pariser Klimaziele zu erreichen und die Erderwärmung auf 1,5 Grad zu begrenzen, müssten sich normal oder gering verdienende Haushalte nicht umstellen. Ihre durchschnittlichen Emissionen sind gering. Die entscheidenden Emissionstreiber in Privathaushalten sind Konsum und Ausgaben der Reichen und der Superreichen.
So weit die Fakten.
Crommschröder interessiert, wie sich diese Fakten im Bewusstsein der Menschen widerspiegeln.
Er studiert geduldig Umfragen und Tabellen. Interessant findet er den folgenden Aspekt: Die untere Hälfte der Einkommen sieht die Bedrohung der Lebensgrundlagen durch den Klimawandel so gut wie alle anderen auch. Trotzdem: Bezogen auf die Klima*politik* ist die Haltung dieser Gruppe deutlich ablehnender. Die Forderung, umweltbewusster zu leben, wird von ihr als Zumutung empfunden. Alle seriösen Umfragen kommen, mal mehr, mal weniger klar, in der Tendenz jedoch eindeutig zu dem Ergebnis, dass Personen in der unteren Einkommenshälfte annehmen, dass die Kosten der Transformation auf sie abgewälzt werden, obwohl sie nicht die Verursacher des Klimawandels sind. Entsprechend kritisch bis schroff ablehnend sind die Einstellungen zu wichtigen Eckpunkten der Klimamaßnahmen: Ende des Verbrennermotors, Umstellung auf umweltfreundlichere Heizungen etc. Die Sorge, Klimapolitik mindere das ohnehin auf Kante genähte Einkommen und damit die Lebenschancen, ist in der unteren Einkommenshälfte weitverbreitet. Vielleicht könnte man sogar sagen: Standard.
Crommschröders Handy summt. Eine SMS. Kurt Mannheimer – was will denn der? Um diese Uhrzeit? *Lieber Stephan, gute Nach-*

richten aus Südbaden. Das Thema Windkraft auf dem Feldberg ist vom Tisch. Das Gebiet ist nun Schutzgebiet für den Auerhahn. Waidmannsheil, dein Kurt

Für einen Augenblick überlegt Crommschröder. Mannheimer? Feldberg? Dann fällt ihm wieder ein, dass er Mannheimer beauftragt hatte zu verhindern, dass auf dem Feldberg eine Windkraftanlage gebaut wird. Gut, dann ist das erledigt. *Vielen Dank. Gut gemacht. Und schnell. So wie man das von dir immer gewohnt war. Schreib eine Rechnung. Bis bald. Dein Stephan*

Crommschröder beugt sich wieder über die Papiere. Wo war er stehen geblieben? Ach ja, bei den unteren Klassen. Er weiß, dass jeder oder jede Fünfte in Deutschland im Niedriglohnsektor arbeiten; in Ostdeutschland nahezu jeder Fünfte. Er weiß auch, dass diese Leute nicht mehr als 1.500 oder 1.600 Euro im Monat netto nach Hause tragen. Das ist so viel, wie er manchmal für ein Abendessen ausgibt. Wenn er mit Silke und ihrer Tochter … mehrere Gänge … und dann noch Weinbegleitung zu jedem Gang, da kommt schnell mal was zusammen. »Armut trotz Vollzeitjob« liest er in einer Studie. Diese Leute verbinden mit dem Wort Katastrophe das Monatsende und nicht das Klima. Wen sollen diese Leute wählen, wenn sie gegen ihre Lage protestieren wollen? Die SPD, die ihnen das alles eingebrockt hat? Die Grünen, die mitgemacht haben? Oder CDU und FDP, die alles noch schlimmer machen wollen?

In allen Umfragen signalisieren sie, dass sie nicht bereit sind, wegen ökologischer Transformation materielle Einbußen hinzunehmen. Ihre große Sorge ist, dass die politische Priorisierung des Klimawandels ihren Lebensstandard noch mehr einschränkt. Zu Recht, denkt Crommschröder. Weit über die Hälfte der Produktionsarbeiter befürchten eine Reduzierung ihrer Lebenschancen durch Klimapolitik; jedoch nur knapp 20 Prozent der Beschäftigten im kulturellen Sektor. Ein Papier zitiert einen Satz aus der bekannten Studie »*Triggerpunkte: Konsens und Konflikt in der Gegenwartsgesellschaft*«: *Hinzu tritt die Angst, dass sich mit der ökologischen Transformation die sozialen Missstände weiter verstärken und viele Veränderungen zulasten derer gehen, die jetzt schon sozial in Bedrängnis sind.*

Crommschröders Handy summt erneut. Schon wieder Mannheimer. *Einem Freund schreibe ich keine Rechnung. Ich lade dich auf meine Jagdhütte ein. Wir machen uns einen guten Abend. Vielleicht schießen wir eine schöne Gämse? Wann hast du Zeit? LG Kurt*

Dieser elende Sack! Er will seine Heldentat in einen Reputationsgewinn ummünzen. Kleines gemeinsames Foto in der regionalen Zeitung. Seht her, Kurt Mannheimer ist wieder da. Crommschröder verzieht das Gesicht. Nicht mit ihm. *Lieber Kurt, ich bin übermorgen in Freiburg bei einem Uni-Institut. Am Abend eine Flasche Spätburgunder bei dir? Auf die alten und die kommenden Zeiten. Das wäre doch schön. Dein Stephan*

Er wendet sich wieder den Studien zu.

Die Einstellung der Oberschicht ist nicht ganz so gut untersucht, aber doch ebenfalls ziemlich klar. Sie, die Treiber, vielleicht sogar Auslöser des Klimawandels, gehen davon aus, dass das, was sie haben (fast ausnahmslos geerbt), ihnen auch zusteht. Darüber hinausgehende Überlegungen haben die Soziologen nicht gefunden. Als ökologisch bewusst identifiziert wird die Schicht, die sich an die unteren 50 Prozent der Einkommen anschließt; der unterste Teil der oberen Hälfte. Dazu gehören Teile der Baby-Boomer-Generation, die aufgrund der Bildungsreformen der Siebzigerjahre studieren konnten, obwohl ihre Eltern- und Großelterngeneration deutlich zur unteren Hälfte gehörten. Diese Schicht ist im öffentlichen Dienst beschäftigt oder in den wissensbasierten Sektoren der Industrie und des Handels. Die Begrenzung des eigenen ökologischen Fußabdrucks befürworten sie zur Bekämpfung des Klimawandels. Sie unterstützen mehrheitlich Transformationspolitiken. Sie bilden auch das feste Rückgrat der Partei, die sich am meisten der Politik zur Verhinderung der Erderwärmung verschrieben hat, den Grünen. Die Kinder dieser Schicht stellen auch die meisten Aktivisten der Fridays for Future und ähnlicher Bewegungen. Kinder von Produktionsarbeitern haben in diesen Bewegungen Seltenheitswert.

Zusammengefasst sei es so, dass die Gesellschaft unabhängig von ihrem Einkommen besorgt ist über Klimawandel und die Folgen daraus. Es handele sich, das legen die Studien Crommschröder nahe, um ein gesamtgesellschaftliches Grundgefühl. Sobald es jedoch um konkrete Maßnahmen, also um Politik, geht, gehen die Meinungen und Einstellungen weit auseinander.

Die Autoren der »*Triggerpunkte*« sprechen davon, dass es sich hierbei um eine »Klassenfrage im Werden« handele.

Crommschröders Handy piept. Mein Gott, eine neue SMS von Mannheimer. *Du bekommst die beste Flasche. Ich freue mich. Kurt*

Ein Wunder, dass er nicht noch Emojis verwendet.

Er kratzt sich am Kopf. Es ist doch erstaunlich, dass die ökonomische Situation das Bewusstsein der Leute so stabil formt, als sei es mit einer Stanzmaschine gepresst. Er lächelt. *Das Sein bestimmt das Bewusstsein* – das hat er in seinen jungen Jahren einmal gelesen. Aber hier ist es durch einige herausragende soziologische Studien bestätigt.

Er liest eine Anmerkung des Agenturchefs. Wenn man das politische Klima des Landes grundsätzlich ändern wolle, dann müsse man das Misstrauen der unteren 50 Prozent gegenüber der Klimapolitik nutzen, um die ökologisch bewusste untere Mittelschicht zu isolieren. Man müsse sie dazu bringen, Parteien zu wählen, die mit dem Klimawahnsinn aufräumen würden.

Dazu sei es von Vorteil, dass die unterschiedlichen Einkommensschichten eigene kulturelle Codes und Milieus entwickelt haben, mit denen sie sich von den anderen Gruppen abgrenzen.

Diese Unterschiede seien erheblich.

Sinnvoll sei es, eine heftige öffentliche Auseinandersetzung gegen die kulturellen Codes der ökologisch bewussten Mittelschicht zu führen. Nichts biete sich dazu besser an als einige ihrer Sprachcodes. Das Gendern und die Verwendung von Fremdsprachen sei der beste Ansatz, um die Angehörigen dieser Schicht zu diskreditieren. Der Agenturchef führt als Beispiel eine gemeinsame Demonstration der Gewerkschaft ver.di und der Kids von Fridays for Future an, die er beobachtet habe. Eigentlich sei es von beiden Organisationen klug gewesen, eine gemeinsame Aktion durchzuführen, um damit die kulturelle Kluft zwischen beiden Gesellschafts-

schichten aufzuheben. Die Gewerkschafter hätten traditionelle Transparente mit sich geführt: Solidarität mit dem ver.di-Streik und Ähnliches. Überraschenderweise waren die Transparente und auch die Parolen der Schüler alle in englischer Sprache. Es gab dafür keinen sinnvollen Grund. An der Demonstration beteiligten sich ausschließlich Deutsche. Auf dem größten Banner sei zu lesen gewesen: *Act Now*. Ein junger Mann mit Megafon habe gerufen: *When do you want it.* Und der Chor der Schüler antwortete: *Now.*
Aus dem Demonstrationsgrund, der Unterstützung eines Streiks der Dienstleistungsgewerkschaft, könne man keinen Grund ableiten, die englische Sprache zu verwenden. Außer einem: Die Kids präsentierten für jedermann sichtbar das einzige Kapital, das sie und ihre Familien besitzen – Bildung.
Sie distanzierten sich damit zugleich von den mitlaufenden Gewerkschaftsmitgliedern. Selbst für ihn als Außenstehenden war es leicht zu erkennen gewesen, dass sich keine einzige streikende Verkäuferin, kein einziger streikender Straßenbahnfahrer, keine streikende Krankenschwester mit den Schülern verbündet hätte oder dass sie auch nur ein Wort miteinander gesprochen hätten.
Beide Gruppen, obwohl sie gemeinsam demonstrierten, hätten nie zueinandergefunden.
Um die unteren 50 Prozent der Bevölkerung gegen Klimapolitik zu mobilisieren, sei es sinnvoll, die kulturellen Codes der klimaorientierten Bevölkerungsgruppe anzugreifen; nichts sei dazu besser geeignet als das Gendern.
Es folgt eine längere Abhandlung über das Gendern, die Crommschröder überfliegt. Er sucht die Zusammenfassung. Und liest, das Gendern habe eine doppelte Funktion. Insbesondere Frauen und sexuelle Minderheiten aller Art sollten sich durch die Gendersprache zumindest nicht ausgeschlossen fühlen. Es sei der Versuch, reale Ungerechtigkeiten zumindest in der Sprache aufzuheben. Dies sei die inklusive Funktion des Genderns.
Das Gendern habe aber gleichzeitig auch eine ausschließende Funktion. Es wirke auf den überwiegenden Teil der Bevölkerung, die eher das Monatsende fürchten als den Mangel von öffentlichen

Toiletten für nicht binäre Menschen, als Bevormundung, ja sogar als Umerziehungsversuch. Dies müsse man nutzen. Eine breite Propaganda durch Presse und wichtige politische Persönlichkeiten gegen das Gendern sei eine der wirkungsvollsten Möglichkeiten, die Klimahysteriker zu isolieren. Und darum gehe es in den nächsten Monaten.

Crommschröder nickt und legt die Studien beiseite.

Zeit, ins Bett zu gehen.

Nacht

Etwas hat sich verändert im Wald.
Nach wie vor bleibt sie tagsüber unter den langen Ästen und Zweigen der Moorkiefer liegen.
Doch nachts?
Nachts streifen Menschen durch ihr Revier. Sie spürt, dass es mit ihr zu tun hat.
Sie wird vorsichtiger.
Sie lauscht.
Sie wittert.
Sie beobachtet.
Manchmal geht sie hinunter zum See.
Die Frauenleiche liegt noch immer auf dem Felsen.
Hin und wieder vertreibt sie die Füchsin vom toten Körper.

Katerstimmung

Schon am Morgen ist die Stimmung auf dem Hof gedrückt. Ich streiche mit Jakob weiter den Gartenzaun. Frau Willmann sitzt mit Olga und meiner Mutter in der Küche. Egon ist im *Denn* und macht irgendwas mit dem Fendt meines Vaters. Ich höre, wie der Motor anspringt, gleich darauf mit einem Röcheln verstummt und Egon einen unanständigen Fluch ausstößt. Morgen will er den Traktor zum TÜV nach Neustadt fahren.

Da erscheint Karola Müllerschön.

Schwungvoll wirft sie die Tür ihres Polos zu und schaut sich um. Dabei fliegt ihr Zopf hin und her. Sie sieht hinreißend aus. Gerader Rücken, braune Beine, wieder ein geblümtes Kleid, strahlende Augen, flache Schuhe. Sie hebt die Arme und winkt.

»Wegen dieser blöden Kuh gibt es kein Windrad auf dem Feldberg«, murmelt mein Sohn neben mir.

»Sprich nicht so über meine erste Freundin«, ermahne ich ihn und lege den Pinsel aus der Hand.

»Ich kann nichts für deine frühen Geschmacksverirrungen«, brummt er und streicht entschlossen weiter.

Ich lache und klopfe ihm aufmunternd auf den Rücken.

Zu meiner Überraschung nimmt Karola mich in den Arm und küsst mich auf die Wange. Ich erinnere mich noch genau an ihre vollen Lippen. Damals …

»Lass mich die Papiere sehen.«

Wir gehen zusammen in die Küche, dort wartet bereits der Frauenclub: Mutter, Olga und Frau Willmann. Karola umarmt meine Mutter. Ich stelle ihr Olga vor. Für einen Moment habe ich den Eindruck: keine guten Schwingungen zwischen den beiden Frauen. Aber was weiß ich schon. Wir setzen uns, ich hole den Zeitungsausschnitt und die Papiere.

Schwere Schritte an der Tür. Egon steht mit ölverschmierten

Händen im Türrahmen. Er geht zum Waschbecken, schmiert sich Spülmittel auf die Handflächen und dreht den Wasserhahn auf. Er wäscht sich die Hände und setzt sich zu uns an den Tisch.

Karola schaut sich die Papiere an. Sie legt mir eine Hand auf die Schulter. »Georg, was ist mit unseren Vätern passiert?«

»Das sind nur Vermutungen«, antworte ich, »die technischen Unterlagen haben mit Raketentechnik zu tun. Offenbar haben unsere Väter in den Fünfzigerjahren die Technik von Hitlers V2-Raketen nachgebaut. Warum, weiß ich nicht. Der Zeitungsausschnitt handelt von einem der führenden V2-Ingenieure. Kleinwächter entwickelte in Peenemünde das Steuerungssystem der Rakete. Später ging er nach Ägypten und arbeitete an einem arabischen Raketenwaffensystem. Das gefiel den Israelis verständlicherweise nicht. Der Mossad tötete mehrere dieser Nazi-Ingenieure. In Lörrach verübte er ein Pistolenattentat auf Kleinwächter. Allerdings dilettantisch. Mehr wissen wir nicht.«

»Meinst du, Papa ist einfach in die Wüste nach Ägypten abgehauen? Ohne uns ein Wort zu sagen?« Karola schluckt. Sie zieht ihre Hand von mir weg und ballt sie zur Faust. »Er hätte mich mitgenommen. Hundertprozentig.« Sie schlägt auf den Tisch. »Von allein wäre er nie gegangen.« Ihre Augen funkeln mich an. »Nie.«

Egon räuspert sich. »Der Georg hat sich daran erinnert, wie sein Vater gestorben ist. Er hat hinter seinem Vater einen Schatten gesehen. Da war jemand. Der Mossad hat auch Georgs Vater umgebracht. Vielleicht haben sie auch deinen Vater …«

»Aufhören!«, schreie ich. »Hört auf zu spekulieren. Wir wissen zu wenig. Hört auf!«

Jetzt reden alle durcheinander. Nur Olga und ich schweigen.

Schließlich verstummen alle erschöpft und starren vor sich hin.

Jakob kommt herein, setzt sich und schaut sich um. »Was ist denn das für eine komische Stimmung hier?« Er setzt sich zu meiner Mutter.

Niemand antwortet ihm. Stattdessen klingelt sein Handy. Er schaut auf das Display und hebt ab. »Hallo, Laura«, sagt er.

»Grüß sie von mir«, rufe ich ihm zu.
Jakob hört aufmerksam zu, den Kopf leicht gesenkt. Dann steht er auf. Er wendet uns den Rücken zu. »Aber … das ist … Laura … Okay, wenn du meinst … Ich stehe dir bestimmt nicht im Weg.« Er dreht sich um, lächelt irgendwie komisch, nicht echt. »Bitte, mach, was du willst.« Er knallt das Handy auf den Tisch, mit großen Schritten läuft er zur Küchentür. Dann ist er weg.
Wir starren auf das Handy, das vor meiner Mutter auf dem Tisch liegt. Das Display leuchtet noch.
Ich stehe auf. Soll ich Jakob folgen? Mit ihm reden? Oder ist er zu aufgebracht?
»Ich hör da immer noch jemand schwätze. Hät de Jakob des Ding usg'stellt?« Meine Mutter beugt sich über das Telefon. »Wie macht mer des us? Hallo? Isch da no jemand? Ich hör ebbis. Hallo! Hört mich einer?« Sie nimmt das Handy in die Hand. »Laura?«, sagt sie plötzlich. »Laura? Bisch du des?«
Sie steht auf, das Handy am Ohr, und hört zu. Ich höre noch, wie sie sagt: »Weisch, Laura, wenn des mit de Liebe so eifach wär, gäb's mehr davo uff de Welt.« Mit dem Fuß stößt sie die Küchentür auf. »Ich bin zwar a alte Frau, aber a paar Sache han ich doch g'lehrt im mi'm Lebe, au über d'Liebe.«
Dann ist sie verschwunden. Gern hätte ich ihre Lebensweisheit gehört.
Ich gehe in den Hof und suche Jakob. Er sitzt auf der Bank, die Füße ausgestreckt, Hände in den Taschen, und schaut hinunter ins Dorf. Ich setze mich neben ihn. Seine Unterlippe zittert.
»Schlimm?«, frage ich.
Er steht auf, geht einen Schritt und tritt mit dem Fuß einen Stein weg. »Ich werde das überleben, Dad«, sagt er. Seine Stimme ist so brüchig, wie ich sie noch nie von ihm gehört habe. »Glaub mir, ich überlebe das.«
Die Tür öffnet sich, und meine Mutter kommt heraus. Sie reicht Jakob das Handy. »Ich weiß eifach it, wie mer des Ding usmacht.« Jakob nimmt das Gerät, wischt darüber und steckt es in seine Hosentasche.

Meine Mutter setzt sich neben mich. »Jakob«, sagt sie, »komm mal her zu mir.«
Mein Sohn steht mit dem Rücken zu uns. Er schüttelt mit dem Kopf. »Grad nicht, Oma.«
Mutter klopft mit der flachen Hand auf den Platz neben sich. »Doch, grad jetzt, glaub mir.« Sie schaut auf den Boden und klopft dann noch einmal auf das Holz der Bank. »Ich han mit de Laura g'schwätzt. Sie tät morge gegen Mittag da her komme.« Sie hebt die rechte Hand und streckt ihren knotigen Zeigefinger in den Himmel.
»Sie kunnt morge.« Sie legt Jakob eine Hand auf die Schulter. »Aber sie kriegt ihr eige Zimmer.«

Die Nachricht

Ich weiß nicht mehr genau, was wir gemacht haben, bevor die Bombe hochging. Jakob hatte seine Turnschuhe angezogen und war spazieren gegangen. Er wollte allein sein und schüttelte den Kopf, als ich ihn fragte, ob ich mitkommen könne. Meine Mutter, Olga und ich saßen noch eine Weile mit Karola, Egon und Frau Willmann in der Küche. Egon plapperte ununterbrochen vom israelischen Geheimdienst und war völlig aus dem Häuschen. Karola blätterte in den alten Papieren meines und ihres Vaters, las wieder und wieder den Zeitungsartikel über das Attentat in Lörrach. Meine Mutter versorgte uns mit ihrem Filterkaffee, der jeden italienischen Espresso an Stärke übertraf, und schickte mich in den Keller, um eine Linzertorte zu holen.
Ich fragte Karola, ob sie irgendwelche Dokumente von ihrem Vater habe, eine Geburtsurkunde, ein Familienstammbuch, eine Passkopie oder eine andere Eintragung beim Standesamt. Schließlich sei es mein Beruf, Menschen zu suchen und zu finden. Ich bat sie, mir diese Dokumente zu schicken. Sie nickte, schien aber nicht überzeugt zu sein.
Irgendwann griff sie über den Tisch hinweg nach den Händen meiner Mutter und streichelte sie. »Versprich mir«, sagte sie, »dass du dieses Scheißwindrad oben auf dem Feldberg nie genehmigst.«
In diesem Moment summt ihr Handy. Sie hebt es hoch und liest eine SMS. Sie zuckt zusammen, als hätte sie eine Kreuzotter gebissen. »So eine Scheiße«, ruft sie und erntet einen tadelnden Blick von meiner Mutter. Dann setzt sie sich wieder hin, greift wieder nach den Händen meiner Mutter, schüttelt sie. »Margret, du musst es mir wirklich versprechen. Keine Windräder oben auf dem Feldberg.«
Meine Mutter tätschelt Karolas Hand. »Karola, wenn ich ebbis versprech', dann halt ich des au, des sollt'sch du eigentlich wisse. Aber

du musch mir halt au d'Wahrheit sage. Was wirklich dran isch an dem Vögelsterbe und au des ganze Zieg mit dem Infraschall. Da will ich genau wisse, wie und was. Soll mich bloß keiner für blöd halte, au du it, Karola, gell.«

Ich bin mir nicht sicher, ob Karola meiner Mutter wirklich zugehört hat. Sie ist schon aufgesprungen und zur Tür gerannt.

*

Die Nachricht schafft es bis in die Tagesschau. Wir sitzen zu dritt vor dem Fernseher. Wir sehen Max Jost hinter einem großen Tisch. Davor sind kleine Teller mit braunen Häuflein zu sehen. Joost hält ein Gutachten in die Höhe und erklärt, dass dieser Kot von Auerhühnern an den unterschiedlichsten Stellen im Schwarzwald gefunden wurde, und zwar überall dort, wo er habe Windräder bauen wollen. Das Gutachten belege, dass jeder dieser braunen Haufen von der gleichen Auerhenne stamme. Er gehe davon aus, dass der Vogel in einer Voliere gehalten werde und jemand den Kot auslege. So werde der Vorwand geschaffen, um Schutzgebiete für den Auerhahn auszuweisen und Windräder zu verhindern. Die nächste Einstellung zeigt die Präsidentin des Regierungsbezirks von Freiburg. Sie erklärt, von den Ergebnissen dieser Untersuchung schockiert zu sein. Sie habe deshalb eine neue Untersuchung angeordnet und die erst vor zwei Tagen erlassene Anordnung auf ein Schutzgebiet auf dem Feldberg zurückgenommen. Die Sprecherin der Tagesschau erklärt, Umweltorganisationen und Windkraftgegner hätten Demonstrationen auf dem Feldberg angekündigt. Und nun zum Wetter …

Meine Mutter sitzt vor dem Fernseher. Sie steht kommentarlos auf und geht ins Bett.

*

Olga, Jakob und ich sitzen nach den Nachrichten im Geisenhof. Wir haben noch einen Tisch im Freien gefunden.

»Jakob«, sage ich, »meine Mutter ist im Augenblick vor ziemlich üblen Leuten geschützt. Dies nur aus einem einzigen Grund: Sie

ist gegen das Windrad auf dem Feldberg. Solange meine Mutter bei dieser Haltung bleibt, werden diese Leute nicht noch mehr Typen wie Dick und Doof schicken. Kein Windrad – keine Gangster. Es gibt mächtige Leute, die wollen, dass der Feldberg so bleibt, wie er ist. Solange Mutter ihnen nicht in den Weg gerät, ist sie sicher.«
Jakob nickt. »Auf die Demo gehe ich auf jeden Fall.«
Ich hebe mein Bierglas. »Solange du meine Mutter nicht mitnimmst, ist alles in Ordnung.«
Wir lachen.
Und ahnen nicht, in welche Katastrophe wir hereinstolpern.

Laura

Über dem Bett meiner Mutter spannt sich ein Baldachin. Purpurrot, vermutlich Leinen, in der Mitte leicht gewölbt, als seien die Ecken und Rundungen wohl bedacht. An den Seiten lugt der Stoff neugierig über die Kanten. Das Gestell des Baldachins ruht auf vier Pfosten, deren Holz so kunstvoll gedrechselt ist, dass es aussieht, als sei alles an herabhängenden Lianen fixiert. Olga und ich haben uns neulich »The Crown« angesehen (Olga ist ein Fan, ich nicht so sehr). In dieser Serie sahen wir viele Betten mit Baldachinen. Da wusste ich, dass es im Buckingham Palace staubig ist, sehr staubig.

Als Hildegard, meine Ex-Frau und Jakobs Mutter, das erste Mal das Ehebett meiner Eltern sah, zog sie mich an sich und legte einen Arm um meine Taille. »Wie romantisch«, flüsterte sie mir ins Ohr, und ich starrte sie verblüfft an. Romantisch? Das Ehebett meiner Eltern? Wegen eines Baldachins?

Die Wahrheit ist – Staub. In einem Bauernhaus setzt sich Staub ab – Tag für Tag. Es hört nie auf. Dazu muss man wissen: Ein Haus aus Holz ist immer in Bewegung. Am schlimmsten sind die Temperaturschwankungen. Sie verziehen das Holz. Die tragenden Balken sind aus Eiche. Im Laufe der Jahre verlieren sie ihre Stabilität, Kanten und Ecken brechen und runden sich. Das Gefüge verschiebt sich. Risse sind die Folge, und durch jeden Riss dringt Staub herein. Manchmal habe ich das Gefühl, unser Haus hält nur noch aus Gewohnheit zusammen.

Der andere Grund sind die Scheune und die Reste von Heu und Getreide, die dort früher gelagert wurden. Aus all diesen Gründen fällt der Staub stündlich und minütlich von oben nach unten; vom *Denn* in den ersten Stock, vom ersten Stock in das Erdgeschoss – also auch in das Schlafzimmer meiner Eltern. Der Baldachin ist nichts anderes als ein Schutz gegen den unaufhörlich herabfallenden Staub. Ich erinnere mich genau, als meine Mutter einmal krank war, eine schlimme Erkältung. Sie blieb im Bett. Für mich war das eine seltsame Woche. Einerseits aufregend, ich musste allein den Wecker stellen, allein aufstehen, allein die Kühe melken und füttern. Andererseits merkte ich zum ersten Mal, dass ich ohne meine Mutter verloren war. Sie saß aufrecht im Bett, den Rücken an die Wand gelehnt, wie der Dichter auf dem berühmten Bild von Spitzweg. Wer hustet, richtet sich auf. Selbst nachts konnte sie sich nicht flach ins Bett legen, weil sofort Staub in ihre Lungen geraten wäre, der einen weiteren fürchterlichen Hustenanfall ausgelöst hätte.

Deshalb wurde bei uns zu Hause jeden Tag gekehrt. Und einmal in der Woche wurde »groß« geputzt. Das hieß: alles feucht abwischen, die Schränke, die Tische, die Stühle, den Kamin, Mutters Hausaltar, die Betten, die Waschbecken, jeder Quadratzentimeter wurde abgewischt. Dann wurden die Böden gefegt und nass gewischt. Jeder Samstagmorgen meiner Kindheit verlief so.

Olga und ich wischen und schrubben jetzt den ersten Stock, mit Ausnahme des Schlafzimmers meiner Mutter. Jakob putzt die Küche und das Wohnzimmer. Wir hören ihn pfeifen, sehen uns an und lächeln. In zwei Stunden holt er Laura vom Bahnhof ab.

Als die beiden die Auffahrt zum Hof hinaufgehen, trägt Jakob schweigend ihre Tasche, den Kopf gesenkt, sich auf die Unterlippe beißend, schweren Schrittes. Neben ihm Laura, schwarzer kurzer Rock, schwarze Stiefel, hellblaues bauchfreies Top. Berliner Chic. Sie schaut sich um, bewundert unser Haus, den Garten, die Berge – sie schaut überallhin, nur nicht zu meinem Sohn.

Die traditionelle Begrüßung mit Mutters kreislaufanregendem Kaffee plus Linzertorte hebt die Stimmung nicht. Laura plaudert mit meiner Mutter, lacht mit Olga, lobt Kaffee und Kuchen, gibt die perfekte Schwiegertochter – nur Jakob würdigt sie keines Blickes.

Nach einer Weile reicht es mir, und ich knurre sie an: »Komm mit.« Ich gehe in den Hof und warte. Nach einer Weile schließt sie vorsichtig die Tür hinter sich.

»Laura, was ist los?«

Sie sagt mit spitzer Stimme: »Dein Sohn, Georg, der hat nur noch Politik und Klima im Kopf. Mich sieht er gar nicht mehr. Ich habe es satt, so scheiße behandelt zu werden.«
Kaum hat sie das gesagt, geht die Tür auf und Jakob kommt heraus. Laura dreht sich sofort um, sodass sie mit dem Rücken zu ihm und mit dem Gesicht zu mir steht. Sie lächelt mich an, zuckersüß, und sagt dann so laut, dass Jakob es gut verstehen kann: »Glaub mir, Georg, dein Sohn weiß nicht einmal, welche Augenfarbe ich habe.«
Ich schaue ihr überrascht in die Augen. Sie sind blaugrau. Dann wandert mein Blick über ihre Schultern zu Jakob. Er steht etwas unbeholfen hinter ihr, den Kopf gesenkt. Mit der rechten Schuhspitze stochert er im Staub.
Wir warten. Mensch Jakob, denke ich. Blaugrau, das muss dir doch aufgefallen sein. Am liebsten würde ich ihn an den Schultern packen und schütteln.
Laura lächelt mich an; ein sprechendes Lächeln: Habe ich es nicht gesagt? Er weiß es nicht. Ihr Mund lächelt, aber ihre Augen erzählen von großer Traurigkeit. Sie zuckt mit den Schultern.
Als sie an mir vorbei zur Tür geht, spricht Jakob, leise, aber klar: »Die meisten Leute denken, deine Augen seien blau mit einem kräftigen Schuss Grau. Aber ich weiß es besser. Wenn Licht in deine Augen fällt, schwindet das Grau und das Blau wird stärker. Manchmal haben deine Augen dann dieselbe Farbe wie der Himmel. Wenn du wütend oder sauer bist, werden sie hellgrau und sehen aus wie Granit. Wenn du geweint hast, sind deine Augen grün. Aber am schönsten sind deine Augen am Morgen nach einer Nacht voller Liebe. Dann sind sie blau. Blau, in einer Art, wie es diese Farbe sonst nirgendwo gibt, auch nicht im Internet. Nur in deinen Augen gibt es dieses eine Blau.«
Laura bleibt mitten in der Bewegung stehen. Ich sehe, dass sie sich langsam umdreht – und gehe.

Abhören

Wie eine Schwarze Mamba schlängelt sich das Kabel über den Boden. Es führt von der Steckdose unter dem Waschbecken zum Verstärker, den wir vor das Bett gestellt haben. Olga und ich sitzen darauf, Kopfhörer auf den Ohren.

Wir wollen in dieser Nacht noch einmal nach Staufen fahren, über die Mauer auf das Grundstück klettern, unseren Freund, den Jagdhund, füttern und unsere Mikrofone einsammeln. Jetzt versuchen wir herauszufinden, ob das Haus leer ist und wir ungesehen hineinkönnen.

Ich habe Jakob und Laura eine Nacht im Hotel spendiert. Zum einen, damit sie ihr Wiedersehen nicht in einem hellhörigen Bauernhaus feiern müssen, zum anderen, weil ich nicht will, dass sie in mein Zimmer platzen, während Olga und ich die Technik aufbauen.

Die Verbindung ist nicht besonders gut. Kein Wunder, Feldberg und Schauinsland liegen zwischen Sender und Empfänger. Es rauscht. Ich drehe den Verstärker auf, wechsle den Kanal, und plötzlich sind Stimmen zu hören. Sie sind dumpf und nicht gut zu verstehen. Olga korrigiert noch ein wenig am Verstärker, und plötzlich haben wir einen akzeptablen Empfang. Zwei Männerstimmen.

Das ist schlecht, denn das bedeutet, dass wir unsere Mikrofone in dieser Nacht nicht zurückbekommen. Ärgerlich nehme ich die Hörer ab. Olga hebt plötzlich den Finger und zeigt auf meinen Kopfhörer. Ich setze ihn wieder auf. Ich verstehe die Stimmen nicht richtig, kann aber einzelne Wörter zuordnen. Ich höre »alte Frau«, »Feldberg«, »das war so nicht abgesprochen«. Olga dreht schon an einem Knopf. Ich schalte das Aufnahmegerät ein.

Dann höre ich eine ölige Stimme: »Du hast mir doch geschrieben, das Problem sei gelöst.« Pause. Und dieselbe ölige Stimme: »Ist der Spätburgunder wirklich vom Kaiserstuhl?« Pause. »Wirklich erstaunlich.« Ich habe diese Stimme schon einmal gehört. Ja, ich weiß nicht mehr, wo und wann, aber eine innere Stimme signalisiert mir: Gefahr.

Dann sagt die zweite Stimme: »Du brauchst dir keine Sorgen zu machen, Stephan. Das Land gehört einer alten Frau. Und die will kein Windrad oben auf dem Feldberg. Ich bin an der ganz nah dran.« Das ist die Stimme des Zweimetermannes, den wir auf dem Grundstück gesehen und dessen Wohnung wir verwanzt haben. Nah an der dran? Redet der von meiner Mutter? Ich schaue Olga an, aber sie zuckt mit den Schultern.

»Versteh das nicht als Kritik, Kurt. Aber warum bist du dir so sicher? Dein Plan mit der … Auerhahnscheiße ist doch auch in die Hose gegangen.«

Schlürfendes Weingeräusch. Dann: »Ah, eigentlich gar nicht schlecht.«

»Eine Henne. Es war eine Henne, kein Auerhahn. Von denen habe ich zwei draußen in meiner Voliere. Ich kann sie dir nachher zeigen.«

Die ölige Stimme: »Bin ich Ornithologe oder was?« Pause. »Ich will nur sichergehen, dass da oben kein Windrad gebaut wird. Mehr nicht.« Etwas knistert im Hörer. Vielleicht hat sich der Sprecher vorgebeugt. »Der Plan ist ganz einfach. Wir müssen alles, was mit erneuerbaren Energien zu tun hat, strecken, verzögern, hinhalten, Zeit gewinnen. Jedes Windrad muss bekämpft werden. Jedes muss ein Skandal sein. Überall Aufruhr. Überall Protest. Verzögern bis zur Wahl. Die neue Regierung baut wieder AKW. Dann sind wir wieder im Geschäft. Das ist der große Plan, Kurt.«

Pause.

»Ich auch?« Kurts Stimme.

Pause.

»Du auch. Aber bis dahin …« Pause. »… halt mir das Ding auf dem Feldberg vom Leib.«

»Mach ich, Stephan, mach ich.« Die beflissene Stimme des Mannes, der offenbar Kurt heißt. »Gleich kommt die Frau, die das … die das mit der Henne für mich erledigt. Zuverlässig, Stephan, absolut zuverlässig. Die macht, was ich ihr sage.« Lachen. »Würde ich ihr auch raten.« Noch einmal Lachen. »Du kannst dich selbst überzeugen.« Pause. »Ich mache noch eine Flasche auf.«

Rumpelnde Geräusche.

Nach einer Weile das Plopp eines Korkens.

Gluck, gluck, gluck.

Ah und Oh. Die beiden Arschlöcher trinken. Einer schlürft. Wahrscheinlich die Ölstimme.

Eine Klingel läutet.

Ein Stuhl wird zurückgeschoben.

Kurt: »Das ist sie. Wirst schon sehen.«

Pause.

Blub – eine Tür fällt zu.

»Stephan, darf ich vorstellen: Karola, eine große Unterstützerin unserer Sache.«

Ich zucke zusammen, sehe Olgas Blick auf mir ruhen, prüfend. Himmel, lass es eine andere Karola sein!

Es quietscht. Ein Schrank wird geöffnet. Ein Glas wird auf den Tisch gestellt. Gluck, gluck, gluck.

»Prost«, sagt Stephans ölige Stimme. Schlürft. Dann: »Sie kennen also die alte Dame, der das Grundstück gehört.«

Da höre ich eine vertraute Stimme. »Ja, sie vertraut mir absolut.« Es ist keine andere Karola.

Menschen

Es hat sich etwas geändert in der Nacht.
Menschen sind unterwegs.
Sie weiß es nicht, aber sie ahnt es: ihretwegen.

Braves Mädchen

Die ölige Stimme von Stephan sagt: »Sie sind sich sicher, dass die alte Dame niemals einem Windrad auf dem Feldberg zustimmen wird?«
Karola: »Niemals.«
»Sehr gut.« Schlürf. Schlürf. »Schön würzig. Viel Frische und gute Balance mit mittellangem Abgang. Deutscher Rotwein, sieh mal an. Hätte ich nie gedacht.« Pause. »Und … die alte Dame ist alt … wie der Name schon sagt.« Nachdenkliche Pause. »Was passiert denn, wenn die alte Dame nicht mehr … ich meine, wenn sie stirbt?«
Karola: »Dann erbt ihr Sohn das Grundstück.«
Ölige Stephan-Stimme: »Und wird dieser Sohn … na ja, auch so standhaft sein wie seine Mutter?«
Karola: »Der ist kein Problem. Den mach ich mir verliebt.«
Aus dem Nichts bekomme ich einen Hustenanfall. Als ich mich wieder gefangen habe, blicke ich in Olgas Gesicht. Sie grinst mich an.
Durch das Husten habe ich den Anschluss des Gesprächs verpasst. Ich höre nur noch, wie der Mann, der Kurt heißt, sagt: »Karola, lass uns Männer mal kurz allein. Wir sehen uns dann.«
Stühlerücken. Verabschiedung. Eine Tür fällt ins Schloss.
Die beiden Männer sind wieder allein.
Schlürf. Schlürf. Ölige Stimme: »Braves Mädchen. Fickst du sie?«
Kurt lacht verlegen. Dann sagt er Dinge und Sachen über Karola, die ein Mann niemals über eine Frau sagen sollte; wirklich nicht.
Ich schalte den Verstärker aus. Überprüfe die Aufnahme. Es hat alles perfekt funktioniert.
Karola, du meine Güte.

*

Olga und ich laufen hinunter ins Dorf. Es ist still. Die Fenster sind dunkel. Die Bewohner von Altglashütten schlafen. Wir gehen schweigend. Das einzige Geräusch, das wir hören, ist das Klacken unserer Absätze. Kurz vor dem Bahnhof wenden wir uns nach links in Richtung der Feldberghalle. Ich muss meine Gedanken sortieren. Dringend. Einem plötzlichen Einfall folgend, nehme ich Olgas Hand und führe sie über eine Wiese nach unten zum Bach. Wie klettern auf die Bahngleise und überqueren eine kleine Brücke, laufen noch ein paar Meter auf den Schienen und setzen uns dann links davon auf die zum Biberbau abfallende Böschung. Der kleine, von den Bibern angestaute See schimmert silbern vor uns.
Olga: »Warst du sehr in sie verliebt?«
Ich sehe eine kleine Bewegung am Rande des Baus. Ich nicke. Ein Biber stößt sich vom Rande seiner Burg ab und schwimmt in die Mitte des Sees. Sein Kopf erzeugt rechts und links kleine Wellen, die funkelnd das Mondlicht reflektieren. Ich habe noch nie einen Biber in freier Wildbahn gesehen und bin überrascht, wie groß das Tier ist. Jetzt hebt es für einen Moment den Kopf und taucht weg.
»Nach Vaters Tod war meine Mutter nicht mehr sie selbst. Ich hielt es auf unserem Hof nicht mehr aus. Sofort nach der Schule rannte ich zum Mäusehof. Karola hat mir damals Halt gegeben. Dann hat sie mich allerdings abserviert, auf eine Art die … nun ja, unvergesslich ist.«
Olga nimmt meine Hand. »Als wir das erste Mal auf dem Anwesen von diesem Kurt waren und ich die Dachrinne hochgeklettert bin, habe ich dir erzählt, dass ich diesen hässlichen Mann auf einer Frau liegen sah.«
»Karola?«, frage ich leise.
»Der Zopf ist ziemlich unverwechselbar.«
Der Biber steckt den Kopf wieder aus dem Wasser. Im Mondlicht ist er gut zu sehen. Ich glaube sogar seine funkelnden Augen zu erkennen. Er schwimmt nun an den hinteren Rand seines Privatsees, und ich verliere ihn aus dem Blick. Nur das wankende Schilf verrät, wo er sich gerade bewegt.
»Was wir wissen, ist, dass es mächtige Interessen gibt, die kein

Windrad auf dem Feldberg wollen. Karola spielt dabei nur eine kleine Rolle. Sie macht im wahrsten Sinne des Wortes die Schmutzarbeit und trägt den Kot der Auerhähne ...«

»Hennen, Georg. Es sind Auerhennen.«

»... den Kot der Auerhennen durch die Gegend. Sie hat sich bei meiner Mutter eingeschmeichelt. Aber das ist im Grunde genommen die positive Rolle von Karola. Sie hält meine Mutter davon ab, dem Wunsch von Jost zuzustimmen und oben auf dem Feldberg ein Windrad zu bauen. Dadurch ist sie geschützt. Dadurch kommt sie diesen mächtigen Leuten nicht in die Quere. Jemand, der Typen wie Dick und Doof schickt – mit dem legt man sich besser nicht an.«

Olga bewegt den Kopf. Hat sie genickt? Ich nehme sie in den Arm, und sie schmiegt sich an meine Brust. Wir sehen dem Biber zu, der in einer kleinen, silbern glänzenden Bugwelle zurück zu seinem Bau schwimmt.

Rotmilan

Noch am Tag vor den beiden Kundgebungen bearbeiten Jakob und Laura meine Mutter. Sie hört den beiden aufmerksam zu, aber ich sehe, wie sie in den entscheidenden Momenten den Kopf schüttelt. »Ich han's versproche, Laura«, sagt sie gerade, als ich in die Küche komme.

Ich setze mich zu ihnen an den Küchentisch. Jakob, mein wohlerzogener Sohn, schenkt mir aus seiner Espressokanne eine Tasse ein. Ich danke ihm mit einem Lächeln. Vor mir liegt die aufgeschlagene Zeitung. Das große regionale Thema sind die beiden Pro- und-Kontra-Kundgebungen morgen auf dem Feldberg. Die Pro-Aktivisten habe eine prominente Rednerin gewinnen können, eine Europaabgeordnete der Grünen-Partei. Der Artikel drückt Erstaunen aus, dass sich auch mehrere Fernsehteams angekündigt haben. Ich lege die Zeitung beiseite und höre Laura, Jakob und meiner Mutter zu. Sie diskutieren über den Rotmilan.

Dieser Raubvogel gilt als besonders gefährdet durch Windräder.

»Das ist Quatsch«, sagt Laura.

Jakob hat seinen Rechner auf dem Tisch liegen und liest meiner Mutter aus einer Oldenburger Studie vor. »Oma, einer der Wissenschaftler sagt in einem Interview: *Da zeigt sich, dass der Rotmilan die Windkraftanlagen nicht meidet, sondern sehr dicht an den Anlagen vorbeifliegt, den Rotor aber als Gefahrenbereich erkennt und umfliegt. Wenn man den Luftraum in Höhenschichten aufteilt, fliegt der Rotmilan unter dem Rotor näher an die Anlage heran als im Rotorbereich. Kollisionen von Greifvögeln an Windkraftanlagen sind eher zufällige Ereignisse. Und aus unserer Untersuchung kann man erkennen, dass die Vögel tatsächlich die Rotorblätter als Gefahr erkennen und ausweichen.*«

Mein Sohn lehnt sich etwas zurück und beobachtet die Auswirkungen seiner Ausführungen auf meine Mutter. Wahrscheinlich sieht er das Gleiche wie ich: Es gibt keine.

Doch die beiden geben nicht auf. Laura tippt auf ihrem Laptop herum und schiebt ihn so zur Seite, dass meine Mutter besser sehen kann. »Schau her, das hier ist eine Studie der Europäischen Union. Sie heißt: Life Eurokite. Forscher haben Rotmilane mit GPS-Sendern ausgestattet. Immer wenn einer gestorben ist, sind sie hingefahren und haben untersucht, woran. Deshalb gibt es eine wissenschaftlich begründete Studie über die Todesursachen bei Rotmilanen.«

Meine Mutter schaut geduldig auf den Bildschirm. Doch ich kenne ihre Sturheit gut genug, um zu wissen, dass sie sich von keiner Studie beeinflussen lassen wird. Ich habe unter dieser Sturheit oft genug gelitten, aber jetzt freue ich mich darüber. Sie hält ihr die Killer vom Leib.

Laura zeigt mit dem Finger auf das Display. »Die häufigste Todesursache ist Gift. Rotmilane fressen tote Ratten und Mäuse, die an Giftködern gestorben sind. Die zweithäufigste Todesursache ist der Straßenverkehr – Autobahnen und Schnellstraßen. Der dritthäufigste Grund ist der Abschuss durch Jäger. Der vierthäufigste: Stromschlag durch elektrische Leitungen. Der fünfthäufigste: Milane werden von Zügen erfasst. Das passiert deutlich seltener. Aber noch seltener sterben Rotmilane durch Windräder. Diese Todesursache führen die Forscher ›unter ferner liefen‹ auf.«

Laura betrachtet meine Großmutter. »Frau Dengler, die Wahrscheinlichkeit, dass ein Rotmilan stirbt, weil auf dem Feldberg ein Windrad steht, ist sehr, sehr gering.«

Jakob ergänzt: »Alle Untersuchungen zeigen: Die Vögel sind schlau und weichen den Rotoren aus.«

Meine Mutter steht auf. »Versproche isch versproche.« Sie geht zur Tür. »Mit Versprache wird kei Schindluder triebe. Da isch jetzt einfach 's letzscht Wort g'schwätzt. Fertig, Amen.«

Im Türrahmen bleibt sie stehen. »Nehme ihr mich mit uff de Feldberg nuff?«

Ich sage zu ihr: »Mame, du willst doch nicht etwa zu den beiden Demos gehen?«

Sie schaut mir in die Augen. »Selbverständlich gang ich da na. Da spricht ja sogar a Europaabgeordnete. Die kunnt extra us Brüssel agreist, stell dir vor. Uff unser Grundstück. Des will ich doch erlebe.«

Auf dem Weg

Zweimal in der Woche verzichtet Lisbeth Holzmüller-Stein bewusst auf den Fahrdienst, lässt das Fahrrad im Keller stehen, schleift ihre Tasche mit den Beschlussvorlagen und Protokollen zur Haltestelle und fährt mit der Metro zur Arbeit. Am *Gare du Midi* steigt sie in die U6 um. Da es keine Sitzplätze mehr gibt und die Leute dicht gedrängt im Mittelgang stehen, bleibt sie für die restlichen fünf Stationen an der Tür.
Das ist Europa.
Das wirkliche Europa.
Daran möchte sie sich selbst immer wieder erinnern.
Die Hälfte der Passagiere trägt eine deutlich dunklere Hautfarbe als sie, was nicht sonderlich schwer ist, denn als Bio-Deutsche aus Niedersachsen sieht sie im Gegensatz zu diesen Menschen so blass aus wie ein frühreifer Camembert. Es macht ihr Spaß, sich auszudenken, wer die Leute um sie herum wohl sind, was für ein Leben sie führen – manchmal auch, was für ein Liebesleben sie haben. Einer Frau in dunkelblauem Kapuzenpulli und verwaschenen, leicht staubigen Jeans, nur wenige Schritte von ihr entfernt, kippt immer wieder der Kopf auf die Brust. Wenn die Kinnlade aufschlägt, zuckt sie zusammen, reißt die Augen auf und richtet sich wieder auf – nur um sie gleich darauf wieder zu schließen und einzuschlafen. Mein Gott, was hat diese Frau wohl in der Nacht gemacht, dass sie jetzt, morgens kurz nach acht, so müde ist? Vielleicht, überlegt sie, hat sie in einer Fabrik Kosmetikartikel in Verpackungskartons gepackt. Auf einem Fließband rollen ununterbrochen Tuben mit Handcreme auf sie zu. Sie greift zehn davon und legt sie in einen Karton. Erste Handbewegung.
Dann hebt sie den Karton auf ein zweites Fließband. Eine schnelle,

rhythmische Bewegung, denn schon kommen die nächsten Cremetuben.
Zweite Handbewegung.
Wie lange hat die Frau das wohl gemacht? Zwei Handbewegungen in gebückter Haltung. Acht Stunden? Zehn? Zwölf Stunden? Wie hoch ist wohl ihr Stundenlohn? Zehn Euro und fünfundzwanzig Cent? Mindestlohn?
Ein hochgewachsener Mann in grauer, reißfester Cargohose, Rohrzange in der Seitentasche, studiert sein Smartphone. Attraktiv. Der Hautfarbe nach könnte er aus Marokko stammen. Vielleicht kommt er gerade von einer Liebesnacht mit einer verheirateten Frau aus einem der vornehmeren Viertel und schreibt ihr nun noch schnell eine Nachricht auf WhatsApp. Irgendwo ist nun eine Heizung oder der Strom ausgefallen, und er wird es reparieren. Zwei Schulmädchen, eine mit Pferdeschwanz, die andere mit einem Zopf bis zum Po, stehen kichernd an der nächsten Fahrgasttür.
Das ist Europa.
Das wirkliche Europa.
Für diese Leute ist sie hier.
An der Haltestelle Trône steigt Lisbeth, von Freunden nur Lissi genannt, aus und geht die Rue du Luxembourg zum Europäischen Parlament hinauf.
Sie drückt ihre Ausweiskarte gegen die Sicherungsanlage. Die Schleuse öffnet sich. Pascal, einer der Männer im blauen Anzug des Sicherheitspersonals, den sie schon lange kennt, lächelt sie an, und sie lächelt zurück. »Wie geht es Ihrer Tochter?«, fragt sie. »Ich hoffe, sie sitzt sicher in der ersten Bank der Schule und hört der Lehrerin zu«, antwortet er. Pascal ist der letzte Mensch anderer Hautfarbe, den sie bis zum Abend sehen wird.
Für den Rest des Tages wird sie nur weiße Personen sehen; die meisten in schnellen Schritten durch die Gänge eilend, das Handy am Ohr. Männer in blauen oder grauen Anzügen, Frauen in Kostümen, junge Männer in Jeans-offenes-Hemd-Jackett-Uniform, junge Frauen in teuren, sorgsam ausgesuchten Sneakers.
Willkommen im Europäischen Parlament.

Im Büro

Als Lisbeth Holzmüller-Stein die Tür zu ihrem Büro öffnet, wartet ihr Team bereits auf sie. Michelle springt auf, nimmt ihr die Tasche ab und trägt sie zu ihrem Schreibtisch. Wenig später sitzen sie um den großen runden Tisch und besprechen den Tagesablauf. Roberto, ihr Büroleiter, blättert in seinen Unterlagen. Er ist ein Excel-Spezialist, erstellt zu jedem Problem mindestens zwei Listen und füttert sie unentwegt mit Ablauflisten, To-do-Listen, Entscheidungslisten, Terminlisten, Ideenlisten, Ziellisten, Anwesenheitslisten. Irgendwann, da ist sie sich ganz sicher, bekommt sie den Listen-Koller und löscht Excel von seinem Rechner. Roberto ist ehrgeizig. Sie ist sicher, dass er glaubt, er könne ihre Arbeit als Abgeordnete besser machen als sie.

Marielle ist Studentin der Politikwissenschaften und noch für fünf Monate Praktikantin in ihrem Büro. Sie ist für den Social-Media-Auftritt verantwortlich. Zuverlässig, belastbar und loyal. Für sie ist Brüssel und die Arbeit hier neu und aufregend. Michelle ist mit ihren zweiundvierzig Jahren die Älteste im Team. Und die Beständigste und Ruhigste. Sie erledigt den Papierkram und überwacht die Termine. Michelle bringt ihr eine Tasse Verbenentee.

Roberto räuspert sich. Es kann losgehen. »Zuerst hast du eine Sitzung des Umweltausschusses. Es geht um das Renaturierungsgesetz. Die Konservativen sind gerade dabei, den Entwurf der Kommission zu killen. Es sieht so aus, als würden wir das Ding verlieren. Dann gibt es eine Debatte im Auswärtigen Ausschuss über die weitere Unterstützung der Ukraine. Es geht um die Einrichtung eines Solidaritätskorridors für ukrainischen Weizen. Polen ist dagegen. Wohin das Getreide geliefert werden soll, ist noch völlig unklar. Da musst du nicht hin. Da wird sich nichts bewegen. Die osteuropäischen Regierungen werden auf jeden Fall dagegenstimmen. Um 11:00 Uhr ist ein Fototermin mit einer Besuchergruppe aus Hannover. Der Ausschuss für Verkehr und Fremdenverkehr ist wichtiger. Tourismuskommissar Breton gibt sich die

Ehre und kommt persönlich. Dann debattiert der Ausschuss, ob Regionalflüge abgeschafft werden sollen. Die Konservativen halten Kurzstreckenflüge aus Umweltgründen nach wie vor für »extrem wichtig«.

»Hä?«

Roberto verzieht keine Miene. »Kurzstreckenflüge könnten die ersten sein, die mit Wasserstoff betrieben werden. Deshalb sollte man sie eher fördern als abschaffen.«

»Um Himmels willen«, murmelt Marielle. »Wir rasen auf die fünf Grad Erderwärmung zu, und dann so etwas …« Sie dreht sich zu ihr um. »Wie hältst du das aus?«

Roberto schaut stur auf seine Liste. »Der nächste Tagesordnungspunkt: umweltfreundliche Antriebe im Schienenpersonennahverkehr. Die Liberalen wollen das verschieben, bis es Lösungen mit Wasserstoff gibt. Dann Mittagessen mit dem Team«, Roberto reckt die Brust, »mit uns.«

Sie nimmt einen Schluck Tee. »Das ist der Höhepunkt des Tages.«

»Genau«, sagt Roberto. »Danach geht es weiter. Treffen mit dem VW-Gesamtbetriebsrat. Sie haben zwei Anliegen. Die neue Abgasnorm Euro 7 soll nicht so streng werden wie geplant. Und das Europaparlament soll mehr Rücksicht auf China nehmen.«

»Hä?«

Roberto zuckt mit den Schultern. »Das werden die schon erklären. Danach Debatte mit den Franzosen über das Atomprogramm der EU. Um 17 Uhr wieder Umweltausschuss. Vorlage der Kommission zur Reduzierung von Pestiziden.«

Marielle: »Die Biobauern laufen Sturm dagegen. Ich habe mindestens zwanzig Anfragen, dazu jede Menge Einladungen zu Podiumsdiskussionen …« Sie sieht mit einem schnellen Blick zu Roberto, und Roberto blickt zurück. Haben die beiden etwas miteinander? Sie verwirft den Gedanken wieder. Marielle würde ihr das sicher sagen. Roberto sicher nicht. Marielle hektisch: »Die Öko-Winzer sind aufgebracht, weil sie ohne …«

Lisbeth unterbricht sie mit einer Handbewegung. »Was ist heute Abend?«

Roberto: »Ich habe einen Tisch im …« Hektisch blättert er in seinen Unterlagen. »Abstimmung mit dem Fraktionsvorstand über …«
Sie fasst sich mit einer Hand an die pochende Stirn. »Ich habe dir doch gesagt, dass ich noch einen Artikel für die Fachzeitschrift überarbeiten muss. Morgen ist Redaktionsschluss.«
Roberto sieht sie erstaunt an. »Das weiß ich.« Mit einer leisen Entrüstung in der Stimme: »Ich vergesse nichts. Das musst du *danach* machen. Ich würde dir raten, keinen Alkohol zu trinken. Ich mache dir eine Liste.«
»Natürlich.« Sie fasst sich mit der anderen Hand an die Schläfe. »Gib mir eine Liste.«

Auf dem Weg zum Ausschuss

Während sie mit Roberto im Flur des neunten Stockwerks auf den Aufzug wartet, überkommt sie dieses ungute Gefühl, diese Unruhe, die sie in den letzten Monaten immer häufiger heimsucht, wie ein plötzlich aufziehendes Gewitter. Plötzlich ist der unerbittliche Druck auf Magen und Zwerchfell wieder da. Es fühlt sich an, als würde ein Ball in ihrem Inneren aufgeblasen. Sie spannt die Bauchmuskeln an, um den dumpfen Schmerz zu vertreiben, aber sie weiß aus Erfahrung, dass ihr das nicht hilft.
Manchmal fühlt sie sich so schrecklich allein in der großen Maschinerie des Europäischen Parlaments. Natürlich liebt sie ihr Team, den ehrgeizigen Roberto, die zuverlässige Michelle und die fleißige Marielle. Sie schätzt die Kolleginnen und Kollegen der Grünen-Fraktion, ihren Fleiß, ihr Wissen, ihre Freundlichkeit im Umgang und auch manche schrullige Eigenart. Und doch: In diesem wuseligen Betrieb, in dem sich jeder so unersetzlich wichtig fühlt, kommt sie sich manchmal vor, als säße sie allein in einem winzigen Boot auf hoher See – aus der Verankerung gerissen und weggespült. Sie vermisst ihre Tochter und ihren Mann Joschi. Manchmal glaubt sie, ihn öfter auf dem Bildschirm zu sehen als in Wirklichkeit.
Unendlich viel Zeit verbringt sie in Verkehrsmitteln, im unbere-

chenbaren ICE der Bahn, in den deutlich pünktlicheren Waggons der SNCB. Einmal im Monat muss sie nach Straßburg zu Parlaments- oder Ausschusssitzungen. In den ersten Wochen nach der Wahl fand Roberto das spannend und kam gerne mit. Aber jetzt meidet ihr Team die anstrengenden Termine im Elsass. Sie versteht das und fährt deshalb oft allein.

Die Fahrstuhltür öffnet sich. »Alles in Ordnung?«, fragt Roberto. Er reicht ihr eine Liste. »Die Änderungen zum Renaturierungsgesetz«, sagt er und zieht die Augenbrauen hoch.

Sie atmet tief durch. Sie muss dankbar sein. Sie erlebt viel, lernt interessante Leute kennen. Ihr Leben ist aufregend. Immer anders. Immer etwas Neues. Neue Themen, neue Probleme, neue Konflikte. Schnell überfliegt sie die erste Seite von Robertos Liste. Sie will liefern. Sie will etwas Positives bewirken für all die Menschen da draußen, von denen sie nur ein verschwommenes Bild in sich trägt. Sie blättert weiter und studiert die zweite Seite. Undeutlich taucht vor ihrem inneren Auge das Bild der übermüdeten Frau aus der U-Bahn auf.

Im dritten Stock verlässt sie den Aufzug, vorbei an Kaffeeküchen, Stehtischen, plaudernden und telefonierenden Menschen, vor deren Bäuchen die Namensschilder mit den Zugangsdaten baumeln. Lisbeth fragt sich, ob sie gut genug vorbereitet ist. Natürlich ist sie es nicht. Sie ist selten mit sich zufrieden. Manchmal hat sie das Gefühl, dass hier alles auf Kante genäht ist. Auch ihre eigene Arbeit. Sie kämpft um einen Halbsatz in einem Gesetz. Sie kämpft um eine einzige Formulierung, die ihr wichtig erscheint, die der Umwelt hilft oder vielleicht auch der Frau in der U-Bahn. Für diesen Halbsatz redet sie sich in der Fraktion den Mund fusselig, geht mit sturen Konservativen zum Lunch, feilscht mit den Liberalen, redet und redet und redet – und draußen in der wirklichen Welt merkt es niemand.

Sie bleibt kurz stehen und atmet einmal, zweimal, dreimal tief durch. Der Druck in ihrem Magen fällt ab. Sie wird kämpfen.

Sie wird liefern.

Dazu ist sie hier.

Im Ausschuss

Jedes Mal, wenn sie den riesigen Sitzungssaal des Umweltausschusses betritt, hat sie das Gefühl, er sei in einen Felsen gehauen. Kein Fenster, kein Tageslicht. Stattdessen werfen unzählige, in die Decke eingelassene Lampen gnadenlos kaltes, weißes Licht in den Raum. Sie geht die Treppe hinunter zu ihrem Platz. Dort sitzt bereits Colette von den französischen Grünen. Kurze Begrüßung. Colette berührt kurz ihren Oberarm, eine freundliche Geste. Sie tut ihr gut.

Der riesige, blau leuchtende Bildschirm hinter den erhöhten Sitzen des Präsidiums verkündet die heutige Tagesordnung. Drei Kolleginnen und zwei Kollegen nehmen gerade davor Platz. Roberto hat sich einen Platz in den hinteren Reihen gesucht, die für Mitarbeiter der Abgeordneten und Besucher reserviert sind. An den steil aufragenden Seitenwänden des Saals sitzen die Simultandolmetscher in ihren Kabinen hinter verdunkeltem Glas. Alles nüchtern, alles kühl, alles sehr funktional.

Im ersten Gesetzentwurf geht es darum, zumindest einen kleinen Teil der Landschaft wieder in einen ökologisch natürlichen Zustand zu versetzen, begradigte Flüsse in ihr ursprüngliches Bett zurückzuverlegen. Solche Maßnahmen werden von der Wissenschaft seit Langem gefordert, denn sie sind ein wirksamer Schutz gegen Hochwasser und Insektensterben. Außerdem würden durch die Renaturierung, vielleicht sogar in Verbindung mit neuen, alternativen Anbaukulturen, neue Moore entstehen. Dies wäre ein dringend notwendiger Baustein zur Verhinderung der Klimakatastrophe. Moore binden CO_2 sehr effektiv. Es gäbe Raum für Bienen. Der Vorschlag ihrer Fraktion wurde in wissenschaftlichen und anderen Fachzeitschriften hochgelobt. Ursprünglich hatte sie gehofft, dass die 150 Toten, die das schwere Hochwasser im Juli 2021 im Ahrtal und den benachbarten Gebieten in Deutschland gefordert hatte, für die Konservativen Grund genug sein würde, dem Antrag zuzustimmen.

Doch als sich der Sprecher der konservativen EVP mühsam aus seinem Sessel stemmt und das Wort ergreift, muss sie einsehen: Sie hat sich geirrt.
Selbst mit geschlossenen Augen hätte sie seiner Rede folgen können: Wir dürfen die Bürgerinnen und Bürger nicht überfordern. Sonst wenden sie sich noch mehr vom Naturschutz und vielleicht auch von Europa ab. Gerade unsere Landwirte sind ohnehin schon stark belastet: durch den Klimawandel, den Krieg in der Ukraine, die hohen Steuern. Er schämt sich nicht, die Stellungnahme der Grundbesitzer- und Bauernverbände fast wörtlich zu wiederholen. Der Gesetzentwurf wird mit der Mehrheit der Liberalen und Konservativen abgelehnt.
Sie beißt sich auf die Lippen.
Das war schon immer so. Sobald eine Idee zum Schutz von Natur und Umwelt ein bestehendes Geschäftsmodell tangiert, wird sie abgelehnt. Naturschutz ist leider kein Geschäftsmodell. Mit dem Ziel ›Lasst die Natur in Ruhe‹ verdient niemand Geld.
Der Druck auf ihr Zwerchfell ist plötzlich wieder da wie ein unbeliebter Verwandter.
Nächster Tagesordnungspunkt: Förderung von batteriebetriebenen Antrieben für kürzere Strecken auf dem europäischen Schienennetz. Per Video wird ein Ministerialbeamter aus dem baden-württembergischen Verkehrsministerium zugeschaltet. Der Mann trägt ein kariertes Jackett und eine – sie muss die Augen zusammenkneifen, um die Farbe besser erkennen zu können – rosa Krawatte. Mit einer Hand fährt er sich über das spärliche Haupthaar. Dann erzählt er von den Erfahrungen in Baden-Württemberg. Das Bundesland hat bereits batteriegestützte Elektroantriebe in Nahverkehrszügen im Einsatz. Der Mann spricht herbschwäbisches Englisch, aber mit ansteckender Begeisterung. Man habe mit solchen Antrieben gute Erfahrungen gemacht. Sie funktionierten und seien zudem deutlich wirtschaftlicher als die Dieselmotoren, die man nun ersetzen könne. Er zeigt Kostentabellen, Streckenabschnitte und Fotos, bestätigt den Nutzen, die Wirtschaftlichkeit und die guten Erfahrungen. Die Einsparungen an umweltschäd-

lichem CO_2 seien enorm. Wieder Tabellen, Diagramme, Fotos. Und das Schöne sei: Alles, was man an Technik brauche, sei schon da. Man müsse es nur tun und könne sofort loslegen. Die Unterstützung durch die EU-Gesetzgebung sei hilfreich. Er empfiehlt dringend, den Antrag anzunehmen.

Es folgt die Diskussion im Ausschuss. Ein spanischer Kollege ihrer Fraktion spricht dafür. Ein Konservativer: Wischiwaschi. Der Liberale, ein deutscher FDP-Mann, spricht vehement dagegen. Man dürfe eine solche Entwicklung auf keinen Fall fördern oder gar vorschreiben. Dem Wasserstoff gehöre die Zukunft. Es sei richtig, jetzt nichts zu tun und abzuwarten, bis die technische Entwicklung des Wasserstoffs so weit sei, dass man damit Lokomotiven antreiben könne. Wenn man jetzt etwas beschließe, verliere die EU ihre Technologieoffenheit. »Lasst uns warten, bis wir andere Optionen haben, denn dann«, jetzt hebt der Mann den Zeigefinger in die Luft, »dann, wenn die Entwicklung des Wasserstoffs so weit ist, dann kann man …« – und jetzt wird die Stimme des Mannes fast feierlich – »… dann kann man damit auch lange Strecken fahren.«

Auf dem Bildschirm fährt sich der Ministerialbeamte mit der Hand über die wenigen Haare und schüttelt den Kopf. Er schaltet sich wieder ein. Sie lächelt über seine Mischung aus Englisch und Schwäbisch. Er sagt: »Die langen Strecken sind in ganz Europa schon elektrifiziert. Dieses Problem ist gelöst. Wir brauchen eine Lösung für die kurzen Strecken, für die Linien im ländlichen Raum. Für die kurzen Strecken sind batteriebetriebene Antriebe erprobt. Sie sind vorhanden. Sie sind ökologisch sinnvoll. Sie sind kostengünstig. Es gibt keinen Grund, noch länger zu warten. Wir können es jetzt tun, und es ist vernünftig, es jetzt zu tun.«

Abstimmung. Der Antrag wird abgelehnt.

Wieder einmal.

Gegen alle ökologische und ökonomische Vernunft.

Als sie sich im dritten Stock zu der Besuchergruppe aus Hannover gesellt, Kameras und Handys klicken, ist sie freundlich und zugewandt. Die Gruppe besteht aus Frauen, die sich in der evangelischen Sozialarbeit engagieren. Sie wirken fröhlich, ein bisschen aufgekratzt. Nur eine von ihnen war schon einmal in Brüssel. Sie versucht, mit jeder der Frauen ein kurzes Gespräch zu führen. Sie erkundigt sich nach ihrer Arbeit, ihren Sorgen und Wünschen. Doch in ihrem Kopf dreht sich alles. Was zum Teufel ist los? Warum kommen selbst einfache, offensichtlich sinnvolle Anträge nicht mehr durch den Ausschuss? Warum geht es den Abgeordneten der großen konservativen und der kleineren liberalen Fraktion plötzlich nur noch darum, alles zu verhindern, was ökologisch sinnvoll ist? Sie wissen doch genau, dass die EU sich verpflichtet hat, die Erderwärmung auf 1,5 Grad zu begrenzen. Warum zum Teufel lehnen sie alles ab, was helfen würde, die Erderwärmung einzudämmen? Den Globus zu retten!? Sie lächelt in die Kameras, aber ihr Kopf arbeitet ununterbrochen.

Nach der Mittagspause trifft sie in einem der kleineren Konferenzräume den Gesamtbetriebsrat von VW. Die Gewerkschafter sind auf Dienstreise in Brüssel und sprechen mit allen Fraktionen des Parlaments, heute Nachmittag steht die Fraktion der Grünen auf der Tagesordnung. Mit dabei sind zwei Kolleginnen und ein ehemaliger Fraktionsvorsitzender. Die VW-Leute sind mit einem großen Tross angereist, zwölf Betriebsratsvorsitzende aus den verschiedenen Werken, aus Spanien, Schweden, Tschechien. Die Vorsitzende kommt natürlich aus Wolfsburg. Sie lächelt freundlich, bedankt sich für den Termin und kommt gleich zur Sache. VW sei nicht in der Lage, die neue Norm umzusetzen. Sie schlägt vor, auf die neue Norm zu verzichten oder zumindest den Zeitplan zu verschieben.

Sie sitzt der Betriebsratsvorsitzenden gegenüber und hebt den Kopf. Es ist das dritte Mal an diesem Tag, dass sie aufgefordert wird, Klimaschutzmaßnahmen zu streichen oder zu verschieben. Sie versucht, ihre Nervosität zu verbergen, aber es gelingt ihr nicht. Mit ihrem Füller tippt sie mehrmals schnell hintereinander auf das Papier, als sie es merkt, legt sie ihn beiseite und richtet sich mit geradem Rücken auf. Sie blättert in den Unterlagen, die Roberto für sie vorbereitet hat. Die wissenschaftlichen Untersuchungen kommen alle zu fast identischen Ergebnissen: Hauptverursacher der Luftverschmutzung in den Städten ist der Straßenverkehr. Feinstaub und Stickoxide sind in der Europäischen Union und in Großbritannien im Jahr 2018 für rund 70.000 vorzeitige Todesfälle verantwortlich. Seit der Abgasnorm Euro 1 im Jahr 1992 hat die EU die Vorschriften schrittweise verschärft. Ziel ist es, nicht nur die Lebensqualität der Menschen zu verbessern, sondern auch ihre Lebenserwartung zu erhöhen. Für ein reiches Land wie Deutschland sterben die Menschen hier mit durchschnittlich 78,9 Jahren zu früh. Deshalb findet sie die neue Abgasnorm, die ohnehin erst ab 2035 gelten soll, völlig in Ordnung. Bis dahin soll der Ausstoß von Stickoxiden bei Pkw um 35 Prozent sinken, bei Bussen und Lkw sogar um mehr als 50 Prozent. Die neuen Regeln sollen aber nicht nur für Schadstoffe aus dem Auspuff gelten, sondern auch für andere Emissionen, wie zum Beispiel eines der größten Probleme: den Feinstaub. Dieser entsteht durch den Abrieb der Reifen auf den Straßen und ist für die Lungenkrankheiten von vielen Menschen verantwortlich.

Technisch ist die Abgasminderung nicht schwierig zu lösen. Die notwendigen Vorrichtungen sind alle vorhanden. Die Katalysatoren müssen vergrößert werden, die Filterwirkung muss verbessert werden, und für einen sauberen Start ist ein elektrisch beheizter Katalysator erforderlich. All das gibt es bereits.

Lisbeth Holzmüller-Stein hebt die Hand und meldet sich zu Wort: »Das ist die siebte Abgasnovelle des Europäischen Parlaments. Ich kann mich noch gut erinnern, dass bei jeder Reform die Autokonzerne vorher Sturm gelaufen sind und gesagt haben, das ist technisch alles nicht machbar. Tatsächlich hat es aber jedes Mal geklappt.« Sie schaut der Betriebsratsvorsitzenden in die Augen. »Warum sollte es diesmal anders sein?«

Für einen Moment huscht ein schuldbewusstes Lächeln über das Gesicht ihrer Gesprächspartnerin. »Ich weiß«, sagt sie. »Aber diesmal ist es wirklich so.«

Sie hebt den Blick. »Weil wir derzeit zu wenige Fahrzeuge verkaufen, fehlt uns das Geld für die Entwicklung der Elektromobilität.

Wären wir gezwungen, Euro 7 umzusetzen, müssten wir Mitarbeiter von der Entwicklung des Elektroantriebs abziehen – und das wollen Sie als Grüne sicher nicht riskieren.«
Dass auch Betriebsräte die Propaganda der Konzernvorstände verbreiten, findet sie befremdlich. Vor allem aber beunruhigt sie, dass bei verschiedenen Projekten ein klarer Wille durchzuschimmern scheint: verschieben, so weit wie möglich. Besser noch: streichen. Renaturierung, Antriebe für die Bahn, Abgasreduzierung bei Autos: Bei all diesen Themen erkennt sie die gleiche Vorgehensweise. Irgendetwas ist faul. Irgendjemand dreht an einem ganz großen Rad, aber wer?
Sie wird es herausfinden.

Feldberg

Auf dem Weg zurück ins Büro läuft Roberto neben ihr her; telefonierend wie immer. Als er endlich das Handy in die Hosentasche steckt, sagt er: »Lissi, gerade kam eine Anfrage rein. Du willst das sicher nicht machen, ich will dich aber gefragt haben. Da gibt es eine Pro-und-Kontra-Kundgebung zum Thema Windräder auf dem Feldberg. Die wollen dich für die Pro-Kundgebung als Rednerin haben. Ich sage ab wegen Terminschwierigkeiten, okay?«
Sie bleibt stehen. Überlegt einen kurzen Augenblick. »Sag zu. Sag ihnen, ich freue mich über die Einladung. Sag ihnen, ich komme gerne auf den Feldberg.«

Die Demo

Ich wundere mich, dass er es schafft.
Müde schnauft er den Berg hinauf. Doch der Renault bleibt nicht stehen. Immerhin. Einmal muss ich in den zweiten Gang schalten, aber wir schaffen es. Wir fahren den Feldberg hinauf. Meine Mutter sitzt neben mir auf dem Beifahrersitz und krallt sich mit beiden Händen an den Haltegriff über dem Seitenfenster. Auf der Rückbank sitzt Jakob (mit Laura auf dem Schoß), daneben Frau Willmann, und ans Fenster hat sich Egon gequetscht.
Ich lasse alle am Haus der Natur aussteigen und fahre den Wagen in das hässliche Parkhaus. Dann machen wir uns auf den Weg. Wir nehmen den Weg rechts am Waldrand hoch. Es geht bergauf. Mutter hat sich bei Frau Willmann eingehakt. Beide stützen sich mit Stöcken ab. Hinter ihnen geht Egon. Auch er benutzt Stöcke. Aus irgendeinem Grund hat er einen Rucksack auf dem Rücken. Vorne gehen Laura und Jakob; Hand in Hand. Olga und ich bilden das Schlusslicht. Ich lasse meine Mutter nicht aus den Augen. Nach einem Viertel des Weges hakt sich Olga bei Egon ein und stützt ihn. Der Weg nach oben ist lang, aber nach einer Stunde haben wir es geschafft.
Neben den Fundamenten der ehemaligen NATO-Abhörstation haben sich zwei deutlich voneinander unterscheidbare Gruppen aufgestellt. Ich erkenne den Typ mit dem Lodenmantel und dem Backenbart. Er scheint der informelle Anführer der Windkraftgegner zu sein. Um ihn herum stehen etwa zwanzig meist ältere Menschen. Ich sehe den wippenden Zopf von Karola, die Flyer an die Menschen verteilt, die schnaufend den Berg hinaufsteigen. Zu meinem Entsetzen spüre ich irgendwo in meiner Brust einen kleinen Stich. Ein Landtagsabgeordneter der AfD hält Hof. Er redet auf drei junge Männer ein; zwei kurz geschoren, der dritte sieht normal aus.

Jakob und Laura gehen zielstrebig auf die nächste Gruppe zu. Es sind meist jüngere Leute, legerer gekleidet als die Windkraftgegner, Jeans, Pullover und darüber blaue oder rote Anoraks, ohne die es auf dem Feldberggipfel ziemlich kühl werden kann.
Der Wind bläst kräftig aus östlicher Richtung. Der Himmel ist blau, gesprenkelt mit ein paar Kumuluswolken. Die Wiesen haben ihr Grün verloren, Heidekraut und Gras zeigen sich in einem hellen Braunton.
Meine Mutter geht auf die Gruppe der Windkraftgegner zu. Karola packt die Flyer in eine Umhängetasche, läuft auf sie zu und umarmt sie. Etwas unfreundlich schiebt sie Frau Willmann zur Seite und führt Mutter zu dem Lodentypen. Ich sehe drei Polizisten in Uniform. Sie stehen am Rand und schauen betont desinteressiert. Der Bauch der Polizeioberrätin Trautwein ist sichtbar gewachsen. Sie steht in Zivil neben den Uniformierten. Mit einer kleinen Handbewegung winke ich ihr zu. Als Antwort verdreht sie kurz die Augen.
Eine erwartungsvolle Spannung liegt in der Luft. Wie bei der Windmessung auf dem Roßkopf bildet sich bald eine dritte Gruppe, die der neutralen Beobachter, die sich das Spektakel ansehen wollen, ohne Partei für die eine oder andere Seite zu ergreifen. Einige Bauern aus der Umgebung sind da. Sie gehen auf Mutter zu und begrüßen sie freundlich.
Ich zucke zusammen. Für einen Moment glaube ich, Doof zu sehen. Aber der kleine Mann, der am Rand in der zweiten Reihe der Neutralen steht, trägt einen (unvorteilhaften) Vollbart, eine Dreiviertelhose, rot karierte Strümpfe und Wanderschuhe. Nichts, was zu Doof passen würde. Ich beruhige mich wieder.
Zwei Feldberg-Ranger stehen mit gequälten Gesichtern am Rand. Man sieht ihnen an, dass ihnen so viele Menschen mitten im Naturschutzgebiet nicht gefallen.
Ein paar Mountainbikes quälen sich den Berg hinauf. Auf einem erkenne ich die Abgeordnete Lisbeth Holzmüller-Stein (kräftig in die Pedale tretend), die auf der Pro-Kundgebung sprechen wird. Ich meine mich zu erinnern, sie schon einmal im Fernsehen gesehen zu haben.

Langsam füllt sich der Platz. Die beiden Kundgebungen sollen nacheinander stattfinden. Zuerst spricht die Antiwindkraftgruppe. Nach einer halben Stunde beginnt die Kundgebung der anderen Seite.

Dann geht es los.

Karola hebt ein Megafon hoch und reicht es dem Backenbart. Meine Mutter steht daneben. Er zählt auf: In St. Blasien gäbe es einen Bauernhof, auf dem das Vieh vom Infraschall so krank geworden sei, dass es notgeschlachtet werden musste. Ich höre vom Massenmord an Vögeln, 100.000 im Jahr. Der Rotmilan würde aus dem Schwarzwald verschwinden, wenn hier ein Windrad gebaut würde. Und der Auerhahn. Der Auerhahn ist sowieso vom Aussterben bedroht. Ein Windrad würde ihm den Rest geben. Nach jedem Argument klatschen die Umstehenden. Meine Mutter steht neben ihm, den Kopf zur Seite geneigt, und hört ihm aufmerksam zu.

Als Backenbart seine Rede beendet hat, gibt er das Megafon an Karola zurück. Als Nächstes will eine Frau über die Gefahren des Infraschalls für Schulkinder sprechen.

Aber was ist das?

Einen Moment traue ich meinen Augen nicht. Das Gehirn befiehlt den Augen: Schau noch einmal hin! Das Bild muss falsch sein.

Ich kneife die Augen zusammen.

Aber das Bild bleibt.

Meine Mutter hat das Megafon genommen und hält es sich vor den Mund. Sie lächelt Karola an. Frau Willmann und Egon stehen hinter ihr.

Jetzt ist es still auf dem Berg. Nur der Wind pfeift vom Feldsee herauf, aber dann verstummt auch er, als wolle er hören, was meine Mutter zu sagen hat.

Sie sagt: »So, ihr liebe Lit, guete Tag mitnander! Ich bin a alte Bäurin vom Feldberg. Ich heiß Margret Dengler. Des Land, uff dem ihr heut steht, hät z'erscht miene Großeltre g'hört, dann miene Eltre. Heut g'hört's mir und nimmi lang, dann g'hörts miene Nachkomme. In de letzschte Woche han ich mich mit de Frog beschäftigt, ob mer hier uf'm Grundstück a Windrad ufstelle könnt oder eher it.« Ich schaue zur Gruppe der Windkraftfreunde. Jakob zieht Laura an der Hand in die erste Reihe. Die beiden stehen da und schauen über die freie Fläche zu meiner Mutter.

»Au wenn mer alt isch, isch mer nie z'alt, zum was Neu's lehre. Mer lehrt nie us im Lebe. Und ich han in de letzschte Woche viel g'lehrt, weil ich en sehr g'scheite Enkelbue han, de Jakob. Wo isch er eigentlich? Der müsst do irgendo si. Und sieni Freundin Laura au. Die isch it weniger schlau.«

Ich sehe, wie Jakob und Laura die Hand heben und meiner Mutter zuwinken.

»Ah, dort seh ich sie. Bi de Lit mit de Ufkleber: Windkraft, ja bitte. Ich stand bi dene, die dagege sin. Ich han mi Wort gebe, ich han jemand fescht versproche, dass uff miem Grundstück da obe kei Windrad baut wird.«

Die Leute um sie herum klatschen. Auch einige am Rand klatschen.

»Wie gsäit, ich han viel g'lehrt in de letzschte Woche. Ich han g'lehrt, was Infraschall isch. Jetzt weiß au ich alt Wieb, was Infraschall isch. Erscht han ich denkt, des kapiert mi alt Hirn nimmi, aber es isch eigentlich gar it so schwer: Des isch der Schall, den en Mensch nimmi höre kan. Andersch isch's bim Hund. Der hört mehr wie mir und kan tatsächlich au de Infraschall höre. Des isch de Unterschied. Unds Wichtigscht: De Hund hört den Infraschall, aber wird er wege dem krank? Nei, wird er it. Kei Mensch brucht Angscht vor'm Infraschall habe, scho gar it, wenn d'Winkraftanlag witer wie zweihundert Meter von einem Weg entfernt isch. Un dann tät ich gern noch was sage: wege dem Auerhahn. Die ältere Lit unter uns erinnere sich noch, dass früher in de meischte Gaststätte und Försterstube Auerhähn an de Wänd g'hange sind. Aber en Fuchs an de Wand häsch du nie g'sehe. Warum? Weil die meischte Füchs seinerzeit an Tollwut g'storbe sind. In de Achtzigerjohr hen d'Förster dann für d'Füchs Köder usg'legt und sie uff dem Weg gege Tollwut g'impft. Sither gibt's wieder viel mehr Füchs. Und jetzt kunnt's: Was fresse die Füchs? Auerhähn. Dass es heut von dene schene Vögel it no mehr gibt, hät mit dere Windkraft rein gar nint z'tue.«

Dem Backenbart schießt das Blut ins Gesicht. Als sei er plötzlich von ihr abgestoßen, tritt er einen Schritt von meiner Mutter zurück. »Mir habe grad g'hört, dass Windräder en Massemord an Vögel verursache. Viele Hunderttausend Vögel solle sterbe. Des klingt schlimm, des stimmt. Aber mi Enkel hat mir bewiese, dass bi uns über a Million Vögel durch legale Jagd, also durch Menschehand, sterbe, 2,8 Millione sterbe an de Hochspannungsleitunge, 60 Millione werde von Katze g'fresse, 15 Millione Vögel fliege in Fenschterschiebe und überlebe's it. So, und die viele Zahle han ich jetzt in de letzschte Tag uswendig g'lehrt. Aber ich han früher in de Schuel scho gern Gedichter und so g'lehrt, und rechne han i au immer scho könne.«

Die Leute lachen. Einige klatschen.

»Ich bin jetzt alt und gang davo us, dass ich nimmi so lang uff dere Welt bin. Aber dort drübe stoht mien Enkel Jakob mit sienere Freundin Laura. Ich möcht, dass unsre Welt au emol für sie und ihre Kinder lebenswert und schee isch, de Schwarzwald des einmalig Paradies blibt für alle Mensche, die do lebe und schaffe. Ich will it, dass mir in a Klimakataschtroph renne. Des darf's it gebe. Des müsse mir verhindere mit aller Kraft. Die Verantwortung hen mir! Un jetz will ich euch no eins sage: Mir alle, die wo en g'sunde Menscheverstand hen, mir müsse jetz zemmehalte. Weil sunsch goht's de Berg nab mit unsere Welt, schneller wie ihr denke.«

Der Lodenbärtige greift nach dem Megafon und will es meiner Mutter wegnehmen. Sofort setzt ein lautes Johlen und Murren ein. Meine Mutter lässt nicht los. Der Kerl zieht. Plötzlich geht ein lauter Sprechchor durch alle Gruppen: »Ausreden lassen! Ausreden lassen!« Erschrocken zieht Backenbart seine Hand zurück.

»Wenn do uff dem Platz a Windrad baut wird, wird viel Öl und Kohle gar it erscht verbrennt. Mit nu einem Windrad kann die ganze Region mit günschtigem Strom versorgt werde. Schee sind die Windräder it, säll sieh ich au, aber mir bruche sie. Jedefall will ich mie Grundstück zur Verfügung stelle, damit da a Windrad baut werde kann. Wenn auffem Feldberg ein Windrad baut wird, dann wird ganz viel Öl und Kohle it verbrannt.«

Erschöpft gibt meine Mutter das Megafon an Karola zurück. Auf der anderen Seite, bei den Windkraftfreunden, brechen Jubel und Applaus aus. Jakob und Laura sprinten los. Sie haben beide Arme ausgestreckt, jubeln und rennen auf meine Mutter zu. Hinter ihnen setzt sich das ganze Feld in Bewegung. Alle rennen auf meine Mutter zu. Jakob umarmt sie. Laura gibt meiner Mutter einen Kuss auf den Mund. Die Abgeordnete kommt mit offenen Armen. Auch sie umarmt meine Mutter. »Ich höre in Brüssel jede Woche lange Reden. Aber keine hat mir so viel Spaß gemacht wie Ihre.«

Plötzlich taumelt sie.

Flash.

Ich sehe einen Schatten hinter ihr.

Lisbeth Holzmüller-Stein kämpft mit dem Gleichgewicht.

Sie fällt auf meine Mutter.

Ich renne.

Ich komme zu spat.

Wie in Zeitlupe sehe ich meine Mutter zur Seite fallen. Wie in Zeitlupe sehe ich, wie sie auf dem Beton der ehemaligen Abhörstation aufschlägt. Wie in Zeitlupe sehe ich, wie ihr Kopf auf den Stein knallt. Wie die Kopfhaut platzt. Wie das Blut fließt.

Ich schreie.

Ich renne.

Ich bin bei ihr.

Ich hebe ihren Kopf.

Ich bringe sie in die stabile Seitenlage.

Ich lege mein Ohr an ihren Mund.

Ich höre ihren Atem nicht mehr.

3. Teil

Altglashütten

Wer aus Richtung Freiburg oder Titisee an unserem Dorf vorbeifährt, kann den Eindruck gewinnen, Altglashütten sei in eine große Linkskurve der Bundesstraße hineingebaut worden. Dieser Eindruck ist falsch, denn in Wirklichkeit schmiegt sich die Straße um die noch gut erkennbare halbkreisförmige Struktur unseres Dorfes. In der Mitte dieses Halbkreises, etwa dort, wo heute das Rathaus steht, befand sich früher der Brennofen der Glasbläser.
Unser Dorf kann auf eine lange Geschichte zurückblicken. Im Unterschied zu anderen mittelalterlichen Siedlungen lässt sich für Altglashütten sogar ein Gründungsjahr angeben: 1634 – mitten im Dreißigjährigen Krieg.
Das Gebiet am Osthang des Feldberges war damals kaum mehr als ein unzugängliches sumpfiges Waldgebiet, ein Dschungel. Es gehörte dem Fürsten zu Fürstenberg, dessen Nachfahren erstaunlicherweise noch heute große Teile des Schwarzwaldes besitzen. Der Krieg hatte den Fürsten viel Geld gekostet. Nun hatte er keines mehr. Was er besaß, war ein sumpfiger Wald. Wie konnte man diesen Urwald zu Geld machen? Der Fürst fragte Experten, heute würde man sagen, er beauftragte eine Unternehmensberatung. Diese Experten analysierten zutreffend, dass sich das Gebiet nicht für den Anbau von Getreide, Gemüse oder Ähnlichem eigne. Allenfalls Milchwirtschaft käme infrage. Dafür müsste aber der undurchdringliche Wald gerodet werden. Das wiederum würde viel Geld kosten, und das hatte der Fürst, wie gesagt, nicht.
Die Experten aber waren schlau und machten dem Fürsten einen genialen Vorschlag. Was wäre, wenn er mitten in diesem Urwald eine Gruppe von Glasbläsern ansiedeln würde? Für die Kunst des Glasblasens braucht man Pottasche, sehr viel Pottasche. Pottasche gewinnt man, indem man Holz verbrennt. Also sollte man den

Glasbläsern erlauben, so viel Holz zu schlagen, wie sie brauchten. Aber in den Verträgen sollte vereinbart werden, dass sie auch die Wurzeln der Bäume aus dem Boden ziehen müssen. Dann würden die Glasbläser und ihre Leute dem Landesfürsten den Wald umsonst roden, und vielleicht könne man noch die eine oder andere Steuer erheben. In den Verträgen sollte auch unbedingt stehen, dass die Häuser, die die Glasbläser im Wald bauen, dem Fürsten gehören. Dann hätte man nach einiger Zeit ein ganzes Dorf. Die Glasmacher müssten natürlich Pacht zahlen. Den Vertrag könne man befristen, denn wenn der Wald abgeholzt sei, brauche Seine Durchlaucht die Glasmacher vielleicht nicht mehr.

Doch wie überzeugt man gestandene und selbstbewusste Handwerker, in eine Wildnis ohne Wege, ohne Wirtshaus, ohne alles zu ziehen? Der Fürst musste Zugeständnisse machen. Die Glasmacher erhielten Bürgerrechte. Sie waren dem Fürsten weder zu Frondiensten noch zum Kriegsdienst oder zur Abgabe des Zehnten verpflichtet. Sie waren freie Bürger, und – ganz wichtig – sie erhielten Schank- und Braurechte. »Glasmacherfreiheit« war in dieser Zeit ein geflügeltes Wort.

Es muss ein fleißiges, aber auch lustiges Volk gewesen sein, das sich da mitten im Wald niederließ. Dem Fürsten wurde oft geklagt, dass sie in der Wildnis kein gottgefälliges Dasein führten. Ich stelle mir ihr Leben als eine Art frühe Kommune vor. Sie bauten einen großen, runden Ofen, in dem das Glas gebrannt wurde. Jeder Glasmacher hatte sein eigenes Ofenloch. Die Frauen arbeiteten und ließen sich nichts sagen. Die Häuser, die die Glasmacher bauten, waren nicht sehr stabil. Sie gehörten dem Fürsten. Warum sollte man unter diesen Umständen feste Häuser bauen? Das geschah erst, als der Vertrag nach zehn Jahren auslief und verlängert wurde. Einige dieser Häuser, die dann gebaut und später dem Fürsten abgekauft wurden, kann man heute noch in unserem Dorf sehen.

Als der nahe Wald abgeholzt war und die nächsten Bäume zu weit entfernt waren, um sie zum Ofen zu schleppen, bauten die Glasmacher den Ofen ab und zogen ein paar Kilometer weiter zum Drehkopf bei Bärental. Dort gab es noch genügend Wald. Unser

Dorf wurde zu *Alt*glashütten. Der Ort, an dem sie jetzt siedelten, heißt heute – Neuglashütten.

Mich hat immer die Frage interessiert, wie das Glas, das in absoluter Abgeschiedenheit in der Wildnis hergestellt wurde, zu den Kunden kam. Diese Aufgabe übernahmen die Glasträger. Auf speziell geflochtenen Kiepen trugen sie das Schwarzwälder Glas in die Welt hinaus. Nach einiger Zeit schlossen sie sich zusammen und gründeten gewissermaßen eigene Vertriebsorganisationen, die den Markt unter sich aufteilten. Es gab die Pfälzer-Träger, die Elsässer-Träger, die Württemberger-Träger, die Schwaben-Träger und die Schweizer-Träger. Auf ihren Rücken fand das Schwarzwälder Glas Abnehmer in ganz Mitteleuropa. Und sie brachten neue Ideen mit zurück in die Heimat. So soll einer dieser Glasträger erzählt haben, dass man in Böhmen Uhren aus Holz herstelle. Diese Idee kam im Schwarzwald gut an. Man fügte eine eigene, sehr originelle Idee hinzu, und – voilà – die Kuckucksuhr war geboren.

Ein anderer Glasträger, der die Glaswaren bis nach Stuttgart trug, sah, dass seine Produkte dort für viel Geld weiterverkauft wurden. Das muss ihn so geärgert haben, dass er beschloss, in Stuttgart ein eigenes Geschäft zu eröffnen, die Glashandlung Tritschler, die es heute noch gibt.

Was ich mit dieser kleinen Geschichte unseres Dorfes sagen will, ist, dass die Menschen im Schwarzwald schon immer ganz unmittelbar von dem gelebt haben, was die Natur ihnen bot. Von Erzen und Silber (das Freiburg reich machte), aus denen sich eine bedeutende feinmechanische Industrie entwickelte – und vor allem vom Holz. Der ursprüngliche Mischwald aus Buchen und Weißtannen ist längst verschwunden. Die Stämme wurden gefällt und im Herbst und Winter über die Bäche und Flüsse in den Rhein geflößt. Von dort traten sie ihre Reise bis in die Niederlande an. So wie Venedig auf Eichenpfählen steht, steht Amsterdam noch heute auf Bäumen aus dem Schwarzwald.

Doch die Abholzung wurde zu exzessiv betrieben. Um 1800 war der Schwarzwald nahezu abgeholzt. Die ausgedehnten typischen Kahlflächen, die man heute noch überall sieht, stammen aus der

Zeit dieser Waldverwüstung im 17. Jahrhundert. Leider entschlossen sich die großen Waldbesitzer nicht, den ursprünglichen Mischwald wieder aufzuforsten. Schnelleres Geld versprach die schnell wachsende Fichte, die bis heute das Bild des Schwarzwaldes prägt. Nun stirbt diese (eigentlich fremde) Baumart durch Austrocknung aufgrund des Klimawandels weitflächig ab.

Energie und Antriebskraft lieferte das Wasser. Wasser trieb die Mühlräder an. Wasser trieb die Transmissionsriemen der Holzwirtschaft und der mechanischen Fabriken an. Am Schluchsee entstand ein großes Wasserkraftwerk. Immer schon nutzten die Menschen im Schwarzwald, was die Natur ihnen bot. Deshalb passt die Nutzung der Windkraft gut zur Gegend und den Leuten.

Ich will damit auch sagen, dass unsere Gegend schon immer im Austausch mit anderen Regionen und Gebieten gestanden hat. Menschen aus dem Feldberggebiet gingen in die Welt, andere kamen zu uns. Heute gilt das mehr denn je: Die Region lebt vom Tourismus. Gäste aus der ganzen Welt kommen hierher. Städter kaufen sich Ferienwohnungen. Am Feldberg war man nicht engstirnig und fremdenfeindlich, sondern weltoffen, liberal und doch eigen, selbstbewusst – alemannisch eben.

All das geht mir durch den Kopf, als wir uns zu einem kleinen Familientreffen in der Stube um die beiden großen Tische setzen. Mutter liegt im Neustädter Krankenhaus auf der neurologischen Intensivstation im Koma. Schädel-Hirn-Trauma lautet die Diagnose. An den Venen an ihren Armen führen Schläuche zu einem Tropf. Sie bekommt Infusionen, Cortison und gute Pflege. Doch ihre Lage ist ernst. Der zuständige Arzt sagte mir, er könne nicht versprechen, dass sie wieder aufwachen werde. Es könne allerdings helfen, mit ihr zu sprechen. Erfahrungsgemäß funktioniere das Gehör als Erstes, wenn Komapatienten erwachen.

Wenn …

Wir organisieren eine Art Wache. Rund um die Uhr sitzt jemand an ihrem Bett. Die Aufgabe ist es, laut zu sprechen, das Radio anzustellen oder zu singen. Außerdem wollen wir nicht, dass sie alleine ist, wenn sie aufwacht. Olga und ich, Jakob und Laura, Frau

Willmann und Egon – wir alle wechseln uns in diesem Dienst ab, alle acht Stunden.
Laura ist ein Segen für unser eigentümliches Team. Sie plant, schreibt Listen, erinnert jeden an seine »Schicht« im Krankenhaus, organisiert die Einkäufe, tut, was zu tun ist. Jakob rang zwei Tage lang um seine Fassung. Er lief verstört durch Haus und Hof. Wir gingen spazieren – nach Bärental und wieder zurück. Dann fasste er sich. Im Augenblick räumt er die Scheune auf. Frau Willmann weinte drei Tage lang. Niemand konnte sie trösten. Sie kam am Vormittag, saß in der Küche – und weinte bis in den Nachmittag. Dann ging sie wieder zurück in ihre Wohnung im Dorf. Auch Egon kam jeden Tag, redete kaum, half hier und dort, knurrte etwas und schnitzte irgendwelche Holzfiguren.
Die Europaabgeordnete ist untröstlich. Sie war mit mir im Krankenhaus und bei der Polizei. Es gab genügend Zeugen, die sie straucheln sahen. Zwei Zeugen sahen den kleinen Mann mit Vollbart in ihrer unmittelbaren Nähe. Sie sagte, sie sei gestoßen worden, sehr fest sogar. Sie habe damit nicht gerechnet und sei gegen meine Mutter gefallen und dann selbst gestürzt.
Ich glaube ihr.
Das hinderte die Zeitung mit den großen Buchstaben (Sie wissen schon, welche ich meine) nicht an der Schlagzeile: *Grüne Abgeordnete stürzt Windkraftgegnerin ins Koma.* Obwohl alles an dieser Headline gelogen ist, bekommt sie seither anonyme Morddrohungen. Aber sie ruft jeden Tag an und erkundigt sich nach dem Zustand meiner Mutter.
In einem entscheidenden Punkt sind wir uns alle einig: Meine Mutter wollte (nach schweren inneren Kämpfen), dass das Windrad auf unserem Grundstück oben auf dem Feldberg gebaut wird. Windkraft, so denken wir, passt zu dieser Region, in der das Wasser seit Jahrhunderten ein entscheidender Energielieferant ist.
Ich sage zu Laura und Jakob, dass ich von ihnen alles erfahren will, was sie über den Klimawandel wissen. Wir setzen uns in die Küche, und die beiden reden.
Danach bin ich klüger. Der rein physikalische Vorgang ist leicht zu

verstehen. Bei der Verbrennung von Kohle, Gas und Öl wird jenes CO_2 freigesetzt, das in ihnen gebunden ist. Kohlendioxid, zusätzlich zu den natürlichen Treibhausgasen in die Luft verbracht, verhindert, dass die Erde überschüssige Sonnenenergie wieder in den Weltraum zurückstrahlen kann. Es wird wärmer auf der Erde. Je mehr CO_2 in der Atmosphäre, desto wärmer wird es.

Was ich lernte: Heute haben wir 50 Prozent mehr Kohlendioxid in der Luft als in der vorindustriellen Zeit (ca. 280 ppm zu 420 ppm).

Was ich nun präziser weiß als vorher: Seit Beginn der industriellen Revolution ist die durchschnittliche Temperatur um mehr als ein Grad gestiegen. Als Laura mir dies auseinandersetzte, bin ich nicht beunruhigt, denn ein Grad, oder präziser 1,5 Grad Celsius, globale Erwärmung klingt in meinen Ohren nicht nach viel.

Was ich nicht wusste: Das ist eine Täuschung.

Für unseren Planeten macht es einen riesigen Unterschied, ob die durchschnittliche Temperatur bei 14 oder bei 15,2 Grad Celsius (wie jetzt) liegt. Jakob erklärt es mir anhand des Beispiels des menschlichen Körpers. Es macht einen enormen Unterschied, ob die Körpertemperatur bei 37 Grad oder bei 38,2 Grad liegt. Es ist der Unterschied zwischen Gesundheit und Krankheit. So ist es auch mit der Erde.

Was ich nicht wusste: Bereits heute ist die Erde heißer als jemals zuvor in der Geschichte unserer Zivilisation. 2023 war das heißeste Jahr seit Beginn der flächendeckenden Temperaturmessungen. 2023 war gleichzeitig auch das Jahr mit den weltweit höchsten CO_2-Emissionen.

Was die beiden mir auch erklärten: Am 17. November 2023 übertraf die weltweite Durchschnittstemperatur zum ersten Mal jene zwei Grad, die nach der Pariser Klimakonferenz unbedingt gehalten werden müssten, um eine Katastrophe abzuwenden.

Was mir ebenfalls nicht völlig klar war: Die rasante Beschleunigung der Erderwärmung hält an.

Was ich auch nicht wusste, was aber direkt damit zusammenhängt: Wir leben inmitten eines Artensterbens von biblischem Ausmaß.

Was ich auch lernte: Würden die Ozeane nicht gewaltige Mengen

an überschüssiger Wärme speichern, wäre die Apokalypse schon da. Doch auch diese Aufnahmefähigkeit ist nicht unendlich, und diese Grenze ist in Sichtweite. Außerdem: Die Aufnahme überschüssiger Wärme durch die Meere ist nicht nur ein Glück. Wie jeder Körper dehnt sich auch Wasser bei Erwärmung aus, und dies führt zur anhaltenden Steigerung des Meeresspiegels und zu unabsehbaren Veränderungen in den Meeresströmungen. Hinzu kommt: Die Erwärmung der Meere hat das Schmelzen des Festeises an Nord- und Südpol zur Folge. Dadurch wird noch weniger Sonnenenergie zurück in den Weltraum gestrahlt, und die Meeresspiegel steigen weiter. Hinzu kommt: Die Erwärmung der Ozeane führt zu einer größeren Menge verdampften Wassers; also zu Wolkenbildung. Dies wiederum hat häufigere Extremwetter zur Folge, insbesondere Starkregen und Überschwemmungen. Jahrhundertunwetter treten nun nicht mehr jedes Jahrhundert auf, sondern innerhalb weniger Jahre. Es ist einfache Physik.
Die Wissenschaft sagt, dass sich die Menschen ab einer durchschnittlichen Erwärmung von drei Grad über dem vorindustriellen Niveau an das veränderte Klima und Wetter nicht mehr anpassen können. Da bisher stets eingetroffen ist, was die Klimaforschung prognostiziert hat, ist das eine sehr schlechte Nachricht.
Was ich nicht wusste: Wir haben noch eine Chance.
Was ich ungefähr wusste: Die Menschheit muss dazu ihre Energiegewinnung auf das größte und kostenlose Kraftwerk umstellen, das es gibt – die Sonne. Auch der Wind, so erklärt mir Laura mit ernstem Gesicht, ist nichts anderes als eine Funktion der Sonne.
Die gute Nachricht: Alle technischen und wissenschaftlichen Voraussetzungen für die notwendigen Umstellungen sind vorhanden. Die schlechte Nachricht: Die Zeitspanne, die dafür zur Verfügung steht, ist kurz. Laura sagt, es seien fünfzehn, maximal zwanzig Jahre.
Noch eine schlechte Nachricht: Es gibt mächtige Wirtschaftsinteressen, die weiterhin an ihren Geschäftsmodellen festhalten wollen. Sie kämpfen dafür, dass sie weiterhin Öl, Kohle und Gas verbrennen können. Diese Leute haben viel Geld und damit bezahlen

sie die Manipulation von Politik, Medien, Öffentlichkeit, uns allen. Als die beiden Kids ihre Erklärungen beendet haben, sehen sie erschöpft aus.

»Wow«, sagt Laura und lächelt mich an, »der Boomer interessiert sich wirklich dafür.«

*

Olga bereitet währenddessen unseren nächsten Einsatz vor. Ich weiß nicht, welche Datei Olga geknackt hat, aber wir wissen jetzt wie der Mann aus Stauffen heißt: Kurt Mannheimer.

Mannheimer

Diesmal kommen wir durch den Haupteingang. Mannheimers Frau öffnet uns, nachdem wir dreimal energisch geklingelt haben. Sie schaut überrascht, als ihr Hund freudig hechelnd an mir hochspringt. Wir sind höflich. Ich beuge leicht den Kopf. Ich reiche ihr meine Visitenkarte. Sie überfliegt sie, murmelt: »Privatermittler?« – und fragt, was wir von ihrem Mann wollen. Ich erkläre ihr, dass es um den sogenannten Feldbergunfall geht. Ihr Mann könne zur Aufklärung beitragen. Erst als ich erwähne, dass es sich bei dem Opfer um meine Mutter handelt, sagt sie: »Einen Moment bitte«, und verschwindet im Wohnzimmer.

Im Türrahmen taucht Mannheimer auf. Groß, schwer, schlecht gelaunt.

Mürrisch fragt er, was wir wollen. Zu dem Vorfall könne er nichts sagen. Er sei nicht dabei gewesen.

Ich habe keine Lust auf Spielchen.

Ich sage nichts, gehe auf ihn zu, packe seine Hände und drehe sie ihm auf den Rücken. Polizeiarbeit, erstes Ausbildungsjahr. Mein Daumen sucht seinen Schmerzpunkt. Ich drücke zu. Polizeiarbeit, Spezialausbildung. Er brüllt. Seine Frau schreit. Irgendwas mit »Polizei« und hat plötzlich ein Handy in der Hand. Olga nimmt es ihr weg. Ich sage ihr, dass ihr Mann uns allen etwas Interessantes erzählen will.

Mannheimer versucht sich loszureißen. Ich drücke etwas fester. Er brüllt lauter. Ich zitiere meinen Lieblingsspruch von Denzel Washington, der immer gut ankommt. »Auf der Schmerzskala von 1 bis 10 ist das die Nummer 2. Willst du die Nummer 5 kennenlernen?« Er keucht und schüttelt den Kopf. Ich variiere den Spruch: »Bei 7 wirst du ohnmächtig vor Schmerzen, bei 10 bist du tot.«

Dann stoße ich ihn rückwärts ins Wohnzimmer. Wir kennen uns hier aus.

Seine Frau schreit und fragt, was wir wollen. Sie hätten kein Geld im Haus.

Olga sagt: »Nur reden.«

Ohne seine Hände loszulassen, drücke ich ihn auf einen mit Samt bezogenen Ohrensessel. Seine Frau hat beide Hände ausgestreckt und will mit ihren beachtlich langen Fingernägeln auf mich losgehen. Olga hält sie zurück. Die Frau ist einem Schreikrampf nahe. Ich muss sie unbedingt ruhigstellen. Deshalb frage ich ihn laut und deutlich: »Seit wann hast du ein Verhältnis mit Karola Müllerschön?«

Seine Frau hält mitten in der Bewegung inne und starrt uns an.

Ich sage: »Setzen Sie sich!«

Sie setzt sich auf einen Stuhl. Aufrecht. Die Hände auf den Oberschenkeln.

Ich erhöhe den Druck leicht und sage: »2,5.«

Er wirft den Kopf zurück und schreit. Irgendwas von einem Jahr. Er ist schwer zu verstehen.

Ich nehme den Druck etwas zurück. »Ich habe nichts verstanden.«

Mannheimer wirft seinen hochroten Kopf zurück und brüllt: »Seit eineinhalb Jahren.«

Jetzt hat er unsere volle Aufmerksamkeit, auch die seiner Frau, die immer noch kerzengerade auf ihrem Stuhl sitzt. Nur den Kopf hat sie leicht zur Seite geneigt und schaut ihren Mann interessiert an.

»Welche Arbeit hat sie für dich erledigt?«

Er schnaubt. Kleine Erhöhung des Drucks, und er sprudelt. Karola hat für ihn seit ein paar Jahren den Kot seiner Auerhennen ausgetragen. Überall dort, wo Windräder gebaut werden sollten. Sie habe jedes Mal einen Tausender dafür bekommen. Sie brauche Geld.

Ich frage, wo die Auerhennen seien. Er habe sie freigelassen. Nachdem Jost seine Untersuchung mit der Genanalyse veröffentlicht habe, sei ihm die Sache »zu heiß« geworden. Er habe aber bereits neues Auerwild bestellt.

Ich frage, wer in der Werkstatt meines Vaters nach dem alten Vertrag mit der Weidegenossenschaft gesucht habe. Ich gebe ihm für eine Sekunde eine 2,5 als Mahnung zur Wahrheit.

»Die Müllerschön«, heult er auf.

»Und wer hat sie beauftragt?« Er bekommt eine weitere Ermunterung, bei der Wahrheit zu bleiben.

»Iiiiich«, jault er.

Seine Frau sagt: »Darf ich ihn auch etwas fragen?«

»Gerne.«

Sie beugt sich vor. »Kurt, war diese Frau in unserem Bett?«

Ich ermahne ihn zur Wahrheit mit einem kleinen 2,8-Druck. Er hyperventiliert und nickt. Dabei schaut er sie nicht an.

Ihre Stimme klingt nun weich, fast zärtlich: »Und sag mal, Kurtchen, hast du seither die Bettwäsche gewechselt?«

Jetzt rollen Tränen aus seinen Augen.

Sie nickt wie in Trance. Ihr Blick geht irgendwohin ins Leere.

Ich frage: »Wer waren die beiden Männer in der Einliegerwohnung?«

Er keucht. »Sie nannten sich Joe und Jack. Wirklich. Mehr weiß ich nicht.«

»Doch, doch«, sagt seine Frau, »du weißt mehr. Mir hast du erzählt, das wären ein Gärtner und der neue Jagdgehilfe.«

Ich bestrafe ihn mit einer 3,0. Er bäumt sich auf und brüllt wie ein Tier.

Ich nehme den Druck weg und sage freundlich: »Und jetzt erzähle. Alles und alles von vorne.«

Olga schaltet die Aufnahmefunktion ihres Handys ein.

Und Kurt Mannheimer erzählt.

Bei Karola

Die nächste Aufgabe muss ich allein lösen.
Ich weiß es.
Olga weiß es.
Sie lässt mich am Stadtpark aussteigen und fährt zum Hof zurück.
Ich werde später mit der Bahn nach Neustadt fahren und Egon auf der Intensivstation ablösen.
Schwarze Schrift auf weißem Hintergrund: *Karola Müllerschön, Heilpraktikerin, Termine nach Vereinbarung.*
Ich klingle. Ich habe keinen Termin vereinbart.
Es summt. Ich trete ein.
Das Wartezimmer ist leer.
Ich habe immer noch keine Lust auf Spielchen.
Ohne anzuklopfen, drücke ich die Tür zum Behandlungszimmer auf.
Auf einer Pritsche streckt sich ein älterer Mann. Er liegt auf dem Bauch, hat nur eine Unterhose an. Karola fährt ihm mit zwei Händen über die Schultern. Es riecht nach Pfefferminz oder irgendetwas anderem Ekligen.
»Die Behandlung ist beendet«, sage ich.
Es muss überzeugend geklungen haben, denn der Mann hebt ruckartig den Kopf, starrt mich an, rutscht von der Liege und greift nach seinen Kleidern, die sich auf einem Hocker türmen. Hastig zieht er sich an.
»Setz dich«, sage ich zu Karola.
Sie antwortet mit einem freundlichen »Du kannst mich mal«.
Ihr Patient knöpft sein Hemd zu (er vergisst vier Knöpfe), murmelt etwas, greift zur Klinke und huscht nach draußen.
»Ich komme gerade von Kurt Mannheimer. Er hat mir von eurer Affäre erzählt.«
Sie lächelt. »Geht dich das etwas an?«

»Nein, natürlich nicht. Er hat mir auch von deinen Botengängen mit dem Auerhuhnmist erzählt.«
Ihre Augen werden schmal. Sie trägt einen blauen Kittel. Darunter eine schwarze Jeans. Sie wirft ihren Zopf über die Schulter. »Das glaube ich nicht.«
»Woher sollte ich es sonst wissen?«
»Verschwinde.«
»Hast du die Europaabgeordnete auf meine Mutter geschubst?«
»Du hast einen Knall.« Sie geht zur Tür und reißt sie auf. »Weißt du, was dein Problem ist?«
»Sag es mir …«
»Du hast noch nie gewusst, was du willst. Schon als Knirps hast du mich angehimmelt, aber immer Abstand gehalten. Du hast dich nie was getraut. Ich musste immer den ersten Schritt machen. Deinen Kopf zur Seite biegen für den ersten Kuss. Unter dem Flieder, erinnerst du dich? Ich musste dir … ach, lassen wir das. Du warst einfach so … unendlich langweilig, Georg.« Sie deutet auf die offene Tür. »Das hat sich nicht geändert, Georg. Du bist immer noch unendlich langweilig. Verschwinde!«
»Ich habe das Tagebuch meines Vaters gefunden und gelesen. Ich weiß nun einiges über ihn. Und über deinen Vater auch.«
Sie sieht mir in die Augen. Diesmal vibriert nichts. Ihr Blick ist steinhart. Es ist ein Kräftemessen.
Ich verliere.
Sie sagt: »Verschwinde.«
Ich gehe. Als ich schon im Warteraum stehe, drehe ich mich noch einmal um. »Dein Vater hatte eine große Liebe, eine Lebensliebe. Es war nicht deine Mutter.«
Sie sieht aus, als hätte sie jemand aufgeblasen und langsam entweiche die Luft aus ihr. Es ist, als würde sie kleiner werden und irgendwie – weniger. Sie lässt den Türgriff los. Sie geht zu ihrem Schreibtisch und setzt sich. »Erzähl«, sagt sie.
Ich setze mich ihr gegenüber. »Sie hieß Helene. Sie starb im August 1943. Britische Bomber griffen Peenemünde an. Dein Vater und Helene wollten eine Liebesnacht am Strand verbringen. Dein

Vater überlebte das Bombardement, Helene nicht. Wenn die Tagebucheintragungen meines Vaters stimmen, kam er nie darüber hinweg.«

Sie runzelt die Stirn. »Ich glaube dir kein Wort.« Sie geht zum Fenster, schaut hinaus und dreht sich wieder zu mir um. »Was ist das überhaupt für eine schräge Geschichte? Unsere Väter – beide in irgendwelche Raketenstorys verwickelt. Und jetzt noch eine geheimnisvolle Geliebte?«

Ich sage: »Ich kann dir nur erzählen, was mein Vater in seinem Tagebuch geschrieben hat. Der Direktor seines Gymnasiums vermittelte deinen Vater an die Heeresforschungsanstalt nach Peenemünde. Weil er wohl so etwas wie ein Mathegenie war. Vielleicht wollte er ihn aber auch nur davor bewahren, als Kanonenfutter in den Krieg geschickt zu werden. Jedenfalls kam er nach Peenemünde. Dort entwickelten die Nazis ihre vermeintliche Wunderwaffe, die V2-Rakete. Er kam ins Team von Dr. Kleinwächter und lernte dort meinen Vater kennen, der kurz nach ihm ankam. Ebenfalls gerade siebzehn geworden. Ebenfalls mit einer mathematischen Sonderbegabung. Sie wurden Freunde. Und blieben es ihr Leben lang.«

Karola lehnt sich mit dem Rücken an die Fensterbank. Beide Hände greifen zum Holz. Sie verzieht den Mund. »Mathematische Sonderbegabung? Papa?«

»Kleinwächter suchte junge Männer, die eine besondere Begabung für Mathematik hatten. Seine Aufgabe bestand darin, die Steuerung für die Rakete zu entwickeln. Dabei fielen viele Rechenaufgaben an. Er entwickelte so etwas wie den ersten analogen Computer. Dein und mein Vater prüften mit Bleistift und Papier nach, ob die Maschine richtig rechnete. Vor allem in den Anfängen rechnete sie offenbar oft falsch.«

»Was war mit dieser Frau, dieser Helene?«

»Dein Vater lernte sie in Peenemünde kennen. An dem Abend, als sie starb, wollte er ihr einen Heiratsantrag machen. Ob es tatsächlich dazu kam, dazu hat mein Vater nichts geschrieben.«

»Große Liebe?«

»Große Liebe.«
»Und sie starb?«
»Ja.«
»Mein Gott!« Sie stößt sich von der Wand ab. »Ich brauche jetzt einen Schluck Weißwein. Willst du auch ein Glas?«
Ich schüttle den Kopf.
Sie öffnet den Kühlschrank und holt eine angebrochene Flasche Weißwein heraus. Aus dem Oberschrank nimmt sie ein Glas und schenkt Wein ein. Randvoll. Sie nimmt einen Schluck. Sie geht zurück zum Fenster, stellt das Glas auf die Fensterbank und schaut mich an, von unten, schelmisch. Ich kenne diesen Blick von früher, aber jetzt trifft er mich nicht mehr. »Wie geht die Geschichte weiter?«
»Nun«, sage ich, »die beiden waren jung. Siebzehn, achtzehn – sie saßen in Peenemünde in einem Büro und rechneten. Sie waren glücklich, sonst wären sie an die Front gekommen. Sie haben viel über Raketentechnik gelernt. Nach der Bombardierung verlagerten die Nazis die Produktion von Peenemünde in einen Stollen in Thüringen, eine unterirdische Anlage mit angeschlossenem KZ. Dora-Mittelbau. Dort sollte die V2 fabrikmäßig hergestellt werden. Es war die Hölle.«
Karola fährt sich mit einer fahrigen Bewegung über die Stirn. Dann nimmt sie einen großen Schluck Weißwein.
Ich erzähle weiter: »Unsere Väter waren Assistenten von Dr. Kleinwächter. Mit ihm wurden sie gefangen genommen und kamen in ein britisches Internierungslager in der Nähe von Bremen. Dort beginnt mein Vater zum ersten Mal darüber nachzudenken, was er getan hat. Welche Verantwortung er trägt. Wie viele Menschenleben er auf dem Gewissen hat.
Karolas Blick flackert. »Aber sie waren noch so jung.«
»Gib mir einen Schluck Wein.«
Sie reicht mir ihr Glas, und ich nippe daran. Nur, um mir den Mund feucht zu machen. Der Wein schmeckt mir nicht. »Sie hatten nie eine Chance. Sie waren Täter, keine Frage. Aber sie waren auch Opfer. Sie waren Werkzeuge. Die zwei Generationen vor

ihnen haben die Weichen gestellt.« Ich gebe ihr das Glas zurück. Sie stellt es neben sich auf die Fensterbank. »Er hat uns nie davon erzählt.«

»Mein Vater hat auch nicht geredet. Nicht einmal mit meiner Mutter, die ihm jede Sünde und jedes Verbrechen verziehen hätte. Seine Notizen und Tagebuchaufzeichnungen hat er versteckt – vor ihr, die ihn bedingungslos geliebt hat.«

Sie trinkt einen großen Schluck, geht zum Kühlschrank und füllt das Glas nach. Sie hält es mir hin. Ich schüttle den Kopf. Dann sagt sie: »Weißt du noch mehr?«

Ich nicke. »Dr. Kleinwächter und unsere Väter wurden aus dem britischen Internierungslager befreit. Eines Nachts kam ein Lastwagen. Der Zaun wurde aufgeschnitten, und die drei wurden mitgenommen.«

»Von wem?«

»Französisches Militär hat sie befreit. Sie wurden nach Freiburg in die französische Besatzungszone gebracht. Dort wurden sie verhört. Die Amerikaner nahmen Wernher von Braun und hundert andere Nazi-Ingenieure mit. Sie bauten in Florida die Saturn-Rakete. Auch die Russen nahmen Nazi-Ingenieure mit. So entstanden der Sputnik und die sowjetischen Trägerraketen für die Atombomben. Die Briten hatten kein Interesse, eigene Raketen zu entwickeln. Die Franzosen schon. Sie bildeten aus ehemaligen Peenemünder Nazi-Ingenieuren drei Teams, eines in Riegel, eines in Emmendingen und eines in Gundelfingen. Ihre Aufgabe war es, die V2-Pläne der Nazis zu rekonstruieren. Diese Teams wurden später nach Vernon nördlich von Paris verlegt. Daraus entstand schließlich das Raumfahrtprogramm Ariane.«

»Und Papa mittendrin?«

»Unsere beiden Väter mittendrin. Es gab noch jemanden, der ein eigenes Raketenprogramm entwickelte. Ägyptens Präsident Nasser. Er lockte deutsche V2-Experten in die Wüste. Dr. Kleinwächter, der ehemalige Chef unserer Väter, folgte dem Ruf. Das ägyptische Raketenprogramm gefiel den Israelis verständlicherweise nicht, sie verübten mehrere Attentate auf Deutsche, die in Ägypten arbeiteten. Es gab ein missglücktes Pistolenattentat auf Kleinwächter in Lörrach. Du kennst den Artikel in der *Badischen Zeitung*. Papa hat ihn aufgehoben. Mein Vater hat damals schon kein Tagebuch mehr geschrieben. Aber ich glaube, es war so: Er und dein Vater haben gemerkt, dass die Sache mit den Raketen zu heiß und zu gefährlich wurde. Aber sie hatten nichts anderes als dieses Raketenwissen. Sie hatten keine Ausbildung, kein Studium, keinen Beruf. Sie hatten nichts. Da haben sie beschlossen, sich eine reiche Bäuerin zu suchen. Sie gingen nach Gutach auf einen Bauernschwof und … so sind wir beide auf die Welt gekommen.«

Schweigen.

»Meine Güte«, sagt Karola nach einer Weile. Sie hebt das Glas und stellt es wieder hin. »Du meine Güte.«

»Man kann die damalige Zeit sicher nicht mit unserer vergleichen«, sage ich. »Aber eine Parallele sehe ich schon. Wir stehen wieder vor einer entscheidenden Wende. Gelingt es der Menschheit, eine andere Art von Apokalypse abzuwenden – oder nicht.«

Ich sehe, wie ihre Augenbraue fragend nach oben wandert.

»Klimakatastrophe?«, sage ich. »Ich bin sicher, du hast schon davon gehort.«

Sie lacht.

Sie schüttelt den Kopf vor Lachen. Ihr Zopf schlenkert dabei hin und her. »Ich hätte es mir denken können, dass du auch ins Lager der Klimahysteriker übergelaufen bist.« Sie trinkt einen kräftigen Schluck Weißwein. »Hat dein altkluger Sohn dich bekehrt?«

»In früheren Zeiten galten alte Menschen als weise. Sie hatten die meisten Erfahrungen. Doch wenn sich alles schnell ändert, sollte man auch auf die jüngeren hören. Ich habe das jedenfalls gemacht.«

Sie trinkt das Glas aus. »Verrückt«, sagt sie und stellt es hart auf dem Kühlschrank ab.

»Wie viele Windräder haben Mannheimer und du mit eurem Auerhahn-Trick verhindert?«

Sie grinst. »Ziemlich viele.«

Ich nicke. »Im Grunde genommen hast du die Geschichte deines

Vaters wiederholt. Du hast dich einem Täter angeschlossen. Vielleicht kann man sagen, unsere Väter hätten keine Wahl gehabt. Aber auch da bin ich mir nicht sicher. Andere haben sich in ihrem Alter mutiger verhalten. Im Unterschied zu ihm hast du es als erwachsene Frau und in vollem Bewusstsein getan. Wenn man bei unseren Vätern das jugendliche Alter als Entschuldigung gelten lässt – bei dir gilt das nicht.«

Sie geht zur Tür und öffnet sie weit. »Georg, du hast einen Knall. Ich habe keine Raketen gebaut.«

»Du hast dich zum Handlanger gemacht. Wie unsere Väter. Du hast im wahrsten Sinne des Wortes die Schmutzarbeit gemacht für die Leute, die weiterhin Öl, Kohle und Gas verbrennen wollen und die nur darauf warten, wieder neue Atomkraftwerke zu bauen.«

Sie winkt mit der Hand durch die Türöffnung. »Verschwinde jetzt. Du bist mir zu blöd. Und viel zu langweilig. Ich habe verhindert, dass die Landschaft verschandelt wird. Ich habe ein paar Tausend Vögel gerettet. Und ansonsten: Ich bin immer gegen Atomkraftwerke gewesen. Im Unterschied zu dir war ich als Schülerin immer auf den Demos gegen das Atomkraftwerk in Wyhl.«

Ich gehe durch die Tür und ziehe mein Handy aus der Hosentasche. »Dann hör gut zu.« Ich lasse die Audiodatei mit Mannheimer und Crommschröder laufen. Man hört Crommschröders Stimme: »Ich will nur sichergehen, dass da oben kein Windrad gebaut wird. Mehr nicht.« Es folgt das Knistern. »Der Plan ist ganz einfach. Wir müssen alles, was mit erneuerbaren Energien zu tun hat, strecken, verzögern, hinhalten, Zeit gewinnen. Jedes Windrad muss bekämpft werden. Jedes muss ein Skandal sein. Überall Aufruhr. Überall Protest. Verzögern bis zur Wahl. Die neue Regierung baut wieder AKW. Dann sind wir wieder im Geschäft. Das ist der große Plan, Kurt.«

Ihre Hand fällt herunter. »Wo hast du das her?«

»Ich habe es aufgenommen. Gleich danach hat Mannheimer dich angekündigt. Das klang so: Gleich kommt die Frau, die das … die das mit der Henne für mich erledigt. Zuverlässig, Stephan, absolut zuverlässig. Die macht, was ich ihr sage. Man hört Lachen. Würde

ich ihr auch raten. Noch einmal Lachen. Du kannst dich selbst überzeugen. Pause. Ich mache noch eine Flasche auf.«
Sie geht zum Sessel im Wartezimmer und lässt sich in ihn hineinfallen. Sie schlägt die Hände vor dem Gesicht zusammen. Ihre Schultern zucken. »Ist das echt?«
»Ja.«
Jetzt schluchzt sie hemmungslos.
»Geh zur Polizei«, sage ich zu ihr. »Erzähl, was ihr gemacht habt.«
Ich mache eine Pause, um zu sehen, ob sie mich verstanden hat.
»Geh zur Polizei. Wenn du es nicht machst, tue ich es.«
An der Tür zum Flur drehe ich mich noch einmal um. »Noch eins: Du hattest nie eine Chance, mich in dich verliebt zu machen.«
Dann gehe ich.

Müllerschön

Mitten in der Nacht weckt sie der Geschmack ihres eigenen Schweißes. Er läuft ihr von der Stirn über Nase und Wangen in den offen stehenden Mund. Sie schreckt hoch und hat Angst.
Was wird in Zukunft aus ihr werden?
Hat sie überhaupt eine Zukunft?
Sie springt auf und rennt ins Bad.
Im Spiegel betrachtet sie sich. Wie eine zerknautschte Zeitung sieht sie aus. Sie greift sich ans Herz.
Sie kennt das Gefühl. Sie kennt es gut. Damals als ihr Vater plötzlich nicht mehr da war, hatte sie ähnliche Angstschübe. Sie hatte an nichts mehr Interesse, konnte sich nicht mehr konzentrieren. Sie musste das Gymnasium verlassen. Sie verlor Selbstwertgefühl und Selbstvertrauen. Sie konnte nicht schlafen. Alles tat ihr weh. Sie fühlte sich schuldig und wusste nicht, warum. Sie aß nichts mehr, nahm ab, und dann gab es Phasen, in denen sie alles in sich hineinschlang, was in der Küche, im Kühlschrank oder in der Speisekammer herumlag. Damals war sie kurz davor gewesen, sich vor einen Zug zu werfen.
Die Ärzte verordneten ihr Antidepressiva.
Nichts half.
Erst als sie in der Uniklinik lag, wurde es langsam besser.
Sie fährt sich mit der Hand durch ihr rotes, verschwitztes Gesicht und streicht ein paar Strähnen aus der Stirn. Das steht dir alles jetzt noch einmal bevor.
Zum Schluss war sie wütend auf ihren verschwundenen Vater gewesen. Das hatte ihr geholfen.
Jetzt ist sie wütend auf Mannheimer.
Mein Gott, wie dieser Typ sie verarscht hat.
Er hat sie ausgenutzt. Schamlos. Es geht diesen Typen nicht um die Landschaft. Es geht diesen Typen nicht um die Umwelt. Es geht ihnen nicht um dem Milan. Vögel sind denen scheißegal.

Es geht ihnen nur ums Geld.
Es geht ihnen nur darum, Zeit zu gewinnen, damit sie wieder ihre beschissenen Kernkraftwerke bauen konnten.
Dafür haben sie mich missbraucht.
Ihre Wut braucht ein Ventil.
Und so formt sich in ihrem Hirn langsam ein Gedanke, der alle anderen Überlegungen verdrängt: Rache.
Sie läuft in ihrer Wohnung auf und ab.
Dann lacht sie.
Wo ist das verdammte Handy?

Intensivstation

Ich fahre mit dem Zug nach Neustadt. Während der gesamten Fahrt starre ich aus dem Fenster. Ich gehe zu Fuß zur Klinik und löse Egon auf der Intensivstation ab. Meine Mutter liegt auf dem Rücken, den Mund geöffnet, und atmet. Sie sieht entspannt aus, so als schlafe sie fest und friedlich.

Ich streichle ihre Hand mit der Injektionskanüle.

Dann erzähle ich ihr alles.

Irgendwann, es ist schon tief in der Nacht, klingelt mein Handy. Verschlafen ziehe ich es aus der Hosentasche und schaue aufs Display. Es ist Karola.

»Georg, hör mir zu. Ich muss mit dir reden. Du musst sofort an unseren alten Treffpunkt kommen. Auf dem Feldberg. Du weißt schon, wo wir die Auerhühner beobachtet haben. Ich sitze im Auto. In zwanzig Minuten bin ich oben.«

»Ich kann nicht. Ich sitze am Krankenbett meiner Mutter. Ich habe Wachdienst bis morgen früh. Ich kann hier nicht weg.«

»Du musst kommen, Georg. Die haben mich so verarscht. Du glaubst nicht, wie die mich verarscht haben. Aber ich lass mir das nicht gefallen, Georg. Ich hab für den alles gemacht, Georg. Verstehst du, alles. Und wozu?« Sie lacht, als würde sie durchdrehen. »Sei in zwanzig Minuten in unserem Versteck. Ich brauch dich, Georg. Ich brauch dich wirklich.«

»Das ist unmöglich.«

»Margret liegt im Koma. Die bekommt nicht mit, dass du weg bist. Du musst kommen. Ich brauch dich.«

»Karola, es ist unmöglich.«

»Doch, du kommst. Ich weiß das.« Sie legt auf.

Ich schüttele den Kopf, lege das Handy beiseite und drehe mich wieder meiner Mutter zu.

Später habe ich lange darüber nachgedacht, ob das ein Fehler war.

Mannheimer

»So eine Scheiße!«
Er läuft im Wohnzimmer auf und ab.
»So eine Scheiße!«
Seine Frau ist weg. Vielleicht ist sie in die Wohnung nach Stuttgart zurückgefahren. Vielleicht auch nicht. Er weiß es nicht. An ihr Handy geht sie jedenfalls nicht.
Auf jeden Fall kennt der Privatdetektiv nun die Geschichte mit dem Auerhahn. Er hat es ihm selbst erzählt.
Was wird er damit machen?
Ihn endgültig ruinieren?
Zu allem Überfluss waren Jack und Joe zurückgekommen, nachdem sein Plan mit dem Auerhahnmist gescheitert war. Sie hatten kein Wort gesagt, ihn einfach beiseitegeschoben und hatten sich wieder in die Wohnung im Souterrain zurückgezogen. Mannheimer hatte durch das Fenster beobachtet, wie Joe sich einen Vollbart anklebte und eine Kniebundhose überzog.
Das Handy summt. Ein unbekannter Anrufer. Vielleicht seine Frau? Vielleicht kann er alles wieder in Ordnung bringen. Irgendwie. Mannheimer hebt ab.
»Du hast mich verarscht.«
Es dauert ein paar Sekunden, bis er begreift, dass am anderen Ende Karola Müllerschön ist. Die hat ihm gerade noch gefehlt. »Du, ich habe gerade andere Sorgen. Ich melde mich gleich wieder. Mach's gut.«
Er hat den Daumen schon auf dem Display, als sie sagt: »Die Sorgen, die du jetzt hast, sind nichts im Vergleich zu denen, die du morgen hast.«
Er nimmt den Hörer wieder ans Ohr.
»Ich kenne deinen Plan. Es geht nicht um die Rettung von Vögeln. Es geht nicht um Landschaftsschutz. Es geht um die Renais-

sance der Atomkraft. Du hast mich benutzt …« Für einen Moment scheint ihre Stimme zu brechen. »Nur benutzt.«
Blöde Kuh. Jetzt hat er wirklich andere Sorgen. »Lass uns morgen darüber reden. Du siehst das falsch. Ich erkläre es dir morgen …« Er hört seltsame Geräusche. »Sitzt du im Auto? Mitten in der Nacht?«
»Wir werden nie wieder miteinander reden. Morgen gehe ich an die Presse. Denen werde ich alles erzählen. Jedes einzelne Stück von dieser Auerhahnscheiße. Und was du wirklich vorhast.«
Um Himmels willen.
Die blöde Kuh will ihn ruinieren. Er muss sie dringend beruhigen. »Es ist spät«, sagt er, »lass uns morgen telefonieren.« Sie sagt etwas, er kann es aber wegen des Pfeifens nicht verstehen. »Was sind das für Geräusche? Wo bist du?«
»Auf dem Feldberg. Ich treffe mich gleich mit einem ehemaligen Polizisten. dem Georg Dengler. Der hilft mir. Wir machen dich fertig.«
Die Leitung ist tot. Sie hat aufgelegt.
Er ruft sie zurück. Sie hebt nicht ab.
Er wählt noch einmal.
Und noch einmal.
Sie hebt nicht ab.
Diese dumme, dumme Kuh.
Er läuft hin und her.
Wenn sie an die Öffentlichkeit geht, ist er am Ende.
Er muss sie zum Schweigen bringen.
Sie ist auf dem Feldberg.
Vermutlich auf dem Weg zu dem Versteck, wo sie sich als Jugendliche mit diesem Dengler getroffen hatte.
Sie hatte Mannheimer einmal die Stelle gezeigt.
Er weiß, das ist am Felsenweg.
Wie in Trance geht er in den Keller.
Er holt das Gewehr aus dem Schrank.
Das Nachtsichtgerät.
Die Munition nicht vergessen.
Bleimantelgeschosse sind wohl die richtigen.

*

Er schlägt mit der Faust gegen die Tür der Einliegerwohnung. Erst fluchte er, als Jack und Joe zurückkamen. Jetzt ist er froh darüber. Er klopft noch einmal. Zweimal. Beim dritten Mal schaut er in die Mündung einer Glock. Der große Kerl steht vor ihm. Er weiß nicht mehr, ob es Jack oder Joe ist. »Es gibt einen Auftrag. Es ist dringend.«

»Wir nehmen keine Aufträge von dir an.«

»Es ist wichtig. Es steht alles auf dem Spiel. Kommt mit.« Als er sieht, dass Jack oder Joe zögert, sagt er: »Es soll euer Schaden nicht sein.« Das schläfrige Gesicht des Wiesels taucht hinter Jack oder Joe auf. »Was isn los?«, fragt er gähnend.

Mannheimer erklärt.

JackoderJoe sagt: »Wir müssen telefonieren. Das geht aber erst morgen früh. Ab neun.«

»Dann ist es zu spät.«

JackoderJoe zuckt mit den Schultern und dreht sich um. »Gute Nacht.«

Der bullige Kerl schiebt ihn zur Tür hinaus, als wäre er Müll. Die Tür fällt ins Schloss. Mannheimer hebt die Faust und donnert gegen die Tür. Als er zum zweiten Mal zuschlagen will, ist sie schon offen. Aus der Dunkelheit trifft ihn ein Schlag in die Magengrube. Mannheimer geht zu Boden und ringt nach Luft. Mühsam rappelt er sich wieder auf.

Die Tür ist wieder verschlossen.

Er hat alles verloren.

Keuchend steht er da.

Alles verloren.

Da geht die verdammte Tür einen Spalt auf. Das Wiesel steht im Türrahmen. »Hast du Bargeld im Haus?«

Mannheimer nickt – so heftig er kann.

Müllerschön

Sie hätte ihm eine Kugel in den Kopf jagen sollen.
Sie weiß, wo Mannheimer seinen Waffenschrank hat. Den Ersatzschlüssel versteckt er im Kleiderschrank unter seinen grünen Wandersocken. Die Stahlkugeln und die Schrotmunition lagert er in der Garage hinter Harke, Spaten und Schaufel in einer grauen Kiste.
Sie kann schießen.
Er hat es ihr selbst beigebracht.
Seine Frau geht nicht gern mit ihm auf die Jagd.
Sie schon. Sie liebt den Wald. Sie kennt ihn seit ihrer Kindheit. Sie kennt ihn, weil ihr Vater ihr den Wald gezeigt und erklärt hat.
Sie stellt sich vor, wie Mannheimer um Gnade winselt. Aber sie bliebe hart. »Du hattest jede Chance«, würde sie sagen. Ihr Finger fände den Druckpunkt des Abzugs. Es tut ihr gut, ihn sich so vorzustellen. Hilflos. Wimmernd.
Zweimal schlägt sie mit der Faust auf das Lenkrad. Draußen in der Dunkelheit rasen die Leitplanken der Straße vorbei. Dahinter ragen die schwarzen Schatten der Fichten steil in die Höhe. Noch einmal hämmert sie mit der Faust auf das Lenkrad. Sofort explodiert ein stechender Schmerz in ihrem Knöchel. Sie lenkt den Polo mit der linken Hand und wirft einen tränenverschleierten Blick auf ihren Handrücken. Er ist nicht gebrochen. Immerhin das.
Trotzdem: Sie hätte ihn umbringen sollen.
Die Scheinwerfer streichen über die rosa Blüten des Indischen Springkrauts, das hinter der Leitplanke wächst. Plötzlich taucht ein gelbes Verkehrsschild auf und verschwindet gleich wieder: noch drei Kilometer bis zum Feldberg.
Verarscht. Verarscht. Jetzt schreit sie dieses Wort. Wieder schlägt sie mit der Faust aufs Lenkrad. Erschrocken blökt die Hupe.
Der wird sich wundern. Er wird es bitter bereuen, dass er sich mit ihr angelegt hat. Sie wird alles ausplaudern. Sie wird es den Jour-

nalisten erzählen. Der *Badischen Zeitung*. Dem Radio. Dem Fernsehen. Für einen kurzen Moment sieht sie sich mit ernster Miene in der Tagesschau. Ein gutes Gefühl.

Noch ein Kilometer bis zum Feldberg. Sie gibt Gas. Der Wagen beschleunigt widerwillig. Links fliegt das Caritas-Haus an ihr vorbei. Sie wischt sich Tränen aus den Augen. Ihr linker Arm juckt. Sie kratzt sich am Stoff ihrer Bluse.

Fast hätte sie die Ausfahrt verpasst. Sie bremst scharf, reißt das Lenkrad herum. Das Heck des Wagens schlägt aus. Das monströse Parkhaus ist leer. Hellblaues Neonlicht flackert. Es macht ihr Angst. Sie denkt an Jack Nicholson in »Shining«. Vom Hotel leuchten nur ein paar Nachtlichter an der Fassade. Kein Mensch ist zu sehen.

Tagsüber ist es ein Ort von abstoßender Hässlichkeit. Das Hotel ist ein Klotz in geschmacklosen, aufdringlichen Farben. Alles ist darauf ausgerichtet, im Winter Skitouristen oder ahnungslose Familien mit Kindern auszuplündern. Jetzt, im Sommer, sind Busladungen von Ausflüglern das Ziel. Nachts ist es ein Ort deprimierender Ödnis.

Das Haus der Natur, zweistöckig, bescheiden, elegant und geschmackvoll mit durchgehender Holzfassade, hält sich ein wenig zurück, als wolle es sich von der Hässlichkeit der Nachbargebäude nicht anstecken lassen.

Karola Müllerschön lässt den Wagen auf dem Parkplatz der Feldberg-Ranger ausrollen. Sie nimmt den ersten Parkplatz auf dem sonst leeren Gelände.

Mit dem Ärmel ihrer Bluse wischt sie sich die Tränen aus dem Gesicht. Mit beiden Händen krallt sie sich ans Lenkrad, drückt die Unterarme durch.

Sie muss sich beruhigen. Den natürlichen Atemfluss wiederfinden – das ist jetzt das Wichtigste. Die Atmung kontrollieren. Sie drückt sich mit dem Rücken in den Fahrersitz. Das Jucken in der linken Armbeuge ist unerträglich und reißt sie aus ihren Wut- und Rachefantasien. Wütend kratzt sie sich am Unterarm, aber es ist, als würde sie den Juckreiz noch verstärken.

Sie zwingt sich, durch die Nase zu atmen. Einatmen, Luft anhalten, ausatmen. Noch einmal. Und noch einmal. Wenn nur ihr Arm nicht so schrecklich jucken würde. Mit der rechten Hand knöpft sie den Ärmel der Bluse auf und schiebt den Stoff nach oben. An der Innenseite des Ellbogens spürt sie eine leichte Schwellung. Ein Mückenstich. Vielleicht. Sie zieht ihr Handy aus der schwarzen Jeans, schaltet die Taschenlampe an und leuchtet auf die juckende Stelle. Ein rosafarbener Kreis zieht sich darum. In der Mitte leuchtet ein winziger schwarzer Punkt auf.

Eine Zecke.

Sie versucht, das Insekt mit dem Zeigefingernagel abzukratzen. Vergeblich. Hektisch kramt sie in ihrer Handtasche und holt ihre Nagelfeile hervor. Sie versucht, die Spitze unter den Hinterleib des Insekts zu schieben. Es misslingt. Die Zecke hat sich fest in ihre Haut verbissen. Ihr Kopf ist schon verschwunden. Sie unterdrückt das dringende Bedürfnis, mit den Fingernägeln an der Stelle zu kratzen. Wieder kramt sie in ihrer Handtasche. Irgendwo muss das Feuerzeug sein.

Hier ist es.

Ihr Daumen rattert über das Reibrad. Sie beißt die Zähne zusammen und hält die Flamme an die empfindliche Stelle. Die Zecke verglüht. Hoffentlich kommt Georg. Für einen Moment ist sie sich nicht sicher. Hektisch wühlt sie mit beiden Händen in ihrer Handtasche. Lippenstift, Puderdose, Büroschlüssel, Spiegel – wo war ihr Handy? Hier, in der Seitentasche. Dreimal vertippt sie sich, bis sie endlich das Freizeichen hört.

Georg nimmt ihren Anruf nicht an.

Bestimmt ist er schon auf dem Weg zu ihr.

Karola Müllerschön steigt aus dem Wagen. Der Mond scheint schwach durch die Wolken und taucht die Umgebung in ein diffuses Licht.

Sie wirft einen Blick auf das verlassene Parkhaus, das sich aus der Dunkelheit abhebt wie ein bedrohlicher Klotz. Karola spürt, wie ihr der Schweiß über den Rücken rinnt. Sie zieht den Riemen ihrer Handtasche fester und geht los.

Vielleicht ist es der schmerzende Arm, vielleicht ihre Wut, vielleicht auch nur der Geruch von verbranntem Haar und Haut, jedenfalls bemerkt sie den schwarzen Cayenne nicht, der ohne Scheinwerferlicht über den Platz gleitet, etwas entfernt vor dem Hotel hält und wartet. Erst als sie nicht mehr zu sehen ist, steigen drei Männer aus. Ein kleiner, ein bulliger, und als Letzter zwängt sich Mannheimer aus dem Wagen. Joe und Jack stülpen sich Nachtsichtgeräte über. Dann folgen sie ihr.

*

Zwei Minuten später hastet sie den Wanderweg am Waldrand hinauf. Sie kennt den Weg nahezu auswendig. Der Mond hat sich hinter ein paar Wolken versteckt und schickt nur wenig Licht. Trotzdem erkennt sie die hohen Fichten am Waldrand. Sie sieht auch die Holzpfähle, die ab und zu als Stufen in den Weg geschlagen wurden. Diesen Weg ist sie schon als Kind an der Hand ihres Vaters gegangen.

Was würde ihr Vater jetzt wohl sagen? Sie stellt sich vor, wie er das Gewehr aus dem Schrank holt, lädt und es ihr schweigend reicht. Mit einer Handbewegung, die sagt: Du weißt, was du zu tun hast. Rache.

Sie stolpert über eine aus dem Boden ragende Wurzel. Taumelt. Mit einer Hand kann sie sich gerade noch abstützen und den Sturz verhindern. Sie richtet sich auf und klopft sich mit dem brennenden Arm den Staub von der Jeans.

Im schwachen Mondlicht schimmert die Wiese in einer geheimnisvollen Mischung aus Grau und Silber. Mit großen Schritten geht sie weiter. Kurz darauf entdeckt sie den Wegweiser, der ins Schwarze, ins Unheimliche, in den Wald weist. Vorsichtig macht sie ein paar Schritte. Jetzt ist es pechschwarz. Wie ihr Vater es ihr gezeigt hat, bleibt sie einen Moment stehen, bis sich ihre Augen an die Dunkelheit gewöhnt haben.

Würde sie in diesem Moment noch einmal den Kopf drehen, könnte sie vielleicht die drei schwarzen Schatten sehen. Lautlos und geduckt, die Dunkelheit des Waldrandes als Deckung nutzend, folgen sie ihr. Die Gesichter mit Sturmhauben getarnt, automatische Waffen in den Händen, Nachtsichtgeräte auf den Köpfen.

★

Karola Müllerschön fürchtet die Nacht nicht.
Nicht auf diesem Weg.
Als Kind ist sie auf diesem Weg von Stein zu Stein gehüpft, von Wurzel zu Wurzel. Sie nahm sich vor, mit den Sohlen ihrer Schuhe den Boden nicht zu berühren, nur Wurzeln, nur Steine.
Sie hat es immer geschafft.

★

Ob Georg kommt?
Ganz bestimmt.
Früher hat er alles gemacht, was sie gesagt hat.
Jetzt findet sie es gut, dass er ein ausgebildeter Polizist ist. Er wird ihr helfen, sich zu rächen. Sie lächelt. Wie er sich gewehrt hat, der Dummkopf. Keine Sekunde hat sie ihm geglaubt. Er ist bestimmt schon auf dem Weg zu ihr.
Sie bleibt abrupt stehen.
Was war das? Ein Knacken, als ob ein Ast abgebrochen wäre.
Sie hebt den Kopf.
Lauscht.
Nichts, nur das Rauschen des Windes in den Baumwipfeln.
Sie geht weiter.
Georg wird kommen. Ganz sicher. Sie braucht Schutz. Mannheimer kann brutal sein. Er hat sie schon oft geschlagen. Auch wenn sie zusammen … Sie schüttelt den Kopf.
Es reicht.
Der Weg führt durch einen dichten Wald, der tagsüber von sengender Hitze erfüllt war. Die Luft ist schwer und feucht. Sie bleibt stehen. Plötzlich spürt sie, dass etwas in der Luft liegt, eine unheilvolle Präsenz, die sie beobachtet und verfolgt.
Das Rascheln der Blätter und das Knacken der Zweige werden von nächtlichen Tierlauten begleitet. Das heisere Krächzen einer Eule

durchbricht die Stille, gefolgt vom entfernten Ruf eines Fuchses. In der Ferne hört sie das rhythmische Zirpen der Grillen und das lebhafte Geschwätz der Nachtvögel.
Doch plötzlich fühlt sie ganz deutlich, dass da noch etwas anderes ist. Hektisch dreht sie sich um. Aber in der Dunkelheit kann sie nichts erkennen. Die Schwüle der Nacht legt sich wie eine drückende Decke um ihre Schultern, und ihr Puls beginnt zu rasen.
Was soll hier schon sein?
Karola beschleunigt ihre Schritte, doch sie spürt, dass ihre Verfolger nicht aufgeben. Angst kriecht in ihr hoch. Plötzlich verstärkt jeder Schatten, jedes noch so leise Geräusch ihre Panik.
Sie hastet weiter. Sie sieht nur Umrisse, Schatten von Bäumen und Büschen. Weniger Dunkel dort, wo der Weg sein müsste. Während sie weiterläuft, mischen sich die Geräusche der Nacht in ihr eigenes Keuchen.
Schließlich wagt sie einen Blick über die Schulter und sieht eine verschwommene Gestalt. Ein Schauer läuft ihr über den Rücken. Doch sie sagt sich: Das kann nicht sein. Wie ein Mantra wiederholt sie diesen Satz: Das kann nicht sein. Das schwache Mondlicht wirft gespenstische Schatten, die ihre Ängste verstärken. Der Schatten vor ihr: Sie hält ihn für eine Gestalt. Sogar das Gesicht glaubt sie zu erkennen, doch es ist nur ein abgestorbener Baumstamm, der einsam neben dem schmalen Pfad vermodert.
Karola sprintet den Weg entlang, ihre Schritte sind laut und schwer. Dann bleibt sie stehen.
Dieses Knacken ist zu laut.
Sie muss ihre Atmung kontrollieren.
Sie muss aufhören zu keuchen.
Sie sieht einen gebückten Schatten.
Diesmal ist es keine Einbildung.
Mannheimer ist hinter ihr.
Sie lächelt grimmig. Diesen Teil des Feldbergs kennt er nicht. Sie schon.
Vorsichtig tastet sie sich voran.

Hinter einem dicken Baumstamm lässt sie sich zu Boden gleiten. Sie greift nach dem Handy.

*

Ich bin im Sessel am Krankenbett eingeschlafen, als mich das Summen meines Handys weckt. Schnell drücke ich den grünen Knopf, um meine Mutter nicht zu stören.

Karola flüstert aus dem Gerät. »Georg, er ist hinter mir her. Ich habe Angst.«

»Wer ist hinter dir her?«

»Mannheimer. Ich hab ihn gesehen.«

Ich flüsternd: »Wo bist du?«

»Auf dem Felsenweg. Auf dem Weg zu unserem Versteck, Georg. Er ist hinter mir her. Wann bist du da?«

»Gar nicht. Ich bin bei meiner Mutter.«

Sie flüstert, leise und eindringlich. »Er wird mich umbringen, Georg. Er ist ganz in der Nähe.«

»Wer?«

»Mannheimer. Du musst sofort kommen.«

»Geh nach Hause, Karola. Ich kann hier nicht weg.« Ich breche das Gespräch ab, schüttele den Kopf – und erstarre. Das muss eine Halluzination sein. Meine Mutter sitzt aufgerichtet im Bett und winkt mir fröhlich zu. »Jetz han ich aber lang g'schlafe. Am beschte packe mir jetz mini Sache zemme, weisch, ich tät gern wieder heim. Ich kan de Hof doch it so lang allei lasse.«

Die Apparatur blinkt über ihr. Die Tür zum Krankenzimmer wird aufgerissen. Die Nachtschwester eilt herein. »Frau Dengler, schön, dass Sie wieder bei uns sind.« Sie beugt sich über die Geräte. Dann wendet sie sich mir zu: »Sie müssen jetzt draußen warten.«

*

Im Vorraum sitzt Frau Willmann mit geschlossenen Augen auf einem der harten, orangefarbenen Plastikstühle. Sie hat einen beigefarbenen Hosenanzug an. Als ich mich neben sie setze, öffnet sie die Augen.

»Mame ist wieder da.« Ich lächle. »Sie ist sogar schon ganz munter.«
Sie stützt sich mit einer Hand auf die Rückenlehne und will aufstehen.
»Wir dürfen da nicht rein. Die Schwestern sind im Zimmer. Der Nachtarzt kommt gleich. Mame wollte schon ihre Sachen packen, und ich sollte sie auf den Hof fahren.« Ich zögere kurz. »Was machen Sie denn hier? Sollte mich nicht Egon ablösen?«
Sie schüttelt unwillig den Kopf. »Der Egon! Ich konnte sowieso nicht schlafen.«

*

Es sind zwei.
Ein großer, kräftiger Kerl.
Und ein kleiner.
Von ihrem Versteck aus sieht sie die beiden geduckten Schatten an sich vorbeihuschen.
Mannheimer ist dabei. Er folgt ihnen.
Karola Müllerschön wartet einen Moment.
Dann steht sie vorsichtig auf. Besser sie geht zurück zum Auto und fährt nach Hause.

*

Ich lege Frau Willmann kurz die Hand auf die Schulter. »Ich muss telefonieren.«
Sie nickt. Ich stehe auf und wähle Karolas Nummer.

*

Als sie wieder zum Weg hinuntergehen will, hört sie ein Geräusch und bleibt stehen. Es war wie ein Murmeln. Eine menschliche Stimme. Vielleicht ein Gesprächsfetzen. Vorsichtig zieht sie sich am Ast eines Busches ein Stück hinauf und stellt sich hinter den Baum.
Keine Sekunde zu früh.
Noch einmal sieht sie die beiden schleichenden Gestalten, groß der Erste, klein der Zweite, den Weg zurückgehen.

Gut, sie geben auf.
Sie atmet so ruhig sie kann.
Die beiden Männer verschwinden in der Dunkelheit.
Da summt ihr Handy.
Mist, hoffentlich haben sie es nicht gehört.

*

Karola geht nicht ran.
Auch gut.
Wahrscheinlich ist sie schon auf dem Weg nach Hause.
Ich stecke das Handy in die Gesäßtasche meiner Jeans, gehe zu Frau Willmann zurück und setze mich wieder neben sie.

*

Sie wartet einen Moment. Dann schickt sie Dengler eine SMS. »Es sind zwei. Ich habe sie abgehängt. Und irgendwo ist auch Mannheimer. Komm zu unserem Versteck. Ich brauche deine Hilfe. DRINGEND.«
Langsam tritt sie hinter dem Baum hervor und lauscht den Geräuschen der Nacht. Kein Knacken. Keine verdächtigen Schritte.
Sie lauscht weiter.
Nichts.
Vorsichtig steigt sie zum Weg hinunter. Dort lauscht sie wieder.
Die Kerle haben aufgegeben.
Sie wendet sich nach links – in Richtung ihres alten Verstecks.

*

Vor Frau Willmann und mir steht der Arzt. »Ihre Mutter ist aus dem Koma erwacht. Es geht ihr gut. Auf den ersten Blick hat sie keine bleibenden Schäden davongetragen. Wir müssen sie natürlich noch eingehend untersuchen …«
»Wann kann sie nach Hause?«, unterbricht ihn Frau Willmann.
Der Arzt zieht eine Augenbraue hoch. »Gehören Sie zur Familie?« Er schüttelt den Kopf. »Das entscheide ich morgen früh.« Und dreht sich um.

Bevor ich ihm empört folgen kann, legt mir Frau Willmann eine Hand auf die Schulter. »Lass gut sein. Du gehst jetzt nach Hause und ruhst dich aus. Morgen rufe ich dich an, wenn du Margret abholen kannst.«
Ich will protestieren, doch sie schiebt mich zum Ausgang.
»Ich rufe dich an«, sagt sie und verstärkt ihren Druck.

*

Sie eilt den Weg entlang. Der Pfad ist nun nicht mehr so steinig. Einmal rutscht sie auf einer glitschigen Wurzel aus und muss um ihr Gleichgewicht kämpfen, doch sie fängt sich und läuft weiter. Die Wolken sind dichter geworden, das spärliche Mondlicht dringt noch seltener bis zum Boden. Nach einer halben Stunde erreicht sie eine Weggabelung. In der Mitte sieht sie die hellen Zeichen eines Wegweisers mit der roten Raute des Westweges.
Jetzt ist sie kurz vor dem Versteck.
Da!
Da war es wieder.
Ein Geräusch, das nicht in die Nacht gehört.
Wie ein Schritt, der über einen Stein gleitet.
Sie bleibt stehen und lauscht.
Ein Stein rollt den Hang hinunter.
Stille.
Dann, sie spürt es körperlich, setzt sich etwas in Bewegung.
Ihre Knie zittern.
Sie hat Angst. Furchtbare Angst.

*

Ich schließe gerade den Renault auf, als Karola wieder anruft.
»Georg«, flüstert sie. »Sie sind wieder da. Sie sind ganz nah. Es sind zwei Männer und Mannheimer. Ich habe Angst. Ich habe schreckliche Angst.«
»Wie sehen die beiden Männer aus?«
»Ein Großer und ein Kleiner.«
»Wo bist du?«

»An dem Wegweiser, über dem Versteck.«
»Findest du den Weg hinunter zu unserer kleinen Plattform?«
»Ja«, flüstert sie.
»Geh runter. Bleib dort, bis ich da bin.«
»Ja.«
»Und sei leise.«
»Ja.«
Ich beende das Gespräch, starte den Renault und fahre los.

*

Durch ein paar Bäume hindurch sieht sie ihre Umrisse. Gebeugt, vorsichtig, stumm, gefährlich. Langsam verlässt sie den Weg. Vorsichtig, jeder Schritt leise und bedächtig, geht sie den Abhang hinunter. Ihr Herz klopft so laut, dass sie fürchtet, ihre Verfolger könnten es hören. Bei zwei großen Felsblöcken findet sie Halt. Sie setzt sich und lässt sich an ihnen hinabgleiten.
Leise.
Sie ist leise.
Sie macht keinen Laut. Sie ist still wie ein Tier. Auf Zehenspitzen erreicht sie das Podest. Sie hat es geschafft.
Es ist zu dunkel, um über die Plattform in die Tiefe zu sehen. Aber sie weiß, dass sie nahe am Abgrund ist. Unten sind Felsen. Bei Tageslicht könnte man den See glitzern sehen.
Vorsichtig lässt sie sich auf die Blätter am Boden sinken. Legt sich hin. Sie schmiegt sich an die Wurzeln.
Bleib so, bis Georg kommt.
Unsichtbar.
Lautlos.

*

Ich trieze den Renault und treibe ihn die dunkle, leere Straße von Titisee nach Bärental hinauf. An der Kreuzung schalte ich einen Gang runter und jage den Wagen den Berg hinauf Richtung Feldberg.

*

Dann hört sie Stimmen. Kaum mehr als ein Murmeln.
Stille.
Schritte.
Blätter rascheln.
Das bedeutet … Um Gottes willen – sie sind nicht mehr auf dem Weg.
Sie drückt sich an den Boden. Sie spürt die Buche neben sich, die sich über den Abgrund reckt. Sie weiß, dass man tagsüber noch das Herz sehen kann, das Georg damals in den Stamm geschnitzt hat.
Sie hört noch einen Schritt.
Schwer.
Also abwärts.
Sie drückt die Augen zusammen.
Ein zweiter Schritt.
Sie hält den Atem an.
Hört mit geschlossenen Augen.
Zwei Schritte.
Nach unten.
Wurde sie entdeckt?

*

Kurz vor dem Caritas-Haus kommt mir ein Auto entgegen. Schwarz.
Porsche.
Cayenne.
Fahrer und Beifahrer.
Eine dritte Person auf dem Rücksitz.
Wuchtig.
Kurz überlege ich, ob ich umdrehen und dem Wagen folgen soll. Doch ich verwerfe den Gedanken. Immerhin habe ich mir das Kennzeichen gemerkt: F-XP 378.
Dann zieht der Wagen vorbei.

*

Die Schritte kommen näher.

Sie drückt sich auf den Boden. Legt die Arme unter den Bauch. Krümmt sich. Macht sich klein.
Sie können mich nicht sehen. Sie können mich nicht sehen. Wie sollen sie mich von oben sehen? Das ist unmöglich.
Nicht einmal die Auerhühner haben uns bemerkt.
Plötzlich ist sie sich sicher: Hier wird sie niemand finden – nur Georg. Der Georg wird sie finden. Sonst niemand.

*

Ich parke den Renault weit vorne, nahe am Wanderweg, dort, wo im Sommer die Schneekanonen stehen. Ich schlage die Tür zu und renne los.
Den Berg hinauf. Rechts in die Dunkelheit.
Ich kenne den Weg.
Noch im Laufen zücke ich mein Handy und schalte die Taschenlampe an.

*

Sie kauert in dem Versteck und hört die Schritte. Plötzlich weiß sie, dass sie verloren hat. Sie weiß es, eine Sekunde bevor vier Fäuste sie packen. Sie ziehen ihre Arme unter ihrem Bauch hervor. Zwei Hände packen ihre Handgelenke. Zwei andere ihre Füße. Sie wird in die Luft gerissen.
Ein Albtraum.
Vielleicht ist es nur ein Albtraum.
Sie schwingen sie an Händen und Füßen hin und her.
Hin und her.

*

Ich renne.
Ich renne in großen Sätzen den Westweg entlang. Einmal rutsche ich aus, aber ich falle nicht.
Ich renne weiter.
Dann stehe ich schwer atmend am Wegweiser.

*

Sie hört es an den schweren Schritten und dem Schnauben. Mannheimer kommt den Abhang herunter.
Die beiden Männer hören auf, sie hin und her zu schwingen. Sie hängt nun zwischen ihnen, und in den Schultergelenken sticht ein Schmerz, wie sie noch nie einen Schmerz gespürt hat.
»Du hast es dir selbst eingebrockt«, keucht Mannheimer. »Ich hab es immer gut mit dir gemeint, aber du bist ein undankbares Miststück.«
»Das Miststück bist du«, faucht sie. »Ausgenutzt hast du mich. Es wird dir leidtun. Ich versprech es dir, es wird dir leidtun.« Der Schmerz in den Schultern wird unerträglich. Es fühlt sich an, als wollen die Arme aus den Gelenken springen. Ihr wird schlecht vor Schmerz. Sie unterdrückt den Brechreiz.
Warum eigentlich?
Die beiden Männer schwingen sie hin und her.
Sie zieht den Bauch ein und drückt den Magen zusammen.
Hin und her.
Fester drücken.
Hin und her.
Da kotzt sie dem Typen über die Hände. Der schreit überrascht auf und lässt sie fallen. Sie zieht die Knie an und stößt den zweiten Kerl vor die Brust.
Und plötzlich – ist sie frei.
Sie muss eine Entscheidung treffen. Soll sie fliehen? Den Abhang hinaufrennen? Wegrennen?
Oder soll sie ...
Sie trifft eine Entscheidung.

*

Auf dem Felsenweg komme ich schlecht voran. Das Licht des Handys leuchtet zu punktuell. Einmal knicke ich um. Der Schmerz ist phänomenal. Ich muss für einen Augenblick stehen bleiben. Keuchend. Dann renne ich weiter.

*

Sie stürzt sich auf Mannheimer und fährt ihm mit ihren Nägeln ins Gesicht – und zieht sie von der Schläfe bis zum Hals. Der Scheißkerl brüllt. Sie brüllt. Er schüttelt sie ab. Und da sind die beiden Kerle schon wieder da und packen sie an Hand- und Fußgelenken. Reißen sie in die Luft.

»Wer weiß noch von der Sache?«, fragt Mannheimer und tupft sich mit einem Taschentuch das Gesicht ab.

Da muss sie lachen. Trotz der Schmerzen lacht sie. Es klingt in ihren Ohren rau und derb. »Der Dengler wird dich holen. Du wirst schon sehen …«

»Den holen wir uns als Nächsten«, unterbricht sie Mannheimer. »Sonst noch jemand?«

Ihr wird übel.

Die beiden Männer schwenken sie jetzt wieder hin und her. Hoch und runter.

*

Im Laufschritt renne ich den Abhang hinab. An den beiden Felsbrocken leuchtet die Lampe des Handys auf aufgewühltes altes Laub.

Kein Zweifel – hier war jemand.

»Karola – bist du da?«

*

Hin und her schwingt sie. Bei jeder Seitwärtsbewegung schwebt sie über dem Abgrund. Sie weiß es und drückt die Augen fest zu.

Dann lassen sie los.

Zwei Sekunden lang steigt sie hoch und höher in die Nachtluft. Sie empfindet weder Angst noch Panik, sondern unbeschreibliches Glück. Freiheit. Endlos könnte sie so aufsteigen, so schön ist es. Wie leicht ist es, zu sterben. Und wie schwer war es, zu leben.

Sie streckt ihre Arme aus und umarmt die Nacht.

Dann fällt sie.

Krankenhaus

Ich fahre den Feldberg wieder hinunter und bremse an der Kreuzung.
Ich rufe Karola noch einmal an. Ich höre ein Freizeichen, doch sie nimmt nicht ab. Sie war nicht an unserem verabredeten Platz.
Ich fahre zurück zum Krankenhaus.
Die Flure sind still und schwach beleuchtet. Sogar der Aufzug kommt mir leiser vor als tagsüber. Auf der Intensivstation sitzt die Nachtschwester hinter der großen Glasscheibe ihres Büros und begrüßt mich mit einem leichten Lächeln. Frau Willmann sitzt auf keinem der orangefarbenen Besucherstühle. Ich gehe zur Zimmertür und klopfe leise.
Keine Reaktion.
Vorsichtig drücke ich die Tür auf – und bleibe mitten in der Bewegung stehen.
Ich komme mir vor wie ein Eindringling.
Sie schlafen.
Sie liegen beide im Krankenbett. Frau Willmann in ihrem Hosenanzug, Mame im Nachthemd. Der Kopf meiner Mutter liegt in den Armen von Frau Willmann. Sie lächelt im Schlaf. Ich habe sie selten so entspannt gesehen. Frau Willmann atmet ruhig. Ihr Mund ist leicht geöffnet.
Leise schließe ich die Tür.
Hat Egon das gemeint, als er sagte, ich hätte keine Ahnung, was auf dem Hof vor sich geht?

Überfall

Jack, Joe und Mannheimer lauern hinter der alten Werkstatt. Joe, das Wiesel, hat ein Zielfernrohr mit Restlichtverstärker auf ein Präzisionsgewehr von Heckler & Koch geschraubt. Vorsichtig späht er um die Ecke. Der Renault ist nicht da.

Sie müssen warten.

Der Hof ist zu hell. Die Außenlampe ist zwar nur eine Funzel, aber Dunkelheit ist besser. Joe schraubt einen Schalldämpfer auf das Gewehr, zielt und … der Hof ist dunkel.

Neben ihm sitzt Jack, sein kräftiger Partner. Die Wollmütze hat er ins Gesicht und über beide Ohren gezogen. Zwei Uzi-Maschinenpistolen pendeln um seine Schultern, die Schulterstützen aus Metall eingeklappt. An der Hüfte tragen beide eine 9 mm Luger.

Mannheimer sitzt neben ihnen, den Rücken an die Gebäudewand gelehnt, die Beine ausgestreckt. Sein massiver Schädel ruht fast auf seiner Brust. Neben ihm liegt sein Jagdgewehr.

Er wartet.

Die Kunst des Wartens beherrschen alle drei.

Für Jack und Joe war es ein wichtiger Teil ihrer Ausbildung. Mannheimer kennt es vom Ansitz bei der Jagd. Aber dann hat er einen Flachmann dabei – oder zwei. Jetzt ist er froh, wenn die Nacht vorbei ist. Für ihn ist das alles der blanke Horror. Die beiden Arschlöcher haben ihm sein ganzes Bargeld abgenommen, Euro, Dollar, Rubel, alles. Einfach mit dem Ärmel in einen blauen Müllsack geschoben. 640.000 Euro insgesamt. Viel zu viel Geld. Trotzdem: Er ist froh, dass die beiden das geregelt haben. Karola, die blöde Kuh, hat es sich selbst zuzuschreiben. Wollte an die Presse gehen! Ihn ruinieren!

Er ist sauer, dass sie ihn gezwungen hat, das alles auf sich zu nehmen und sie umbringen zu lassen. Immerhin: Die beiden sind Pro-

fis. Sie haben es wie einen Unfall aussehen lassen. Nachts auf dem Felsenweg. Und dann abgestürzt. Ein paar Schlagzeilen, dann ist Ruhe.
Mannheimer sieht die beiden Männer neben sich an. Vielleicht könnte er ihnen sein Geld wieder abnehmen. Einerseits haben sie gute Arbeit geleistet. Er ist der Letzte, der gute Arbeit nicht anerkennt. Aber sein ganzes Bargeld! Das ist zu viel. Viel zu viel. Die beiden sind zu gierig. Das ist klar. Andererseits: Die beiden sind Kampfmaschinen. Denen kann man nicht einfach den blauen Müllsack wieder wegnehmen. Sie sind besser bewaffnet als er. Er hat nur ein Jagdgewehr. Es muss einen Überraschungsmoment geben. Sonst würde es böse enden. Wahrscheinlich sehr böse. Im Grunde hat er nur eine Wahl: abwarten und bereit sein, wenn seine Chance kommt.
Aber zuerst musste dieser Dengler unschädlich gemacht werden. Sein Kopf läuft rot an, als er daran denkt, wie dieser Mistkerl ihn vor seiner Frau gedemütigt hat.
Dies ist die Nacht der Abrechnung.
Hoffentlich ist sie bald vorbei.
Joe dagegen hatte sich überlegt, dass er mit Jack einfach abhauen könnte. Die Kohle hatten sie ja. Ziemlich viel Kohle. Er freut sich darauf, sie zu zählen. Schade nur, dass er mit Jack teilen muss. Mmh, mal sehen. Aber weglaufen wird er nicht. Dazu hasst er diesen Dengler zu sehr. Er erinnert sich nur ungern daran, wie er unter seinem Schmerzgriff wie ein Rotkehlchen gesungen hat. Zuerst war da die Schande. Gut, das war vielleicht zu ertragen. Aber zweitens bestand die Möglichkeit, dass Dengler seinem Chef Harry Nopper davon erzählen würde. Nopper duldete keinen Verräter. Das war ein Schatten, der über ihm lag. Ein Risiko, das er heute Nacht loswerden würde. Er blickt zu Jack hinüber. Was der wohl denkt?
Wahrscheinlich nichts.
Aber das ist ein Irrtum. Auch Jack denkt an das viele Geld. Er kann sich nicht erinnern, jemals so viel auf einem Haufen gesehen zu haben. Wie viel das wohl ist? Eine Million vielleicht. Oder zwei?

Keine Ahnung. Schade, dass er mit Joe teilen muss. Wenn er nicht teilen müsste, überlegt er, könnte er sich zur Ruhe setzen. Málaga schwebt ihm vor. Oder irgendwo in der Südsee. Mit der kleinen Denise, vielleicht. Wenn er so viel Geld hätte, würde sie bestimmt mitkommen. Seine Freundin werden. Sanft streicht er über den kurzen Lauf einer der beiden Uzis.
Mal sehen, wie die Nacht wird.

*

Olga wacht auf, als die Glühbirne der Hoflampe platzt und die Scherben auf den Boden fallen.
Es ist kein lautes Geräusch, aber Olga schläft nie tief und fest. Oft wacht sie nur auf, weil Dengler sich im Schlaf neben ihr umdreht.
Sie öffnet die Augen, lauscht. Soll sie aufstehen?
Aber sie schließt die Augen. Olga hat ihren eigenen Weg gefunden, schnell wieder einzuschlafen. Sie atmet mit geschlossenen Augen aus und stellt sich vor, wie sie sich ein Stück fallen lässt. Beim nächsten Ausatmen wieder ein Stück. Und wieder und wieder. Meistens schläft sie nach fünf Atemzügen wieder ein.
So macht sie es auch jetzt. Als sie spürt, wie sie wieder in den Schlaf gleitet, reißt sie plötzlich die Augen auf. Eine Veränderung. Irgendetwas ist anders als vorher. Es dauert einen Moment, dann weiß sie es: Draußen ist es plötzlich dunkler geworden.
Sie gleitet aus dem Bett und huscht zum Fenster. Hinter dem Vorhang bleibt sie stehen. Im schwachen Mondlicht glitzern zwei, drei Scherben auf dem Boden.
Die Lampe ist heruntergefallen.
Warum?
Es weht kein Wind. Die Äste und Zweige der umstehenden Bäume hängen schweigend herab, als würden sie schlafen. Aber die Reste der Lampe drehen sich am Kabel wie ein Derwisch auf Speed.
Seltsam.
Olga rührt sich nicht.
Langsam beruhigt sich die Lampenfassung, wird still.

Da lugt für einen Moment ein Gesicht um die Ecke der Werkstatt. Sie geht zurück zum Bett und greift nach dem Telefon. Mit der rechten Hand verdeckt sie das Display.

*

Olgas Anruf überrascht mich auf dem Heimweg vom Krankenhaus. In Gedanken bin ich noch bei dem intimen Bild von Frau Willmann und meiner Mutter.

»Ein oder mehrere bewaffnete Männer sind auf dem Grundstück. Sie haben die Lampe im Hof abgeschossen. Wahrscheinlich mit einem Gewehr mit Schalldämpfer. Ich habe keinen Schuss gehört. Aber links neben der Werkstatt deines Vaters steht ein Mann. Ich habe ihn nur kurz gesehen, aber er sah aus wie der Kleine, den wir bei Mannheimer getroffen haben. Du darfst auf keinen Fall hierher kommen. Ruf die Polizei.«

Jakob und Laura! »Olga, pass auf die beiden Kids auf. Die dürfen sich auf keinen Fall sehen lassen. Nimm meine Pistole. Sie ist im Schrank – Mist, ich habe den Schlüssel dabei.«

Dann wähle ich die Nummer der Polizei in Neustadt. Eine leicht verschlafen klingende Männerstimme meldet sich.

»Dengler hier. Georg Dengler«, sage ich. »Auf dem Hof meiner Mutter in Altglashütten sind bewaffnete Männer. Ich brauche Verstärkung, mindestens …«

Der Mann lacht. Laut und herzlich. »Wir haben die Anrufe Ihrer Mutter schon vermisst«, sagt er. »Wir haben Wetten abgeschlossen, wie lange es dauert, bis sie sich wieder meldet.«

»Diesmal ist es ernst.«

Er lacht immer noch, als hätte ich ihm einen guten Witz erzählt. »Natürlich, es ist immer ernst. Ich bin schon zweimal mitten in der Nacht zu Ihrer Mutter gefahren. Glauben Sie mir, da ist nichts.«

»Es wurde geschossen.«

Für einen Moment wird er ernst. »Geschossen?«

»Auf die Hoflampe, ja.«

Wieder lacht er. »Auf die Hoflampe, hahaha.«

Mir reicht's. »Sagen Sie der Frau Trautwein Bescheid. Grüßen Sie sie von mir. Ich bin ein ehemaliger Kollege.«
Er lacht immer noch, als ich auflege.

*

Mannheimer hört den Renault, bevor er ihn sieht. Er hört, wie vor der Auffahrt in den zweiten Gang zurückgeschaltet wird. Als ein diffuser Lichtschein die Wand hinter ihm erhellt, steht er auf. Er sieht, wie die Scheinwerfer von Denglers Wagen langsam die Auffahrt hinaufgleiten.
Das Wiesel spannt seine Muskeln an und überprüft mit einigen schnellen Bewegungen die Waffe. Dann entsichert er sie. Sein kräftiger Kumpel schnappt sich die beiden Uzis und steht lautlos auf. Die beiden erinnern Mannheimer jetzt an jagende Wildkatzen, jeder Muskel angespannt.

*

Der Renault rollt auf den Hof.
Er wird langsamer und bleibt stehen.
Der Motor brummt leise im Leerlauf. Die Scheinwerfer beleuchten die Ecke der Werkstatt und verlieren sich dann irgendwo hinter dem Zaun des Hühnergeheges.
Das Wiesel lugt durch den Spalt zwischen Regenrinne und Mauer. Das Auto hat das Fernlicht eingeschaltet, und die Scheinwerfer blenden ihn. Er presst die Augen zusammen, um sich an das grelle Licht zu gewöhnen. Langsam erkennt er die Umrisse des Wagens, dann die Windschutzscheibe.
Dahinter sitzt niemand.
Er kneift die Augen zusammen. Es ist keine optische Täuschung. Der Platz hinter dem Lenkrad ist leer.
Er winkt Jack zu sich: Bleib an der Ecke stehen. Gib mir Deckung. Dann hebt er die Pistole mit beiden Händen auf Gürtelhöhe. Mit einem Schritt ist er im Hof. Mit dem zweiten Schritt ist er aus dem Lichtkegel.
Hinter dem Lenkrad ist niemand zu sehen.

Von der Hausecke blickt Jack fragend zum Wiesel hinüber. Ein Schuss knapp über das Bodenblech? Der Kleine schüttelt den Kopf. Noch ein Schritt.

*

Als der Renault den höchsten Punkt der Auffahrt erreicht hat, lege ich den Leerlauf ein, schalte das Fernlicht ein und lasse mich aus der Beifahrertür ins Gras gleiten. In der rechten Hand halte ich die Kompaktkamera, die ich immer im Handschuhfach aufbewahre. Meine einzige Waffe. Während das Auto auf den Hof rollt, rolle ich mich die Wiese hinab und krieche hinter die Werkstatt. Vorsichtig stehe ich auf und drücke mich an die Wand. In Zeitlupe, jede Bewegung überdenkend, gehe ich zur nächsten Hausecke. Ich höre den Motor des Renault. Dann ein kurzes Knirschen im Kies. Ich schließe daraus, dass sich Dick und Doof dem Auto nähern.
Jetzt stehe ich an der Ecke.
Lausche.
Nichts.
Millimeter für Millimeter schiebe ich den Kopf vor. Dann habe ich eine bessere Idee. Vorsichtig gehe ich in die Hocke. Dann schiebe ich die Kamera dicht über der Grasnarbe um die Ecke. Sie wird geräuschlos sein. Ich muss den Apparat nur etwas schief halten, damit er vom Boden nach oben fotografiert. Dreimal drücke ich auf den Auslöser, ziehe die Kamera zurück und betrachte die Ergebnisse. Zu meiner Überraschung sehe ich Mannheimers wuchtige Gestalt auf dem Boden sitzen, in der linken Hand ein Jagdgewehr. An der Ecke steht Dick und starrt um die Ecke in den Hof.
Keiner von ihnen darf mich hören oder sehen.

*

Olga steht vor Jakobs Bett und hält sich den Zeigefinger vor den Mund. Jakob liegt auf dem Rücken und stützt sich mit den Ellbogen ab. Laura wacht auf und reibt sich die Augen. Als sie etwas sagen will, drückt Olga schnell den Finger an die Lippen. Laura versteht sofort und verstummt.

»Es sind Männer auf dem Hof. Sie sind gefährlich«, flüstert Olga. »Steht auf. Seid leise. Macht das Licht nicht an.«
Beide nicken.
Jakob schiebt die Decke zur Seite.

*

Das Wiesel steht mit erhobenem Revolver neben dem Auto und späht hinein. Im Fußraum sitzt niemand. Auch die Rückbank ist leer. Der Motor brummt. Der Schlüssel steckt.
Wo ist das Arschloch? Er dreht sich um und geht, die Waffe im Anschlag, zum Ende der Einfahrt. Er schaut sich um. Dengler kann nicht weit sein.
Er zieht den einzig richtigen Schluss: Dengler kann sich nur hinter der Werkstatt versteckt haben.

*

Was würde ich tun, wenn ich Doof wäre?
Zuerst würde ich mir das Auto ansehen. Dann würde ich schauen, ob der Gesuchte irgendwo in der Nähe der Werkstatt auf dem Boden liegt. Da ich das Gras frisch gemäht habe, reicht dem Gangster ein Blick, um zu sehen, dass ich mich hinter der Rückwand der Werkstatt versteckt haben muss.
Was wird er nun tun?
Er wird sich so leise wie möglich mit dem Rücken zur Wand an die hintere Seite der Werkstatt heranschleichen. Er wird die Waffe in Brusthöhe vor sich halten. Dann wird er mit einem Satz um die Ecke springen und mich erschießen. Sein Risiko ist gleich null. Er wird zu Recht annehmen, dass ich unbewaffnet bin.
Ich kann nicht den Berg hinunterlaufen. Dann wäre ich ein ideales Ziel für ihn. Ich kann nicht um die Ecke rennen, denn dort steht Mannheimer mit einem Jagdgewehr und Dick mit zwei Maschinenpistolen.
Ich sitze in der Falle.
Was erwartet er, wenn er um die Ecke springt?
Er erwartet freie Schussbahn. Dass ich weit weg von ihm bin.

Was erwartet er nicht, wenn er um die Ecke springt?
Dass ich direkt vor ihm bin.
Vorsichtig, jedes Geräusch vermeidend, schleiche ich dichter an die Ecke heran.
Ich drücke mich an die Wand und lausche.

*

Auch Joe lauscht. Ihm fehlt noch ein Schritt bis zur Ecke. Vorsichtig hebt er das linke Bein und setzt es ab.
Den rechten Fuß zieht er nach.
Er kontrolliert seine Atmung.
Er spannt seine Muskeln.
Er konzentriert sich auf den Sprung.
Er atmet ruhig und tief ein.
Hebt die Waffe.
Und springt mit einem Satz um die Ecke.

*

Olga steht in der Küche, hinter dem Vorhang am Fenster. Der Hof ist leer. Nur der Motor des Renault brummt. Der kleine Gangster ist auf einer Seite verschwunden, den anderen hat sie links gesehen. Georg wird sich hinter der Werkstatt verstecken.
Das ist nicht gut.
Jakob und Laura sitzen am Küchentisch. Laura ist blass und kaut an den Fingernägeln. Jakob wirkt ruhig, aber sein Bein wippt ständig auf und ab.
Sie überlegt.
Wie kann sie die Typen von Georg ablenken?
Olga packt einen Stuhl an der Lehne.
Hebt ihn hoch.
Sie zielt auf das Fenster.

*

Im selben Moment, als er springt, mache ich einen Satz auf ihn zu.
Er steht direkt vor mir. Mein Körper reagiert instinktiv.

Ich sehe, wie seine Augenlider flackern. So nah hat er mich nicht erwartet.
Meine rechte Hand schießt nach vorne, packt das Handgelenk seiner Schusshand und biegt es zur Seite und nach unten. Gleichzeitig drehe ich meinen Körper nach rechts. Hauptsache aus der Schussbahn.
Es gelingt.
Ich packe mit beiden Händen sein Gelenk und reiße mit aller Kraft seinen Arm nach hinten, hinter seinen Rücken. Dann ziehe ich ihn hoch.
Doof grunzt überrascht und fällt zu Boden. Ich trete einmal kräftig auf sein Handgelenk und nehme die Waffe.
Er liegt auf dem Bauch.
Ich achte darauf, dass er die Mündung der Waffe an seinem Hinterkopf deutlich spürt.
»Keinen Mucks, sonst bist du tot«, flüstere ich ihm ins Ohr.

*

Mit einem Knall fliegt der Stuhl durch das Fenster. Fensterscheiben zerspringen klirrend. Splitter verteilen sich im Hof. Er fällt noch ein Stück, dreht sich zweimal auf dem Boden. Dann knallt er mit den Beinen gegen die Tür des Renault und bleibt liegen.
Jack feuert aus seiner Ecke eine Salve auf das Küchenfenster.
Die Vorhänge werden zerfetzt. Geschosse schlagen in die Wand ein. Laura springt auf und hält sich die Hand vor den Mund.

*

Ich höre Glas klirren und zerspringen. Dann eine Salve einer Maschinenpistole.
Olga, Jakob und Laura sind in Gefahr.
Was mache ich mit dem Idioten vor mir?
Ich habe weder Handschellen noch Kabelbinder in der Tasche.
Mit einem Griff sichere ich die Luger, und mit einem kräftigen Schlag auf die Schläfe schicke ich ihn in den Schlaf. Dann haste ich nach vorne. Pulverdampf sticht mir in die Nase.

Ich spähe vorsichtig um die Ecke. Das Küchenfenster sieht übel aus.
»Alles in Ordnung?«, rufe ich.
»Der Schütze ist auf der anderen Seite«, ruft Olga. »Uns geht es gut.«
Ich ziehe meine Jacke aus und schwinge sie mit der linken Hand um die Ecke. Mit der rechten lege ich den Sicherungshebel um. Ich will, dass der bullige Kerl schießt und mir auf diese Weise seine Position verrät.
Ich lauere.
Doch den Gefallen tut er mir nicht.
Vorsichtig schaue ich noch einmal um die Ecke.
Nichts.
»Siehst du ihn?«, rufe ich Olga zu.
»Nein.«
Da höre ich seine Stimme. »Ich stehe hinter dir. Nimm die Hände hoch und geh einen Schritt von der Wand weg.«
Ich tue, was er sagt.
In der Ferne höre ich eine Polizeisirene. Schön wäre es, wenn der Wagen auf dem Weg zu uns wäre.
Jack hält die Uzi an seiner Hüfte. »Leg die Waffe langsam auf den Boden. Ganz langsam. Eine schnelle Bewegung – und ich schieße.«
Ich gehe in die Hocke. Langsam. Die Waffe in der ausgestreckten Hand. Vorsichtig lege ich sie auf den Boden, den Griff auf mich gerichtet.
»Jetzt tritt sie weg.«
Er ist ein Profi. Ich trete die Waffe weg.
Plötzlich höre ich Jakobs Stimme. »Ich filme dich. Wenn du meinem Vater etwas antust, stelle ich den Film ins Internet.«
Ich rufe: »Olga, bring den Jungen in Sicherheit.«
Dick wird unruhig. Nur für einen Moment. Ich spüre es, obwohl er hinter mir steht und ich ihn nicht sehen kann.
Zweimal schießt er auf das Küchenfenster.
Die Sirene wird etwas lauter.
Da taucht Doof auf. »Erschieß ihn. Wir müssen weg.« Ich drehe mich langsam um. Er reibt sich den Kopf. »Mach schon.«

Zwei Dinge werden mir klar. Erstens: Dick hat das Martinshorn nicht gehört. Er hat seine Wollmütze zu tief über die Ohren gezogen. Zweitens: Die Polizei ist tatsächlich auf dem Weg hierher. Sie biegt im Dorf rechts ab, auf dem Weg zu uns. Doof nimmt die Sache selbst in die Hand. Kopfschüttelnd geht er in meine Richtung. Er macht einen respektvollen Bogen um mich und bückt sich, ohne mich aus den Augen zu lassen, nach der Luger. Er hebt sie auf, entsichert sie und richtet sie auf meinen Kopf.

Die Tür hinter ihm wird aufgestoßen. Ich höre Lauras lang gezogenen Schrei. Jakob ist hinter ihr, einen Arm nach ihr ausgestreckt.

»Nicht, bleib hier«, schreit mein Sohn.

Doofs Schussarm schwingt herum.

Ich springe.

Lande irgendwo auf seiner rechten Seite.

Er schwankt.

Er schießt.

Einmal. Ich höre es noch einmal knallen.

Ich reiße Doof zu Boden.

Blaulicht rast die Einfahrt hoch.

Laura hält sich den Arm.

Ich packe Doof am Kopf und schlage ihm einen rechten Haken auf die Schläfe, erstarre – und sehe staunend das runde Loch in seiner Stirn. Ich ziehe die linke Hand von seinem Hinterkopf. Sie ist verschmiert mit Blut und Hirn.

Die Scheinwerfer zweier Polizeiautos tauchen alles in gleißendes Licht. Aus dem Augenwinkel sehe ich, wie Dick die Maschinenpistole in Hüfthöhe in Schussposition bringt. Er schießt. Die Salve verpufft im Nachthimmel. Dann explodiert sein Hinterkopf.

Jakob umarmt Laura. Olga hebt die Uzi auf und sichert sie. Ich starre auf das Loch in Doofs Gesicht.

Die Streifenwagen halten mit quietschenden Reifen. Polizisten gehen hinter offenen Türen in Deckung. Aus dem Fond quält sich Polizeioberrätin Trautwein.

Langsam kommt Mannheimer auf uns zu. Lächelnd. Das Gewehr im Anschlag.

Er geht auf Sofia Trautwein zu. Senkt die Waffe und streckt die Hand aus.
»Ich bin gerade noch rechtzeitig gekommen«, sagt er, »mein Name ist Kurt Mannheimer. Ich habe in der Nähe eine Jagd. Mir ist hier etwas komisch vorgekommen.«
Er stellt das Gewehr auf den Boden. »Gott sei Dank konnte ich Schlimmeres verhindern.«
Trautwein sieht mich an. »Dengler – ich hab's gewusst. Sie bringen nur Ärger.«

Blaulicht

Drei Blaulichter zucken über Haus und Hof. Ein Krankenwagen steht mit offener Hecktür vor der Haustür. Zwei Sanitäter verbinden gerade Lauras Streifschuss an der Schulter. Jetzt reichen sie ihr die Hand und helfen ihr vorsichtig auf eine Trage. Neben ihr steht Jakob. Ich spreche mit ihnen. Beide sind erstaunlich ruhig.

Von Lauras Panikattacke ist nichts mehr zu spüren. Sie schaut mich ruhig an. »Danke«, sagt sie. Die Sanitäter heben die Trage hoch und schieben sie in den Krankenwagen. Jakob folgt ihr und gurtet sich auf einem schmalen Notsitz an.

Drei Polizisten sperren Hof und Einfahrt mit rot-weißem Absperrband ab.

Trautwein befragt Mannheimer in unserer Küche. Sie hat seine Waffe beschlagnahmt. Als mich ein Polizist in die Küche ruft, kommt er mir entgegen. Er sieht mich nicht an, sondern drängt sich an mir vorbei.

Ich setze mich. Frau Trautwein schaut mich lange an.

»Dem Mannheimer verdanken Sie Ihr Leben«, sagt sie schließlich.

Ich schüttle den Kopf. »Er hat mit den beiden gemeinsame Sache gemacht. Nehmen Sie ihn fest.«

Sie lächelt. »Sie wissen, wer das ist, der Mannheimer?«

Ich nicke. Das Adrenalin ist verflogen. Nun bin ich nur noch müde. »Er ist ein Verbrecher.« Ich sehe sie an. Ihr Bauch scheint in den letzten Tagen gewachsen zu sein. Schützend und stützend hält sie ihre rechte Hand vor sich. Aus ihrer linken Hand ragt ein Kugelschreiber. Neben ihr steht ein Aufnahmegerät. Sie schaltet es ein. »Ich höre«, sagt sie.

Ich will nur zwei Dinge: schlafen und ins Krankenhaus fahren, um zu sehen, wie es Laura geht. Nur mit Mühe halte ich die Augen offen. Ich unterdrücke den Impuls, lang und laut zu gähnen. »Meine Mutter besitzt am Feldberg ein Stück Weideland. Da gibt es einen mächti-

gen Mann, Stephan C. Crommschröder, den großen Chef des Energiekonzerns VED. Er wollte auf keinen Fall, dass auf dem Grundstück meiner Mutter ein Windrad gebaut wird. Wahrscheinlich hat er Mannheimer beauftragt, das zu verhindern. Mannheimer hat dafür gesorgt, dass auf dem Feldberg Auerhahnkot gefunden wurde. Das Ergebnis ist eine Schutzzone für das Auerwild. Also: kein Windrad.« Ich überlege kurz, aber ich will Karolas Namen nicht erwähnen. Doch jetzt kann ich nicht anders. Ich halte mir beide Hände vor den Mund und gähne herzhaft. Polizeioberrätin Trautwein wartet geduldig, bis ich die Hände wieder wegnehme. Als ich ihr ins Gesicht schaue, merke ich, dass sie mir kein Wort glaubt.
»Und«, fragt sie gedehnt, »wie kommen die beiden Toten ins Spiel?«
»Die wurden von einer Geheimorganisation geschickt«, sage ich und sehe an ihrer gerunzelten Stirn, dass sie mich spätestens jetzt für völlig verrückt hält.
»Sie müssen ins Krankenhaus«, sagt sie. »Sie stehen unter Schock.« Sie wendet sich an einen der uniformierten Polizisten. »Fahren Sie den Mann ins Krankenhaus.«
»Ich kann es beweisen«, sage ich. Hektisch durchsuche ich meine Taschen. Irgendwo muss der verdammte Fotoapparat sein. »Ich kann beweisen, dass Mannheimer mit den beiden Verbrechern gemeinsame Sache gemacht hat.« Ich stehe auf und krame noch einmal in meinen Taschen.
Panik.
Die Kamera ist nicht da.

*

Nachdem Mannheimer seine Aussage unterschrieben und die Quittung für das beschlagnahmte Gewehr in seine Brieftasche gesteckt hat, geht er die Straße zum Dorf hinunter.
Was für eine Nacht!
Aber irgendwie ist er noch einmal mit einem blauen Auge davongekommen.
Dann durchfährt es ihn wie ein Blitz.
Das Geld.

Sein Geld.
Es liegt in einem blauen Müllsack im Kofferraum des Porsches.
Es gehört ihm.
Wahrscheinlich sind unzählige Fingerabdrücke von ihm auf den Scheinen.
Sehr schlecht.
Er weiß, wo das Auto steht.

*

»Kommen Sie mit«, rufe ich Trautwein zu.
Sie zögert. »Sie müssen zum Arzt. Dringend.«
Der Polizist, der mich ins Krankenhaus bringen soll, kommt breitbeinig auf mich zu. Sein Blick verrät, dass er bereit ist, unmittelbare Gewalt gegen mich einzusetzen.
Aber was ich jetzt am wenigsten gebrauchen kann, ist eine Schlägerei mit einem uniformierten Polizisten.
»Kommen Sie«, sage ich zu der Polizeioberrätin und springe auf. »Es gibt Fotos. Ich kann es beweisen.«
Die Polizistin überlegt kurz. Sie legt beide Hände schützend um ihren Bauch und steht mühsam auf. Wir gehen durch den Flur in den Hof.
»Die Kamera muss mir aus der Tasche gefallen sein«, erkläre ich ihr, »als ich mit dem Kleinen gekämpft habe.« Ich nehme ihren Arm und stütze sie. Gemeinsam gehen wir die rechte Seite der Werkstatt hinunter bis zur Ecke. Von den Streifenwagen auf dem Hof fällt noch so viel Licht hierher, dass ich das Gelände gut überblicken kann.
Die Kamera ist nicht zu sehen.

*

Da steht er ja, der Porsche. Geparkt im Schatten einer großen Schlehe. Doch er hat keinen Schlüssel. In seinem Kopf dreht sich alles: Geld, Porsche, Fenster einschlagen, abhauen. Er muss die Heckscheibe einschlagen, um an das Geld zu kommen.
Aber wie?

Er schaltet die Taschenlampe seines Handys an und leuchtet die Straße ab. Verdammt noch mal, hier muss es doch irgendwo einen Stein geben, der groß genug ist, um die blöde Autoscheibe einzuschlagen. Doch auf dem Weg liegen bestenfalls faustgroße Steine.
Mannheimer geht auf die Knie. Mit beiden Händen fährt er durch das Gras an der Seitenlinie. Irgendwann rutscht er über einen Stein, den er gerade noch mit beiden Händen greifen kann.
Aber der Klotz steckt in der Erde. Er kann ihn nicht herausziehen.
Mannheimer beginnt mit beiden Händen zu graben.
Er schwitzt.
Er flucht.
Seine Fingernägel brechen ab.
Er arbeitet wie ein Tier.
Endlich hat er es geschafft: Er bekommt zwei Finger unter den Stein.
Er zieht.
Der Stein bewegt sich nicht.
Mannheimer flucht und gräbt weiter.

*

Ich renne hinter der Werkstatt auf und ab.
Die verdammte Kamera ist nirgends zu sehen.
Trautwein dreht sich um und will zurück.

*

Irgendwann gibt der Stein nach.
Mit beiden Händen zieht Mannheimer ihn aus dem Boden. Keuchend schleppt er ihn zum Porsche. Dann schwingt er ihn mit beiden Händen über seinen Kopf und knallt ihn gegen die Heckscheibe.
Die Alarmanlage jault auf.
Die Scheibe ist noch heil. Sie hat Risse. Aber er kann nicht in den Kofferraum greifen. Er keucht. Noch einmal hebt er den Stein.

*

»Suchen Sie das?« Ein uniformierter Polizist steht im Hof und hält meine Kamera hoch. Keuchend bleibe ich stehen. Ich will Sofia Trautwein etwas sagen, bringe aber kein Wort heraus. Ich stütze die Polizistin. Wir gehen zurück, mühsam, wie ein jahrzehntelang verheiratetes Paar. Unten in Richtung des Dorfes jault entfernt die Alarmanlage eines Autos.

Der Polizist gibt mir die Kamera. Ich nehme sie in beide Hände und drücke wahllos auf Knöpfe und Tasten.

Hoffentlich sind die Bilder noch da.

*

Nach und nach schlägt Mannheimer die Splitter der Heckscheibe beiseite. Das Heulen der Alarmanlage ist unerträglich. Gleichzeitig blinken die Scheinwerfer wie verrückt.

Er muss hier verschwinden.

Mannheimer greift ins Innere. Seine Hand findet die Mülltüte. Er zieht sie heraus, wirft sie sich über die Schulter und geht.

*

Die Polizeioberrätin nimmt mir den Fotoapparat aus der Hand. Sie blättert die letzten Bilder durch. Ich schaue ihr über die Schulter. Die drei letzten Bilder zeigen Mannheimer gemütlich auf dem Boden sitzend. Neben ihm liegt das Jagdgewehr. Neben ihm steht Dick mit zwei Maschinenpistolen um den Hals. »Sind sie nicht ein schönes Paar?«, frage ich.

*

Als Mannheimer den Bahnhof Falkau-Altglashütten erreicht, sucht er in seinen Hosentaschen nach Kleingeld. Er hat keines. Er steht vor dem Fahrkartenautomaten, stellt die Mülltüte vor sich ab und kramt in den Geldscheinen. Er zieht einen 200-Euro-Schein aus der Mülltüte und versucht, ihn in den Automaten zu stecken. Der Automat spuckt den Schein wieder aus. Mannheimer versucht es noch einmal.

Keine Chance.

Er wirft den Schein kurz entschlossen zurück in die Tüte, zieht einen anderen Schein heraus und versucht es erneut.
Keine Chance.
Eine ältere Frau steht unter dem Bahnhofsdach und beobachtet ihn. Als er es mit dem dritten Schein versucht, geht sie zur Seite, verschwindet aus seinem Blickfeld und wählt den Notruf.

*

Vorsichtig schiebt Sofia Trautwein die Kamera in eine Beweistasche. Plötzlich steht Olga neben mir und legt einen Arm um mich. Die Polizistin winkt drei Uniformierte herbei. »Kurt Mannheimer«, sagt sie, »der kräftige Mann in der Jägerkluft.«
Die Uniformierten nicken.
»Suchen und festnehmen«, sagt Trautwein.

*

Endlich sieht er in der Ferne das Licht der Lokomotive. Der Zug rauscht auf dem einspurigen Gleis heran und kommt zum Stehen. Geschafft.
Mannheimer steigt ein und lässt sich auf einen Sitz fallen. Es sind nur vier Fahrgäste im Waggon. Sie starren ihn an wie ein Weltwunder. Können die Augen nicht von ihm lassen. Verständlich, seine Hände sind schwarz und braun von Dreck und Lehm. Seine Hose sieht aus, als hätte er die letzten Jahre in einer Höhle gelebt. Aber – was soll's. Er hat sein Geld wieder.
Er hat die Geschichte heil überstanden.
Als der Zug auf Gleis 4 in Titisee einfährt, schwingt er sich fröhlich den Müllsack auf den Rücken und steigt aus. Er geht den Bahnsteig entlang und biegt links auf den Vorplatz ab. Er hat Glück. Da stehen zwei weiße Taxis. Darüber freut er sich so sehr, dass er gar nicht auf die Idee kommt, dass die drei Polizisten, die ihm entgegenkommen, etwas von ihm wollen.
Dann klicken die Handschellen.

4. Teil

Besuch von Jost

Ein paar Tage später holen wir meine Mutter aus dem Krankenhaus. Rolf Köhler hat uns geholfen. Er vermittelte uns einen Kollegen, einen Glasermeister aus Hinterzarten, der innerhalb eines Tages das zerborstene Küchenfenster ersetzt. Olga und ich, Jakob und Laura, Frau Willmann und Egon veranstalten eine Putzorgie, kehren und wischen, Egon sammelt noch ein paar Patronenhülsen der Uzi ein, die die Polizei übersehen hat, Olga und Laura pflücken mehrere Blumensträuße aus dem Garten und von der Wiese. Laura findet in der Schublade des Küchentisches ein Rezept meiner Mutter und backt einen Hefezopf. Jakob gibt den Hühnern eine Extraportion Futter.

Ich fahre nach Hinterzarten zu einer Buchhandlung und bestelle einige Bücher über den israelischen Geheimdienst Mossad.

Polizeioberrätin Trautwein hält uns auf dem Laufenden. Mannheimer ist aus der Untersuchungshaft entlassen worden. Eine Horde von Anwälten (so Trautwein) habe den Haftrichter mit folgender Geschichte überzeugt: Er (also Mannheimer) habe einen Garten- und einen Jagdgehilfen eingestellt. Beweis: Arbeitsverträge und die Aussage von Mannheimers Frau. Er habe sie freundlicherweise in die Kellerwohnung gelassen. Beweis: beschlagnahmte Kleidung und andere Utensilien der beiden. Er weiß nicht, dass es sich um Kriminelle handelt. Sie zwingen ihn, seinen Safe zu öffnen, und stehlen sein Bargeld. Sie fliehen. Den nächsten Überfall begehen die beiden auf dem abgelegenen Dengler-Hof. Mannheimer kommt hinzu und rettet die Familie Dengler. Das Foto, das ich gemacht habe und das ihn in trauter Zweisamkeit mit Dick zeigt, erklärt er damit, dass Dick ihn niedergeschlagen habe und er noch nicht ganz bei Sinnen gewesen sei, als ich das Foto gemacht habe.

»Glauben Sie das?«, frage ich Trautwein.

»Natürlich nicht«, sagt sie. Dann fügt sie hinzu: »Aber darauf kommt es ja auch nicht mehr an.«
»Wer waren die beiden Toten?«, frage ich.
Die Polizistin zögert einen Augenblick, als sei sie sich nicht sicher, ob sie mir ein Staatsgeheimnis anvertrauen könne.
Ich ermuntere sie. »Los, sagen Sie's schon. Ich bin auf alles gefasst.«
Sie zögert trotzdem. Dann sagt sie: »Zwei ehemalige Kollegen. Staatsschutz. Meckenheim.«
»Braune Soße?«
»Das haben Sie gesagt.«

*

Meine Mutter hält Einzug wie eine Königin.
Sie ist schmal geworden. Auf den ersten Blick wirkt sie lebhaft wie immer, aber wir merken alle, wie schnell sie erschöpft ist. Jakob meint, man müsse sie nur richtig füttern. Als Begrüßungsessen haben Laura und er ausgerechnet Brägele zubereitet, das Essen, mit dem meine Mutter jede Koch-Meisterschaft gewinnen würde. Aber es gelingt. Wir sitzen in der Stube um sie herum, und sie isst zwei große Teller Brägele der nächsten Generation. Wir schauen ihr alle bewundernd zu. Als sie Messer und Gabel auf den Teller zurücklegt, strahlt sie Laura und Jakob an: »Ich hätt's it besser na'kriegt, säll isch g'wiss.« Ein größeres Lob kann man von meiner Mutter nicht erwarten.
Nach dem Essen geht sie in ihr Zimmer. Sie ist erschöpft und muss schlafen. Vorher nimmt sie mich noch zur Seite. »Georg, sag emol, was isch eigentlich mit de Karola? Ich han nint mehr von ihre g'hört, kei Wort. So langsam mach ich mir doch Sorge um des Mäidli.«
»Mir geht es genauso. Ich habe mit ihr telefoniert, aber seitdem nichts mehr von ihr gehört. Ich werde mich darum kümmern.«
»Dann isch gut.« Sie geht die Treppe hinauf. Mit einer Hand hält sie sich am Geländer fest. In der Mitte der Treppe bleibt sie kurz stehen und schnauft tief und laut. Es bricht mir fast das Herz: So

gebrechlich wie in diesem Moment habe ich meine Mutter noch nie gesehen.

Am Nachmittag tragen Olga und ich die beiden Holztische aus der Stube in den Hof. Laura hat in einem Schrank blütenweiße Tischdecken gefunden, die sie darüber ausbreitet. Zuvor hat sie zwei Liter Zitronenlimonade zubereitet. Jakob kümmert sich um den Kaffee. Als meine Mutter die Treppe herunterkommt, freut sie sich über das Bild im Hof.

Wir sind alle erleichtert. Das Koma hat meine Mutter geschwächt, aber sie hat es gut überstanden. Wir sind bei dem Überfall mit dem Leben davongekommen. So sitzen wir gut gelaunt am Tisch und reden und reden, über dies und das, nur nicht über den Überfall auf dem Feldberg und die Schießerei auf dem Hof.

Ich hatte ein schwieriges Telefonat mit Lauras Eltern. Sie wollten, dass ihre Tochter Altglashütten sofort verlässt, aber Laura weigerte sich. Auch das Gespräch mit Hildegard, meiner Ex-Frau, war nicht einfach. Sie hatte zwar von dem Überfall in der Zeitung gelesen, es aber nicht mit uns in Verbindung gebracht. Wir haben lange geredet.

Mitten in unseren kleinen Kaffeeklatsch rauscht Max Jost mit seinem Tesla heran. Er parkt vor der Werkstatt und steigt aus. Unter dem Arm trägt er eine blaue Mappe. Er begrüßt meine Mutter und setzt sich neben sie. Dann zeigt er auf die Mappe. »Hier ist das Gutachten, Frau Dengler. Ich hatte es Ihnen versprochen.«

»Un Sie hen au versproche, dass mich des kei Pfennig koschtet«, sagt meine Mutter.

Jost lacht. »Keinen Pfennig, Frau Dengler. Können wir uns irgendwo ungestört unterhalten? Nur Sie und ich.«

»Mir gehn in d'Kuchi.«

Sie bleiben fast eine Stunde weg.

Als sie zusammen aus der Haustür kommen, verabschiedet sich Jost winkend und fährt davon.

Meine Mutter setzt sich an den Tisch. »Ich muss mit euch alle schwätze.« Wir heben die Köpfe und warten. »Z'erscht sag ich, was alle wisse. Ich bin a alte Frau, und so furchtbar lang han ich au nimmi z'lebe. 's Zweit, was mir au alle wisse, isch, dass us dem Georg nie en Bauer wird. Er hätt au nie a Interesse zeigt, de Hof z'übernehme. Also muss ich mir Gedanke mache, was us dem ganze …« Sie macht eine Handbewegung, die Hof, Garten und Werkstatt einschließt. »… später emol werde soll.« Sie schweigt. Laura schenkt ihr Limonade nach. Sie trinkt einen Schluck, stellt das Glas ab und schaut in die Runde. »Ich han Glück un han en g'scheite Enkel, und der Enkel hätt a g'scheite Freundin.« Sie lächelt Laura und Jakob an. »Viellicht hen ihr junge Lit ja a Idee, was mer mit dem alte Hof G'scheits mache könnt, was in unsere Zit nipasst.«

Laura antwortet sofort: »Ich würde ein veganes Hotel daraus machen.«

Jakob ergänzt: »Genau. Und dann müsste man die Scheune umbauen und dort eine Art Fitnessraum für die Gäste einrichten. Große Fenster. Neuer Boden. Damit mein Vater keine Angst mehr haben muss, ins *Denn* zu gehen.«

»Ich habe keine Angst mehr«, knurre ich.

Meine Mutter nickt.

Jakob nimmt nachdenklich einen Schluck Kaffee. »Ich würde in deinem Garten Gemüse und Gewürze anbauen. Deine Knoblauchzucht würde ich ausbauen und zu einer eigenen Marke machen. Knoblauch vom Dengler-Hof – das ist gut und nicht doof.«

Wir lachen.

»Veganer Urlaub auf dem Bauernhof! Verbunden mit Wandern im Schwarzwald – das wäre was«, sagt Laura verträumt. »Und das alles ohne schädlichen CO_2-Ausstoß.«

»Man müsste eine Wärmepumpe einbauen. Solarzellen auf dem Dach – und du würdest nie wieder eine Rechnung für Heizung oder Öl bekommen«, fährt Jakob fort. »Das wäre die Null-Emissions-Hotellerie. Die Leute würden aus der ganzen Welt kommen, um das Wunder vom Dengler-Hof zu sehen.«

»Und jetzt frog ich euch ganz im Ernscht«, sagt meine Mutter und schaut Jakob und Laura an. »Möchtet ihr des mache?«

Mein Sohn sieht unsicher zu seiner Freundin. »Würdest du das mit mir machen wollen?«

Laura steht auf, geht zu meinem Sohn, setzt sich auf seinen Schoß und küsst ihn auf den Mund.
Meine Mutter murmelt vor sich hin: »Des sieht ganz nach nem Ja us.« Dann hebt sie den Kopf. »Aber ein Nachteil hätt die Sach. Solang ich leb, blieb ich bi euch uff dem Hof.«
Jakob lacht. »Oma, das wäre doch supercool. Und ab und zu verwöhnst du die Gäste mit deinen Brägele.«
»Wenn ihr des meint«, sagt meine Mutter. »Dann isch des abg'macht. Ich überschrieb euch de Hof. De Umbau müsse ihr vollständig übernehme. Des isch en Haufe Arbet.« Sie schaut sich um. Frau Willmann sitzt neben ihr und nimmt die Hand meiner Mutter. Beide lächeln.
»Wenn mir's scho vom Umbau schwätze«, sagt meine Mutter und zeigt auf die Werkstatt, »dann isch des au nimmi länger 's Papas Museum. Wenn die Helga will …«, sie schaut Frau Willmann lächelnd, aber gleichzeitig ernst in die Augen, »dann ziehe mir mitnander da ein.«
Erstauntes Schweigen am Tisch.
Egon steht auf und setzt sich wieder.
Ich denke, es ist an der Zeit, ein wenig Realität in die ganze Sache zu bringen. »Alles in allem ein guter Plan«, sage ich. »Schade, dass er nicht funktioniert.«
»Du scho wieder! Warum soll der it funktioniere?«, fragt meine Mutter.
»Weil dieser Plan viel Geld kosten wird, das du nicht hast. Das ich nicht habe. Das Laura und Jakob auch nicht haben. Und wir alle zusammen nicht so kreditwürdig sind, dass uns eine Bank dabei hilft.« Ich komme mir ein bisschen schäbig vor, die schöne Fantasie meiner Mutter so zu zerpflücken.
»'s Geld isch it s'Problem«, sagt meine Mutter. »Seit heut isch's da.« Sie reicht die blaue Mappe an Frau Willmann weiter, die sie an Jakob weiterreicht. »Georg, gell, bisch so lieb und lies vor.«
Jakob schiebt die Mappe über den Tisch zu mir.
Ich öffne sie. Ich sehe Diagramme, Tabellen, eine Luftaufnahme vom Feldberg, auf der unser Grundstück gelb markiert ist, viel

Text, den ich überfliege. »Anlagenpotenzial am Standort Feldberg«, lese ich auf der dritten Seite. »Die durchschnittliche Windgeschwindigkeit auf unserem Grundstück beträgt 8,9 Meter pro Sekunde.« Ich zucke mit den Schultern. Ehrlich gesagt kann ich mit dieser Zahl nicht viel anfangen. Meine Mutter offenbar schon. Sie sitzt kerzengerade am Kopfende des Tisches, den Kopf leicht zur Seite geneigt, und verkündet stolz: »Uf'em Feldberg und ganz b'sonders auf unserem Stückle Land pfieft de Wind so fescht wie an de Nordsee.«

Es folgen ein paar Angaben, die ich ebenfalls nicht verstehe: Die Windleistungsdichte beträgt durchschnittlich 382 Watt/m^2. Installierte Leistung des Windrads: 7,2 Megawatt. Das entlockt Jakob ein »Wow«. Laura greift nach seiner Hand.

Ich lese weiter: »Anzahl der durchschnittlich versorgten Haushalte.« Ich mache eine Pause. »10.000 Haushalte können mit einem Windrad versorgt werden.«

Egon springt auf. »Das sind viel mehr, als unsere Gemeinde Einwohner hat. Wir können die gesamte Region mit Strom versorgen.«

Meine Mutter nickt ihm zu – ganz die huldvolle, weise Patriarchin der Familie.

»Die Zahlung an die Gemeinde sind 120.000 Euro im Jahr«, lese ich weiter vor. »Es muss kein Baum gefällt werden. Man kann auf die Fundamente bauen, die von den NATO-Ohren noch da sind. Auch die Wege nach oben gibt es schon.«

»Und jetzt blättersch uff die nächschte Site um.«

Ich blättere um. Luftaufnahmen, Karten, Tabellen mit Windgeschwindigkeiten.

»Georg, die Tabelle kann'sch später noch studiere. Jetzt mach scho«, sagt meine Mutter ungeduldig.

Ich blättere weiter.

Himmel – da steht: »Pacht-Prognose bei heutiger EEG-Vergütung: 1 Mio. € pro Jahr. Pacht-Prognose bei 15 Prozent geringerer EEG-Vergütung: 250.000 € pro Jahr.«

Schweigen am Tisch.

»D’Hälfte von dene Einnahme solle die andere Buure von de Genosseschaft kriege. Ich will, dass uff dem Berg obe Friede isch. Mit de andere Hälfte könne de Jakob und d’Laura de Hof umbaue. Und ihr werde sehe, des Geld wird lange.«

Vorbereitung Fest

Es herrscht eine merkwürdige Stimmung, als wir abends alle zusammen Rommé spielen. Jakob und Olga liefern sich ein Kopf-an-Kopf-Rennen, das Olga knapp gewinnt.
Meine Mutter ist fröhlich wie selten, fast ein bisschen aufgekratzt. Sie ist erleichtert, weil sie eine Entscheidung getroffen hat, die ihr schon lange auf der Seele lag. Sie und Frau Willmann lächeln sich mehrmals an, und in diesem Lächeln liegt so viel Übereinstimmung, wie ich sie bei ihnen noch nie gesehen habe. Vielleicht war ich früher zu ignorant, um es zu bemerken.
Jakob und Laura ist der Ernst ins Gesicht geschrieben. Sie sitzen nebeneinander, manchmal suchen und finden sich ihre Hände unter dem Tisch. Es ist, als würden sie erst jetzt langsam begreifen, dass der Vorschlag meiner Mutter ernst gemeint ist und ihr Leben völlig auf den Kopf stellen wird.
Ein Windrad auf dem Feldberg würde alles verändern.
Es würde große Veränderungen in unserer Familie mit sich bringen, aber auch die gesamte Region rund um den Feldberg positiv beeinflussen. Es wäre ein wichtiger Beitrag für den ganzen Schwarzwald. Ein Windrad auf dem Feldberg, weithin sichtbar, wäre ein großes Symbol dafür, dass die Klimakatastrophe verhindert werden kann und dass die Menschheit besser leben kann, ohne Kohle, Öl und Gas zu verbrennen.
Als Jakob wieder ein Spiel mit Rommé Hand gewinnt, lege ich die Karten beiseite. »Wir sollten feiern. Wir haben viel erlebt in den letzten Tagen. Lasst uns feiern. Laura, frag deine Eltern, ob sie uns besuchen wollen. Und Hildegard muss auch kommen.«
»Jetzt hätt sogar de Georg no a g'scheite Idee g'habt«, ruft meine Mutter und knallt ihre Karten auf den Tisch.

*

In der Nacht lieben Olga und ich uns zärtlich. Als wir nebeneinander auf dem Rücken liegen, fragt Olga: »Du willst wirklich ein großes Fest feiern? Ich kenne dich. Du fragst dich, wie du an den israelischen Geheimdienst herankommst. Du wirst nicht aufgeben, bis du genau weißt, was in dieser Nacht in eurer Scheune passiert ist.«
Ich nicke. »Außerdem frage ich mich, wo Karola ist.«
Olga lacht. »Vielleicht hat sie es aufgegeben, dich in sie verliebt zu machen.«

Polo

Am nächsten Morgen verdrängt eine neue Sensation die Schießerei von Altglashütten aus den Schlagzeilen. Die Tierkamera des Bund Naturschutz hat in der Nacht eine Wölfin fotografiert. Das Bild ist der Renner auf Instagram und einen Tag später auf der Titelseite der *Süddeutschen Zeitung*. Die Wölfin ist der Star der Lokal- und Regionalnachrichten, der Landesschau und schafft es bis in die Tagesthemen. Sie führt noch am selben Tag zu einer Kleinen Anfrage im Landtag von Baden-Württemberg.

Jäger werden interviewt. Sie fordern den sofortigen Abschuss des Wolfs. Ein besorgter Schäfer, der gerade seine Herde in den Stall treibt, erklärt, er habe Angst um seine Tiere. Noch am selben Tag werden an zwei Schwarzwaldhütten große Transparente gehängt: Kein Wolf im Schwarzwald. Da es sich um ein weibliches Tier handelt, wird befürchtet, dass bald ein oder mehrere Wolfsrudel im Schwarzwald auf die Jagd gehen. Ein Mitarbeiter der Naturschutzbehörde sorgt sich um das Auerwild.

Olga und ich fahren am Morgen auf den Feldberg. Karola Müllerschön geht immer noch nicht ans Telefon, weder ans Handy noch an den Apparat in ihrer Praxis. Wir suchen die Parkplätze vor dem Hotel ab und laufen durch das riesige Parkhaus. Doch Karolas Polo ist nirgends zu sehen.

»Bist du sicher, dass sie auf den Feldberg gefahren ist?«, fragt Olga.

Ich zucke mit den Schultern. »Wenn sie zurückgefahren wäre, wäre sie mir entgegengekommen. Aber ich habe nur Dick und Doof in ihrem Porsche gesehen. Und vermutlich Mannheimer auf dem Rücksitz. Deswegen … habe ich kein gutes Gefühl.«

Olga stupst mich mit dem Ellbogen an. »Guck mal da!«

Auf dem Parkplatz vor dem Haus der Natur steht ein Abschleppwagen. Zwei Männer hieven gerade einen Polo auf die Ladefläche, Karolas Polo.

Ich gehe zu einem der umstehenden Feldberg-Ranger und verwickele ihn in ein Gespräch. Seit ein paar Tagen blockiert der Polo einen reservierten Parkplatz. Jetzt haben sie genug und lassen ihn abschleppen.
»Sie hat den Polo stehen lassen«, sage ich, als ich zu Olga zurückkehre. »Vielleicht sprang er nicht mehr an. Sie muss zu Fuß zurückgelaufen sein.«
Überzeugend klinge ich nicht. »Lass uns zu dem alten Versteck gehen.«

*

»Romantisch ist es hier aber nicht«, sagt sie, als wir das Versteck oberhalb der Felswand erreichen.
»Früher war es das«, antworte ich. »Der erste Kuss, die erste Auerhahnbalz, das war schon was.« Ich zeige auf ein Herz, das ich damals in den Baum geschnitzt habe. Olga beugt sich vor und lächelt. »Das K kann man noch gut erkennen. Für das G braucht man Fantasie.«
Wir schauen uns um.
»Vielleicht war sie hier«, sage ich. »Reste von Laub vom letzten Jahr sind aufgewirbelt. Die Blattränder schauen nach oben.«
Olga: »Vielleicht war es aber auch nur ein Eichhörnchen.«

Feldsee

Der Feldsee ist der höchstgelegene See Deutschlands außerhalb der Alpen. Er ist schwarz, tief und kalt und hat ihm schon als Kind Angst gemacht. Es gibt ein Badeverbot am See, aber das hätte ihn weder als Kind noch als Jugendlichen davon abgehalten, hineinzuspringen. Aber das hat er nie getan. Dieser See hat etwas Furcht Einflößendes, Einschüchterndes.

Der Feldsee ist kreisrund, und die Mulde, in der er seit Jahrtausenden liegt, wurde einst von Gletschern ausgeschürft. Es gibt zwar einen Rundweg um den See, aber er wird selten von Wanderern umrundet. Der See, so schien es ihm damals und so scheint es ihm heute immer noch, spricht zu den Menschen. Er sagt nur einen Satz: Bleib weg von mir.

Vielleicht hat die Ehrfurcht einflößende Wirkung des Sees damit zu tun, dass er auf drei Seiten von Steilwänden umgeben ist. Vom Rundweg um den See erreicht man den Beginn der Felswände nur, wenn man querfeldein durch Wald und Gebüsch geht.

Gerhard Brommer ist schon seit vielen Jahren Förster am Feldberg. An diesem Tag wollte er nachsehen, ob sich die Gämsen wieder von der anderen Seite hierher aufgemacht haben.

Er mag sie nicht.

Brommer ist froh, dass in seinem Revier langsam wieder ein gesunder Mischwald entsteht. Ahornbäume neben der Schwarzwälder Fichte mit ihren kurzen Ästen, die die Schneelast im Winter mindern.

Er sucht den Boden ab. Wenn Gämsen da waren, dann müsste er ihre Spuren hier finden, nahe am steilen Abhang.

Die Schar auffliegender Krähen macht ihn stutzig. Er bleibt stehen, lauscht ihrem alarmistischen Krächzen. Dann geht er in ihre Richtung.

Und findet Karola Müllerschön.

Sie ist kein schöner Anblick.
Die Krähen haben ihre Augen herausgepickt. Einige Tiere haben sich in die klaffende Wunde am Kopf gefressen. Und in andere Körperöffnungen. Ihre schwarze Jeans ist zerbissen und zerrissen. Sie sieht fürchterlich aus.
Brommer ruft die Polizei. Er sagt dem diensthabenden Beamten, er habe eine Leiche gefunden, die Spurensicherung brauche gute Nerven und noch bessere Magenschleimhäute. Er setzt sich in einiger Entfernung auf den Boden und wartet, bis er das Blaulicht des Polizeiwagens sieht, der ihm auf dem Waldweg entgegenkommt.

Schnitzen

Eine lastende Schwere lag nun über dem Hof. Die luftige Leichtigkeit, die Dankbarkeit, dass wir den Überfall überlebt hatten, war nach dem Auffinden von Karolas Leiche einer lähmenden Leere gewichen. Ich will nicht sagen, dass wir uns an den nächsten Tagen aus dem Weg gingen, doch es wurde wenig gesprochen auf dem Dengler-Hof. Olga und ich liefen viel. Wir mieden den Feldberg. Stattdessen umrundeten wir zweimal den Titisee. Einmal begleiteten uns Jakob und Laura. Auch auf diesem Weg redeten wir nicht viel. Es war keine Sprachlosigkeit zwischen uns, eher eine sanfte Stille. Ich verstand, dass wir uns alle erholen mussten.

Immerhin: Sofia Trautwein informierte mich, dass Mannheimer erneut festgenommen wurde. Dringender Tatverdacht des Mordes an Karola Müllerschön. Unter ihren Fingernägeln hatte man bei der Obduktion Hautreste von ihm sichergestellt. Sie passen zu den Kratzspuren, die der Gerichtsarzt an seinem Hals festgestellt hat.

Diesmal kommt er nicht davon, sagte die Polizeioberrätin am Telefon.

Am Abend sitze ich auf der Bank im Hof neben Jakob und schaue ihm zu, wie er mit Egons altem Schnitzmesser an einer neuen Skulptur von Laura arbeitet. Sein Blick geht hinüber zum Berg, wo gerade die Sonne in einer Orgie aus Rot und Rosa untergeht. Jakob legt das Messer zur Seite. »Manchmal sieht die Klimakatastrophe aus wie eine Klimakatastrophe, manchmal wie ein Sonnenuntergang, der zum Sterben schön ist.«

Ich lege ihm den Arm um die Schulter.

Er schnitzt weiter. Dann hält er mir sein Kunstwerk unter die Nase. »Sieht jetzt besser aus, oder?«

Ich nicke. Doch mein Blick hängt an der Schlagzeile der Zeitung vom Vortag (die mit den großen Buchstaben), die Egon aus dem

Dorf mitgebracht hat. Jakob hasst das Blatt, trotzdem scheint auch er von der Schlagzeile beeindruckt: »Wölfin fällt Spaziergängerin an! Feldberg: Lebensgefahr für Wanderer?« Ich stehe auf, gehe in die Küche und werfe die Zeitung in den Müll. Als ich zurückkomme, hat Jakob das Messer neben sich gelegt und schmirgelt mit einem feinen Schleifpapier die kleinen Erhebungen glatt, die die zerklüftete Schneide von Egons altem Messer im Holz gelassen hat; ausgerechnet an der Stelle, die später einmal Lauras Rücken darstellen soll.

Ich schlage ein Buch über den israelischen Geheimdienst auf, das die Buchhändlerin aus Hinterzarten auf dem Hof abgeliefert hat.

»Glaubst du wirklich, der Mossad hat meinen Opa umgebracht?«, fragt Jakob und schmirgelt schneller.

Ich zucke mit der Schulter und blättere lustlos in dem Buch.

»Wundern würde es mich nicht – nach allem, was wir erlebt haben«, sagt mein Sohn und betrachtet sein Werkstück.

Ich habe keine Lust zu lesen. Mich beschäftigt etwas anderes. »Lass mich dir helfen.«

Jakob reicht mir die Holzfiguren und das Schleifpapier. Ich prüfe mit dem Fingernagel die feinen Risse im Holz und beginne zu schmirgeln. Jakob greift nach meinem Buch und liest. Es scheint spannend zu sein, denn er schlingt Seite für Seite in sich hinein.

Nach einer Weile steh ich auf und gehe in die Küche. Jakobs Figur stecke ich in die Hosentasche.

Crommschröder

Stephan C. Crommschröder erfährt durch einen Anruf von Harry Nopper von der erneuten Verhaftung Mannheimers. Nopper tobt. »Wegen diesem Idioten habe ich zwei Männer verloren«, schreit er ins Telefon. Ruhig hört Crommschröder zu. Sie einigen sich auf eine Summe, die eine Tarnfirma Noppers dem Konzern als Beratungsleistung in Rechnung stellt.

Damit ist das Thema Feldberg für Crommschröder erledigt.

Er zuckt mit den Schultern. Nun gut, eine Schlacht wurde verloren. Sei's drum. Doch die neuen Nachrichten sind großartig. 2024 wird eines der umsatzstärksten Jahre für alle Unternehmen, die mit fossilen Brennstoffen Geschäfte machen. Mit sagenhaften 100 Milliarden Dollar werden allein die fünf größten Ölkonzerne der Welt in diesem Jahr ihre Aktionäre zuschütten. Nach 2022 wird dies ein weiteres Rekordgeschäftsjahr sein. Eine gute Nachricht auch für den eigenen Konzern. Die harten Fakten sind eindeutig: Investitionen, Umsätze und Gewinne der öl-, kohle- und gasverbrennenden Industrien galoppieren von Rekord zu Rekord.

Es gibt noch einen anderen Rekord: Angeblich ist jeder neue Monat in diesem Jahr der wärmste, seit die Temperaturen aufgezeichnet werden. Mag sein; er mochte das nasskalte Wetter im Februar sowieso noch nie.

Das Geld hat sich entschieden. Weltweit investieren Konzerne 20 Milliarden Dollar in erneuerbare Energien – und 800 Milliarden in neue Öl- und Gasprojekte. Natürlich reden die Manager anders, aber das ist PR. Crommschröder weiß das, er macht selbst genügend Green Talk.

Sicher hilft es auch, dass Chefredaktionen das Klimathema kleinhalten. Es gibt keine *Spiegel*-Titelstory, keine Schlagzeile auf Seite 1 der *Süddeutschen* zu der angeblichen Klimakatastrophe – fein. Wenn die Medien das Thema in die Wissenschaftsseiten, Spezial-Newsletter oder die hinteren Seiten verbannen, wird die Öffentlichkeit Klimafragen als nicht mehr so dringlich ansehen. Es rutscht in den Umfragen zu den dringenden politischen Aufgaben endlich wieder nach hinten. Auch das wäre ein großer Fortschritt.

Aber auch mit der politischen Entwicklung ist Crommschröder ganz zufrieden. Zwar haben die großen Klimakonferenzen Versprechungen gemacht, die sein Geschäftsmodell killen würden. Doch das sind langfristige Versprechen. Beruhigungspillen, sagt Crommschröder. Es gibt für 80 Prozent der globalen Emissionen Zusagen von Regierungen, dass sie auf netto null gebracht werden – irgendwann. Tatsächlich aber steigen die Emissionen weltweit weiter an. Das Publikum wird an Nachrichten gewöhnt wie: Klimaschutz: Deutschland verfehlt laut Expertenrat Klimaziele (NDR); Deutschland erreicht Klimaziele nicht (FAZ); Klimaziele: Deutschland viel zu langsam (Tagesschau).

Crommschröder lehnt sich zurück. Umständlich zündet er sich eine Zigarre an und schüttet Scotch Whisky fingerbreit in ein Glas. Er hat einen großen Vorteil: Er kann die Zukunft vorhersehen. Er schaut, wohin das Geld heute fließt, und weiß deshalb, was morgen passiert. Going with the flow – Gehe mit dem Geld –, das ist seine Devise, und er ist gut damit gefahren.

Natürlich kennt er die Tricks seiner Leute. Manchmal sind sie sogar ihm etwas peinlich. Er hat über die Reden von FDP-Abgeordneten herzlich gelacht, die mit neuen technischen Erfindungen den Klimawandel stoppen wollen. CCS ist so ein tolles Projekt. Es steht für »Carbon Dioxide Capture and Storage«. Es geht darum, Kohlendioxid aus der Atmosphäre abzutrennen und unterirdisch zu lagern, zum Beispiel auf hoher See. Auch die OPEC-Staaten propagieren CCS. Schließlich wollen sie weiterhin Öl, Gas und Kohle im großen Stil fördern, aber mit CCS die Emissionen dramatisch senken. Doch jeder Insider weiß: Das Ziel, die weltweiten Emissionen komplett unter die Erde zu bringen, würde bedeuten, dass alle Kraftwerke der Welt nur dafür Strom produzieren müssten. Mit anderen Worten: unmöglich. Aber das spielt keine Rolle. Entscheidend ist: Crommschröder gewinnt Zeit.

Er grinst über die Ankündigung neuer ungefährlicher Atomkraftwerke. Er kennt die Forschungsergebnisse dazu sehr genau. Er nennt sie PowerPoint-Reaktoren.
Letztlich, das weiß Crommschröder genau, entscheiden die politischen Machtverhältnisse. Gelingt es, weltweit rechte Regierungen zu installieren, muss er sich keine Sorgen machen. Gelingt es, die Geringverdiener gegen die Umweltbewussten auszuspielen – das ist die entscheidende Frage.
Allerdings: Noch ist sie nicht entschieden.
Die Aussicht auf ein Windrad auf dem Feldberg ärgert ihn trotzdem. Es ist für ihn wie ein Zeichen an der Wand, dass er scheitern wird. Und jetzt sitzt auch noch der Mannheimer im Knast. Crommschröder trinkt einen Schluck Whisky und schüttelt den Kopf: Was es alles gibt auf der Welt.

Die Wölfin

Niemand sieht sie. Niemand hört sie.

In der Nacht ist frische Feuchtigkeit aufgezogen. Ihre Nase führt sie sicher durch den Wald, warnt sie rechtzeitig vor den wenigen, vereinzelten Männern, die in grünem Rock durch ihr Revier stampfen. Ihr hoch entwickelter Geruchssinn leitet sie zu dem Rudel Gämsen, das sich an der Südseite des Feldberges auf die Suche nach jungen Ahorntrieben macht. Nimmermüde bleibt sie zwei Tage in deren Nähe. Beharrlich beobachtet sie auf pelzigen Pfoten ihre Wanderung. Eine Geiß scheint krank zu sein. Die Wölfin sieht, dass sie den Kopf nicht so hochheben kann wie die anderen Geißen und Böcke. Ihr tastender Tritt ist unsicher.

Seither lässt sie dieses Tier nicht aus den Augen.

Sie hält Abstand.

Und wartet.

Sie liegt unter einem Busch; gelbe Augen glühen.

Sie weiß nichts von dem Hass, der ihr außerhalb des Waldes entgegenschlägt. Sie weiß nicht, dass auf großen Plakaten und in erregten Diskussionen ihr Abschuss verlangt wird.

Sie weiß nicht, dass sie und ihre Art die Fantasie der Menschen beschäftigen, seit es beide gibt. Sie weiß nichts von der Urangst der Menschen vor ihr. Sie weiß nichts von den wissenschaftlichen Untersuchungen über sie und ihre Art. Deshalb weiß sie auch nichts darüber, dass Wissenschaftler am Senckenberg Institut in Görlitz den Kot von Wölfen in Deutschland und die darin enthaltenen Haare und Knochenreste untersucht haben und daraus Rückschlüsse auf ihre Ernährung ziehen konnten. Sie fanden heraus: Ja, Wölfe reißen Schafe. Doch nur sehr selten. 96 Prozent der Wolfsnahrung stammen von Rehen, Hirschen und Wildschweinen. Nur 0,6 Prozent stammen von Schafen und anderen Nutztieren. Nicht angeleinte Hunde reißen deutlich mehr Schafe als Wölfe.

Sie weiß auch nichts von dem anderen, dem romantischen Klischee, das die Menschen ihr und ihrer Art zuschreiben – dem edlen wilden Tier, das die unberührte Wildnis repräsentiert und die Sehnsucht nach dem verlorenen Paradies beflügelt. Sie weiß nichts von dem Bestseller *Wolfsfrau,* in dem eine Psychotherapeutin einen Vergleich zwischen Wölfen und Frauen zieht und die Übereinstimmung in ihrem fürsorglichen Charakter und dem Unrecht findet, das beiden zuteilwird.

Von all dem weiß sie nichts.

Sie sieht nur die kranke Geiß.

Als die Herde talwärts zieht und das Gelände kaum noch steinig ist, sieht sie ihre Chance. Sie prescht aus ihrem Versteck, und als die Gämsen auseinanderspringen, hetzt sie das kranke Tier. In ein paar langen Sprüngen ist sie neben ihm. Tief gräbt sie die Fangzähne in den Schenkel der Geiß.

Und lässt nicht mehr los.

Später, als sie träge unter den Zweigen der Moorkiefer liegt, sind Hunger und Angst vertrieben. Sie sehnt sich nach einem Gefährten. Sie sehnt sich nach einer Familie. Einem eigenen Rudel mit einem Wurf von kleinen tapsigen Kindern.

Sie leckt sich die Schnauze.

Vielleicht gibt es einen Gefährten in der Nähe.

Vorsichtig steht sie auf.

Sie schnürt den bekannten Waldweg entlang – immer wachsam. Immer vorsichtig. Sie schnüffelt am Wegesrand, doch keine Spur von ihresgleichen.

In der Nähe des Schluchsees hetzt sie in großen Sätzen über eine Wiese.

Das Letzte, was sie sieht ist, ist ein Blitz. Er kommt aus dem Hochstand – ihr direkt gegenüber. Ihr Körper überschlägt sich zweimal, doch da ist sie bereits tot.

Egon

In Vorbereitung auf das Fest wird der Hof gefegt, Gläser, Teller und Geschirr werden gespült, Flure gewischt und Tischtücher ausgesucht. Frau Casanova vom Geisenhof sitzt mit der Mutter zusammen und entwirft den Speiseplan. Sie wird uns Essen und Trinken liefern. Als sie gegangen ist, wirbelt Mutter in der Küche. Egon hat die Hobelmaschine angeworfen und produziert etliche neue Schindeln.

Jeder hat etwas zu tun.

Nur ich bin unruhig.

Schließlich gehe ich die Küche. Frau Willmann spült, Mutter trocknet ab. »Mame, ich muss mit dir reden.«

Mutter sieht mich genervt an. »Georg, grad passt's mir it. Siehsch it, dass ich am Schaffe bin?« Doch als sie meinen Blick sieht, legt sie das Abtrockentuch kommentarlos zur Seite. Wir gehen sieben Runden um den Hof. Auf der dritten Runde beginnt sie zu weinen. Doch nach der siebten Runde sind wir uns einig.

Mit Sicherheit suchenden Schritten geht Mutter zurück in die Küche. Bevor sie sich umdreht, legt sie mir mit einer schnellen, zärtlichen Bewegung die Hand auf die Schulter und nickt mir zu.

*

Egon hämmert gerade zwei der neuen Schindeln auf das Dach. Mit seinen krummen Beinen steht er etwas wackelig auf der Leiter. Ich halte sie fest und schaue ihm ein paar Minuten zu.

Schließlich klettert er vorsichtig – Sprosse für Sprosse – zurück auf den Boden. Er atmet durch den Mund und fährt sich mit dem Handrücken über die schweißnasse Stirn. »Ich werde auch nicht jünger. Das musst du in Zukunft machen, Georg.«

»Das mache ich, Egon.« Ich lege einen Arm um ihn und führe ihn den Weg zur Scheune hinauf. »Schau mal, was mein Sohn gemacht

hat«, sage ich. Ich zeige ihm die Figur, die Jakob geschnitzt hat. »Mein Sohn kann besser schnitzen als mein Vater und ich.«
Er lacht. »Dein Vater war der Schlechteste von euch dreien, dann kommst gleich du.«
»Ich habe mich nie für das Schnitzen interessiert. Mein Vater auch nicht.«
Egon blinzelt mich an. »Wie meinst du das?«
»Er hat sich mal ein paar neue Schnitzmesser gekauft. Aber er hat sie nicht benutzt. Als Jakob und ich die Werkstatt ausgeräumt haben, habe ich sie gefunden. Sie waren unbenutzt, zum Teil noch nicht einmal ausgepackt.«
Egon zuckt mit den Schultern. Wir gehen ein kleines Stück den Weg hinauf. Wir lassen die Scheune links liegen und gehen daran vorbei. Mir ist es recht. Nach zwanzig Schritten schnauft er und bleibt stehen.
Ich schaue noch einmal auf Jakobs Skulptur. »Danke, dass du meinem Sohn dein altes Messer geliehen hast.«
Egon macht eine abwehrende Handbewegung: »Dafür brauchst du dich nicht zu bedanken. Ich bin froh, dass überhaupt jemand in deiner Familie Talent hat.«
Dann ziehe ich Vaters Figur aus der Tasche. »Die habe ich seit ein paar Tagen immer bei mir. Sag mal, war es schwer für dich, diese Figur all die Jahre auf Mamas Hausaltar zu sehen?«
Er hält abrupt inne. »Was meinst du damit?«
Ich halte beide Figuren nebeneinander. »Du bist ein Profi, Egon. Siehst du, an beiden Figuren ist auf der Schnittfläche eine kleine Erhebung. Die kommt von einer kleinen, fast winzigen Kerbe an der Klinge.«
Egon starrt die beiden Figuren an. Ich sehe, wie er sich auf die Unterlippe beißt.
Ich sage: »Beide Figuren wurden mit demselben Messer geschnitzt – mit deinem.«
Da hebt er den Kopf. »Du sprichst jetzt als Polizist mit mir, oder?«
»Ja.«
Seine Augen flackern jetzt hin und her. »Was willst du?«

»Die Figur«, ich hebe die vermeintliche Skulptur meines Vaters hoch, »hat mein Vater nicht beim Sturz von der Scheune in den Stall und bei seinem qualvollen Tod verloren.«

»Sondern?«

»Du, Egon, du hast sie verloren. Sie ist dir aus der Tasche gerutscht, als du meinen Vater in die Luke gestoßen hast. Du warst der Schatten hinter ihm.« Ich muss mich selbst unterbrechen. Ich schlucke. Dann erst kann ich wieder sprechen. »Du hast ihn getötet. Und du hast diese Figur verloren. Nicht mein Vater. Meine Mutter hat all die Jahre geglaubt, sie sei von ihm.«

Egon hat den Kopf gesenkt. Seine Augen sind auf den Boden gerichtet. Ich sehe, wie sein Gehirn auf Hochtouren arbeitet. Dann hebt er den Kopf, nicht viel, nur ein wenig. Er schaut mich von unten an, und sein Blick hat jetzt etwas Lauerndes. »Glaubst du das wirklich? Nach allem, was ich für euch getan habe? Und für dich? Deine ganze Kindheit lang?«

»Du hast nichts für mich getan, Egon. Du hast das Leben meiner Mutter zerstört …«

Er rastet aus. Er packt mich an den Jackenaufschlägen und schüttelt mich. Er hat Kraft. Er schreit: »Ich! Ich habe nichts zerstört. Ich wollte sie heiraten. Ich habe sie gefragt … Sie hat mich angelächelt.«

»In Gutach? Auf dem Bauernfest?«

»Ja. In Gutach. Sie hat hinten auf meinem Moped gesessen. Wir sind zusammen hingefahren. Ich hab sie gefragt. Sie hat gelächelt. Das heißt Ja, oder? Und dann hat der Typ sie weggezogen. Sie hatte keine Gelegenheit, Ja zu sagen.« Er packt mich am Hemd und schüttelt mich und schüttelt mich und schüttelt mich. »Sie hätte Ja gesagt, verstehst du?« Er schüttelt mich weiter, und ich lasse ihn gewähren.

»Egon, ich kenne die Geschichte. Sie hat gelächelt, weil sie den großen, gut aussehenden Mann gesehen hat, der auf sie zukam und mit ihr tanzen wollte. Deshalb hat sie gelächelt. Sie hätte dich nie geheiratet.«

Er schreit mich an: »Du lügst.« Er reißt an meinem Hemd. »Du lügst.«

»Ich lüge nicht, Egon. Sie hat es mir tausendmal erzählt. Sie wollte dich nicht, nicht einmal, als du meinen Vater getötet hast. Du warst es, nicht wahr?« Ich greife seine Handgelenke und ziehe seine Hände von mir weg.

Sein Schreien geht plötzlich in Weinen über. Er lässt mich los und drückt seinen Kopf an meine Brust. Ich muss all meine Kraft zusammennehmen, um ruhig zu bleiben.

Zweimal hole ich tief Luft. »Du warst es, Egon«, sage ich zu dem schluchzenden Bündel an meiner Brust.

»Ja«, brüllt er und fährt zurück. »Ich habe ihn gehasst. Ich habe ihn gehasst. Ich dachte …« Er schluchzt.

»Was hast du gedacht, Egon?«

»Ich dachte, wenn er weg ist, wird alles besser.« Er schluchzt.

Ich nehme das Handy aus der Tasche und schalte die Aufnahmefunktion aus. Ich trete zwei Schritte zurück. »Du hast unsere Familie zerstört. Du hast meiner Mutter das Schlimmste angetan, was man sich vorstellen kann. Gott sei Dank hat sie dich nicht geheiratet.«

Ich biege ihm die Hände hinter den Rücken. Er wehrt sich nicht. »Mord verjährt nicht, Egon. Gehen wir.«

Fest

Ein Unterschied zwischen Jakob und mir ist, dass ich mich freue, wenn das Wetter schön ist. Jakobs Blick geht eher besorgt zum Himmel. Ich sehe das schöne Wetter. Er sieht die herannahende Klimakatastrophe.

Aber heute ist es anders.

Wir haben die beiden Tische aus der Stube auf die Wiese unter die Apfel- und Birnbäume gestellt und lange weiße Tischtücher aus Mutters Beständen darübergelegt. Lauras Eltern sind erstaunlich nett. Sie haben (achselzuckend, in Kenntnis der Essgewohnheiten ihrer Tochter und meines Sohnes) veganen Nudelsalat und Gemüse mitgebracht. Hildegard (meine Ex, Jakobs Mutter) ist mit einem neuen Partner angereist, einem netten Kerl, der angesichts der versammelten Familienpower auf sympathische Weise unsicher wirkt.

Seltsam nur, dass Egon trotz allem am Tisch fehlt. Frau Willmann bekam einen Wutanfall, als Mama ihr die Geschichte vom wahren Egon erzählte. Jakob war schockiert. Laura, die ihn erst hier kennengelernt hatte, nahm es gelassener.

Jakob hat eine kleine, aber erstaunlich gute Bluetoothbox. Er hat eine Playlist zusammengestellt und aus den Tiefen des Internets eine historische Aufnahme von Blasmusik der Gutacher Stubenmusikanten ausgegraben. Der erste Tanz gehört meiner Mutter und Frau Willmann. Sie drehen sich auf der Wiese im Kreis, und wir schauen alle zu. Als die Blasmusik aufhört, klatschen wir, und beide kommen mit geröteten Gesichtern an den Tisch zurück.

Ende

Finden und Erfinden – ein Nachwort

»Wir scheinen in einer Welt gefangen zu sein, in der die Produzenten und Finanziers fossiler Brennstoffe, die Menschheit im Würgegriff haben. Seit Jahrzehnten hat die fossile Brennstoffindustrie massiv in Pseudowissenschaft und Öffentlichkeitsarbeit investiert – mit einem falschen Narrativ, um ihre Verantwortung für den Klimawandel herunterzuspielen und ambitionierte Klimapolitik zu unterminieren. Sie haben exakt die gleichen skandalösen Taktiken eingesetzt wie die Tabakindustrie in den Jahrzehnten davor.«

António Guterres, Generalsekretär der Vereinten Nationen

Wir leben in spannenden Zeiten.

Während ich diese Zeilen (im Juni 2024) schreibe, lasse ich noch einmal die Nachrichten der letzten Wochen an mir vorbeiziehen. 2023 – das wärmste Jahr seit Aufzeichnung der Wetterdaten. Wenig später: Februar 2024 – der wärmste Februar seit Aufzeichnung der Wetterdaten. Dann: der März 2024 ist der wärmste März, seit es die menschliche Zivilisation gibt.

Wenn die Wissenschaft recht hat, bleibt der Menschheit nicht mehr viel Zeit, eine Katastrophe von planetarischem Ausmaß abzuwenden. Dass ihr dies gelingt, dafür sprechen einige internationale Verträge und Abkommen, in denen Staaten und Regierungen sich verpflichten, die Erderwärmung auf 1,5 bis 2 Prozent zu begrenzen. Ebenso spricht dafür, dass Umfragen nahelegen, dass (in Europa) die Mehrheit der Menschen die Dringlichkeit des Problems begriffen hat.

Dank Wissenschaft und Forschung wissen wir mittlerweile sehr präzise, was zu tun ist. Die Energiegewinnung muss vom Verbrennen von Öl, Gas und Kohle umgestellt werden auf die Nutzung des größten Kraftwerkes, das Energie umfassend und kostenlos zu Verfügung stellt – der Sonne (Wind sehe ich in dem Zusammenhang als eine Funktion der Sonne). Die technischen Instrumente für diese Umstellung, auch Dekarbonisierung genannt, sind vorhanden und werden weiter verbessert. Diese Umstellung ist nicht einfach, aber mit großer Anstrengung aller machbar. Die Belohnung ist nicht nur das Überleben der Menschheit, sondern auch ein rücksichtsvollerer Umgang mit der Natur und insgesamt die Möglichkeit einer lebenswerteren Welt.

Worauf also warten wir?

Tja, an diesem Punkt beginnt das Problem.

Nach wie vor verdienen die großen Energie- und Finanzkonzerne mit dem Fördern und Verbrennen von Öl, Gas und Kohle gigantisch viel Geld. Sie denken offenbar auch nicht daran, auf diese Geldquellen zu verzichten oder sie auch nur einzuschränken; im Gegenteil: Sie investieren gewaltige Summen in die Erschließung neuer Ölfelder, Gas- und Kohlevorkommen. Sie werden dabei unterstützt von großen Finanzinstituten, die prächtig an diesem Geschäft verdienen.

Es ist nur so: Die Natur verhandelt nicht. Die Gesetze der Physik scheren sich nicht um die Bilanzen der Energiekonzerne. Entweder es gelingt, die Klimaschänder zu entmachten, oder es geht schlecht aus für uns alle. Für die ganz Jungen ganz schlecht. Für die Jungen schlecht, für die Mittelalten auch übel. Nur die Alten werden noch so einigermaßen durchkommen.

Diese grundlegende Auseinandersetzung spiegelt sich in der Politik. Je weiter man nach rechts schaut, desto deutlicher tritt der Lobbyismus für die fossilen Energieträger hervor. Die rechten Parteien, die derzeit in Europa mobil machen, sind in ihrem Kern die Sprachrohre und Sprechpuppen der Klimaschänderindustrien.

*

Durch dieses Buch habe ich viel über diesen grundlegenden Menschheitskonflikt gelernt. Ich wurde dabei von einigen Menschen unterstützt, denen ich Dank schulde.

Tatsachen- und Schauplatzrecherchen

Ich bin *Dr. Eva Stegen* (Elektrizitätswerke Schönau; besser bekannt als *Stromrebellen*) zu vielfältigem Dank verpflichtet. Sie beantwortete unermüdlich meine Fragen zu Kern- und Windkraft, den Strategien der Kernkraftbefürworter und teilte ihr schier unerschöpfliches Wissen bereitwillig mit mir. Vieles, was Herr Crommschröder weiß, hätte er ohne Dr. Stegen nie erfahren.
Jakobs Informationen über den Zusammenhang von steigenden CO_2-Werten und dem Anteil von Wildnis an der Erdoberfläche stammen aus *David Attenboroughs* beeindruckendem Film »Mein Leben auf unserem Planeten« (2020) (den Link dazu finden Sie auf meiner Homepage). Die CO_2-Werte sind den Forschungen der *US National Oceanic and Atmospheric Administration* entnommen. Auch hierzu finden Sie den Link auf meiner Homepage.
Ich danke *Dr. Stefan Holzheu*, Uni Bamberg, den ich zum Thema Infraschall befragen durfte.
Die Infraschall-Messung, wie sie sich in diesem Roman auf dem Roßkopf abspielt, hat es in Wirklichkeit an anderer Stelle gegeben. Gemessen hatte die *Landesanstalt für Umwelt Baden-Württemberg, Messungen und Naturschutz LUBW* (Kompetenzzentrum Windenergie) in Karlsruhe. Eine ausführliche Information der Landesanstalt zum Thema Infraschall und Windenergie finden Sie auf meiner Homepage www.schorlau.com.
Ich danke *Andreas Markowsky* von der *Ökostromgruppe Freiburg* für das ausführliche Gespräch, und dass ich einige seiner Erlebnisse als Windkraftbauer meinen Figuren in den Mund legen durfte. Über seine (teils haarsträubenden) Erfahrungen mit den Genehmigungsbehörden hat er das Buch »Klimaschänder – Gewinner von gestern, Loser von heute« (2021) geschrieben, das ich allen Interessierten empfehle. Wer denkt, das Auslegen von Auerhahnkot zur Verhinderung von Windkraftanlagen sei die Idee eines überdrehten Krimiautors, dem empfehle ich die Lektüre von Markowskys Buch. Die bibliografischen Angaben finden Sie auf meiner Homepage.

Zu einzelnen Fragen wandte ich mich an *Winfried Kretschmann* (Warum kommt die Windkraft im Schwarzwald nicht voran?), an *Franz Untersteller* (Gefährden Windräder das Auerhuhn und andere Fragen), *Daniela Evers* (Windkraft im Hochschwarzwald). Ich danke allen herzlich für die Zeit, die sie mir geschenkt haben.

Wie viel Wind weht auf dem Feldberg? Wie viel Strom kann erzeugt werden, wie viele Haushalte können versorgt werden? Welche Pacht kann Denglers Mutter erwarten, wenn sie ein Windrad auf ihrem Grundstück ermöglicht? Das Grundstück der Familie Dengler ist fiktiv, die Zahlen dazu sind es nicht. Ich danke *Marten von Horsten* von der *Caeli Wind GmbH,* Berlin, für das Gutachten, das sie für mich erstellten und deren Ergebnisse genau den Angaben entspricht, die Max Jost der erstaunten Margret Dengler präsentiert.

Als ich anfing, zur Frage »Windrad auf dem Feldberg« zu recherchieren, klang diese Idee in vielen Ohren weltfremd – schließlich ist der Feldberg ein Naturschutzgebiet; allerdings ein ziemlich misshandeltes. Das Hotel, das monströse Parkhaus, das der Gemeinde Feldberg jährliche Kosten von 800.000 Euro aufbürdet, der Wintertourismus mit seinen Schneekanonen und die Touristenmassen das ganze Jahr über – all das zeigt, dass dieser Berg vielfältige Herausforderungen zu bewältigen hat. Ob auf ihm ein Windrad gebaut wird, ist mittlerweile Gegenstand einer umfangreichen öffentlichen Diskussion. Ich dokumentiere sie auf meiner Homepage.

Den Beweis, dass der Klimawandel menschengemacht ist (das C14-Isotop), entnahm Jakob einem Beitrag einer Wissenschaftssendung des WDR »Klimawandel – Was die Wissenschaft wirklich weiß (… und was nicht)« (2021) von *Mai Thi Nguyen-Kim*. Auch diesen Link finden Sie auf meiner Homepage.

Prof. Dr. Thomas Martin Buck schrieb das Buch »Altglashütten: Zur Frühgeschichte einer Glasmachersiedlung (1634–1723)« (2022). Er erlaubte mir nicht nur großzügig, ausführlich aus dem Buch zu zitieren (und seine Ergebnisse in Denglers Kopf zu transferieren), sondern er nahm sich auch die Zeit für eine ausführliche und lehrreiche Führung durch den Ort. Dafür danke ich herzlich. Die bibliografischen Angaben zu seinem Buch finden Sie auf meiner Homepage.

Ebenso danke ich *Johannes Albrecht*, dem Bürgermeister der Gemeinde Feldberg, für das lange Gespräch, aus dem Teile in »Black Forest« übernommen wurden. Der Bürgermeister ist mittlerweile ein wichtiger öffentlicher Diskutant zu der Frage, ob Windkraft auf dem Feldberg genutzt werden soll; man möchte fast sagen: Er ist in dieser Sache ein Aktivist geworden. Links zu seinen Artikeln und Stellungnahmen finden Sie auf meiner Homepage.

Ich danke der *Initiative gegen Windkraft in Kappel*, dass ich an ihrer Jahreshauptversammlung teilnehmen durfte. Herzlichen Dank für das offene Gespräch. Ich habe alle Argumente von damals so sorgfältig geprüft, wie es mir möglich war. Doch ich fand sie letztlich nicht überzeugend. Ich danke *Heinz Dillmann* für die Begleitung.

Ebenso danke ich einer Initiative gegen Windkraft in Südbaden (die hier nicht genannt werden will) für den offenen und fairen Austausch der Argumente.

Ich danke dem Feldberg-Ranger *Achim Laber*. Es war ein besonderes Vergnügen, mit ihm den richtigen Tatort für den Mord an der unglücklichen Karola Müllerschön zu suchen. Vieles, was ich von ihm über die hochalpine Pflanzen- und Tierwelt des Feldbergs gelernt habe, versuche ich, in diesem Roman an die Leserinnen und Leser (oder wie Jakob gendern würde: an die Leser-*kleine Pause*-innen) weiterzugeben.

Der Dengler-Hof in Altglashütten ist meine Erfindung. Vorbilder waren der Feldberghof und der Vogtsbauernhof, die beide im *Schwarzwälder Freilichtmuseum Vogtsbauernhof* in Gutach aufgebaut sind. Ich danke *Thomas Hafen M. A.*, dem Museumspädagogen und Wissenschaftlichen Leiter des Museums, für die guten Gespräche und die Führung durch diese besondere Ausstellung.

Ich danke herzlich *Verena Casanova* für ihren »Gastauftritt« in diesem Buch und empfehle Wanderinnen und Wanderern am Feldberg den besonderen Ort, an dem sie kocht und wirkt – den Geisenhof in Altglashütten.

Mein Dank gilt der Europaabgeordneten *Anna Deparnay-Grunenberg* von den Grünen für die Tage, in denen ich sie in Brüssel be-

gleiten durfte. Ich hoffe, ich habe den Betrieb in ihrem Büro nicht allzu sehr gestört (wahrscheinlich aber doch).
Ebenso danke ich *Thomas Koch* von der Staatsoper Stuttgart, dass er mir die Aufzeichnung der Premiere der Johannes-Passion zur Verfügung stellte. Ich hoffe inständig, dass niemand außer Crommschröder von solch negativen Erweckungserlebnissen in diesem besonderen Haus heimgesucht wird.
Inge Bäuchle von der Buchhandlung Bäuchle in Hinterzarten danke ich für frühe Ermutigung, zahlreiche Hinweise und spannende Führungen durch einige der Schauplätze.

Figurenrecherche

Mit einer tiefen Verbeugung danke ich *Sigrid Klausmann-Sittler*, die einen hinreißenden Dokumentarfilm über ihre Schwarzwälder Mutter gedreht hat (»Leonie und der Weg nach oben«, 2022), für die Übersetzung der Dialoge von Denglers Mutter ins Alemannische. Mir war klar, dass es ein gewisses Risiko ist, eine der Hauptfiguren deutlichen Dialekt sprechen zu lassen. Doch Sigrids Übersetzung gibt der Figur eine Farbe und eine Kraft, die ihr ohne den Dialekt fehlen würde.
Sicherheitshalber gab ich zwei Nordlichtern eine Probe ihrer Dialoge zu lesen. Erst als diese mir versicherten, Frau Dengler sei auch in Hamburg verständlich, war entschieden: Margret Dengler spricht alemannisch. Ich danke *Eva Maria Thiesen* und *Volker Albers*, die diese Aufgabe übernahmen.
Ich danke *Marion Butsch*, die so freundlich war, ihre Erfahrungen des Aufwachsens auf einem Bauernhof mit mir zu teilen. Einiges davon, insbesondere die Szenen um die Werkstatt von Denglers Vater, fußt auf ihren Erinnerungen.
Die Psychotherapeutin *Christiane Lier* half mir, Denglers Kindheitstrauma besser zu verstehen und darzustellen.
Paulina Kondraskov, bei der man in Stuttgart die Kunst des Schnitzens erlernen kann, gab mir einen Einblick in ihre Kunst, ohne den

Egon nie überführt worden wäre. *Irene Brückle*, die Leiterin der Papierwerkstatt der Kunstakademie Stuttgart, gab mir wichtige Hinweise zur französischen Papierproduktion nach dem Zweiten Weltkrieg.

Für die meisten der auftretenden Figuren schrieb ich in der Vorbereitung zu diesem Buch Charakteranalysen. Interessierte Leserinnen und Leser können einige davon auf meiner Homepage nachlesen.

Nazi-Ingenieure nach dem Zweiten Weltkrieg

Ein weitgehend unbekanntes Kapitel deutscher Geschichte ist die Arbeit deutscher V2-Ingenieure im Dienst der französischen Besatzungsmacht und ihre Bedeutung für das spätere europäische Weltraumprojekt Arianne. *Hubert Reilard* wies mich zuerst darauf hin und gab mir wesentliche Hinweise. Er kannte das *Museum Riegel*, das damals noch eine Abteilung zur Geschichte der Luft- und Raumfahrt in der französischen Besatzungszone unterhielt, in der die Arbeit dieser Ingenieure in Riegel, Gundelfingen und Emmendingen dokumentiert wurde. Er vermittelte mir auch den Kontakt zu *Margret Böhme* in Freiburg, die Material und Unterlagen zu dieser Geschichte gesammelt hatte und diese großzügig mit mir teilte. Ich danke Frau Böhme dafür herzlich.

Die beiden Dokumente, die ich in diesem Buch abgedruckt habe, stammen aus den Beständen des Museum Riegel. Ich danke dem Museum herzlich für die Abdruckerlaubnis *Prof. Dr. Reiner Göppert,* dem 1. Vorsitzenden des *Geschichtsverein Riegel e.* V., danke ich für die ausführliche Führung die geduldige Beantwortung meiner zahlreichen Fragen.

Von Riegel aus führte mich die Recherche zur *KZ-Gedenkstätte Mittelbau-Dora* in Nordhausen. Ich danke *Sebastian Hammer* für die Führung durch die Stollen dieses schrecklichen Orts und ebenfalls für die Beantwortung meiner Fragen. Ich danke *Dr. Cornelius Lehmann* von der Erinnerungsstätte in Peenemünde für Literaturhinweise und die Beantwortung meiner Fragen.

Von Peenemünde aus war der Schritt nicht mehr weit zu *Prof. Dr. Hans Kleinwächter* (* 1915 † 1997 in Lörrach). Kleinwächter arbeitete an der Entwicklung der V2-Rakete in Peenemünde. Er kam in britische Kriegsgefangenschaft und wurde in einem Kriegsgefangenenlager der Engländer bei Bremen interniert. Französisches Militär befreite ihn in einer geheimen Militäroperation aus diesem Lager und brachte ihn in die französische Besatzungszone in Südbaden. Diese Geschichte erzählte mir sein späterer Mitarbeiter und Kollege *Prof. Dr. Karl-Heinz Droege*, dem er dieses Geschehen anvertraute. Kleinwächter war Mitglied eines großen Teams von Wissenschaftlern, Ingenieuren und Technikern aus Peenemünde, das die Franzosen rekrutiert hatten. Kleinwächter war dabei für die Raketensteuerung zuständig. In der Folge entwickelte sich daraus die französische Forschungsrakete »Véroniqe« – aus der nachfolgend die europäische »Ariane« entstand. Kleinwächter zog mit seiner Frau ins »Buschdorf« nach Vernon. Dort wuchsen sein Sohn und seine Tochter auf. Später folgte er einem Angebot des ägyptischen Präsidenten Nasser, der ein eigenes ägyptisches Raketenprogramm entwickeln wollte (und scheiterte). Diese Pläne missfielen verständlicherweise der israelischen Regierung. Der Geheimdienst Mossad verübte in der Folge eine Reihe von Anschlägen auf deutsche Ingenieure, die in Ägypten tätig waren; u. a. das beschriebene misslungene Pistolenattentat auf Kleinwächter in Lörrach. In der Folge des gescheiterten Attentats änderten die Israelis ihre Politik. Sie wirkten auf die Regierung Adenauer ein und diese stellten den Deutschen in Ägypten ein Ultimatum: Wenn sie bleiben, verlieren sie die deutsche Staatsbürgerschaft. Doch wenn sie nach Deutschland zurückkommen, erhalten sie Forschungsaufträge, Institute etc. Kleinwächter kam nach Deutschland zurück und siedelte sich in Lörrach an. Er entwickelte den menschenähnlichen Roboter »Syntelman«, der Menschen in gefährlichen Umwelten (Reparaturen in Kernkraftwerke, auf Raumstationen, in der Tiefsee) unterstützen und schützen sollte. Doch dann vollzog er eine radikale Wende. Unter dem Einfluss seines Sohnes, aber wohl auch angesichts der breiten Bewegung gegen das geplante AKW in Wyhl am Kaiserstuhl, suchte er nach alternativen Möglichkeiten zur Energiegewinnung – und wurde zu einem Pionier der Solartechnik in Deutschland. Auf meiner Homepage habe ich seinen von seinem Sohn geschriebenen Lebenslauf veröffentlicht. Kleinwächter spielte bereits eine mehr oder weniger fiktionale Rolle bei *Johannes Mario Simmel* und in dem Tatsachenroman »Die Experten« von *Merle Kröger*.

Das Solarerbe führt sein Sohn *Jürgen Kleinwächter* fort, der seinerseits als Pionier der Solartechnik gilt. Mich hat besonders ein gemeinsam palästinensisch-israelisches Projekt zur Wassergewinnung beeindruckt. Auf meiner Homepage dokumentiere ich dieses und weitere seiner Projekte.

Ich danke *Prof. Jürgen Kleinwächter* und *Prof. Dr. Karl-Heinz Droege* herzlich für ihre Zeit und Unterstützung. Der *Badischen Zeitung* danke ich für die Abdruckerlaubnis des Artikels über das Attentat auf Kleinwächter in Lörrach.

Dass Denglers Vater und sein Freund Erich Assistenten von Hans Kleinwächter waren, ist selbstverständlich meine Erfindung.

Verwendete Literatur; Hinweise zum Weiterlesen

Christian Stöcker: Männer, die die Welt verbrennen; Ullstein Buchverlage 2024

Mojib Latif: Klimahandel, Wie unsere Zukunft verkauft wird; Herder Verlag 2024

Friederike Otto: Klimaungerechtigkeit, Was die Klimakatastrophe mit Kapitalismus, Rassismus und Sexismus zu tun hat; Ullstein Buchverlage 2023

Andreas Markowsky: Klimaschänder, Gewinner von gestern, Loser von Morgen; Ökostromgruppe Freiburg 2021

Greta Thunberg u. a.: Das Klima-Buch, Der aktuellste Stand der Wissenschaft unter Mitarbeit der weltweit führenden Expert:innen; S. Fischer Verlage 2023

Fred Vargas: Klimawandel – Ein Appell: Wir müssen jetzt handeln, um unser Klima zu retten. Limes Verlag 2021

Steffen Mau, Thomas Lux, Linus Westheuser: Triggerpunkte, Konsens und Konflikt in der Gegenwartsgesellschaft; Edition Suhrkamp, 2. Auflage 2023

Thomas Martin Buck: Altglashütten, Zur Frühgeschichte einer Glasmachersiedlung im Hochschwarzwald (1634–1723); Rombach-Verlag 2022

Peter Berthold: Auerhuhn, Ein Urvogel verschwindet; Kosmos Verlag 2021

Petra Ahne: Wölfe. Ein Portrait. Reihe Naturkunden Nr. 27. Herausgegeben von Judith Schalansky. Matthes und Seitz 2016

Johannes Erichsen / Bernhard M. Hoppe: Peenemünde – Mythos und Geschichte der Rakete 1923–1989; Nicolai Verlag 2004

Manfred Kanetzki: Operation Crossbow; Ch.Links Verlag 2014

»Der Betrieb ... kann mit Häftlingen durchgeführt werden« – Zwangsarbeit für die Kriegsrakete – Peenemünder Hefte 3 – Schriftenreihe des Historisch-Technischen Museums Peenemünde 2009

Wunder mit Kalkül. Die Peenemünder Fernwaffenprojekte als Teil des deutschen Rüstungssystems; Historisch-Technisches Museum Peenemünde (Hg.) Ch.Links Verlag 2016

Jens-Christian Wagner: Produktion des Todes, Das KZ Mittelbau-Dora; Wallstein Verlag 2001

André Sellier: Zwangsarbeit im Raketentunnel; Geschichte des Lagers Dora; zu Klampen 2000

DVD Loretta Walz: Dora, KZ des »Totalen Krieges«; Stiftung Gedenkstätten Buchenwald und Dora-Mittelbau 2014

Michael Bar-Zoharn, Nissim Mischal, Mossad: Missionen des israelischen Geheimdienstes; Bastei Entertainment, 2012

Geräteführer, Schwarzwälder Freilichtmuseum Vogtsbauernhof; Gutach 1990

Weitere Quellen (Links dazu auf meiner Homepage www.schorlau.com/blackforest/materialien):

Die Kritik an der Direct-Air-Capture Methode stammt aus einem Interview, das *Fatih Birol*, Leiter der Internationalen Energieagentur der OECD, dem *Spiegel* gab (09.12.2023): »Wir werden sogar das Zweigradziel reißen, wenn sich die Politik nicht grundlegend ändert«; https://www.spiegel.de/wissenschaft/technik/klimakrise-iea-chef-fatih-birol-haelt-sogar-das-zwei-grad-ziel-fuer-unrealistisch-a-9f9e68d9-1ab8-4e05-826b-13dcc5def2c0

Dass die weltweiten Emissionen so hoch sind wie nie zuvor, erfuhr Crommschröder aus dem *Spiegel:* »Weltweite Emissionen so hoch wie nie – was sich nun ändern müsste« (05.12.2023); https://www.spiegel.de/wissenschaft/natur/weltklimakonferenz-in-dubai-emissionen-von-treibhausgasen-so-hoch-wie-nie-a-0c241bcc-355c-48da-afa5-e3bc0a338959

Sehr empfehlenswert: Susanne Götze: SPIEGEL Klimabericht – der Newsletter

Dass 2023 das wärmste bisher gemessene Jahr war, schreibt u. a. der *Emissions-Gap-Report* der Uno. Die Berichte des Weltklimarates IPCC finden Sie hier: https://www.de-ipcc.de/

Über den Zusammenhang von Extremwetter und Klimawandel siehe das Interview mit dem Klima- und Meeresforscher *Stefan Rahmsdorf* im *Spiegel:* »Machen wir uns keine Illusionen: an drei Grad Erhitzung werden wir uns kaum anpassen können« (02.06.2024); https://www.spiegel.de/wissenschaft/flutkatastrophe-in-sueddeutschland-starkregen-wird-durch-die-klimaerwaermung-haeufiger und intensiver-a-a9f15112-d266-4086-9166-3c38f834b2a8

»Wie Lobbyisten der FDP beeinflussen: Klimaschutz: Die heimlichen Einflüsterer der FDP«; eine Kolumne von *Christian* Stöcker im *Spiegel* (25.06.2023); https://www.spiegel.de/wissenschaft/mensch/klimaschutz-die-heimlichen-herrscher-der-fpd-kolumne-a-d0defee9-85ea-4cdb-adac-93e49e3539de

Vom gleichen Autor zur Klima-Verzögerungstaktik: »Was Springer, Schäffler, Spahn und Wagenknecht gemeinsam haben« (30.04.2023);

https://www.spiegel.de/wissenschaft/mensch/klima-verzoegerungstaktik-was-springer-schaeffler-spahn-und-wagenknecht-gemeinsam-haben-a-3389f444-c450-49fb-8b15-323de27cfb1f
Ebenfalls auf meiner Homepage finden Sie Hinweise und Literatur zu dem Desaster um den Neubau des AKW Hinkley Point und Informationen, warum Kernkraft nicht wettbewerbsfähig ist im Vergleich zur Energiegewinnung durch Sonne und Wind.
Wenn Sie, liebe Leserinnen und Leser, glauben, politische Kampagnen wie die von Crommschröder bezahlte seien meine Einbildung, dann lesen Sie ebenfalls auf meiner Homepage nach. Dort dokumentiere ich eine Kampagne von Energiekonzernen, um die Wählerschaft in ihrem Sinne für Kernkraft zu beeinflussen. Wir wissen dies, weil irgendjemand in dieser Kampagne das schlechte Gewissen plagte und die Unterlagen dazu der *Tageszeitung TAZ* zuspielte.

*

Es ist ein Privileg, seit dem ersten Dengler-Roman mit dem selben Lektorenteam arbeiten zu können. An meiner Seite arbeiteten die kritischen Geister und guten Freunde *Lutz Dursthoff* und *Nikolaus Wolters*, denen ich für ihre Mühe, ihr exzellentes Sprachgefühl, ihre Geduld und ihre gelegentliche Ermutigung von Herzen danke. Hinter allem als feste Stütze: *David Rupp*.

*

Kurz vor Fertigstellung dieses Buches wurde das Europäische Parlament neu gewählt. Die Ergebnisse dieser Wahl ließen im Haus Crommschröder die Champagnerkorken knallen. Zumindest vorläufig ist er seinem Ziel einen Schritt nähergekommen, weit rechte Regierungen zu installieren, die die Energiekonzerne wieder in ihre alten Machtpositionen zurückbringen – und ihre Kassen weiterhin mit dem Verfeuern von Kohle, Gas, Öl und des Kernbrennstoffs Uran zu füllen.
Allerdings: Die Natur kümmert sich nicht um Wahlergebnisse. Sie folgt den Gesetzen der Physik. Unerbittlich folgen auf die Erwär-

mung der Ozeane, das Abschmelzen von Gletschern und des Festlandeises an Nord- und Südpol Überschwemmungen, lebensfeindliche Hitze und Extremwetterlagen. Die Klimawissenschaften haben dies präzise beschrieben und errechnet. Ihre Vorhersagen sind eingetroffen, und es gibt keinen Anlass zu glauben, es käme nicht so schlimm und letztlich würde alles gut ausgehen. Ob es zu den fürchterlichen Veränderungen kommt, hängt allein davon ab, ob es gelingt, die Verbrennung fossiler Energieträger schnell zu beenden. Die Crommschröders dieser Welt wollen dies unter allen Umständen verhindern. Sie können sich dabei auf die rechten politischen Strömungen bei uns und überall auf der Welt stützen. In ihren Augen ist Klimaschutz nicht lebensnotwendig, sondern Teufelszeug. Wie Crommschröder versuchen sie ausgerechnet jene zu mobilisieren, die sich vor dem Monatsende mehr fürchten als vor allem anderen.

Wenn Crommschröder & Co. dies gelingt, verlieren wir alle. Entschieden wird dieser Konflikt jetzt.

Wir leben in spannenden Zeiten.

Stuttgart im Juli 2024
Wolfgang Schorlau

Liebe Leserin, lieber Leser,

ich freue mich, dass Sie offenbar bis zur letzten Seite bei dieser Geschichte dabei geblieben sind.

Wenn Sie hin und wieder Neuigkeiten über meine Arbeit erfahren wollen, schicken Sie mir doch einfach eine E-Mail an news@schorlau.com.

Fügen Sie Ihre Postleitzahl hinzu, wenn ich Sie über Lesungen in Ihrer Nähe informieren soll. Es wäre schön, wenn wir uns dann sehen.

Mit den besten Grüßen,
Wolfgang Schorlau

www.schorlau.com

Commissario Morello ermittelt …